《唐代文学研究年鉴》编委会

TANGDAI WENXUE YANJIU NIANJIAN

唐代文学研究年鉴

【2017】

中国唐代文学学会
广州大学人文学院 编

广西师范大学出版社

GUANGXI NORMAL UNIVERSITY PRESS
广西师范大学出版社
·桂林·

图书在版编目（CIP）数据

唐代文学研究年鉴．2017 / 中国唐代文学学会，广州大学人文学院，广西师范大学出版社编．—桂林：广西师范大学出版社，2018.7
ISBN 978-7-5598-1078-6

Ⅰ．①唐…　Ⅱ．①中…②广…③广…　Ⅲ．①中国文学—古典文学研究—唐代—年鉴　Ⅳ．①I206.2-54

中国版本图书馆 CIP 数据核字（2018）第 164563 号

广西师范大学出版社出版发行
（广西桂林市五里店路 9 号　邮政编码：541004
网址：http://www.bbtpress.com）
出版人：张艺兵
全国新华书店经销
衡阳顺地印务有限公司印刷
（湖南省衡阳市雁峰区园艺村 9 号　邮政编码：421008）
开本：890 mm ×1 240 mm　1/32
印张：16.875　　　字数：490 千字
2018 年 7 月第 1 版　　　2018 年 7 月第 1 次印刷
印数：0 001～1 200 册　　定价：88.00 元

目　录

一年记事

会议综述

专载

深切怀念霍松林先生

一年研究情况综述

新书选评

问题研究综述

港台及海外研究动态

盛德清风

索引目录

一年记事

第十一届通俗文学与雅正文学暨第十二届唐代文化国际学术研讨会在台湾召开

2016年4月22日至23日，由台湾中兴大学中国文学系、中国唐代学会联合举办，逢甲大学中国文学系暨唐代研究中心、中兴大学历史系协办的“第十一届通俗文学与雅正文学暨第十二届唐代文化国际学术研讨会”在台湾召开。来自中国、韩国、日本、美国的七十三位学者参会，两天议程分作A组、B组进行讨论，各展开12场研讨会。美国宾州大学教授梅维恒、日本京都大学教授高田时雄分别针对《茶的历史——从苏门答腊与婆罗洲中间的唐代沉船谈起》和《从字书韵书的发展看唐代语言文字的雅俗问题》两个题目进行大会报告。

唐诗学研究的继往与开来——“唐诗学书系”出版座谈暨学术研讨会在上海召开

2016年6月11日，由中国唐代文学学会、上海师范大学、上海古籍出版社和上海社会科学院共同举办的“唐诗学研究的继往与开来——‘唐诗学书系’出版座谈暨学术研讨会”在上海师范大学召开，来自各地的60余名专家与会研讨。此次研讨会围绕“唐诗学书系”8种专书进行介绍和评论，总结唐诗学研究成果和经验，并为唐诗学研究的深化提出了宝贵意见，指出唐诗学研究应该从新材料、新问题和新方法开辟新道路。

中国唐代文学学会第十八届年会暨唐代文学国际学术研讨会在成都召开

2016年9月9日至11日，由中国唐代文学学会和西南交通大学人文学院主办的中国唐代文学学会第十八届年会暨唐代文学国际学术研讨会在西南交通大学九里校区召开，来自国内外近百所高校和科研机构的140余位学者出席了大会。西南交通大学总会计师张兵教授、西南交通大学人文学院常务副院长向仲敏博士、四川大学张志烈教授、台湾中兴大学林淑贞教授先后致辞。此次会议共收到学术论文130多篇，涉及唐代文学研究的各个方面，展示了唐代文学研究的新成果、新动向。学者们通过两次大会发言和四个分会场进行了讨论和交流。

杜甫文化接受与传播全国学术研讨会暨四川省杜甫学会第十八届年会在吉林召开

2016年10月15日，由吉林大学文学院、四川省杜甫学会、成都杜甫草堂博物馆共同承办的“杜甫文化接受与传播全国学术研讨会暨四川省杜甫学会第十八届年会”在吉林大学文学院召开。来自海内外各地专家学者近160人与会，共计收到学术论文102篇。会议主题为“杜甫文化接受与传播”，主要探讨诗圣的传播接受、海内外杜甫文化研究、杜甫与地域文化研究等相关内容。

会通视野下的唐宋文学研究学术研讨会在杭州召开

2016 年 11 月 23 至 24 日，由浙江大学人文高等研究院主办，中国社会科学院文学研究所“汉唐文学思想与儒道演变”创新项目组和浙江大学出版社协办的“会通视野下的唐宋文学研究”学术研讨会在浙江大学之江校区举行。来自全国 20 多个学术单位和研究机构的近 30 位学者参会，探讨诗歌、散文、宗教文学、乐府等方面唐宋会通的问题，以会通的视野观察唐宋文学之变。此次研讨会，是中国唐代文学学会和宋代文学学会首次联合开展讨论。

会议综述

第十一届通俗文学与雅正文学暨第十二届唐代文化国际学术研讨会综述

□ 林淑贞 柯惠馨

一、会议综述

2016年4月22—23日台湾中兴大学中国文学系和中国唐代学会联合举办“第十一届通俗文学与雅正文学暨第十二届唐代文化国际学术研讨会”,研讨领域包含唐代文学、历史、敦煌、文化等方面,两天会议分A、B两组进行讨论,与会学者包括台湾、内地、香港,日本、美国、韩国、香港等地之学者专家凡七十三人。会议承办单位为台湾中兴大学中国文学系,在两天的研讨会开场,即邀请美国宾州大学教授梅维恒《茶的历史——从苏门答腊与婆罗洲中间的唐代沉船谈起》、日本京都大学教授高田时雄《从字书韵书的发展看唐代语言文字的雅俗问题》两个论题进行专题演讲,不仅自文化角度、更自语言范畴提出论点,见解精辟。

两天议程A、B两组共发表四十篇论文,第一天A组第一场为梅维恒主持,王永波发表《杜甫诗在明代的评点与集解》,吴彩娥讲评。黄雅莉发表《杜甫长安时期的干谒诗探究》,周益忠讲评。金俊渊发表《从认知诗学的角度来看李商隐诗的几个特点》,罗时进讲评。陈燕妮发表《唐诗中的文化场所之襄阳岘山》,爱甲弘志讲评。第二场由陈尚君主持,丁威仁发表《唐代医书里的房中思想——以孙思邈〈备急千金要方·房中补益〉为研究对象》，萧登福讲评。姚彦淇发表《试论成玄英〈庄子疏〉中的“至人”与“圣人”》，林文彬讲评。林淑贞发表《虚与实的承接与转化——唐诗中的昆仑意象》，李浩讲评。第三场由廖美玉主持，路海洋发表《唐人传奇小说中的雅、俗融摄》，罗宁讲评。米彦青发表《草原丝绸之路上的唐诗书写》，王建生讲评。黄东阳发表《段成式〈金刚经鸠异〉所开展文人信仰之自我净辩》，林登顺讲评。B组第一场由谢海平主持，李浩发表《唐代士族转型的新案例——以新发现唐李百药墓志铭为重点的叙述》，陈钦忠讲评。孙淑芳发表《隐逸的高雅传统——以唐代〈艺文类聚〉为文化场域的观察》，王基伦讲评。陈尚君发表《〈宣室志〉作者张读墓志考释》，谢海平讲评。徐国华发表《晚唐江右“卢郑”二家考述及其文学创作简评》，陈尚君讲评。第二场王国良主持，陈家煌发表《论唐人小说、笔记中呈现的诗人形象》，王国良讲评。罗宁发表《良史与文妖——从唐人对两篇传奇的评价说起》，康韵梅讲评。陈雅娟发表《论萧颖士文学思想对韩愈之影响》，李建昆讲评。第三场由罗时进主持，芳村弘道发表《南宋杨齐贤的李白诗注考》，黄文吉讲评。李宝玲发表《谈唐代诗人的阅读清单——以经学、史学为主的观察》，王永波讲评。李尧涓发表《唐代乐府诗中的寒士形象与自我观照》，李欣锡讲评。

第二天议程亦分成三场，A组第四场由高朋士主持，杨明璋发表《泗州僧伽和尚神异传说研究——以敦煌文献为中心的讨论》，谢明勋讲评。刘惠萍发表《图文之间的历史：以敦煌写本〈汉将王陵变〉为例》，荒见泰史讲评。白若思发表《元末——明初〈目连救母出离地狱生·天宝卷〉写本与中国配图讲唱文学传统的关系新论》，陈兆南讲评。严茹蕙发表《礼俗法制的交融——日本〈服忌令〉溯源，兼论与唐令关系》，高朋士讲评。第五场由王三庆主持，荒见泰史发表《论中国宗教的特征及其融合——以景教、摩尼教的赞美歌与净土赞的关系为主探讨》，蔡荣婷讲评。高井龙发表《〈难陀出家缘起（拟）〉与讲经——以写本的使用方法为中心》，杨明璋讲评。郑阿财、廖秀芬发表《敦煌俗文学的特色及传播方式》，王三庆讲评。第六场由何寄澎主持，高振宏发表《唐代的十一面观音信仰及其流衍研究》，朱文光讲评。王颂梅发表《律诗与唐代礼乐之关系》，何寄澎讲评。蔡宗宪发表《唐代霍山的神话与祭祀——兼论霍山中镇地位的确立》，刘惠萍讲评。B组第四场由叶国良主持，罗时进发表《李白“薄声律”的诗学背景及其“将复古道”实践》，廖美玉讲评。张锦瑶发表《唐诗中学陶与慕陶风气——以元次山与韦苏州诗为论》，王颂梅讲评。潘铭基发表《日藏平安时代九条家本〈群书治要〉研究》，阿部泰记讲评。萧晓阳发表《敦煌变文与中国小说的诗性叙事》，芳村弘道讲评。第五场由阿部泰记主持，阿部泰记发表《论唐代王昭君故事的时代特色和其对后代中日文学的影响》，林淑贞讲评。周安邦发表《敦煌写本杂字系蒙书与明清杂字之关联探究》，陈茂仁讲评。郑幸雅发表《别史到小说——论〈大唐新语〉的文体性质》，黄东阳讲评。第六场由高田时雄主持，朱祖德发表《唐代淮南地区食盐的生产和销售》，宋德喜讲评。林仁昱发表《敦煌佛教歌曲的“世俗记忆”探究》，郑幸雅讲评。黄馨霈发表《韩愈古文人物书写的抒情性》，路海洋讲评。

两天议程各以梅维恒教授《茶的历史——从苏门答腊与婆罗洲中间的唐代沉船谈起》与高田时雄教授《从字书韵书的发展看唐代语言文字的雅俗问题》作为开端，其余篇章依文类别之，逐一说明其研究成果。

二、唐代诗歌研究

(一)诗家讨论研究

黄雅莉《杜甫长安时期的干谒诗探究》强调杜甫乃盛唐干谒诗“变革”，表现出“困守儒业”忧怀谦卑的文人形象。文中提出杜甫“素志难伸”以及自责“徒失其身”的悲怨，并流露出欲摆脱“屈己以干人”的依附行为，为人民立言，并在文中分析其干谒诗的心境转折与自我定位。最终提出杜甫干谒诗的历程乃是经历了一条由“事干谒”到“悔干谒”，从“耻干谒”到“绝意干谒”，转而关怀现实的升华。

金俊渊《从认知诗学的角度来看李商隐诗的几个特点》以“从概念隐喻与概念转喻角度”解读，将诗作中“具体事物的一部分”作为“工具”，来认知全部实体。再者，又以“从图形—背景理论角度”来借景抒情，利用视野挪移之效，达到图形上的联想作用,因而形成对比情绪。三者提出“文本世界理论的角度”解读文本,企图说明李商隐利用投射作用,将自己投射至诗篇中的人物与其融为一体。最末提出“从概念合成理论与指示语角度”解读诗歌“意象”问题,透过指示语使诗作产生语境与心理空间的有机结合,并体现其内涵。

徐国华《晚唐江右“卢郑”二家考述及其文学创作简评》提出“卢郑”二人作为江西文化符号,对江西文化的研究与当代文化建设有借鉴之地。此文更提出袁州文人儒化程度超越前代,却不见容于晚唐仕宦之场,因而文人除了热衷求取功名外,更喜著书立论,谈诗论书,且因地缘所染,盛行隐逸之风,作者更提出二人不止于唐代文学占据一定地位,更于袁州文学、江西文学亦是承先启后不可忽略的代表人物。

李尧涓《唐代乐府诗中的寒士形象与自我观照》旨在以乐府诗题材讨论“寒士”议题,观察诗人书写求仕处境的作品,点出寒士为繁华京城中不曾代代相传的弱势族群,仿佛是只身寻找安身立命却不可得的孤鸟,引起无限感伤;再者强调求仕之路因无家族资源故困难重重。第二指出寒士于乐府诗中孤身独行的身影与志大难伸的声口,强化寒士面对仕宦的决心与执着。第三更凸显乐府诗中寒士的自我观照与觉知,一生回首才发现自己终其力量不过是“家旧贫”下的悲剧,以及对于未来豁达的心态。最末则以“回顾过去”的戎昱与“面向未来”的白居易为例,观察其二人在乐府作品展现自我观照与觉知。

罗时进《李白“薄声律”的诗学背景及其“将复古道”实践》提出一般学者将李白“薄声律”当作个体创作特征,而忽略诗学行为的特殊意涵。作者提出李白“薄声律”乃是开元十五年才出现盛唐诗坛,意在以“将复古道”作为旗帜推行复古理想。扭转当时拘忌声病的倾向,企图改变盛唐诗坛内涵,具备诗史的价值。总体而言,初盛唐之际诗学理论形成过论争与冲突,其中声律观是论争的主要内容之一。

张锦瑶《唐诗中学陶与慕陶风气——以元次山与韦苏州诗为论》主要析论元次山、韦苏州二人对陶渊明诗风的接受与同异处,借此肯定二人在陶渊明接受史上的地位与影响。文中提出二人相同点在于:“仕隐交替”的仕途生涯、似陶之归隐生活描写、创作手法皆刻意习作陶诗"冲淡"之法。二人相异点在于元次山学陶乃无意，反之韦苏州学陶则是有意识；归隐生活亦有所不同，陶乃农耕田园，次山乃农耕垂钓与山水兼具，韦则大多于精舍道观中归隐。而以"学陶"论，元次山对陶潜的学习是无意（非刻意）学习；反之，韦苏州在"学陶"上乃属有意识学习。

（二）地区象征研究

陈燕妮《唐诗中的文化场所之襄阳岘山》提出唐人笔下的"襄阳岘山"具备三种特征：一为赠别之所；二为文人登临雅集之所；三为高人逸士隐居之地。因此唐人的"襄阳岘山"不再是纯粹的自然景观，反而形成人化的自然景观以及文化场所。作者提到唐人笔下的"岘山"是怀古、刺今、登临、雅集的载体，这说明城市景观作为一个场所容纳其中发生的文学活动，将使之永恒存留于历史中。再者，文学活动也使城市景观赋予了"人化意义"，在这个过程中，自然景观成为人文景观，进而成为城市代表景观，与这座城市一起扬名于时空之中。

林淑贞《虚与实的承接与转化——唐诗中的昆仑意象》强调昆仑意象的五大特征：一、圣山崇拜；二、心灵桃源；三、众河之源崇拜；四、昆仑为众神居所；五、体现人类向死而生的悲哀。然而，透过追慕企想登望昆仑可长生不死，是种超越。唐诗中的昆仑更凸显了唐人对于人间情爱的超越与舍离，如：一、承继屈原远游精神从忧怀远游到体悟真理神仙远游的过程；二、以昆仑壮阔喻示兵威猛壮，象征大唐气势喷薄激越；三以昆仑表现神秘美好、神奇难遇之境。

米彦青《草原丝绸之路上的唐诗书写》指出草原丝路上的地名景观往往兼具自然地理景观与人文景观的双重功效。书写草原唐帝国诗人大多使用"汉民族眼中的边塞"而论，虽非全然消极、否定心态，但是仍然具备审视心态，写作姿态依然保持疏离，此种情况直至元代才改变。在这条路线上，唐诗书写所浸润的多民族文化产生、发展、碰撞、融合、升华，就从文学的视角最好地展示了不同民族族群对于草原丝绸之路文化多样性与复杂性的认知。

蔡宗宪《唐代霍山的神话与祭祀——兼论霍山中镇地位的确立》指出霍山为古九州岛镇山之一，镇山与巫俗交互影响，共构成霍山历史。然而,这两种霍山的山岳文化却有着迥异的发展轨迹,九镇观念后来与方位岳镇观念合流,成为国家山川祭祀礼仪的一环。换言之,前者属于雅文化,而后者是俗文化代表。唐代以前,霍山为九州岛镇山之一,已有悠久的祭祀传统。入唐以后,由于李渊起兵的开国神话,霍山成为唐人历史记忆中的名山。

(三)唐诗传播与接受

王永波《杜甫诗在明代的评点与集解》提出明代对杜诗的评点与集解,与明代特定时代环境、文艺思潮、批评标准密切相关。其中成就为:一、取长补短,不在注释上取胜,而是侧重杜诗艺术阐释。二、注重简洁,往往评语三言两语,要言不烦。三、将自身诗学主张有意无意地融入文字中。四、善于还原杜甫的环境以及创作背景,研究杜诗较为深刻、细腻。五、善于开挖杜诗承先启后照应之处,形成特殊艺术风貌。其失误则是文献上多征引有失严谨,屡屡剽窃前人成果;阐释上则欠缺新颖,多喜以意逆志与比兴说诗,形成误解或曲解。

芳村弘道《南宋杨齐贤的李白诗注考》指出杨齐贤作李白诗注,一方面接受了《文选》李善注以"明典故"为主旨的传统,虽然偶尔也有对于诗意的解读,但还是以阐明典故为主体的。同时又有一些值得关注的特色。特色之一是考证的倾向,从中可以感知宋人崇尚理性的时代风貌;特色之二,是将夔路帐干时代的生活经验,利用于有关地理的注释中。这一近似于采用实地调查的方式,在历代的诗文注释中未见其例,从中可见其创新意识。

三、唐代散文研究

李浩《唐代士族转型的新案例——以新发现唐李百药墓志铭为重点的叙述》指出《李百药墓志铭》提供了初唐社会文化政治的不少碎片资料,若将其与《李敬族墓志铭》《赵兰姿墓志铭》联系对读,信息量将更大。作者更指出初唐时期即产生改变的士族转型与社会转型:一是从乡村向城市的转变。二是从桑梓故里向政治文化中心的转变。三是由经学世家向文史政事家族的转变。四是由文史家族向文学词臣家族的转变。

孙淑芳《隐逸的高雅传统——以唐代〈艺文类聚〉为文化场域的观察》提出《艺文类聚》不仅形塑了隐逸的高雅传统，特别由逸民传和高士传所形成的隐逸人文精神，再经魏晋六朝的隐逸名士风流，逐渐扩及为文人雅士的隐逸文化传统。从唐代隐逸文学的视角，其所提供的文学视域更直接影响唐诗的情韵逸趣，可知唐代文学史很重要的山水田园诗派，不仅受《文选》影响，也应注意《艺文类聚》所提供的文学遗产。

黄馨霈《韩愈古文人物书写的抒情性》将韩愈写人抒情的特征归纳为四点：一、在各类文体中以抒情之笔写人，且多有破体变体之作，扩大人物书写之范畴与表现形式。二、运用古文文体功能、性质不同之特性，以“文体互见”之笔法书写人物。三、擅长以体贴人情之创作思维写人，或体贴书写对象之需求与想望。四、写人时以“抒情”取代人物形象，着意于体现人世间最根本、最平易也最容易打动人心之情意，借抒情力量使人物传世。

四、唐代小说研究

路海洋《唐人传奇小说中的雅、俗融摄》指出唐传奇中既包含了很多雅的因素，又包含了很多俗的因素，且在大部分情况下，雅、俗两类因素是并存的。换言之，雅中融俗、俗中兼雅，是唐传奇在总体类性上的基本特点，并透过两个层次将雅俗进行融摄。低层：用雅的言语表述和命意来雅化俗的题材内容。高层：其一，承借史传的叙述方式，给通俗的小说题材增入了征实的成分；其二，学习诗赋、骈文等雅文学的叙述艺术，为通俗的小说题材注入了诗意。

陈尚君《〈宣室志〉作者张读墓志考释》在仔细校录此方墓志的基础上，对常山张氏的家族世系和文学成就，《宣室志》的成书年代，张读一生的仕宦轨迹和人生际遇，以及其家室和著作，作了较详尽的考察，以其为唐小说和《宣室志》研究提供新的文献与参考。其中明白梳理张读一生的行迹，在三十多年的从宦生涯中，一步步提升官阶，荣耀家室，更看到他虽经蹉跌，仍能略有建树。墓志有补充史实的意义。

陈家煌《论唐人小说、笔记中呈现的诗人形象》认为：一、长于诗才者则弱于吏才，因而导致仕途不顺。二、虽有诗才却“不护细行”“不修边幅”“不修细行”或是好酒好色好赌，而受到世人否定。三、拥有文才却得不到相应的名位，可能跟文人恃才傲物有关。四、诗才与吏才，不见得是等同之事，但是在很多事件上，一般人却一厢情愿地认为两者间，必定要有密切的关系，最后逐渐演变成“千首诗轻万户侯”，形成诗名可以与世俗富贵相埒之观念。

罗宁《良史与文妖——从唐人对两篇传奇的评价说起》试图分析沈既济《枕中记》和李公佐《南柯太守传》之差异。作者认为《枕中记》有两点与“良史才”有关：一、采用了唐代史官撰写国史人物传记时的笔法；二、所写人物的做官经历符合当时士人真实的、理想的升官轨迹。反之，《南柯太守传》的“文之妖”则是因为该传不符合一般的传记的写法，时代不明，官职混乱，而且叙事冗长，构想拟设之辞太多。

郑幸雅《别史到小说——论〈大唐新语〉的文体性质》指出《大唐新语》因刘肃有意为史，贯彻裨政教、资鉴戒、垂文以行教的编撰意识：就取材而言多国史；就类目设定而观，则门类或与德行关联密切，或呈现刘肃辅翼政教的编撰意识；就功用价值定位来说，事多关君国大事。门类的设定，以事功为先，德行为本，类目泰半关乎道德伦理。于属辞比事的语言体式上，则多因果照应的叙事模式、史传形迹、补叙手法、小说的语体性质等特征。

五、唐代敦煌学研究

杨明璋《泗州僧伽和尚神异传说研究——以敦煌文献为中心的讨论》就《太平广记》《宋高僧传》《景德传灯录》三种事涉僧伽和尚的敦煌文书入手，以其中的神奇异能或狂佯行迹叙事为中心，考究诸神异传说之源流，接着再探求诸种神异事迹与神圣崇拜之关系，以及其崇拜仪式、思想渊源。

刘惠萍《图文之间的历史：以敦煌写本〈汉将王陵变〉为例》说明敦煌写本《汉将王陵变》不但在人物的形象及情节的选取与《史记》《汉书》这类正史的记载有不少的出入外，甚至在题旨或事件的理解上，亦多有不同。早在楚灭汉兴以后、太史公以书面文字记载下来之前，民间已流传有王陵与陵母事迹的各种说法。其中一部分或经史家的加工、改造而写入正史；但仍有许多部分被保留在民间的口头传颂之中。

白若思《元末明初〈目连救母出离地狱生·天宝卷〉写本与中国配图讲唱文学传统的关系新论》说明《目连宝卷》彩图本的资料能证明明代初期宝卷文本已在宫廷流传，预示后期的民间教派宝卷于明代末期在皇宫里繁荣的现象。这部书宣传佛教与儒家的道德伦理，并且用白话文写成，一定能同时受到宫女们与其教师的青睐。同时可见宝卷文学形式从其创立时期与女性的宗教信仰、教育以及娱乐存在着关联。

高井龙《〈难陀出家缘起（拟）〉与讲经——以写本的使用方法为中心》采用从写本的书写方法探讨讲唱体文献与讲经的关系。内涵上以纸的使用方式、字句的订正、新纸的使用方式、文字与空白、内容特征与写本利用等面向探讨，结论为：从书写时用新纸张与较大的文字、空白来看，当时与讲唱体讲经文献的利用者、利用方法的同时，讲唱体文献讲经已经被重视。写本与内容相比，可以说写本本身的特征必须首先解读，它是传递给我们的各种数据信息。

郑阿财、廖秀芬《敦煌俗文学的特色及传播方式》说明敦煌俗文学的体类，并析论敦煌藏经洞发现的俗文学作品。内容方面，以市民所关心的日常题材为议题；形式方面，同一题材以许多不同形式呈现；语言方面，采用口语、通俗的语言，贴近民众日常使用的语言。传播上则以口头及书面传播并行。传播的空间由寺院到寺院外的戏场；传播者有民间艺人、歌妓；受众阶层则从佛教信徒扩及一般民众。书面传播则以传抄为主，传抄的目的各不相同，但都能传达给无法亲临现场观看表演者。

萧晓阳《敦煌变文与中国小说的诗性叙事》透过敦煌小说与连环画图的关系，试图说明：一、变相与小说故事的连续性；二、变相体现出的神秘性，即“非常性”对古典小说传奇性的影响；三、变相的符号象征意义与变文的隐喻性在元明以来小说中的体现三个问题。而此文得到结论为：敦煌变文具有鲜明的画图叙事特征，对中国小说诗性叙事产生了深远的影响。

周安邦《敦煌写本杂字系蒙书与明清杂字之关联探究》说明杂字系的蒙书，内容上将日常使用的字词进行分类归纳，然后相连成句，编写成教材；体式上，以“分类部居”的方式，将庞杂无序的人生，做有意义的分类整理，建构出新的知识系统。敦煌杂字系蒙书主要可区分为三大类别：一、将常用知识以类聚方式汇集在一起。二、分类字词，以分类立部的方式收录生活日用常见词汇，影响了后世杂字分类立部编纂方式，为明清分类字词杂字之先河。三、以四言一句将常用知识汇聚编辑，虽在体式上还未见到分类立部，但四言汇聚方式已成为后世杂字中《四言便读》之先河。

林仁昱《敦煌佛教歌曲的“世俗记忆”探究》透过考虑敦煌佛教歌曲所唱述的“世俗记忆”，归属其文献性质、历史环境与社会现象等因素，示现出“劝化出离世俗”“关照世俗人情”“显现世俗行迹”等不同目的，但最重要的作用，其实可以归纳在“引导省思”与“设境想象”的具体做法上。佛教歌曲既然要面对大众化宣讲、礼拜等法事，于是“世俗记忆”运用就成为重要的方便法，在“舍离”与“关照”俗情的矛盾中，展现从俗情出发，终究舍离俗情的认知与引领路径。

六、唐代思想研究

丁威仁《唐代医书里的房中思想——以孙思邈〈备急千金要方·房中补益〉为研究对象》说明孙思邈在《房中补益》中将“四十岁”视为一个关键时间，人类精气由盛转衰之处，透过“气化宇宙论”置于“房内之学”中产生的论点，订出一个具体可以在生活中实践的年限。再者，文中更提出“多御童女”的概念，隐喻着隋唐社会依然存在贵族或有经济能力者，购买弱势阶层童女作为妾室，以满足欲求与进行房中养生的现象。三者更检视“上士有智”的保固其精之功，行房之时不应“妄出”，更提出了规范“泄精”之法，以达到“导引养生”的目的。

姚彦淇《试论成玄英〈庄子疏〉中的“至人”与“圣人”》首先提出圣人与至人乃体用不分、同时朗现的“即至即神”。成氏的“至”与“神”不完全是“然”跟“所以然”的关系，比较偏向本体跟现象(效果)的区别,所以我们可以把“至/神”视为体用工夫的合并概念。再者,无论圣人或至人皆为冥契妙真的体道、达道之人,且工夫手法皆为“无心”,然而强调将自我意识控制在虚寂沉静状态的工夫,主要是在提倡一种主体本我与客体外物相接时,主体应该保持的态度或应对方法。

陈雅娟《论萧颖士文学思想对韩愈之影响》不仅对萧颖士、李华、独孤及、萧存、梁肃、李栖筠、韩云卿、韩会、韩愈等人进行师承关系考证,说明对其古文思想的深远影响,更提出韩愈受萧颖士影响的几种特色,诸如:文以载道、不平则鸣、务去陈言、气盛宜宣、尚其等。韩愈直接继承了萧氏宗经、明道的复古文学主张,并进一步把明道和现实结合起来,同时批判地接受了萧氏的骈文观,摒弃了骈文的流弊,但同时又吸收了骈文的艺术成就,更好地运用到古文创作中去。

黄东阳《段成式〈金刚经鸠异〉所开展文人信仰之自我诤辩》主要辩证段成式以信赖父亲的信仰为前提,反映着一位尊重亦尝试理解佛教的儒生,如何观察及理解此信仰对于个人生命及人生的意义和价值。提出现对人生的三种变异信仰功效:一为以变异为核心,二为以信从为应验枢纽,三为以生命作为个人与佛理的验证说帖。

荒见泰史《论中国宗教的特征及其融合——以景教、摩尼教的赞美歌与净土赞的关系为主探讨》通过对敦煌文献中景教、摩尼教资料分析,探讨了汉语文化圈中心的中国王朝及其宗教信仰方面的特征,主要内容:一、唐代宗教政策,二、汉语言与宗教思想融合方面,三、宗教仪式融合以及对文学影响而论。

高振宏《唐代的十一面观音信仰及其流衍研究》整理耶舍崛多、阿地瞿多、玄奘、不空等四人翻译的十一面观音经典,以为这四部经典(不空本上卷)大体相近,其中不空本有强化护国之思想,较大的差别是阿地本在加入根本陀罗尼之后加入的七日供养坛法,而不空本则是在中、下卷增加了完整印法、坛法与护摩方式,其中可看出他们试图建立完整密教仪轨的企图,但因阿地瞿多缺少其他译经及文献支持,因此暂时无法断定其密教性格;相对来说,不空则明确引入金刚顶莲花部系统,而有完整的息灾、增益、降伏、敬爱诸法,完备整个相关仪轨。

七、唐代"中日"文学比较研究

严茹蕙《礼俗法制的交融——日本〈服忌令〉溯源,兼论与唐令关系》企图透过《服忌令》的出现轨迹,勾勒其形成的过程和原始样貌,说明《服忌令》出现的原因与流传。并将讨论范畴限定在日本令中述及的"移""斋""服""祓",在中国的源头、与母法唐令间的关系、在日本令中的规范,以及日后的演变。其中讨论到忌、移、假、丧服制等概念,诸如忌讳与死亡、移事与丧事等观念,以及流传至日本后的运用手法。再者,谈到服忌与给假天数的结合,延伸至日本变成日本民众之间遵行的礼俗规范。

潘铭基《日藏平安时代九条家本〈群书治要〉研究》旨在考察九条家本《群书治要》之文献价值,首论其概要,次之以其勘正文献之例,复论其与金泽文库本之关系。文中提到就《治要》现存诸本言之,当以平安时代中期之九条家本最古,金泽文库本最全,且地位举足轻重,平安时期之天皇多诵习之。据文中考证,九条家本成于平安时代中期,金泽文库本则成于镰仓时期,而九条家本于镰仓中期尝经校改、训点,金泽文库本亦然。

阿部泰记《论唐代王昭君故事的时代特色和其对后代中日文学的影响》说明唐前有种种的王昭君传说,唐代昭君故事把汉代以来的传说更发展而传给了后代了。《汉书》没有写昭君的感情,只写了她对和亲的贡献。唐后,除了一部分否定和亲政策的诗文以外,歌颂昭君的和亲功劳的诗文比较多。诗人开始寻访青冢而怀念她,并大多表扬了昭君忍着苦境而贡献和亲的功劳。日本的文人继承了白居易的《过昭君村》诗,有的作者借用它描写了昭君出塞以后荒芜的庭园。近代小说借用了昭君的形象来描写了日本传统女性结婚的悲惨。又有民间歌曲说被嫉妒流放的昭君和自己的悲运。

八、唐代文化研究

李宝玲《谈唐代诗人的阅读清单——以经学、史学为主的观察》探讨唐代诗人在读书一事,受科举考试的功利主义的影响,很少以进德修业、砥砺品格为目的,尤其唐代诗人作品透显出来的经学与史学之阅读习惯,说明了唐人对史籍阅读的热情超过对儒家经典的喜爱。阅读儒家经典的阅读上,以“尊儒崇经”为主,强调《孝经》《论语》《礼记》《春秋左氏传》,却偏于学术的训练,与表现日常生活的诗作距离遥远,故而诗人写作阅读经学作品数量并不多。

王颂梅《律诗与唐代礼乐之关系》说明礼仪美学在长安城、乐舞与律诗的平面设计,及《破阵乐》《龙池乐》之演出看来,律诗与礼仪的关系不仅至为密切,甚且为李唐新时代“诗”“礼”“乐”政策下的一环。从律诗结构与长安城、宫廷雅乐之美学特征来看,其设计之礼仪化,其时代之共时性,其生成的土壤应该是礼仪性的时代环境所致。其体裁本色不外“庄重”二字,最初为朝廷应制之用,其内容与形式同质同构,后来发展为个人抒情言志之用,其间容或有变风变雅之异质现象,然基本上不脱庄重之本质。

朱祖德《唐代淮南地区食盐的生产和销售》说明淮南地区在唐代是主要的食盐产地之一,由于制盐业发达且位于运河的要道上,为了有效管理盐务和漕运,唐廷先后在淮南地区设置了数个巡院,其中以扬子留后最为重要,扬子留后主要负责江淮地区的漕运和盐务,唐末甚至往岭南地区的海运也是由其管理,其重要性可见一斑。文中针对淮南地区的制盐业、盐务组织的建立有深刻分析,并针对淮南地区巡院系统中最重要的扬子留后,与淮南地区其他盐铁转运系巡院的权责,加以区隔及厘清。

本次研讨会于 2016 年 4 月 23 日下午进行闭幕式,紧凑而充实的会议提供了学者多元论题分享的平台,更示现了唐代研究成果之蓬勃与丰硕性。

唐诗学研究的继往与开来——“唐诗学书系”出版座谈暨学术研讨会综述

□ 查清华

20世纪80年代的一次唐代文学年会上，陈伯海先生曾提议建设唐诗学，随后会刊《唐代文学研究》第一辑发表其长文《唐诗学史之一瞥》，由此启动了上海师范大学由陈先生领衔的“唐诗学建设工程”，至今30余年从未中辍，历三代共30多位学者前后接力，完成8种专著，形成960多万字规模的“唐诗学书系”。该书系日前由上海古籍出版社全套推出。2016年6月11日，“唐诗学研究的继往与开来——唐诗学书系出版座谈暨学术研讨会”在上海师范大学召开，会议由唐代文学学会、上海师范大学、上海古籍出版社和上海社会科学院共同举办，来自各地的60余名专家与会研讨。

学会会长陈尚君教授致开幕辞，对《书系》的出版问世表示祝贺，称其“凝聚了伯海先生和他领导的工作团队多年心血，是当代唐诗学研究的重要里程碑”，“希望这套大书能够充分为中外唐诗研究界信任和了解，从而更广泛深入地推动唐诗研究的展开”。

上海师范大学唐诗学研究中心名誉主任陈伯海先生介绍了“唐诗学书系”的基本理念、研究方法、结构框架及成书经过，并对未来唐诗学研究的推进提出新的设想。陈先生强调：将这套书定名为“唐诗学书系”，着眼点就在这个“学”字上，是要切切实实地将唐诗研究看作一项专门的学问，或者说是与古典文学研究领域中的“诗经学”“楚辞学”“乐府学”以及“词学”“曲学”类同的一门分支学科。其根据是,“唐诗”一词在后人心目中通常并不限于唐朝人所写诗歌的统称,它代表着一种具有独特性能的诗歌传统、一种艺术精神,甚至被视以为民族文化的典范;唐诗研究在唐以后也有着一千多年未曾中辍的历史,形成一系列专门性的研究课题和多样化的研究形态,足以构成一门独特的学问。将唐诗研究称之为“学”,即是要用学科意识来从事此项建设,这便是“书系”发凡起例的用意所在。那么,该怎样来建设这门学科?陈先生说,必须从继承历史遗产入手,将以往的成果包括正反两方面的经验充分吸取过来,在综合、加工的基础上推陈出新,以形成符合今天时代精神的唐诗学理念。基于这一思考,“书系”的设计大体涵盖三个方面,即目录学、史料学和理论总结,以构成一个整体脉络。首先是目录学专著,包括《唐诗书目总录》和《唐诗总集纂要》,提供相关总集、别集、评论资料等书目与介绍,让人们了解唐诗学的“家底”以及由哪些门路得以升堂入室,它是治这门学问的最必要的基础。第二步是搜采史料,以构建唐诗学的史料学,如《唐诗论评类编》即从千余种古代典籍里收集有关论评唐诗的专门性资料,按问题性质归类,便于显示唐诗学的内在理路;《唐诗学文献集粹》按历史顺序编排文献,便于提示唐诗学的发展线索;《唐诗汇评》则将零散评语汇聚在各诗人名下,便于读者在阅读唐诗的同时用以查考对某一诗人或诗作的历代评说情况。这样一种纵横交错的立体式史料构建方式,不单有利于研究者对资料的检索和应用,并能让唐诗学本身的内在逻辑结构凸现出来,便于从事理论的概括。“书系”中的《唐诗学引论》《意象艺术与唐诗》《唐诗学史稿》之类理论性撰著,正是在上述史料集成的基础上提炼出来的。“总之,由目录学经史料学以至初步的理论总结,三个环节一以贯之,形成这套书系的基本架构,也体现了我们自己从事唐诗学研究所采取的基本途径。”

专家们对该书系的价值进行了评论。陈尚君教授称这套书系是“唐诗学研究的总结性著作”,《唐诗书目总录》“是目前所见有关唐诗历代著作最称大备的一部书录”,“就目前完成情况来看，足可让学者信任，顺此进阅，可得许多新的收获”；《唐诗汇评》《唐诗学文献集粹》《唐诗论评类编》是“相互关联，又有不同分工的唐诗文献总汇。以上三书，采资丰富，编次用心，文献可靠，校点认真，为今后之唐诗研究，展开了无数法门”。蒋寅研究员认为《书系》作为集成性的成果，“代表着当今唐诗文献著录、资料汇编、理论思考和学术史梳理的最新水平，相信它的出版对唐代文学研究会是一个有力的推动”。尚永亮教授撰文称“陈先生大概是国内明确倡导建构唐诗学，并将之付诸切实行动的第一人”，认为“书系”的营构，“有一个系统、周详的思考和架构，其突出特点在于，既重理性认知，又重文献整理，兼顾学史流变，由此形成理论、文献、学史三大板块的有机结合”。罗时进教授说，“唐诗学是一个非常庞大的知识系统”，这套《书系》作为奠基之作，能“将理论建设和文献基础建设合为一体，其理论建构在扎实的文献的基础上”，“使今后的唐诗研究有了方向、路径”。钱志熙教授强调：“文献整理与理论探讨是可以分头进行的，但如果能够结合在一起做，会具有更高的学术示范价值。近期的学术界，文献研究的成就无疑很突出，但也出现琐碎、芜杂等现象，主要是因为缺少理论思考和发凡起例的本领。在这方面，《唐诗学书系》是一种示范性的工作。”李浩教授也说，“‘书系’在目录学编纂、史料学积累和理论建构三个方面成鼎足状，格局大，但很稳健”，给古代文学研究树立了一种新的范型，能将前辈学者陈寅恪的“诗史互证”与闻一多的“诗思交融”两个维度结合起来。董乃斌教授特别指出：“伯海先生的唐诗学理论是从他的唐诗研究实践中提取出来的，他不满足于一般的论述或鉴赏，努力把实践中得来的认知加以逻辑化、系统化，以形成他的理论观点，然后又回过头去成为整套唐诗学书系的指导思想和行动纲领，使资料编纂工作立意更高，操作也更得法。”

就唐诗学研究如何继往开来，专家们结合自己的研究课题，提出了许多富有建设性的意见。陈伯海先生说：“‘唐诗学书系’总算出版了，但‘唐诗学’作为现代意义上的一门学科建设则方刚起步，无论从史料建设或理论建构上讲，都还有很大的拓展空间。以史料收集而言，我们现在的搜采范围基本限于古代，至于近现代人因研究成果太多，涉及方面太广，无法收集齐备，即使做个提要亦甚感困难，只能暂付诸阙如。此外，还有域外的研究资料，如日本、韩国、朝鲜、越南以及西欧、北美等地区，都有唐诗研究的传统存在，要构建完整的唐诗学，少不了借鉴他们的经验。这样看来，史料学建设大有可为，我们只不过起了个头，后续任务将更为繁重也更为艰巨。”“当代需要的原创性理论，除了立足当代的实践和借鉴西方观念之外，是否也可从民族传统的艺术文化经验中予以切实的考量并加精心提炼呢？就我的体会而言，唐诗艺术便是一个很好的切入点，是大有可为之所。”陈尚君教授谈到他的展望：一是对唐诗文本的划定，包括原诗体、诗序、本文、本事皆予收录；二是追溯最早文本，记录以唐宋时期为主之较早时期传布异歧；三是对宋、明以来流传的唐集，分层级地区别参校；四是尽可能地将具有第一手文献价值的文本全部加以记录，借此展示历代流传文本的变化；五是充分利用古今考订唐诗的成果，采据求全，按断务妥。卢盛江教授在论及唐诗学如何进一步展开时说，他从陈先生的研究里获得几个感受，或可启示后来研治唐诗的学者：一是理论从实践中来，从史料中来，从实证中来，从历史的面貌基础上来，从弄清传统诗家基本诗学思想的基础上来；二是要有走进历史整体的生动的感觉；三是要提高我们的思辨能力；四是一种好的理论应该是人类思维能力、思维层次的一种提高。钱志熙教授提倡将唐诗作为一个体裁系统，对其中各体的源流演变及其关系进行研究，亦可结合唐人的创作实际、唐诗的发展历史，对唐代一些重要的诗学范畴重新展开研究。罗时进教授提出从文本形态的唐诗、诗史中的唐诗、文化衍生品的唐诗和精神化的唐诗四个层面和向度对唐诗学进行拓展。张伯伟教授则结合自己多年来整理研究域外汉籍的体会，提出唐诗学研究应该从新材料、新问题和新方法开辟新路。这些建议为唐诗学研究的进一步展开提供了有益的启示。

杜甫文化接受与传播全国学术研讨会暨四川省杜甫学会第十八届年会综述

□ 徐婉琦　沈文凡

杜甫文化接受与传播全国学术研讨会暨四川省杜甫学会第十八届年会于 2016 年 10 月 15 日，在长春吉林大学文学院隆重召开。

此次会议群贤毕至，少长咸集。来自中国内地、香港及日本等海内外专家学者近 160 人出席。专家中汇集了中国杜甫研究会会长，四川省杜甫学会会长，天水杜甫研究会副会长，夔州杜甫研究会副会长，中国文心雕龙研究会会长，中国李白学会副会长，中华文学史料学会副会长等，以及全国各个杜甫纪念地的相关同志。此次会议在历届全国杜甫学术研讨会中，为规模最大的一次。

本次会议主题由吉林大学文学院沈文凡教授拟定为“杜甫文化接受与传播”，主要探讨前人后世对诗圣的传播接受，海内外杜甫文化研究，杜甫与地域文化研究等相关内容。会议共计收到学术论文 102 篇。在大会发言和小组讨论中，各位专家学者纷纷就各自提交的论文各抒高论，为杜甫的海内外接受传播、文化精神及其他各方面研究提供了更多的方法和深层次的完备论述。各组论文角度多样，内涵丰富，研究的内容涉及国内外从古至今对杜甫的接受与传播，对杜甫个别作品的研究，对杜甫的论辩和考证性研究，对杜甫诗歌技术技巧和人文情怀，精神思想等方面的研究。研究的时间跨度是从唐代到当代，空间跨度从国内到国外，老中青三代学人少长咸集，加之主持人、点评人的精彩恰当的评点与总结，各个小组的讨论都气氛热烈，成果丰富，从而展现了目前杜甫研究格局的多样化。这也为研究杜甫诗歌形象、文本以及文化接受传播提供了新的研究空间、方向和方法。现将本次年会论文的论见分四个方面综述如下。

一、关于杜诗接受与传播问题的研究

本次会议有 40 篇论文探讨杜诗的传播与接受问题。纵向来看，时间上由唐至清，再至近现代，跨越一千余年；接受的地域从国内跨至域外如日韩、越南及其他东南亚国家，更远涉英美西欧。接受的对象涉及诗人、画家、官员、士大夫、政治家、遗民等等；接受的题材涉及诗、词、曲、画、笔记小说等；涉及的领域有文学、美学、传播学、翻译学等。

论及杜甫对前代的接受文章，如刘越峰《论杜诗对魏晋南北朝赋中词语的接受》对杜诗接受魏晋南北朝赋中词语的情况进行数量统计，继而给出判断：魏晋六朝赋中的词语是杜诗重要的语料来源，杜甫以其入诗，某种意义上，有助于增强诗歌的表现力，使之更加凝练传神，富于神采。孟祥娟《论杜甫对神话的接受与运用》主要分析了杜甫诗歌中运用的古代神话。在此之中，涉及专论杜甫对古代具体诗人接受的文章，如管遗瑞《贯休与杜甫——读贯休诗歌札记》论述了晚唐五代诗僧贯休对杜诗的推崇和对杜甫多舛命途的同情。文章指出，贯休堪称晚唐诗史，出世人写入世作，在杜诗影响下，突破僧人笔触界限，从佛理和个人内心世界挣脱，扩大描写范围，忧国忧民，记录历史，抒写自我，继承发扬了杜甫的精神。陈才智《论杜甫对白居易的影响——以咏物诗为中心》以咏物诗为中心，探讨了杜甫对白居易的影响。指出白居易有意识地继承杜诗的写实精神、艺术手法。立论高超，论证严谨。付振华《敬而远之：陶杜关系新说》认为杜甫对陶渊明缺乏深刻的理解，文章通过对杜诗与陶诗思想、内容、诗艺等方面的分析，得出“杜甫泛论陶诗，并未高度评价和大加推崇。杜甫对陶渊明，正如孔子对荷蓧丈人，大体采取了敬而远之的态度”的结论。

着眼于后世对杜甫的接受，论及中国古代对杜诗接受的文章，如张忠纲《韦庄的杜甫情结》分析了唐人韦庄《又玄集》选诗将杜甫排在首位，且收诗最多的历史和时代缘由。又从韦庄之家世渊源、诗歌艺术、人生境遇、生死历程等不同侧面与细节，深入剖析了韦庄对杜甫“生平尊杜意，死亦灵犀通”的别样深切情怀。刘俞廷《元明清笔记小说中的杜甫》主要关注元明清三代杜甫在笔记小说中的形象和主要事件。包括海棠诗，与李白诗歌的酬答，杜甫严武的关系，时人对杜甫作品的负面批评等问题，以及杜甫在元明清时代仍流传的其他生前身后轶事。在此基础上作者还简析了笔记小说中杜甫较少被记载的原因。聂大受《关陇道上的杜甫》说明了杜甫在秦陇的设施建设，提出了这几个设施建设对杜甫文化传承的意义，十分富有启迪性。刘尚荣《话说〈金元明人论杜甫〉》则以书评形式介绍了冀勤《金元明人论杜甫》一书的内容及学术价值。一方面给我们提供了重要的信息，另一方面给我们提供了启发和思路。祁和晖《说杜诗的传播与传承》借鉴近现代传播学的方法，对杜诗的传播与传承进行研究。王红霞、冉驰《南羲采〈龟磵诗话〉对杜诗的评析》通过分析材料，对杜甫的影响史进行补充。采用逐条评析的方式，考察杜甫在李氏朝鲜时代产生的影响。蔡锦芳《乾隆与杜甫：诗称杜圣李谪仙，吾与甫也无间然》对乾隆皇帝对杜甫与杜诗的学习、认知和评价做了深入的阐释。杜华平《苏轼与杜甫词语接受史考论》从微观语言接受史的研究角度，考察杜诗接受史的可行路径。

论及近现代对杜甫接受的文章，如张志烈《杜甫精神追求之现代启示》论述了杜诗所传达的精神，在当今时代的意义以及对我们今天现实生活的重要启示。孔令环《民国诗话中的杜甫评论》对民国杜诗学呈现出前所未见的众声喧哗之现象进行了深刻的探讨与反思。张吉兵《废名杜甫研究的时代特征述论》对废名先生研究杜诗的时代特征做了研究述论。他认为，废名先生的杜甫研究区别于历史上的杜甫研究，最根本的地方就是，他是在科学文艺观即毛泽东文艺思想指导下研究杜甫诗歌的，主要从现实主义、爱国主义、人民性三个方面对杜诗进行了全面、系统的阐发。作者认为，废名讲论杜诗，兼具时代共性视角和独特的个人化双重视角，其具有时代共性是一个复杂的思想探索过程。陶喻之《记著名国画大师陆俨少先生的杜甫诗意图情结》论述了国画大师陆俨少先生创作的杜甫诗意画中与杜甫相契合的生命精神。

横向来看，接受的地域从国内跨至域外如日韩、越南及其他东南亚国家，更远涉英美西欧。论及日韩、东南亚各国家对杜甫的接受的文章，如徐希平《再拜杜鹃少陵翁，遗芳賸馥大雅堂——从高丽诗人李穑的一首诗作看杜诗与巴蜀文化之海外影响》通过评介高丽诗人李穑及其有关杜甫、黄庭坚大雅堂诗作，以李穑《前篇意在兴吾道大也，不可必也。至于诗家，亦有正宗，故以少陵终焉，幸无忽》一诗为切入点，论述杜甫与杜鹃文化的关系，考订大雅堂的历史文化意义，窥一斑而知全豹，见出杜诗与巴蜀文化的海外影响。杨理论《日藏本〈内阁批选杜工部诗律金声〉考辨》、房锐《杜甫对日本文人的影响——以山川早水〈巴蜀〉为重点》、曹逸梅《杜诗在日本五山禅林文学中典范地位的形成——以杜诗阅读与阐释为中心》等论述了杜诗在日本的接受情况。再如张思齐《杜甫律诗与当明时期越南七律的繁荣》论述了当明时期，越南七律诗特别繁荣的原因是，越南是中国文化最大的受益国。作为在众多朝代中于文化领域处于主导地位的黎朝，中国文学的所有样式也在其影响下于越南得到了突飞猛进的发展。中国的七言律诗在明朝受到特别的重视，这种重视在越南也有着类似的表现形式。其中越南的使臣诗具有高度的艺术价值，在外交文学上具有典型的示范意义。马兰州《杜诗在越南传播和接受的几个特点》概述了杜诗的南传情况，对杜诗的接受和传播特点作了梳理，揭示了越南对杜诗的接受特点。

论及英美西欧等国家对杜甫诗歌接受的文章，如曾祥波《宇文所安杜诗英文全译本"*The Poetry of Du Fu*"》对 2016 年出版的哈佛大学宇文所安教授的首部学术性的杜诗英文全译本"*The Poetry of Du Fu*"进行评价,认为此译本从不同方面体现了目前汉学界杜甫研究的前沿水准,并指出了其中一些有待商榷观点。赵化《变异的"诗圣":英语世界学者的杜甫研究》对英美学者对于"诗圣"的理解与国人对"诗圣"的理解之不同这一现象进行了分析。她指出,这体现了不同文化传统、审美习惯对于研究者认知的巨大影响。文章探讨了西方文化语境下"诗圣"的内涵,揭示了西方汉学对于杜甫阐释存在的错位与变异,这是符合西方经典而剥离了中国传统政治道德的现象。孙纪文《清代少数民族诗人与杜诗——以满、回、壮三个民族的诗学视域为中心》、吴增辉《虚构视野下的唐宋诗之变——兼论杜诗之写象与宋诗的精神契合及范型意义》、王立国《唐宋至清杜甫文作研究述评》、毕宝魁《从魏燮均诗看杜诗影响之深远》、刘晓凤《元代书画中的杜甫及其诗歌》、吴淑玲《名岂文章著:杜甫晚年对自己诗歌的传播认识》、张慧玲《明代杜诗"师法众长"说》、王永波《论〈读杜诗愚得〉的注杜特色及其得失》、徐婉琦《近三十年杜甫诗歌接受史研究综述》、王伟《杜甫、杜诗接受过程中的负面评价及其诗学意义》、占如默《杜甫〈八哀诗〉褒贬述评》、刘明华《唐宋作家论杜补遗》、杨永发《杜诗注释的引用法》等都分别从不同角度,对杜诗的传播与接受情况做了深入的论述。

总体来讲,对于杜甫传播与接受问题的讨论,大多数学者的文章都十分精细而深入。涉及的时间长,地域广,而且相关研究更呈现出了不同学科相交融,不同文化相交融的扩展与进步。这皆是杜甫接受与传播领域显示出的可喜成果。

二、对杜甫与地域文化的研究

本届会议有 10 篇文章论及杜甫与地域文化的研究。这些文章角度新颖,论述有据,见解深刻,也是探究杜甫传播与接受很好的切入点,打开了杜甫研究的新视野。

葛景春《杜甫诗歌在地域文化中的主调与兼调》指出杜甫诗歌兼具多重其他地域文化的丰富性及鲜明的中原文化的主导性，恰如一部交响曲，八音纷呈，兼调丰富，又不失主调灵魂。冯婵《试论杜甫在成都的诗歌创作与地域文化之关系》立足杜诗文本，结合成都文化的各个方面探讨杜诗与成都的渊源，并阐释了杜甫对成都文化产生的巨大影响力。程得中《杜甫蜀中临江诗探析》从内容、思想、意义等方面，结合杜甫流寓蜀中的心路历程，对这一时期寓居成都所作临锦江诗，流亡梓州所作临涪江诗，定居夔州所作的临长江诗，流亡阆州所作的临嘉陵江诗进行了深入的分析。王树森《唐蕃关系视野下的杜甫诗歌》主要从杜甫涉蕃诗的创作背景与基本内容，杜甫对唐蕃关系的基本态度，杜甫涉蕃诗的史诗价值与文学意义三个方面对唐蕃关系视野下的杜甫诗歌进行阐释，从人道主义情怀的高度出发，视角独特，分析深入。李君鉴《杜甫的幸福生活在夔州》以杜甫在夔州客居的经历与创作为基点，重新客观、全面地认识杜甫，并指出，他在夔州的生活是相对幸福的。杨观《论杜甫流寓梓阆之诗》作者将杜甫在流寓梓州、阆州期间具有典型代表性的诗歌与在成都时期的创作进行了细读与对比，由此得出杜甫的艺术风格由前期蜀道行役诗的雄劲奇丽转为沉郁哀伤。文章从四个方面深刻分析了这一时期杜诗对于杜甫实际生活与创作心态的真实记录与反映，从而也对杜甫在当时时代背景下的诗歌创作思想进行了观照。此外，蒲向明《陇蜀道诗：杜诗分地域研究之重要区间》、王飞《荔枝道与杜甫荔枝诗》、刘洪《再论浣花夫人、浣花祠与杜甫草堂》等也都结合饶有特色的地域文化，对杜甫诗歌进行了深入的分析。

三、对杜甫诗歌思想艺术的研究

本届会议还有诸多高质量的论文，立足于文学本位，对杜甫具体诗作的思想内涵与艺术技巧，做了更深刻、精细的探讨。

对杜甫诗歌思想进行更深层次挖掘的文章，如沈文凡《论杜甫诗歌的生命厚度》对杜甫“大庇”思想及“闻”的思想进行深入阐释，着重强调了杜甫诗歌中所表现的人文情怀。作者指出，杜甫如同是伟大的战地记者，他以生命厚底写诗，堪称“诗圣”；他以真实笔触记录，其诗可谓“诗史”。且杜诗不仅仅在中国文化中备受推崇，它的影响还辐射到周边民族。除此之外，杜诗的深厚内蕴还体现在杜甫对于百姓民居的关注和关心。在他的诗篇中不仅仅是《茅屋为秋风所破歌》中提到了“大庇天下”的思想，还有很多诗中都有着对建筑民居的关注，这种关注更加凸显了杜甫对普通百姓生活的关心和思考。周裕锴《杜甫诗中的儒家情怀》则以“课堂讲稿”为底本，以杜甫诗中的儒家情怀作为着眼点，从“仁者爱人：杜甫诗中的人道主义”“杜甫诗中的忧患意识”“杜甫诗中的现实批判”“杜甫诗中的民本思想和反战意识”等四个方面，对杜甫诗歌文本中体现的儒家情怀进行了举例分析及经典阐释。陈小波《论杜甫的宗亲诗》用“知人论世”的理念分析了杜甫写给自己的宗室中人的 80 余首诗歌的思想情怀。黄慧娟《此身游罢无归处，独立苍茫自咏诗——杜子美巴蜀寺庙游历诗概论》主要是通过目录及简介和内容分析归纳两种方式对杜甫约 30 首巴蜀寺庙道观游历诗进行梳理和概括。从日常生活、交友、悟道、审美和创作五个方面概括了此类诗的丰富内容，从人生哲学的高度展现了杜甫的内心世界和精神追求。尤其是从一个侧面展现了杜甫的诗歌创作，不仅具有人生正能量的保存与转换作用，更是杜甫不朽人生价值的直接载体。

从艺术层面对杜诗进行更细致解读的文章，如许外芳《浅论杜诗的递进艺术》通过语言学方法研究杜诗。通过对杜诗中应用的很多句式类型、虚词使用等方面的解读，推进读者对其“沉郁顿挫”风格的理解。支那《新议杜甫〈茅屋为秋风所破歌〉中“雨脚如麻”》从民俗学角度探究“雨脚”之出处，提出雨脚和雨点存在着根本性的差异，将多维度有机结合，从训诂学维度揭示“雨脚”之误区，从修辞学尺度感受“雨脚如麻”之诗意。李宇林《试论杜甫陇右诗的描写技法》研究了杜甫陇右诗的叙事和抒情特征，并归纳了其描写技法的特征。成玮《基于凿实的精微——

论施鸿保〈读杜诗说〉的艺术阐发》以张慧剑先生校点的清代施鸿保所撰的《读杜诗说》为对象进行专题研究。文章从思力、字面、义脉三个方面进行考察，指出对于施氏诗义解释和文字校正尚可商榷，但从艺术阐发角度则值得探讨。林宜陵《杜甫所显现的唐代宗时期诗风探论》论述了唐代宗执政前期(762—770)杜甫诗风、诗艺及诗歌内容的形成原因及表现特点。此外，陈冠明《论代书诗的流变及杜甫代书诗的创作出新》，刘跃进《漂泊无助的远游——读〈秦州杂诗〉二十首及其他》，刘厚政《杜甫夔州诗中展示的人格魅力及其深远影响》，刘咏涛、涂春红《再论杜甫夔州诗的思想情感》，郭树伟《论杜甫与中原文化的担当精神》等也分别从不同角度对杜甫诗歌思想艺术进行了深入的阐释与研究。

四、对杜甫与杜诗的版本、考证校勘研究

本届会议还有11篇文章，对杜甫与杜诗版本，以及相关研究中一些值得商榷的细微问题进行了立论翔实的考证。

龙占明《杜甫瀼西草堂不在东瀼水之滨——和简锦松先生商榷》旨在根据笔者的考察和甄别，以杜诗、其他诗人诗歌、文献资料和图片资料作为佐证，对简锦松先生提出的“杜甫瀼西草堂定位在唐赤甲山主体向东南延伸的土地岭上”的观点提出了“唐时瀼西在三峡水库淹没前的奉节老县城，瀼西草堂不在东瀼水之滨的土地岭”这样的看法。而对于杜甫茅屋位置、杜甫本人曾停驻位置等也持有与传统观点不同的意见。郭海文《杜甫母系家族新资料初探》通过《大唐故临川郡长公主墓志铭并序》得出临川公主是杜甫高外祖母的结论，由此梳理脉络理解杜甫的忠君等思想。胡永杰《杜预至杜甫世系中所缺一世考论及推断》对杜预—杜甫家族世系进行探讨。作者经过细致的考证与分析，推断杜预至杜甫世系中所缺一世应在杜顾与杜逊之间。文章角度新颖，考证性强，所提出的问题以及推论值得引起学界的关注。邝健行《从杜甫亲属丧事论〈仇注〉在丧事期间的作品编年》

将仇注中的一些作品与这一段时期的编年对照起来,对许多问题进行了探讨。张家壮《杜甫〈佳人〉篇发微》超越以往单纯做注的分析方法,对于杜甫《佳人》一篇的"诗外本事"进行深究,了解其生存境遇,从而对"纯是比兴,羌无故实"的说法进行了辩驳。这篇文章对于具体文学作品的分析既深入文本又观照心灵,结合杜甫的创作心理、历史文献对作品进行了细致全面的梳理,以创作为核心,充分表现了作品与作者的相互成就。孙微《杜甫的官阶变迁及其相关问题考辨》结合具体问题,对杜甫授官经历的复杂过程进行考辨,解释了很多学界对此尚存分歧,亟待澄清的问题。彭燕《关于杜诗旧注辑录整理的问题》指出了宋代杜甫研究分散于刻本之中,研究者想要了解某一作家的状况查阅起来很不方便,而且集注中作家的注解并不清晰。作者为了改变这一状况,正在做宋代蜀人三家杜注的辑录工作,这项工作不仅能为阅读提供方便,也能使阅读中的身心更贴近杜甫,贴近经典。此外,白建忠《杨慎〈杜诗选〉考述》,张勇《杜诗所见"榿木"考》,张宏《传世杜诗书画与杜集校勘——以苏轼书〈奉观严郑公厅事岷山沲江画图十韵〉为例》等考证与论证行云流水,为我们提供了从内容到方法论的多重思考。作者们基于丰富文献的文本细读所进行的考辨,对我们进一步研究杜甫的创作经历等有很大的启发意义。

综上所述,本届年会的学术论文学术含量颇高,反映了当代杜学研究,尤其是杜甫诗歌传播与接受领域的前沿学术水平,总体体现出如下鲜明特点:

第一,对杜甫接受史研究时间与地域跨度广,由古代至近现代,由国内而域外,论及的学科、人群,分布广泛而全面,研究成果精细而深入。

第二,研究视角新颖,注重多角度发掘材料,并进行深入的分析和体会,从而得出切实准确的结论,呈现出分量厚重的文章。

第三,立足于文学本位,注重由具体文本生发出的诗人诗作思想艺术层面的更深入体察,关注杜甫与杜诗的文化内涵和及现代意义。考证类文章亦扎实稳健,不放空言。

本届研讨会,老中青三代学人济济一堂,各抒高论,识见卓著。通过探讨前人后世对杜甫的传播接受,海内外杜甫文化研究,杜甫与地域文化研究等相关内容,促进了杜甫接受史与传播领域的横向扩展与纵深研究。诸位学者在论文中所展现的对杜甫作品文化意义的深层认知,也促进了社会对杜甫的思想精神的更深刻认同具有重要的社会人文价值。尤其是体察他"致君尧舜上,再使风俗淳"的伟大抱负,他"穷年忧黎元,叹息肠内热"的家国情怀,他"大庇天下寒士俱欢颜"的担荷精神,这种无所不包的对整个社会与人类的关怀之情,以及他犹如新闻记者般的政治敏感和社会责任感,对于当今社会的国学发展与文化建设,构建社会主义精神文明,促进文化继承与文化自觉,以及对中华民族精神的陶冶都有着深刻的启迪作用和现实意义。

可以说,本次杜甫学术研讨会无论学术发展还是精神继承各方面,都有着深刻而重要的意义。花开莲现,花落莲成。杜甫的精神,是不断更新的传统,是中华民族永恒的精神财富,其必将生生不息,万世流芳。

会通视野下的唐宋文学研究学术研讨会综述

□ 郭丽 刘宁 卢盛江

由浙江大学人文高等研究院主办，中国社会科学院文学研究所“汉唐文学思想与儒道演变”创新项目组和浙江大学出版社协办的“会通视野下的唐宋文学研究”学术研讨会，于2016年11月23—24日，在浙江大学之江校区举行。

这是一次会通唐宋文学研究的盛会。唐宋文学是中国古代文学的核心领域，以会通的视野观察唐宋文学之变，对于深入推进古典文学乃至中国文化研究有着重要意义；长期以来受学科分化的制约，唐宋研究领域的学者缺少足够的交流。此次研讨会，中国唐代文学学会和宋代文学学会首次联合开展讨论，中国唐宋文学研究的重要学者汇聚一堂，研讨胜义纷披。

参加研讨会的有复旦大学陈尚君教授，南京大学莫砺锋教授，武汉大学尚永亮教授，南开大学卢盛江教授，首都师范大学吴相洲教授、赵敏俐教授、郭丽副教授，苏州大学罗时进教授，四川大学周裕锴教授，武汉大学王兆鹏教授，杭州师范大学沈松勤教授，复旦大学朱刚教授，中国社会科学院文学研究所刘宁研究员、部同麟副研究员，华中科技大学刘真伦教授，复旦大学查屏球教授，福建师范大学郭丹教授，美国西华盛顿大学俞宁教授，浙江大学江弱水教授、叶晔副教授，华东师范大学刘成国教授，郑州大学刘志伟教授，杭州师范大学张兴武教授，北京语言大学郭鹏教授，华中师范大学林岩副教授，上海财经大学李贵教授，浙江大学出版宋旭华先生。浙江大学副校长，浙江大学人文高等研究院院长罗卫东教授会前会见了唐、宋两大学会的会长陈尚君教授和莫砺锋教授，并在会上致辞。陈尚君教授，莫砺锋教授，浙江大学人文高等研究院常务副院长朱天飚教授，刘宁研究员分别致辞。陈尚君教授，莫砺锋教授，王兆鹏教授分别主持了三场研讨会。

与会学者分别就唐音宋调的发展，唐宋文学文献和敦煌诗歌整理，唐宋诗歌版图的空间分布与位移，宋代佛教文学研究，宋调成因及特质，唐代古文义界及其演变，宋代医学典籍中的歌诀作品研究，唐诗意象及结构美，会通视野下的元和诗坛与诗变，齐梁声律说与唐宋文学批评，《乐府续集》（宋代卷）编纂情况，李商隐《剑州重阳亭》文本的迭变，经史之学与两宋诗文研究的内在逻辑，从英雄到好汉——西游记故事演变中的唐宋转型，以苏辙为中心探讨北宋退居士大夫的日常化写作，王安石、安国弟兄生卒年新证，《乐府诗集·挽歌》收录标准问题，唐五代道教斋文，西方现代诗学观照下的杜甫，欧阳修古文的师古方式，官僚体制下生碑记的书写转变等论题，阐述了各自的看法。

陈尚君教授为徐俊先生辑近三十年研治敦煌文学论文为一编的《鸣沙习学集》作序，陈教授追溯他们结识三十年，研治《全唐诗》和敦煌文学的过程，指出1980年前后走上学术道路的一群学者，虽然都曾有过一段曲折和耽搁的经历，但有幸在而立前后遇到急速变革的时代，无论环境、风气、文献、观念、手段都大大超过了前代，因而可以做出超迈前修的业绩，视野更为开拓与更新。徐俊研治敦煌文学的著作，在唐人选唐诗研究及辑录、文本形态研究、唐诗民间传播研究等方面卓有成就和特色。

王兆鹏教授分析唐宋诗歌版图的空间分布与位移，指出诗人的占籍情况能反映诗歌版图的分布与位移。从发展变化看，唐宋时期诗坛重心的南移，始于晚唐五代，完成于北宋，而不是如前人所认为的始于安史之乱，成于靖康之乱。诗歌版图的分布与位移，掩藏着许多历史的真相，需要我们去思考和探索。其一，诗歌版图重心的位移究竟跟哪些因素有关？其二，诗歌版图重心与政治文化中心究竟有什么关系？其三，一个地方的诗人辈出，诗学薪火相传不绝，与当地的自然环境、人文环境、社会风尚有什么样的关系？这些问题，都有待深入探讨。

周裕锴教授就宋代佛教文学研究提出看法，指出所谓中国佛教文学，严格说来，特指中国本土汉传佛教各宗派原创的各种富于文学意味的书写，以及中国文人和民众受佛教影响而原创的文学写作。相比唐及以前的佛教文学，宋代佛教文学的本土化倾向更为突出，禅林诗偈尤其如此。一方面，在宋代佛教徒的文学创作中，形成或出现了一些值得重视的写作传统。另一方面，传统诗歌创作和理论也因受到佛教的影响而有了新的变化，出现一大批士大夫创作的以佛禅为内容题材的诗歌，诗学上也呈现出一种全新的审美风貌。佛教文学是宋代文学领域中不容忽视的重要疆土之一，从某种意义上说，不了解佛教文学创作的基本状况，就无法了解宋代文学史真实的全貌。同样，不完整阐述宋代佛教文学的贡献，也是佛教文化研究的缺憾。我们不能只局限于撰写佛教文学史，而应该将佛教文学纳入中国文学史的谱系中，使其成为有机的部分，而非作为可有可无的附录。

沈松勤教授分析"宋调"的特质及其成因，讨论了"宋调"的特质与成因。一、"宋调"成了士人在"为己之学"中形成的"内圣"心境的一种外化形态。二、在以才学理性为主导的审美过程中，确立了不同于"唐音"的以理性精神为内核的体格特质。三、宋代诗人普遍运用的以理驭情，寓情于理，则是"宋调"特质赖以形成的表现形态。

罗时进教授探讨宋代医学典籍中的歌诀类作品，指出中医文献是传统医学知识的载体，具有科学性、技术性，同时包含了深厚的传统哲学思想，其写作多与文学相通。如何评价宋代包括歌诀在内的"医科文学"的意义，需要理解宋代"儒而知医"的文化背景。

刘真伦教授探讨唐代"古文"义界及其演变，指出作为文字的"文"，其本义指彩色交错，引申为"文字""文辞""文章""文籍""文献""华美""美善""美德""典章法度""礼仪制度"，这是先秦至汉代"文"字的主要义项。作为语词的"古文"，自汉至隋，主要包括四大义项：古文字、古文献、古文经、古礼制。唐代文献中，这四大义项仍然在正常使用。自中唐韩愈始，“古文”衍生出两个新的义项：古之道、古文体。这一演变，对认识唐宋古文运动的性质至关重要。韩愈对“古文”义界的拓展，在韩门内部得到了积极的响应，李翱、皇甫湜、李汉、赵德对此都有正面的呼应。晚唐、五代至北宋，李商隐、杜牧、皮日休、牛希济直到欧阳修，韩愈对“古文”义界的拓展得到了学界的全面响应，“古文”特指整合“古之人”“古之道”“古之文”为一体的“斯文”，从此成为宋人的共识，宋学的主体。

俞宁教授探讨唐诗意象及结构美，指出他受莫砺锋教授《论唐诗意象的密度》一文启发，引入更多意象主义、形式主义、读者反应论的相关概念，深入分析严维、温庭筠、贾岛三首唐诗里的意象运用。

尚永亮教授探讨会通视野下的元和诗变，指出历史是连续发展又不断变化的。因其连续发展，故前后多具关联；因其不断变化，故后先常存差异。就唐宋之际的诗学之变而言，被视为“百代之中”的元和诗坛，可谓一个节点。此一时期，文化转型与诗潮之变同时发生，其影响宋人至为深远。他指出，就荦荦大者言，士人知识结构之变、价值观之变、审美观之变，是导致元和诗变的几个关键因素。在此一过程中，韩、白二人最堪注目。

卢盛江教授分析齐梁声律说与唐宋文学批评，指出有着丰富内容的齐梁声律说成了唐代以及宋代文学批评探讨的内容。齐梁声律说，是唐代特别是初唐文学批评的重要问题。而宋人那里已不一样，宋人对齐梁声律说淡漠很多。对于宋人来说，近体诗律的问题已经解决，因此宋人着力探讨拗律，探讨押险韵，探讨词律。文学批评主题的变化，与创作实践的变化有关，也与宋代文化其他方面的变化有关。

吴相洲教授指出从宋代开始乐府学发生了一个重要转变，曲子词成了歌诗主要样式，个别乐府曲调虽然继续传唱，但已失去了在诗歌史上的标志意义。宋人很重视乐府学研究，出现了《乐府诗集》《通志二十略·乐略》《乐书》这样集大成著作。

查屏球教授分析李商隐《剑州重阳亭铭》文本的递变，指出清人在辑录《李商隐文集》中除利用了《文苑英华》《全唐文》《永乐大典》等文献外，还充分使用了《成都文类》《全蜀艺文志》这类明人编辑的地方文献，《剑州重阳亭铭》一文就是这样被辑录入集的。《剑州重阳亭铭》一文不见于《文苑英华》，也不见于前代各类文选与类书，现存于李商隐文集中的该文是清人徐炯从明人杨慎《全蜀艺文志》中辑出的，故《全蜀艺文志》卷四十四所收此文应是其最早出处。

张兴武以"经史之学关涉两宋诗文研究的内在逻辑"为题陈述看法，指出除了诗文艺术本身由唐及宋的传承与递变轨迹，学界更应深入思考经学、史学和文学之间的融会贯通。首先，研究者须深入了解其在经史研究和诗文创作中始终秉持的个性特点与审美取向。其次，经学、史学与文学之间的交互发明，能超越宋元以来人云亦云、积重难返的学术误解。第三，深入探讨文学创作兴衰演变的内在规律，不断深化相关作品的思想和艺术解读。

朱刚教授探讨西游故事演变中的"唐宋转型"，指出从玄奘取经史实的故事化，到百回本《西游记》的成型，正好经过了唐宋时期，其演变的方向并不只是同类故事的不断增生或情节的丰富化，还体现出核心主人公从唐三藏变为孙悟空的显著"转型"，而与史学上所谓"唐宋转型"相对应。

李贵教授分析宋代空间文艺学，指出以会通视野研究中国学术和中国问题，既要贴近中国实际，也要关注国际学术潮流，了解全球学术现状，在预流、反思、对话中发现新材料、使用新方法、提出新观点。宋代文学营造出一系列立体化、标志性、符号化的文化景观和文化事件，影响人们对同一空间的现实认知和历史记忆，其间的自我认同与空间塑造是相互定义的。

林岩副教授以苏辙晚年诗歌为中心，分析北宋退居士大夫的日常化写作。指出苏辙在诗歌写作方面的成就，一向为中国文学史研究者所忽视，本文通过对苏辙晚年诗歌的细致研读，试图呈现在政治禁锢的氛围中，一个旧党阵营的文坛领袖如何在文学写作中表现出日常化的特质。

刘成国教授对王安石、安国兄弟生卒年提出新证，重新考定王安石应当生于宋真宗天禧五年辛酉(1021)十一月十三日辰时,断定四部丛刊本《临川先生文集》、龙舒本《王文公文集》中《王平甫墓志》"年止于四十七,以熙宁七年八月十七日不起"的记载,必误无疑;考论王安国应卒于熙宁十年八月十七日。

郭丽副教授分析《乐府诗集·挽歌》的收录标准并由此确定了宋代挽歌的认定标准:第一,没有具体哀挽对象且题名为《挽歌》《代挽歌》《挽歌诗》《挽歌词(辞)》《古挽歌》者,予以收录;第二,宋人对《乐府诗集》所收《挽歌》之拟作,如《和陶挽歌》《拟陶挽歌》等,予以收录;第三,宋人所作有具体哀挽对象之挽歌,凡有其他史料证明确实用于朝廷丧葬仪式者,也予以收录。

郜同麟副研究员讨论唐五代道教斋文的几个问题,他将传世文献与敦煌文献中的道教斋文作对比,指出两者的不同及产生这些不同的原因,并分析道教斋文的结构,厘清斋文与醮词、青词、"愿文"、"投词"等文体的关系。

江弱水教授以西方现代诗学观照杜甫,指出用英美"新批评"与法国"结构主义"文论研究杜甫,细读式研究路数和结构型研究方法,原本就是杜诗研究的题中应有之义。江弱水希望使用与杜甫诗学最能相与契合的二十世纪西方作家与批评家的理论观点与方法,来透视杜甫诗歌的相关方面。

刘宁研究员从欧阳修对韩柳的接受,分析其古文的师古方式,指出欧阳修古文艺术有得于韩柳者甚多。在思想上,欧阳修"文道观"弱化了韩愈"文道观"的宗教神圣内涵,与理性气质浓厚的柳宗元对"文道观"的理解不无接近;而在艺术上,欧阳修对韩愈的师法,入其家法而得其"神骨"。

叶晔副教授探讨官僚体制下生碑记的书写转变,指出作为一种在公共空间中评价官员治绩的文体,中国古代生碑记的发展,是一个政治与文学相互博弈的复杂过程。

研讨会就会通视野下的唐宋文学研究,进行了充分热烈的自由讨论。

陈尚君教授指出:从内藤湖南博士提出唐宋变革论,后续参与讨论的学者很多,我也曾数度表达看法。但就我近年的感觉,更认为唐宋的变革是一长时段渐变的过程,其中涉及的问题很多，就大端来说，一是汉魏以来士族社会的瓦解，同时也造成士庶隔绝的中止；二是官员选拔制度从察举、荫袭向科举的完成，出身下层的文人更多地进入权力核心，也成为文学舞台的主角；三是胡汉融通、思想多元的文化格局，逐渐走向儒学一元的理学主导，这一过程大约绵历五百年，到理宗时完成，但很快宋王朝也就结束了，真正的影响在明清两代。在这一大背景下，唐宋文学也展开各自的多彩画图。当然，即便在任何同一时期，社会上层和下层，中心城市和穷乡僻壤，南北不同区域间，也会有很大不同。五代是唐宋之间的分水岭。一般说五代乱世，其实大乱的是唐末二十年，因为讨乱而导致各地大小军阀林立，血腥的争夺造成中原残破，汉魏以来几度聚散的世家势力，至此方彻底扫除。百年的动荡虽然没有出现一流文学家或思想家，但世家文化的某些精神仍然得到传续。出身卑微的各割据政权魁首，当他们的势力稳定后，仍用世家的教育方式培养子嗣，造成嗣位者的文人化。前蜀的王建、王衍父子，后蜀的孟知祥、孟昶父子，南唐的李昪、李璟、李煜三代，连后唐明宗嗣子秦王从荣仍复如此，吴越甚至世代传承，成为千年来最著名的文化世家。这种普遍现象之存在，说明宋代休息百年后文化、文学达到空前繁荣，具有内在的原因。

莫砺锋教授指出："会通唐宋"自身有非常丰富的内涵，值得学界深入探讨。这个话题其实也是对通行的文学史分期方式的一种反思，有必要先在整个文学史编写的框架内进行思考。当说到"会通唐宋"这个命题时，其实就是对唐、宋时代的文学史进行整体观照，甚至就是对以往的文学史著作多将唐代文学与宋代文学分为两期的思维定势进行反思。"文学史"这个词有以下两种基本意义：一是指文学的发展过程，是一种客观的历时性的存在。比如说"李白对后代文学史的影响如何"，就是取这种意义。二是指人们关于文学发展过程的研究、论述，是一种主观的叙述、阐释和评价。比如说"近百年的文学史著作如何"，就是取这种意义。所以大致说来，把唐代文学与宋代文学分成不同的文学史时期，还是比较合理的。唐、宋之间隔着一个五代，虽然一般会把五代文学视作唐代文学的尾声，但事实上五代被后人称为“乱五代”，在短短的五十年间，中原地区竟然经历了五个朝代、十个皇帝，战乱频仍，生灵涂炭，唐末作家流离失所，死亡殆尽。况且赵宋皇朝的文化确与唐代文化颇异其趣，文学也各有特色，分为两期未尝不可。“会通”，最简单的定义就是“融会贯通”，这当然是我们求之不得的学术境界。我虽然赞成把唐、宋两代分为两个文学史阶段，但也认为在各个朝代的文学之间，唐代与宋代是最应该作为一个整体来予以观照。我不反对学者专攻唐代文学或宋代文学，但以“会通”的眼光来对唐、宋两代的文学进行整体观照，肯定会使某些发展脉络或时代特征变得更加清晰。“会通唐宋”的主要理由，在于唐、宋两朝的文学之间存在着千丝万缕的关系，而且呈现一种“剪不断，理还乱”的复杂状态。比如唐宋时代几种主要文体的发展演变并不同步，这就使得整个文学史的脉络特别紧密。袁行霈先生主编的《中国文学史》，采用“三古七段”的分期法，其中“中古期”的第二段便是从唐中叶到南宋末，已经体现出“会通唐宋”的眼光，只是在具体编写时仍为便于操作而将隋唐五代与宋代分别立编。但愿学界同仁持续关注“会通唐宋”这个问题，并在深入细致的研究中获得具有创新意义的进展，以打破“靡不有初，鲜克有终”的魔咒。

赵敏俐教授指出：我们现在做得比较多的是专门之学。但是专门之学想要做得更深入，就一定要拓展。现在需要的是在专门之学基础之上的拓展和会通。要有宏观的眼光，要有融会贯通的本领，这样才有助于将专门之学做得更好。会通是治学的必要条件，包括古今会通，中外会通，文史哲会通等等。但是从社会发展与分工角度来讲，现在又是专门之学的时代。立足于专门之学而尽可能地会通各个领域，会通各种有益的知识做好自己的专门之学，这也许就是我们当代治学的一种比较理想的境界。

尚永亮教授指出：会通会成为很重要的研究范式。所谓会通，可以概括为四句话：一是拓展视野。对局部的、某一家某一派用关联的眼光去考察，打通唐宋，用通史的眼光去观照断代的内容。二是察其变化。考察由唐到宋文学发展的过程，看其如何变化和变化的原因。三是细处用力。讲会通，极易造成笼统的宏观印象，八十年代提倡宏观，宏观掌握不好，就流于游谈无根，因此既要有宏观的视野，又要细处用力。要有文献学、考据学的研究，这样我们的研究才会有基础的支撑。四是综合思考。对一些细处的问题，一些现象，应该有所综合，进行综合性的思考。我们考察唐宋的过程，一般来说，多重其差异。

周裕锴教授指出：近年来学术疆域划分越来越细，同治古代文学的学者也形成了不同的圈子，彼此的学术成果和学术观点很少得到借鉴、交流、碰撞。甚至唐宋文学这样两个关系甚为密切的领域，相互之间也很少沟通。学术越来越圈子化、小众化、精致化、技术化，这当然是很好的事，前辈学者的大判断在我们这里形成了很多小结裹，学术地图的绘制日益精确。但随之而来的是我们日益钻进自己狭隘的治学对象，在深入细致的同时，难免有一叶障目不见泰山之憾而缺少对研究对象在整个学术史意义上的准确定位。所以，讨论唐宋文学会通的问题是非常有意义的。单就“会通视野”的内涵而言，其义包含甚广：一是研究对象和领域的会通，即时间维度上的唐宋（唐之初盛中晚、五代、宋之北南）串联，空间维度上的诗词文、文史哲、儒释道的跨界。二是研究方法的会通，包括古人所云义理、辞章、考据的三位一体，今人所用文学史、文艺学、文学批评的结合，文学分析和语言分析的融通，西方研究手段如新批评、叙事学、形式主义、阐释学、符号学等的借鉴，其他学科的新方法如考古学、统计学、传播学、地理学、人类学、心理学的化用。

就唐宋文学会通这个主题而言，我个人在治学上有两点体会：一是尽可能通读、细读唐宋文学的文本，二是致力于发掘唐宋文学典籍中的义例和义理。会通唐宋文学，从发现一些基本义例入手，由此而发明形而上的义理（文学史文化史的一般规律），或许是值得我们尝试和追求的。阅读古代文本须知其“义例”，这是中国古代学术研究的一个良好传统。顾炎武《日知录》卷四《春秋时月并书》比较《尚书》和《春秋》的义例，指出：“《春秋》独并举时月者，以其为编年之史，有时、有月、有日，多是义例所存，不容于阙一也。”章学诚《文史通义》“辨章学术，考镜源流”，也以讨论古代学术之义例著称。史学研究如此，文学研究同样如此。我近年来有几篇跟唐宋文学会通相关的论文,多是从“义例”研究入手,觉得此间颇有可为。比如《以战喻诗:略论宋诗中的“诗战”之喻及其创作心理》一文,我们会注意到宋诗人在酬唱时有一个写作惯例,即把作诗比作打仗,那么这个惯例是如何形成的?于是向上追溯,发现唐人已有一些先例,杜、韩、元、白、刘诗中都涉及一些诗战,不过都是偶一为之,而经宋人的阐释、仿效和演绎,以战喻诗蔚为一代大观。在分析“诗战”义例的基础上,我们可从三个维度发现宋人的创作心理:一是诗人与诗人之间的战争,体现了出奇争胜的竞技心态;二是诗人与语言之间的战争,体现了对语言表现力的征服欲望;三是诗人争夺诗界话语权的战争,体现了维护诗界传统、建立诗界阵营的结盟意识。在宋王朝重文轻武的背景下,当沙场立功的愿望被科举出仕的现实利益所压抑之后,诗坛立奇勋便成为书生无法实现的英雄梦想的心理补偿,“诗战”之喻也由此而流行。总之,类似的体现唐宋文学转型的义例、义理还有很多,值得我们去探讨。特别是来自青年学者新方法、新思路的冲击,也触发了自己的一些新思考,感觉在唐宋文学研究领域中,还有非常广阔的天地。“苟日新,日日新,又日新”,岂有尽乎!

卢盛江教授指出:会通的研究可以使我们把唐宋一些文学现象放在更准确的历史坐标上。唐宋文学很多问题有它的发展轨迹和特点,会通可以帮助我们更为全面深入地了解。会通还可以帮助我们寻找唐宋文学发展某些规律性的问题,某些规律性问题的特点。唐宋宏观的研究需要会通,个案甚至具体史料解读也需要综合研究。史料是研究的第一要义。唐宋研究每每苦于史料的有限。出土文献等新史料的发现特别引人注目,其实同时也应注意从传统史籍中发掘新史料,从传统史料中发现新问题。不论新发现的还是传统史籍中的史料细读都很重要。史料细读,也需要会通功夫。我的理解,会通是融会也是贯通。首先是唐宋会通。一些文学问题,应该把唐宋作为一个统一进程作整体观照。中唐到北宋的散文的发展,杜甫、韩愈、白居易等的文学思想发展实际延续到宋。不仅唐和宋,唐代本身也是这样。即使研究某一具体的小问题,也要通观唐代整体。不仅唐宋会通，唐代和六朝，唐代和明清，宋代和六朝，宋代和明清，也要会通。蒋寅教授研究唐代之后，转做清代，从清代回头再审视唐代，就有很多新创发。唐诗是中国古代诗歌艺术的顶峰，宋代文学也自有其成就，但对唐宋文学成就的认识，却历宋元明清而不断。唐人宋人文学诗歌艺术，有些唐宋人自己未必意识到了，经后来历代发掘而更为光大。既然如此，研究唐宋就不能不会通宋元明清。跨学科的交流，古今中外的会通尤为重要。最值得关注的，是人类科学、理论思维发展的当代最新水平，是现代科学发展培养起来的理论思维的严密性，现代理论表现出来的科学分析的方法。做文献的，其实也需要会通。近年一些学者的文献研究不逊前人，这是有目共睹的。他们的成就，除了传统的文献功底，还得益于他们博通的功夫。会通的目的是发现新问题，解决新问题，甚至是开拓新的研究领域。新时期以来，研究领域的新拓展，都与会通的视野分不开。罗宗强先生将文学创作与文学批评融通一体，结合政局变化与士人心态，开创文学思想史研究的新领地。有会通的视野，能提出唐宋转型论，应该也能发现和提出其他新的研究领地和学术理论。

王兆鹏教授指出：通，是贯通，纵向的古今打通。就唐宋文学研究而言，就是要以通变的眼光，观察唐宋文学的新变。我以为，相对唐代文学而言，宋代文学有四大变化：一是作家心理的内柔化。唐人是英雄崇拜，宋人是状元崇拜、隐士崇拜。二是作家知识结构的学者化。宋代很多士人，既是作家又是学者。三是作者队伍的南方化。文化重心转向南方，词体就典型地体现出南方文学的特质。四是作品传播的及时化。唐人主要靠手抄，宋人则有石刻、题壁和单篇印刷等。

罗时进教授指出：唐宋文学研究，乃至整个古代文学研究都面临一个瓶颈。要有理论和方法的转变。从方法上看，过去我们多是断代性研究、纯文学研究，今后无疑应提倡代际打通，同时走向多学科的会通交融。关于唐宋转型，没有必要特意去“扭”一下。与其讲“唐宋之变”，还不如说“唐宋承变”。宋人的诗致、诗法从哪里来的？很多是来自唐人。会通，首先是通，但是“通”不排除“同”，也不等于“同”。适当地讲唐音宋调是对的，但过度地讲唐音宋调有多少区别，就忽略了诗歌史发展演变的规律。

朱刚教授指出："唐宋转型"的话题大家都在思考。据我了解，宋史学界对这个话题也在反思。但在我看来，指出唐朝和宋朝之间有些什么变化并不等于"唐宋转型"论。简单地说变化，那不限于唐宋之间，其他朝代如秦汉之间、明清之间也有变化。当然，具体考察的时候，可能最关键的时段还是在唐与宋之间。个人主张，要找到一些本身就贯穿唐宋两代的历史现象作为考察对象。

刘宁研究员指出：唐宋是中国历史上社会文化发展的两个高峰期，这些年关于唐宋文学已经积累了更加深入的思考。比如以前多是从类型化角度来思考唐宋文学的差异，现在已经越来越多地突破类型化的思考，从过程来理解变化。又比如唐宋的宗教文学、诗歌、文章、乐府、文学思想的变化有着不同的轨迹，近三十年来学界对此都有了更丰富的认识。如果这些新认识能进一步交流、总结，对唐宋会通的理解，也就越来越丰富。

俞宁教授指出：通古今之变，是通晓，通过研究，了解古今之变，研究变，是要研究其变化，即研究其不同之处。会通唐宋，意思是把它们联系起来看，而它们之间，往往靠相同之处相连，所以会通又要研究其相同之处。自其变者观之，研究其异，用对照法；自其不变者观之，研究其同，用比较法。具体方法是要研究各种文学类型的发生、发展过程，随其过程研究其异同。正如缪越先生所言："虽唐诗之中，亦有下开宋派者；宋诗之中，亦有酷肖唐人者。"吾辈不可不查。

查屏球教授分析唐宋变革与唐人偶像的宋型化。明人陈邦瞻《宋史纪事本末·序》言："宇宙风气，其变之大者有三：鸿荒一变而为唐、虞，以至于周，七国为极；再变而为汉，以至于唐，五季为极；宋其三变，而吾未睹其极也。变未极，则治不得不相为因。变未极，则治不得不相为因。今国家之制，民间之俗，官司之所行，儒者之所守，有一不与宋近者乎？非慕宋而乐趋之，而势固然已。"他已看出宋是中国历史一个重要的转型期，并一直影响到此后的历史走向，近人对此论争甚剧，这其中当然关涉到政治法律、经济形态、生产方式诸多制度史的问题，笔者以为对于文学发展而言，其中核心问题之一就是社会结构的变化以及而造成的社会文化的改变。这一点集中又体现在宋人对唐人文化精神的重新诠释以及对唐人偶像的重新包装这类事上。宋人多有崇唐情节，塑造了众人唐才子偶像，但这些才子多经过了宋人的包装与改造，多有宋化唐人的特点，很多唐代名士、科场才子多着上宋代官僚士大夫色彩。

李贵教授指出：钱锺书先生被公认为会通创新的学术典范，在学科打通、古今打通、中西打通、理论研究与创作实践打通等诸方面都做出了杰出贡献。唐宋文学的会通研究，仍应从钱先生那里汲取启示。我在拙著《中唐至北宋的典范选择与诗歌因革》的"绪论"部分回顾了文学史、政治史、制度史、经济史、社会史、文化史、思想史、汉语史等诸多领域的"唐宋变革"研究，指出不管研究哪个历史时期，都要追溯根源，追踪流变，此谓"瞻前顾后"。从唐代往后看看，便会注意到"唐宋变革"或"中唐—北宋连贯"；从明清往前看看，便会发现有"南宋元明转型"。不管研究什么领域，都需要借助左右相关领域和学科，此谓"左顾右盼"。不管采用何种方法、研究何种专题，都需要充分搜集材料、合理进行论证，此谓"上天入地"。研究中国问题，需与外国问题互相比照，还要开展国际对话，此谓"东鸣西应"。瞻前顾后，左顾右盼，上天入地，东鸣西应，此四者殆即会通研究的基本原则。具体到唐宋文学的会通研究，则可从文人、文本、文体和文化这"四文"入手。方法只是研究的手段，而非目的，一味空谈方法论而陷入"方法迷思"更不可取。马克斯·韦伯就认为，过于强调方法论问题只会导致"票友"(dilettantism)的出现。在文学研究中，正如文学史家朗松所论，"没有一种万能的方法"，"任何一种方法都不推崇机械的劳动，所有各种方法的价值都由操作者的聪明才智的大小来决定"。对唐宋文学的会通研究只是手段之一，学科融通不是要取消各个学科，而是要借他山之石攻我山之玉，最终推动文学研究的进展，还是朗松的话："任何一门科学也不能按照另一门科学的样子来裁剪；科学的进步在于它们相互之间的独立性，这种独立性使它们每一门都服从于它所研究的对象，文学史要想具有一点科学性，首先就应该避免遏制可笑地模仿任何别的科学。"为其他学科打工，最终工作成果却得不到其他学科承认，自身的学科价值又丧失了，两头没着落，这不是真正的会通研究。毕竟，文学有着自身独特的质的规定性，研究方法的运用当然要符合这种规定性。事实上，弗雷德伍克·罗说得好："没有什么普遍的科学，普遍的方法，只有一种普遍的科学态度。"我们要从其他科学中真正吸取的东西，就是科学的态度、科学的精神。只有具备这种态度、精神，才能吸收到真正适用的研究方法，推动文学研究的进步。具体到当前的现状，就是要强调文本的批判性、反思性阅读，没有对文本准确、仔细、多维的解读，就不可能有真正的文学研究。最后必须提醒，我们需要对过于整齐圆满的理论框架和分析模式保持警惕。胡适曾经告诫青年罗尔纲："凡治史学，一切太整齐的系统，都是形迹可疑的，因为人事从来不会如此容易被装进一个太整齐的系统里去。"治史如此，治文学亦然。就唐宋文学会通研究这一论域而言，要找到一个融摄一切、一劳永逸、大而化之的"大判断"恐怕很困难，比如语言学上、文学上的"近世"和史学上的"近世"就未必同步，典雅文艺、通俗文艺、不同的文学体裁之间，它们的流动波澜也都需要仔细分疏。

郭鹏教授指出：我理解"会通"之要义是在当下的知识、信息和思想的基础上，"会"异同，"通"古今，是对以往研究的一种自觉反思。第一，要尊重传统的大文学观念，在研究中努力沟通文史哲，并与现代的跨学科方法融合起来。在大数据信息化社会，面对不断更新的材料和理论，跨学科更是一种必然选择，可能带来研究范式的整体变化。第二，不论文学发展规律以及方法论的探讨有多么重要，文学事实和文学自身传统都是最基本的出发点，这也意味着宏观研究和微观研究在会通视野中缺一不可。第三，学术史是有连续性的，会通所引发的也是一种继承中的创造，即在原有的热点领域有所深化与创新，产生一些新的学术问题与研究热点。第四，提倡会通视野，不仅对唐宋文学研究有必要，而且对观照整个中国文学史也很有意义。第五，唐宋之间、两宋之间、宋元之间及其后，都经历了巨大的社会文化变动，文学史中增添了新异而复杂的面貌。以会通视角立论的话，有一个问题较为突出，即后期中国的民族国家分合带来了以南北文化为代表的诸多地域文化的区隔与整合，对文学发展影响至深。虽然以江南文化为主体的中国文化和文学趣味逐渐确立，但是南北文化整会以及文学发展多样性仍是一个深远的历史课题。

与会学者大都认为会通视野下的唐宋文学研究是一个重要的学术议题，今后还要继续进行探讨，推进相关研究向纵深发展。浙江大学人文高等研究院作为主办方，为会议的成功举办做了大量工作，今后还将在凝聚学者共识、促进学术合作、推动学术发展方面做更多努力。

专载

中国唐代文学学会第十八届年会暨唐代文学国际学术研讨会综述

□ 罗宁　张欢

2016年9月9日至11日，由中国唐代文学学会和西南交通大学人文学院主办的中国唐代文学学会第十八届年会暨唐代文学国际学术研讨会在西南交通大学九里校区召开，来自国内外近百所高校和科研机构的140余位学者出席了大会。这是中国唐代文学学会首次在四川举办年会，在开幕式上学会会长、复旦大学陈尚君教授也特别指出唐代文学与四川及成都的密切关系。西南交通大学总会计师张兵教授、西南交通大学人文学院常务副院长向仲敏博士、四川大学张志烈教授、台湾中兴大学林淑贞教授先后致辞。此次会议共收到学术论文130多篇，数量多、内容广，涉及唐代文学研究的各个方面，充分展示了唐代文学研究的新成果、新动向。学者们通过两次大会发言和四个分会场进行了热烈的学术讨论和交流。

一、李白杜甫以及其他诗人和作品研究

四川是唐代大诗人李白的故乡，也是杜甫长期流寓和生活的地方。此次会议也有意将李白杜甫研究作为会议主题之一，共收到约30篇论文，充分展现出此次唐代文学年会的地域特色。

华南师范大学戴伟华将李白与科举的关系研究归纳为“性

格论”和“身份论”，认为李白没有参加科举的原因应该是如范传正所说的“漏于属籍”。台湾淡江大学吕正惠指出李白作品中有两项特质：一是文字简明、意象简单和口语化；二是有大量拟古（包括拟古乐府）之作，承袭和模仿痕迹明显，进而推测这是因为李白是异族胡人。他的作品的两项特质正说明这是一个异族人在学习和使用汉语。华南师范大学陈建森发现李白之“思”或逆向穿越到古代，或幻想穿越到神话传说时代，或异化为物穿越到异质时空，神思的独运使太白诗“飘然”“不群”。安徽大学丁放在此前对玉真公主的研究基础之上，重新讨论和肯定了玉真公主以及吴筠推荐李白的旧说。成都大学杨挺运用身份认同理论揭示李白在其诗歌叙事中展示的自我认同，以及对自己与长安的密切联系的强调。河北师范大学曾智安指出《黄鹤楼送孟浩然之广陵》《赠孟浩然》是李白蹈袭自己旧作或前人作品，带有矫饰色彩，而这种草率的热情很容易带来反面的社交效果，故未得到孟浩然的回应。上海师范大学朱易安则注意到历代以来以图画艺术的形式再现的李白形象，但早期真品多已不存，诗文吟咏则保存了不少信息，如诗文中涉及的李白写真、文人题画诗以及李白诗歌的诗意图等。此外，四川师范大学王红霞《南羲采〈龟礀诗话〉解李白诸条辨析》、暨南大学曾肖《一本特别的诗歌选本——大英图书馆藏〈太白诗话〉考述》、西南交通大学商拓《李白及其诗歌在美国的传播与研究情况简述》、任显楷《〈静夜思〉及其三种英译文的新批评解读：兼论中国古典诗歌翻译问题》则带来了传播学和海外汉学视野下的李白研究成果。

和李白研究一样，此次会议中的杜甫研究也热烈而深入。复旦大学陈尚君介绍了最近三年出版的三种杜集——萧涤非先生主编的《杜甫全集校注》，谢思炜教授的《杜甫集校注》，下定雅弘和松原朗教授主编的《杜甫全诗译注》的编纂特点、体例和成就，评价公允，对了解和阅读这三部新出的重要著作具有指导意义。四川大学张志烈从总体风貌、自然景色、都市繁华和人文胜迹四个方面论述了杜甫吟唱中反映的成都文化，比较全面地展现了杜诗中的成都风物。西南大学刘明华分析了现代以来中国文学史教材和语文课本对杜甫其人其诗的选择和评价，折射出时代思潮，也树立了杜甫的在文学史上的崇高地位。绵阳师范学院伍联群指出杜甫的蜀道行役诗不仅描画出蜀道山川奇绝之景，亦将山水之奇与行程之艰、世路之难的咏叹交织在一起，突破了山水行纪诗的轨范。兰州理工大学杨晓霭探讨了同谷七歌的体式特点和其中蕴涵的“歌咏言，声依永”的声诗传统。河南大学吴河清提出杜甫晚年作于夔州的《壮游》和漂泊在荆湘大地时期的诗篇共同构成了“诗史”的内涵，也是诗人对自己一生的反思。高雄师范大学王颂梅注意到杜甫八首律诗为两截体诗，其中都蕴含了背离意义，由此发展出两截体的象征意义。日本大阪大学黄小珠从杜甫自身处境的变化出发，发现入蜀前的罢官经历使得杜甫对陶渊明产生认同；草堂时期的创作亦受陶诗影响，表现日常生活的真切性和平凡性，成为杜诗创作的一个转型期。凤凰出版社李相东将李白《赠孟浩然》与杜甫《遣兴五首》写孟浩然的第五首进行对照，发现其中反映出两位诗人在政治理想、创作理念、人生态度方面的差异。西南交通大学宦书亮讨论了杜甫诗中的情绪类心理动词使用情况及其表现的不同时期杜甫心理情绪的变化。中国海洋大学鞠岩分析了杜甫《北征》的叙事结构，着意发现其形式之下潜藏的意蕴。乐山师范学院唐瑛从《前出塞》等作品分析了杜甫的战争观。

杜诗的影响和接受研究也是此次会议的一个亮点。中央财经大学左汉林探讨了杜诗风格在宋诗中的再现，分析了苏轼、苏辙、陈师道、陈与义、陆游等人学杜的不同风格。苏州科技大学凌郁之发现在北宋后期除诗文写作外，李公麟的画也在诠释着杜诗，并与苏黄对杜甫的表彰形成呼应。西南交通大学沈如泉以南宋李刘《四六标准》为例，阐述了宋代尤其是南宋以后骈文创作深受杜诗影响的事实。成都大学刘咏涛分析了文天祥《集杜诗》对杜诗思想内容和艺术风格的继承与发展，认为《集杜诗》是脱离原著具有自己灵魂的优秀作品。澳门大学汪欣欣、邓骏捷指出刘辰翁关于杜诗中“丽”与“老”两种审美范畴的评点，不仅揭示了杜诗丰富的美学内涵，还透露出刘辰翁的“以心会心”与以时人审美观念为参照的评点特色。浙江越秀外国语学院张慧玲结合明人对“性情”的认识，分析了明人对杜诗根柢性情还是乏于性情的争论。西南交通大学周芳发现杜甫在乱世中能保身的智者形象被晚清大诗人郑珍肯定，郑珍还以杜甫“穷余而阔壮”的超然激励自己,在诗歌创作上宗杜学杜自写心史。中国人民大学曾祥波则介绍了美国汉学家宇文所安新近完成的杜诗英文全译本,宇文所安的译本既是中国典籍为英语世界翻译和接受的一件大事,也是杜诗研究的一项重要成果。西南交通大学张宇将杜诗与梓州的地理和古迹结合起来探讨,介绍了这些古代遗存的兴废变化,除利用文献记载外,还引入了大量田野调查的内容。

李杜之外的其他诗人和作品,也有不少论文予以讨论。如中南民族大学萧晓阳从襄阳民歌的角度探究孟浩然诗流丽品格的由来。四川大学周裕锴注意到韩愈诗中身体痛感的书写展示的韩诗的独特性,认为韩诗或者说韩孟诗派风格之所以倾向险怪,很可能与其身体状况相关。日本大学益西拉姆通过对刘方平《月夜》的“虫声”“南斗”等词语进行分析,提出了新的解释可能,进而认为该诗可能是描写女性艳情的作品。人民文学出版社葛云飞考察了孟郊的生平和家族世系,并在其世家大族的背景之下来分析孟郊的“不平则鸣”。西南交通大学段莉萍、李晓丹对姚合送别诗的类型、意象和情感进行了阐述。中国社科院陈才智梳理了白居易接受史研究涵盖的范围,指出将从时间线索展开的接受史研究,与从空间领域展开的诗迹研究结合在一起,是未来白居易研究需要拓展的方向。新疆师范大学魏娜认为白居易诗歌自注中包含强烈而自觉的读者意识,白居易以自注作为信息扩充的手段,为诗歌传播提供了便利。中华书局马婧认为李商隐乐府诗创作的成功经验和失败原因中体现了前代创作传统与作家个人性格要素对作品风貌的复杂影响。西南科技大学何娜、周于飞指出李商隐诗中有“怨而不怒”的美德,实乃“弱德之美”。安徽社科院王树森通过比较李商隐与杜牧的边疆民族题材诗文,发现李商隐专注于反思唐朝最高政治伦理的腐败,杜牧则侧重于检讨唐朝应对边祸的具体政策失误与体制机制弊端。苏州大学罗时进对《寒山子诗集序》的伪托问题重新进行了分析,引出寒山、拾得形象演变的思考。四川师范大学张海发现贯休和孟浩然在生平思想、诗歌创作上的某些相似之处。

二、唐诗的综合性研究与文献研究

除了诗人、诗作的个案研究，此次会议中的唐诗综合性研究也是精彩纷呈。南京大学莫砺锋对晚唐诗风进行微观考察，揭示了晚唐诗长于律体、重视琢句、意尽句中而韵味不足的特点。广西民族大学张震英考察了在中唐韩孟、元白诸人淡出诗坛后兴起的“第三种势力”姚(合)贾(岛)，认为在当时存在一个以姚贾为核心的诗人群体，而姚贾余绪不仅成为晚唐诗风的主流，也推动了唐风向宋调的转型。浙江大学咸晓婷以唐诗题注为切入点，探索唐诗的书写体式、别集编纂等问题，提出揭示唐诗题注的特征和形成过程，为探索唐诗别集的编纂过程提供了新视角。复旦大学查屏球探讨了范文教材印本化与宋初对唐末诗风的传承问题，认为从五代到宋初流行各类印本诗学教材，使得唐末五代人的作品成为宋人诗学知识结构的基础和宋代诗学的一个起点。内蒙古大学米彦青认为草原丝路上的唐诗书写从文学的视角很好地展示了不同民族对于草原丝绸之路文化多样性与复杂性的认知。吉林大学沈文凡、李莹从唐代诗文中“渤海国”的形象和唐、渤的政治关系出发，讨论了唐文化对渤海国的文化影响。西北大学郝润华认为唐诗中的“凉州”有边塞、词曲名、葡萄、女儿等意象，这与后代文人的盛唐情结与爱国情思有关。首都师范大学郭丽则梳理了“凉州”的称谓和来源，对其音乐特点与传播方式进行了考述，指出在盛唐之后“凉州”被赋予了多种内涵:盛世符号、乱世先兆以及书写河西之痛的载体。扬州大学柏红秀注意到到中晚唐音乐格局变化对铜雀妓诗的影响，认为此类诗歌对于研究唐代乐府诗和理解唐诗繁荣有重要意义。海南大学海滨分析了唐诗中的西域器乐，指出西域器乐文化景观所表达的哀伤的审美意味。西北大学田苗分析了唐诗中的珠喻，认为唐诗在使用珠作为象喻对象时，不仅关注其外形特征，也注意到内蕴精神，唐人通过对于比喻本体、表达方式的多元开掘，既催生出新的语汇，又将原本关于珠喻的语汇从陌生化发展至普遍化，成为后世诗歌语言乃至日常语言表达中的常见用法。

首都师范大学吴相洲重新解读郭茂倩有关新乐府辞定义的关键表述,澄清了有关新乐府范围和新乐府是否入乐的误解。四川社科院王永波分析了唐代郎官与诗歌创作之关系。厦门大学胡旭、李芸华指出集贤学士参与诗文活动并开始主导文坛的状况促进了朝野雅俗诗风的交融,为中唐文体文风的变革奠定了基础。中国社科院李桃在唐宋转型视野下探讨了士人从文儒到通儒、从士人到官僚的身份转变。四川外国语大学罗燕萍探讨了唐代诗歌与巴蜀园林的互动关系,注意到不同园林类型影响下的诗歌类型创作和历史记忆。新加坡新跃大学陈珀如从相关诗歌文本出发,探讨文人庭园空间和文学创作的关系,并通过后代文人以成都杜甫草堂为主题的诗歌文本探寻文人庭园如何在诗歌书写中由物质空间生成精神性的符号化空间。河北大学吴淑玲分析了驿传在传递诗歌理论、交流诗作、切磋诗艺中起到的重要作用。阜阳师范学院张明华从拓展旅游文学内涵的方面探讨了唐代山水诗文的写作。

佛教、道教对唐代文学发生了重大影响,此次会议中有数篇论文涉及。如北京外国语大学徐晓峰从格律的角度对诗禅融合进行分析,认为部分诗人在古律创作中的超越格律、破除规则与禅佛打破法度、离却对待的宗旨相契合。江苏第二师范学院刘学军对贾岛"独行潭底影,数息树边身"诗句进行详论,以揭示贾岛诗歌创作与佛教之间的关系。赣南师范大学张艮论述了唐宋以来天台宗诗僧形成的自己的创作传统,指出学界常常忽略这些诗僧的天台宗背景而误作"禅诗"加以解读。台湾逢甲大学周诚明对《敦煌诗集残卷辑考》中的僧诗进行了详尽的诠释,旨在由此加深对唐代佛教的认识,弥补中国诗史中有关僧诗在叙理、通俗诗方面的不足。宝鸡文理学院刘林魁则对白居易的外丹烧炼及其道教信仰进行了探讨。

在引入新理论分析唐诗方面,也有一些值得注意的论文。美国西华盛顿大学俞宁使用西方的生态文学批评理论分析唐诗中的猿,发现唐人对猿的分类、观察、倾听和解读均有独到之处。台湾逢甲大学廖美玉从物候诗学的角度观察诗歌创作,强调只有在场视维,方能亲身感受时光流转、物候多元的自然流露,"诗人在场”更是一种生存价值。青海师范大学方丽萍注意到中晚唐文人对南方的感知开始发生变化，由表现险怪苦恶到观察其美好，享受其好乐，以致表现出四海一家的地理感知，开启了新的南方认识的时代。台湾逢甲大学李尧涓考察了唐代士人在求仕之路或仕宦之途上的“寒”和“孤”，注意到“京城书写”呈现出正、负两种张力，构建出繁复的京城面向。两篇论文均引入了人文地理学的视角。西北大学邱晓则通过引入原型理论和神话学理论，对神话、道教和诗歌中的“天梯”意象做了初步考察。

在文献研究和作家考证方面，湖北文理学院王辉斌研究了明清流行的四卷本《孟浩然集》，发现四家诗本、王孟集本、四库全书本、四部丛刊本等四卷本，均源出于十二家本。安庆师范学院童岳敏介绍了方苞、姚范、张裕钊三家批杜本的概况，认为方批要言不烦，张批则具体细致，对杜诗风格和诗法技艺的评析较为全面。安徽师范大学韩震军总结了《唐诗纪》校勘唐人诗集的成绩，并评定其整理唐集的得失。河南社科院胡永杰对明人改窜唐诗《黄台瓜辞》“四摘”为“摘绝”进行辨正，发现“四摘”“摘绝”之异只是古籍流传过程中常见的异文现象。天津外国语大学马骁对杜甫与高适、李白等人的“梁宋游”的时间、地理、众人交游和相关诗作进行了考述。西南大学刘洁通过对日本《千载佳句》中杨巨源作品的考察，发现平安时代初期即有相异于中土所存一卷本“杨巨源诗”传至日本，而且对平安朝大江家族的文人有所影响。鲁东大学陈冠明指出《唐五代人物传记资料综合索引》中存在的一些失误和遗憾，提醒学界使用时注意其中的学术风险，并附以《〈唐五代人物传记资料综合索引〉李姓部分疏误辨正》，有益于此书之使用。石河子大学赵红考证了唐中期宋若莘、宋若昭等宋氏五女的生平事迹。

在唐诗流传和海外的影响研究方面，除上述刘洁文外，还有天津外国语大学马兰州探讨越南汉文燕行诗对唐诗的接受与选择，认为以阮忠彦为代表的越南燕行诗人学习继承了唐诗的性情之美却未展示出风骨之力，长于抒情而弱于言志。西南交通大学刘玉珺探讨了越南诗人阮秉谦《白云庵诗集》中的唐音宋调，认为阮秉谦是越南诗人学习宋诗的典型代表，言志明理倾向鲜明，以自己的创作实践了宋代理学诗人景理合一的诗学取向。中国社科院王莹对英国汉学家麦大维的论文《不安的记忆：杜甫、皇家园林和国家》进行了介绍，涉及唐诗中的一些植物意象及其与政治、文化、宫廷礼仪的关系。西南交通大学徐臻探讨了唐代鉴真僧团与日本奈良诗坛的文学交涉。西南交通大学何俊总结了李白、白居易和杜甫在德语区传播的三种类别。西南交通大学唐均探讨了中古阿尔泰语民族文学对唐代文学的借鉴和吸收。日本东海大学佐藤浩一介绍了 2014 年至 2015 年日本学界在唐代文学研究方面的学术成果。

三、诗学文论研究和文章文体研究

诗学文论研究也出现了一批研究成果。南开大学卢盛江《平声与唐诗声律说》讨论了唐人声律重视平声的现象，认为这和近体诗律的追求、平声的声音特性、平声字多等有关。中国社科院刘宁讨论了晚唐出现的《本事诗》等唐代诗歌本事批评这样一种诗学现象，认为《本事诗》中围绕本事批评展开的对“诗史”和“诗教”的独特理解，对深化唐代诗学有重要意义。中国社科院高晓成从晚唐诗格中注意到“物象比”理论，对此理论的构成机理及其对诗歌意象化的作用、集中出现的原因等几方面作了初步探讨。贵州师范大学吴夏平讨论了唐代诗歌、小说、散文等与史学发生的关联，认为唐代呈现出“文之将史”的演进态势，如杂传和小说与正史构成了互补关系。台湾中兴大学林淑贞透过元结编选的《箧中集》，发现元结追求的雅正诗风和其诗歌创作在内容、形式和风格上的特点。上海师范大学王新荷揭示了白居易崇雅抑俗，力主恢复“正始之音”的音乐主张。南开大学卢燕新认为殷璠在《河岳英灵集》中采用例证法、比较法等方法，在小传中加入文士生平事迹品评、诗人诗歌成就论析以及诗章与诗句品鉴等，扩大了选本的传播功能，也表述了编选家的诗歌理论。台湾清华大学李欣锡对韦庄所编《又玄集》“清词丽句”的选诗标准进行了细致讨论。台湾中央大学李宜学梳理了《才调集》的版本源流，分析了二冯、纪昀对《才调集》中李商隐诗的诠释及其诗学渊源。广东财经大学胡玉兰讨论了王夫之对“唐无五言古诗”说的态度,认为王夫之即借用这一论断来表达他对儒家诗教传统的维护。河南大学焦体检指出清代诗话对唐诗文献的辑佚考证、唐代诗人与诗作和诗论的研究均有不小的价值和贡献。华南师范大学蒋寅认为清代乔亿《大历诗略》作为古代唯一一部大历诗评选,展示了格调派评点的批评风格和批评话语,乔亿诗学总体上显示出格调诗学在乾隆年间的深化。上海师范大学查清华对陈伯海先生主持的“唐诗学书系”八种专书的主要内容进行了介绍。上海师范大学李定广提出“唐诗选学”的学术概念,以探究唐诗总集编纂演变史及内在逻辑线索、理论和实践意义。

文章研究方面仍以韩愈为中心,但研究的重点并不限于韩文。如辽宁大学毕宝魁强调了韩愈在宣城四年是其学业的开始,他在此跟从窦牟学习,窦牟及窦氏家族对韩愈的人生有重要影响。华中科技大学刘真伦从文化人类学视角来审视韩愈的人论,认为韩愈的人论实质上是讨论人类文明进化的过程与途径。北京大学管琴注意到韩愈有意识地效仿同辈朋友的写作风格,将此称作“效体”;而杜甫在酬唱和赠诗中也善用效体,这可佐证“杜诗韩笔”的特殊性。郑州师范学院张弘韬注意到韩柳二人从思想和创作实践上对待古文、骈文的差异,二者在古文与骈文的互动中实现了两种文体的新变。西北大学李芳民依据柳宗元的释氏题材文类写作了解其个人与佛教的关系,探究当时释俗交涉中丰富的社会文化蕴涵。中国人民大学谷曙光认为南宋黄震的韩愈研究既富于理学意味与学术色彩,又显示出敏锐的文艺感受力和独到的艺术鉴赏力,集宋代诗话、笔记论韩愈之大成。河南社科院张清华讨论了姚鼐《古文辞类纂》对韩文的选录和评注,认为其校注精审、评论确当,并将其与茅坤《唐宋八大家文抄》、高步瀛《唐宋文举要》进行比较,以深入认识姚鼐对韩愈古文的接受和研究。河南大学杨国安从林云铭的《韩文举》探讨明清时期韩文接受的文化背景,注意到当时出现的这种韩文普及选本与科举制艺的关联。四川大学祝尚书对“王杨卢骆当时体”的“当时体”进行了论述,指出其显著特点是文章用典多,内容华而不实。黑龙江八一农垦大学田恩铭认为中唐士风的复振与文风、文体改革互相作用,形成"直正"之史家风范及弘扬儒学精神的士人群体。日本富山大学邓芳详细考证了元德秀生平、作品及其精神内涵,揭示出元德秀对中唐诗人的精神影响及其在文学复古方面的作用和意义。湖南科技大学李德辉将唐人行记分为传记体、日记体、笔记体和综述体,分别进行了论述。济南大学李伟探讨了唐末小品文在内容与艺术方面的开拓,即内容上的尚"理"趋向与艺术上对"怪奇"文风的纠偏。

在此次会议上,新出石刻文献研究是一个亮点。浙江大学胡可先介绍了新出石刻史料中有关李德裕的资料,认为由此可就李德裕的生平、李德裕的文学创作、李德裕与唐代文化、牛李党争等问题展开更深入的研讨。西北大学李浩介绍了新见两方回纥碑志,对其史料价值进行了初步探讨。陕西师范大学郭海通过对《大唐故淮南大长公主墓志铭并序》的解读,明确了公主的家庭、年谱、才华、死亡原因及丧葬仪式。与石刻文献密切相关的墓志碑文研究,这次会议中也出现了好几篇论文。浙江师范大学孟国栋注意到墓志的选材、形制和文化内涵等带有强烈的地域色彩,考察地域因素对墓志形制的影响,还可揭示墓志在其他方面的价值。广西师范大学莫道才以卢藏用《景星寺碑铭》为中心,讨论岭南唐碑之间内在的关联以及骈文文风在岭南地区的影响。东莞理工学院徐海容探讨了初盛唐文馆制度与碑志文体革新之间的关系。石河子大学杨向奎认为义例研究在墓志文献整理中的应用可以有效避免文献整理中的一些错误。北方民族大学王东通过分析墓志的撰写方式,发现撰写者可能会进行史料造假,认为墓志呈现出来的是修正过的墓主生平。日本岛根大学户崎哲彦以柳宗元《独孤君(申叔)墓志》为考察线索,又以新出土唐代墓志为参考材料,结合考古、礼制等,就唐人石本与集本互异之原因提出自己的看法。广西民族大学李谟润对四篇碑文的撰者、书者、所立佛寺、书体及所立时间等内容作了考订,揭示了佛寺碑刻作品对研究唐代文化史、文学史的价值和意义。台湾逢甲大学刘家华考察了千唐志斋所藏唐亡宫人墓志的书风,在墓志研究中投射了书法艺术的眼光,给墓志研究带来新的视野。

四、小说以及其他研究

小说研究方面的论文在唐代文学年会上发表一直不多，本次会议则有所改观。台湾大学康韵梅根据前人研究成果，进一步揭示《玄怪录》显示幻设的策略，认为从这类文本可探知全书的撰作是为纯粹对“奇诞”的兴味，与元和崇尚奇诡的文风和文士“征异话奇”撰述小说的时代风气相关，指出牛僧孺有意使用幻设手法产生的效果体现出唐代小说兼具史才、诗笔、议论的问题特质。西南大学黄大宏提出唐传奇以虚构一个完整的故事作为小说意义的载体，是传奇文体从传统小说中独立出来的标志，而《易经》“立象以尽意”的方法论原则是唐传奇虚构叙事原则的思想渊源，唐传奇是借故事表达文学意图的典范形式。针对当前流行的传奇概念和观念，西南交通大学罗宁提出应以古人对小说和传记的看法为出发点，重新审视传奇这一自鲁迅之后建立起来的现代概念，主张将传奇看成是一种风格和写法，使用“传奇性（体）传记”的表述，指出唐代传奇不过是中唐时期好奇思潮在传记上的表现，现代的传奇概念扩大化了。香港岭南大学刘燕萍从唐代小说对雷州雷神的相关记载中，发现了雷州雷神的特殊性，如卵生雷种、猪首神以及与雷相斗并迫其降雨等，反映了当地民族的信仰。辽宁大学熊明将客店奇遇故事分为三种亚型，分析了客店在唐人小说情节建构中的功能，并指出这类故事最显著的特征即故事情节的奇幻性与审美体验的惊奇效果。杨为刚认为在衙署化与宅第化两种祠庙空间功能对应下出现了冥府叙事和人神婚恋叙事，是两种唐人祠庙信仰的主要书写形式。天津财经大学崔际银分析了唐代商贾小说《窦乂》的经营之道，认为其展现出的经营理念值得今人学习借鉴。重庆师范大学何亮从“互类互文”的角度探讨公牍文作为互文文类与汉唐小说的融合，指出小说文体组合的多样化也使其形成“文备众体”的艺术体制特征。

四川师范大学房锐探讨了五代王仁裕的《王氏闻见录》，分析和肯定了其书在记载前蜀历史与文学方面的文献价值。常州大学沈扬指出李德裕的平泉记忆诠释着他的仕隐矛盾，彰显了他焦虑彷徨的复杂心绪，而从宋人对他的批评中，可以窥探宋代文人对玩物所持有的态度。香港浸会大学陈伟强注意到敦煌曲子词中的一个母题原型——“我于此洞求仙”，探讨了敦煌曲子词中带“仙”字的调名与歌辞的关系，论证“仙”意的来源，但也强调不能拘泥于女仙传说在作品中的作用而造成过度阐释。新加坡南洋理工大学王治田以《韩朋赋》为中心，对敦煌俗赋的讲唱文学特色进行了分析，并就赋的性质及其在中国讲唱文学史上的地位、中国的讲唱文学发展等问题做出了一些思考。河南师范大学周相录分析了《西厢记》的嬗变，指出王实甫《西厢记》杂剧宣扬的不是爱情至上，而是合法婚姻，其描绘的是弥补现实缺陷的一场人生美梦。

此次会议还有一项特别活动，在开幕式上举行了对中国唐代文学学会前会长傅璇琮先生和台湾唐代文学研究宗师罗联添先生的追思，中华书局总经理徐俊、台湾淡江大学吕正惠、西北大学李浩、台湾大学康韵梅、南开大学卢燕新上台发言，介绍了两位前辈在学术研究中的巨大成果和贡献，回忆起与两位前辈相处的种种细节，沉痛深情，令人动容。此次会议还完成了中国唐代文学学会第九届理事会与第十届理事会的换届选举，增补了十一位理事和四位常务理事。由于两位副会长届龄不再担任学会领导工作，补选徐俊、蒋寅为副会长。中国唐代文学会副会长罗时进教授在闭幕式上致辞，指出本次会议的学术讨论收获很大，在总结了会议中的精彩发言和观点之后，他对将来唐代文学的研究路径提出展望，希望能恢复良好的学术生态，继续基础文献的研究，重视唐代诗歌的接受和影响研究，同时吸收新理论、新方法，拓宽学科视野，促进唐代文学本体研究。

（原载《西南交通大学学报》2016 年第 6 期）

中国唐代文学学会第十八届年会暨唐代文学国际学术研讨会开幕词

□ 陈尚君

尊敬的徐校长，尊敬的向院长，各位学者、各位来宾：

上午好！

由中国唐代文学学会和西南交通大学主办的中国唐代文学学会第十八届年会暨唐代文学国际学术研讨会，经过近两年的筹备，今天顺利召开。参加本次会议的有来自日本、韩国、新加坡、美国和中国台湾、香港、内地的学者150多人，会议收到学术论文130多篇。首先，请允许我代表中国唐代文学学会，对所有参加本次会议的学者，表示热烈的欢迎！对主办会议的西南交通大学校领导给予的积极支持，对承办会议的西南交通大学人文学院领导和师生所作大量具体而微的安排组织，特别是对主持会议筹办的罗宁教授付出的大量心血，表示衷心的感谢和崇高的敬意！

凡治中国文学的学者，都十分向往四川，所以今天到会的学者特别多。从蚕丛、鱼凫以来，蜀文化一直是独特的存在。三星焕彩，金沙重光，蜀地巫史引起我们无穷遐想。相如作赋，扬雄谈玄，陈寿叙《三国》，常璩志《华阳》，都是浓墨重彩的华章。唐代文学之始终都有蜀地的记载，子昂肇盛唐，四杰留华篇，李白成长于斯，杜甫成就于此，韦皋立大佛于嘉州，(武)元衡颂武侯于丰碑。即便在五代乱世，也有花蕊《宫词》在前，赵氏《花间》居后，孟主"尔俸尔禄，民脂民膏""下民易虐，上苍难欺"，留下文学反腐的最强音。我相信，各位来到成都，参观成都的文化遗迹，可以看到草堂幽径，永陵地宫，武侯祠宫，青羊道风，一些学者还北上剑阁，体会栈道峻仄，南行峨眉，领略金顶佛光，追怀古人，遥想当年，体会作品，开阔眼界，一定会有许多意想不到的收获。各位接触蜀文化，研究在蜀诗文，更会理解蜀学的独特魅力和灿烂建树。当然，也有须请各位鉴谅的地方。我也想在此为主办方解释，由于近期大家知道的原因，会议不安排旅游参观，文化考察，请各位理解，自行安排，若有远足，也请注意安全。

在此也祝西南交通大学学科发展，学术繁荣！我的老师朱东润先生是上海交大1910级小学毕业生，唐文治先生是我的师祖，因为这个原因，我了解到天下交大虽然学脉不同，但共同点则是建设现代化工科大学的同时，十分重视人文教育与文化传承。西南交大中文学科获得了博士学位一级学科授予点，领先于其他交大。我是第三次来西南交大，感觉到学院对此极其谨慎而重视，没有仓促广招学生，而是立足踏实的学科建设和人才培养，重视引进师资和国际交流，这些都抓住了长远发展的根本。我想，今天所有到会的海内外学者，都会乐于支持交大的学术交流和发展，我本人当然更乐于稍尽绵薄。

最近两年，德高望重的罗联添先生、傅璇琮先生先后离开了我们，使每一位曾受教于他们、曾得到他们指点的学者都心怀悲痛，深切悼念。傅先生是本会创始人之一，曾任本会会长达十六年之久，为学会发展惮尽心力，并以他个人的杰出研究引领风气，为奖掖后学不遗余力，在座许多学者都曾蒙他恩惠。罗先生是台湾中国唐代学会创始人之一，著作丰硕，开拓众多，更为难能可贵的是，在两岸学术交流之初，他就率台湾学者团参加本会会议，坚持到古稀以后，还要求他的学生每次都一定要来。景行行止，高山仰止，本次年会特别安排了追思环节，让我们共同怀念两位大师的道德文章，学术风范。

今天到会的有年逾八旬的张清华先生，蜀中硕学张志烈先生和祝尚书先生也专程前来指导，有许多次出席年会的众多来自海内外的老朋友们，谢谢你们一直对本学会的关心和厚爱，每一次聚会都能得到许多新知和温情，令人难忘。也有许多首次参加学会会议的新朋友，也欢迎你们。在此我愿意与年轻的朋友讲几句个人的感受。我在1986年首度参加洛阳的第三届年会，至今恰好三十年，在那以前我只是一位孤独的摸索者，没有合作，也不了解外间的动向。参加学会后，得以结识众多师友，得到许多援引，增加了合作和机会，登上了更高的平台，有更多机会展示自己的收获。学会就是这样的平台，我们愿意像诸多前辈曾对我们的那样经营好这个平台。我们也努力排除世间的俗套，祇是希望年轻学者凭你们最好的论文走上这个平台，展示你们的卓荦不凡，独特创造，相信一代有一代的学术，更年轻的一辈可以有更伟大的建树。我特别建议年轻学者，脚踏实地，追求高远，超越俗谛，挑战权威，遵循规范，心雄一代。重复我在复旦校内的一次发言："你的心有多大，你的天就有多大，你的决心有多大，你的成就就有多大。"这次会议期间学会理事会将进行换届，欢迎更多七〇后、八〇后的学者加入学会工作。

在此也表达一些谢意。由于年龄原因，学会副会长葛晓音教授、赵昌平编审将不再担任学会工作，对他们多年的努力贡献表示感谢！广西师大出版社连续25年出版本学会的两个刊物，本次会前又及时印出了最新的《年鉴》和《研究》，谢谢责编赵艳女士，也请代我们向出版社的新老领导致以谢意。《年鉴》改由首都师大编纂后，吴相洲教授和郭丽博士都克尽责任，参与各方向综述的学人也都尽到责任。学会秘书处在李浩教授领导下，工作也卓有成效。在此也一并致谢！为表示对各位与会学者的敬意，对参与会议筹备的各位交大师生的谢意，我本人向会议赠送新著《贞石诠唐》，请各位多多赐教！

最后我还愿意透露，西南交大新校区在郫县，那里是唐代最著名的酒乡，杜甫曾有诗"鱼知丙穴由来美，酒忆郫筒不用酤"（《将赴成都草堂途中有作先寄严郑公五首》之一）来予以赞美。我还愿意在这里首度发表唐末宰相萧遘佚诗《成都寓题诗·桑落酒》："一丈郫筒数节香，何劳瓮底卧残阳。青楼更道烧香美，贾傅松醪是柏浆。"（宋晏殊《类要》卷二八）我不知道如此的美好是不是还有所遗存，但曾有的往迹确实令人追想，郫县美酒数里飘香，醉卧斜阳的诗人自由而舒适。这就是唐代这块土地上充满诗意的美景。借此祝福交大弘扬唐代酒乡之美名，香飘海内外！也祝所有与会学者在会议期间吃好喝好，身体健康，心情愉快！

中国唐代文学学会第十八届年会暨唐代文学国际学术研讨会闭幕词

□ 罗时进

各位专家,各位代表,大家上午好!

为期四天的中国唐代文学学会第十八届年会暨唐代文学国际学术研讨会,在刚才各组专家代表汇报后即将落下帷幕。在这里,我受陈尚君会长的委托,代表中国唐代文学学学会作一个"感想性"发言。其实,刚才各个组的代表已经讲得很充分,方方面面都已经谈到了,留给我谈点想法的空间很小。但我还是要代表中国唐代文学学会,在此郑重表达一些感谢。

首先要感谢西南交通大学,感谢西南交大人文学院和以罗宁教授领衔的专业团队。准备一次如此规模的学术会议非常不容易,筹备工作长达一年多,对此,西南交大人文学院给予了大力支持,罗宁教授又亲力亲为,整个团队周到细致。大家在来成都之前就收到了会议论文,这使我回想起来感到有些愧疚。上届会议在苏州大学举办,几乎是代表们报到前一天才印好论文集,这让做发言和评论的专家准备得非常紧张。今年纸质文本结合电子文本的做法也很好,我想今后的会议都可以"循例"了,罗宁教授和他的团队应该获得"创意奖"!

几天的会议,我们在这里感受到入秋如春的温暖,这是"为舞春风多,秋来色更佳"的美好境界。西南交大人文学院的老师和许多志愿者们为我们在锦官城里商榷学术而忙碌,生活安排也体贴关心。谚语说"少不入川,老不出蜀",是形容这里山好水好人好居好饮食好,这次让我们真正体会到了。我提议,大家以热烈的掌声感谢西南交大人文学院，感谢罗宁教授团队，感谢志愿者们！

唐宋时代“天下文人皆入蜀”。陈尚君会长在开幕词中用一段骈散结合的文字赞美“自古以来蜀文化是一个独特的存在”，概括得非常生动。这次会议有很大的号召力，大家“入蜀”的热情很高。参加本次会议的有来自美国、日本、韩国、新加坡和中国台湾、香港、澳门及内地各高校学者140多位，收到130篇论文，呈现出不同凡响的学术盛况。在这里我们要衷心感谢来自各国、各地区和全国四面八方的专家学者。其中有许多我们尊敬的学术前辈，有近三十多年一直站在学术前沿的资深学者，有近些年出现的有所成就的中年骨干，也有一批初次见面的青年才俊。感谢大家的出席，你们使唐代文学研究展现出深度、广度，也证明了在当今学科林立，特别是新学科发展迅速的研究生态中，唐代文学这棵大树仍然保持着蓬勃的青春气息，其浑厚浩茫的涵容和超越性的艺术美感仍然具有巨大的魅力。如果说这次会议非常成功，这是最大的成功；也正是从这一意义上，我们说这次学术研讨会必将载入唐代文学学术史，汇入当代中国学术史，成为一个有尊严的标志，一个有价值的象征！

唐代文学学会，或者说唐代文学研究，有一个很好的风气，就是尊敬前辈、注重传承。这次大会举行了对傅璇琮先生和罗联添先生的追思、纪念活动，情景感人。我个人与这两位前辈都有密切联系，他们给予我很多指导，令我至今深怀感念。他们将与其金玉文字永存，长久地滋养我们。也感谢会议筹备组对这个议程的安排，使我们有了表达的机会。

在此次会议期间，我们改选了理事会，增补了方丽萍、米彦青、谷曙光、李相东、吴怀东、吴淑玲、胡旭、查清华、郝润华、赵艳、郭丽（省略敬称，以姓氏笔画为序，下同）等一批新的理事；刘宁、李芳民、罗宁、查屏球四位常务理事。由于有两位副会长届龄不再担任学会领导工作，经程序补选了徐俊、蒋寅两位副会长。相信新的一届理事会将继承学会传统，推动唐代文学研究事业不断发展。

本次会议学术讨论收获很大。前辈学者的论文厚积薄发，老树着花，望之也俨，即之也温；一批资深学者挺立潮头，辩难解惑，问题看得很准，文献与文心阐发俱为精到；中年学者视野宽阔，观念、方法多元，显示出后来而上的气象；年轻学者思维活跃，在传统和现代思维、语境中，不执于一端，融汇酌取，虽然有的还稍有稚嫩，但显示出成长的力量。这次大会发言的海内外学者，主体还是前辈和资深者（还有一些前辈和资深学者在各组演讲），大家都能看到他们榜样性的学术判断力、表达力。当然，我们非常希望今后大会发言由中青年学者唱主角，特别是应该有青年才俊将活泼的思想在更高层面上与大家分享。年轻学者崭露头角，唐代文学研究才能够显示出方兴未艾、青蓝焕彩的局面和前景。

本次会议作家研究有新的突破，我想这一点大家都有共识。有不少学者集中研究李白与杜甫，这是本次会议的主要“命题”，也是很切合唐代成都历史实际的。我们治唐代文学的学者无不研究或涉猎李杜，我个人既喜爱李白“蜀道难，难于上青天”，“问君西游何时还？畏途巉岩不可攀”的回肠荡气；也喜爱杜甫“寺忆曾游处，桥怜再渡时”的深情委婉。关于李白的研究成果已经很多，但像“他出生在哪里”，“是什么家世背景”这样的基本问题还没有解决，吕正惠先生《从李白诗歌的两大特质谈李白的出身问题》根据“李白的许多作品文字简明，意象简单，而且相当的口语化”和“承袭前代文学传统的痕迹非常明显”两个特点来“合理怀疑李白是粟特胡商的后代”，其角度很新颖。这也许不是唯一的、必然的结论，但使“李白系胡人出身”这一观点再次从另一条道路回到学术界，很具有启迪意义。戴伟华先生的论文，使李白与科举的相关问题得到系统梳理和阐释。朱易安先生则别开生面呈现出视觉艺术中的李白形象。杜甫诗歌具有很强的技术性，但解析的难点恐怕不是他怎样“求正”，而是怎样“拗变”。葛景春先生提交的《杜甫律诗与绝句的求正与容变》一文致力于两个方面的讨论，于后者尤见功力。刘明华先生从中国现代学制文学教育来讨论杜甫形象，是一个全新的话题。卢盛江先生和吴相洲先生的论文，在唐诗声调运用、音乐歌诗范围的研究上，“技术难度系数”都很大，乃专家之学。他们没有专论杜甫，但都从特定角度推进了杜甫研究。此次不但李、杜研究论文多，收获多，像四杰、王孟、高岑、韩孟、刘柳、元白、姚贾、小李杜，以及元结、刘方平、寒山、贯休、韦庄等作家，都有专论，可谓满眼春光。

唐代是文体学发展的一个重要时期，除了诗歌以外，古文、骈文、小说、词曲等都有发展。张清华先生对韩愈古文的研究，刘真伦先生韩愈“人论”的研究，祝尚书先生对四杰骈文“当时体”的解读，都基于文献，阐发新论。初唐的“当时体”很不好谈，尚书先生给出了一个颇有根据的说法，可以激活对这一问题的思考。唐代小说研究的论文很多，康韵梅先生、刘燕萍先生、罗宁先生等小说专家带来了对“《玄怪录》中幻设的迹证”和南方“雷神”研究，以及关于“传奇、传记与小说”概念反思的成果，令人耳目一新。在诗歌之外的文体研究上，陈伟强先生《敦煌曲子词中的一个母题原型》、周相录先生《西厢故事嬗变》、莫道才先生《唐代骈体文风在岭南地区的播衍》，都富有盎然新意。

重视文献研究是唐代文学界的传统，此次唐代文献学研究蔚为大宗。研究出土碑志文献的论文占有了相当的比重，这与这么多年出土文献不断增加有关，也标志着学风转向。我们来成都后都得到陈尚君先生赠送的《贞石诠唐》，这是唐代文史学界的重要成果，也是一个路标。本次会议这方面收获颇巨。胡可先先生的《新出石刻史料与李德裕相关问题探索》、李浩先生《对两方新见回纥碑志的录文与初步释读》、户崎哲彦先生《唐人集本与石本之异及其原因——以柳宗元撰〈独孤君（申叔）志〉为考察线索》，显然大家都已经注意到了这些论文的学术分量。户崎哲彦先生在这个领域卓有建树，此次对出土文献与集本文献进行比较，把问题的复杂性揭示了出来，很有价值。另外，不少学者讨论了唐人选诗问题，林淑贞先生《独挺于流俗：从〈箧中集〉与诗序论元结对雅正诗风的追求》由“《箧中集》与诗序”深化了对元结在盛中转折期意义的认识。李宜学和李欣锡两位先生集中讨论晚唐五代“二韦”的唐诗选，在文本勘察上很见功力。敦煌文献的研究同样富有成果，除前面提到的陈伟强先生论文外，周诚明先生的《〈敦煌诗集残卷辑考〉中僧诗之佛教思想及其价值》，以及一些中青年学者的敦煌俗赋等问题研究都颇见新意。不少学者展开对唐代以后的总集、选本、别集的讨论，查屏球先生另辟了一个“范本教材”的角度，王辉斌先生、陈才智先生或全面，或具体地进行考察，这些都更全面展现出这一方向研究的重要性和广阔前景。

这里，应该特别提及本次会议在研究视野和方法上的多元化。今日之学术已非往日之学术，传统的与新兴的各种观念、方法层出生新，研究格局也大为改观。方法问题，新与旧其实就是一墙之隔，很难分得清楚。比如文本细读，是近年提倡的方法，在国际学术界很流行，但又和中国传统读经解经中的训读阐释异曲同工。莫砺锋先生《对晚唐诗风的微观考查》全文读上去有新方法论的意义，又是功力深厚的学者借助传统方法解读文本、文献的成果。接受学方法也是如此。蒋寅先生对乔亿《大历诗略》这一清人唯一研究大历诗歌的专论进行了细致的解读，是唐诗接受史的成果，但理论意识是落实在文本细读的“老方法”中的，其典范意义也正体现在这里。还有两篇论文大家印象深刻：廖美玉先生《感春之意——从“诗人在场”谈唐代物候诗学的建构》和周裕锴先生《痛感的审美：韩愈诗歌的身体书写》。廖先生的论文具有哲学意味，展示出“沂水春风”的气象；周先生的论文从“身体美学”（身体书写）角度阐释韩愈的创作，让我们也随之产生“痛感”。再有，俞宁先生的《万古猿声啼不尽：以生态批评理论解析唐诗里的猿》，是采用生态文艺理论研究的很好范例。查清华、李定广先生正在从事“唐诗学”研究，其论文也扩大了我们的眼界。沈文凡先生的《唐代诗文中的唐、渤关系初探》与海滨先生的《论唐诗中的西域器乐文化景观》主题相关，都涉及边地学。还有佐藤浩一先生等一批中青年学者用传播学、接受学方法，介绍和研究唐诗在世界范围的播衍，信息量很大。一些专家研究“丝绸之路”上的唐诗，是对“一带一路”观念的“预流”，使古老的唐诗映照历史，也映照当代。至于打通文史、会通儒道佛三教的论文，如丁放先生的《玉真公主、李白与盛唐道教关系考论》等，佳作很多。

唐代文学研究是否已经“饱和”？这是一个经常被提起的话题。近年来唐代文学研究的实践和本次会议的成果表明，唐代文学研究处于成熟期，也是发展期。成熟与发展并不矛盾，只是表明这种发展是在较高层次上的发展，而不是开荒拓地的基础式发展。那么这种发展的路径和前景如何呢？

第一，需要恢复良好的学术生态，建立讨论对话的空间。如果认为现在的古代文学学术生态、对话环境还不错，是“什么问题都可以研究，没有什么禁区”而已。但反过来想一想，在古代文学研究领域，实质性的学术对话、争鸣到底有多少？都是各说各话，各行其道，并不就某个问题、某个观点展开真正的批评。数据库、互联网越发达，人们反而越缺少对同行的关注。唐代文学界在某种程度上也是如此。这让我们非常怀念 20 世纪 80 年代和 90 年代。那时候研究成果不如现在这么产量高，学术杂志就那么几家，出版著作也不容易。但成果出现后衰减周期长，关注度高。批评、辩驳也蔚然成风，甚至新出道的年轻人能够出来批评前辈，而前辈也不以为忤，总是给予积极回应。我最近参与“大百科全书唐代卷”第三版的修订工作，回头重新看大量的作家生平考证成果，发现应该保存两说的那些意见大都是十多年前的，而更多的是 20 世纪 80、90 年代的。

其中原因是什么？不太说得清楚。这可能与目前项目、奖励评审制度产生的某种负面效应有关。这是一个悖反的逻辑，本来同行匿名评审是好的，公平的，民主的，怎么会反而造成了“沉闷效应”呢？大概现在研究成果透明度太高，而专家评审常常就是那一批已经成名的学者，为了防止被否定，索性就多栽花，少种刺。在这个问题上，我们既反对那些故作挑战姿态的炫耀，也反对世俗性的沉默或乡愿。应该清楚地看到，功利化倾向是很不利于学术发展的。唐代社会是开放度很高的社会，人的个性自由成为社会自由的基础。隋唐之际是文风问题政治化的时期，甚至为了反对某种文风，纠偏某种现象，要向帝王上奏，用朝廷行政手段解决。盛唐以后就不是这样了，中唐更非如此。张祜、杜牧可以与比他们资深得多的白居易、元稹在文学观上叫板，韩愈这种资深者也可以对“群儿愚”的“故谤伤”加以批评。所以，中唐和晚唐前期文学氛围比较好，这才有了元和至大中前期的思潮翻涌，百舸争流的状况。唐代文学研究能否“回到中唐”呢？或者直接一点说，回到 20 世纪 80、90 年代的氛围中去，建立起学术对话的空间，促进唐代文学研究的繁荣。

第二，当然是基础文献的研究。这是一项长期的建设工程，非常可喜的是李白、杜甫全集校注等一大批高水平的文献整理著作都面世了，尚君先生的“全唐五代诗”新编整理工程等“全字号”项目正在完成，唐代文、赋、词、曲的“全字号”成果也大都出版了。这不是研究的终点，而应该成为新的起点。“历史学就是史料学”，这个观点当然有些偏颇，但至少是“片面的真理”。所以“唐代文学研究”的基础是“唐代文献史料”研究，这是通过实证走进唐代文学原态历史现场的必然，是今后研究的资源，是激发器和推进器。这是一个“硬道理”，应该承认和高度重视。今后的文献整理，重点不在“全字号”，而在各类总集、别集。说起来唐代文学的笺注本已经不少了，其实还是写进文学史并占有篇幅的那些作家的。唐代文学史要充实或改写，首先要增加对更多作家生平、作品，对他们创作环境、心态的理解和同情，这方面的研究有很大空间。而作家不是孤立的，研究一个总会联系多个。这对了解一个时段、一个群体都大有裨益。

第三，吸收新理论、新方法，拓宽学科视野，以促进唐代文学本体研究。理论与方法有重要的价值，是不言而喻的。唐代文学研究的两项“思勉原创成果奖”是罗宗强先生的《隋唐五代文学思想史》和傅璇琮先生的《唐代科举与文学》。这表明我们的前辈前者在理论和方法上是多么敏锐，我们应该向他们学习，保持开放的理论姿态。此次会议上廖美玉先生“唐代物候诗学的建构”，在理论和方法运用上很典范，值得充分重视，而学界在地名学、植物学、生态学、跨文化传播学、接受美学、阐释学方面的研究实践也已经开始，我们期待新成果的出现。在跨界交叉研究方面，沿着傅先生科举与文学结合研究的思路，尚永亮先生和包括李德辉在内的一批中青年学者形成了贬谪制度与唐诗关系研究、唐代家族文学研究、唐代私学与文学关系研究、馆阁文化与唐诗关系研究、地域文化与唐诗关系研究、交通驿传与唐诗关系研究、民俗文化与唐诗关系研究、尚侠风气与唐诗关系研究、边域屯垦开发与唐人经济文化生活研究、唐代女性诗人生活与创作研究等方面的优秀成果，值得学界骄傲。是不是就止于此？“跨学科”应怎样进一步“跨界”，进一步“融通”，这些都需要思考，我们希望在现有基础上有更多超越性成果出现。

第四，重视唐代诗歌的接受和影响研究。陈伯海先生对此进行了开创性的工作，上海师大目前正致力于唐诗学的进一步研究，我想应该扩展到整体唐代文学的接受和影响。这包括两个层面：一是文本层面。包括海内外的唐代文学总集、选本、别集、译本，其量巨大，问题很复杂。李白一首《静夜思》就有那么多版本异文问题，遑论其他？碑传文在后代被改异的现象也不少见。另外，图画文本的形象演变也很繁复，李白、杜甫，或者寒山、拾得，他们在海内外文本中的演变，都可以汇集成一个展厅。这些文本现象应能激发出学者研究的热情。二是精神层面。唐代以后的文化精神、诗学皈依为什么总体上是宗唐？宗宋在何种背景下成为事实？宗宋思潮对唐诗传播接受是阻碍了呢，还是更刺激发展了呢？唐代文学在后代形成了多少文化衍生品？再有关于民俗风尚的形成问题，我们知道的最起码杜甫、白居易的生日催生出后代文人的节庆性纪念活动，而寒山、拾得则成为和合仙，连罗隐在南方一些地区也成为祭祀对象。这些源起唐代传说而形成民间风俗，正是唐代文学在精神上对民族文化的影响。这方面的研究也理应纳入我们的视野，既有趣，也是有价值。

各位专家，各位朋友，中国唐代文学学会第十八届年会暨唐代文学国际学术研讨会即将结束了，受大会委托作以上发言，谈一些感想。有些是我们对会议共同的感受，有些包含了我个人的浅见，不到和不当之处请各位批评。“陈迹随人事，初秋别此亭”，我们就要向西南交大、西南大学人文学院告别了，再次感谢他们，也衷心感谢大家。祝唐代文学研究越来越繁荣，祝海内外朋友们学术精进，健康愉快！

中国唐代文学学会第十届理事会名单

会　长：陈尚君

副会长：李　浩　尚永亮　戴伟华　卢盛江　罗时进　吴相洲　徐　俊　蒋　寅

秘书长：李　浩（兼）

副秘书长：查屏球　李芳民

常务理事（以姓氏笔画为序）：

丁　放　朱易安　卢盛江　刘明华　刘　宁　朱玉麒　李　浩　李芳民　吴相洲　陈尚君　罗时进　罗　宁　尚永亮　查屏球　胡可先　徐　俊　钱志熙　莫砺锋　蒋　寅　戴伟华

理　事（以姓氏笔画为序）：

丁　放　王兆鹏　方丽萍　卢盛江　卢燕新　田　苗　刘　宁　刘真伦　刘明华　朱易安　朱玉麒　毕宝魁　米彦青　李　浩　李芳民　李德辉　李小荣　李　翰　李相东　吴承学　吴相洲　吴夏平　吴怀东　吴淑玲　谷曙光　沈文凡　杨晓霭　杨国安　杜晓勤　赵　艳　张伯伟　张采民　张震英　罗时进　罗　宁　陈　飞　陈才智　陈冠明　陈尚君　尚永亮　周相录　查屏球　查清华　胡可先　胡　旭　莫砺锋　郝润华　徐　俊　钱志熙　高建新　海　滨　郭　丽　淡懿诚　陶新民　康　震　傅绍良　谢思炜　蒋　寅　程国赋　詹福瑞　戴伟华

第十届理事会成员简介

丁放，男，1957 年生，安徽淮北人。2001 年于河北大学获文学博士学位。现为安徽大学文学院教授、博士生导师，中国唐代文学学会常务理事，中国词学研究会理事。近五年主要论著有《宋文选》《〈楚东酬唱集〉考论》《元代诗学与盛唐气象》《苏轼词入乐可歌之新论》等。

王兆鹏，男，1959 年生，湖北鄂州人。1990 年于南京师范大学获文学博士学位。现为中南民族大学文学与新闻传播学院教授、博士生导师，中国唐代文学学会理事，中国宋代文学学会副会长，《宋代文学研究年鉴》主编。近五年主要论著有《唐宋诗词考论》《宋代文学传播探原》《新世纪以来日本词学研究的进展》《唐宋诗歌版图的空间分布与位移》等。

方丽萍，女，1966 年生，湖南南县人。2007 年于南开大学获文学博士学位。现为青海师范大学人文学院教授、硕士生导师，中国唐代文学学会理事，中国王维研究会理事。近五年主要论著有《弦歌不辍——中国古代文学教学论稿》《遥想与亲历——古人眼中的青海形象研究》《中国古代文学批评史论》《“贞元之风尚荡”析》等。

卢盛江，男，1951 年生，江西南康人。1989 年于南开大学获文学博士学位。现为南开大学文学院教授、博士生导师，中国唐代文学学会副会长，中国古代文学理论学会理事。近五年主要论著有《文镜秘府论研究》《文镜秘府论汇校汇考》《〈文心雕龙〉及唐人论转韵》《四声发现与佛经转读关系的再考察》等。

卢燕新，男，1967 年生，陕西商洛人。2009 年于中国人民大学获文学博士学位。现为南开大学文学院教师，中国唐代文学学会理事，中国孟浩然研究会副会长。近五年主要论著有《唐人编选诗文总集研究》《论〈河岳英灵集〉对盛唐边塞题材诗的接受》《由唐人诗文之“胡商”看西域与唐的文化交往》《出土墓志所见唐翰林学士黎斡考》等。

田苗，女，1979年生，陕西宝鸡人。2008年于复旦大学获文学博士学位。现为西北大学文学院教师，中国唐代文学学会理事。近五年主要论著有《女性物事与宋词》《诗韵华魂——唐代诗歌精选》《长安吟咏》《唐代音乐文献整理的新成果——评〈《乐府杂录》校注〉》等。

刘宁，女，1969年生，江苏江阴人。1997年于北京大学获文学博士学位。现为中国社会科学院文学研究所研究员、博士生导师，中国唐代文学学会常务理事，韩愈研究会副会长，中国骈文学会副会长。近五年主要论著有《韩愈古文理论与儒家修养思想》《晚唐诗学视野中的右丞诗——司空图对王维的解读》《文体与形名——从作家排序之“自相矛盾”再探〈文选〉文体观》《从国学经历看韩愈提倡师道的现实用心与历史意义》等。

刘真伦，男，1947年生，重庆奉节人。1982年于四川师范学院获文学硕士学位。原为华中科技大学中文系教授、博士生导师，中国唐代文学学会理事。近五年主要论著有《韩愈学行谱系》《韩门师友弟子考索》《君臣民的利益分配：韩愈的经济思想》《天、地、人三位一体：韩愈的宇宙本体观念——兼论中国古代宇宙本体理论的三大系统及其发展演变》等。

刘明华，男，1956年生，四川平昌人。2001年于四川大学获文学博士学位。现为西南大学文学院教授、博士生导师，重庆国学院院长，中国唐代文学学会常务理事，中国杜甫学会副会长。近五年主要论著有《唐代文学与思想文化论集》《“〈春秋〉无达辞”与“〈诗〉无达诂”》《白族古代碑刻研究的文化解读》《杜甫研究与地方文化建设的意义》等。

朱易安，女，1955年生，江苏南京人。1987年于上海师范大学获文学硕士学位。现为上海师范大学人文与传播学院教授、博士生导师，中国唐代文学学会常务理事，中国李白研究会会长。近五年主要论著有《唐诗书目总录》《略论竹枝词的诗学传统》《明清竹枝词中的女性生活史记述及其意义》《清代中期竹枝词的市井化趋向及其意义》等。

朱玉麒，男，1965 年生，江苏宜兴人。2000 年于北京师范大学获文学博士学位。现为北京大学历史学系教授、博士生导师，中国唐代文学学会常务理事，《西域文史》主编。近五年主要论著有《徐松与〈西域水道记〉研究》《李白研究论著目录》《泼寒胡戏在唐代长安的境遇——以张说的变化为中心》《宋刻张说集残抄本流传考》等。

毕宝魁，男，1952 年生，辽宁铁岭人。1987 年于辽宁大学获文学硕士学位。原为辽宁大学文学院教授，中国唐代文学学会理事，中国王维研究会副会长。近五年主要论著有《元曲三百首译注评》《古文观止译注评》《论语镜铨》《政坛大风——王安石传》等。

米彦青，女，1970 年生，内蒙古呼和浩特人。2006 年于苏州大学获文学博士学位。现为内蒙古大学文学与新闻传播学院教授、博士生导师，中国唐代文学学会理事，中国李商隐研究会副会长。近五年主要论著有《接受与书写：唐诗与清代蒙古族汉语韵文创作》《论锡缜及其诗歌的现实主义叙事风格》《蒙汉诗歌交流视域中的那逊兰保创作》《蒙汉文学交融视域下的乾嘉诗坛》等。

李浩，男，1960 年生，陕西靖边人。1998 年于陕西师范大学获文学博士学位。现为西北大学文学院教授、博士生导师，教育部长江学者特聘教授，中国唐代文学学会副会长兼秘书长，《唐代文学研究》主编，《文学遗产》编委。近五年主要论著有《怅望古今》《流声：中国姓名文化》《西安新见两方回纥贵族墓志的初步考察》《新发现唐李百药墓志铭及其价值》等。

李芳民，男，1963 年生，陕西大荔人。1990 年于西北大学获文学硕士学位。现为西北大学文学院教授、硕士生导师，中国唐代文学学会常务理事兼副秘书长，中国李白研究会常务理事。近五年主要论著有《唐代佛寺杂考》《岑参安西之行事迹新考》《"从璘入幕"罪案与李白暮年的冤愤》《含英咀华烛幽探微——读房日晰教授新著〈论诗说稗〉》等。

李德辉，男，1965 年生，湖南汨罗人。2001 年于复旦大学获文学博士学位。现为湖南科技大学人文学院教授，中国唐代文学学会理事，《唐代文学研究》编委。近五年主要论著有《六朝行记二体论》《唐人行旅的五个三角形及其文学意义》《唐代五都交通圈及其文学效应》《古西行记源出汉代西域诸书说》等。

李小荣，男，1969 年生，江西宁都人。1999 年于复旦大学获文学博士学位。现为福建师范大学文学院教授、博士生导师，中国唐代文学学会理事，《新加坡佛学研究学刊》编委。近五年主要论著有《弘明集校笺》《晋宋宗教文学辨思录》《晋唐佛教文学史》《汉唐佛道经典的文体比较——兼论宗教文化视野中的比较文体学》等。

李翰，男，1974 年生，安徽桐城人。2005 年于复旦大学获文学博士学位。现为上海大学文学院副教授、硕士生导师，中国唐代文学学会理事。近五年主要论著有《〈宋书〉文学研究》《魏晋六朝用典论及沈约"三易"说的批评史意义》《叙事视野下的义山七绝》《陈世骧抒情传统说"反传统"的启蒙底色及其现代性》等。

李相东，男，1976 年生，山东菏泽人。2001 年于南京师范大学获文学硕士学位。现为江苏凤凰出版社副编审，《古典文学知识》副主编，中国唐代文学学会理事。曾任《李太白全集校注》《宋代文学编年史》《莫砺锋说唐诗》等书责任编辑。

吴承学，男，1956 年生，广东潮州人。1990 年于复旦大学获文学博士学位。现为中山大学中文系教授、博士生导师，中国古代文学理论学会副会长，中国唐代文学学会理事。近五年主要论著有《〈古文辞类纂〉编纂体例之文体学意义》《建设具有现代意义的中国文体学》《"九能"综释》《文辞称引与文体观念的发生——中国早期文体观念发生研究》等。

吴相洲，男，1962 年生，辽宁义县人。1995 年于北京大学获文学博士学位。现为首都师范大学文学院教授、博士生导师，中国乐府学会会长，中国唐代文学学会副会长，中国王维研究会会长，《唐代文学研究年鉴》主编，《乐府学》主编，《民族文学研究》编委。近五年主要论著有《中国诗歌通史·唐五代卷》《乐府歌诗论集》《乐府学概论》等。

吴夏平，男，1976 年生，江西都昌人，2005 年于华南师范大学获文学博士学位。现为贵州师范大学文学院教授、博士生导师，中国唐代文学学会理事。近五年主要论著有《唐代文馆文士社会角色与文学》《唐代国子学官朝野迁转及其地方影响》《"官学大振"与初唐诗歌演进》《试论中唐"六经皆文"观念的生成》等。

吴怀东，男，1966 年生，安徽广德人。2000 年于山东大学获文学博士学位。现为安徽大学中文系教授、博士生导师，中国唐代文学学会理事。近五年主要论著有《曹氏家族与汉晋社会文化变迁》《诗国花开：唐诗美感的流变》《唐代诗人狂者精神论》《宋代杜诗"鲍注"考论》等。

吴淑玲，女，1963 年生，河北保定人。2005 年于河北大学获文学博士学位。现为河北大学文学院教授、博士生导师，中国唐代文学学会理事。近五年主要论著有《唐诗传播及唐诗发展之关系》《仇兆鳌年谱点校注释及整理研究》《唐代驿传与唐诗发展之关系》《史记文献学简纲》等。

谷曙光，男，1976 年生，安徽蚌埠人。2006 年于北京师范大学获文学博士学位。现为中国人民大学国学院副教授、硕士生导师，中国唐代文学学会理事。近五年主要论著有《梨园文献与优伶演剧：京剧昆曲文献史料考论》《贯通与驾驭：宋代文体学述论》《青词文体与宋代文人心态》《论季宋学者黄震的韩愈研究——以黄震〈黄氏日抄〉之〈读韩文〉为中心》等。

沈文凡，男，1960 年生，吉林和龙人。2005 年于陕西师范大学获文学博士学位。现为吉林大学文学院教授、博士生导师，中国唐代文学学会理事，中国孟浩然学会副会长。近五年主要论著有《唐代韵文研究》《唐诗接受史论稿》《唐代射猎诗研究》《唐代渤、日通聘赠答诗初探》等。

杨晓霭，女，1962 年生，甘肃秦安人。2003 年于扬州大学获文学博士学位。现为西北师范大学文学院教授、博士生导师，中国唐代文学学会理事，中国乐府学学会常务理事。近五年主要论著有《歌舞文艺与城市娱乐》《唐代祈雨诗文罪己咎责主题及其现实意义》《"丝绸之路"上的人物往来与唐诗境界的开拓》《礼乐与文学的交相辉映——以〈礼记・乐记〉为视点的考察》等。

杨国安,男,1964年生,河南郏县人。2002年于复旦大学获文学博士学位。现为河南大学教授、博士生导师,中国唐代文学学会理事。近五年主要论著有《宋代韩学研究》《试论中唐两大诗派创作中的共同趋向》《"以气为主":韩愈散文的句法修辞》《从词本事角度考察词与宋人政治生活之关系》等。

杜晓勤,男,1967年生,江苏如皋人。1995年于北京大学获文学博士学位。现为北京大学中文系教授、博士生导师,中国唐代文学学会理事,《中国学研究》《唐代文学研究》等编委。近五年主要论著有《〈秦中吟〉非"新乐府"考论——兼论白居易新乐府诗的体式特征及后人之误解》《从"盛唐之音"到盛世悲鸣——开天诗坛风貌的另一考察维度》《唐太宗与齐梁诗风之关系》《五言诗律化进程与唐诗体式研究的思考与探索》等。

赵艳,女,1975年生,辽宁大连人。2001年于吉林大学获文学硕士学位。现为广西师范大学出版社社科分社学术编辑室主任、副编审,中国唐代文学学会理事。组织出版了《中国哲学史大纲(卷中)》《中国方志两千年通鉴(上、下)》等图书。

张伯伟,男,1959年生,上海人。1989年于南京大学获文学博士学位。现为南京大学文学院教授、博士生导师,中国古代文学理论学会副会长,中国唐代文学学会理事。近五年主要论著有《风月同天——中国与东亚》《明清时期女性诗文集在东亚的环流》《"文化圈"视野下的文体学研究——以"三五七言体"为例》《中国古代文学研究的理论和方法问题》等。

张采民,男,1948年生,山东文登人。1992年于南京师范大学获文学博士学位。南京师范大学文学院教授、博士生导师,中国唐代文学学会理事。主要论著有《融合与超越——隋唐之交诗歌之演进》《心远集——中古文学考论》《忘筌·梦蝶——庄学综论》《建安七子诗笺注》等。

张震英,男,1972年出生,河南许昌人。2003年于河北大学获文学博士学位。现为广西民族大学文学院教授、博士生导师,中国唐代文学学会理事,中国孟浩然研究会副会长。近五年主要论著有《诗意的凝聚:姚贾诗派研究》《姚贾优劣论——兼谈方回"姚合学贾岛为诗"说》《闺阁园林间的浅吟低唱——从宋词看宋代闺阁的园林情调》《文人“受金谀墓”说辨正》等。

罗时进，男，1956 年生，江苏东台人。2000 年于苏州大学获文学博士学位。现为苏州大学文学院教授、博士生导师，教育部中文教学指导委员会委员，中国唐代文学学会副会长。近五年主要论著有《杜牧集》《海虞诗苑 · 海虞诗苑续编》《唐代“花树韦家宗会法”考论》《李白“薄声律”本义与“将复古道”的诗学实践》等。

罗宁，男，1971 年生，四川成都人。2003 年于四川大学获文学博士学位。现为西南交通大学人文学院教授、硕士生导师，中国唐代文学学会常务理事。近五年主要论著有《汉唐小说与传记论考》《〈开元天宝遗事〉是伪典小说》《杜甫诗中的雁意象和咏雁诗》《重编〈说郛〉所收宋元诗话辨伪》等。

陈飞，男，1957 年生，江苏睢宁人。2000 年于中国社会科学院获文学博士学位。现为上海师范大学人文与传播学院教授、博士生导师，中国唐代文学学会理事。近五年主要论著有《唐代进士科“策体”发微——“内容体制”考察》《唐代取士文学概论——纪念“废科举”110 年》《唐代“取士文学”研究——唐代制举试策的形式体制》《唐代宏崇生考试制度辨识》等。

陈才智，男，1971 年生，辽宁沈阳人。2000 年于中国社会科学院获文学博士学位。现为中国社会科学院文学研究所研究员，中华文学史料学学会副会长兼秘书长，中国唐代文学学会理事。近五年主要论著有《韩偓诗全集：汇校汇注汇评》《白居易诗歌的图像化传播——以明代〈琵琶行〉书迹著录与流传为中心》《白居易对元代西域诗人的影响》《王渔洋之于白香山——取舍避就之道》等。

陈冠明，男，1952 年生，浙江宁波人。1977 年毕业于安徽师范大学中文系。原为鲁东大学中文系教授、硕士生导师，中国唐代文学学会理事，中国李商隐研究会会长。近五年主要论著有《唐代裴度集团平叛日历考》《全唐诗词语通释》《走进李商隐的内宇宙——读董乃斌〈李商隐的心灵世界〉》等。

陈尚君，男，1952 年生，浙江慈溪人。1981 年于复旦大学获文学硕士学位。现为复旦大学中文系教授、博士生导师，中国唐代文学学会会长，《文学遗产》《文献》《中华文史论丛》等编委。近五年主要论著有《唐女诗人甄辨》《贞石诠唐》《范摅〈云溪友议〉：唐诗民间传播的特殊记录》《李白诗歌文本多歧状态之分析》等。

尚永亮，男，1956 年生，河南长垣人。1990 年于陕西师范大学获文学博士学位。现为武汉大学文学院教授、博士生导师，中国唐代文学学会副会长，柳宗元研究学会会长。近五年主要论著有《唐诗艺谭》《〈笛赋〉伪作性质的几点思考》《“元白”并称与多面元白》《柳宗元书法造诣与承传论略》等。

周相录，男，1966 年生，河南濮阳人。2001 年于陕西师范大学获文学博士学位。现为河南师范大学文学院教授、硕士生导师，中国唐代文学学会理事。近五年主要论著有《元稹资料汇编》《想象的真实——孟浩然隐居鹿门山辨伪》《从〈乐善堂全集〉与〈御制诗集〉看乾隆对唐诗的接受》《从创作角度看清代至民初文人对元稹诗歌的接受》等。

查屏球，男，1960 年生，安徽铜陵人。1996 年于南京师范大学获文学博士学位。现为复旦大学中文系教授、博士生导师，中国唐代文学学会常务理事兼副秘书长。近五年主要论著有《名家选本的初始化效应——王安石〈唐百家诗选〉在宋代的流传与接受》《纸抄时代书籍形态与〈玉台新咏〉编纂体例及成书过程》《盛唐诗人江南游历之风与李白独特的地理记忆——李白〈送王屋山人魏万还王屋并序〉考论》《盛唐英灵交往之遗踪——由〈刘复墓志〉看以王昌龄为中心的天宝丹阳诗人群》等。

查清华，男，1964 年生，江西庐山人。2000 年于上海师范大学获文学博士学位。现为上海师范大学人文与传播学院教授、博士生导师，中国唐代文学学会理事，中国古代文学理论学会理事。近五年主要论著有《唐诗学文献集粹》《性灵派对唐诗的接受与古典唐诗学的走向》《中晚明城市变革与诗文新变——以江南“皇甫四杰”为中心》《无锡华氏家族与嘉靖文坛》等。

胡可先，男，1960 年生，江苏灌南人。1982 年于浙江大学获文学博士学位。现为浙江大学人文学院教授、博士生导师，中国唐代文学学会常务理事，中国刘禹锡研究会副会长。近五年主要论著有《考古发现与唐代文学研究》《欧阳修词校注》《新出石刻与唐代文学家族研究》《新出土卢公亮夫妇墓志考疏》等。

胡旭，男，1969年生，江苏泗阳人。2003年于复旦大学获文学博士学位。现为厦门大学中文系教授、博士生导师，中国唐代文学学会理事，中国文选学研究会理事。近五年主要论著有《先唐文苑传笺证》《先唐文学研究》《方外十友与盛唐文学》《论〈文选〉对“建安七子”作品之去取》等。

莫砺锋，男，1949年生，江苏无锡人。1984年于南京大学获文学博士学位。现为南京大学文学院教授、博士生导师，中国唐代文学学会常务理事，中国宋代文学学会会长。近五年主要论著有《文学史沉思拾零》《中唐诗坛上的韩潮柳江》《论北宋末年的五首题中兴碑诗》《晚唐诗风的微观考察》等。

郝润华，女，1964年生，甘肃武威人，1999年于南京大学获文学博士学位。现为西北大学文学院教授、博士生导师，中国唐代文学学会理事，《历史文献研究》编委。近五年主要论著有《韩昌黎诗集编年笺注》《李梦阳评点〈孟浩然诗集〉及其文献价值》《李梦阳诗歌与西北地域文化》《从“效李白体四十七首”看李梦阳对李白的接受》等。

徐俊，男，1961年生，江苏扬州人。1983年毕业于南京大学中文系。现为中华书局党委书记、总经理，中国唐代文学学会理事。近五年主要论著有《鸣沙习学集——敦煌吐鲁番文学文献丛考》等。

钱志熙，男，1960年生，浙江乐清人。1990年于北京大学获文学博士学位。现为北京大学中文系教授、博士生导师，国家哲学社会科学基金评审组专家，中国唐代文学学会常务理事。近五年主要论著有《黄庭坚诗学体系研究》《唐诗近体源流》《李白诗选》《唐人比兴观及其诗学实践》等。

高建新，男，1959年生，内蒙古呼和浩特人。1980年毕业于集宁师范学院中文系。现为内蒙古大学文学与新闻传播学院教授、硕士生导师，中国唐代文学学会理事，中国陶渊明研究会副会长。近五年主要著作有《“非遗”与民间文化简论》《元代诗人笔下的“诈马宴”略说》《“无限居人送独醒”——略说柳宗元饮酒》《"大漠孤烟直,长河落日圆"新解》等。

海滨,男,1970 年生,新疆吐鲁番人。2008 年于华东师范大学获文学博士学位。现为海南大学人文传播学院教授,中国唐代文学学会理事,中国李白研究会理事。近五年主要论著有《唐代亲历西域诗人诗歌考述》《文学与考古双重视野中的西域乐舞"胡腾舞"》《试论唐人的汉代情结在西域的现实对应》《海瑞诗歌地图初绘》等。

郭丽,女,1981 年生,陕西宝鸡人。2012 年于南开大学获文学博士学位。现为首都师范大学文学院副教授、硕士生导师,中国唐代文学学会理事,《唐代文学研究年鉴》编委、副主编。近五年主要论著有《乐府诗史话》《柘枝舞起源三说平议》《唐代边塞乐府〈凉州〉考论》《诗歌声律化由谁开启——魏之三祖"宰割辞调"的诗歌史意义》等。

淡懿诚,男,1955 年生,陕西西安人。1982 年毕业于陕西师范大学中文系。现为三秦出版社编审,中国通俗文艺研究会理事,中国唐代文学学会理事。主要论著有《中国回族大辞典》《中国民俗趣谈》《中国神话人物辞典》《唐宋八大家文钞校注集评》等。

陶新民,男,1950 年生,安徽宿州人。1990 年于河北大学获文学博士学位。原为安徽大学文学院教授、博士生导师,中国唐代文学学会理事,中国李白研究会副会长。主要论著有《李白与魏晋风度》《李白全集校注汇释集评》《中国各民族文学关系研究》《唐代文学研究集成》等。

康震,男,1970 年生,陕西绥德人。2000 年于陕西师范大学获文学博士学位。现为北京师范大学文学院教授、博士生导师,中国唐代文学学会理事。近五年主要论著有《中国散文通史·隋唐五代卷》《史才·诗笔·华选——论唐代传奇创作与进士科制度的关系》《类型与范式——关于古代文学与地域文化研究的一点思考》《自觉修辞:李商隐诗歌策略试探》等。

傅绍良,男,1962 年生,湖南澧县人。2002 年于陕西师范大学获文学博士学位。现为陕西师范大学文学院教授、博士生导师,中国唐代文学学会理事,中国李白研究会理事。近五年主要论著有《李白和杜甫山东诗的比较研究》《论杜甫和白居易谏诤心态差异的文化模型》《论唐代宰相与道家及道教的关系》《唐代觅举如何成就独特的文人政治》等。

谢思炜，男，1954 年生，贵州习水人。1996 年于北京师范大学获文学博士学位。现为清华大学中文系教授、博士生导师，中国唐代文学学会理事。近五年主要论著有《杜甫集校注》《唐代的文学精神》《唐诗与唐史论集》《“杂种”与“杂种胡人”——兼论安禄山的出身问题》等。

蒋寅，男，1959 年生，江苏南京人。1988 年于南京大学获文学博士学位。现为华南师范大学文学院教授、博士生导师，中国唐代文学学会副会长，《文学评论》编委。近五年主要论著有《王渔洋事迹征略》《镜与灯——古典文学与华夏民族精神》《沈德潜诗学的渊源、发展及命名》《唐宋、才学之争的消弭——乾隆间性灵诗学引发的焦点话题》等。

程国赋，男，1966 年生，安徽安庆人，1994 年于南京大学获文学博士学位。现为暨南大学文学院教授、博士生导师，中国唐代文学学会理事，西游记文化研究会理事。近五年主要论著有《中国古典小说论稿》《明清坊刻戏曲稿源及其编辑研究》《论明清小说寓意法命名的内涵与特点》《论王时敏人生和艺术中的“延续”命题——兼考其家族与生平》等。

詹福瑞，男，1953 年生，河北秦皇岛人。1991 年于河北大学获文学博士学位。现为首都师范大学文学院教授、博士生导师，中国唐代文学学会理事。近五年主要论著有《论经典》《读书之道》《论查慎行的诗学思想渊源》《试论中国文学经典的累积性特征》等。

戴伟华，男，1958 年生，江苏泰州人。1997 年于扬州大学获文学博士学位。现为华南师范大学文学院教授、博士生导师，中国唐代文学学会副会长，中国刘禹锡研究会会长。近五年主要论著有《唐代小说的事、传之别与雅、俗之体》《楚辞音乐性文体特征及其相关问题——从阜阳出土楚辞汉简说起》《〈离骚〉“女媭”为女星宿名的文化诠释》《中国文学地理学中的微观与宏观》等。

深切怀念霍松林先生

霍先生唁函

□ 陈尚君

陕西师范大学文学院霍松林先生治丧委员会：

惊悉霍松林先生遽归道山，不胜悲悼！霍先生为享誉海内外的唐诗研究一代宗师，也是中国唐代文学学会创会耆宿。力耕四分之三个世纪，著作等身，创说尤多，发为吟咏，足成典型，培养后劲，各具气象。更以道德垂范，示后学以轨辙；著作森蔚，显学术之庄严。尚君久仰门墙，心存敬畏，常读遗著，时获启发。老成凋零，请益无路；仪型垂世，功存千秋。因行程早定，无缘执绋，谨遥致悼唁，恭敬瓣香。并请问候家属，祈节哀顺变，各此珍重。

中国唐代文学学会会长、复旦大学中文系教授陈尚君

2017年2月1日

当年传道情何限，遥忆师门数仞墙

——从学霍松林师的几点感怀

□　尚永亮

我是霍松林师的老学生了。如果从1978年读大学算起，中经八十年代随师读硕、读博，以及博士毕业后协助他指导博士生，直到1997年离秦赴鄂止，前后历时约二十载。其间趋侍绛帐，耳濡目染，获益良多。丙申岁末，九十七岁的松林师躺在床上，通过视频向诸位同门贺岁，并与我们约好，在百岁寿庆之际再度相聚。孰料苍天未遂人愿，在刚过了春节的正月初五，他老人家便与世长辞，匆迫地离开了我们。在赶回西安料理业师后事的过程中，眼望“唐音阁”中那一排排插满书籍的高大书架和空荡荡的书桌，追思业师一生行迹和学术贡献，不禁怅然于心，五味杂陈。而感怀最深的，便是当年随师读书时的一幕幕情景。

一

松林师指导学生，所用的是标准的师傅带徒弟的做法。他重视能力的培养，而不强调单纯的知识传授。他很少给学生开课，而是指定若干书目，讲明基本要求，让学生回去细读，做笔记，定期到他家中讨论，重点就所遇到的问题进行辨析，最后指出改进的方向。我读硕士时的专业方向是元明清文学，记得入学不久，松林师就把同专业的几位同学叫到家中，布置任务，让我们先将整个元杂剧细读一遍，写出札记，然后每人选择数部作品详加注释，由此深化对元曲的理解。这个办法看起来笨拙，但一个学期下来，却收获甚大，不少杂剧作品的内容、结构、人物、语言乃至典故、字词，都烂熟于心。比起那些泛泛涉猎者，自不可相提并论。由此也奠定了我们进一步研习元代文学的基础。大概是有了这些训练，1985 年，松林师便将其应山东文艺出版社之约拟编著《西厢汇评》一书的任务交给了我。其时正逢盛夏，我将各种资料堆积案头，对始于《莺莺传》、终于两部《南西厢》《第六才子书西厢记》的十部作品、四十余万字细加研读、整理、校勘、标点，历时数月方告竣工。期间多次得松林师指点，学到了很多好的方法，也使自己整理古籍的能力得到了显著的提升。

至于学位论文，松林师也很少直接命题，而主张由学生通过阅读，发现问题，自己选择最感兴趣、最易于出新的研究对象。他认为只有这样，才能调动学生学习的自觉性、主动性，才能动手动脚找材料，逐渐掌握学术研究的方法和路径。当然，关于选题的基本原则，他是有明确要求的，那就是宁实勿虚，宁小勿大，要有问题意识和新视角，要有此题完成后继续开展的空间，而关键则在于出新，在于解决前人未能解决的问题，切忌蹈袭成说，游谈无根。我是松林师的首届博士生，此前已在大学任教数年，发表了十余篇学术论文，算是有了一定的研究基础，但面对博士论文选题，比照老师的要求，仍颇感困难。犹记 1987 年的秋季，每到傍晚，我与同门师弟邓小军、程瑞钊便约在一起，围着学校运动场一圈一圈地走，一个一个问题地讨论，你来我往，相互激发。回去后再读书，再思考，接着再讨论。这样的日子历时数月之久，其间有大的焦虑，也有理清思路、逐渐逼近目标的喜悦。最后，我选择了研究中唐贬谪文学的题目，拟以元和时期韩、柳、刘、元、白五大诗人为中心，深入考察其遭贬后的生存状态、心理状态、创作变化及美学追求，同时，向上溯源屈、贾，向下联及苏、黄，由此形成从执着到超越的核心理念，借以从史的层面了解中国贬谪文化的整体走向。这一思路的大致成形，就得益于当年同学间的讨论，得益于松林师的严格要求和由此形成的无形压力。现在看来，这一选题应是有价值的，它一方面开拓了一个新的研究领域，另一方面也为我日后从事唐、五代、宋代贬谪文学乃至上古弃逐文学的研究奠定了基础。所以，当时和松林师谈了我的想法后，他非常高兴地予以肯定，并在我拿出全文总纲后，做了详细的批改和指导。直到今日，我还存留着当年的批改件和他写给我的满满两页的具体意见。

松林师这种培养学生的方法，当时有人戏称为“放羊法”，言辞间似乎有些不满。我的同学、现任教于东南大学的徐子方教授曾就此做过辨析：“有些老师培养研究生，的确不肯‘放’，而是抱着‘羊’走路，给‘羊’喂‘草’，甚至替‘羊’吃‘草’。而霍先生，则的确是把羊‘放’出去，‘放’入辽阔的大草原，诱导‘羊’们吃最好的‘草’。……我敢这样说，我们的独立科研能力和事业中的开拓精神，都应归功于霍师的‘放羊式’教学法。”（《霍松林先生八十寿辰纪念文集》第 580—581 页）对子方兄的这一看法，我是深以为然的，并在自己培养研究生的过程中多所依循。

二

对于松林师的研究法和教育法，我将其概括为四句话十六个字，即“避熟就生，避虚就实，博专结合，知能并重”。简单地说，避熟就生，指的是不因循，不蹈袭，要开拓新领域，发现新问题。避虚就实，指的是重材料，重实证，力避游谈，力避玄虚。博专结合，指的是既要术业专攻，精于一艺，又要放开视野，博观约取。用松林师的话说，就是“专和博，互为条件，相辅相成”。既不能博而寡要，又不能画地为牢，因为“没有广博的知识，过早地专门化，可能较早地出点成果，但那成果的质量不会高，而且路子越走越窄越困难”。至于知能并重，则是对知识和能力的强调，而且相比之下，能力的培养更重于知识的猎取。

当然，这种概括未必一定准确，但却大抵得其仿佛。在从师问学的十余年中，因为住得近，所以常去府上叨扰，聆听教诲的机会也就多一些。记忆中，松林师对以下几个问题也是颇为关注的：

一是入门须正，立志须高。这本是南宋严羽论学诗的话，但松林师移以论学，便有了新的生发。在他看来，做一个学人，一定要自期远大，先器识而后文艺，倘若不是如此，即使成为某一领域的专门家，其眼界、格局恐怕也难得放开，难得有大成就。同时，他还特别强调启蒙教育、首次感知的重要。因为一个简单的道理是：学拳容易改拳难。如果启蒙教育没搞好，从小认一些错别字，染一些坏习气，输入一些错误观念，方法不对，文理不通，习非成是，那就牢不可破了。他曾以煮饭为喻说："煮一锅新饭并不难，但如果已经被人家煮成夹生饭，你再要把它煮好，就困难了。相反，如果启蒙教育搞得好，那就为以后的健康成长铺平了道路。"

二是做学问要从目录学入，要对中国典籍的存留概况有一个清晰的了解。他引用清人王鸣盛的说法："目录之学，学中第一紧要事。学者必须从此问途，方能得其门而入。"多次告诫我们："掌握目录学，就是获得信息检索的能力。就信息储存说，记在自己头脑里的知识叫作内储，储存于头脑之外的图书资料、科研情报则是外储。要使外储为我所有，就得培养较强的信息检索能力。缺乏这种能力，谈不上学术研究。"所以，在读硕士第一年，就专门请陕西师大古籍所的黄永年先生开设了目录学、版本学的课，以夯实我们的相关基础，了解不同时期的版本形貌、特点以及四部渊源、发展、藏书等大致情形。

三是做研究犹如警察抓小偷，又如法官断案，要搜集各种线索，要重证据，重证据链。松林师常对我讲：在考察一个对象之前，首要的任务就是穷尽各种资料，认真地加以辨析。这样做的好处之一，就是能在错综复杂的资料堆里寻找最有用的线索，由此顺藤摸瓜，一步步接近事物的真相。其中既要避免孤证，又要注意反证，既要注意当事者的说法，还要注意其他人的说法，使证据之间互相印证、互相补充，形成一个有机的链条。只有这样，才能避免主观臆断，才能使被追捕者无所遁形，也才算是一个聪明的警察、智慧的法官、优秀的学者。

四是写文章既要文从字顺，又要注意所用字词的准确、精省，能用一句话说清的事，绝不繁衍至两句三句；能用此词准确达意者，绝不用彼词蒙混过去。要做到这一点，就要反复推敲，不断修改。在读硕、读博期间，我写过一些习作，如《屈原生年榷论》《天人感应与神秘思维》《两种思维的冲突与史学家的苦闷》《蒋士铨评传》等，都曾送交松林师审阅，经他悉心改订，最后由师生联名发表。1987 年，松林师应约为上海教育出版社编写一部《李白诗歌鉴赏》，嘱我来写初稿。接受任务后，我颇花了些心力，从 1000 多首李诗中精选了 150 余首佳作，予以注释和赏析，最后形成近 20 万字的初稿。松林师看过之后，虽在整体上多有肯定，但也严肃地指出了存在的问题，而对文中拖沓的语句，误用或欠省净的字词，则一一勾出，或改订，或重写，十六开的稿纸上，布满批改后的红色印记。在松林师家中，他手拿改过的书稿，一边解释各处改订的理由，一边语重心长地说："文字功夫是一个学人终身须用力之所在，这是基本功，也是一篇文章、一部著作的门面。有些学者，一大把年纪了，也有不小的名气，但一读其文，就令人皱眉。不是他的观点不好，而是在语言上粗制滥造。你们现在年轻，一定要注意这个问题，切不可掉以轻心。"松林师这席话，给我留下极深印象。此后每写文章，在语言使用上都格外留心，经一遍遍修改打磨才敢拿出示人。同时，这也成了我指导学生时反复强调的一个要点。

三

20 世纪 80 年代是一个思想解放的年代，新方法、新思潮风起云涌，一时间蔚成风气。我们这些古典文学专业的研究生也受其影响，常用一些新理论来观照中国文学史，并尝试进行写作。对此，松林师是宽容的，他认为时代在前进，学术也应有更新，新方法、新理论只要合理，自然可以使用，但根本原则在于能切合中国文学史的实际，能解决问题。如果只注意贴标签，浮在事物的表层，那就适得其反了。他曾借用汉代王充"知今不知古，谓之盲瞽""知古不知今，谓之陆沉"的话，告诫我们，作为一个学人，既要知古，又要知今，知今才能更好地知古，知古的目的则是为了知今。因而，要将古今打通，要用通史的眼光来研究断代的内容，要注意从中国文学的实际提取理论和规律性的东西。

至于对学界一度兴起的“玩学术”的做法，他则坚决反对，认为学术怎么能玩？这种“玩”，失去了对学术应有的真诚，将会导致学术研究的堕落。

为了开阔我们的学术视野，松林师特意从上海先后请来了章培恒、马兴荣等先生，由他们各开设了一周左右的课程。章先生主讲明代文学，马先生主讲唐宋词学，每天三节课，将学术史和当前研究结合起来，纵横切入，颇具启发性。课下则与我们一起切磋讨论，气氛很是热烈。通过与这些一流学者的近距离接触，我们一方面学到了新的知识，了解了他们治学的路数，另一方面则打开了眼界，有了一种取法乎上的自觉意识。

与此同时，松林师还鼓励我们适时地走出书斋，或做实地考察，或参加学术会议，借以获取对研究对象的实际感知，对学界研究动态的即时把握。同门师弟邓小军当时研究作为唐代文化开端的河汾之学与贞观之治，涉及文中子王通讲学之地的文化遗存，亟欲前往山西河津县做些实地考察，却因经费困难，艰于启程。松林师得知后，当即允诺，资助小军两赴河汾，为其论文增添了可贵的第一手材料。小军回来后数次与我谈及其河汾之行的收获，言辞间充满了感激之意。与小军兄相比，我则在参与学术会议方面更多地受惠于松林师：1982 年，先后参加了在西安举办的首届唐代文学研讨会，在湖北秭归举办的首届屈原学术研讨会；1984 年，参加了在洛阳举办的中国文学讲习班；1985 年，又接连参加了在清华大学举办的首届闻一多学术研讨会，在秦皇岛举办的明清文学讲习班；1990 年，与松林师一起参加了在山东济南举办的首届国际赋学研讨会。在这些会上，拜识了不少学界前辈，也结交了很多中青年同仁，更重要的是，为参加会议而撰写了《论孟郊诗的风格及其成因》《论〈哀郢〉的创作和屈原的放逐年代》《闻一多与庄子》《司马相如赋的主体特征和模式作用》等论文，使自己获得了一个与学界同行交流、切磋的机会，既认清了自我的局限，也相应地提升了研究的格局。

外出访学是另一件值得一说的事情。20 世纪 80 年代的研究生培养经费并不宽裕，区区数百元，将后期的论文打印和延请答辩老师的费用除去，所剩已经无多。但即使如此，松林师仍设法拿出一笔钱来，支持我们到各地走一走，去查阅资料，并向相关高校的名师当面请教。在他看来，只有读万卷书，行万里路，拜识一些有成就的学者，才能深化对中国文化的了解和体验，才能转益多师。在松林师的支持下，我和同门学弟、现任教于北京外国语大学的魏崇新教授自西安出发，途经成都、重庆、长沙、广州、上海、苏州、南京、扬州等地，先后拜访了四川大学的缪钺先生、因与缪先生合著《灵溪词说》而暂住成都锦江宾馆的叶嘉莹先生、中山大学的王季思先生、上海师大的马茂元先生、苏州大学的钱仲联先生、南京大学的严迪昌先生、南京师大的吴调公先生。这些先生听说我们是松林师的学生，都非常热情，对我们的研究和提出的问题予以指导，有时虽话语不多，却直击要害，令人豁然。此外，我们还跑了几所高校的图书馆，就研究课题查阅相关文献，获得了一批有价值的资料。我当时的关注重点是清代诗人赵翼和黄仲则，为此还专门去了常州，观看了黄仲则的“两当轩”故居，结识了赵翼的六世孙赵争先生，获取了不少书本之外的信息，由此增强了对历史文化的实际感知，并为我后来编写赵翼年谱，撰写黄仲则的论文，提供了有力的支撑。

四

松林师是蜚声海内外的著名学者，又是极具功力的诗人和书法家。关于他在文艺学、中国古典文学等领域的造诣，我曾在《霍松林先生学术传略》(载《凡人与伟人之间》，陕西人民教育出版社 1990 年版)中详细谈及，兹不赘言；关于他的诗歌创作成就，也早有定评。在为 1988 年出版的《唐音阁吟稿》所作序言中，钱仲联先生这样说道：“松林之为人，能文，能书，能倚声，能研说部，能雕文心，而尤长于诗”，而其诗“忧时感事，巨构长篇，层见迭出，含咀昌黎以入少陵，此其所以为豪杰之士也”。程千帆先生进一步指出：“松林之为诗，兼备古今之体，才雄而格峻，绪密而思清，而其得意处，即事长吟，发扬蹈厉，殆不暇斤斤于一字一句之工拙。”验之实际，这些评说当非溢美之言。这只要看看他作于抗日战争时期的《卢沟桥战歌》《哀平津，哭佟赵二将军》《八百壮士歌》《闻平型关大捷喜赋》等系列作品，即可感知一位十六七岁少年蒿目时艰、悲情郁勃的胸怀和才气。大概正是有见于他在现当代诗坛持续不断的高质量创作，1995年，中国作协曾将其列入“抗战时期老作家”名单，颁授“以笔为枪，投身抗战”奖牌；此后，他又数度获得“中华诗词终身成就奖”“最具影响力诗人奖”等荣誉。

松林师的书法以行草为主，自成一派。细观其字，寓刚于柔，真率洒脱，用笔之妙胜于用墨，字里行间气韵流动，很有些传统文人的高风雅致。所以，每当外出开会或游览名胜，总有人向他索求墨宝，他也多是来者不拒，于气定神闲之际，当众挥毫，顷刻之间，便已烟云满纸。据一位同校的老师讲起，一次全国性的学术会议组织专家外出考察，当地主人备好了纸墨，盛情邀请来宾题字留念，众人多推辞谦让，一时间气氛稍嫌尴尬。这时，北京大学的王瑶先生感叹道：如此场面，大概只有霍松林先生才能应付自如了。细想起来，确乎如此。在我们从师问学的那几年中，不仅多次目睹松林师在各种文雅之会时笔走龙蛇的风采，而且都曾得到过几幅老师赠送的墨宝。硕士毕业之际，我们十位同门聚于“唐音阁”中，松林师铺纸研墨，为每人题写一诗：“十全十美古犹稀，万里前程各奋蹄。莫忘同窗无限乐，弦歌三载杏园西。”博士毕业时，我又获赠诗一首：“斯文重振迈前修，哲士宁忘黎庶忧。九曲黄河通大海，瀛寰放眼看潮流。”这些由老师亲笔题写、充满期待和勉励的诗行，我至今还保存着。有时读书读累了，观赏摩挲一番，思绪便又回到了几十年前。

松林师平日喜望南山，最爱唐音，曾先后榜其居曰“见山楼”“唐音阁”，如今终南依旧，楼阁已空，睹景思人，回想早年受业的历历往事，我内心真有一种说不出的悲凉。唐人李义山《谢书》有云：“微意何曾有一毫，空携笔砚奉龙韬。自蒙半夜传衣后，不羡王祥得佩刀。”再三品读，感同身受，谨缀文末，以志微诚。

霍松林先生的学术贡献与诗歌成就

□ 邓小军

霍松林先生(1921—2017),是当代卓有成就的文学理论家、古典文学学者和诗人。本文略述其最有代表性的成就,期待读者指正。

一、文学理论的贡献:文学形象定义,以形象思维取代虚构

二十世纪五十年代以后,苏联学者季摩菲耶夫的《文学概论》(1953年中译版),在中国具有权威性的地位和影响。霍松林先生1957年出版的《文艺学概论》,是1949年后第一部中国人写的文学理论著作。在文学形象这一文学理论的根本问题上,霍松林文学理论与季摩菲耶夫文学理论以及六十年来受其影响的当代中国文学理论之间,半隐半显地存在着重大的不同。

季摩菲耶夫《文学概论》第二章《形象性·形象的定义》:

形象是具体的,同时也是综合的人生图画,藉助虚构而创造出来,并且具有美学的意义。

季摩菲耶夫《文学发展过程》第二章《文学的类别·抒情诗》:

这种综合性使抒情诗中形象的虚构有了意义。

霍松林《文艺学概论》第二章《文学的形象》:

形象是指文学反映生活的特殊形式，即指通过形象思维的过程，从人物与人物、人物与环境的复杂关系及其发展中描绘出来的具有美学意义的完整的生活图画。

依照季摩菲耶夫的观点，文学形象包括抒情诗形象的特征是虚构。中国文学的半壁河山包括大部分中国诗、全部中国史传文学，基本特征是写实；只有戏剧、小说、小部分中国诗，基本特征是虚构。因此，季摩菲耶夫文学理论与中国文学实际不符，存在严重错位。依照霍松林的观点，文学形象的特征是形象思维，而形象思维包括了写实与虚构。

虚构是西方文学的突出特征。西方文学原始典范荷马史诗《伊利亚特》，具有非常发达的虚构和神话描写，众神充分地卷入人事，天上人间融为一体。西方文学理论以及派生的苏联文学理论以虚构为文学、诗歌的突出特征，是自然的事。

歌德《诗与真》："每一种艺术的最高任务，即在于通过幻觉产生一个更加真实的假象。"

韦勒克、沃伦《文学理论》第二章《文学的基本特征》："文学艺术的中心显然是在抒情诗、史诗和戏剧等传统的文学类型上。它们处理的都是一个虚构的世界、想象的世界。小说、诗歌或戏剧中所陈述的，从字面上说都不是真实的；……甚至在主观性的抒情诗中，诗中的'我'也是虚构的、戏剧性的'我'。"

韦勒克·沃伦《文学理论》第二章《文学的基本特征》："如果我们承认'虚构性''创造性'或'想象性'是文学的突出特征，那么我们就是以荷马、但丁、莎士比亚、巴尔扎克、济慈等人的作品为文学。"

高尔基《论文学技巧》："艺术创作永远是一种'虚构'。"

以及上述季摩菲耶夫文学理论，言之甚明。

中国文学的主流是诗歌，《诗经》一系写实诗歌是中国诗主流，写日常人生与时事。《楚辞》一系虚构、神话特征突出的诗歌不居主流，并且远远不及《伊利亚特》的虚构、神话那样发达。故中国传统文论注重诗歌写实。《尚书·尧典》："诗言志，歌永言。"《乐记》："乐者，音之所由生也，其本在人心之感于物也。"陆机《文赋》:“诗缘情而绮靡,赋体物而浏亮。”感物、体物,决定了中国诗的写实性。中国诗的艺术手法赋比兴,中国诗的主要审美观念神韵,主要来自写实。《诗大序》:“以一国之事,系一人之本,谓之风。”中国诗的主要审美观念诗史,特征是写实。《论语·阳货》:“《诗》可以兴,可以观,可以群,可以怨;迩之事父,远之事君;多识于鸟兽草木之名。”诗的这些人文教化作用,来自诗的写实。中国史传文学以《左传》《史记》为代表,作品特征是写真人真事,理论主张是“实录”。《汉书·司马迁传》:“其文直,其事核(唐颜师古注:核,坚实也),不虚美,不隐恶,故谓之实录。(汉应劭集解:言其录事实)”

在文学形象的特征上,霍松林文学理论用形象思维取代了季摩菲耶夫的虚构,实际上是取代了苏联文学理论乃至西方文学理论的虚构,从而与苏联和西方文学理论划出了一条分界线,但是符合中国文学实际。霍松林从未全称判断地表示文学形象的特征是虚构,更未表示中国诗的基本特征是虚构,他将虚构限制在戏剧小说等叙事文学的范围内。霍松林指出中国诗局部可能有虚构,同时指出叙事文学可以写真人真事。这表明他的文学理论贴切中国文学实际,周全、稳健而卓有创见。

六十年来迄今,当代中国文学理论的几乎所有主要著作,都是以虚构、假定、虚幻性作为全称判断的文学形象的基本特征。

在文学形象的定义上,霍松林用形象思维取代苏联文学理论的虚构,在当时苏联文学理论极具权威性的情况下,体现出极大的学术智慧、勇气和民族自信心;比较六十年来迄今中国文学理论承袭苏联及西方文学理论的文学形象虚构说,则体现出异常独到的学术创发力和异常深远的学术生命力。

霍松林《试论形象思维》(1956年),是中国第一篇讨论形象思维的哲学美学论文。文中提出:“形象思维和逻辑思维是认识现实的不同形式。形象思维是艺术的思维,艺术家通过形象思维认识现实,用具体的形象表现认识现实的结果。”这是他的文学理论的奠基。由此而引起对霍松林长达十四年的批判斗争,几致灭顶之灾,但霍松林并未屈服,足见其学术风骨与豪杰品格。

二、古典文学研究的贡献：诗史互证，揭示杜甫贬官的原因

传统称杜甫为“诗圣”，称杜诗为“诗史”，陈寅恪称“少陵为中国第一诗人”。在杜甫研究史上，迄今仅认为，杜甫乾元元年自左拾遗被贬为华州司功参军，是由于至德二载疏救房琯触怒唐肃宗，遭到会审和放逐；从来无人道及，则是因杜甫放逐回京仍任左拾遗时继续谏诤肃宗而惹祸。

霍松林根据杜诗《春宿左省》《晚出左掖》《题省中院壁》《送李校书》和唐史，创发性地提出杜甫被贬华州司功参军的原因：从至德二载十一月放逐回京仍任左拾遗至乾元元年六月被贬的半年间，继续谏诤肃宗，“给皇帝提了意见”，“他的意见不但没有被采纳，而且还蕴涵着惹祸的危机”。

霍松林《说杜甫〈曲江二首〉》(1982 年)：

天宝十五载(756)六月，安史叛军攻进潼关，唐玄宗逃往四川，长安沦陷，次年四月，他冒着生命危险逃出长安，奔向凤翔，“麻鞋见天子”，被任命为左拾遗，接着就因疏救房琯触怒肃宗，被放回鄜州探视妻子。

至德二载(757)九月，唐军收复长安，杜甫于十一月回京，仍任左拾遗。《曲江》，就是乾元元年(758)暮春任左拾遗时写的。杜甫“穷年忧黎元，叹息肠内热”，早就渴望“立登要路津”，以实现其“致君尧舜上，再使风俗淳”的政治理想。如今身为谏官，正好可以“致君”“泽民”，却为什么把这看成“绊”身的“浮荣”，力求摆脱呢？从“明朝有封事”(《春宿左省》)“避人焚谏草”(《晚出左掖》)之类的诗句看，他是给皇帝提了意见的。从“衮职曾无一字补，许身愧比双南金”(《题省中院壁》)，“每愁悔吝作，如觉天地窄”(《送李校书二十六韵》)之类的诗句看，他的意见不但没有被采纳，而且还蕴涵着惹祸的危机。到了这年六月，果然受到处罚，被贬为华州司功参军。

霍松林由史诗互证所提出的这一卓见，补唐史之缺，发杜甫

研究史上前人所未发，具有重大意义。第一，杜甫之所以被贬华州司功参军，放逐回京仍任左拾遗时继续谏诤肃宗惹祸，比起早先的疏救房琯触怒肃宗，显然是更为直接、更为重要的原因。第二，杜甫乾元元年六月被贬华州司功参军，乾元二年七月便弃官华州以抗议肃宗之无道，从此直至漂泊以死再也不做唐朝的官。今存杜甫诗集，大半部是作于弃官以后。霍松林揭示出杜甫被贬华州司功参军的直接原因，关系到这一段唐史真相、杜甫品格、后半生命运、大半部杜诗的了解，因此关系重大。

古典诗文鉴赏，是霍松林独擅的胜场，著述甚多，其中包含艺术特色鉴识、诗史互证、训诂等多方面的创见，为人所熟知。在此只略为补说一二。

霍松林根据杜甫《石壕吏》、贾岛《寻隐者不遇》，对中国诗"藏问于答"叙事艺术做出了经典的揭示，包含对叙事诗隐藏的人物对话、情节发展、人物形象的精彩的展开，发前人所未发。数十年来，早已广泛传布，为学术界和教育界所接受。霍松林提出唐诗"藏问于答"，乃是在文学理论上为此一诗歌叙事艺术成功地立法。而且"藏问于答"一语，为古汉语所无有，是霍松林所创造。

霍松林《〈唐音阁鉴赏集〉跋》(1998年)：

我通过多年讲课，觉察杜甫的《石壕吏》用了以答见问的表现方法，再注意其他作品，认为贾岛的《寻隐者不遇》也用了这种方法，而且比较明显。"文革"中，红卫兵多次抄家、提审，对《石壕吏》从答话中暗示问话的表现方法体会更深，因而粉碎"四人帮"后写了《杜甫〈石壕吏〉赏析》一文，用"藏问于答"四字概括了杜甫独辟蹊径的表现方法。文中在提出"'吏呼一何怒，妇啼一何苦'不仅发生在事件的开头，而且持续到事件的结尾"的论断之后，即分析"老妪"的"致词"并不是一口气说完的，而是吏的多次"怒呼"逼出来的。作者为了节省文字，只写了妇答，而吏问的内容，已在妇答中作了暗示。

谁能想到，霍松林揭示唐诗叙事艺术"藏问于答"的背后，不仅包含着多年讲课的省察，而且包含着“文革”中多次被提审的经验？

苏轼《承天寺夜游记》：“元丰六年十月十二日夜，解衣欲睡，月色入户，欣然起行。念无与为乐者，遂至承天寺，寻张怀民。怀民亦未寝，相与步于中庭。庭下如积水空明，水中藻、荇交横，盖竹柏影也。何夜无月，何处无竹柏，但少闲人如吾两人者耳。”

霍松林《说苏轼〈承天寺夜游记〉》（1984 年）：

> 庭下如积水空明，水中藻荇交横，盖竹柏影也。
>
> “步于中庭”的时候，目光为满院月光所吸引，引起一种错觉：“积水空明”，空明得能够看清横斜交错的各种水草。院子里怎么会有藻、荇之类的水草呢？抬头一看，看见了竹、柏，同时也看见了碧空的皓月，这才醒悟过来：原来不是“藻荇”，而是月光照出的“竹柏”影子！“月光如水”的比喻是常用的，但运用之妙，因人而异。不能说作者没有用这个比喻，但和一般人的用法却很不相同，所产生的艺术效果也很不相同。

错觉是一个现代心理学词语，指对事物的错误知觉。以错觉解释月夜“庭下如积水空明，水中藻荇交横，盖竹柏影也”之美，是独到的艺术鉴识，而富于启示性。使用“承天寺夜游错觉”为搜索词，在读秀网搜索图书、期刊，迄今有一百八十余种著述均持此说，但是均发表于 1984 年 3 月霍松林此说发表之后。

在唐诗，错觉即是美。张九龄《望月怀远》“不堪盈手赠”，张若虚《春江花月夜》“空里流霜不觉飞”，李白《静夜思》“床前明月光，疑是地上霜”，唐诗写月光的这些名句，无一不是写错觉，无一不具有神韵。霍松林揭示错觉就是美，意味之深永，由此可见。

三、诗歌创作的成就：现代中国诗史

霍松林诗歌，写照了中国现代史的艰难历程，反映了一位中国知识分子的正直心灵。其诗本自己之性情，融杜甫诗史之精神、唐诗芬馨之韵致、韩愈排奡之气韵为一体，卓然大家。

七古《八百壮士颂》(1937 年)：

“中国不会亡”，歌声传四方。八百壮士守沪渎，七层楼上布严防。倭贼冲锋怒潮涌，壮士杀贼如杀羊。倭贼轰楼开万炮，壮士凭窗发神枪。倭贼凌空掷巨弹，壮士穿云射天狼。倭贼围困断给养，市民隔岸投干粮。倭贼纵火火焰张，壮士举旗旗飘扬。激战四昼夜，愈战愈坚强。热血洒尽不投降，以身许国何慨慷！堂堂壮士，壮士堂堂。四夷望汝正冠裳，中华赖汝扬国光。士气为之振，民气为之张。八百壮士做榜样，一曲颂歌传四方。颂歌传四方，“中国不会亡”！

歌颂八一三淞沪会战国军第 88 师第 524 团谢晋元八百壮士四行仓库保卫战的事迹，黄钟大吕，元气淋漓。其中“倭贼”“壮士”一气直下十个排比句，生动传神地写出八百壮士浴血奋战气壮山河的英雄形象。这是第一流的中国抗战诗史，无异为中国抗日战争之纪功碑，可以与天壤而同久，共三光而永光。

《卢沟桥战歌》《哀平京哭佟赵二将军》《闻平型关大捷喜赋》《喜闻台儿庄大捷》《欣闻日寇投降》等，亦皆是第一流的抗战诗史。

五律《别邓宝珊先生》(1965 年，有长序及《缅怀邓宝珊先生》可参看)：

河声清北户，山色绿南棂。园果秋初熟，庭花晚更馨。谈诗倾白堕，说剑望青冥。屡月亲人杰，终生想地灵。

神韵、诗史，镕为一炉，言有尽而意无穷，何愧五言长城。

七律《寄明儿二首》其一(1972 年)：

雪暴风狂忆上营，窑中灯火倍温馨。候门喜我还家早，阅课夸儿用力勤。虎卧龙跳临晋帖，蟹行鴃语学英文。裁诗问字无休歇，谈笑浑忘夜已深。

原注：余每日天亮出门劳改，黄昏回窑，明儿已等在门口，高兴地说："今天回来得还早！"

《金婚谢妻七首》其六（1999年）：

《红旗》上线罪滔天，狠触灵魂更不堪。停俸抄家馀四壁，牧羊涤厕近十年。闺中幸有英雄在，浪里方知砥柱坚。分谤挨批教子女，补衣挑菜抗饥寒。

原注：《试论形象思维》发表于《新建设》1956年第2期，1966年《红旗》第5期点名批判，无限上纲，我即被揪出批斗、抄家、劳改。

此等"文革"诗史，令人下泪，亦令人兴起。劳改生涯，风雪中稚子候门的背后，是张灯窑洞倍温馨的霍师母——"闺中幸有英雄在"。正直善良、不受蛊惑的亲人，是受害者渡过苦海的最后支撑。这表明，正直的人性，比非人性的势力更高、更强。

四言《诗圣颂》（2006年），歌颂杜甫，篇幅近两千言，超过杜甫《咏怀五百字》《北征》七百字。其中，写杜甫自安史叛乱至贬官华州一段经历的密集的高峰经验：

安史叛乱，诗人切齿。投主陷贼，谏君忤旨。流亡放逐，一生九死。《月夜》《春望》，血泪满纸。《述怀》《北征》，无愧诗史。两京收复，官复拾遗。忠言逆耳，忧谗畏讥。《曲江》二首，心痛陵夷。留春无计，感慨嘘唏。贬官华州，案牍繁忙。

真是五音繁会，磅礴顿挫。"官复拾遗，忠言逆耳"，"贬官华州"，将自己学术之重大创见，融入歌颂杜甫之皇皇巨制，真是别开生面。

（原载《光明日报》2017年2月20日）

霍松林:唐音永存

□ 张新科

2017年2月1日,农历正月初五,家家户户张灯结彩,人们还沉浸在鸡年春节的喜庆气氛之中。当日,我因事在外地,中午13时许,电话和微信同时传来噩耗,我的导师霍松林先生逝世了。我一听就懵了,一时说不出话来。等缓过神来,就赶紧乘车赶回学校,学校有关部门也正在召开紧急会议,安排霍先生的后事。

霍先生和我住在家属区同一栋楼,且同一方位的房子,先生住7层702室,我住6层602室。楼上楼下,我常常因为一些事情到楼上请示先生。春节前夕,我两次去先生家:一次是1月14日陪党怀兴副校长看望先生,并商谈先生百岁寿辰的事情,这是霍先生生前最大的愿望;一次是1月21日,文学院班子成员集体去给先生拜年,汇报一年来学院的情况,征求先生对学院发展的建议。这两次拜见先生,先生虽然行动不便,躺在床上给我们说话,但思维很清晰,还不停地谢谢学校、学院对他的关心。

真没想到这么突然,先生竟驾鹤西去。先生是一代宗师,学术泰斗,也是书法家和诗人。他逝世的消息一下子震动了学界,震动了书法界和诗坛,一时间唁电、唁函像雪片一样通过短信、微信、传真、电子邮箱传到了陕西师范大学校办和文学院。霍先生702室的客厅布置为灵堂,社会各界人士前来吊唁络绎不绝,表达对霍先生深深的悼念之情和对亲属的诚挚问候。

霍先生走过了人生的97个春秋,他的一生平淡而又非凡。霍先生自己曾说:"我这一辈子很简单,就是围绕文学,做了读书、教书、写书三件事情。”作为霍先生的弟子，我对此“三书”深有体悟。

一、读书

霍松林先生1921年9月29日生于甘肃省天水市琥珀乡霍家川村。根据先生的《青春集》及《松林回忆录》记载，其父十六岁就中了秀才，接着进陇南书院深造，科举制度废除后回乡教书。霍先生十二岁以前就是在父亲教诲下苦读、苦学的。“一去二三里，烟村四五家。亭台六七座，八九十枝花。”这是幼时父亲教给他的第一首诗。“一首诗把从一到十的数字巧妙地组织在诗句中，有景有情，好认易记，平仄也合律。”在幼年的霍松林看来，这不止有趣，甚至神奇。读书是他当时最大的乐趣。父亲先教他背诵《三字经》《千字文》《百家姓》，主要是认字；然后循序渐进，读《论语》《孟子》《大学》《中庸》《幼学琼林》《诗经》《子史精华》《古文观止》《千家诗》《唐诗三百首》《白香词谱》等等。六七岁学作诗作文，懂得了汉语的平仄，也会对对子，作诗从五古、七古、杂言体开始，然后到律诗，逐渐成熟。十二岁以后进入全县最好的学校新阳小学四年级上学，接受现代教育。对于童年时代的背诵，霍先生后来说的确有好处：第一，养成了背书的习惯，也积累了背书的经验；第二，童年背诵的东西当时虽然不懂或不大懂，但在以后的学习中重复出现，或遇到有关联的问题，就逐渐懂了；第三，那些经过反复背诵、后来逐渐弄懂了的东西，涉及文史哲等许多方面，这就在不知不觉之中培育了广泛的学习兴趣。

小学毕业，通过全县会考，以第一名的成绩，考入省立天水中学。读初中时，他广泛阅读文学经典，既有“五四”以来的新文学作品和外国文学作品，还有古典诗词曲及有关中国古典文学的著作，能借就借，不能借就买。在此期间还给《陇南日报》投稿，有散文，有新诗，有旧体诗，大多数被采用。他把领到的稿费，统统用来买书。由于家境清寒，交不起学生食堂的伙食费，他只能从离校80里外的家中背米面、木柴来，自己烧饭吃。这时候的读书，也有切实可行的方法，霍先生说："我读初中时，父亲给我一本讲治学方法的书，叫《先正读书诀》，其中有这么几点：一要循序渐进，持之以恒，切忌一曝十寒；二是既要精读，又要博览。精读的书要能背诵，博览的书也要记住大意或要点。为了帮助记忆，必须写读书札记；三是读书、阅世、作文相辅而行。这几点，我都是认真做了的。"初中三年，正是由于读书得法，学习成绩突出，就免试直升高中。后来在国立第五中学上高中，课外阅读更广泛了。

1945 年 7 月，霍松林赴兰州参加高考，以第一名考入中央大学中国文学系。南京沦陷前夕，中央大学西迁重庆，抗战胜利后迁回南京。在重庆学习一年，南京学习三年，都因学习成绩优异而享受公费待遇。据霍先生回忆，当时胡小石讲《楚辞》，汪辟疆讲唐宋诗，陈匪石讲唐宋词，卢冀野讲元曲，吕叔湘讲欧洲文艺思潮，伍俶傥讲《文心雕龙》，朱东润讲中国文学史，罗根泽讲中国文学批评史，在大师级教授的熏陶下，自己在文学的海洋中恣意驰骋，对文字学、音韵学、训诂学、目录学、版本学、校勘学、诗学、词学、曲学以及文学理论批评史等刻苦钻研，而且逐渐"由博返约"，形成了研究中国诗史或中国诗歌理论批评史的想法，在读书、选课方面也朝这个目标努力。著名古典文学研究专家、国学大师钱仲联评价霍先生这段学习时说："时胡小石、卢冀野、罗根泽各以一专雄长盘敦，松林俱承其教而受其益。于诗尤得髓于汪方湖，于词则传法乳陈匪石。"可以说，中央大学的读书学习，是霍先生一生读书重要的转折点。在此期间，由于他学习成绩突出，才华横溢，也得到于右任先生的奖掖和帮助。

对于霍先生而言，读书生涯并没有因大学毕业而停止。在以后的教书、写书工作中，先生依然在读书，以读书促进教书、写书，所谓活到老，学到老。他的案头上，不仅有中国古典文学的书，而且有中国现当代和外国的经典著作。读书，贯穿于霍先生的一生。

二、教书

霍先生教书生涯长达 70 多年，他教过小学、中学、大学，而以大学为主；大学教学，从 20 世纪 50 年代一直到辞世，在陕西师范大学执教半个多世纪。历任陕西师范大学中文系副主任，古籍整理研究所所长，中文系名誉主任，文学研究所所长，文学院名誉院长。他把教书与育人结合，以培养人才为己任。在陕西师范大学文学院所在的文汇楼大厅，霍先生题写的“扬葩振藻，绣虎雕龙”八个大字格外引人注目，它寄寓着霍先生对人才培养的热切期望。

在大学里，霍先生教过本科、硕士、博士，还指导过博士后、进修教师和访问学者，他说，“确实品尝到了‘得天下英才而育之’的无穷乐趣”。教书首先从编写教材入手。20 世纪 50 年代初，高校中文学科处于创业阶段，要求多开新课，用新观点教学。当时霍先生接手的三门新课中，有一门文艺学，无教材、无参考资料，他自己说是“难于上青天”，但他克服困难，从头搜集和阅读有关资料，力图用辩证唯物主义的观点、方法分析问题，到了 1953 年秋，几经补充修改，完成了 26 万字的《文艺学概论》，先后作为高等学校的交流教材和函授教材，1957 年由陕西人民出版社正式出版。这样，便有了我国最早的一部新型文艺理论教材。文艺理论家陈志明教授在《霍松林的文艺理论研究述评》中评价说：“《概论》不仅开了新中国成立以后国人自己著述系统的文艺理论教科书的风气之先，而且发行量大，加之其前已作交流讲义与函授教材流传，影响及于全国，大学师生、文艺工作者、中学语文教师以及文艺爱好者，不少人都从中得到教益，受到启发。20 世纪 50 年代后期和 60 年代前期的大学中文系学生，其中有些今天已成为专家，还不忘《概论》在当年如春风化雨给予他们心灵的滋养。”1982 年，经过增删修订，霍先生完成了 37 万字的《文艺学简论》，由中国社会科学出版社出版。作为教材，它把一代代学者引入文艺理论的殿堂；作为理论专著，霍先生构建了体大思精的理论体系，对许多重大理论问题都有独特的见解，自成一家之说，甚至被学术界誉为“当代的《文心雕龙》”。

教书是一门艺术，需要精心设计。霍先生后来又讲授元明清文学、唐宋文学、魏晋南北朝文学，还讲授先秦两汉文学和古代文论，贯通整个中国文学史。为本科生讲古代文学时，根据自己的读书经验和切身体会，要求学生背诵一定数量的诗文名篇、精读古典名著。讲授古文、诗、词，形象生动，抓住作品的要害进行分析。师长泰教授曾总结霍先生教学艺术：“一是教学内容上的求博求深，二是教学方法上的求实求真，三是教学质量上的求高求新。”许多学生敬仰霍先生的渊博学识和惊人才华。据田天佑等人回忆：“霍老师讲古文、诗、词，从来是边背诵，边讲解，根本不看本子，却一字不差。讲长篇小说，像《三国演义》《水浒传》《西游记》《红楼梦》等，介绍情节简要生动，通过某些典型场面分析人物之间的性格冲突，常常将四五个人物对话结合表情一一复述出来，不看本子，也一字不差。”20 世纪 80 年代以后，霍先生的主要精力用在培养硕士、博士研究生方面。对于新招博士，他有几条格言：“敦品以化人，勤学以致用。务求日有进益，问心无愧；力戒虚度年华，于世无补。”“博古而不泥古，须求古为今用；学外而不媚外，力争外为中用。兼取古今中外之长，放宽眼界，扩展心胸，慎思笃行，自强不息，始能有新开拓，新建树。”对研究生的培养，霍先生一直强调两句话：品学兼优，知能合一。首先重视对研究生品格的培养，研究生是国家的高层次人才，一定要高标准严要求，培养有使命感、责任心的人才。对“知”，既要求“博”，又要求“精”，而所谓“能”，则指能力、创造力。“搞古典文学研究的人，应该搞一点创作，至少要有一点创作经验、创作甘苦，才能较深刻地理解作品。”毕业论文是考验门生的关键环节，先生的要求更严格。我在先生门下读书，亲身经历是：第一步，选题。先生要求我们站在学术发展的最前沿，选题要有新意，要有自己的独特见解，同时也要适合自己的学术特点。有时为了一个选题，要反复琢磨推敲。像我的论文选题，开始想写《“天人思想”与汉代散文》，由于题目太大而且涉及文史哲诸多领域，不好把握。先生启发我说，你的长处在于《史记》研究，可以在此基础上进一步发展。最后我的论文定为《唐前史传散文研究》。论文题目的变化过程，实际上是学术思想的不断升华的过程。第二步，查阅资料，理清学术史。题目确定后，先生要求我们广泛搜集资料，对本选题的研究历史和现状进行系统总结，找到研究的突破口，这样就能为自己的论文定位，看出自己论文的价值所在。第三步，作开题报告，听取各方意见，进一步完善论文的构思。开题报告会上，先生听了弟子的陈述后，再予以细心指导，要求写出详细的写作提纲，审阅过关后再进行下一步工作。第四步，动笔写作，发现问题，及时解决。先生要求每写完一部分，就交给他看，并仔细批阅，大到论文的立意构思、框架结构，小到炼句修辞、资料引用等，一一提出修改意见。第五步，反复修改，拿出精品。先生对论文初稿批阅后，让弟子修改，然后再审阅，直到满意为止。即使在论文答辩通过后，也会要求弟子根据答辩委员提出的问题，再加充实修改。这样的严格训练，严格把关，保证了论文的质量。霍先生在《关于练基本功》一文中，谈了自己读书教书的体会：第一，要有较好的阅读能力，能够借助旧注（而不是今人用现代汉语作的新注），基本上读懂先秦两汉以来的古籍。要解决这个问题，需要学文字学、音韵学、训诂学、目录学和文化史等等；更需要通读若干部重要的古籍，包括原文和注疏，从头到尾，读得相当熟，甚至能够背诵。第二，要有较好的写作能力。“写作方法”之类，当然需要学习、研究，但更有效的还是老办法：多读、多作、多商量，即欧阳修所说的“三多”。第三，有较强的思维能力和较深的理论修养。学文科的人，往往以学理科方面的课程为额外负担，不愿多下苦功，这是不对的。文理渗透的好处很多，仅就培养思维能力说，读哲学著作和文史著作，可以使思路开阔，思想活跃，想象丰富，学好数学、物理等理科方面的课程，则可以加强思维方法的科学性。第四，有较丰富的社会阅历和较宽广的知识领域，并懂得治学门径，有较强的信息探索能力。这些经验，十分宝贵。从 20 世纪 80 年代开始，一直到 2015 年，霍先生先后培养了 20 多名硕士和 70 余名博士，遍布全国各地，大都成为所在单位教学科研的骨干或新一代学术带头人，学界称之为“霍家军”。

“高歌盛世情犹热，广育英才志愈坚。假我韶光数十载，更将硕果献尧天。”霍先生80寿辰时，曾做这首《八十述怀》，表达了培养人才的热情和愿望。90岁时，先生又有《九十自寿二首》，其中有句：“乐育英才浑忘老，秾桃艳李竞芬芳。”可见先生一生执着于教书育人。由于教书成就突出，1989年被评为陕西省优秀教师和全国教育系统劳动模范，享受国务院政府特殊津贴；1993年获曾宪梓优秀教师奖，2008年成为“改革开放三十年陕西高等教育突出贡献奖”的唯一获奖人。霍先生把毕生精力和心血用在培养人才上，被教育界同仁誉为“关西孔子”“海内儒宗”等。鉴于霍先生几十年来为学校发展与建设做出的杰出贡献，2014年学校授予霍先生“陕西师范大学杰出贡献奖”，奖励100万人民币，他随即拿出学校给他的奖金设立了“霍松林国学奖学金”，奖掖后学。

三、写书

所谓“写书”，就是从事学术研究。霍先生是一位杰出的学者，他以读书为基础，把教学与科研结合，教书与写书紧密结合。霍先生有句名言：“我的岗位工作是教学，所谓研究，其实是备课。”他学殖宏富，领域宽广，勇于创新，硕果累累。先后在《文学遗产》等刊物发表论文500余篇，出版的主要论著有《文艺学概论》《诗的形象及其他》《白居易诗译析》《文艺学简论》《西厢述评》《文艺散论》《唐宋诗文鉴赏举隅》《历代好诗诠评》等30余种，并出版《霍松林选集》（十卷本）600余万字；主编《唐代文学研究年鉴》《万首唐人绝句校注集评》《辞赋大辞典》《中国古代文论名篇详注》《陕西诗歌志》《中国诗论史》等50多种，可谓著作等身。先生的学术研究，尤其在唐代文学、文艺理论、诗词鉴赏等领域，贡献卓著，在海内外学术界有重大影响。

学术研究、著书立说，必须求真求是，甚至要敢冒风险。因为霍先生对学术研究这样的执着，在极“左”思潮中受到了牵连。1958年开始，先生就因他曾经出版的《文艺学概论》受到冲击。“文革”之初，又因曾发表《试论形象思维》一文，被《红旗》杂志点名批判，扣上了“为反革命修正主义文艺思潮提供了理论基础”

的帽子。抄家、游街、挨斗、扫马路、扫厕所，到最后关牛棚、劳动改造，然而，十余年的“蹲牛棚”，也没能改变他的学术个性。平反之后，他又写了《再论形象思维》的长篇文章，表明自己的学术观点。这样的精神追求，可用他自己的一句诗来概括：“浩气由来塞天地，高标那许混风尘。”为了学术真理不低头、不弯腰。

学术研究需要宽广的视野。霍先生曾在《“断代”的研究内容与非“断代”的研究方法》一文中强调，“断代”的研究内容不能用“断代”的研究方法。就研究唐诗说，不应割断它与唐以前、唐以后诗歌发展的联系，尤其不应忽视唐诗与今诗的关系。具体地说，研究唐诗的人也应研究“五四”以来的诗歌发展史，研究新时期诗歌创作的成败得失及其发展前途。也正是这样的研究视野，霍先生的研究显示出宏大的气魄。如《论白居易的田园诗》一文，直接溯源至先秦时代的《诗经·七月》，然后经陶渊明、王维等发展，中国的田园诗形成了两条线索：一是“田家乐”，二是“田家苦”，再通过对白居易田园诗的分析，认为白居易是“田家苦”线索的继承者和杰出代表。类似的研究既有广度，又有深度。霍先生对古代文学的研究，从先秦至明清近代，从诗词曲赋到散文戏剧小说，领域十分宽广，这也与他的教书是密不可分的。

学术研究要创新。霍先生经常引用《南齐书·文学传论》的一句名言鼓励学术创新：“若无新变，不能代雄。”他的研究，重视资料的挖掘和阐释，如对于《西厢记》的研究，从《西厢记简说》到《西厢述评》，再到后来的《西厢汇编》，把《西厢记》有关的问题、资料进行系统的梳理分析，把研究结论建立在扎实的材料基础之上。他与弟子傅绍良合著的《盛唐文学的文化透视》，开辟了盛唐文学研究的新领域，给后来研究者提供了新的研究思路和方法。霍先生的研究，重点在于唐宋诗词，尤其是对杜甫、白居易予以特别关注。《青春集》中显示，在大学本科阶段，霍先生就已发表七篇研究杜甫的论文，展现出青年学者的锐气和创新精神，此后对杜甫的研究更加深入。霍先生的研究，还建立在对作品的细致鉴赏分析之上。他出版了《唐宋诗文鉴赏举隅》《李白诗歌鉴赏》等著作，主编《唐诗探胜》《历代绝句精华鉴赏辞典》，并作为《唐诗鉴赏辞典》等多部大型辞典的领衔撰稿人，写了大量的鉴赏文章。我到先生门下学习之前，久仰先生大名，学习了先生的鉴赏著作，先生渊博的知识、透彻的分析、精彩的语言，强烈地震撼着我的心灵。我清楚地记得，在读到先生对杜甫《石壕吏》诗歌的分析时，我曾拍案惊叹。因为中学时学习过这首诗，但知大意而已。而先生在讲析时，结合时代背景，字斟句酌，非常细腻。特别是"藏问于答"手法的独特分析，一下子解决了我原来所有的疑问，令人茅塞顿开。先生治学严谨，在一般人不注意的地方细细挖掘，真可谓一丝不苟。

学术研究需要理论支撑。霍先生的古典文学研究，建立在他雄厚的文艺理论基础之上。他自己撰有《文艺学概论》《文艺学简论》《诗的形象及其他》等著作之外，还整理了大量古代文艺理论著作，如校注《滹南诗话》《瓯北诗话》《原诗》《诗说晬语》等，主编《中国古代文论名篇详注》《近代文论名篇详注》《中国诗论史》等，并且把这些理论运用到古代诗文的研究实践当中，因而成就斐然。

学术研究还要有广泛的交流。霍先生与海内外学界有广泛的联系，多次举办国内、国际学术会议，多次赴全国各地讲学，两度赴日本讲学，创办《唐代文学研究年鉴》，搭建学术交流平台。并且担任了中国唐代文学学会副会长兼秘书长，中国杜甫研究会会长、名誉会长，为促进古代文学研究做出了杰出贡献。我至今还记得，1982 年 3 月，霍先生在我校联合教室（今名"积学堂"）主持召开首届全国唐诗讨论会，名家云集，气氛热烈，我们年级的学生参加了开幕式，当他在开幕词中说道"我们的这次全国性的唐诗讨论会，新中国成立以来是第一次，唐代以来也是第一次"时，全场响起雷鸣般的掌声。"唐代以来的第一次"，此话气势非凡，振奋人心。也是在这次会议上，程千帆先生给霍先生题写斋榜"唐音阁"，从此，"唐音"走遍全国，走向世界。

由于霍先生在中国古典文学研究方面取得突出的成就，被聘为国务院学位委员会第二届学科评议组成员，全国哲学社会科学"七五"规划委员会委员，日本明治大学客座教授等。他除获得多种单项社科奖外，还于 2009 年被评为陕西首届社科名家，2010 年获陕西“十二五”科学发展思想驱动奖等，并博得了学界同仁所赠予的“学林泰斗”“一代大师”等美誉。

霍先生晚年仍然笔耕不辍，2001 年，出版《唐音阁论文集》《唐音阁译诗集》《唐音阁诗词集》《唐音阁随笔集》等系列著作。2010 年霍先生 90 寿辰时，他自己亲自整理编撰的《霍松林选集》十卷本 600 余万字正式出版，集中体现了他的学术成就。2013 年，霍先生已 90 多岁高龄，以惊人的毅力在短时间内完成了 30 多万字的《松林回忆录》，于 2014 年出版，成为后人了解霍先生思想精神的重要资料，也是了解陕西师范大学历史的重要资料。

写诗也是霍松林先生“写书”的重要组成部分。他少年时期写的抗战作品，如《卢沟桥战歌》《哀平津，哭佟赵二将军》《闻平型关大捷，喜赋》《惊闻南京沦陷，日寇屠城》《八百壮士颂》等，真实反映了抗战历史，把自己的心声与民族的命运联系在一起，因此，1995 年纪念抗战胜利 50 周年之际，中国作家协会特将先生列名于“抗战时期老作家”名单中，颁赠“以笔为枪，投身抗战”的奖牌。中华诗词学会顾问周笃文教授认为，《霍松林诗词集》共收录诗词 1200 余首，时间跨度 70 余年，可说是历史的实录。香港回归前夕，他应邀创作的《香港回归赋》，大气磅礴，振奋人心。霍先生的诗词创作，独树一帜，引领风气，正如程千帆教授所说：“松林之为诗，兼备古今之体，才雄而格峻，绪密而思清。”他还呼吁当前的诗词创作必须求变求新，率先主张用新声新韵取代旧声旧韵，并用新声新韵创作了《金婚谢妻》和《八十述怀》二十七首七律。《中华诗词》发表的评论和读者来信，公认这两组诗是“新声新韵的奠基之作，在中华诗史上有划时代意义”。2008 年 12 月 20 日，由中华诗词学会主办的“中华诗词终身成就奖”颁奖大会暨五位诗家作品集首发式，在北京全国政协礼堂举行，霍先生成为首次颁发的“中华诗词终身成就奖”五位获奖人之一。

书法也是霍松林“写书”的一个重要部分，他的字也像他的诗一样“刚健含婀娜，韶秀寓清淑”。著名书法家钟明善先生曾概括霍先生的书法特点：“笔法严谨而笔势活泼多变，纵笔挥洒，波澜起伏，留笔敛气，蓄势画末，方圆兼备，疾涩得体，寓刚于柔，潇洒自若。”其自撰、自书的《香港回归赋》《陕西师大赋》等作品，气势恢宏，刚劲有力，给人以美的享受。

“学海珠玑光简册，诗坛星月耀乾坤”，这是霍先生 1982 年献给首届全国唐诗讨论会的诗句，今天用来概括霍先生的学术风范也十分恰当。霍先生离开我们了，但“唐音”永存，他的著作将永远流传、光照千古。

（原载《光明日报》2017 年 2 月 22 日）

最后一次拜年

□ 李　浩

今年元月 24 日(腊月二十七日),我陪董丁诚老师到师大,最后一次给霍先生拜年。

过去每年都是在春节后去给老先生拜年,这一习惯我已经保持了 20 多年。因为自研究生毕业留校工作,我就兼任中国唐代文学学会秘书,当时霍先生是学会副会长兼秘书长,秘书向秘书长汇报工作,因公之便,可以随时随地,如遇急事,我会及时联系。但平时我尽力减少扰霍先生清修,每年春节去一次霍先生府上,既是拜年,也是汇报工作。后来听董丁诚老师说,他每年也是春节后给霍先生拜年,随他去的还有郗政民老师、雷树田老师,我提出我也加入他们的拜年团队,这样把两个活动并为一个活动。于是,曾有几年是我陪着三位老师去给霍先生拜年。中间有一段,郗老师身体不好,住在了校外,雷老师病后不良于行,董老师在北京住了一段。这一期间,又恢复到我一人给霍先生拜年。如果我不回老家,一般是大年初二或初三,如果回老家,一般是初五或初六。霍先生对我的这个习惯也知晓,如果偶尔晚了一半天,老先生就会念叨:李浩今年怎么还没来?

董丁诚、郗政民、雷树田三位老师都是我本科时的业师,董老师与霍先生是天水老乡。老乡见老乡,话题特别多,谈起来也格外细碎深入。每到这时候,我知道自己插不上话,就溜到师母房中,陪师母聊聊天。

今年给霍先生拜年稍微有点特别。此前,新科学兄、一农学妹都曾电话告知,说霍先生病情不稳定,我和董老师商量后决定拜年提前。

这一天霍先生府上人很多，霍先生虽然躺在床上，但精神头很好，气色也很好，不像传说的那样危急。霍先生与董老师谈了一会，专门把我叫到他跟前，我握住霍先生的手，手很绵软，也很暖和，老先生满脸和气，思维清晰，他已知道我的近况，他看着我说："李浩的耳朵大，是个长寿相，有福之人。"伴随着的，还有他依旧爽朗的笑声。我接着老先生的话说，我学不及老师，德不及老师，但愿贱躯暂保，以便追随先生。希望老师多多珍摄，大树不倒，我们都能获得荫庇。师大副校长党怀兴兄也提及，要在今年适当时候举行祝贺霍先生百龄遐寿的活动，我们都期盼着这一时刻的到来，届时霍门弟子大聚会，共同为老师献寿桃。

当天因为还有天水市的市长一行人看望霍先生，我们就恋恋不舍地告别了霍先生，我也期待着祝寿活动的举行。

孰料春节刚过，我还在老家，忽然噩耗传来，霍先生溘然谢世。我随即赶到西安，参加了随后的吊唁和告别活动，也与同门的师兄弟专门聚会缅怀。接下来，师兄弟们纷纷撰文，缅怀老师，不少媒体也希望我接受采访，或者撰文。我感到自己一直陷于恍惚中，思维跳不出来，作文也迟缓。故婉言谢绝了各方的好意。

大半年过去了，思绪慢慢稳定了，始能撰文缅怀。感觉到在我心目中，霍先生有几点寻常人不及处：

一是滋兰树蕙，作育人才。霍先生在各界看来，是大学者，但在我们当学生的眼里，他首先是个好老师。霍先生的遗体告别活动中，虽然也有不少地方大员，但来得最多的，还是他不同时期的学生。霍先生有教无类，故学生中既有"文革"前后的本科生，也有恢复高考后的研究生，还有社会各界喜欢书法、旧体诗词的友人。我属于研究生这个群体。霍先生是建立学位制度后较早开始招收硕博士研究生的导师，当时的学位授予权及导师资格是由国务院学位委员会统一评审的，是因人而授点，而不是后来的因设点而评导师。霍先生也曾多次向我说及当时评审的一些花絮。因为做导师早，故招收的研究生多，硕博士生加起来有一百多，所以学界把霍先生的学生称作"霍家军"，当然"霍家军”的得名不仅仅是人数多，还因为优秀人才多。在全国各地高校古代文学专业任教者为数不少，其中不少已成长为各校古代文学学科的中坚和骨干。

当下，各地高校热衷于“双一流”建设，而“双一流”又更多地对接为课题一流、科研一流，对于理工科的科研院所，以科研课题为龙头，不能说没道理。但对于以人才培养为目标的高校，漠视或忽略培养一流人才这个重中之重的目标，这是很悲哀的。好在霍先生等一批名师给中国高等教育，特别是中文学科的教育树立了标的。“风檐展书读，古道照颜色。”我们当学生的应该继承老师的优良传统。

二是打通诸艺，知能并重。霍先生这辈学人虽然直接沐浴了“五四”新文化的阳光，但是早期都受到优良家学的熏习。霍先生长于西北重镇天水，彼地旧学的势力更大，这对他后来的发展产生了深远的影响。他对传统文献的熟悉来自于童蒙时期，他的诗赋、书法写作，也都有童子功。这与仅有学校教育而没有家学的新一代相比，自然不可同日而语。

霍先生这一代人与更年轻的一批学人相比，能很自如地出入几个学科领域，如霍先生在古代文学的诗学、词学、曲学、小说学、古代文论领域都有建树，尤长于唐宋元诗词曲的鉴赏，对时尚的文艺学也不陌生，他还是共和国成立后较早参与新文艺学建设的学人之一。特别卓异的是，他在传统诗词曲赋写作方面是卓然大家，在书法方面，也自成名家。他应属于古代所说的“通人”而非专家。这与钱穆先生倡导打通四部、施蛰存先生实践打通“四窗”、饶宗颐先生构建四方之学，秘响旁通，旨趣相近。

三是养生养心，道通天地。霍先生和师母都以高龄辞世，这虽然有家族和遗传的因素，但也与他们注重养生养心，追求一种更为长远的价值有关。这种长远的价值我以为就是一种通达的智慧。

霍先生有几个孩子，均已成家，各有建树，但都靠工资养家，谈不上富有。霍先生丰富的收藏以及他的书法作品、手稿等，价格不菲，他在生前已妥为安排，捐赠给老家的天水师院和陕西师大，两校均为此设立了专门的书法艺术陈列馆。这种对遗产处置的态度，给我们很多启示。

宋儒程颐《秋日偶成》诗中说："闲来无事不从容，睡觉东窗日已红。万物静观皆自得，四时佳兴与人同。道通天地有形外，思入风云变态中。富贵不淫贫贱乐，男儿到此是豪雄。"冯友兰先生据此将天地境界视为人生修养的最高境界，远远高于自然境界、功利境界、道德境界等其他三境界。我想，也许老师晚年已参透世象，超脱物我，故能在许多利益、利害上做出智慧和通达的安排。

我常常想：霍先生一生历经几个时代，融旧学新知，怀兼济之心，守独善之志，教书育人与学术研究并举，理论和创作两得，格局宏阔，气象森严，洵为近百年知识分子之典型，在中国近现代学术转型期具有特别意义。我自知资质平平，却能得遇先生亲炙，实乃人生之幸。

霍先生去世后，门人弟子、各界友好纷纷撰文缅怀，我读到不少，感到情真意切，受益良多，我也把自己随侍老师的一点经历和感受写出来，以此表达对老师的无尽思念。

关西孔子霍松林

□ 孙明君

“关西孔子”语出《后汉书·杨震传》。传曰：“（杨）震少好学，受《欧阳尚书》于太常桓郁，明经博览，无不穷究。诸儒为之语曰：‘关西孔子杨伯起。’”霍师松林先生学识渊博，品行高尚，以德育人。在众弟子眼里，霍先生是一位当代的“关西孔子”。

一

2010年10月霍先生九十寿辰之际，我学写过一首贺寿小诗，诗中有这样几句：“年少初闻夫子哲，长安十载始登堂。关西孔子杏园盛，陇上樊迟书圃荒。”霍先生系甘肃天水人，我的故乡在甘肃静宁。天水与静宁之间只隔秦安一县。1980年我考取陕西师范大学中文系，对“师范大学”不满意，中学班主任刘浚老师说：陕西师大有一位霍松林先生，是甘肃天水人，他的道德学问知名天下，你能够去这样的学校跟随霍先生学习是你的福分。这是我第一次听到霍先生的大名。那年秋天在开学典礼上，我第一次遥望到主席台前的霍先生。1990年我考取霍先生的博士生，距离初见霍先生已经十载矣。录取之后我登门拜访霍先生，先生对我说：你是我招收的第一个甘肃弟子，一定要踏实学习，为家乡争光。

我的博士学位论文名为《汉末士风与建安诗风》，1995年在台湾文津出版社出版。霍先生在序中写道：“初秋入学，我发现他还缺乏撰写学术论文的实践，因而对学位课程的学习和学位论文的撰写进行了具体指导,提出了严格要求。”(《霍松林选集》第六卷,陕西师范大学出版社 2010 年版,第 139 页)岂止是缺乏撰写学术论文的实践,更严重的是我缺乏献身学术的理想,只想通过读博改换一下工作环境。经过霍先生耳提面命,谆谆教诲,我逐步端正了学习态度,三年后顺利通过了博士学位论文答辩。霍先生在序中指出:“这篇论文还存在着不足之处。最明显的是:论士风是为了更好地论诗风,论诗风应该是全文的重点;但论士风的比重偏大而论诗风的比重偏小,对建安诗歌艺术分析尤嫌粗略。当然,学术修养和写作功力,都需要日积月累,逐步提高,不可能一步登天,明君初逾而立之年,风华正茂,倘能勤学苦练,精进不已,必将取得卓越的成就,为祖国的学术事业做出较大的贡献。”霍先生对我既有严厉批评,也有殷切希望,为我指出了向上一路。毕业之际,听师母说,有一家用人单位的领导来考察我,在征求导师意见时,那人对霍先生说我发表的论文太少了。霍先生听后很不高兴,对那人说:他年纪尚轻,不用急于发表论文。当时,北京大学中文系招收首批博士后,我有心报名,把想法告诉了霍先生。霍先生不仅大力支持,还给前来主持答辩的南开大学王达津先生介绍我的情况,两位先生分别为我写了推荐信。这样,我有幸在 1993 年秋天去北京大学跟随陈师一新先生学习。余生何幸!先后从师于松林先生和一新先生。霍先生给我序中还说:“我国的学术研究,有其文史哲不分家的优良传统,研究文学而不具备深厚的哲学、史学修养,便很难取得丰硕的成果。”“从事学术研究,既需要博览群书,吸取前人和今人的研究成果,又需独立思考,实事求是,切忌毫无主见,人云亦云。”我虽然驽钝,多年来努力沿着导师指引的道路前行。离开霍先生之后,每每写信或打电话给先生请安,先生都要问到我的学业进展。2001 年,陕西师范大学隆重举行霍松林先生八秩华诞暨从教六十周年纪念会,霍先生指名让我代表弟子发言,这是对我最大的信任和鼓励。

1993 年夏月,我告别唐音阁,走近未名湖,迄今过去 23 年了。两位导师先后遽归道山,我也已经年过半百。回顾自己的学术之路,马齿徒增,一无所成,愧对两位大德恩师的栽培。是故,我用“关西孔子”喻松林师,用“陇上樊迟”自喻。

二

学界誉霍先生为海内儒宗、学林泰斗、一代宗师、诗坛盟主、书界名家。霍先生去世后，各界人士纷纷撰写诗文，寄托哀思。首都师范大学邓小军教授《哭松林师》云：“溥天之下无遗老，数十年来文在兹。”引《论语·子罕》典，以孔夫子的“斯文在兹”喻霍先生。西北大学李浩教授挽联云：“承孔孟教，怀千岁忧，继往开来，河汾续命振木铎；与李杜友，享期颐寿，超凡入圣，华夏谁来弘唐音。”将霍先生比为隋代大儒王通。全国政协委员、中国编辑学会郝振省会长说：“张载开宗的关学赋予传统儒家使命感和现代意义，近现代以来，关陇文化相对沉寂，卓荦超群者却不绝如缕，霍松林先生堪为代表。”将霍先生视为关学的一代传人。三位先生高度肯定了霍先生为传承儒家文化所做的贡献。

张载说：“为天地立心，为生民立命，为往圣继绝学，为万世开太平。”霍先生一生奉之为座右铭。青年时代，于右任先生称霍先生为“我们西北少见的青年”，他曾经教导霍先生说：“有志者应以造福人类为己任，诗文书法皆余事耳。然余事亦须卓然自立，学古人不为古人所限。”于右任先生的诗文书法卓然自立；霍松林先生诗文书法也卓然自立。然而，诗文书法在他们眼里只是余事，更重要的是“以文传道，以文化人”。他们的诗文书法因为灌注了“自强不息，厚德载物”的精神而生动、而深刻、而大气。霍先生说自己一生只是在做读书、教书、写书三件事。这三件事其实不可截然分开，它们是一个有机的整体。它们相通之处就在于灌注了中国传统文化的血脉。

读书，霍先生 12 岁前已熟读“四书”“五经”，后来涉猎文字学、音韵学、训诂学、美学、诗学、词学、曲学以及文学理论批评史等多门学科。《论语·述而》子曰：“其为人也，发愤忘食，乐以忘忧，不知老之将至云尔。”这也是霍先生晚年生活的写照。

写书，仅 2010 年出版的《霍松林选集》十卷本，就多达 6135 千字。霍先生以自觉传承中国传统文化为己任，其《文艺学概论》被誉为新中国文艺理论的奠基之作。其古代文学研究著述宏富，在义理、辞章、考据方面都取得了杰出成就。其诗词题材丰富、寓意深邃、艺术高超，足以垂范当代。

教书，霍先生从中央大学毕业之后即投身于祖国的教育事业，桃李满天下。《史记・孔子世家》云："孔子以诗书礼乐教，弟子盖三千焉，身通六艺者七十有二人。"自 1979 年以来，霍先生培养了 20 多名硕士和 70 余名博士，形成了学界有名的"霍家军"。听过霍先生课程和讲座的学生不计其数。霍先生一生忧国忧民，学而不厌，诲人不倦，具有出众的才华、学识、品德和气节。霍先生告诫弟子"士不可以不弘毅，任重而道远"，他要求弟子在学习专业知识的同时，树立远大志向，热爱中国文化，传播中国文化，做中国文化的守望者。

"指穷于为薪，火传也，不知其尽也。"霍先生虽然已经仙逝，他传递给我们的人文精神之火，不应该在我们这一代人手中熄灭。

（原载《光明日报》2017 年 2 月 20 日）

回忆恩师松林先生

□　康　震

松林先生是我的恩师，跟随先生求学，是我人生最大的幸运。我与松林师很有缘。1982 年，我还是陕西师范大学附中的一名初中生。一天下午，接到通知，要求全年级学生到大操场集体听课。一到操场才发现，不仅是我们初中生，还有全体高中生，很多老师也都到了，黑压压坐了一大片，只是不知道哪位教师来讲课。

大家正在猜想，只见校长陪着一位中年老师匆匆走来。老师面色红润，神采奕奕，穿一身蓝色中山装，看上去非常精神。校长介绍完，老师开讲了，题目是“中国古人勤学苦练的故事”。课讲得非常生动、精彩，老师的西北口音抑扬顿挫，很耐听，同学们沉浸在一个个精彩的小故事当中，不时发出会心的笑声。那次课后，我记住了范仲淹断齑画粥勤学苦读的故事，更记住了这位老师的名字：霍松林。知道他是陕西师范大学闻名全国的大教授、大学问家。

几年前，我去看望松林师，闲聊间说起这件事，先生听罢哈哈大笑。我打趣说：这样算起来，我应该是您门下年龄最小的弟子，从初中就开始听您的课啦！先生笑着说：应该算，应该算。又意味深长的说：你看那时，大学教授还去给中小学生讲课，讲小故事，现在教授愿意这样做的可不多啦！

1997 年，我考入先生门下攻读博士学位。不久，我去请教学位论文选题。先生很严肃地对我说：先不要考虑什么选题，要抓紧一切时间系统阅读一手文献，选题只能从一手材料中来！

在之后的近两年时间里，我一边系统阅读相关文献，一边随时向先生请教，经过反复思考、商议，最终确定了《长安文化与隋唐诗歌》这个选题。在论文写作中，先生又再三告诫我：决不能做空头文章，做学问一定要扎扎实实，要言之有据，没有根据的话一句都不能说！

论文形成初稿后，先生以八十高龄的年纪，从头到尾认真审阅，用钢笔整整写了四大页三十多条具体修改意见，论文稿本的天头地脚也密密麻麻写满了批注，对引用文献、行文句式、标点符号都提出了非常具体的修改要求。这份稿本和四大页意见，我一直精心保存着，每当看到先生清秀劲健的笔迹，眼前就浮现出他老人家伏案书写的情景，就深深体会到松林师为培养学生付出的巨大心血！

博士毕业后，我准备从事博士后研究，先生亲笔为我写推荐信，并语重心长地嘱咐我：博士虽然毕业了，但不意味着水平就提高了。你还年轻，今后的路还很长，一定要抓紧时间多读书、多积累，多研究些有价值的问题！应当说，这些年，正是在先生的耳提面命、严格要求下，我才逐步走进学术的殿堂，才逐渐懂得什么是真学问，如何做真学问，如何做好真学问。这些年，每当自己精神懈怠，想要偷懒的时候，耳畔就会响起先生对我说过的这些话，于是继续抖擞精神，按照先生指引的方向，坚持不懈地向前走。

工作后，只要有机会，我都会去看望先生。一年寒假，我带着正在上初中的儿子去给先生拜年。我向先生汇报，自己不久前刚刚获得全国模范教师这一荣誉。先生听了非常高兴，连说：不容易，不简单！他从椅子上慢慢站起身，打开书柜，取出一个很精致的小方盒，拿出一枚金质奖章，对我说：这是 1989 年，我获得的全国教育系统劳动模范奖章，近二十年过去了，你也成为了全国模范教师，这很有意义啊！

那一天，先生兴致很高，我们聊了很久。他拿出一本书，上面刊载着许多先生过去的老照片，每一张照片都是一段难忘的往事。先生指着一张略微泛黄的照片说：这是当年在中央大学中文系读书时，随胡小石等老师、同学一道出去春游时的合影。

当时师生之间，真是情谊深厚。我们不仅跟着胡小石、汪辟疆、陈匪石等老师做学问，也跟着他们学做人，学做事。要做好学问，先要把人做好啊！临走的时候，我儿子将自己手工制作的贺年卡送给先生，祝福爷爷健康长寿，先生哈哈大笑，拍着小家伙儿的脑袋说：你爸爸像你这么大的时候，就已经开始听我讲课喽！

2010年10月，陕西师范大学为先生庆祝九十大寿。在“霍松林先生与弟子座谈会”上，我表达了对松林师培育之恩的深切感激之情。的确，身在霍门问学，印象最深刻的莫过于先生的言传身教，严格要求，奖掖关怀，还有众多优秀同门的朋辈激励，互帮互学，这真是我一生受用不尽的巨大财富！几天后，我向先生辞行，他握着我的手说：现在年纪大了，读书写字精力都跟不上。但最高兴的，就是不断听到你们的好消息，好消息越多，我的身体就越好！你们年富力强，正是出成果的好时候，但也要劳逸结合，不能太累！老人家的一番殷切话语，让我非常感动，我说：先生，大家都期待着再次回来，为您庆祝百岁大寿，您一定要保重身体，等我们回来给您祝寿！先生大声说：好！活到一百岁！

先生的话犹在耳畔，我们也都衷心期待着为先生祝福期颐之寿。孰料去年春节，先生却遽然魂归道山，驾鹤西去。学界痛失巨匠，学生痛失恩师！回到先生书房，唐音阁匾额依旧，松林师音容不再。但我想，先生的著作与风范是会永存人间的，先生的教导与嘱托也将永在我们心中，激励我们前行。最后，谨以敬挽先生的一首小诗作为文章的结尾，藉此缅怀松林恩师的无限恩情：秦川云暗意难平，渭水低回泣幽明。切莫长歌哭长夜，扬葩振藻续唐音！

一年研究情况综述

初唐文学

□ 钟乃元

根据中国学术文献总库(CNKI)、维普期刊数据库查询,2016年发表的有关初唐文学研究的论文(包括硕士学位论文)共计106篇,数量较2015年有明显增加。就研究格局而言,宏观研究所占比重略有增加,作家作品研究的成果比往年有所减少,其中对部分作家如王绩、沈、宋等人的研究趋于沉寂,几可忽略不计。现就本年度的初唐文学研究情况择要综述。

一、总体研究

此类文章有20多篇,研究的内容涵盖初唐诗歌、散文、小说、曲子词以及文学文献等。本年度对初唐诗歌的研究包括宫廷诗、乐府诗、格律诗、歌行等,较有新意的文章有2篇。陈洪、杨恂骅《歌行成熟于初唐之辨析——兼与松原朗先生商榷》(《青海师范大学学报(哲学社会科学版)》2016年第1期)对于歌行何时成熟的问题,不同意日本学者松原朗先生所持"陈代成熟"的观点。该文认为,歌行从整体上走向成熟应在初唐而非陈代,陈代仅有歌行成熟的萌芽,而初唐诗人经过百年的不懈努力,歌行才得以定型并成熟。文章的理由有四点。其一,初唐时期的歌行数量急剧增加,大大超过了陈代歌行。其二,在题材选择上,陈代歌行只有6类,而初唐歌行共有27大类,并且具有明确的题材区分意识,例如"歌"诗主要用于叹逝、感慨人生,"行"诗则有边塞和闺怨题材。其三,律化程度的飞跃,押韵的密集化,平仄换韵的突破，句式的创新是初唐歌行声律、体式发展的重要表现，可以作为初唐歌行成熟的第三个重要佐证。其四，初唐歌行采用了独特的叙事手法：在叙事时间上，引入叙事元始的观念，凸显时间的前后对比性；在叙述角度上，采用全景视角和局部视角结合，定点透视和流动性视角结合；在叙述节奏上，缓急有致，详略得当；叙事与抒情的完美融合。总而言之，初唐歌行的创作盛况以及在题材选择、声律特征、叙事方法三方面与前代大异其趣，展现独特风貌的同时，推动了歌行的定型与成熟。唐会霞、高春民《初唐的汉乐府接受》(《咸阳师范学院学报》2016年第5期)认为初唐的汉乐府接受为盛唐、中唐和晚唐的汉乐府接受打下了坚实的基础。初唐的文人和学者们接受汉乐府的方式主要有两种：一是在创作中引用、借鉴和模拟；二是在类书中的收录、记载和其他类型的研究批评等。这些接受行为极大地促进了汉乐府的经典化，它们的接受成果成为汉乐府接受史上的重要里程碑。

本年度有关初唐散文的研究涉及诏敕文、骈文、外交文书等，其中较有特色的是莫道才、韦臻《从卢藏用〈景星寺碑铭〉看唐代中原文化与骈体文风在岭南地区的影响》(《广西师范大学学报(哲学社会科学版)》2016第3期)，认为卢藏用《景星寺碑铭》是初盛唐之际岭南地区流传下来的为数不多的骈文作品之一，与王勃《广州宝庄严寺舍利塔碑》、上林县《智城碑》、陈集源《龙龛道场铭》等，分别是中原骈体文风播衍于岭南地区不同时期的代表性作品；《景星寺碑铭》的句式和用典情况体现了初唐时期中原骈文的典型特征，以之作为参照，可以看出岭南唐碑之间内在的关联以及它们与中原文风的关系。

对初唐小说的研究主要集中于《古镜记》和《游仙窟》，可注意者有王彬、王寅《从王度〈古镜记〉中看唐代士风》(《河西学院学报》2016年第6期)，认为《古镜记》是魏晋南北朝志怪小说意在阐释“明神道之不诬”向“始有意为小说”的过渡。小说由十二个相互独立的小故事连缀而成，以一面古镜为线索串联起一系列的神异事件，在一定程度上展示出了中国源远流长的古镜信仰及唐代文化。文章结合小说创作的历史背景、中国古代的镜文化及唐代士人的文学作品分析了《古镜记》与唐代士风的内在联系。

二、帝王与文学研究

此类文章主要着眼于唐太宗、唐高宗、武则天与文学之关系，举3篇较重要者为例。杜晓勤《唐太宗与齐梁诗风之关系》(《陕西师范大学学报(哲学社会科学版)》2016年第4期)认为学界在评价唐初贞观诗坛创作成就时，往往对魏徵在《隋书·文学传序》中融合南北文风的观点赞不绝口，但在对南北朝文学创作成就进行分析后，发现北朝并没有产生能够与南方分庭抗礼的文学成就，魏徵之论乃出于崇重北朝文化之目的，与史实并不相符。在此历史条件下，唐太宗要想进行诗歌创作，客观上就只能多从齐梁诗歌或受齐梁诗风影响的齐周、陈隋诗歌中汲取艺术养料了。另一方面，唐太宗主观上也对齐梁以来的南方文化艺术颇为推崇，他不仅重用江左文人，而且能以较公正、平和的态度对待齐梁诗风，创作中更是多有学南之举。唐太宗对齐梁诗风的这种态度及其艺术实践，为唐初诗人如何合理地改造齐梁诗、形成唐诗新品格，进行了一次很有价值的艺术尝试，具有深远的诗史意义。卢娇、谢模楷《唐高宗与初唐宫廷文学关系新探》(《安庆师范学院学报(社会科学版)》2016年第3期)认为唐高宗李治热爱文学，并参与诗歌创作。其文学行为对当时的宫廷文学产生了多方面的影响：一方面减少了宫廷唱和，降低了诗歌声律水平；另一方面加速了宫廷诗歌由凝重抽象向细致形象的演变，也助推了“上官体”的流行，使诗歌物象和语言由分散凌乱到更加连贯流畅，其倡导文学的一些举措还促进了文学的传播，扩大了文学的影响。总体来说，高宗对文学的影响利大于弊。何桂芝《武则天对初唐文学的影响》(《河套学院学报》2016年第1期)认为武则天大力选拔文学人才，改革科举制度，进士科录取时增加以诗赋为主要考试内容，鼓励文人编撰、著述，促进女性文学的发展，从而对初唐文学的发展做出了重要贡献。

三、作家作品研究

(一)初唐四杰研究

此类文章有16篇,包括总论四杰和个别研究之文。总论性质的文章中,张丽《隋初唐文学之溯源及初唐四杰排序纷争新探》(《嘉应学院学报》2016年第3期)认为隋及初唐文学可溯源至两晋之际的永嘉文学。永嘉文学的风骨之气是较为特别的,其上承汉魏古风,在北朝文学的发展中,又融入了不同民族的族群文化,使得其风骨之象较之汉魏更为复杂。初唐四杰以诗文出名,与同一时期的裴氏家族以经学入仕不同。此外,四杰在创作理论上提倡汉魏风骨,但在创作实践中四杰之"风骨"又建立在形式华美的文风基础上,在排斥与选择中都有所为,这种矛盾性的双重汲取也较易为人所诟病。因为这些原因,初唐四杰招来裴行俭"浮躁浅露"的评议。关于四杰的排序纷争,杨炯之所以有"吾愧在卢前,耻居王后"的说法,主要是因为杨炯、卢照邻与王勃在如何提倡"风骨"的创作实践上有分歧。初唐四杰作为龙朔诗风的主要变革者,掮起变革之风的主要人物是卢照邻,对"骨气"说的诗歌理论倡导最为有力的亦是卢照邻,其途径是复古,杨炯的古题乐府诗创作很有可能是受卢照邻的影响。四杰中的王勃则少有乐府旧题的创作,其变革龙朔诗风的路径与卢、杨追求"风骨"不同,而是以"宏博"为导向对抗"纤微"。其说较为圆通。另有李静《初唐四杰序文研究》(辽宁师范大学2016年硕士学位论文)亦可注意,此不赘述。

本年度有关四杰的个体研究中,对杨炯、卢照邻的研究付之阙如,对王勃的研究仅符梦强《王勃文学思想专题研究》(青海师范大学2016年硕士学位论文)有可观之处,其余皆不足道。研究骆宾王之文有7篇,举2篇为例。贾军《陈熙晋〈骆临海集笺注〉底本、校本辨正》(《安庆师范学院学报(社会科学版)》2016第4期)认为初唐诗人骆宾王文集,历代版本繁芜乖讹,清人陈熙晋主要参考骆集《文苑英华》本、宋蜀本、明万历颜文选本以及其他诸家本子,将其重编、辑佚、校勘、注释,成《骆临海集笺注》

一书。陈氏所用之校本，主要以《文苑英华》所收骆集校宋本通校其集，是其整理骆集的重要特征之一。龙正华《论骆宾王的入世历程及其启文创作》(《广西科技师范学院学报》2016 年第 5 期)认为骆宾王一生仕途坎坷，名高而位卑，才大而官小，厌恶官场却又不甘心放弃，他的启文就是其入世的产物，受其入世经历的影响较深。加之受特殊时代，文学观念和文学继承的影响，使他的启文具有典雅、华丽、悲慨的文风。

(二)陈子昂研究

本年度研究陈子昂的文章有 16 篇，涉及作品考证、生平及交游考、文学思想阐释、诗文作品解读等，兹述 4 篇较有新意者为例。李最欣《〈登幽州台歌〉非陈子昂诗考论》(《台州学院学报》2016 年第 1 期)以陈尚君先生发表于上海《东方早报》(2014 年 11 月 23 日)的一篇文章《〈登幽州台歌〉献疑》为引子，明确认为"陈子昂确实不是《登幽州台歌》的作者"。该文从分析卢藏用《陈子昂别传》出发，指出卢藏用并没有把别传中陈子昂登蓟北楼而歌的"前不见古人"等 22 字编入陈子昂集中，此后至明嘉靖年间 800 多年的历史中，所有的陈子昂集版本亦无收录，亦无人将之看作是诗。明嘉靖二十六年(1547)所刻著名学者杨慎《丹铅摘录》一书则首次误将卢藏用《陈子昂别传》中"前不见古人"等 22 字视为陈子昂作品，此后许多学术和文学书籍均将此 22 字以《登幽州台歌》为题收于陈子昂名下并给予好评。作者认为杨慎之误有三点：一是误记卢藏用说陈子昂登高而唱"前不见古人"等 22 字的地方为"幽州台"；二是误把卢藏用《陈子昂别传》所说陈子昂"乃泫然流涕而歌曰"的话当作诗；三是对"乃泫然流涕而歌曰"后面的话理解有误。作者说今人引用和评价所谓的《登幽州台歌》时，措辞应该有所修正。张德恒《陈子昂诗杂考四题》(《晋中学院学报》2016 年第 1 期)认为陈子昂《感遇》(其二十九)的创作背景当与韦待价垂拱三年十二月率兵讨伐吐蕃事相关，而与武后"欲""开山通道，出击西羌，因袭吐蕃"绝无关系；《陈伯玉文集》卷二《宴胡楚真禁所》诗，"胡楚真"当为"胡楚宾"之讹误；《陈伯玉文集》卷二《赠严仓曹乞推命禄》诗，严仓曹当为严善思；《陈伯玉文集》卷二《送客》诗，乃为送别杜审言而作，时间为圣历元年戊戌(698)春。赵洪奎《论陈子昂的边塞诗》(《连云港师范高等专科学校学报》2016 年第 2 期)认为陈子昂的边塞诗,在思想内容上,表达赴边御敌、立功报国的雄心壮志,抒发怀才不遇、壮志难酬的悲苦忧愤,诉说加强边防、反对黩武的政治主张,描写雄伟壮观、荒凉苦寒的边塞风光;在艺术创作上,情调慷慨悲壮,气象苍凉雄浑,诗思纵横驰骋,语言刚健质朴,在唐朝边塞诗中占有重要地位。甘生统《论皎然与陈子昂的诗学分歧——兼论皎然批评陈子昂的原因》(《求是学刊》2016 年第 3 期)认为皎然和陈子昂的诗学分歧,主要表现在如下几方面:一是所面临的时代任务不同。陈子昂处在高宗、武后时期,此期文坛的主要使命是批评齐梁文风,倡导汉魏传统;皎然活跃于大历时期,此期作家的主要任务则是通过多种途径的创新来实现对盛唐的超越。二是诗歌理想不同。陈子昂所重的是慷慨悲壮、雄浑激昂的阳刚之美,皎然则恰好相反。三是诗道观不同。皎然重视诗歌艺术规律的探讨,陈子昂则更注重对诗歌内容的关切。四是两人的文学史观及研究文学史的方法不同。皎然的文学史观继承了刘勰等人的辩证思想而又做了进一步发展,主张变中有复,方法上主张论代和论人的统一;陈子昂则主张复多变少,方法上更着眼于整体,对个体的多样性顾及较少。这些分歧是皎然批评陈子昂的主要原因,也是皎然建立其诗学体系的前提。

另有王辉斌《再论陈子昂的北征与死因——就陈子昂生平答诸生疑》(《南阳师范学院学报(社会科学版)》2016 年第 8 期),与学界同仁就陈子昂北征的确切时间及死因展开学术争鸣,读者可自行查阅。

(三)文章四友研究

此类文章有若干篇,仅述 1 篇为例。岳德虎《李峤应制诗引领初唐诗风考论》(《钦州学院学报》2016 年第 3 期)认为李峤应制诗在"初唐之渐盛"的发展进程中,不仅充分表达了自己的"事功"追求,形象地描述了唐高宗、武则天和唐中宗时代的士人概貌、民族关系等"国是"活动,同时也对初唐新体诗的创作技巧、审美取向和声律实践起到了积极的引导作用。"文章宿老"以其

“对初唐新体诗抒情内质的进一步充实及其美学格调的进一步提升”，成为引领“初唐之渐盛”的典型人物之一。

（四）张若虚、刘希夷研究

此类文章有14篇，主要是对张若虚《春江花月夜》和刘希夷《代悲白头翁》的文本及其影响进行研究，然有新意之文不多，举3篇为例。牟德余《也说张若虚〈春江花月夜〉——被当乐府的非乐府》（《广州广播电视大学学报》2016年第2期）从“乐府”“横纵比较”两个方面进行论述，认为张诗并不是沿用乐府旧题《春江花月夜》而来，更不是“乐府”诗。张若虚完全有“诗心，诗情，诗才”，并完美体现“三诗”之旨。他只是恰巧用了这个题目，而这个题目刚好是乐府之体，或者可以说，这个题目在诗中完全是根据创作主体的写作需要来确定的，契合了诗人的“三诗”，具有主体承载力，与乐府诗《春江花月夜》没有多大关系。张诗是一首独立的，纯粹的，高妙的写景抒情诗。苏枫《刘希夷诗歌的物哀之美》（《北方文学（中）》2016年第12期）认为初唐刘希夷的诗歌特色鲜明，其诗作中出现了“物哀”理论的蛛丝马迹，表现出一种和当时主流诗风大相径庭的意趣，在文化传播的过程中，很有可能对日本“物哀”文化的形成产生了一定影响。陈在东《〈代悲白头翁〉和〈春江花月夜〉对〈红楼梦〉的影响辨析》（《中国石油大学学报（社会科学版）》2016年第4期）认为初唐最著名的两首七言诗《代悲白头翁》和《春江花月夜》，都对《红楼梦》有着非常明显而深刻的影响，主要体现在对其中的具体诗词，尤其是对林黛玉的《葬花吟》和《秋窗风雨夕》的形式方面的影响，以及对《红楼梦》的主题思想的影响。

（五）王梵志、寒山、拾得研究

对诗僧王梵志、寒山和拾得的研究亦有若干篇文章，述2篇为例。王博雅《论王梵志诗的下层化思想》（《北方文学（下）》2016年第8期）认为初唐白话诗代表人物王梵志出身下层社会，对下层生活又很全面细致的了解，亲身经历了社会的黑暗和压迫，笔调犀利地向后世传达了下层人民最真实的感受。任崇岳《寒山、拾得身世杂考》（《中州学刊》2016年第6期）就寒山、拾得究竟是唐初贞观时人抑或是唐朝中期人及其籍贯等问题进行考证。文章根据寒山、拾得的生活交游事迹，认为两人其实为中唐时人。两人虽被称为僧人，其实并未正式剃度出家，只是行者而已。寒山、拾得的真实姓名、籍贯虽无记载，但从寒山诗文中透露出来的信息，可知他是今陕西人。拾得则不知是何地人。从寒山、拾得的诗看，很多是他们隐居生活的写照，并非都是偈语。

综上所述，本年度学界对初唐文学的探讨，以文学本体研究居多，文学外围或学科交叉研究较少。虽然创新之文不多，但从中可见学者扎扎实实回归文学研究本质的勤奋努力。期待来年的初唐文学研究有更多创新之作。

盛唐文学

□ 莫道才 曹 阳

2016年是盛唐文学研究稳中有进的一年。从数量上看，根据中国知网全文数据库、国家哲学社会科学学术期刊数据库统计，2016年盛唐文学研究相关论文及研究成果近150篇（不包括研究李白、杜甫、王维者），与往年持平；从研究方法上看，既有以传统研究方法对作家作品、历史典籍进行的考证辨析，又有从史学、接受学、文体学、美学等角度进行的观照；从内容上看，则显示出重整体、拓深度、多维度的研究特点，现择要次第论之。

一、整体研究

关于盛唐气象即盛唐整体美学风貌的考察，一直是唐代文学研究领域的核心议题。本年度对这一论题的研究呈现出一种广度与深度并重的立体化研究态势，研究者们以文献为依托，在对盛唐文学风貌的整体把握与深入分析上用力甚勤，以期展现出盛唐文学的更多重样貌。

杜晓勤《从"盛唐之音"到盛世悲鸣——开天诗坛风貌的另一考察维度》（《文学评论》2016年第3期）认为单一以作品中所体现出的高昂明朗的感情基调和雄浑壮大的气势力量等静态化描述来说明盛唐诗歌的艺术风貌，难以尽述盛唐诗坛风貌的复杂性和历时性变化。以张九龄罢相为标志，此前诗坛一味地高唱、宏响由此混入了不安的和声。李白、王维、高适、孟浩然等人的诗作在积极进取之外亦夹杂着蹭蹬下僚的悲鸣，而这种悲鸣看到了常人所忽视的开元天宝间所谓“盛世”“明代”外灰暗阴冷的一面；从“盛唐之音”到“盛世悲鸣”，开天诗风的这一转变，既是整个社会心理的反映，更是盛唐诗人文化心态集体演变的结果，盛唐士子为实现政治理想，经历了从追求到失落的心路历程；而导致盛唐士子理想落空、壮志冥寞的原因，除了开天之际社会政治制度的束缚、权奸当道压制才士的现实因素外，也因他们自身具有的普遍性人格和才能缺陷，更反映了盛唐文士“致君尧舜”的政治理想与封建君主集权体制之间不可调和的文化矛盾。杨晓霭《“丝绸之路”上的人物往来与唐诗境界的开拓》(《中国高校社会科学》2016 年第 3 期)将“丝绸之路”上的人物往来与唐诗境界的开拓联系起来，以行走在丝路上的国使、胡商、文士等人物为中心，提出“‘丝绸之路’的驼铃创造了‘光英朗练’的美丽诗篇”，正是凭借这条沟通大唐与世界的通衢，诗人们方得以放眼天下、纵情高歌。作者认为，丝绸之路上丰富多彩的人物往来，激发着诗人们的奇思妙想，拓展了唐诗的新境界。高扬的自信、奔腾的活力、傲岸的气骨、平等的态度、开拓的精神，令唐诗发出世界性的震响。

近年来，石刻文献、写本文献等新见材料已成为推动学术创新的直接动力，结合新出文献与传世文献进行对比研究是近年来盛唐文学研究领域的一个热点。查屏球《盛唐英灵交往之遗踪——由〈刘复墓志〉看以王昌龄为中心的天宝丹阳诗人群》(《浙江大学学报(人文社会科学版)》2016 年第 5 期)以《刘复墓志》为中心，通过将其与传世文献进行比对，对刘复的生平进行了补正，对其籍贯与生卒年、受教与治学情况、仕宦经历、文集情况等都进行了钩稽考证；文章还对天宝年间刘复与李白、王昌龄等人的交际进行了考查，对梁宁、颜胄、曹评、王偃这四位失载文人进行了补证。作者并对王昌龄左迁时间进行了考辨，指出王昌龄之被贬，应为天宝四载岁末或五载初，而非此前所谓天宝十载后。文章通过墓志提供的重要佐证，还原了天宝年间江宁诗人雅集的基本史实，对著名的《琉璃堂墨客图》进行了新的解释，提出《琉璃堂墨客图》应为后人追想王昌龄与文士雅集故事的推演与想象，体现了人们在乱后对盛世文学的追想与接受，周文矩

《琉璃堂人物图》之构思方法正与此相似。论文还对其时天宝诗坛风貌做了进一步的推想:因受到王昌龄的影响,开元末天宝初这几年里,丹阳已成为京城之外又一个诗歌中心。殷氏《河岳英灵集》《丹阳集》可能都是在以王昌龄为中心的琉璃堂诗场中产生的,或多或少受到了王江宁的诗学影响。殷氏尤其推重王昌龄、常建,或许也与江宁诗会所引起的轰动效应有关。咸晓婷《从题写到编集:论唐诗题注的形成与特征》(《浙江大学学报(人文社会科学版)》2016 年第 5 期)利用唐诗写本与石刻两类原始文献,对照传世文献,对唐诗书写体式进行了整体性观照。作者以唐诗题注为切入点,指出题注的性质和形成过程不同于一般的典籍注释,甚至不同于唐诗自注的另外一种重要类型诗中注,题注中蕴含着丰富的时空要素;而唐诗题注之类别,或为注创作体式,或为注作者官职,或为注创作时间,亦有注创作地点,注创作缘起,注创作背景者;这些题注多非作者创作时所注,而是明显带有事后编辑的痕迹,是诗人创作时书写的署名、题记、诗记等内容在别集编辑时被以注释形式改写于诗题之下形成的。

文学时代风貌的呈现与其时的政治历史、宗教信仰等关系密切。丁放《玉真公主、李白与盛唐道教关系考论》(《复旦学报(社会科学版)》2016 年第 4 期)在综合学界已有研究成果的基础上,对玉真公主与盛唐诗坛的关系作了更为深入的研究。文章指出,玉真公主与李白拥有共同的道教上清派背景,李白为玄宗所知而入朝,玉真公主的揄扬起到了关键作用,司马承祯亦起了中介的作用;李白入朝,史书记载吴筠为推荐者,当代学者对此予以否定,现在看来,“否定说”难为确论;“安史之乱”中,玉真公主跟随唐玄宗到蜀中并在青城山修道,后来又随其兄回到长安,她与唐玄宗关系密切,所以在其兄被李辅国迁居西内、受到禁锢时,她也受到打击,不久郁郁而终,葬于济源县灵都宫;唐代书法名作《灵飞经》确为玉真公主所书,而非钟绍京或无名经生书;李白入朝任翰林供奉,更深入地了解道教精义,与道教高层密切接触,出朝后,道教信仰加深,道教诗歌达到新的水平;玉真公主、李白,对盛唐道教与文学的融合,为盛唐道教诗歌的发展,均做出了积极的努力。徐贺安《唐玄宗开元时期择吏尚“清”与盛唐诗坛》(《太原师范学院(社会科学版)》2016 年第 2 期)以开元时期择吏风尚为考察对象,研究其对盛唐诗歌创作的影响,认为作为择吏标准的"清"衍生了政治清风,政治清风又营造了审美风尚的"清",审美风尚的"清"进一步影响了盛唐诗风的清刚;盛唐诗坛的清刚风格与开元鼎新、大唐盛世、三教共融的清明社会有着密切关系。

从文化、地域等角度入手考察盛唐文学整体是近年来盛唐文学研究的常见形态。赵小华《初盛唐女性参政之文化影响》(《长安大学学报(社会科学版)》2016 年第 2 期)聚焦于盛唐时期女性参与政治的社会文化影响。文章以长孙皇后、武则天、上官婉儿这三位初盛唐女性参政的典型者为例,讨论了初盛唐时期女子参政所带来的文化影响。长孙皇后对太宗朝诤谏风气的形成起到了重要作用,直臣如魏徵者皆为其所保全;武则天为科举制度的完善,厥功至伟,她完善并改革了考试制度,多途径求才;扩大了招生的地域和考试范围;增加了进士的录取人数;以文章取士;上官婉儿则利用其良好的文学素养与位高权重的政治优势,通过扩大文馆来招引文臣,引领诗风,于唐代诗歌的发展实功不可没。李建华《江东士族与初盛唐文学》(《古典文学知识》2016 年第 4 期)以活跃在初盛唐政坛、文坛的江东士族为研究对象,对其与其时文学的关系进行了论析。认为在初盛唐时期,宫廷文坛的重要诗人,如初唐之虞世南、许敬宗、骆宾王,盛唐之"吴中四士",一代名臣张九龄等皆为江东士族,他们不仅在政治上能总览机要,在文坛亦足以各擅胜场,簪缨相继、熠熠生辉,为初盛唐文学的辉煌做出了巨大贡献。

与往年相同,不同题材的诗作研究也是学者们关注的热点。詹杭伦《论唐代的端午竞渡诗》(《长江大学学报(社科版)》2016 年第 7 期)以唐代关涉端午竞渡的诗歌为研究对象,得出五点结论:其一,武则天时期的鹢舟竞渡可以视为今日凤舟竞渡活动的前身之一,唐朝的竞渡活动是龙凤齐翔;其二,端午竞渡及其诗歌唱和活动首先发生在宫廷,再由宫廷逐步推广到民间;其三,唐人端午竞渡诗中明确表达了端午龙舟竞渡与屈原有关;其四,唐代不少写作端午竞渡题材的诗人将自己参加科举考试或在官场的感受糅进诗歌之中；其五，盛唐、中唐的端午竞渡诗气势磅礴、景象雄浑，而晚唐的端午竞渡诗则气象衰煞、景色暗淡。

除此之外，游戏诗、金陵怀古咏史诗、咏鹰诗、涉桂诗等各类诗歌题材纷纷进入学者的研究视线，保持了学界对盛唐诗歌类型特点的多样化探索。

二、山水田园诗派和孟浩然研究

本年度的山水田园诗派研究较往年未有明显突破。何丽丽《唐代山水诗审美意境流变研究》（齐齐哈尔大学 2016 年硕士学位论文）运用纵向比较的方法，对有唐一代山水诗歌的审美意境流变作了历时性的考察。作者认为：盛唐山水诗呈现出自然平淡、亲切而悠然神远的特征，表现出对生活的热爱和高昂的生活情趣。荣小措《清幽雅韵——道教与盛唐山水诗》（《中国宗教》2016 年第 10 期）着眼点为道教对文学的影响。文章认为，道教的出世思想和山隐生活使盛唐山水诗人较前人更热衷于描写其隐居地的山水美景、幽境逸情，使其山水诗绝少凡俗之气；盛唐山水诗人因热衷道教并受其影响而大量创作山水诗，韵味独具，成为盛唐诗坛的一大亮点，在诗歌史上具有无可替代的魅力。

关于孟浩然的研究，萧晓阳《襄阳民歌与孟浩然诗歌的流丽品格》（《中南民族大学学报（人文社会科学版）》2016 年第 1 期）从民歌的角度考察了孟浩然诗与襄阳民歌的关系，对其流丽品格的由来进行了溯源。文章认为，孟浩然诗歌以经纬绵密的辘轳体诗章、回环咏叹的乐府体曲式、清绮纤秾的《文选》体格调，涵融着楚歌与西曲不朽的旋律，造就了淡雅中见流丽的品格；作为盛唐山水田园派的杰出代表，孟浩然诗歌植根于楚文化与襄阳民歌之中，是继屈原之后绵延不绝的楚歌清丽之调在文人诗歌中又一次璀璨绽放。王辉斌《明清四卷本孟浩然集考论》（《山西师大学报（社会科学版）》2016 年第 5 期）则从文献分析的角度对明清之时孟浩然集的版本进行了考述，指出《孟浩然集》之由三卷本而四卷本，由分体编排而分类编排，均始于有明一代；而明代现所存见之四卷本《孟浩然集》，其主要者有“十二家本”

"四家诗本""王孟集本"三种;作者通过比勘与校核,认为这三种四卷本实际源出一途,即"十二家本",清代的《四库全书》本、《四部丛刊》本与《四库备要》本及《孟浩然集》四卷,同源此"十二家本";明清两朝的这些四卷本《孟浩然集》,由于皆属于一种版本系统,故其收诗数量、诗题次序、文本同异等,均具有惊人的相同性与一致性。卫佳、杨和为《从中医情志角度看孟浩然晚年的疾病及健康问题》(《湖北文理学院学报》2016 年第 7 期)与《论孟浩然之背疽及其死亡》(《许昌学院学报》2016 年第 6 期)结合中医情志学和中医病理学的相关知识,立足文本,对孟浩然晚年诗作及其与张九龄、王昌龄诸人之交游进行了梳理,对孟浩然的致病之由、患病经过及死亡原因进行了探讨。雷礼锡《一种诗话的环境美学——以孟浩然山水诗为例》(《郑州大学学报(哲学社会科学版)》2016 年第 4 期)将孟浩然山水诗置于环境美学的背景下加以讨论,从叙事观念、叙事方式、叙事主题三方面展开论述,认为孟浩然山水诗表现为哲学与艺术合为一体的独特话语方式,兼具理论品质和人居理想。

本年度对储光羲的研究,涉及其诗文在后代的接受情况。刘玲《储光羲诗歌接受研究》(西南大学 2016 年硕士学位论文)从接受史的角度,对储光羲在后世的接受情况进行了较为系统、详细的阐述。论文共分四章,次第论述了储光羲在不同时期的接受情况:唐代是储光羲诗歌接受的开端,其诗歌成就在盛唐便已获得认可,尤其是作为山水诗派的代表性人物,其独到的艺术特点不断为后世所接受;宋代对唐诗的接受研究逐渐深入,《文苑英华》《唐百家诗选》《栾城遗言》等都有储光羲诗歌选入;元末至明季,储光羲诗歌的艺术成就不断被发掘并获得了较大的认可,但对储诗的评价仍然存在高低不一的情况;清代为唐诗学发展的重要时期,清人对储光羲的研究与接受也有了深入的突破。储光羲在多数情况下被视为陶渊明诗风的继承者之一,与孟浩然、王昌龄、常建等人并列出现在各家选本中。

三、边塞诗派及相关作家研究

本年度有关边塞诗派的研究主要集中在整体研究及地域研究上。姜玉琴《论盛唐边塞诗对"汉文本"的引用与改写》(《上海大学学报(社会科学版)》2016年第6期)结合相关文献,对盛唐边塞诗"雄浑""浑厚"的美学风格进行了较为详尽的溯源性分析,认为盛唐边塞诗所以能体现出"浑""厚"的艺术特质,主要得益于诗人对"汉文本"的引用和改写。与其他类型的诗歌相比,可供边塞诗挥发情感、演绎的空间非常有限;诗人在创作中为了突破边塞诗这一诗体自身与生俱来的局限,对"汉文本"进行了直接引用或个性化改写,从技术层面破解了盛唐边塞诗过于封闭的表现空间,使之呈现出开放的态势。尚永亮《唐碎叶与安西四镇百年研究述论》(《浙江大学学报(人文社会科学版)》2016年第1期)联系考古发现及相关研究,对围绕唐碎叶与安西四镇的相关问题进行了整理归纳。文章分别对"诸如名碎叶者为一处,还是数处?""安西四镇之一的碎叶镇究竟在何地?""在初盛唐的百余年中,安西四镇之弃置共有几次?各在什么时间?""其中是先有碎叶还是先有焉耆?""此二镇之交替各在何时?"等问题的研究状况及诸家论点进行了爬梳与考辨。在考察、梳理百年研究史和考古发现的基础上,作者提出:碎叶城只有一处,即今吉尔吉斯斯坦托克马克西南八公里处的阿克·贝希姆遗址,所谓"两碎叶""四碎叶"说皆因读史料粗疏、对当时政治军事状态缺乏深入了解以及忽略新出土文献等而不足取信;可以认定安西四镇之初置当为贞观二十二年,其间凡五置五弃;四镇中先有焉耆、后有碎叶,此两镇在调露元年、开元七年曾发生两度交替。

结合边塞诗进行的地域文化研究为本年度边塞诗派研究的一个特点。刘梅兰《唐代河西边塞诗史论》(《西安石油大学学报(社会科学版)》2016年第6期)分阶段对唐代河西边塞诗进行了考论,认为初盛唐时期,河西边塞诗歌内容丰富,题材多样,语言质朴遒劲,格调雄浑高昂,境界雄奇阔大,抒发保疆卫土的爱国责任感；及至中晚唐，河西逐步沦陷吐蕃，河西边塞诗歌充溢着悲愤情感，显得沉重而悲戚。潘浩《唐代边塞诗中“羌笛”意象刍论》（《兰州教育学院学报》2016 年第 12 期）对唐代诗歌中重要的情结意象“羌笛”进行了考察。文章认为“羌笛”用于边塞诗，主要有三个层面的考量，其一，羌笛是边塞诗所反映内容的重要媒介；其二，羌笛赋予边塞诗以独特魅力；其三，边塞诗强化着“羌笛”的文化内涵。张乃良《唐代诗歌中的“陇山”意象》（《宝鸡文理学院学报（社会科学版）》2016 年第 5 期）则对唐诗中另一重要意象“陇山”进行了谛审，文章首先对“陇山”进行了考稽，指出古之陇山即今之六盘山；“陇山”作为意象在诗文中生成，往往是被当作一个抒情符号来使用，诗人未必亲临陇山，“陇山”意象在唐代经过广泛运用，已经非常成熟；唐诗中，“陇山”还常常以多种指代出现，除直言“陇”或“陇山”外，唐人还常以“陇坻”“陇坂”“陇首”“陇头”“陇水”来指称陇山；《陇头歌》《陇头水》《陇头吟》《陇头行》《关山月》等诗题的生成也与陇山有关。

本年度对高、岑的研究，论著不多。魏景波、魏耕原《高适诗论发微》（《作为理论资源的中国文论——古代文学理论研究（第四十二辑）》，华东师范大学出版社 2016 年）以高适的诗歌理论为研究对象，对其诗歌理论见解进行了整理归纳。文章认为，高适论诗，首先是取法建安，以尚气为核心，追求逸气、逸词、逸韵；高适论诗，以议论为主导，主张敞开襟怀，肝胆必呈，此为其最具鲜明个性的特色；高适主张以抒情的语言表达自己豪迈悲壮的胸襟，追求“波澜壮阔”的飞动美，对于跌宕起伏的审美动态，显示出特别的钟爱与追求。付兴林、马玉霞《岑参留驻汉中诗歌的多维视角》（《南都学刊》2016 年第 6 期）以岑参 14 首汉中诗为研究对象，指出这些诗歌或描写旅途山川风光、险栈峻道，或造访寺庙访禅问经，或探奇揽胜缅怀先贤遗迹，或试图搭讪交接贤达隐士，或于酬唱赠答中叙载蜀地平乱战况及布德理民情况，展现了岑参多维的审美视界。岑参的汉中诗是一幅幅汉中的山水画、人文画、时事画，体现出他一以贯之的敏于观察体验、善于传情体物、巧于细描精写的创作个性，极富文学价值、审美价值、认识价值。

本年度对李颀的研究则专注于对其音乐诗歌的考察。李晶晶《由音乐文学史视角观照李颀音乐诗的因与革》(《河南师范大学学报(哲学社会科学版)》2016 年第 4 期)从音乐文学史的角度入手,对李颀三首音乐诗与其前音乐诗赋的继承与发展关系进行了观照。认为李颀音乐诗虽因袭音乐赋的程式,但在情感方面能与演奏者共鸣,提高了音乐诗的格调与品位;在音声摹写方面,手法更加多样化,以听觉意象、视觉意象、视听交织意象等模拟音声,这成为此后音乐诗摹写音声的不二法门。张慧琴、徐婷《论李颀、李贺涉乐诗捕捉角度的差异》(《名作欣赏》2016 年第 8 期)则运用比较研究的方法,对李颀、李贺涉乐诗创作的角度捕捉进行了对比,认为二人在乐器的选取、意象的选取、侧重的主题等方面有异,因而产生异曲同工之妙。

四、张说、张九龄及其他作家研究

作为政坛宰相和文坛盟主,张说、张九龄对于唐诗的全盛起到了重要的推动作用。王浩文《二张与盛唐气象》(青海师范大学 2016 年硕士学位论文)结合相关文献,对张说、张九龄的生平、思想、人格、诗歌作品进行了较为全面的梳理,认为二张的人格、个性与盛唐“脱俗求奇”、尽全力实现个性舒张的精神相当契合;二张先后以宰相之尊把握政局,影响君主,又能积极提携文士,凝聚团体,直接调动了天下士子对文学、政治的归慕之心,使京城成为文章俊彦的聚集地;二张继初唐四杰和陈子昂之后,进一步拓展了诗歌题材,将风骨兴寄的审美标准纯熟地运用于实际创作中,颇能开盛唐风气之先。二张对唐诗的全盛起到了承上启下的作用。本年度对张说的研究主要涉及接受史、文体学。王倩倩《张说诗歌的接受史研究》(广西师范大学 2016 年硕士学位论文)对张说诗歌在后世的接受情况进行了历时性考察,作者认为,张说的诗歌在唐五代并未获得太多关注,但其诗歌对杜甫、山水诗派和边塞诗派都产生重要影响;宋元成为张说诗歌接受的发展期,其文集被各种典籍选录和引用,宋人称其诗“得江山助”;明清是张说诗歌接受的黄金时期,无论是其文集的刊刻还是诗歌的传播,都获得了很大发展。明清文人关注到张说诗歌对盛唐诗坛的先导作用,肯定张说为律诗发展所做贡献,甚至做出张说是盛唐诗人的盛赞。徐海容《论张说碑志文创作的思想理念及时代精神》(《文艺评论》2016 年第 3 期)则从文体的角度对张说碑志文进行了探讨,指出张说一生共创作碑志作品 73 篇,质优量丰,体现出较高的艺术成就。张说对碑志文创作的思想定位是"润色王道",体现为推崇儒学精神,展现王道之治;振奋士心,彰显昂扬奋发、蓬勃向上的时代精神;颂美时政,激发士人的入世豪情和现实责任感。张说将应用公文体的碑志文文学化,倡导文质并重、雅正壮丽的创作精神,追求宏大壮美、刚健有为的情感气势,这就使得其包括碑志文在内的诗文创作成为时代范式。张志勇、申慧萍《宏雅与新变:张说颂文管窥》(《石家庄铁道大学学报(社会科学版)》2016 年第 4 期)则将张说的颂文纳入研究视域。文中指出,张说在颂文创作上不仅坚守传统,言辞宏雅,具有宏阔的历史和空间视野,还运散入骈,间用诗、赋,打通文体畛域,取得了较大的成就,显示出强烈的创作个性。作者还对造成这种宏雅与新变的原因进行了讨论,认为是应时而出的颂文使其才情价值得到了最大的呈现。在客观上是盛唐时代精神的感召,主观上则是盛世背景下士人对自我的充分肯定。

关于张九龄的论文,赵彩花《张九龄与禅宗》(《韶关学院学报》2016 年第 9 期)通过对张九龄生平行事及创作思想的考察,认为除了儒家思想外,佛、道思想同样全面而深刻地影响着他的公私生活,无论是其一生对人及事的认识和处理,还是在文学创作中所体现出的思想和审美追求,无不凸显出禅宗的深刻影响。褚桂燕《从张九龄敕书看唐政府处理与两蕃关系的策略》(《华北水利水电大学学报(社会科学版)》2016 年第 1 期)以文证史,通过对收录于《曲江集》中张九龄敕书的相关讨论,对唐政府处理与奚、契丹的策略进行了研讨。文章认为,由张九龄《曲江集》中收录的敕书可以看出,一方面,唐政府对于两蕃的反叛坚决给予军事打击;另一方面,又试图通过怀柔政策征服摇摆不定的奚和契丹。唐政府采用了军事、政治、外交等多种手段,通过软硬结合的方式实现了对两蕃的控制。

本年度对中小作家的研究仍在持续。魏耕原《被淡忘的盛唐诗人:张谓》(《天中学刊》2016 年第 4 期)以盛唐诗人张谓为研究对象,对张谓被遗忘的原因、张谓的诗歌创作情况等都做了较为详细的分析。文章认为,张谓为数有限的诗歌,没有顺着盛唐高华流美、雄浑豪迈的审美趋向沿波逐流,而是追求自己的理想,以清爽练达、明朗流走的风格构筑自家艺术个性;他的追求带有显明的革新性质,率先为大历以降的中晚唐发出新声,而这种艺术上的超前性,本身带有不合时宜的性质,故往往被论者淡忘;张谓曾两次从军却不愿去写当时极为流行的边塞诗,他的诗诸体皆备却没有五绝与乐府诗,他在题材与诗体上都追求自己的境界,执意锻造独特的风格,所以他有自己的艺术个性。张谓与常建一样,具有导向中唐的作用。

五、文学理论研究

本年度的文学理论研究在深度上较往年有所拓展,学者的关注重点主要集中于殷璠的《河岳英灵集》与王昌龄诗学理论的研究上。

卢燕新《殷璠〈河岳英灵集〉的诗歌批评方法及其意义》(《文学评论》2016 年第 5 期)认为殷璠的《河岳英灵集》较之《翰林学士集》《珠英学士集》《国秀集》等诗歌选本,诗歌批评的愿望更为强烈。殷璠主要从五个方面来实现其诗歌批评构想,包括在继承前人编集经验的基础上,将选诗与品评结合,扩大了诗选本的功能;通过在选本前撰写叙论,有效地构建其诗歌批评理论;采用文体划限,使诗歌选本具有辨析诗歌体裁之特征;以时代划限,使该集较好地反映了一个特定时期的诗歌面貌;以职官品级划限,将遴选对象界定在一个特殊的诗人群体中,使该集体现出较强的个性化特色,同时,这一方法乃《珠英学士集》以后,唐人选本诗歌批评方法中值得关注的新变化。

张晶《意境与身体——中国诗学的审美感悟之四》(《北京大学学报(哲学社会科学版)》2016 年第 1 期)从旧题王昌龄所撰《诗格》的读解中获取了意境理论新的内涵,认为《诗格》不仅提出"物境""情境""意境"的三境之说,更重要的是提出了"身在意中""处身于境"的意境论美学命题,将诗人身体作为意境创造的主要维度。这个"身体"并非与心灵分离的肉体,而是灵肉合一的主体。将其与法国著名现象学家梅洛庞蒂提出的"身体意向性"联系起来,可以对意境与身体的关系进行较为全面的建构,从而为意境理论加入新的元素,谈意境理论之源起及发展,不能不先从王昌龄的《诗格》谈起。丁红丽《唐代佛禅背景下"意境"理论的嬗变——以王昌龄为中心》(《西南政法大学学报》2016年第2期)将"意境"论置于盛唐时期佛禅大盛的背景下加以讨论,指出文学理论中的"意境"论最早见于唐代王昌龄所提出的"三境"论,王昌龄的三境论在结构框架上则借鉴了佛教的"三别义",其中的"意境"论还受到惠能"空"观的影响,将物质世界与自性浑然一片。继王昌龄之后,皎然与司空图对意境理论又做出了新的论述,到宋代严羽《沧浪诗话》"以禅喻诗"基本上奠定了中国意境理论的基础,而这些新变与唐代佛教兴盛,尤其是禅宗大盛的思想文化背景是分不开的。

杨星丽《论诗格之"格"及其理论意义》(《辽宁师范大学学报(社会科学版)》2016年第4期)对诗格之"格"的内涵进行了较为全面而细致的梳理,指出诗格之"格",应有三个层面的含义:一是近体格式体制的法式、标准;二是诗的内在艺术品质,即选词取象、章句构拟、用事描写等艺术手段;三是诗之气势、意境和风格等总体艺术风貌。这三层内涵层递融通,既是一个由点到面到体的逻辑建构,也是形式格法与意义、审美的互文共建。诗格之格由基本的格式及其法则规范,到用辞取象、章句构拟、用事显势等艺术表现手法和技巧,再到整体艺术风貌和审美效果,层层递进,勾连贯通,形成一个独特的内涵体系。"格"的多层含义也是诗格理论中所有术语的逻辑构建模式,梳理诗格之"格"的内涵,才能理清、建构诗格的术语体系。

总体而言,本年度盛唐文学研究成果较为丰硕。研究者们更加注重对文献的发掘与利用,运用新出墓志、写本文献、历史文献、传世文献等多种文献资料进行研究考察,使研究更趋精细化与深化。以研究方法而论,则注重从文化、历史、地理等交叉学科进行观照，使研究得以呈现盛唐文学的多重样貌。同样，在本年度的研究中，对中小作家的关注稍嫌不足，论文数量虽仍保持一定规模，但滥而不精、泛言空疏之作仍然不少，希望在今后的研究中得以改善。期待来年的盛唐文学研究能够取得更为可喜的成果！

中唐文学

□ 李芳民

2016年度中国大陆地区有关中唐文学研究的论文，根据中国知网学术期刊全文数据库及中国人民大学报刊复印资料中心《中国古代、近代文学研究》及所附索引统计，共约有130篇左右（不包括韩愈、元稹、白居易）。与上年度相比，本年度论文的总数有所下降。从论文的整体情况看，宏观综合研究论文数量与前大致持平，且有一些角度新颖论证扎实之作；作家作品研究，虽所涉及的作家不少，但除刘禹锡、柳宗元两家外，其他作家研究的论文密集度则较前大为减弱。小说研究论文数量较多，整体而言，成绩差强人意。以下就其中较为出色者，略作综述。

一

本年度有关中唐文学的宏观综合研究的论文，约有十余篇。论文涉及的内容较为广泛，视角也多有值得称道者。

围绕中唐文学观念的研究，吴夏平《试论中唐"六经皆文"观念的生成》(《文学遗产》2016年第6期)是一篇颇有新意且论证扎实之作。文章指出，围绕"经"与"文"的关系，虽"文本于经"的观念虽然由来已久，但中唐时期则兴起了"六经皆文"的观念。文章从释经传统、政治权力、学术思想、官学教育、科举考试等不同层面，分析了中唐"六经皆文"观念兴起的背景、条件及原因。认为中唐新《春秋》学派的兴起，促进了经学研究的多元化，对中唐文学释经观念产生了深刻影响，韩愈和柳宗元等人继承和发扬了新《春秋》学派的批判和怀疑精神，其经学研究为“经”“文”的重构创造了必要的学术条件；中唐官学衰落，私学兴盛，文人游学请益“论文”之风兴盛，促进了“六经皆文”观念的传播与流行，是“六经皆文”观念兴起的文学环境；而中唐科举考试重策文，取士标准逐渐由重诗赋转向重文章，则是“六经皆文”观念生成的时代要求。

吴振华《论“古文运动”与中唐诗序的散文化》（《南京师范大学文学院学报》2016 年第 4 期）则从中唐古文运动的背景出发，对中唐诗序这一特定文体的创作特点做了论析。文章在论述中唐古文运动的背景、实质及其与文体革新的关系的基础上，着重分析了诗序及赠序这一文体类型的写作在中唐所呈现的新特征，认为中唐诗序和赠序成为作家议论时政方针的渠道、明道的工具以及宣扬文学理论的载体，并形成了鲜明的议论化倾向。在此基础上，文章还总结了中唐诗序的文学史意义。

围绕中唐乐府诗的研究，吕家慧《论中唐乐府中风俗题材的兴起》（《北京大学学报（哲学社会科学版）》2016 年第 4 期）通过细致的考察分析，就中唐乐府诗创作的特征提出了富有新意的看法。文章指出，乐府诗在唐前已形成了汉魏与六朝两个传统，前者上承“诗教”风刺的一面，具有儒家所主张的“观风”的政治目的，后者则以艳歌艳词而为后代所诟病。但六朝乐府除了“艳词”外，也展现了对地方风土风俗的描写兴趣，已开启有别于汉乐府“观风”的角度，显示观风观念的新变化，而由此所发展出的新题材以及表现手法，也深刻地影响了中唐乐府诗的创作。关于六朝乐府对地方风土的关注，文章主要从两个方面做了分析，一是从命题方式看，六朝乐府有相当多的数量是以“地方”命名的，这批乐府在地方风土的框架下展现出对于百姓生活的书写兴趣。二是表现出对于百姓营生方式的高度关注。在中唐乐府诗中，这两点都有突出的表现。中唐乐府诗人尽管在观念上反对六朝传统，但落实到写作上依然受到六朝的影响，只是观察角度有异于六朝的男女恋歌模式，更关注生民活动的本身。至于中唐大量出现表现地方风土或风俗乐府诗的原因，作者以为与中唐观风观念的变化有关。初盛唐文人对于“观风”的看法，一则延续“汉六条”，主要的观省对象是地方“二千石”，二则以地方官在地方兴礼作乐的办法移风易俗。到了中唐，“观风”则被落实到具体的风土风俗上，这就对乐府书写风俗产生了正面影响。随着中唐文人到地方任职的机会大增，“观风”和“采风”的意图逐渐于文人的创作中发声，就推动了中唐乐府在六朝的基础上往地方风土风俗题材的转型。

李金欣《元和乐府诗坛的分野——从唐代史学“文、史关系”角度出发》(《贵州师范大学学报(社会科学版)》2016 年第 3 期)也从一个新的角度对中唐诗坛的乐府诗创作做了新的概括分析。作者认为杜甫的创作是唐代史学理论与元白“新乐府”理论之间的桥梁，杜甫的乐府歌行类诗因为很好实现了文笔与史笔的结合才被称之为“诗史”，而元白新乐府创作对于真实性的追求，也是继承了史学传统，其关注现实、记录现实，重视“事”的真实性，是用史书的标准要求乐府诗创作。韩孟一派的乐府诗创作，并不强调乐府诗叙事的真实性，而是以丰富的想象、奇特的物象、惊人的语言，是将乐府诗的“文”发挥到极致。

唐史学界对于唐代生活史的研究，也影响或涉及唐代文学研究的领域。夏炎《“北人”“南物”与唐后期南北问题的重新审视——以南贬北人间的礼物馈赠为中心》(《清华大学学报(哲学社会科学版)》2016 年第 4 期)以及曹逸梅《中唐至宋代诗歌中的南食书写与士人心态》(《文学遗产》2016 年第 6 期)两文，其内容均与文人的日常生活相关，不仅开拓了一种新的研究领域，而且其切入的角度也颇能给人以启迪，是本年度颇值得关注的两篇论文。需要说明的是，曹文论述内容的时限虽超出了中唐范围，但其起点与相关论述皆关涉中唐，故将之一并于此介绍。

夏文的立意在于希望通过对唐后期南贬北人之间的礼物互赠的分析，回答唐后期的南北问题，也即唐后期究竟是南北差异与冲突占主流，还是南北统一与整合居主导？文章主要选取了李嘉祐、白居易、元稹、刘禹锡、韩愈、柳宗元等中唐时期贬官南方的北方士人，考察了其相互赠送的南方物产，分析其选取的南方物产中究竟蕴涵着何种南北互动的信息以及“北人”和“南物”之间的契合体现着唐后期南北问题的何种历史走向？经过筛选，作者将南贬北人用于馈赠的南方物产分为三类：一是日常起居用具，选择了蕲州簟与文石枕；二是行走辅助工具，选取了斑竹杖与壁州鞭；三是文房用具，选取了郴笔、叠石砚与叠石琴荐。通过分析，作者认为，蕲州簟与文石枕的赠送既能够使双方的情感得以交织与升华，更重要的是使南贬北人在自己编织的礼物交换网络中逐渐找到了环境应对的手段与方法，在积极的个人调适中，使北人与南方环境逐渐融合。而斑竹杖与壁州鞭的赠送则具有南贬北人调适贬谪心态之功用，表达了他们对南方生存现状的强烈不满，以及逃离现实的深切渴望。在环境应对与心态调适的同时，郴笔、叠石砚与叠石琴荐的赠送又体现出南贬北人所持有的正统身份认同观念，在一定程度上阻碍着南北的整合趋势。南贬北人对南方主动的排斥与被动的适应，共同构成了唐后期南贬北人在南方的生存状态。这一充满矛盾的生存状态，使得南北的差异与统一、冲突与整合不时发生着博弈性的变奏，这些历史细节在一定程度上影响着唐后期南北历史的发展进程。

曹文则以饮食题材诗歌为中心，侧重从中唐至宋代诗歌中的南食书写来分析唐宋间士人人生理想、审美趣味与思想状态的变迁。文章从中唐韩愈、柳宗元、刘禹锡、白居易、元稹等有南方仕宦经历的中原士人对南食的态度分析入手，进而比较了唐宋士人对南食态度的差异。认为中唐的岭南饮食书写，惯于表达南方瘴疠之地带来的生活与心理的双重阴影，以之为落后蛮荒的象征，而对于江南饮食，文士虽不乏喜爱赞叹，但依旧视其为与中原饮食不同的异味。但宋人对南食的态度则发生了很大的变化，不仅热衷于书写南食，而且在对南食北馔的评价中，甚至将莼羹所代表的南食置于羊酪所代表的北食之上，对被视为蛮夷陋俗的食蛙、食蛇，其态度与中唐人也不相同。作者的结论是，从中唐到北宋，士人对南食以及南方的态度经历了从抗拒排斥到接受认同的过程，其中不但反映了唐宋士人正味、异味区分意识的变迁，也显示出唐宋间对道的体认经历了从外在转向内在的过程。而宋人的南食书写，与当时南方士人群体的形成密切相关，其中不乏南方士人关于身份与地域认同、政治隐喻与文化审美趣味的表达，这些表达与宋型文化的形成密切相关。从宋人以江南为中心的南食书写中，可以发现江南美食最终成为士人表达江湖之志、追求自适生活的文化意象，而岭南饮食书写，则常寄寓其刚毅的人格以及怀道含光、穷居自乐的精神状态。这两种不同的模式，可以视为宋人对不同境遇下理想人生的体认。

除上述数文外，本年度从宏观上对中唐文学进行观照分析的，尚有徐海容的《中唐宦官专权对文学的影响》（《北方论丛》2016 年第 5 期）、鞠岩的《中晚唐诗人的湘妃情结》（《石家庄学院学报》2016 年第 4 期）等文，而陆双祖的《论高仲武〈中兴间气集〉的文质思想》（《牡丹江大学学报》2016 年第 1 期），则通过《中兴间气集》这一中唐诗歌选本，分析了高仲武的文质观以及其所体现的这一时期文学观念的新变。几篇论文或角度，或内容，皆有可取者，可为感兴趣者之参考。

二

本年度围绕中唐作家作品的研究，涉及的作家大致有元结、顾况、刘长卿、韦应物、孟郊、寒山、皎然、灵澈、卢纶、耿湋、权德舆、李吉甫、刘商、李贺、贾岛、姚合、李绅、李翱、吕温、刘禹锡、柳宗元等，不过整体看，除刘禹锡、柳宗元外，多数作家的论文密集度较以往有所减弱，但也有一些作家研究的论文，其角度或深度，仍有值得称道者。以下仅就其中较为出色者略作介绍。

关于顾况的研究，刘怀荣、徐盈《论顾况诗歌“以小说为诗”的艺术创新》（《中南民族大学学报（人文社会科学版）》2016 年第 5 期）首先分析了顾况崇尚怪奇的小说观与诗歌创作观的共有特点，然后从其诗歌创作“故事题材的诗化表现”“诗歌叙事中的虚构和想象”“诗歌叙事中的因果报应情节”几个方面对其“以小说为诗”的特点做了具体分析。通过分析作者指出，顾况重视传奇，并在诗歌创作中加以自觉借鉴，率先尝试以小说为诗，这种大胆创新，不仅拓展了“破体为文”的范围，为诗歌百花园增添了怪奇美的奇葩，而且在当时也是超前的，给后来的诗歌提供了有益的启示，在中国诗歌史上具有非常重要的意义。

韦应物的研究本年度有多篇，萧驰《不平常的平常风物："闲居"姿态与韦应物的自然书写》（《中华文史论丛》2016 年第 3 期）从韦的"闲居"诗切入，讨论其中的自然书写所呈现的人格精神与山水表现特点。在与谢朓、陶渊明的比较中，文章指出韦应物所谓的"吏隐"是吏与隐二元关系之外的中道，是须经身心修养方可企致的境界，而这特别彰显于韦氏或作于郡斋或作于林水的"闲居"之作中。韦的"闲居"，透露出的是灵修的消息，其灵修虽有道家的成分，但受沾溉最深的还属佛禅，他的"闲居"开启了诗人游乎草木雨云、霁月光风的生命世界。文章还与刻镂着韦应物历史创痛的初期回忆诗进行比较，分析"闲居"诗中诗人如何从历史时间中解脱融入自然时间而任运自在，以及"闲居"与"吏隐"形成其空间书写中的忽略与方域虚化的特征，指出其以空间的疏旷体现诗人性情之疏散，而多重的甚至歧义的视境更直接体现了其神游于两重世界的"吏隐"者心迹。

寒山、拾得的生活时代，或谓唐初或谓中唐，一直未有定论。任崇岳《寒山、拾得身世杂考》（《中州学刊》2016 年第 6 期）根据《太平广记》中有关寒山"大历中隐居台州翠屏山"以及《佛祖历代通载》中其与大义禅师为同时人的记载，复以寒山、拾得所交往的人物闾丘晓、封干、灵祐等人的时代参证，认为寒山、拾得不是唐初人，而是唐中叶人，活动于唐代宗大历年间。关于寒山、拾得的身份，作者因其只是皈依佛门的俗家弟子，而不是真正的僧人，并进一步推测寒山是陕西咸阳一带人，出身于富有之家，家道中落，流落江南，隐身寒岩，成了著名诗人，因其诗有不少宣扬禅理，后世便把他当成诗僧了。

本年度围绕寒山诗歌研究的两篇论文也颇值得称道。一为卞东波《寒山诗日本古注本的阐释特色与学术价值》（《南京大学学报（哲学·人文科学·社会科学）》2016 年第 3 期），一为《阮堂明《论寒山子及其诗歌在宋代的遗响》（《苏州科技学院学报（社会科学版）》2016 年第 6 期）。

卞文主要关注的是寒山子诗歌的域外传播及其相关注本的价值。文章对寒山子诗歌在日本的流传与影响做了梳理与概述，介绍了自日本中世时期（镰仓与室町时代）至江户时代日本接受、传播寒山子的基本情况、寒山子诗歌的版本以及在日本的传本、注本，特别指出其中的《首书寒山诗》《寒山子诗集管解》《寒山诗阐提纪闻》《寒山诗索赜》等几个注本所具有的学术价值，并就这四个注本的刊刻时代、注者、注释特点、学术价值做了较为详细的分析与概括。指出其注者由于是日本曹洞宗或临济宗的禅僧，故注释能以“释”注“释”，既释事又释意，对寒山诗中的典故和义理皆有很好的阐释，具有很高的学术价值，同时对了解寒山诗在中国本土以外的接受与影响，探究世界范围内的“寒山热”的形成，都有宝贵的价值与意义。

阮文则关注的是宋代文人对寒山子及其诗歌的接受及其原因。文章梳理了两宋时期接受寒山子及其诗歌的发展状况，将之分为北宋前期、北宋中后期以及南宋时期三个阶段，并指出在两宋时期，以王安石、苏轼、黄庭坚、陈师道、陆游、范成大等为代表的文人，几乎都对寒山子及其诗歌表现出了浓厚的兴趣。他们接受寒山子诗歌的表现特点是，或拟和其诗，或化用诗句，或用寒山子典故入诗，或题咏寒山子画像，或以寒山诗为谈诗论艺的对象，借以总结古代诗歌创作或艺术特点等。而探寻寒山子诗歌广为宋代主流诗人群体接受的原因，则是因为寒山子的诗歌具有一般文人诗的精神品格，并深刻体现了宋代诗歌的艺术追求。而宋代士大夫文人对寒山子的接受，也为寒山子在后代的传播奠定了重要的基础。

近年来由于新出土墓志的关系，大历十才子之一卢纶的研究取得了一定的成绩，本年度黄清发的《新出石刻与卢纶研究》（《文学遗产》2016 年第 1 期）一文，在充分利用新出土的墓志的基础上，对卢纶的生平事迹与作品系年做了进一步的研究，提出了一些新的看法。关于卢纶早年经历的考证，其结论有二，一是卢纶的生年，利用出土的卢纶母韦氏墓志修正了其生于天宝七载（748）的旧说，认为生年应在天宝元年至四载间。二是认定《旧唐书》本传所载其“天宝末举进士，遇乱不第”是可信的，其遇乱不第后的行踪是从长安东南行，经襄阳再东下至鄱阳，并据相关新出土墓志，指出其远赴鄱阳是投靠从叔祖卢沭。关于卢纶诗歌，其主要考证出《至德中赠内兄刘赞》作于至德二载左右，而《晚次鄂州》及《至德中途中书事却寄李僩》当作于建中二年秋。另外通过对《送从叔牧永州》等十多首诗所涉人事的考订，实现了对相关诗歌的重新编年。

李吉甫是中唐著名的政治家，其应用文在当时也颇有影响，但其人其文甚少受到关注。本年度曲景毅的《中唐宰相李吉甫之政治功业与应用文书写》(《合肥工业大学学报(社会科学版)》2016 年第 2 期)则对其人与其文做了论析。文章主要从政治与文学的互动视角来阐释李吉甫之政治功业与应用文书写。对其政治志向与作为，主要从志灭强藩、改革弊政、以片言移人主意及儒者品格与改革精神诸方面做了概括，而对于其创作风貌，作者认为其虽不以文学著名，但从现存文章可见其语言简洁、平实通达的特点，又因其曾监修国史，故文笔具有史家笔法，不铺张、不雕饰，且具有较强的叙事性。文章还从其与文人交游及拔擢人才的角度，指出其对中唐政治文化事业发展之功。

关于李翱生平事迹的考证，本年度李小山的《李翱任滑州幕职及其与白居易裴度交游考》(《甘肃社会科学》2016 年第 2 期)是一篇考订较严密的论文。文章主要考订的是李翱任滑州幕职时间等问题。作者以李翱的《论故度支李尚书事状》一文为基础，通过对李翱仕履、白居易的交游经历、裴度早期仕履以及李翱托唐衢呈给裴度"新作"中所涉及作品及作年线索等，做了多角度的考索，最后考定李翱从事滑州幕职的时间是贞元十七年(801)至贞元十八年(802)，李翱当时任职为观察判官，其幕主是李元素。

刘禹锡的研究，本年度虽有 10 多篇论文，但视野开阔富有深度有所创新的论文不多，值得注意的有张园园《生态哲学视阈下刘禹锡天人观的多维度诠释》(《广西社会科学》2016 年第 8 期)及查屏球《日本国会图书馆藏朝鲜刊〈刘宾客诗集〉考述——兼论刘禹锡诗集单行之事》(《山东师范大学学报(人文社会科学版)》2016 年第 5 期)两文。

张文是一篇围绕刘禹锡"天人观"哲学思想进行新的探讨的论文。文章从生态哲学的视角，从实践、宗教、历史三个维度对刘禹锡的“天人观”作了重新解读。认为刘的“天人观”体现在其对民俗成因、天命观根源和人类历史变因的探究中。刘认识到外在环境的恶劣与人的认识、实践能力的有限性是民俗信仰巫术的原因,而天命观的产生及流行也是出于人对外在环境的依赖与无措。他承认天不干预人类社会,但同时也强调天与人之间存在互动关系,其所谓“天与人交相胜”,既说明空间上人化与荒野的对立、人类文明与野蛮的不同,也包含历史维度上自然秩序与社会秩序的循环交替。尽管刘的天人观高扬了人的作用,但也认为人类所建的秩序不是以人类独大去欺凌弱小,而是要以人类的是非判断力改善原始野蛮的状态。

查文则是对刘禹锡诗集的一个域外传本的研究。作者指出,日本国会图书馆藏有一朝鲜刊本《刘宾客诗集》,其对于认识刘诗之流传意义甚大。关于此书的刊刻时间与底本,作者经过比勘,认为其应为朝鲜前期刊本,其刊地与版式与今传朝鲜刊本《刘随州集》相同,因估计是同一时期的产物,而《刘随州集》内容、形式与今传宋棚本唐诗相同,其底本为南宋书陈起棚北大街书坊所刻唐诗小集,因此推测其底本也可能是棚本唐诗之一种。文章还比较了这一刊本与现存刘禹锡集之间的关系,认为刘集在北宋中期已散佚,今传《刘宾客集》与《刘禹锡集》各有所出,其中后十卷为辑录之作,刘集诗文分开编卷,因此,这一刊本或许就是其中一种单行的诗集。文章还围绕这一刊本与刘禹锡诗集的流传情况做了讨论,认为这一刊本对于认识刘集最初情况甚有价值,也为研究刘禹锡诗集的流传提供了新的线索。

本年度柳宗元研究的成果最为突出,不仅数量较多(近30篇),而且出色之作所占比重较大,涉及的内容也比较广泛。

围绕柳宗元及其作品与佛教之关系研究,有孙昌武《唐岭南节度使马总为禅宗六祖慧能立碑事》(《中华文史论丛》2016年第3期)及范洪杰《柳宗元〈乘桴说〉与〈天爵论〉述义——兼论柳宗元“统合儒释”的复杂性》(《三峡大学学报(人文社会科学版)》2016年第4期)。

在唐代,王维、柳宗元、刘禹锡曾先后为禅宗六祖慧能撰碑,其中柳碑为元和十年应岭南节度使马总之请所撰写。孙文即以马总为慧能立碑事为中心，围绕马总其人、马总和柳宗元的关系、马总何以请柳为慧能撰碑、柳碑的内容、刘禹锡第二碑与柳碑在内容上关联、马总立碑与唐代岭南佛教几个问题，做了论析。文章通过上述问题的讨论，认为柳在碑文中没有对禅宗宗义加以发挥，而是一方面基于"统合儒释"立场，强调慧能禅宗思想"其教人，始以性善，终以性善"的教化作用与意义，另一方面大力表扬马总的功绩。并指出中晚唐时期禅宗洪州一派大盛，笼盖诸宗，而柳碑则揭示了当时岭南地方统治者支持禅宗"统合儒释""以教辅政"的发展态势，因而其作为禅宗史和文化史的重要文献，对于全面认识中晚唐禅宗乃至佛教的整体状况具有重要价值。

范文主要围绕柳宗元的《乘桴说》和《天爵论》二文，对其"统合儒释"之特点做了新的探讨。认为学界对柳宗元"统合儒释"较多地偏向于柳宗元自述的范围，即以儒学为本位裁量佛教、对佛教进行抉择，也即"援儒入佛"；但"援佛入儒"这种更具时代性和创造性的方式也存在于柳宗元的思想成果中。《乘桴说》一文即体现了其重视心性的倾向和新颖的儒学阐释之风，而《天爵论》一文重视智识和意志的思想，则是在受到佛教影响的同时对儒学传统的重新发掘和塑造。二文不同程度地体现了柳宗元"援佛入儒"的特点，也体现出其"统合儒释"的创新性和深度，在中唐具有重要的学术和思想意义。范洪杰本年度还有《柳宗元山水文学中的天台宗意蕴》(《湖南科技学院学报》2016 年第 8 期)，也是一篇论析柳宗元作品的宗教思想特征颇有新意的论文，介绍从略。

关于柳诗的研究，本年度较出色的则有何蕾的《"知者乐水"与"上善若水"——论柳诗的"枯澹"之美》(《北京社会科学》2016 年第 6 期)一文。文章围绕苏轼对柳诗的"澹泊""枯澹"之评，分析了其含义所指、柳"澹泊""枯澹"诗的成因以及苏轼做出此评的独特语境。

柳宗元不仅为诗文大家，书法亦极精，但却少有人论及，本年度尚永亮的《柳宗元书法造诣与承传论略》(《文艺研究》2016 年第 6 期)可说是一篇论题新颖且论述扎实之作。文章围绕柳宗元的书法研习、论书诗作、渊源师承、造诣地位等问题做了比较周至的论析。指出柳宗元早年即嗜书、工书、识书，曾与刘禹锡、橘逸势等有书法交往，遭贬后，坚持书法习练，既教习子女，又以诗论书，在书体上多所取尚，于章草一体尤大有精进，刘禹锡所谓“柳家新样元和脚”即指其在字体上之创新。至于其书法渊源，则远承智永禅师、虞世南、褚遂良，近承张旭、徐浩、皇甫阅，并且还沿袭、改易张旭《永字八法》而作《笔精赋》，以求一脉延续，光大师门。其理论重笔法、墨法，更重师法，实已接触到书法之形、神以及由技进道等核心问题。其章草一体最具成就，但因各种原因加之遗墨消散未能发生大的影响。以楷体等“正书”书写的碑铭，因刻石之故而得保存，但其却未必能代表他的真正水平。

中唐文坛韩柳并称，本年度有两篇韩柳合论的论文，一为莫砺锋《中唐诗坛上的韩潮柳江》(《文学遗产》2016 年第 1 期)，一为刘宁《“师其人”与“明其理”：韩柳古文取法前代的方式》(《杭州师范大学学报》2016 年第 4 期)。

韩柳并称，其意含偏于二人之古文创作，莫文则从韩柳两人诗歌创作角度，围绕其创作的题材、风格、体裁、意象、艺术表现等方面，做了比较分析，指出诗歌题材上，韩诗开拓了题材范围，柳诗则进行了深度开掘。在艺术上，韩诗气势雄伟，炫人眼目，柳诗思虑精切，耐人咀嚼；韩诗波澜壮阔，层出不穷；柳诗波澜不惊，意蕴深厚。韩以鸿篇巨制见长，尤擅七言古风；柳以短小精悍为长，尤擅短古和律诗。韩意象多瑰怪奇特，柳意象多清丽雅洁。韩善用赋体来叙事或作铺陈排比的描写，柳善用比兴来抒写内心的幽约情思。故所谓韩潮柳江，既可用来形容韩、柳二人的古文风格，也可说明两家诗风的特征。而刘文则从韩柳古文创作取法前代的方式着眼，对二人师法古人以形成各自特点做了分析。指出韩愈对于前代作者常能深得其家法，在“师其人”的过程中，入而能出，自成面目，其文章常可见出前代作家个性化风格与表现手法的影响；柳宗元则更善于把握前代文章长期形成的艺术传统，究明文理，在此基础上，发挥个人创造，其作品虽广泛继承前代艺术成就，却难以鲜明地看到前代作家个性化的影响印记。他们对“师其人”与“明其理”的不同偏重，为其古文创作带来颇为不同的风貌，而其各具特色的师古之道，对于深入认识中国文章学的复古理想与实践，也很有启发意义。

除上述外，本年度围绕柳宗元的美学思想、域外接受、文集版本等方面，也都一些值得参考的论文，如马草《论柳宗元以道为美的美学思想》(《沈阳大学学报(社会科学版)》2016 年第 1 期)、王永波《〈柳河东集〉在宋代的编集与刊刻》(《青海师范大学学报(哲学社会科学版)》2016 年第 2 期)、赵俊波《论柳宗元辞赋在海东的传播与接受》(《运城学院学报》2016 年第 1 期)等，限于篇幅，不一一介绍。

三

本年度关于小说研究的论文，数量不少，角度亦较为广泛，也出现了一些较为出色之作。

关于“传奇”以及“传奇体”，近年来学界多有讨论，本年度围绕此一问题，有两篇论文做了进一步的探讨，提出了一些新的看法与认识。一为徐大军《传奇文体名义的因应》(《中华文史论丛》2016 年第 1 期)，一为李遇春《“传奇”与中国当代小说文体演变趋势》(《文学评论》2016 年第 2 期)。值得注意的是，两文在讨论“传奇”这一论题时，皆不受时代之拘限，而是从更长的古代文学史时段，乃至古今打通的角度，探讨“传奇”文体内涵的演变或其文学史意义，因而显示出更为宽广与宏通的眼光。

徐文指出，在中国文学史上，“传奇”一词先后被赋予三种文体意义：唐人小说、元人杂剧、明清的文人南戏。而这三种文体在当时皆有各自被普遍接受的通用名称，分别是传记(杂传记)、杂剧、南戏。当它们被以“传奇”赋名时，相对于它们的通用名即属于改称。作者认为，对于同一文体来说，“传奇”的称名与当时通用名所基于的立场与文体观念是不同的。因此，文章就三种不同文体之被赋名“传奇”的演变过程以及其中所体现的立场与文体观念，做了细致而深入的考察。认为对于三种文体来说，它们被赋名“传奇”所基于的观念与立场、着眼的文体属性与价值，是前后相承、密切联系的，这就是，在这一过程中，“传奇”一词在文体归类意义上被注入两个重要内涵，一是强调这三种文体的文学属性，二是彰显其与通用名所蕴含的观念的对立。

李文则是从中国当小说文体演变的角度，考察中国当代小说文体与中国古代小说传奇文体之间的艺术关联。文章对中国古代小说“传奇”文体的特征、发展演变做了富有新意的概括，认为“传奇”是一个广义的中国小说文体概念，它得名于唐传奇，但又不限于唐传奇，而是一种纵贯于中国古代小说史的文体传统。唐传奇体现史才的史传传统、体现诗笔的诗骚传统和体现议论的诸子散文传统这三种文体传统的综合，实现了中国古代小说的跨文体写作，具备了文体的“复调”特征。以唐传奇作为中国古代小说文体史的界碑，则此前的汉魏六朝“古小说”可称作“前传奇”，而此后的明清话本小说大抵可归并入“后传奇”的范畴。“前传奇”是传奇的滥觞，尚未做到“文备众体”，“后传奇”是传奇之发展与变异，同样追求“文备众体”，只不过从语言到叙事层面都已开始俗化。优秀的“后传奇”皆为雅俗共赏之作，而俗滥的“后传奇”则直接导致了中国小说传奇传统的没落。文章在此基础上分析了中国当代小说对中国古代小说“传奇”的不同接受及其得失，这种从古今文学演变的角度考察传奇文体，既显示了中国古代传奇对中国文学深远影响，也对深化认识中国古代传奇文体的特征与意义，颇有启迪作用。

围绕唐人小说的民俗书写，本年度则有熊明的《论唐人小说中的宴聚意象及其小说功能》(《蒲松龄研究》2016 年第 1 期)一文。文章指出，唐人日常生活中的宴聚活动，带有唐人独特的民俗风情，唐人小说中对此多有精彩描写，作者将之称为宴聚意象。这些宴聚意象所呈现的民俗风情，主要表现为酒令与歌舞。而其除了体现民俗风情外，还有具有特殊的功能，它或者是作为小说的重要故事甚至是主要故事发生的场景而存在，或者是作为背景为故事的情节展开服务，对唐人小说独特美学品格的形成具有重要意义。

梅雪、湛芬的《唐代宵禁制度与唐传奇的时空建构》(《天水师范学院学报》2016 年第 5 期)则从唐代都城管理制度角度，探讨了其对唐传奇叙事时空建构的影响，角度较为新颖。文章指出，在宵禁制度下，人们的生活都在其规定的时空内进行，唐代的宵禁制度影响到唐传奇，则表现为其成为小说叙事过程中时间与空间的潜在设置。宵禁制度对于时间的控制，把人物的活动和事件的发生限制在一定空间内，从而成为推动故事发展的必不可少的因素，也使得故事的发展变得合理，由此而对小说的时空建构产生了重要影响。

单篇传奇研究，本年度罗立群、陈灵心的《〈虬髯客传〉的版本流传与作者问题》（《文学与文化》2016 年第 1 期，《中国古代、近代文学研究》2016 年第 7 期转载）是一篇颇为细致扎实之作。文章从以前较少关注的《虬髯客传》的版本问题入手，对其流传过程不同版本做了比勘，指出在明以前诸种不同版本中，影响最大的《太平广记》本和《说郛》本存在较大差别，应属于两个不同系统。关于《虬髯客传》的作者问题，学界有杜光庭、张说、裴铏三说，作者结合版本流传与目录著作的文献载录情况作综合考订，认为其最初是单行本流传，没有署名，后世流传的署名，应是删改本的作者，并因版本流传的变化，出现了不同的说法。

王振星《〈水浒传〉〈水浒后传〉与〈虬髯客传〉之关系》（《明清小说研究》2016 年第 3 期）则从小说结构模式、审美特征与创作意图等角度，分析了《虬髯客传》对《水浒传》《水浒后传》的影响。文章认为从小说结构上，《虬髯客传》直接开启了《水浒传》《水浒后传》豪侠至海外创业立国的故事模式；在审美意象上，须髯不仅作为阳刚之气的外在表征，而且还逐渐成了帝王意志的象征；在人物肖像刻画上，李俊也逐渐靠近虬髯客；在创作意图上，因朝代更迭，忠愤内涵浸润，彼此殊途同归。这些都可以看出，《水浒传》《水浒后传》或明或暗地都留下了《虬髯客传》的痕迹。

本年度还有一些论文，如何亮《论公牍文对汉唐小说文体建构的意义》（《内蒙古社会科学》2016 年第 5 期）、杜改俊《唐传奇中侠女形象“双性同体”性别分析》（《太原师范学院学报（社会科学版）》2016 年第 2 期）、李宏伟《权韠古典小说创作对唐传奇的借鉴与超越》（《河南社会科学》2016 年第 7 期）等，或从文类互文，或从女性主义理论，或从域外作家对唐传奇的接受角度立论，也都有一定的新意，恕不一一介绍。

晚唐五代文学

□ 亢巧霞　吴在庆

2016年晚唐五代文学研究，从成果看，学界对地域文学，尤其是闽地作家的关注度升高。词人研究继续集中于温庭筠、李煜和冯延巳等。运用符号学、传播学、叙事学等理论进行文学研究的文章增多。下面分别述之。

一、诗人诗作研究

吴振华《读〈津阳门诗并序〉》（《古典文学知识》2016年第2期）谈及晚唐郑嵎《津阳门诗（并序）》一诗。郑嵎仅存《津阳门诗（并序）》一首，该诗以杨贵妃李隆基婚姻爱情为主线描写历史盛衰。作者认为该诗表现了晚唐人对盛唐由盛转衰的冷静思考，该诗亦可作为考察李杨爱情故事演变诸文体的一独特环节。夏菽《宇文所安研究视角下的晚唐诗人许浑再解读》（《名作欣赏》2016年第5期）运用宇文所安《晚唐》和《中国"中世纪"的终结》书中的观点解读许浑作品。文中对许浑诗歌中关于风景描写、技巧表现和参禅归隐思想做相关讨论，为许浑诗歌研究提供新角度。

姜剑云《韦庄家世小考》（《河北大学学报（哲学社会科学版）》2016年第3期）根据相关文献史料，认为韦氏家族自西汉入关定居京兆，自汉至唐，韦庄可能为韦应物四世孙，作者推断韦庄家世传承顺序为韦应物—韦庆复—韦退之—韦韫—韦庄。刘萍萍《韦庄对杜甫以近体诗写时事传统的继承与发展》（《江苏师范大学学报(哲学社会科学版)》2016 年第 3 期)结合韦庄诗作,尤以韦庄七律时事诗为主,提出韦庄诗歌具有强烈诗史意识,这是韦庄自觉学习杜甫,并有意识继承杜甫诗史传统的具体表现。加之,韦庄诗歌以甲子纪年为诗题,或用年号制题,诗题直接点明所写时事,便于增强诗歌纪实性。罗杏芬《论韦庄诗的曲江情结》(《兰州工业学院学报》2016 年第 6 期)认为韦庄 6 首曲江诗歌中,“曲江”所承载的感情由前期以自我为中心,重于抒发个人喜怒哀乐转变到后期关注国家、思念长安。在这个变化过程中,曲江的符号意义也由科举变为故国。

陈如毅《论罗隐寓言的艺术成就》(《黑河学院学报》2016 年第 1 期)以罗隐约 20 篇寓言作为文本分析,提出罗隐寓言讽刺犀利,手法多样,精于立意,善于取象,形成简朴峭直的艺术风格。同时,罗隐寓言也是对柳宗元寓言的继承和发展,讽刺寓言在唐末再次焕发异彩。王志阳《罗隐传说在福建的传布及其特点》(《闽南师范大学学报(哲学社会科学版)》2016 年第 2 期)提出罗隐传说在福建传布具有范围广、传播模式单一的特点。“乞食命,皇帝嘴”的故事是罗隐传说的最核心元素。

刘敏《论司空图的赋文创作》(《海南师范大学学报(社会科学版)》2016 年第 1 期)以司空图五篇赋文《题山赋》《共命鸟赋》《释怨》《春愁赋》和《情赋》为切入点,分析归纳司空图赋文的个性特点。文章认为重抒情、寓意与说理相结合,句式和议论的散化等皆是司空图赋的特点。梁琦《司空图与王官谷地域文化意蕴的形成》(《开封教育学院学报》2016 年第 8 期)认为司空图长居山西永济的王官谷,且司空图描写王官谷风景寄寓其高士情怀,这共同构成王官谷独特地域文化意蕴。另外,周盼《论司空图“韵味”说》(《黑龙江教育学院学报》2016 年第 5 期)首先解读司空图“韵味”说的基本内涵,其次从方法论角度探讨司空图提出的诗歌创作如何达到有“韵味”的途径。张兆勇《〈诗品〉的思维本质和〈诗品〉的阅读心得》(《前沿》2016 年第 10 期)介绍阅读司空图美学著作《诗品》的几种方法。

方学森《晚唐池州诗人张乔三考》(《池州学院学报》2016 年第 2 期)结合《唐摭言》《唐诗纪事》《登科记考》等文献,考辨晚唐张乔,字松年,生卒年不详,家境清苦,有弟名霞。唐懿宗咸通十一年京兆府试中举，但终生未登进士第。张乔也是晚唐诗人群体“咸通十哲”和“九华四俊”的重要成员之一。王环兹《浅论张祜纪游诗中的用世之心》(《名作欣赏》2016 年第 2 期)从三方面论述张祜纪游诗中的用世之心：一是观景中述己志，二是古都伤今心系朝堂，三是游历所见念百姓疾苦。从以上三方面可见张祜纪游诗中的入仕报国之心。白月《论皮日休山水诗中的隐逸情怀》(《湖北函授大学学报》2016 年第 19 期)首先探析皮日休由积极入仕到隐遁出世转变的原因，其次结合皮日休隐居期间的山水诗和描写日常生活的琐事微物诗，提出皮日休的归隐是对初盛唐隐逸精神低落的一种拨正，由此可见隐逸精神在晚唐时期有所回转。黄敏《论茶与郑谷的人生情怀》(《南宁职业技术学院学报》2016 年第 2 期)梳理郑谷所写咏茶诗，探讨郑谷在人生不同阶段借茶抒怀，以茶雅志的人生意趣。周曼《蝴蝶梦中家万里——晚唐诗人崔涂诗歌研究》(上海师范大学 2016 年硕士学位论文)将崔涂主要行年踪迹进行梳理。作者认为崔涂生年约为大中二年(848)，卒年难考。文章进而考辨崔涂作品，将其作品系年分类，探析崔涂作品艺术特色、诗集版本和诗歌流传情况。胡玉兰《晚唐五代诗僧齐己的诗学思想》(《甘肃社会科学》2016 年第 4 期)以《白莲集》和《风骚旨格》等典籍为据，论析齐己“儒释糅合”的诗学思想。作者提出齐己不但对儒家诗学予以继承创新，而且还善于引用佛禅词汇，主张诗禅双修。齐己提出诗歌审美风格、题材及锤炼字句意等具体的创作范式。齐己的诗歌创作及其理论著述为唐代诗学抹上佛学色彩，加速佛学和中国诗歌融合。莫亚容《1980—2015 年间温庭筠诗歌研究综述》(《南昌教育学院学报》2016 年第 3 期)总结 35 年间温庭筠诗歌的研究状况。张自华《温庭筠的人格与诗格》(《河北师范大学学报(哲学社会科学版)》2016 年第 4 期)提出温庭筠诗歌具有三重美学品格：俗艳、雅健和清逸。这是温庭筠叛逆浪子、传统士人和一介寒士三重人格的折射。同时，这也反映和浓缩温庭筠的三种人生：酣歌淋漓的人生、积极进取的人生和闲居田园的人生。王泓力《刘得仁诗歌用韵考》(《钦州学院学报》2016 年 6 月)研究刘得仁现存 144 首诗歌的用韵情况。文章提出刘得仁诗歌用韵分为 16 个韵部，其中阴声韵 7 部，阳声韵 9 部，无入声韵。刘得仁诗歌用韵规律基本符合王力所考晚唐五代音系的韵部。李振中《徐铉王言作品编年考论》(《古籍整理研究学刊》2016 年第 3 期)对学界较为忽略的徐铉的王言作品做编年。

除此之外,今年有数篇研究晚唐五代女诗人的文章。林雪娇《对鱼玄机出游江陵所作诗歌的研究》(《长春教育学院学报》2016 年第 7 期)从鱼玄机出游江陵的原因入手,梳理鱼玄机江陵诗歌。作者指出鱼玄机江陵诗可分为三类:一是写给李亿的爱情诗,二是写给姐妹们的友情诗,三是山水游记诗。这部分诗篇虽数量有限,鱼玄机却多能采用灵活的修辞手法,尤以用典和比喻的应用为佳,具有一定文学价值。林雪娇《浅析鱼玄机对女冠生活的接受与超越》(《信阳农林学院学报》2016 年第 1 期)和《鱼玄机排律研究》(《齐齐哈尔师范高等专科学院学报》2016 年第 4 期)也是与女诗人鱼玄机相关的研究成果。张丽丽《晚唐五代女诗人诗歌融入大学生古典文学素养教育》(《河北联合大学学报(社会科学版)》2016 年第 3 期)提出目前对晚唐五代女性诗歌研究空间有待提升,而这也是大学生古典文学素养教育不可或缺的一部分。

方翠、韩震军《韩偓诗文研究的集成之作——评〈韩偓集系年校注〉》(《中国韵文学刊》2016 年第 4 期)高度评价吴在庆《韩偓集系年校注》(中华书局,2015 年)一书。认为该书是迄今唯一将韩偓诗、文收集于一书,并加以系年、校注,收罗历代韩偓研究资料最为完备的精良集子。

二、诗风流变和诗歌风貌研究

王田田《五代闽地诗歌研究综述》(《赤峰学院学报(汉文哲学社会科学版)》2016 年第 9 期)认为目前五代闽地诗歌的研究多以作家作品分析为主,缺少对闽地诗歌共性特点的论述。文章提出研究者大都没注意到由唐入五代的文人在五代闽地创作的作品与其在晚唐时期诗作创作的区别。同时,周雪芹《黄滔行迹考述》(《河南图书馆学刊》2016 年第 5 期)、李最欣《五代闽国诗人徐寅人品和文品之说纠谬》(《台州学院学报》2016 年第 4 期)、陈毓文《论唐末五代闽地儒学生态的形成与演变》(《怀化学院学报》2016年第9期)、王田田《犹见密丽赋深情——试论韩偓、徐寅五代闽地诗作的的风格特点》(《开封教育学院学报》2016年第4期)数篇文章都关注了唐末五代时期的闽地作家和诗歌创作。

任娟《咸通年间长安落第诗探析》(《景德镇学院学报》2016年第5期)分析咸通年间长安落第诗的类别。赵敏《"咸通十哲"新探》(《浙江理工大学学报(社会科学版)》2016年第5期)运用符号学、地域研究等方法,对咸通十哲的能指结构、理据性、群体性质、文学场域占位等问题进行梳理。严小军《论晚唐诗创作的唯美倾向》(《开封教育学院学报》2016年第3期)界定晚唐诗指的是从唐文宗太和、开成到唐灭亡的七八十年。文章从四个方面阐述这一时期诗歌创作伤感情绪的唯美倾向。韩雪晴《晚唐三十六体流变考》(《广播电视大学学报(哲学社会科学版)》2016年第2期)一文结合温庭筠、段成式和李商隐的骈文创作特点,提出三十六体作为一种骈文体派,上承六朝风韵,下开宋四六之先声,推动了骈文发展。另一方面三十六体骈文晦涩聱牙,过分注重形式的特点,也使骈文最终走向极端形式化。王见楠《禅宗思想与晚唐咏物诗创作》(《学术交流》2016年第8期)以诗禅关系切入,提出在禅宗般若空观和"自性清净"的佛性观基础上,直观内证的理路对晚唐咏物题材诗歌创作多有启迪。

刘磊《中晚唐书僧尚奇求变风气下的诗书互动》(《济南大学学报(社会科学版)》2016年第3期)以"书僧"创作群体为切入点,考察僧侣如贯休、齐己等的诗歌和书法艺术融通互动的具体表现。文章认为中晚唐书僧在佛禅思想影响下,其书法和诗歌创作多具有狂放自如的创作心态,带有主观性和抒情性等特点;作品美学风貌则表现为尚奇和求变。林媛媛《中晚唐诗僧研究》(吉林大学2016年博士学位论文)将中晚唐僧诗研究放在唐代佛教发展,特别是禅宗发展演变的大历史环境下,研究佛禅发展对诗歌创作产生的影响。王猛《浅论南唐士子入宋对宋初文坛的影响》(《牡丹江大学学报》2016年第7期)认为南唐入宋的文士对宋初文坛产生重要影响。他们积极参与宋初类书编纂,也影响宋初诗坛白体、晚唐体和西昆体诗风的形成。

三、唐传奇研究

王海红《从唐传奇看中晚唐社会风尚的世俗化》(《濮阳职业技术学院学报》2016 年第 6 期)结合唐传奇文本,从小说内容入手,认为世俗化是整个中晚唐社会风尚的核心。文章以《枕中记》等作品为例,提出上层士大夫阶级追逐享乐,文人士大夫阶层普遍存有宰相情结、佛道宗教活动世俗化、情爱观念放达是中晚唐社会风尚世俗化的具体表现。陈际斌《论唐传奇中期叙事的限知性及情节的曲折性》(《文艺评论》2016 年第 4 期)将唐传奇分为四期。唐传奇中期时值晚唐文宗太和二年至僖宗乾符末(828—879),这是唐传奇发展的第三个阶段。作者提出唐传奇中期的叙事特点集中于两个方面:第一,刻意使用第三人称限知叙事,一般不直接点明人物身份和结局,不到万不得已,不道出真相,让人物保持神秘状态,将读者置身于悬念状态。也有第一人称限知叙事,但为数不多。第二,叙事情节异常曲折离奇,人物心理悲喜交替,读者心理张弛相间。曾谦《中晚唐笔记小说中的崤函古道》(《三门峡职业技术学院学报》2016 年第 2 期)透过中晚唐时期的《云溪友议》《山水小牍》《酉阳杂俎》等笔记小说,梳理崤函古道的历史价值。文章认为崤函古道是中晚唐时期长安通往洛阳及东南地区的重要通道。往来于崤函古道的人员,不仅有文人官宦,还有众多商旅。崤函古道沿线地区民风淳朴、尊道崇佛,显示出多元文化的特征。陈春梅《温庭筠〈干䐁子〉的文化分析》(《宁德师范学院学报(哲学社会科学版)》2016 年第 2 期)指出晚唐的门第观念、浇薄士风、商业状况、宗教信仰等文化特征都可于温庭筠书中去找寻。

另外,马琰《中晚唐志怪传奇小说中的“他界”书写研究》(江南大学 2016 年硕士学位论文)将中晚唐他界小说分为“仙乡”“冥界”“精怪界”“梦境”四种类型。对“他界”小说中的时空结构展开讨论。最后,作者从时代角度解读唐人在虚幻“他界”的创造中展现出来的时代风貌和社会现实。

四、词人词作研究

李静《叙事视角转换与词的抒情主体之嬗变——以晚唐五代和北宋前中期词为中心》(《杭州师范大学学报(社会科学版)》2016 年第 5 期)结合西方叙事学理论,提出晚唐五代到北宋前中期,词体呈现"男子作闺音"的第三人称视角词作数量递减,第一人称视角词作数量递增的演变规律。周诗飘《晚唐五代词传播研究——以社会背景视角》(《文史探源》2016 年第 11 期)解读词由伶工之词到士大夫之词的社会原因。认为晚唐五代词的传播局限于贵族圈中,流布范围较窄。正是由于晚唐五代贵族的吟唱和追捧,使词逐渐由俗入雅,脱胎换骨,为迎接宋词的辉煌做准备。李东宾《诗词文体递变中创作模式的转移——以李商隐、温庭筠和韦庄的诗词创作为例》(《河南大学学报(社会科学版)》2016 年第 6 期)以三位作家的经典作品为切入点,分析归纳诗词文体递变中体现了古典意象原则的恪守、意象手法的横向转移及其"散文化"抒写展开的创作模式的转移。沈铉《论〈南乡子〉及其在唐五代的创作》(《赣南师范学院学报》2016 年第 1 期)梳理唐五代 39 首《南乡子》词作,词作集中于李珣、欧阳炯和冯延巳的创作中。时丽琼《试析西蜀词与南唐词之异同》(《滇西科技师范学院学报》2016 年第 1 期)比较西蜀词、南唐词的异同点。

花间词研究依旧较为活跃。杨景龙《〈花间〉词的文本解读问题》(《中国韵文学刊》2016 年第 4 期)归纳《花间集》文本解读中存在的如文本瑕疵、解读误导及多元解读等方面的一些问题,作者从四个方面进行梳理归纳。朱美霞《"花间词"俗艳风格形成的音乐艺术因素》(《淮南师范学院学报》2016 年第 2 期)提出花间词表现在文学层面的俗艳风格,不仅受时代、社会与词人审美意趣等外部因素影响,而且词乐演奏中的传播主题、演奏乐器、表演场合与接受主体需求也对这一文体的形成具有映射作用。高玮《试论〈花间集〉之"香"意象的类型及作用》(《三峡大学学报(人文社会科学版)》2016年第6期)统计《花间集》共有228首词直接出现"香"或涉及"香"意象。作者根据种类和形式的不同,大致将"香"意象归纳为具象的香和抽象的香两种类型。作者认为香意象在词作中起到刻画人物、渲染环境和抒发情感的作用。另外,陈柏桥《从〈花间集〉历代序跋看其经典化进程及意义》(《燕山大学学报(哲学社会科学版)》2016年第3期)、张雪梅《略论花间词男性形象》(《名作欣赏》2016年第23期)也围绕花间词展开选题。

词人研究以李煜、温庭筠等为中心。张菊华《从李煜后期词常用意象品其亡国之愁》(《中华文化论坛》2016年第1期)以八类意象分析李煜后期词。杨一凡《浅谈李煜词情感的变化趋势》(《佳木斯职业学院学报》2016年第2期)归纳李煜词情感变化趋势表现为内容上由小而大,情感处理方式上由内而外。刘源《李煜梦词简论》(《哈尔滨学院学报》2016年第3期)提出李煜梦词因其人生际遇的辗转富含多重意蕴,这是李煜心路历程的写照。浦佳《比较李煜〈虞美人〉两个英译本的审美》(《佳木斯职业学院学报》2016年第11期)从音美、意美、形美三方面比照许渊冲、徐忠杰的英译李煜《虞美人》译文。温瑜《李煜哀悼诗简论》(《绥化学院学报》2016年第12期)分析李煜现存7首哀悼诗。邹兆辰《"良史工文"的学术与社会效应——以田居俭先生的〈李煜传〉为例》(《史学月刊》2016年第1期)提出2014年中华书局出版的田居俭《李煜传》一书运用具有文学风格的语言进行叙述,又将大量文学作品作为说明历史的媒介,以诗证史、以文证史,取得了良好的学术与社会效应。另外,研究李煜及其词作的文章还有孟翔为《试比较李煜与纳兰性德愁情词的艺术表现形式》(《齐齐哈尔师范高等专科学校学报》2016年第4期)。关于温庭筠和冯延巳的研究有李晓红《对温庭筠词的两种阐释的思考》(《安徽文学》2016年第12期)、吴师兰《温庭筠菩萨蛮意象中色彩的表意功能探析》(《佳木斯职业学院学报》2016年第1期)、《温庭筠〈菩萨蛮·小山重叠金明灭〉诗词鉴赏》(《佳木斯职业学院学报》2016年第2期)、黎文凤《论温庭筠色彩词中的浓情愁意》(《和田师范专科学校学报》2016 年第 5 期)、谢亚鹏《冯延巳:词坛高手误国佞臣》(《文史天地》2016 年第 11 期)、邱丽婷《冯延巳词意象分类研究》(《现代语文》2016 年第 1 期)等。

穆宏燕《李珣词:回汉共融的先声》(《回族研究》2016 年第 4 期)认为李珣词承载他浓郁乡愁和身世飘零,以及去国怀乡的情感。李珣语言上的纯熟,弥合了其母国文化与侨居地文化之间的界限,李珣与汉民族语言和文化传统积极共融。

王维研究

□ 康　震　田萌萌

2016年度王维研究，在继承以往研究成果的基础上，向着更加深化、细化、多元化的方向发展。据统计，本年度中国内地出版王维相关论著两部——师长泰《王维诗歌艺术论》（三联书店2016年）和王志清《王维诗传》（河北人民出版社2016年）；王维作品赏读一部——陈殊原《王维》（五洲传播出版社2016年）；王维作品集两部——胡珍选编《王维诗集》（共2册）（广陵书社2016年）和影印北宋蜀刻本《王摩诘文集》（共2册）（上海古籍出版社2016年）；公开发表王维相关期刊论文100余篇，硕士论文11篇。综观本年度王维研究，主要集中于以下几类：作品辨析及考证研究、思想文化研究、艺术特征研究、比较研究、传播与接受、译介及其他研究，现择要予以概述。

一、作品辨析及考证研究

本年度王维相关考证文章多集中于其作品的辨析论证。如杨松冀《王维〈使至塞上〉诗新考》（《文学遗产》2016年第2期）就学界诸多争论的《使至塞上》创作背景、具体创作时间、地点以及王维此次出塞行走路线进行考证，在前人基础上进一步论证并得出结论为：王维此次出塞身份是"按察覆囚"的监察御史充任河西节度判官，且此次出塞是被牵连进张李党争，而受排挤打压所致。至于创作时间、地点则以陈铁民等"开元二十五年秋"于凉州之说以为是。行走路线是途经萧关的北道。吴相洲《王维〈暮春太师左右丞相诸公于韦氏逍遥谷宴集序〉笺证》(《首都师范大学学报(社会科学版)》2016 年第 6 期)从解读《暮春太师左右丞相诸公于韦氏逍遥谷宴集序》入手,结合材料论证以探讨王维对景龙文学的态度。认为王维对景龙山庄贵游崇尚自然给予高度评价,对张说将景龙文学传统引入盛唐以实现文治理想表示高度认同,且王维本人的文学创作也深受上官婉儿、宋之问等景龙诗人影响。《终南山》本为王维山水田园诗代表作之一,是盛唐山水诗中之经典。然而自宋代始,对此诗便有另一种解读,认为其为讥讽朝政之诗。莫砺锋《王维的〈终南山〉是讽刺诗吗?》(《古典文学知识》2016 年第 2 期)就此问题从唐代宽松的政治氛围、此诗的创作背景以及写于同时的姊妹篇《终南别业》三个角度出发进行论述,认为《终南山》并非讽刺诗,并指出文本"过度阐释"的弊端之所在。

胡可先《石刻史料与诗人王维、王缙兄弟研究论述》(《学术界》2016 年第 5 期)结合 20 世纪以来出土的碑志和传世石刻题名题记中王维兄弟的相关记载,补正王维兄弟事迹,解读王维作品。出土文献为王维作品系年、理解提供新线索之余,又可与王维文章相互印证,在事实对比中阐发内涵,订正讹误。而有关王缙石刻史料记载中,《唐故文安郡文安县尉太原王府君夫人渤海李氏墓志铭并序》末题"大理丞王缙撰"又为探讨同为太原王氏家族的王维和王之涣提供了重要文献信息。本文开拓材料,既对以往研究加以补正,又为王维兄弟的文学家风和文坛地位研究提供了新方法和新思路。且新材料的运用,出土文献与传世文献互证,亦使研究更加严谨、翔实。

二、思想文化研究

本年度关于王维思想文化研究,在继承以往其融儒释道思想为一的研究成果基础上,最多、最集中的依然是王维与佛学的深厚渊源相关研究。禅宗的思维方式和人生哲学在王维诗中打下了深深的烙印。本年度王维禅诗研究较多,且多从禅意、禅学、禅趣美等角度论析。如周裕锴《空灵蕴藉,涵泳不尽——王维禅诗精赏》(《古典文学知识》2016 年第 1 期)分别以《鹿柴》

《鸟鸣涧》《过香积寺》《终南别业》为例，赏析王维禅诗深林返景、山空鸟鸣、薄暮空潭、水穷云起等禅境美。又张自华《禅趣的美学建构——王维〈辋川集〉意境论析》（《名作欣赏》2016 年第 15 期）以王维《辋川集》为例，分析其禅趣之美，认为王维为构建这种禅趣，选取一种淡雅、清冷、静态意象，营造一种虚静、空寂、无我的诗歌境界，而这空寂诗境又契合禅宗"空寂""无我"的义理精神，由此诗境达于禅境，诗趣通于禅趣。此处值得关注的是本年度关于佛学与王维诗歌研究出现了更加细致化的倾向。以往佛学与王维诗歌研究，多从佛性观、禅学等角度切入，本年度出现了鸠摩罗什译经对王维诗文影响的相关研究。龟兹高僧鸠摩罗什被誉为中国佛教史上四大翻译家之一，在佛经翻译事业上做出了突出贡献，所译之经对历代文人影响甚大。屈玉丽对王维受其之影响做了一系列研究。如《论鸠摩罗什译经对王维的影响》（《青海师范大学学报（哲学社会科学版）》2016 年第 2 期）认为王维字"摩诘"与鸠摩罗什所译《维摩诘经》有密切关系，罗什译经对于名相的辨析以及本土优势的发挥都在一定程度上启发并引导王维的佛经接受和阐释。且以罗什译经与王维关系角度切入，亦可探索龟兹文化在中华文化及文学发展过程中的重要作用。《鸠摩罗什论"空观"的遮诠双谴方式对王维诗文的影响——以〈维摩诘所说经〉为主要分析对象》（《重庆师范大学学报（哲学社会科学版）》2016 年第 5 期）认为遮诠双谴说理方式在大乘佛典中被广泛运用，鸠摩罗什所译经典将其完美地表现出来。尤其是《金刚经》《妙法莲华经》《维摩诘所说经》等佛经中以遮诠双谴手法阐释"空观"的经文内容和行文方式，深刻影响了王维的诗文创作。通过王维以遮诠双谴手法在作品中所阐释的"空观"，可体会罗什译经在中印文化交流中的作用。《鸠摩罗什偈颂翻译和创作对王维诗文的影响》（《华南农业大学学报（社会科学版）》2016 年第 5 期）认为罗什译经中文学性最突出的偈颂部分与诗歌同中有异，互相影响，对后世文人的文学创作影响甚大，王维为其中最具代表性者。罗什译偈对王维散文偈颂部分影响主要表现在：句式体例、语言修辞、音声韵律和内容类型等方面。同时，罗什所作三百首偈颂对王维的佛理诗创作也有不容忽视的影响。又《论鸠摩罗什译经中的情节设置与王维涉佛诗文的构思》(《北华大学学报(社会科学版)》2016年第4期)认为印度佛经本身的文学色彩表现在情节的宏阔壮观和精妙神奇,罗什译经时亦将其巧妙的情节设置展现出来。一些重要的故事情节如文殊问疾、维摩诘默然无语、天女散花、"法华七喻"等对王维的诗文创作有着重要的启发,不仅使王维涉佛诗文更具故事性,也有助于其中相关佛理的阐释。鸠摩罗什译经对王维诗文影响,从经文角度出发,是研究佛学对王维创作影响更加细化的体现。

三、艺术特征研究

王维诗文创作艺术水平颇高,一度是学界关注、研究的热点。本年度王维作品艺术研究仍不在少数。师长泰《王维诗歌艺术论》则是对王维诗歌艺术的专门研究,书中涉及王维五律、七律、五、六、七言绝句等诗歌体式,围绕情与景、情与物、正与奇、动与静、虚实相映等艺术法则,从不同角度不同侧面去揭示王维诗歌艺术特征。至于期刊论文,则主要分为美学、诗画关系、田园诗、边塞诗几个方面来探讨王维诗文艺术特征。

美学方面有罗兰《王维自然审美观研究》(四川师范大学2016年硕士学位论文)和路濛《生态美学视野下的王维诗歌研究》(河北大学2016年硕士学位论文)。二者有异曲同工之效,都是在一定的审美视域下对王维作品进行艺术分析。不同之处在于:罗文从王维诗歌、散文、画论相结合的整体视域,在梳理中国古代"自然"概念和简述先秦两汉魏晋南北朝自然审美观念发展的基础上,结合王维生平事迹和唐代美学思潮,对王维的自然审美观进行了系统地研究。指出王维诗歌中的自然审美观包括空灵寂静之美、空灵顺应之美和空灵超越之美。王维散文和画论的自然审美观则为审象净心、天机清妙和诗画清敦。并通过与宗炳画论比较,突出王维自然审美观的时代性和历史价值。路文则依托生态美学的相关理论,结合佛教禅宗思想中的生态意蕴和前人成果,对王维诗歌进行解读,从而分析王维诗歌生态美的成因、体现及影响。文中指出,王维诗歌生态美成因在于佛教影响、生活方式使然以及本能生态自觉。具体表现则为:自然美、和谐美和禅悦美。王维诗歌生态美对后世诗歌创作以及读者心性启发都具有很重要影响。期刊论文则有魏义刚《王维诗歌艺术表现形式及其美学意义》(《城市地理》2016 年第 2 期)等从王维诗歌艺术美的成因、具体体现以及价值等角度进行分析,从而探讨其美学意义。

与 2015 年相同,本年度亦有大部分论文从诗画关系角度对王维作品进行艺术分析,其中不乏诗与绘画关系的研究。如杨杰《观空逾境——王维禅诗对宋元时期山水画的影响》(河北师范大学 2016 年硕士学位论文)通过禅学与艺术的角度,探析王维禅诗中对禅境与诗意的追求如何影响宋元山水画的意境追求。指出王维禅诗丰富了宋元时期山水画的诗意性表现,开拓其意境,并使宋元山水画有了崭新的艺术风貌,完备的艺术语言,不断提升的艺术精神,其主观抒情性的表达更是把宋元山水画推向历史高峰。又魏耕原《王维诗中有画的模式》(《长安大学学报(社会科学版)》2016 年第 4 期)通过文献分析和比较论证,探讨王维以"诗中有画"形成诗与画的相互交流模式问题,认为王维山水诗有继承南朝与前盛唐传统的一面,又有诗与画交流后的创新;王维山水诗中"二维空间叠合",借助了山水画空间表现的形式;山水画的平远与深远均见于其中。暗示空间的"外"形成了简洁精约的模式;诗与画中动静、颜色与拟人的表现,带有颇具个性的模式化特征,具有经典性。除此之外,还有王维作品"诗中有画"意境相关研究。如张永旺《"诗中有画,画所难画"——王维诗中的画境研究》(《湖州师范学院学报》2016 年第 1 期)指出王维虽诗、乐、画兼通,在诗里往往将诗情、画意、乐感杂糅,使诗中有浓郁的画意。但是诗与画是两种艺术门类,内容与形式、蕴含与表现都不可轻易等同。因此,王维的一些诗中虽有画意,却难以用画将诗意完全表现出来。魏春梅《从零度偏离看王维诗歌"诗中有画"的艺术特色》则是从修辞学"零度偏离"概念来解读王维"诗中有画"的艺术特色,分别阐释了"诗中有画"与零度语言、偏离语言以及两者的共同作用之间关系。莫道才《文中有画亦有诗——王维〈山中与裴秀才迪书〉品读》(《古典文学知识》2016 年第 1 期)认为王维诗与画的融合不仅体现在其诗中,文中亦有所体现。此文以王维《山中与裴秀才迪书》为例，分析此篇书信散文，指出其描摹的情景不仅像一幅画更似一首诗，文中近乎全用简洁凝练的诗语，且多用四字句，文中意象多是诗的意象用法，这便使整篇文章传达出来的静谧禅意之美与其诗相同，因此此篇书信散文便具备了画意与诗意。

本年度以山水田园诗角度论述王维创作艺术特征的研究亦不在少数。王小峰《王维山水田园诗中的五古诗研究》(《开封教育学院学报》2016 年第 7 期)从用韵、句法两方面分析王维五古山水田园诗的艺术特点，在分析总结特点之余，又探究其特点形成原因，认为是由于王维受张说、张九龄影响，在诗歌中透露想要展示给读者的意象，所以诗作中既有散文化句式也有诗化语言。此外五古诗不受格律限制，是描写山水的需要。吴柯颖《试论王维山水田园诗的审美特征》(《语文学刊》2016 年第 12 期)从色彩美、构图美、音响美三个角度分析王维山水田园诗艺术技巧。与此类似，许宏刚《论王维山水田园诗的意境美》(《新西部(理论版)》2016 年第 12 期)则从画意美、诗意美、禅意美分析其艺术技巧以及在此基础上营造出来的意境美。并指出王维诗歌是诗人超然人格和艺术修养的再现，诗中融入了诗人独特的审美感受以及人生哲思。

边塞诗是王维诗歌的一个重要方面，在山水田园诗之外，边塞诗拓宽了王维诗歌的表现范围，丰富了诗歌的内容和主题。本年度亦有王维边塞诗相关研究。王志清《唐代军事文学中的王维表现》(《解放军艺术学院学报》2016 年第 2 期)指出，王维是盛唐边塞诗人中知行合一的先行者。王维出塞河西后，诗风大变，其边塞诗文现实精神陡增，现场感极强，创作了一批形象饱满而气骨高峻的边塞作品。他改变了边塞诗“捕风捉影”的做法，提升了边塞诗的表现力与艺术性，改变了边塞诗长哀怨、多愤患的沉郁格调以及偏重内容而疏于艺术的创作风气，创造了境界苍莽而气象雄浑的意境。吴莉莉《王维边塞诗的演变》(《安徽文学》2016 年第 10 期)则是将王维边塞诗分期，探讨其不同时期的鲜明特点，从而总结王维边塞诗歌发展演变历程。文中指出，王维早期未历边塞时以前人经验为基础，想象边塞景象，寄托胸中豪情；亲历河西时，深入描写边塞，抒发心中感慨；出访河西后，送别友人之时则以回忆自身经历为基础，设想边塞风光，关怀友人前程。与此文遥相呼应的是王巳龙《王维边塞诗的情感变化与环境影响》(《忻州师范学院学报》2016 年第 3 期)同样将王维边塞诗分期，以探讨其环境影响下的感情变化。认为在王维诗歌创作早期，其诗歌主要情感表现为激情与幻想的边塞情绪；中期则因自身边塞经历而表现出昂扬奋进的精神；晚期因为自身境遇变化与唐朝国力式微，王维的边塞诗情绪则以苍凉反战为主。

四、比较研究

本年度王维与其他诗人的比较研究亦不乏其例。既有与同时代的孟浩然、李白、杜甫、高适相对比研究，又有与后代的柳宗元、白居易、王安石、苏轼相对比，还有与外国诗人对比如华兹华斯。诗歌上的对比研究较多，如孟思远《王维和白居易隐逸诗的比较》(上海师范大学 2016 年硕士学位论文)将王白二人隐逸诗进行对比。题材上，王白二人写景目的相同，都是烘托内心情感，且都通过交友诗歌表现归隐情绪。不同之处在于王维侧重山水的写景，白居易侧重居住环境的写景。意象上，二人都有描绘自然之意象。不同处在于，王诗重田园生活和自然意象的结合，白诗重日常生活环境意象。且王诗意象以象征性为主、描写性为辅，白诗则反之。意境上，二者诗中都呈现出“闲”的意境，王诗中更多“闲静”之美，白诗中多为“闲适”之感。且二人虽都受陶渊明影响，但也不尽相同。因为他们的相似性使二人诗歌建立联系，又因二人诗歌差异性，使其各具特色。王苑《从辋川、柳州到半山——从山水诗的“雅丽”范式看唐宋诗学转轨》(《咸阳师范学院学报》2016 年第 5 期)将王维、柳宗元与王安石三人作比，论述三人因有着相似经历下所作相似题材与风格的诗歌作品异同，从而揭示出此类诗歌在唐宋时期的时代特色和承传演化的轨迹。同是追求一种“雅丽精工”的艺术风尚，以王维为代表的盛唐诗则显出兴象玲珑的艺术境界，雍容浑厚、极尽丰艳却不露理脉、不落言筌。到了柳宗元为代表的中唐则更加重法度、重技巧，一改之前开阔、疏朗的意境而诗境、构思愈发细密，同时依旧崇尚自然，重锤炼而非偏涩、苦雕琢而不板滞，本质上与宋代诗学“雅正”“平淡”审美理想一致。而到了王安石则显得人力有为，这是他个性气质在艺术上的不自觉流露，与其深受儒家思想影响亦相关联。

值得注意的是，本年度王维比较研究中出现了将文化地域视角纳入的比较方法。周莹、王雪凝《天下文宗旨归处——浅谈长安文化区中的王维与李白》（《江淮论坛》2016 年第 1 期）以长安文化为背景，从“后世多以李白为盛唐代表，而唐朝却奉王维为‘天下文宗’”现象切入，认为这种现象的差异可从王维与李白对长安文化区有着不同的适应度和不同的体现度来加以分析。通过对二人最受重视的“应制诗、边塞诗、山水诗”进行对比，又加之以二人不同的生平际遇，发现王维体现出的是一平淡适意的优游贵族形象，而李白却时时展现山野散人形象。且当世人偏爱秀丽典雅、清新柔美作品，相比之下王维作品则更符合当世主流审美。因此王维“天下文宗”之名归是对其诗艺的肯定，亦是对其在长安文化区地位的肯定。又张晓怡《文学地理学视域中的王孟山水田园诗的异趋》（《名作欣赏》2016 年第 9 期）则将王维、孟浩然山水田园诗置于文学地理的视域下，从自然意象与人文意象、文学地理批评与空间批评的角度进行对比，得出结论：王孟二人山水田园诗整体上抒发对祖国河山的赞美，有很强的相似性。但由于二人具体生活环境、人生经历不同，尤其是两人生活的南北方地理环境的巨大差异，直接造成了二人山水田园诗的题材选取、创作风格、艺术手法等方面的不同。诗人的出生、成长地理环境影响诗人的性格气质、而诗作题材对象所处的地理环境则部分决定了诗歌作品的文学性。以文化地域为背景，从文学与地域文化、地理环境的关系出发进行诗人比较研究，既见文学差异性，又见不同诗人作品中文学地域性特征之体现。

此外，朱丽丹《华兹华斯与王维诗歌意象的对比研究》（《语文建设》2016 年第 2 期）则将英国田园诗人华兹华斯与王维作比，透过二者诗歌意象与主题选择的论析，探讨二者同与不同。两人在诗中都对自然美景有详细描述，都借助意象表达对自然、人生的感悟。但由于二者生活背景、时期不同，创作亦有不同。华兹华斯诗中儿童观是一重要主题，相比而言，王维诗中则多友情描写；华兹华斯作品更关注自己与他人之间关系，而王维诗中更关注自然美景。

五、传播与接受、译介及其他研究

本年度王维接受研究仍集中于宋元时期。聂好敏、彭红卫《王维诗歌宋代接受与传播方式初探》(《三峡论坛(三峡文学·理论版)》2016 年第 1 期)指出王维诗歌宋代接受与传播方式呈现多样化和互动性的特点。主要接受与传播方式为：诗书画三种传播媒介的转换、诗歌著作权之争以及诗歌因故事而流传。此三种方式产生的原因为多种艺术观的融合以及接受群体的特殊性。从长时段看，王维诗歌在宋代的接受与传播表面上陷入低潮，但实际上进入了一个开始全面“发现”时期。宋代多样化的接受与传播方式形成了王维诗歌经典接受的格局，为明清时期王维诗地位奠定了基础。徐朦朦《论元代前期对王维诗歌的接受》(《西昌学院学报(社会科学版)》2016 年第 1 期)通过分析《瀛奎律髓》中王维诗选录情况探讨元代前期王维诗接受情况。认为作为一部影响巨大的唐宋诗选，《瀛奎律髓》在对王维诗的选评上具有代表性。元代前期诗歌有“宗唐”者，亦有“宗宋”者，整体上表现出“唐宋并举”的态势。而对于王维的接受，虽受程朱理学影响，但对其诗歌都有一定的清醒认识。认为其“清雅”“雅净”，音律和谐，有“一唱三叹不可穷之妙”。但对其地位肯定不够，且选诗较少，题材多限于山水田园的闲适诗，不能全面看待王维诗歌，重视度不够。此外，本年度亦有王维研究之作，如李定广《独辟蹊径与纠谬补阙——论王辉斌教授对王维研究的贡献》(《重庆第二师范学院学报》2016 年第 2 期)总结了王辉斌教授对王维研究的贡献主要表现于三个方面：独辟蹊径开拓王维研究新天地；通过文本细读与文献考证获得王维研究新成果；在王维研究中务去陈言与迭出新见。认为其代表作《王维新考论》将王维置于整个历史文化流变中考察，使读者得以窥见盛唐诗歌的文学渊源，从而突出了王维诗歌所独有的特色，给人以深刻的印象。又于成君《论日本学者对王维诗画的研究》(山东大学 2016 年硕士学位论文)建立在对日本现代汉学家小林太市郎、入谷仙介、伊藤正文、内田诚一以及他们的学术著作基础上，总结日本学者对王维生平事迹、诗歌以及山水画的研究，概括日本学者研究方法及其启发性意义在于：重视第一手资料；知人论世，重生平事迹考证；研究范围广；重实地考察。

由于汉英语言体系间的巨大差异，汉诗英译存在诸多难题。尤其王维诗歌独具艺术风格和写作特色，又浸润了禅宗思想，使得王维诗歌英译更加困难。张嘉宁《从关联理论探讨王维诗歌英译》（山东大学 2016 年硕士学位论文）为了解决王维诗歌中面临的问题和难点，试图通过关联理论来寻求其英译之路。文中重点在于以关联理论深入开展王维诗歌英译分析，从韵律、意境以及文化特色词三方面分析王维部分代表作品及其翻译，以图通过最佳关联翻译王维诗歌，最大限度地让译文读者体会到王维诗作的艺术魅力。王清《寻求与诗人的共鸣——以规范性研究视角看王维三首古诗英译》（外交学院 2016 年硕士学位论文）从规范视角出发，以《送别》《九月九日忆山东兄弟》《送元二使安西》三首古诗为例，选取不同译本，总结英译此三首古诗的难题，并在此基础上提出解决办法：充分理解后不囿于形式、音译及注解、标点、词语体现语气、避免绝对化表述，以期寻求与诗人共鸣。此外，张媛媛《试论中国古诗英译的意义再生——以王维的〈山居秋暝〉英译文为例》（《太原城市职业技术学院学报》2016 年第 7 期）从许均教授提出的“去字梏”“重组句”“建空间”三个意义再生遵循的原则为出发点，分析许渊冲先生对王维《山居秋暝》的英译文，体现出意义再生在古诗英译中的重要性。陈琳、曹培会《诗歌创译的世界文学性——以〈竹里馆〉英译为例》（《中国翻译》2016 年第 2 期）在一定意义的关照下，分析王维诗歌《竹里馆》英译文的世界文学性动态生成过程。认为庞德的创译体现了原诗的自然基质和其倡导的意象——旋涡主义诗学主张的结合；斯奈德赋予了译诗荒野精神，并借此发出荒野哲学的呼声。欣顿基于对深层生态主义与道、禅哲学在精神内核上的共通性，凸显了其译诗禅思与诗情的融合，解读出诗歌中“天人合一”思想的深层生态主义原型。三位译者不同的创译行为表明，在由源文化与东道文化的亚文化形态共同建构的新语境架构中，译者对原诗进行了折射性的翻译诗学阐释，这又恰恰促成英译文世界文学性的生成。因此，世界文学诗歌不是“译之所失”，而是“创译之所得”。

除此之外，师长泰《“千宫之宫”的艺术写照——王维诗中的大明宫》（《唐都学刊》2016 年第 5 期）认为王维奉和皇帝阁道赏春应制诗，描绘了大明宫雄伟壮丽的“外观”；早朝所写之诗，又深入到大明宫“内涵”，反映了朝廷的朝会礼仪、国事活动。王维的诗作，表现唐帝国威震四海、万国臣服的鼎盛气象，彰显并丰富了大明宫历史文化，既是对大明宫的艺术写照，也是对大唐盛世的热情礼赞。此文将王维诗歌与地域文化相结合，分析王维诗歌中建筑的描写特色，既是以另一种方式对王维诗歌艺术技巧的进一步分析，又是对王维诗歌研究内容的细化。与此类同的是简东《由〈辋川集〉看王维的园林与景观意识》（郑州大学 2016 年硕士学位论文）据《辋川集》中所描述“别业”，分析其中所蕴含的造园理念、园林意境以及其园林的景观美学特质。从而为更全面、独到地解读王维山水田园诗提供了新的视角，彰显其美学价值。

综观本年度王维研究，在继承前人研究成果基础上，总体呈现多元化特征，且各门类研究试图在新视角的视域下探寻王维研究新路径、新方法，从而提出问题、解决问题，如新材料的开拓、地域文化视角的纳入、王维园林意识的探寻等。而各门类内部又有进一步深化、细化的发展倾向，如鸠摩罗什译经对王维的影响；生态美学、自然美学视域下王维作品艺术分析等。然而总的来看，重复、浅表层研究等问题依然存在。且就文体而言，现有研究多集中于王维诗歌研究，禅诗、山水田园诗仍占研究中较大比重，对王维文章的研究则凤毛麟角，且质量不高。因此，关于王维文章研究，仍有待于研究者进一步开掘、探索。

李白研究

□ 王友胜 郝星星

2016年度的李白研究成果如同往年一样，依旧呈现出可持续发展的势头：不仅老生常谈的话题能够说出一些新鲜内容，做到推陈出新，而且还能从新视角、新理论、新方法开拓出新的领域，取得新的成绩。据我们不完全统计，本年度出版的李白研究各类著作8种，论文200余篇，其中硕士学位论文9篇。这些成果多集中于李白诗歌的研究，词、赋、文的相关成果很少。就作者而言，著作的整理者主要是中国李白研究学会及各地成立的李白研究机构，论文的作者则主要以青年学者，尤其是在籍就读或刚迈出校门的硕士、博士为主，也有相当一部分"体制"外的编辑、记者、干部等。

本年度李白研究的相关著作有中国李白研究会顾问郁贤皓教授费时20年的《李太白全集校注》（凤凰出版社2016年），该书以宋蜀本《李太白文集》为底本，以宋元以降各本参校，每一篇诗文下都由题解、本文、校记、注释、评笺、按语等部分组成，体例周善、新义纷呈，堪称继瞿蜕园、朱金城《李白集校注》（上海古籍出版社1980年）、安旗主编《李白全集编年注释》（巴蜀书社1990年）、詹锳主编《李白全集校注汇释集评》（百花文艺出版社1997年）之后李白全集校注整理的集成之作，代表当今李白研究最重要的收获。本年度有李白研究论文集2部，即由中国李白研究会和马鞍山李白研究所合编的《中国李白研究（2015年）》（黄山书社2016年）及《中国李白研究（2016年）》（黄山书社2016年）。后书是1989年以来由双方合辑的第22部李白研究论集，共收录近年来李白研究论文 24 篇，附录 10 篇，其中论文选题不仅涉及李白的思想、生平、创作道路、人格精神、文学思想、作品的艺术特征、文本结构以及李白诗歌的传播接受等方面，还对如何转化李白研究成果，发展李白文化产业提出了意见与建议，具有极高的学术参考价值。李白诗集的选编 2 种，即马鞍山李白研究所编《李白与马鞍山诗文赏评》（黄山书社 2016 年），四川省李白研究会、江油市李白纪念馆编《李白妇女诗集绘》（四川美术出版社 2016 年）。李白楹联研究 1 种，即四川省李白研究会、江油市李白纪念馆编《李白故里楹联研究整理》（四川美术出版社 2016 年）。李白书画及碑刻研究 2 种，即郭兴隆等编《李白纪念馆馆藏精品书画及碑刻叙录》（巴蜀书社 2016 年），四川省李白研究会、江油市李白纪念馆编《李白纪念馆馆藏——历代名家画李白》（2016 年）。以下将 2016 年度李白研究中质量较优，论题相对新颖的论文进行归纳梳理，分别综述，以为李白研究者参考之资。

一、生平行迹与交游研究

李白一生大多时间漂泊漫游，行踪不定，历来年谱、传记等文献记载多有阙遗，兼之李白诗歌具有强烈的抒情性，由此导致其生平行迹、交游及部分诗歌系年难于确考，引发争论，出现诸多歧说，成为该领域研究的一个焦点、难点。如人们对于李白“从璘入幕”事件的关注从宋代延续至今，关于此话题相关的讨论也未曾断绝。李芳民《“从璘入幕”罪案与李白暮年的冤愤》（《陕西师范大学学报（哲学社会科学版）》2016 年第 4 期）先从房琯收复两京的陈涛斜之战的失败和李亨继位后玄、肃父子间的微妙关系重新解读“从璘入幕”事件，从而分析李白入幕之动机，然后在此基础上从客观事实方面阐释李白系狱浔阳与脱狱释囚到流放夜郎的冤屈，为李白的冤屈作辩解。王茜《李白脱狱之由及其对永王璘态度研究》（《周口师范学院学报》2016 年第 1 期）揭示李白脱狱是因为他自陈时咬定自己是“被驱率者”，避而不谈永王璘之“罪”。他的诗歌或隐或显地涉及永王璘、永王璘案，表达着对永王璘肯定和赞美的一贯态度，展现正直文士志行高洁和对真理、正义的坚守的一面。史清文《从〈永王〉识李白之为》（《明日风尚》2016年第15期）认为李白"政见幼稚"的判断实难成立。李白无论在个人愿景，还是隐晦的朝廷权争之中，他的行为都是符合个人价值与国家利益的最优选择，单以后人的眼光孤立社会与个人的关联，去评价李白的行为有失偏颇。关于李白行迹的研究文章，程宏亮、叶永胜《李白行旅与大运河江苏段考述》（《盐城师范学院学报（人文社会科学版）》2016年第1期）指出李白与大运河江苏段关系密切，曾五次行舟于江南运河，尝客居任城、兖州、梁园、扬州、金陵、宣州数城，其间南来北往多经过传统汴泗水道、汴河及扬楚运河，并创作诗文20多首（篇）。文章以运河为线索探讨李白行踪并对各家关于李白行迹方面的相关观点进行辨说。李白的生平事迹多载于唐五代宋时的序志碑传，是今世研究李白最为重要的文献资料，但因其历时久远，或漶漫、刊刻、因袭之误，或记事失之准确，有碍于李白生平的研究。杨栩生、沈曙东《五代宋时李白序志之载事辨》（《绵阳师范学院学报》2016年第6期）捡择五代及宋时之李白序志载因使高力士脱靴之被逐出宫、郭子仪之救于死刑、两遭牢狱、享年六十四、醉死等重要事件进行探讨与专题辨说，对有关李白生平研究文献材料去伪存真，去粗取精。

李白的创作会不自觉地受到多种外界因素的影响，包括名流的奖誉、身世、婚姻状况等。刘青海《苏颋"李白论"新议——兼探李白早期文学道路》（《文艺理论研究》2016年第4期）认为有着"大手笔"之誉的苏颋对李白文学天才的充分肯定，对其早期创作的得失予以高屋建瓴的评价等，对李白后来的创作产生了深远的影响。苏颋"可以相如比肩"的激励之语，不仅极大地激励了李白在文学创作上本有的雄心，而且对他选择以文学侍从而经纶王言的人生道路也产生直接的影响。黄嘉琪《试论李白身世对诗歌创作的影响》（《学周刊》2016年第29期）认为出身阶层的尴尬、理想不得施展的困厄、政治触觉的迟钝皆是影响李白诗歌创作的因素。李白的婚姻问题，也是李白研究讨论的热点。赓哲《李白的婚姻问题》（《视野》2016年第13期）详细地阐述了李白一生前后的四次婚姻,并重点分析了两次入赘相府的缘由。

关于李白的交游情况,其与杜甫的交往最为人们所重视。他们同为中国诗歌史上的双子星座,是两座并峙的高峰,二人之间的交往也是一段文学佳话。侯可《杜甫眼中的李白》(《名作欣赏》2016 年第 23 期)主要围绕杜甫题赠或怀念李白的诗作展开讨论,将二人交往过程中的诗作划为四个时期即相处而未相识期、别后反省期、担忧苦思期和归于平静期,由此得出杜甫对李白的认识经历了一个由“谪仙”、好友到“诗仙”和诗友,再到知己、伟大的诗人、爱国者和悲剧人物的,逐步走向成熟的过程。在交游方面,除了杜甫,李白跟玉真公主的交往也受到人们的关注。丁放《玉真公主、李白与盛唐道教关系考论》(《复旦学报(社会科学版)》2016 年第 4 期)考证玉真公主与李白有共同的道教背景,李白的仙风道骨再加上司马承祯、吴筠等道教人物的赏识,因此玉真公主推荐李白于玄宗有着极大的可能。通过对玉真公主与李白交游事迹的考证,进一步阐释道教对李白道教诗影响巨大,从而证明玉真公主和李白为盛唐道教与文学的融合、盛唐道教诗的发展做出了积极的贡献。

二、思想情感研究

李白身处唐朝由盛转衰的转折点,既亲历了开元盛世的繁荣昌盛,又遭受了安史之乱的动荡流亡。统治者推崇的道教、扶持的佛教与传统的儒学相互碰撞融合,这些因素皆影响着李白的思想朝着多极化的方向发展。本年度李白思想情感研究方面的文章主要从儒、道、佛、易思想与诗歌创作的关系、诗歌意象中的思想情感、诗人自身思想性格等几个方面展开论述。

首先是关于思想与诗歌创作关系方面的研究。苗锐《浅论〈古风五十九首〉儒道的融合》(《牡丹江大学学报》2016 年第 7 期)指出李白的《古风五十九首》受到儒道两家思想的影响,其中的刺世之作和求仙之作是儒道两家思想在其思想中的体现,认为《古风五十九首》是李白一生思想的集中体现,杂糅了儒家和道家两种矛盾思想，不仅能够达到融汇、创新，为己所用，而且同时也体现出影响士人精神的两种不同的文化在一定时期内达到了融合。杜群智《佛学语境下的李白诗歌创作》(《文学教育(上)》2016 年第 8 期)探讨了佛教思想对李白创作的影响。文章主要从他以青莲居士为号，诗歌中常选取青莲意象，多首与僧人送别赠答类的诗歌以及诗文中蕴含着佛教思想等几个方面来进行论证。康怀远《李白读〈易〉初证——易解李白刍议之一》(《重庆三峡学院学报》2016 年第 1 期)认为李白所读之书包括《周易》，而且他常以《易》入诗文，多见于其诗、赋、序、书、记、表中。他在另一篇论文《李白的易学人生观——易解李白刍议之四》(《重庆第二师范学院学报》2016 年第 4 期)中，进一步论述《周易》对李白的影响，主要从其诗文所展现的太极思维、天人观念、宇宙胸怀、诚信操守、人文精神和忧患意识几个方面进行详细论述。

关于李白思想性格研究的文章也有不少。罗恩萍《李白诗歌中的侠义精神探讨》(《求知导刊》2016 年第 5 期)认为李白诗中具有浓郁的侠义精神和情怀，主要在振兴家族的雄心和怀才不遇的愤懑中表现出来。一定程度上反映了当时的历史，同时更加体现出诗人自身的侠义风范。李勇、陈永平《论李白的任侠人格》(《科教文汇(上旬刊)》2016 年第 5 期)将李白的任侠人格的特征概括为轻财重义、知恩图报，同时提出李白的任侠人格在更深层次上体现了一种独立意识和追求相对平等的君臣关系。叶彦《客寓意识与李白的孤独感》(《大众文艺》2016 年第 8 期)结合李白的身世、经历和当时的社会状况将李白心中的孤独感概括为客寓意识，并从客寓他乡的漂泊感和壮志难酬的受挫感两方面解读李白孤独的个性。傅嘉《李白思想性格的“自信超迈”与“明亮恢宏”》(《芒种》2016 年第 2 期)对李白思想性格进行了新的解读，将李白定位在了“大人先生”的概念之下，认为他具有孟庄的英逸之气，将这种英逸之气从自信超迈和明亮恢宏两方面对其真实坦荡的思想性格进行了阐述。唐海宏《从诗文探究李白建功立业的思想渊源》(《现代语文》2016 年第 9 期)认为李白积极建功立业的思想源于三方面：其一是盛唐的普遍世风；其二是李白不凡的身世与复杂的人生经历，其三是李白游历多年对人间疾苦的洞察与亲身感受。

李白一生大多时间都在漫游中度过，足迹遍布不同地域，因此，不同地域的文化都会影响李白的创作。韩括《漫游对李白诗歌创作的影响》（《兰州文理学院学报（社会科学版）》2016 年第 3 期）认为李白漫游过的地域对李白诗歌创作产生的影响可分成较浅的自然景物、稍深的语言、歌曲及深入的地域文化等三个由浅入深的层次。葛景春《李杜与异地文化的冲突与交融》（《杜甫研究学刊》2016 年第 2 期）以李白和杜甫为例，具体介绍了异地文化在地域文化交流方面的冲突与融合。其中有关李白的研究则选取具有代表性的鲁文化、长安官场进行阐释，指出不同的地域文化给李白造成影响的不同。王雪凝《巴蜀文化对李白布衣意识的影响》（《青年文学家》2016 年第 21 期）认为巴蜀地区诸如司马相如、赵蕤等布衣奇才对蜀地的影响形成了蜀学传统中的布衣意识。李白受蜀地英才的影响，继承了他们以道自任的坚守、绝世独立的品质，他明确地表现了对自己布衣身份的认同，一生都恪守布衣之道。邓经武《李白诗歌的巴蜀记忆》（《晚霞》2016 年第 9 期）同样论述了巴蜀地域文化对李白的影响。周克勤《李白金陵情结解析》（《金陵科技学院学报（社会科学版）》2016 年第 1 期）依据李白在金陵所作的近百篇诗文，解析李白对金陵的政治情结、诗歌情结和六朝风度情结，从而加深对其人其诗的理解。

除此以外，还有几篇论文值得人们的关注，如陈翔《李白与开元士风》（《燕山大学学报（哲学社会科学版）》2016 年第 1 期）将开元时期士人形成的独特风貌分为四种类型，即以孟浩然、贺知章、崔宗之为代表的旷达士风；以李邕、张说、苏颋、张九龄为代表的以能文入仕而得君王赏识的士风；以王翰、王之涣、王昌龄代表的风骨士风；以司马承祯、吴筠代表的“隐仕”士风。通过分析认为李白的身上不仅具有其时士人风貌的群体性特征，而且以其独特的个性将其典型化，从而成为开元士风的典型代表。冷安冉《诗仙的悲苦柔情——浅析李白的音乐美学思想》（《戏剧之家》2016 年第 5 期）主要从琴情、爱情和友情三个方面浅析李白诗中的音乐美学思想，指出其思想以道家思想为基础，质朴表达出内心的声音，使精神与音律相呼应，带着一份浪漫色彩。

三、题材内容研究

本年度研究李白诗歌题材和内容方面的论文较多，不仅有对李白乐府诗、山水诗、女性题材等的类型研究，还有对诗歌意象的研究，甚至地域文化方面也有涉及。

李白流传至今的近千首诗歌题材丰富，学界一般习惯于分门别类地予以探讨。本年度以女性题材诗歌研究的文章最多，如常珺《论李白诗中的女性形象》(《哈尔滨学院学报》2016 年第 1 期)通过介绍李白诗作中女性形象创作的多样性及内容表达的丰富性来分析李白的妇女诗，并鲜明地表达出了他对女性的态度：哀其不幸，颂其纯真，赞其抗争。李白诗歌中丰富的女性形象体现了诗人独特的生活体验，他舒朗飘逸的诗歌特色从他的妇女诗中也可以略见一斑。伍宝娟《论李白女性题材诗歌中的弃妇形象》(《西南科技大学学报(哲学社会科学版)》2016 年第 3 期)将李白弃妇诗中的弃妇分为三类：忍哀怨又坚贞不渝的宫中弃妇，委婉蕴藉中含怨责之意的贵族弃妇，怨中有怒、散发着坚强与决绝反抗精神的寒室弃妇，认为这些弃妇是李白自我欲望投射的结果，是李白对弃妇现象及“士不遇”现象进行社会批判与深度反思的结果。其《论李白赠内诗中的妻子形象》(《绵阳师范学院学报》2016 年第 7 期)则通过对赠内诗的分析，将许氏夫人的温柔娴雅、忠贞不渝，宗氏夫人的患难相扶及爱访道求仙淋漓尽致地表现出来。不仅如此，还认为李白对于唐代爱情题材诗的拓展有着重要的贡献，并影响了此后的杜甫、韦应物、元稹、白居易、权德舆、李商隐、韦庄、韩偓等人的赠内诗的创作。刘萍《李白闺怨诗的主要内容》(《语文学刊》2016 年第 1 期)提出李白一共创作了一百四十多首闺怨诗，其内容主要表现出了唐代妇女的生活习性及命运遭际：商人妇的埋怨与憧憬、农家女子的无奈与忧虑、征人妇的寂寥与愁苦、宫人妇的苦闷与幽怨以及弃妇的心态。王小艳《从闺情诗中的女性形象看李白的情感世界》(《吉林广播电视大学学报》2016 年第 2 期)通过对闺情诗的研究,认为闺情诗中富于象征性意义的众多妇女形象,倾注了诗人复杂的思想感情。其中"美女"抒写政治失恋,离妇流露人性关怀,越女表征理想追求,内人表现夫妻之爱。

其他题材研究的论文,如高红梅《论李白乐府诗的戏剧因素》(《戏剧文学》2016 年第 12 期)从李白乐府诗的故事情节和娱乐性表演方式入手进行分析,对李白乐府诗的戏剧因素进行了适当的探索,不仅能够丰富李白研究的内容,也能够促使李白乐府诗的价值得到适当的凸显,让研究者对李白的诗歌创作风格形成更为系统的认识。刘月娜《〈乐府诗集〉与李白乐府的经典确认分析》(《牡丹》2016 年第 20 期)系统考察《乐府诗集》对李白乐府的著录及整理,认为《乐府诗集》对李白乐府收录全备、界定精确;着重发掘其古典特色,并在乐府诗史的高度上加以肯定,确立了其作为"古典代表、盛唐大家"的地位,在李白乐府接受史上具有里程碑式的意义。吕俊莉《浅谈李白体育游艺诗》(《牡丹》2016 年第 4 期)通过对剑术、舞蹈、登山、狩猎等有关体育活动诗歌的分析认为体育游艺活动是李白生活水平、生活方式和精神面貌的直接体现,培育了他对各种不同文化兼容并包、容纳吸收的态度,骄悍骁勇、刚强有力的游牧民族的气息,奠定了李白诗歌中体育文化的厚重基础。

诗歌题材个案研究的论文如葛晓音《黄河长江的礼赞——说李白〈西岳云台歌〉〈庐山谣〉》(《文史知识》2016 年第 3 卷)在李白的山水诗中选取《西岳云台歌》和《庐山谣》,对这两篇作品进行全面的解析,指出李白的游仙只是虚幻想象,壮美的祖国山河才是他精神和人格的寄托,这两首山水诗既以其处理个人形象和时空关系的独特方式达到了人与自然合一的境界,又展现了黄河长江将天地之大美与人文之精华融为一体的丰富内涵。任梦一《〈蜀道难〉系列诗歌的承继与发展》(《西昌学院学报(社会科学版)》2016 年第 1 期)以李白《蜀道难》为分界线,将"蜀道难"同题系列诗歌分为前蜀道难、李白蜀道难和李白蜀道难后继之作三部分,从诗歌内容、艺术表现手法、体式、语言和情感内涵方面对诗歌文本进行分析,指出李白《蜀道难》的价值,见出同题系列诗歌之间的承继关系、文学价值、社会意义，并从中窥探“蜀道难”这一主题诗歌在山水诗中的地位和价值。类似文章有王定璋《略论李白〈宫中行乐词八首〉〈清平调三首〉及其他》(《蜀学》2016 年第 0 期)从作品文本入手，详细解说鉴赏了李白的《宫中行乐词八首》和《清平调三首》，并指出这类专咏宫中事的作品虽不关苍生社稷，但同样展现了盛唐气象和宫中娱乐生活和休闲的健康方式，是值得我们认真珍视和赏析研究的。

李白诗歌中含有较多的意象，如“月”“剑”“酒”“水”“海”“玉”“梧桐”及胡化意象等，因此对这些意象的解读便成了本年度的一大热点。廖悰《李白诗歌月亮意象之文化心理探析》(《绵阳师范学院学报》2016 年第 6 期)认为月亮意象与李白文化心理高度契合，它反映了李白对自我的高度肯定、超脱凡俗的理想追求和他的赤子真诚，所以常常被用来表达李白对故乡的真诚眷念、对朋友的真诚思念。安相《论李白诗歌中月意象的精神内涵》(《晋城职业技术学院学报》2016 年第 2 期)认为月意象寓示了李白孤寒高远的品格、壮志难酬的忧思之情及对人生宇宙的无尽思索。毕铮《三杯拔剑舞龙泉:从酒、剑、水意象看李白诗歌的思想内容》(《写作》2016 年第 8 期)认为酒、剑、水意象都蕴含着诗人的思想感情，通过剖析这些意象，可以近距离感受诗人内心世界，探视其诗歌创作。孙振涛《新解李白作品中的“沧海”意象》(《名作欣赏》2016 年第 12 期)就李白作品中的“沧海”意象进行了重新阐释，认为作品中的“沧海”意象与道教传说中的“沧海岛”息息相关；与道教中的神话传说紧密相连；大量关涉“沧海”意象的诗文作品，蕴含了诗人积极进取和出世高蹈双重完美的人生理想。孙红《李白诗中“海”素材使用情况分析》(《前沿》2016 年第 6 期)对李白的涉海诗中素材使用情况进行分析，发现其使用海素材的两种方式:一是以海素材的仙道风韵入诗，一是把海作为比兴的素材入诗。李白诗歌在运用过程中继承了海素材丰富的文化内涵，减少了海的抽象意义，因此诗歌呈现出飘逸、洒脱而又通透、灵动的美学风貌。尹林《从李白诗歌“玉”意象的统计与归类看其五种象征义——兼论其“玉”意象使用的系统和广泛性》(《九江学院学报》2016 年第 2 期)通过对“玉”意象的统计与归类，阐明“玉”意象的五种象征义：即富与贵的象征、帝王与战争的象征、怀才不遇与洁身自好的象征、“神仙”世界与洒脱情怀的象征、清幽与凄怨的象征。韩丽萍《浅析李白诗歌中的“梧桐”意象》（《才智》2016 年第 27 期）着重分析李白诗歌中的梧桐意象，认为他渲染了诗人无以言说的愁思，抒发了诗人的孤独感，体现诗人的高尚人格。田金霞、杨颖《李白诗歌中的胡化意象》（《新丝路（下旬）》2016 年第 10 期）通过分析李白诗歌中的胡人形象、胡化乐舞、胡化乐器、胡化名物及胡化精神来阐释胡化意象，进而分析诗歌的胡化特点以及胡地思想对李白的精神影响。

四、诗歌艺术研究

本年度对李白诗歌艺术研究的文章，既有对其诗歌某一方面的艺术解读，也有对李白单篇作品的艺术分析。

关于对李白诗歌某一方面的艺术解读，张婕《李白绝句的艺术特色》（《北方文学》第 20 期）将李白的绝句从题材内容、作品风格、手法技巧三个方面进行一番分析，认为李白绝句题材极其丰富，语言自然流畅；作品极富浪漫主义色彩；手法新奇，技巧绝妙。李白把绝句创作推向了顶峰，也为绝句创作树立了典范，不仅影响着当时的许多诗人，也启迪着后人的文学创作。杜克华、包诗绮《李白诗歌浪漫主义风格的形成》（《剑南文学（下半月）2016 年第 2 期》）将李白的诗歌风格总体概括为浪漫，并对形成如此风格的原因进行了解读，认为主要有三个方面的原因：其一，传统文化的影响，这里既有儒家文化的传承，又包括道家文化的发扬；其二，巴蜀文化的浸润，诗歌中匪夷所思的想象、奇特的夸张，超凡的自然意象与傲岸的英雄性格暗合蜀地文化的特色，古巴蜀的神话传说屡屡出现成为诗歌浪漫的一大特色；其三，独特经历的磨砺，诗人大半时光的游历，区域文化的影响，家族复兴的期待都促使他诗风向浪漫风格发展。杨贺《李白诗歌人物形象描写艺术》（《琼州学院学报》2016 年第 1 期）认为李白刻画的人物形象含蓄蕴藉，别有一番韵味，主要从立体化的描写视角、典型环境的渲染、比兴手法的运用、想象和夸张的运用四个方面对李白诗歌人物形象描写艺术进行阐释。曹利华《李白语言风格及其形成的几大因素》(《语文学刊》2016 年第 4 期)论述李白语言风格形成的原因,主要从与李白关系最密切的道教文化、纵横思想、胡地文化与吴楚文化进行分析语言风格的多元化,认为道教文化造成诗歌语言的神奇瑰丽、清俊飘逸;纵横思想造成诗歌语言的奇崛夸饰;胡地文化造成语言的雄壮豪放;乐府民歌造成语言的清新自然;强烈的自我意识造成语言的率直狂放。魏耕原《李白诗歌结构论》(《吉林师范大学学报(人文社会科学版)》2016 年第 2 期)主要从结构的角度去把握李白诗的艺术特征。首先从李白歌行大篇的腾跃驰骤中却蕴涵线索分明的内在结构经营,再从其所擅长的乐府与五七言古诗短制的千变万化的结构经营,后又对占其诗四分之一的组诗中加以探讨,让人们对李白诗结构的大刀阔斧与自然成文有了更多的理解。

本年度论文中关于李白单篇作品的艺术分析的文章也占部分比重,它们皆侧重某一名篇的艺术解读。如豆萍《景奇意悲情景交融——浅议〈蜀道难〉的艺术特色和思想内容》(《山东农业工程学院学报》2016 年第 4 期)通过对此诗的论述,发现诗作充满了强烈的主观色彩,洋溢着浓郁的浪漫主义风格,既描绘了蜀地险峻绮丽的风光,也抒发了诗人壮志难酬的悲愤,同时又隐喻着重大社会危机。李林圃《谪仙的归乡之旅——再读李白的〈梦游天姥吟留别〉》(《名作欣赏》2016 年第 20 期)从李白碰壁之后对自我身份的发现去解读《梦游天姥吟留别》,认为这个访山求仙曾受道箓的诗人并不一定如我们所想是在寻找一条通向仕途的“终南捷径”,他骨子里自我仙化的情感意识似乎决定了这是一次谪仙的归乡之旅,是对谪仙身份的一次重新定位和郑重确认。王茜《李白〈登高丘而望远海〉诗新解——兼论李白卒年》(《名作欣赏》2016 年第 14 期)经过对《登高丘而望远海》的分析,认为这是一首以反游仙为外壳,反映代宗之初吐蕃第一次入侵关中的政治抒情诗。以神话,写时事;以古典,喻今典;化平淡,为奇俊,极具神韵。同时还认真结合史料,考证此诗作于广德元年(763)十月九日后不久,而李白卒于广德二年(764)正月后不久。正是这首诗写于李白暮年，身不在朝堂，而为大国忧，体现了古代“士”的精神。

另外，还有一篇文章值得人们的关注，即陈建森的《从〈古风〉五十九首看李白“穿越”之“神思”》（《吉林师范大学学报（人文社会科学版）》2016年第2期）认为李白“穿越”之“神思”是以儒、道、侠为主，融汇纵横策士、佛徒、名士、酒徒等类人的气质和行径孕育而成。在对《古风》五十九首的分析中，明确太白之“神思”，贵在“穿越”，或逆向穿越到古代，或幻想穿越到神话传说时代，或异化为物穿越到异质时空。“逆穿”“幻穿”和“化穿”的使用，既使太白诗歌意象的选择和组织别出一格，又使其神思的理路、情感逻辑的表达“飘然”“不群”。正是这种独特的精神气质，使得李白的“神思”在宇宙大化中穿越飞扬而“无敌”于天下。

五、诗歌渊源与接受传播研究

与往年一样，本年度探讨李白诗歌渊源及作品在中国，甚至海外接受与传播过程的话题也颇受关注，成为又一研究热点。

李白“五岁诵六甲，十岁观百家”，其诗文作品创作不可避免地受到前代文学的滋养与熏染。崔聪《〈诗经〉与李白诗中的星宿意象浅析》（《读书文摘》2016年第10期）认为李白诗中的星宿意象多来源于对《诗经》星宿意象的承袭和接受，并多维度地扩大了表达范围与审美价值。何加利《〈离骚〉对李白诗歌意象的影响》（《山西青年》2016年第2期）主要从屈原《离骚》的写作特征、抒情性、塑造主人公形象、修辞等方面对李白诗歌意象选取产生影响。赵建明《“屈平词赋悬日月”——论李白对屈原的接受》（《阿坝师范学院学报》2016年第2期）从李白对屈原的评价、对屈骚创作精神与艺术特色的学习与借鉴等方面详细探讨李白对屈原的接受情况，指出李白是盛唐时期全面接受屈原非常成功的一位大诗人，他高度肯定了屈骚的价值，并积极地从艺术精神与创作手法方面汲取屈骚的营养。仲瑶《李白与东晋名士风流及其诗性接受方式》（《安徽师范大学学报（人文社会科学版）》2016年第3期）认为李白对东晋名士风流采取了一种诗性的接受方式，其飘逸不群的人格气质、入仕方式的设定以及平交王侯的干谒心态都与东晋名士风流有着密切关系。方胜《崔颢影响了李白，还是李白改变了崔诗——〈黄鹤楼〉异文的产生、演变及其原因》(《中国韵文学刊》2016 年第 4 期)以《黄鹤楼》异文的演变为中心，论述崔颢和李白的相互影响，认为后代所谓崔颢影响了李白，源于小说家言；而李白之诗及传说中李白见崔颢诗敛手的故事，可能恰恰是导致崔诗被后人改动的重要原因。

李白其人其诗以独特的魅力对后世产生了巨大影响，历代读者以不同方式解读、传播李白作品。誉高槐、廖宏昌《从〈风雅翼〉看宋元理学"新文统"影响下的李白诗接受》(《广东社会科学》2016 年第 2 期)以元末理学传人刘履所编古体诗选《风雅翼》为考察中心，认为其对李诗颠覆诗史传统的新品评为宋、元理学派对李诗接受观之典型体现，为构筑宋、元李诗接受史的重要环节；突出反映了在理学深刻影响文坛的时期，以李诗为代表之传统文学典范接受命运的复杂多舛，对深入认识理学背景下晚宋至明代诗论思想的嬗变有重要意义。胡鹏《论陆游词的"太白之风"》(《现代语文》2016 年第 10 期)认为陆游词中的"太白之风"主要是通过"师其辞""师其意"的手法对太白诗歌进行熔铸集括，使得豪放悲慨成为其词的主导风格。而产生这种风格的原因，一是在于放翁对李白诗歌的接受，二是巴蜀特色地域文化熏染的结果。潘殊闲《元代文坛"中流一柱"胡祗遹对李白杜甫的接受与传播》(《西华大学学报(哲学社会科学版)》2016 年第 1 期)认为胡祗遹对李白、杜甫是并尊的。他尊崇李白的高蹈奔放和自由浪漫，尊崇杜甫的诗艺和情怀。不过在胡祗遹的内心深处，更向往李白超逸脱尘的生活，有一种明显的"谪仙"情结。郝润华《从"效李白体四十七首"看李梦阳对李白的接受》(《首都师范大学学报(社会科学版)》2016 年第 5 期)指出李梦阳创作的"效李白体四十七首"是他自觉学习李白五古诗的结果。文章通过对此四十七首仿作及其与李白诗的比较分析，发现李梦阳效法李白诗主要表现在题材与语言方面，既非清人所谓"游戏"之作，也非艺术风格与精神实质上的深度继承，它是建立在李梦阳对李白的推崇之上。诗歌理论方面，李梦阳也提出与李白相似的观点，正是梦阳学习李白作品的理论根据。另外，苏焘有五篇关于明代诗坛对李白接受的论文，即《李攀龙及其唐诗选本中的李白接受观》(《西华师范大学学报(哲学社会科学版)》2016 年第 4 期)、《明初诗坛的李白接受及其文学对话》(《绵阳师范学院学报》2016 年第 7 期)、《明代博学诗论视野下的李白接受进程及诗歌对话——以杨慎为中心》(《天中学刊》2016 年第 5 期)、《明中期台阁诗风向格调论转变中的李白审美接受——以李东阳为中心》(《天中学刊》2016 年第 2 期)和《晚明李维桢的诗体论及其李白接受观》(《阴山学刊》2016 年第 2 期)分别选取明代不同时期的大家以不同的角度阐释明代诗坛对李白的接受情况及进程。于晗《元明清李白题材戏曲研究》(黑龙江大学 2016 年硕士学位论文)通过对后世戏曲中的李白题材作品全面系统的考证叙录，梳理其故事情节的渊源变化，反映出李白形象在后世的流传特点，从而揭示中国文化中李白接受史的内涵构成。文章将李白从文士、志士、侠士、狂士和逸士五个方面解释李白其人的人格特征与形象特点，并对李白戏曲作品塑造人物形象进行总结，又与其他文体进行了深入的比较，从而揭示戏曲作品描述李白人物形象的独特之处。

类似的文章中，任雅芳、查屏球《纸抄时代文集编纂、流传方式与文学的传播——以李白诸小集到正集衍变过程考察为中心》(《华南师范大学学报(社会科学版)》2016 年第 6 期)视角比较新颖，作者以李白的各类小集到正集的衍变过程为中心，研究纸抄时代文集编纂、流传方式与文学的传播之间的关系。纸抄时代，正集产生前文人作品多以小集传世，印本全集分卷略存纸抄小集原貌。印本全集流行前，以小集形态形成的正集并不稳定，诸小集在流行中亦有分合增减的变化，从而动态地反映出李白作品的发展变化。

关于李白作品在国外传播与接受的文章，如冉驰《南羲采〈龟磵诗话〉对李白的接受》(四川师范大学 2016 年硕士学位论文)以朝鲜南羲采的《龟磵诗话》为中心，从南氏对李白其人、其诗的接受两个方面分析《龟磵诗话》中李白接受的特点。《龟磵诗话》对李白其人的接受主要表现在记载了很多关于李白的传说，这些材料涉及李白的出生、去世、求学、前后身等，不仅将这些传说搜集起来，而且对其中部分传说的真实性进行了考证。南氏对李白诗歌的接受则表现为对其字词、注释、评论、真伪等问题进行了逐一论证。苏岑《李白作品在朝鲜半岛的传播》（《文史知识》2016 年第 2 期）以时间为线索，探讨不同时期李白作品在朝鲜半岛的传播情况。总体而言，高丽朝是李白诗歌接受的初始阶段，唱和和化用都不多，李白诗文的刊刻在文献中虽有记录，但实际上影响不大。到了朝鲜朝时期，文士对李白诗文的唱和趋于繁盛，即使是赋作在海东也有唱和。商拓、潘子龙《李白及其诗歌在美国的传播与研究情况综述》（《绵阳师范学院学报》2016 年第 12 期）主要从三个方面概述李白及其诗歌在美国的传播与研究情况。首先提出李白的诗歌于二十世纪初传入美国，兴起了美国诗人和学者对李白诗歌翻译传播和研究的热潮，庞德及其《神州集》可为代表。然后论述李白及其诗歌中生离死别的战争元素影响并启示了庞德，其诗歌中的思想感情和写作形式对庞德《神州集》的成功也做出了贡献。最后指出李白及其诗歌在美国的传播与研究褒贬不一，如韦利就对李白生平及其诗作持批评态度，而另一些人则对李白诗中的道家思想抱有好感。

六、比较研究

本年度运用比较研究方法对李白及其作品进行探讨的文章比较多，我们拟分类综述。

关于李白与前代作家作品异同比较的论文，张蒙《李白乐府诗与汉乐府诗的语言风格》（《山西青年》2016 年第 2 期）对李白乐府诗和汉乐府诗的语言风格进行对比，认为汉乐府民歌的语言一般都是口语化的，同时还饱含着感情，即使是叙事诗，也是叙事与抒情相结合。李白的乐府诗吸收汉乐府的精华，但在叙事上更多地以概括为主，而且带有浪漫主义色彩。石李锋《从〈月下独酌（其一）〉与〈饮酒（其五）〉看李白和陶渊明对酒及人生的态度》（《青年文学家》2016 年第 36 期）通过对李白的《月下独酌(其一)》与陶渊明的《饮酒(其五)》进行比较,探析双方对酒与人生的不同态度,认为酒之于李白,不过是失意时的消解物;酒之于陶渊明,已经内化为诗人一种生命的存在方式。徐晓璐《陶渊明与李白饮酒诗艺术手法的比较》(《文学教育(上)》2016年第4期)对李白和陶渊明饮酒诗艺术手法的异同进行了分析,两人饮酒诗在艺术手法上都即景抒情,即事见情;借古抒情,以古鉴今;沉浸自然,天人合一。两人虽都通过对自然景象的描写来抒发情感,但选景营造出来的风格却迥然不同:陶诗平淡宁静、李诗壮阔辽远;李白语言更显飘逸,陶诗语言是平淡与醇美的统一、情趣与理趣的统一。此种类型的论文还有王蕾《酒与诗:陶渊明与李白的精神寄托》(《青年文学家》2016年第32期)、赵月莹《尽饮杯中乾坤——嵇康与李白的诗酒文化比较》(《青年文学家》2016年第24期)等。

关于李白与同时代作家的对比研究,更多的集中于杜甫、王维两人。如杨莹《盛唐双子星:李白、杜甫之比较研究》(《开封教育学院学报》2016年第7期)主要从身世背景、创作方法与艺术风格三方面对李白和杜甫进行对比研究。由于家庭环境、生活经历、生存境遇的不同,他们走上了两条不同的创作道路,无论是李白之清雄奔放,还是杜甫的沉郁顿挫,都从不同角度反映了大唐盛世的兴衰成败。宋洁鑫《孤独的饮酒者——李白和杜甫的独酌诗》(《甘肃广播电视大学学报》2016年第3期)对李白与杜甫独酌诗的异同进行了分析,相同点表现为:由于现实与理想的巨大落差,漂泊无定的生活而产生的精神上的孤独;不同点表现为:面对挫折与孤独,李白的独酌诗表现出醉后的放浪形骸,杜甫则始终保持着清醒。周丽《青莲沽饮少陵醉——李白与杜甫的“酒”情结比较》(《文史杂志》2016年第2期)认为李白的酒伴随欢畅,杜甫的酒跟随愁苦;酒对李白而言是主体,情绪因酒而发,对杜甫来说是客体,将情绪发泄酒上;李白所追求的正是酒后忘我的状态,杜甫则不然。周莹、王雪凝《天下文宗旨归处——浅谈长安文化区中的王维与李白》(《江淮论坛》2016年第1期)将李白与王维的应制、边塞、山水三种类型的诗歌进行对比,指出王维的诗歌反映并契合当时长安主流的审美,成为唐音之正宗。

关于李白与唐以后历代作家对比的文章主要有，马文婧《李白与苏轼酒意象塑造的比较》（《牡丹》2016 年第 4 期）通过分析李白与苏轼酒意象创作的原因及表现方式的异同，认为李白和苏轼醉酒都源于一种至深的痛苦和不平，不同的是酒对李白而言是一种孤独的释放，对苏轼则是落寞的释放。赵贤慧《李白唐寅思想比较研究》（《哈尔滨学院学报》2016 年第 6 期）将李白和唐寅的思想进行比较研究，并对两人的多元思想溯源，认为二人在思想上表现出较多的相似之处，无论是两人思想的外化表现，还是思想的哲学核心等都具有较大的相似性，并且唐寅尊崇李白，常以李白自比。刘雄《黄景仁诗与李白诗之比较》（《乐山师范学院学报》2016 年第 11 期）将黄景仁和李白的诗从诗风、诗技、诗情三方面进行比较，认为两人之诗同中有异。在诗风上，李白诗清新俊逸，黄景仁诗被认为清雄或清刚，但带有凄凉的色调；在诗技上，李白和黄景仁都善用多种修辞手法，都工于发端，但李白不喜对仗，黄景仁则精于对仗；在诗情上，李白浪漫率真，黄景仁同时具有幽苦和高蹈相反相成两方面。郑家治《张问陶的经世思想（下）——兼与李白、杜甫和袁枚的比较》（《四川职业技术学院学报》2016 年第 4 期）以时间为线索考察张问陶的经世思想时，将张问陶与李白的经世思想做了一通比较，认为两者的经世思想同中有异。相似之处在于一在二人经世思想都很强烈；二是都有入世经世与出世归隐的矛盾，向往功成身退。差别之处在于张问陶直接表现济世较早且较多，主要受儒家思想影响，经世策略与方法较为具体；李白空谈王霸之略较多，经世策略与方法不太高明。

关于李白与外国作家比较研究也有几篇文章。黄青青《一样的浪漫，不一样的情怀——华兹华斯〈咏水仙〉和李白〈望庐山瀑布〉比较研究》（《现代语文》2016 年第 9 期）通过比较有“桂冠诗人”之称的英国诗人华兹华斯《咏水仙》和李白的《望庐山瀑布》，发现两首诗在浪漫主义表现手法上和美学特色上的一致性：均运用了“蒙太奇”技巧表现意象，写景与抒情完美结合，美学特色突显浪漫。同时指出两首诗歌所体现的不同“情怀”：敬畏大自然和禅宗“梵我合一”的区别，“愉快”的自然情怀和爱国主义情怀的区别。孙倩《对李白与华兹华斯诗歌中自然观的比较的文献回顾》(《长江丛刊》2016 年第 24 期)就近十年中有关李白和华兹华斯的自然观进行对比的文章进行综述比较,认为国内关于李白和华兹华斯的诗歌研究形成了各具特色的理论和模型,且每一种理论模型都有较完整的、系统的分析框架,各种理论流派都有其不同的侧重点。但是对于李白和华兹华斯的自然观的比较欠缺。大伴旅人是日本奈良时期的著名和歌诗人,与李白的时代与人生经历比较接近,徐臻《大伴旅人〈赞酒歌〉的文化解读——兼与李白酒诗的比较》(《日本问题研究》2016 年第 5 期)将其《赞酒歌》十三首与李白的酒诗进行对比,发现二者之间既有思想文化上的同源性,又有情感抒发上的相异性,产生这一差异的原因正在于二者社会身份地位和时代背景的不同。

七、译介研究

李白诗歌不仅在中国影响深远,也颇受海外读者欢迎。其作品在古代时就流传东瀛与朝鲜半岛,后又被翻译至欧美诸国,其译介范围之广,影响之深,堪为古代诗人的佼佼者。本年度关于李白诗歌译介研究的文章不仅涉及英译,也有俄译、西译等其他语种;既有对李白诗歌译介的宏观探讨,也有就某一首诗、某个意象译介的个案研究。

李白诗歌英译宏观研究的文章有,王悦《互文性视角下李白诗词的英文译本研究》(云南师范大学 2016 年硕士学位论文)以中国翻译大师许渊冲及美国诗人埃兹拉·庞德的李白诗歌英译本作为研究分析案例,从宏观及微观两个层面分别探讨李白诗歌互文性对翻译过程中文化内涵、典故、意象传递的影响,探寻译者怎样在互文场中搜寻适用的互文本来完成从原语到目的语之间的高效信息传递。郭艳云《诗歌、自然与生态关注——李白诗歌的生态文体学阐释》(重庆师范大学 2016 年硕士学位论文)选用许渊冲英译李白诗选的 100 首诗歌,从生态文体学的角度出发,通过统计分析法、文本细读和文体学批评等方法,从词汇、句法和意象等多个层面对李白诗歌进行较全面、系统的文本阐释与赏析,揭示蕴含在李白诗歌里的自然之美,爱情与友情,家国情怀和人生失意等主题,尤其是他关注自然、关注生态的主题。卢珊珊《许渊冲“三美原则”在李白诗歌英译中的应用》(西安工程大学2016年硕士毕业论文)回顾中外审美翻译的历史,以许渊冲“三美原则”为理论框架,节选三十余首李白诗歌,运用个案研究、对比分析等方法探究许渊冲“三美原则”在李白诗歌英译中的应用。在李白诗歌英译中,通过“三美原则”在意、音、形三个方面的应用,原诗的意美、音美、形美得以再现。意美悦心,它再现于意境与意象、风格、比喻、典故方面。音美悦耳,它再现于节奏、韵律、拟声以及叠词方面。形美悦目,它再现于诗歌模式、词语重复、句子模式、句子长度、平行结构与省略方面。类似的文章还有王学文《许渊冲“意美”论在李白七言绝句英译中的实现》(《兰州文理学院学报(社会科学版)》2016年第3期)等。郑东方、张瑞娥《李白诗歌中模糊数字的英译》(《郑州航空工业管理学院学报(社会科学版)》2016年第3期)指出李白的绝句中出现了很多表示数量的字词,通过对李白诗歌中模糊数词的分析认为,这些数词一是以夸张的修辞手法出现,二是为了塑造某种意境。因此在翻译时认为可采用直译法、意译法等翻译策略。王静、谢志超《论李白诗歌英译中修辞的不可译性及补偿手段》(《海外英语》2016年第1期)提出英汉互译中存在着语言层面和文化层面的不可译问题,而这种不可译性在诗歌翻译方面尤为显著。通过对李白诗歌中的比喻、拟人和夸张修辞手法的不可译性分析,认为比喻手法的不可译可采用异化补偿手段,夸张手法可采用化实为虚的翻译策略进行补偿。

李白诗歌英译个案研究的文章有,姚欣、鲍成莲《功能语法视角下的诗歌翻译——以李白〈越中览古〉为例》(《兰州教育学院学报》2016年第9期)首先利用功能语法分析李白的《越中览古》及其译本,其次从音形对该诗进行分析,认为只有在意、音、形三方面偏离最少的译文,才最能够传达原诗的韵味,才是最优秀的译文。何明烈《〈登金陵凤凰台〉英译本的五象美比较》(《长沙大学学报》2016年第6期)以李白《登金陵凤凰台》为例,从视象美、音象美、义象美、事象美和味象美的角度,对孙大雨和庞德的英译进行全面比较,认为五象美理论不仅有助于获得对原文的美学感知,而且有助于对译文质量做出科学而全面的判断,它为古诗英译的比较与鉴赏提供了美学的体系性与科学的操作性。周方衡《李白〈静夜思〉的三种英译本述评》(《绍兴文理学院学报(教育版)》2016年第10期)选取李白的《静夜思》,以Fletcher、刘军平、许渊冲等三英译本为分析语料,分别从意象、音韵美、风格标记、节奏等层面对上述译本逐个展开探析,认为在唐诗英译的过程中,译者唯有在译文中再现原文的上述四个层面,才能使译文读者获得和原文一样美的享受,借以最大限度传递原文的文化内涵和艺术魅力。类似的文章还有张茜茜《〈静夜思〉英译文对比——从功能语言学角度看古诗翻译的主位结构再现》(《宿州教育学院学报》2016年第4期)、程静《中国古诗歌英译的拟像性——以李白〈送友人〉为例》(《合肥师范学院学报》2016年第5期)等。

李白诗歌意象英译个案研究的文章有,黄毅、陈茂菊《李白诗歌中"酒"意象的翻译研究》(《绵阳师范学院学报》2016年第7期)主要以李白诗歌中"酒"的意象做翻译研究,选取许渊冲先生译本中"酒"意象的英译为研究对象,探查优秀的译本中存在的文化流失现象,探求出现这种现象的原因。冯化熟《接受美学视角下李白诗歌中"玉"意象的两个英译本比较研究》(北京外国语大学2016年硕士学位论文)主要从接受美学的三个理论分析比较《唐诗三百首》中李白诗歌中"玉"意象的许渊冲译本和宾纳、江亢虎合译本两个译本的差异,认为诗歌中"玉"意象的翻译乃至诗歌翻译会因为接受人的不同而不同。但是这种译者主体性还要受到原诗的限制,译者可以发挥主体性,但不能抛弃原文随意发挥。此外,译者在追求其期待视野与原诗融合的同时,还要充分考虑译本读者的期待视野和审美能力能否与译本融合,进而选择恰当的翻译策略。

本年度还有李白诗歌其他语种的译介研究。李春蓉、谢·托洛普采夫《诗仙远游:李白诗歌在俄国的译介与研究》(《俄罗斯文艺》2016年第1期)从跨文化的视域梳理了李白诗歌在俄国的译介与研究历程,阐释了李白诗歌在俄国译介与研究的特点及其所存在的问题。李翠蓉《西译李白诗歌叙事"主体"的显隐问题辨析》(《西南科技大学学报(哲学社会科学版)》2016年第6期)指出李白诗歌翻译成西班牙语时,人称代词却被突显产生的问题:叙事"主体"被呈现出来之后,影响读者移情;破坏原诗情景交融之状态；无法传递汉民族天地人和谐的哲思。经过对黄玛赛、安妮一埃伦娜·苏亚雷斯·希拉尔兹、吉叶墨·达尼诺和汉学家毕隐崖译文的分析，认为为了保持原诗的美学价值，应在西语译诗中尽量隐含叙事“主体”。李翠蓉《诗仙远游西语世界——李白诗歌西班牙语翻译综述》(《绵阳师范学院学报》2016 年第 12 期)则将李白诗歌西班牙语翻译分为四个阶段，即发轫期、关键期、转折期与繁荣期，并对李白诗歌西译百年时间的阶段性成绩进行归纳总结：从英语法语转译为西语到汉西直译、从文人再创作到专业翻译家的字斟句酌、从“中国诗歌集”到“李白专集”、从西语译者的“单打独斗”到汉语译者与西语译者“并肩作战”、从“李白诗歌被传播”姿态到“李白诗歌走出去”的主动姿态。

另外，还有几篇文章值得人们关注。余洋燕《从释义论谈李白诗歌口译》(西南科技大学 2016 年硕士学位论文)聚焦于释意理论在李白诗歌口译中的应用，文章选取李白诗歌中的经典诗句为例，从释意理论和诗歌口译的特点出发，运用释义理论中相关的翻译策略和方法对例句进行口译译本探讨，并与经典的笔译译本相对比，强调诗歌口译与笔译的差异性。吕佳颖《〈华夏集〉中李白诗歌的阐释学研究》(哈尔滨师范大学 2016 年硕士学位论文)通过研究《华夏集》中李白诗歌译作与原作的差异，探讨庞德对中国诗歌的阐释过程。庞德的先在视域决定了他将对文本提出的问题，要求文本满足的需要。而翻译作品呈现出来的则是原作文本满足了庞德需要，回答了庞德问题，印证了庞德观点的部分。石小梅《小畑薰良英译〈李白诗集〉的历史价值与当代意义》(《西安外国语大学学报》2016 年第 2 期)通过探讨小畑英译《李白诗集》的历史价值和当代意义，认为该文集首次向西方全面介绍李白，为中国古代典籍中个人专集的译介提供了范式，首次引发中国学者对中国典籍翻译的热烈检讨。它的成功为当下中国典籍外译提供有益的启示。

八、跨学科研究及其他

新世纪以来学界跨学科交叉研究李白其人其诗的势头方兴

未艾，成为李白研究新的学术增长点。相关论文涉及理学、语言学、语法、音乐、乐舞、传统武术、文物考古、书法、旅游资源开发、地理及影视创作等学科。

从宋代理学角度研究李白的文章有，张文利《宋代理学视域下的李白及其诗歌》（《求索》2016 年第 5 期）主要从诗旨的阐释、诗风诗艺的探赜、人品的批评三个方面来进行论证宋代理学视域下的李白批评，与理学家温柔敦厚的诗学观、涵泳体悟的学诗态度以及客观求真的学术精神有一定的内在关联。从语言学角度研究的文章有，夏秀文《认知语言学视阈下的李白诗歌颜色词研究》（《西安外国语大学学报》2016 年第 4 期）主要从构式、范畴、隐喻与转喻等认知语言学角度分析李白诗歌中的颜色词。沈双梁、刘景霞《象似性角度下诗歌意象构建及语义联通研究——以〈望庐山瀑布〉为例》（《兰州教育学院学报》2016 年第 8 期）主要以李白的《望庐山瀑布》为例，从象似性原则入手，分析诗歌的意象构建对其篇章语义连贯表达所起的作用。从音乐角度研究李白的文章有，张塘林《古诗词歌曲〈早发白帝城〉作品分析及演唱处理》（《南阳师范学院学报（社会科学版）》2016 年第 1 期）从音乐角度对李白《早发白帝城》进行解读，认为深入分析该作品诗词、作曲创作背景及情境是演唱处理作品的前提，指出准确把握歌曲的速度与力度、咬字与吐字以及装饰音的艺术处理是演唱该歌曲的基础，尤其是对颤音的运用和把握，是处理该歌曲的精髓。周彦池《浅析唐代西域乐舞与李白作品的关系》（《北方文学》2016 年第 10 期）主要论述唐代西域乐舞对李白创作产生的影响。此种类型的文章还有张之为《音乐形态写作方式与词体的定型——兼及李白〈菩萨蛮〉辨伪》（《云南大学学报（社会科学版）》2016 年第 6 期）等。从传统武术角度研究的文章有，葛超《李白诗歌中的侠义精神对传统武术发展的影响研究》（《体育研究与教育》2016 年第 1 期）通过对李白诗歌中侠义重名节、重然诺、重社稷的内涵和体育文化的精神、经济、社会价值的归纳总结，阐释传统武术发展的现状，认为将李白诗歌中的侠义精神和传统武术有机结合起来，可以使体育和文化在相互结合中释放出更大的活力和能量，对于促进传统武术的传承与发展具有深远的现实价值。从文物考古的角度研究的文章有，杨学是

《李白画赞中的金银泥画〈西方净土变〉非壁画考》(《绵阳师范学院学报》2016 年第 12 期)认为李白赞文《金银泥画西方净土变相赞并序》中的《西方净土变相》是一幅绢本或纸本的以纯金银泥绘就的卷轴画,而不是如王伯敏所认为的是一幅壁画。从书法的角度研究的文章有,吴胜景《李白书法寻绎》(《中国书法》2016 年第 9 期)主要从唐代盛世书法环境及李白现存书迹情况对其书学书风进行考证分析,认为李白在书法创作所体现的创造能力和浪漫精神是值得学习的。其《李白书法艺术中的浪漫主义性情研究》(《乐山师范学院学报》2016 年第 1 期)则主要对其书法中所体现出的浪漫主义精神从根源上进行分析,同时结合其浪漫诗风,探析其浪漫主义书法创作表现。从旅游资源开发的角度研究的文章有,高新宇《李白纪行诗歌中文学旅游资源的开发措施研究》(《开封教育学院学报》2016 年第 11 期)主要从李白纪行诗歌的数量、创作地点、主题内容三方面入手,探索李白文学旅游线路的开发问题。经过分析认为:诗歌数量与诗人的经济、家庭、社会、政治生活密切相关;创作地点与出游工具、水系分布和气候差异有关;主题内容分为两个内涵版块与五个外延版块。并在此基础上提出李白纪行诗歌中文学旅游资源的开发措施,以期对其他的文化旅游资源开发提供借鉴。从地理空间角度研究的文章有,吴旻家、任福、杜清运等《空间思维视角下李白漫游轨迹与其诗歌风格形成的关系解析》(《地理信息世界》2016 年第 2 期)从地理空间分析的角度对李白的漫游轨迹以及诗歌中的地理空间进行研究,分析李白的行为空间与诗歌空间。从影视学角度研究的文章有,刘波维、刘云春《论近年影像媒介中李白形象的消费问题》(《电影评介》2016 年第 24 期)通过对近年来影视剧中李白形象消费现象的探析,提出可行性建议,从而加强对非物质文化遗产的保护。

关于李白作品文献学研究的文章有陈尚君《李白诗歌文本多歧状态之分析》(《学术月刊》2016 年第 5 期)。李白诗歌多别本异文,在全部唐诗中显得很突出。以往一般认为是在流传过程中所造成,该文在梳理存世李白文集代表性善本和唐宋选本、古抄保存李白诗歌文本的同时,详加校勘,去除后世附会依托、编次失误、辗转传讹等因素,认为其中很大一部分为李白本人所改,即有可能几种不同文本都出自李白本人手笔。李白诗集中有定稿、有初稿,许多诗歌都经过他本人反复修改才完成,这是大诗人文学创作不为人知的另一面。高炜《李白诗歌异文浅谈》(《剑南文学》(下半月)2016 年第 7 期)从训诂学角度对李白诗歌“重出”现象的原因进行探究,认为李白诗歌中的异体字、古今字、通假字、讹混字、反义字都是造成“重出”现象的原因。卢洁《李白诗歌“重出”现象研究》(《山东理工大学学报(社会科学版)》2016 年第 3 期)指出李白诗集中有 30 余例雷同和重出现象,散布于 150 余首诗歌中,主要有意象重出、典故重出、语义重出和名句重出四种类型。这种现象存在的原因除了诗体方面的因素外,与诗人的性情和生活境遇、“转益多师”的学习态度等有很大的关系。吴飞《〈静夜思〉考略》(《大众文艺》2016 年第 16 期)结合今人对唐代物候及李白行踪的研究,认为该诗所表达的思乡情应指对西域故乡碎叶城的思念,由此得出该诗作于天宝十年(751)秋天,李白北游幽州途中。向回《李白〈蜀道难〉笺证》(《乐府学》2016 年第 1 期)通过梳理历来关于此诗作年及主旨探讨的诸多说法后认为,《蜀道难》作于开元十八年(730)夏至十九年夏之间,其主题是借送友人入蜀极写蜀道之难,以抒发对权臣当道、仕途险恶、功业无成的愤懑之情。马执斌《从风格看李白〈草书歌行〉决非伪作》(《中华读书报》2016 年 2 月 3 日 15 版)则主要从风格方面对李白的《草书歌行》进行考证,最终确定它绝非伪作。王红霞、任利荣《车天辂〈五山说林〉解李白诸条辨析》(《图书馆杂志》2016 年第 10 期)对车天辂著《五山说林》中解李白诗文材料 9 条进行辨析,认为其中校勘字词者 4 则,皆合情合理,甚为有得;辨析注释者 5 则,议论精到。此种类型的文章还有王茜《李白〈清平调词三首〉析疑一则——“云想”还是“叶想”》(《名作欣赏》2016 年第 5 期)、宁源声《李白诗歌中的香炉峰位置考辨》(《中华读书报》2016 年 4 月 20 日)等。

本年度没有较好的李白散文、词研究的文章,关于李白赋研究的文章也仅一篇,刘伟生《李杜赋及诗赋地位的变迁》(《杜甫研究学刊》2016 年第 3 期)对李白与杜甫的赋作风格进行对比研究,指出二人赋作“同”在:假赋试才以求仕进,以散驭骈以为新变。“异”在:李白与心徘徊,以文驭诗、化诗入赋,以至诗赋难分，由此可见赋体新进的承继与预告；杜甫随物宛转，刻意锤炼、化赋入诗，乃至以赋为诗，留给赋史的是超越传统的失败与警示。

李白研究综述的文章有金华《近十年李杜之争研究现状》(《青年文学家》2016 年第 18 期)及莫道才、张超《走出李杜优劣论的怪圈——李杜优劣之争研究评述》(《杜甫研究学刊》2016 年第 3 期)。前文指出近十年来李杜之争这一论题主要集中在对历代李杜之争接受研究、李杜之争与政治思想与学术及审美观、海外李杜之争、反思当代文学批评等几个方面。后文对产生李杜优劣之争的原因、李杜优劣论争所反映的时代诗歌观、李杜论争背后的文学史意义等三方面进行了分析，认为我们面对李杜优劣之争这个论题时，不应该在前人优劣比较的固有思维中选边站，而是应该思考文学史现象和潜藏在背后的文学史意义。

据朱玉麒、孟祥光合编《李白研究论著目录》(国家图书馆出版社 2015 年)统计，1900 年至 2014 年百余年中，仅中国大陆就整理出版各类李白作品集 150 种、论著 242 部、论文 5865 篇，创作的各类与李白有关的文学作品 99 部，若加上 2015 年、2016 年学界所作，其数量就更多，可谓硕果累累，热闹繁华，堪称显学，然因李白作品及相关存世传记资料、评论史料已经过度解读，出现阅读疲劳，在没有出现新史料的情况下，若不引进新理论，采用新方法，聚焦新视点，要想在层累如山的前期成果前有所突破、创新，写出高质量李白研究论文，谈何容易，这也可能是大量李白研究专家为此歇笔的真正理由。然而，在当前高校重量化的学术业绩考评体系下，李白研究的成果中，的确还存在相当一部分重复、雷同，甚至空洞、敷衍之作，既有损学术规范，更无益李白研究向前推进，这是我们感到担忧，不得不指出的。

杜甫研究

□ 李 翰 王传秀

据知网、万方等数据库,2016 年度,中国大陆各类学术期刊发表杜甫研究论文约 300 篇,数量较去年略减。出版著作六七种,则多于去年。另有研究生学位论文数十篇。研究范围涵盖作家、作品与杜诗学的方方面面,下面择要予以分类介绍。

一、作家研究

杜甫的生平家世与交游履历等方面,其研究范围不断扩展与深化,一方面,对杜甫个人的研究不断细化,另一方面,杜甫的家人、亲戚及挚友,在相关研究中所占比重也越来越大。

(一)杜甫生平与游历研究

杜甫生平方面,本年度有重要发现的成果不多,李定广《杜甫大历五年夏卒葬耒阳考实》(《学术界》2016 年第 5 期)较值得注意。关于杜甫卒葬的时、地,主要有二说:大历五年夏卒葬于耒阳;大历五年秋冬之际卒葬岳阳。李文全面清理相关文献,认为“耒阳说”的证据更充分坚实,主要有两大根据:所有唐五代至宋初人祭拜杜甫墓者全在耒阳,绝无一诗一文涉及岳阳;北宋至明代人均曾为核实杜甫墓而进行过实地考察,证实唐宋元明四朝岳阳无杜甫墓。此外,两《唐书》杜甫本传均持“耒阳说”,可为两大书证。杜甫卒葬“耒阳说”一直不被重视与认可,原因在于元稹《杜工部墓系铭》有“旅殡岳阳”之言,元氏见证杜墓的迁葬,并为之作铭,其言具有权威性。而作者认为,唐人使用“岳阳”一词有三种情况：一为岳州，二指山之阳，三指五岳中某一岳之阳。元稹言“旅殡岳阳”，盖取第三义，即五岳中的衡岳（衡山）之阳（南），实指耒阳，而非指岳州（今岳阳市）。综之，杜甫大历五年夏五月卒葬耒阳应是事实。李文对杜甫卒葬地为岳阳的主流观点提出有力的质疑，值得充分重视。

将视角转向家族、亲人，是杜甫生平家世研究的趋向，本年度这方面的论文就有不少。李勇杰《杜甫先祖流寓永昌考》（《河西学院学报》2016 年第 1 期）结合嘉庆《永昌县志》，考证出杜甫十世祖杜耽，即杜预第四子及其子孙一系在西晋永嘉初年，流寓甘肃永昌前后近 70 年，直至前秦苻坚克凉州之后，杜氏子孙才重新回到祖籍关中地区。杜甫先祖流寓永昌的历史，是前凉时期中原流民避难河西的鲜活个案，对五凉文化研究具有一定的参考价值。孙微《杜甫外祖母“芳氏”“崔氏”考辨——张说〈赠陈州刺史义阳王碑〉中的一则校勘问题》（《杜甫研究学刊》2016 年第 2 期）辨析杜甫外祖母姓氏问题。因张说《赠陈州刺史义阳王碑》在不同版本系统中，对杜甫外祖母之姓氏存在“崔氏”和“芳氏”两种记载。作者发现，除了《文苑英华》与《全唐文》作“崔氏”外，其他的张说文集中皆作“芳氏”。钱谦益等杜诗学家以杜甫外祖母为崔氏，并不符合校勘学原则。文章通过对不同版本的异文进行考辨，认为“芳氏”较为可信。此“芳氏”并非姓“芳”，而是对李氏皇族的美称，这恰与杜甫《祭外祖祖母文》中“纪国则夫人之门，舒国则府君之外父”相印证，“纪国”者，指纪王，唐太宗第十子李慎，义阳王李琮为李慎第二子，杜甫外祖母即李慎之女，为李氏皇族，故曰“芳氏”。王辉斌《再论王维与杜甫生平中的有关问题——就“辋川别墅”“山妻”“故妻”等答客疑》（《咸阳师范学院学报》2016 年 5 月第 3 期）是对两位作家生平有关问题的研究，与杜甫相关的“山妻”“故妻”，是其在一系列论文中曾考证过的杜甫续弦问题。作者在提出杜甫续娶“山妻”一说后，曾引起一些学者的质疑，本文针对相关质疑，又做了进一步的辩述，坚持了自己的观点。

唐肃宗乾元二年（759），杜甫辞官离开关中，开始了长达十年的西南漂泊生活。这一地理环境及与之紧密联系的地域文化的变化，对杜甫造成怎样的影响？又是如何反映在其诗歌中？田峰《杜甫从秦州到巴蜀荆湘的地理感知与文化体验》（《中国韵文学刊》2016 年第 1 期）认为杜甫由秦到蜀，生活环境之改变，带来地理文化体验之区别，是其诗歌题材得以多方面开拓，艺术手法不断提高的重要原因。杜甫对秦州的感知更多的是边塞文化，表现在诗歌中，是清新秀丽与苦寒寂冷的矛盾统一；诗人对巴蜀的感知主要集中在成都和夔州，成都给诗人的感觉是气候宜人，环境优美，但作为军事界线与文化界线的西山一带，却令作者时刻觉得身处异域。杜甫对夔州的体验是地理的僻远与文化的疏离，这是诗人漂泊西南以来最为深刻的地理文化体验；杜甫对荆湘的感知更多的是将其作为地理文化的南界。文章将诗人游历与地理文化相结合，将杜甫游历研究向精深处拓进，为此类研究做出很好的示范。刘雁翔《诗圣甘肃行迹及相关文物古迹》（《档案》2016 年第 6 期）考察杜甫游历陇上所作诸诗，对甘肃境内与杜甫有关的古迹作了摸排梳理，对于杜诗研究及当地文化旅游资源之开发，都是非常有意义的工作。

杜甫一生之游历，与其诗歌创作、诗风变化以及思想心态是紧密联系在一起的。杨昇《杜甫蜀中经历与其诗风的变化》（《重庆广播电视大学学报》2016 年第 1 期），党天正、王锋锋《杜甫关中诗的家国情怀》（《唐都学刊》2016 年第 2 期）等就是以杜甫不同阶段的游历为基础，探讨其诗歌风格与思想内涵的变化。张思齐《杜甫游历诗价值论》（《阿坝师范学院学报》2016 年第 4 期）则将杜甫一生游历分为十个阶段，并以杜甫《壮游》分析其游历诗崇尚“大诗”的特色，而这对白居易、元稹都有重要影响。作者以此为中心，论述了杜甫游历诗的价值之所在。

总的看来，本年度杜甫生平家世及游历等研究成果并不多，其交游方面，除了几篇硕士论文，无相关论文在期刊发表。可能是经过数千年来无数学者的努力，这方面留下的学术空间确实非常有限吧。

（二）杜甫思想与心态研究

杜甫的诗文，是了解杜甫思想心态的主要途径，为了不与后文杜诗研究综述相重复，将杜诗研究中侧重考察思想心态的，放在这一部分叙述。

一般认为，杜甫的儒家思想及与之相关的“致君尧舜”的政治理想与杜甫“奉儒守官”的家世、中原地区的儒学传统等密切相关，胡永杰《开元盛世与杜甫“致君尧舜”的政治理想》(《杜甫研究学刊》2016 年第 3 期)更着重指出，杜甫在开元年间的盛世经历，也是其形成这一政治理想，并坚执一生的重要原因，这也是盛唐精神的一种表现。

查正贤《论夏承焘〈杜诗札丛·儒学与文学〉的学术意义》(《北京大学学报(哲学社会科学版)》2016 年第 2 期)论夏成焘的杜甫研究，属现代杜诗学之范畴，然文章所揭示的夏承焘对杜诗里的“儒”，有深刻而独到的认识，在杜甫思想研究中，别具新见。夏氏在读杜札记中提出杜诗中的“儒”，很多时候是泛指读书人、文人，而非尽谓孔孟之道，与宋代理学家眼中的“儒”有很大不同。夏氏在特定时代背景下，提示杜甫在思想上与宋儒的区分，在一定程度上能提高杜甫的地位，避免时代政治风气殃及杜甫。

在儒家思想之外，也有一些学者注意到杜甫思想的变化及其思想中的其他成分，崔海东《儒家工夫视域下杜甫晚年的崇佛转向》(《武夷学院学报》2016 年第 1 期)认为杜甫思想存在多面性，晚年趋向佛家。这一则因为杜甫身世坎坷，儒家思想不能为其提供安身立命的资源，二则杜甫在心性上缺乏内省工夫，导致其性情之狂与苦，其晚年崇佛以求解脱也就在情理之中。

杜甫心态研究，钟志辉《老杜写“老”》(《杜甫研究学刊》2016 年第 2 期)从杜诗晚期“衰老”意象中探析杜甫“壮心不已”与“壮心零落”相交织的复杂心态；张昕、白宇《杜甫诗歌的漂泊意识探析》(《语文建设》2016 年第 5 期)论杜诗所反映出的漂泊心态；郑莉《从长安十年干谒诗看杜甫人生态度的转变》(《湖南大众传媒职业技术学院学报》2016 年第 6 期)论杜甫干谒诗中人生态度的转变，等等，文章数量不是很多。

二、杜诗研究

本年度杜甫研究多集中于杜诗艺术研究，杜诗的体制、语言、题材、意象、风格，源流与影响，等等，出现不少精彩的论文。

（一）杜诗体制研究

杜诗兼备众体，且擅人所独专，是学术研究的无尽宝藏。吴淑玲、韩成武《杜甫五律体制研究》（《南都学坛》2016 年第 2、3 期）连续以两篇长文论杜甫五律。第一篇论声律与对仗，考察杜甫五律正格律句组成者计 283 首，占总数 45%；其余则由正格律句和变格律句混合组成；使用四种平仄格式，而以首句仄起仄收式（458 首）为主。其韵律严格依照平水韵，总计 625 首诗中仅一首出韵；使用韵部广泛，覆盖到 28 个平声韵部；大量使用宽韵，以便表意抒情，不在押韵上争奇斗险。对仗规则严密化，数量富态化、种类多样化。第二篇论杜甫五律题材与内容，认为其题材多样，内容深广，感情浓重。在诗艺方面，风格以沉郁顿挫为主，兼具雄浑、豪健、清奇、自然之美；章法以起承转合为主；句法与字法丰富灵活。文章揭示了杜甫五律在题材和艺术形式上贡献和开拓，论证了其对后人的深远影响。五律之外，杜甫的五古艺术价值也很高，王斐然、段小华《浅论杜甫五古中的"势"》（《杜甫研究学刊》2016 年第 2 期）论述杜甫五古章法顿挫之势、表达情感之势、风骨力量之势以及并总群势的集大成特点，对杜甫五古的艺术价值作了全面而深刻地揭示。

魏耕原本年度有四篇论文研究杜甫各类诗体。《杜甫歌行论》（《杜甫研究学刊》2016 年第 1 期）认为杜甫歌行最大特征是长于铺叙；其次，议论深刻、多样，深化主题，且富有感情。再次，多方变化的结构艺术，把铺叙与议论组织得千变万化。《杜甫白话七律的变革与发展》（《安徽大学学报（哲学社会科学版）》2016 年第 2 期）以盛唐七律的高华典丽为参照，提出白话七律的概念，认为这是针对前者的一种变革与发展。杜甫在华州以日常生活为题材，采用白话语料与民歌句式，正式拉开了白话七律的序幕。杜甫白话七律平添了一种陌生的新面貌，对中晚唐与宋代具有深远的影响。《杜甫组诗论》(《西安文理学院学报(社会科学版)》2016 年第 3 期)认为杜甫组诗数量空前,遍布各体,伴行全部创作历程,而且创制出无组诗之名而有其实的“准组诗”。杜甫组诗的阶段分布呈为上升的阶梯性,创作用意由初始的尝试性,很快进入重大题材与“准组诗”的创作,不少“诗史”篇章即属组诗与准组诗。魏教授在上述论文中提出“白话七律”“准组诗”等概念,饶富新意,推进了杜甫诗体研究的发展。魏耕原还有《盛唐三大家诗关键词论》(《安康学院学报》2016 年第 1 期)论盛唐三大家李白、王维、杜甫,通过他们诗中出现频率较高的关键词来分析各家特色。杜甫诗中副词的使用率很高,“独”“自”“一”“亦”等,含义丰富,变化万千,俱能见出杜诗高、大、深的诸多特点。

杜甫的拗体诗历来为学者所关注,牛睿《杜甫七律拗体诗的规律探究》(《杜甫研究学刊》2016 年第 2 期)指出杜甫的拗体打破了格律的束缚,声调奇崛,看似没有规则,实则有拗必救,有突兀必有平缓相对,整体音调浑融和谐,在创作与声律上皆有迹可循。陈广忠《〈白帝城最高楼〉“拗体”解》(《杜甫研究学刊》2016 年第 2 期)则以具体诗作为例,认为此诗是杜甫“拗体”与“吴体”的有机结合。

(二)杜诗风格与修辞研究

风格与修辞是诗歌艺术研究最主要的部分,杜诗艺术研究不少皆与此相关。

沉郁顿挫是杜诗最突出的特点,张希《杜甫诗作的沉郁风格特色》(《衡水学院学报》2016 年第 2 期)认为杜诗沉郁顿挫有三方面内涵:首先,深厚是沉郁之根本;其次,悲愤慷慨,郁结于中;再次,淋漓畅快,笔饱墨酣,诗人以自己的悲悯与博大,使悲怆变得缓慢、深厚。

唐萌《从气象到情致:安史之乱期间杜诗风貌转变》(《北方论丛》2016 年第 1 期)考察杜诗的风格演变,认为安史之乱后,受社会环境的影响,杜甫诗风从气象转变为情致,成为杜诗风格转变的时间节点,也是其诗风变化的重要原因。张东艳《杜甫诗歌的“陌生化”表现手法》(《宁夏大学学报(人文社会科学版)》

2016年第5期)论述了杜甫在追求艺术创新过程中,其语言、文体、修辞、选材等方面所采用的"陌生化"表现手法,从而达到奇中见常、常中出奇的艺术效果,给人以新鲜感。

通过语词、意象来分析杜诗艺术风格,在杜诗研究中最为常见。如杨玉锋《杜甫律诗"自"字论》(《成都师范学院学报》2016年第7期),张小芹《杜甫诗中叠音词的语音研究》(《读与写(教育教学刊)》2016年第1期),金琛《杜甫的炼字艺术》(《艺术科技》2016年第10期),李寅生、姜高威《杜诗"雨"意象初探》(《文化与传播》2016年第2期),党营《论杜诗中的落花意象》(《怀化学院学报》2016年第3期)等。

杜诗语词所含之典故、比喻,因其深婉,常会导致歧见,词意之考释、辨析,就显得比较重要。冉驰《杜甫〈行次昭陵〉"铁马汗常趋"典故考》(《杜甫研究学刊》2016年第2期)辨析杜诗"铁马汗常趋"这一典故的诸种说法,认为该典最早出自《文选》,是语典而非事典。赵永刚《杜甫〈丽人行〉"红巾"新探》(《人文世界》2016年第5期)认为"杨花雪落覆白苹"与兄妹苟且之事无关,当指杨氏家族因杨贵妃受宠之后骄奢淫逸,气焰嚣张。"青鸟飞去衔红巾"也为杨贵妃而作,"红巾"指杨贵妃所用之"红巾"。此类对于相关典故、语词寓意的考释,有助于更准确地理解杜诗。

本年度杜诗研究,萧驰与葛晓音各贡献了一篇大文。萧驰《杜甫夔州诗作中的"山河"与"山水"》(《中华文史论丛》2016年第1期)以杜甫羁栖夔州的心态与其悲剧性的生命体验为基础,提出杜甫对夔州风物的书写,已超越传达个人美感的"山水"或"风景"等话语,须以汉语和杜诗中另一词语"山河"来发显其中"抒情史诗"之意味。"山河"与"山水"概念相互交织,诗人或自当下之"山水"而拓向千年万里之"山河",或自广袤的山河图景起笔,而置峡中山水景物于其中。被诗人赋予特殊性格的夔州秋峡,则更深地透显"山水""山河"的相互交织。作为中国诗歌一个肇始于东晋的传统的传承者,杜甫夔州诗中亦不乏以轻灵柔润之笔书写的山水。在诗人政治理想已然无望实现之后,通过创作去建立生命的意义,则这些具有阴柔之美的山水在其生命危机中就起到引导启悟和超越的作用。杜甫对夔州风物的描写，与宋玉等巫峡神女题材的关联，展示了中国文学中一个隐秘的谱系，也值得注意。

如果说萧驰基本立足于抒情传统，着重揭示杜诗“抒情史诗”的意味，葛晓音《从五古的叙述节奏看杜甫“诗中有文”的创变》(《岭南学报》2016 年第 5 期)通过杜甫五古的叙述节奏探讨杜甫“诗中有文”的创变，则带有叙事传统的视野。文章认为，杜甫使中长篇五古恢复汉魏古调，但他不是单纯地从形式上模拟汉魏，而是从当代语言生活中提炼新的五古节奏，深入发掘五古以单行散句叙述的潜力，加大连贯叙述的密度和句段节奏的紧凑感，从而形成了“诗中有文”的重要特色。

杜诗突出的叙事特征，将其纳入叙事传统来考察，非常必要，不少学者也开始意识到这一点。如杨景龙《从李白到杜甫：中国诗歌从叙事向抒情转换的开端》(《河北学刊》2016 年第 5 期)注意到中国诗歌发展史上，存在着一种规律性现象：当一个时代的诗歌抒情性达到饱满的程度而难以为继时，后起的诗人总要转向叙事写实。李白之后的杜甫，盛唐诗歌之后的中唐诗歌，唐诗之后的宋诗，宋词之后的元散曲，都是如此。杜诗突出叙事性，也是对李白的“反向模仿”，开启了诗史由抒情到叙事的另一路径，与之相伴生的，是诗歌风貌的重大变化。

杜诗之外，也有个别学者关注到杜甫的赋。刘伟生《李杜赋及诗赋地位的变迁》(《杜甫研究学刊》2016 年第 3 期)将杜甫的《雕赋》与李白的《大鹏赋》合观，认为二赋既完成了个体生命的宏观写照，也切合国家形象的时代建构，并以高远的境界与卓异的品质感染着历代读者。假赋试才以求仕进，以散驭骈以为新变，是李杜赋作之“同”。不同在于，李白与心徘徊，以文驭诗、化诗入赋，以至诗赋难分；杜甫随物宛转，刻意锤炼、化赋入诗，乃至以赋为诗，留给赋史的是超越传统的失败与警示。

（三）杜诗渊源与影响研究

这方面历来都是杜诗研究的重点，本年度相关论文也很多。《诗经》是杜诗重要的思想与艺术渊源，张思齐《从郭子仪诗歌组看杜甫对〈诗经〉的继承和发展》(《齐鲁学刊》2016 年第 2 期)考察到杜诗中有多篇写到唐朝名将郭子仪，这些诗歌虽非写于一时一地，但若以恰当的方式组成起来，则可构成郭子仪诗歌组。从叙事学的角度，此诗歌组具有传记文学的性质，正可与正史记载补充对看。郭子仪诗歌组与《诗经·六月》有高度吻合性，其纪事传人可以追溯到六义中的赋，从中可见《诗经》“六义”及现实主义精神对杜甫的影响。类似论文还有王海红《杜甫对〈诗经〉“风雅”与“兴”传统的接受与求新》（《佛山科技学院学报》2016 年第 4 期）等。

徐公持《转益多师：杜甫与汉魏六朝诗人》（《文学遗产》2016 年第 4 期）论述汉魏六朝诗人对杜甫的影响，文中详细引证杜诗中对曹植、陶渊明、谢灵运、庾信等人的评论、赞许，揭示其中所折射出的诗人自身的文学观念与人生境界，并分别论述了杜甫是如何学习汉魏六朝诗人，熔铸出自己的风格。张睿晓《论杜甫对“大谢”山水诗的继承与发展》（《语文学刊》2016 年第 9 期），就山水诗这一专门题材，探讨杜甫对谢灵运的继承。以往谈谢灵运山水诗对唐人的影响，多注意到李白，张文从杜诗中寻绎谢灵运的影响，较有新意。

杜诗对后人的影响，论文也不少。如刘萍萍《韦庄对杜甫以近体诗写时事传统的继承与发展》（《江苏师范大学学报（哲学社会科学版）》2016 年第 3 期）注意到韦庄模仿杜甫，用多种诗体来描写身边所发生的时事，反映社会动乱的现状，并以甲子纪年为诗题或用年号为题，发展了杜甫的“诗史”精神。肖彩虹《论贾岛学习杜甫的创获与局限》（《安康学院学报》2016 年第 2 期）认为贾岛在诗风、语言、对仗和句法等方面都有学习杜甫，但其一味求奇，导致缺少杜诗的浑然天成。张思齐《苏轼对杜甫诗学的继承和发展》（《西华大学学报（哲学社会科学版）》2016 年第 2 期）、贾琪《论苏轼词对杜甫诗歌的化用》（《安康学院学报》2016 年第 5 期）分别从苏轼诗、词两方面论述了其所受到的杜诗的影响。此类论文还有滕汉洋《“诗史”意识与白居易诗歌自注的生成》（《现代语文》2016 年第 8 期），李新、李韩喆《试论苏辙对于杜诗的艺术批评与接受》（《乐山师范学院学报》2016 年第 7 期），罗振亚《“杜甫热”与当下诗歌的审美选择》（《文艺评论》2016 年第 6 期）等。

杜诗的比较研究，与杜诗渊源、影响密切相关。本年度有两篇文章比较杜甫与李商隐的咏物诗。黄桂凤《杜甫李商隐咏物诗之比较》（《古籍整理研究学刊》2016 年第 4 期）分析杜、李咏物诗在内容、意象与风格上的异同。从中可以窥见李商隐学习杜甫的痕迹，以及因所处时代环境与审美风尚的差异，在学习之中又有所变革，从而产生差异。张巍《咏物诗：从杜甫到李商隐》（《古典文学知识》2016 年第 3 期）着重论述了杜、李所咏之物的差别，并分析造成这种现象的原因。与李白的比较，是老生常谈的话题，本年度依然有论文涉及，如杨莹《盛唐双子星：李白、杜甫之比较研究》（《开封教育学院学报》2016 年第 7 期）、宋洁鑫《孤独的饮酒者——李白和杜甫的独酌诗》（《甘肃广播电视大学学报》2016 年第 3 期）等。此外，吴增辉《简论陶、杜田园诗之异同》（《杜甫研究学刊》2016 年第 2 期）、卞萃平《杜甫与黄庭坚的诗歌内容比较分析》（《广西教育学院学报》2016 年第 3 期）等考察杜甫与陶渊明、陆游、黄庭坚等人的关系，这也说明杜甫上下波涉之范围，越来越广泛。

考察杜甫对后人的影响，学者的视野从古代一直延伸到当今，乃至域外。本年度，杜诗域外影响与传播，也是研究热点。松原朗、张渭涛《近代以来日本的杜甫研究——兼及〈杜甫全诗译注〉》（《西南交通大学学报》2016 年第 6 期）梳理了近代日本的杜甫研究谱系以及盛、中唐文学在日本的研究概况，分析近年来日本的杜甫研究状况，对当下杜甫研究成果的出版情况及正在进行中的杜甫全诗译注作了介绍，从中可见杜甫在日本汉学界的显学地位。张寒《高丽、朝鲜王朝杜甫受容研究述评》（《杜甫研究学刊》2016 年第 1 期）、王成《朝鲜诗家李瀷论杜诗》（《山西师大学报（社会科学版）》2016 年第 6 期）论述杜诗在朝鲜的影响。张文总体考察高丽、朝鲜两个王朝期间，杜甫的传播与影响情况。王文具体考察朝鲜诗家李瀷的杜诗接受，认为其论杜独到，有一定创见。张洁弘、周睿《杜诗在东南亚的传播述要》（《杜甫研究学刊》2016 年第 1 期）从学术研究、文学创作、翻译等方面，介绍了杜诗在新加坡、马来西亚、泰国和越南等东南亚地区的传播情况，这一区域的杜诗影响和传播较少被注意到，该文因此颇具参考价值。

论及杜甫的域外影响，诗歌译介是最重要的环节，本年度不少论文都关注到不同语种对杜诗的翻译问题。如何俊《奥地利汉学家查赫的杜甫诗歌德译》(《杜甫研究学刊》2016年第1期)，李特夫《从汉语文学经典到翻译文学经典——杜甫诗歌在英语世界的经典化》(《外语教学》2016年第2期)，魏波《关联理论视角下的杜甫山水诗名家英译版对比研究——以〈登岳阳楼〉为例》(《昭通学院学报》2016年第4期)，杨露、梁燕华《诗歌词语翻译中译者主体性的认知识解——以杜甫〈春望〉8译本为例》(《乐山师范学院学报》2016年第9期)等。翻译直接关系到作家的世界影响，杜诗要成为世界文学经典，与翻译相关的语言学与文学研究，必须大力加强。

三、杜诗学研究

杜诗学的论文逐年增多，今年也是重点与热点所在。曾祥波《现存五种宋人"杜甫年谱"平议——以鲁訔谱对赵子栎谱、蔡兴宗谱的承袭为主要线索》(《文学遗产》2016年第4期)考察了杜诗学史上的五种"杜甫年谱"，即吕大防《杜工部年谱》、赵子栎《重编杜工部年谱》、赵子栎《杜工部草堂诗年谱》、鲁訔《杜工部诗年谱》、黄鹤《杜工部年谱辨疑》，梳理并辨析它们之间的承袭关系以及各自的价值，清理了"杜甫年谱"的传承格局，对杜甫与杜诗的研究，也具有促进作用。

杨胜宽《读蔡梦弼〈杜工部草堂诗话〉札记(一)》(《杜甫研究学刊》2016年2期)为读书札记。蔡氏诗话汇集了北宋中期至南宋中期各家论杜、评读之语，蕴含了丰富的杜诗学资源，杨文着重辨析了书中黄庭坚、高元之关于陶渊明、杜甫教子诗的不同观点，以及师古在评杜诗时与众不同的见解。吴怀东、徐昕《北宋著名学者王得臣论杜注杜考论》(《淮南师范学院学报》2016年第1期)考察北宋著名学者王得臣的杜诗学贡献。王氏有《增注杜工部诗集》，该书大多散佚，然通过对少量留存文字的考察梳理，可以考知注杜论杜涉及杜甫原著、杜诗异文以及典故疏源、诗意阐释等，内容丰富，具有重要价值。

赵贤慧《郭正域〈批点杜工部七言律〉研究》(《齐齐哈尔大学学报(哲学社会科学版)》2016 年第 6 期)着重考察了郭氏的《批点杜工部七言律》，从批评方法与特点等方面，论述了该著的价值。曾贤兆《论叶燮的杜诗学——以〈原诗〉为对象的考察》(《北京社会科学》2016 年第 4 期)所论为清代之杜诗学。叶燮以杜甫为诗史顶峰，梳理了诗史发展的基本脉络，从艺术成就、人品胸怀、诗史地位等方面对杜诗作了精微的阐释，叶燮评杜所体现出的时代风貌、批评方法，包孕着传统诗学向现代转换的讯息，值得充分重视。

王永波本年度有三篇论文，《明人对杜甫律诗的选编与批评》(《北京大学学报(哲学社会科学版)》2016 年第 3 期)、《杜诗在明代的评点与集解》(《山西大学学报(哲学社会科学版)》2016 年第 4 期)、《明代杜诗学研究失误述评》(《安徽大学学报(哲学社会科学版)》第 4 期)梳理了杜诗学在明代的发展概况以及主要内容。《明人对杜甫律诗的选编与批评》列举了明代多部杜律选本，并以时间顺序对其选评解说与批评方法做了阐释；《杜诗在明代的评点与集解》认为明人研究杜诗的主要方式为评点与集解，采用评点的诗人有杨慎、徐渭、郑善夫、郭正域等，集解的代表则有单复《读杜诗愚得》、邵宝《杜少陵全集分类详注》、胡震亨《杜诗通》、王嗣奭《杜臆》。文章对上述诸家的杜诗研究成果，也作了简单介绍。《明代杜诗学研究失误述评》指出明人杜诗学在文献与批评两方面存在的失误。王永波的三篇文章，清理杜诗学在明代的发展轨迹与主要内容，使杜诗学的历史面貌变得更为清晰。

钟振振《杜诗成说新辨》(《社会科学战线》2016 年第 3 期)以杜甫《夜宴左氏庄》《同诸公登慈恩寺塔》《后出塞》(五首其五)等五首名篇为例，指出宋赵次公、师尹、胡舜陟、蔡梦弼，明唐元竑、王嗣奭，清钱谦益、仇兆鳌，近世萧涤非、朱东润等名家的解读颇有可商之处，并一一加以辨正。钟文融杜诗与杜诗学研究于一炉，在商校前人的过程中，把杜甫研究向前推进。

本年度杜诗学研究还有张家壮《痛切的自觉：明末清初的杜

诗学摭谈》(《古典文学知识》2016 年第 6 期)、文迪义《杜诗学的兴盛与清初诗风的转变》(《现代语文》2016 年第 9 期)等。另有不少硕士论文,以此为选题。如齐函《北宋后期杜诗学著述辑考》(安徽大学 2016 年硕士学位论文)、王菲《宋代杜诗师古注研究》(山东大学 2016 年硕士学位论文)、谭晓容《张性〈杜律演义〉研究》(西南大学 2016 年硕士学位论文)等,杜诗学蕴涵之丰厚,前景之广阔,可见一斑。

四、出版著作

2016 年出版的一些颇有分量的著作,使本年度杜甫研究颇显出彩。谢思炜《杜甫集校注》(上海古籍出版社 2016 年)是继 2014 年张忠纲领衔编著《杜甫全集校注》之后,又一部集大成式的整理笺注。该书以最接近杜甫集祖本二王本的《续古逸丛书》影印《宋本杜工部集》为底本,以钱谦益《杜工部集笺注》、郭知达《新刊校订集注杜诗》、蔡梦弼《草堂诗笺》为主要参校本,在充分汲取前代和近人研究成果的基础上,校理 1400 余首杜诗、30 余篇文章,在校勘、编年、注释三个方面,都有独到的贡献。该书对杜诗来自于五代、北宋初的传本中的异文,与宋明清的学者出于个人知识和赏鉴等理由改动形成、不具有文献依据价值的异文,加以区别,形成了一个既尽量接近祖本原貌,又保留了具有重大影响、严重歧义的异文的本子,达到文献之存真。在保持底本原有编次的同时,仿照黄鹤注本,于每篇作品下加编年说明,同时辅以年谱简编,既满足文献存真的要求,又便于编年阅读。该书在注释上没有采用集注的形式,而是尽可能充分地反映其中各种有价值的意见,并且在吸收当代的各学科的研究成果的基础上,对钱、朱、仇三家在史实、典故、词语方面的不足和谬误之处,加以了补充、辨明。该书采用详注的形式,吸收历代以至最近的杜诗研究成果,能充分反映杜诗及其解读中所包含的各方面问题。全书二百余万字,煌煌七大册,且为个人独立编著,必将在杜诗学史上,留下显赫的一席。

李爽《钱注杜诗研究》(上海古籍出版社 2016 年)围绕钱注

杜诗，择取三项论题，进行细致考量与深入阐析。第一，《钱注杜诗》版本研究。首次梳理钱注稿抄本系统，即初稿本、清稿本及历次修订增删之批校本的存亡情况。重点考察傅斯年图书馆藏钱注写本，初步揭示其版本价值，细致还原其流传情境。第二，《钱注杜诗》学术创见核心体系考释。钱谦益注《洗兵马》，发明杜诗微旨，是钱注杜诗学术创见的核心成果。李著将钱注所引用史料，分主题线索一一覆核原文；并结合全诗意境语脉予以把握。该书还揭示了钱谦益围绕《洗兵马》笺注所构筑之学术创见的核心体系，细致梳理其内在脉络，考释其承继发明，辨正其疏失误读。第三，钱注杜诗与钱氏个人创作的关系。以钱诗为参照，理解钱注对杜诗的独特理解、隐微寄托；以杜诗为参照，体认钱谦益诗歌的用典、制题及长律章法。

曾祥波《杜诗考释》（上海古籍出版社 2016 年）是上海古籍本年度出版的又一部杜诗研究著作。该书上编《杜集传谱考论》，阐述杜诗宋本、早期宋注、唐宋时期杜甫《传》《谱》的文献沿革流变、撰述特点等问题。下编《杜诗选释》，在洪业《杜甫》所选近四百首杜诗的基础上，进一步选取与杜甫个人行实、唐代史事最相关，宋人讨论分歧较多的代表诗作一百十七首，以编次（系年）为核心，以宋注为源头，汇集诸家注释，分“系年”“题解”与“笺释”加以考释。该书以三个原则展开研究：研究理路上以洪业为师法；诗义阐释上以宋注为源头；版本源流上以编次（系年）为核心。在著述体例上，下编的诗注作为上编的文献基础与例证来源，上下编贯连结合，亦很有特色。

葛景春、胡永杰、隋秀玲合著《杜甫与地域文化》（社会科学文献出版社 2016 年）综合研究杜甫与地域文化之关系。全书共分为十一章，考察杜甫与京洛、中原、关中等地文化之关系。认为杜甫文化思想的基础是以洛阳、长安为主的中原本土文化，但又不局限于此，他曾四处漂泊于巴蜀、荆湘等地，接触了丰富多样的异地地域文化。

此外，王景祥《中外巨人传——杜甫》（辽海出版社 2016 年）、姜正成编《中华圣贤传奇系列——忧国诗圣杜甫》（中国财富出版社 2016 年）等通俗传记，夏华主编《杜甫诗集》（万卷出版公司 2016 年)、陈才智《中国古典诗词精品赏读系——杜甫》(五洲传播出版社 2016 年)等杜诗的选读与注释,对杜甫的普及,都有积极意义。

以上为本年度杜甫研究的大致情况。与往年相比,出现了不少质量极高的论文,当代古典文学研究几位著名专家,都从杜甫的苑囿中采摘了本年度最成熟的学术成果,为 2016 年度的杜甫研究,掀起一个小小的高潮。

韩愈研究

□张弘韬

2016年度韩愈研究在以往研究的基础上又有所开拓，据中国知网全文数据库统计，本年度共发表100余篇相关论文，9篇硕士论文，主要集中在韩愈思想研究、诗文研究、比较研究和接受与影响研究等方面。下面分类择要进行介绍：

一、思想研究

刘真伦《性、道、教三位一体：论韩愈〈原道〉内圣外王的国家治理学说——兼与亚当·斯密〈道德情操论〉比较》(《周口师范学院学报》2016年03、04期)认为韩愈用《礼记·中庸》"天命之谓性，率性之谓道，修道之谓教"纲维《原道》全篇：以"仁义"为天命之性，"正心诚意将以有为"为率性之道，"礼乐刑政"为修道之教，构建出一套性、道、教三位一体、内圣外王的国家治理学说。《原道》所原的不是天道而是治道，亦即社会管理与国家治理之道。《原道》的创作宗旨，是为即将由中世纪向近现代转型的中唐社会寻求社会治理之道，构建一套符合理性原则的政治经济新秩序。韩愈的人性论，是善性与恶性的辩证统一，动物性与人性的辩证统一。韩愈的人性论以性三品为理论外壳，以孟子的人性本善为内涵实质。性善、性恶、性善性恶的对立统一，构成了韩愈人性论的三位一体。韩愈倡言博爱，同时并不排斥积极进取的理性精神；二者的辩证统一，才构成了韩愈人性理论的全体。千年以后亚当·斯密《道德情操论》同情、合宜、仁慈、正义的理论体系与韩愈的学说高度近似，印证了人类社会发展的共通规律。李珺平《韩愈前后儒家圣人统序与经书统序的嬗变及原因》(《青海社会科学》2016 年 02 期)指出韩愈之前儒家的圣人统序是尊周公孔丘颜回和为五经做传笺注者，经书统序是尊五经及传笺注。宋元以后儒家的圣人统序嬗变为尊孔丘、孟轲及"二程"、朱熹，而经书统序嬗变为尊四书。这一嬗变的核心是抬高了四书尤其《孟子》的地位，也抬高了孟轲的地位。推动这一嬗变的，是"二程"、朱熹，引导这个嬗变的最早发轫者是韩愈。韩愈在《原道》中，已将孟轲接续在了孔丘之后，并添加了曾参、子思，还将《中庸》《大学》与《孟子》做了一个接榫。张弘韬《从"修辞明道"看韩愈"善并美具"的古文观》(《河南社会科学》2016 年 05 期)认为中唐古文运动中，"文以明道"的口号是柳宗元提出的而不是韩愈所提，韩愈所提的口号是"修辞明道"。韩柳二者的区别在于韩愈更强调"修辞"。韩愈强调修辞是为了使文章达到"辞事相称""善并美具"的高度，增加教化的效果。通过分析"修辞明道"与"文以明道"两个口号的提出；二者的不同内涵与延伸；重道与重文之争；韩愈的"修辞明道"与元人的"文与道一"等，明确了"修辞明道"是韩愈文体文风改革的指导思想。滕汉洋《论白居易与韩愈复古文学观念之分野——从皇甫湜与白居易争名一事说起》(《南京师范大学文学院学报》2016 年 01 期)通过分析韩愈门人皇甫湜与白居易争名并贬斥白氏文章的传闻，考察了韩白二人在当时文坛上的实际影响力和不同创作风貌形成的原因。韩、白二人都具有复古的文学理念，但他们一依托于古文，一着力于诗歌，在路径选择与文化取向上存在较大差异。他们二人对于以往文学资源吸收的内容与角度不同，进而造成他们在写作策略和创作风格的迥异。冯志弘《鬼神、祭礼与文道观念——以韩愈〈潮州祭城隍神文〉等祭神文为中心》(《河北师范大学学报(哲学社会科学版)》2016 年 04 期)通过分析韩愈《潮州祭城隍神文》等祭神文的措辞、礼数规格及思想观念，并与唐代其他祭神文、《大唐开元礼》《大唐郊祀录》等进行比较，析论韩愈儒家思想与其祭神文的关系，认为韩愈祭神文明显有意征引唐代祭神文罕见的先秦儒家祭物名称。通过礼法仪式，韩愈把城隍神等地方神明纳入儒家体系。韩愈屡次申述儒家鬼神观念，说“天地神祇，昭布森列，非可诬也”，并强调其祭祀依准古法。韩愈正是通过这些祭神文章，再次申明并且实践了他文以载道和严夷夏之防的立场。黄炯炯《从古文运动到夷夏之防中的韩愈民族观蠡测》（《蚌埠学院学报》2016 年 03 期）认为韩愈强烈的救世情怀在行动上的表现，是恢复道统下的夷夏之辨，试图通过唤醒人们的民族观念来改变藩镇割据的局面，挽救摇摇欲坠的大唐王朝。

刘宁《韩愈对儒学复兴的贡献》（《文史知识》2016 年 01 期）认为韩愈排佛是出自对中国文化传统行将失坠的深刻忧患，在反复申明佛教为“夷狄之法”的声音中，他所表达的是对“中国之法”衰落的强烈担忧。韩愈是用儒学复兴的宣言和不懈的意志，力挽文化失坠的狂澜。对于儒学的重振，韩愈更为重要的贡献体现在通过弘扬师道、提倡古文来培养能够发明儒道的士大夫，异常重视士人明道与传道的责任。韩愈复兴儒道的努力，在宋代以后获得深入继承，宋代古文也在继承韩愈中有了更丰富的变化。郑济洲《从韩愈诗看其对佛教之态度》（《大众文艺》2016 第 21 期）分析了韩愈的诗作，认为韩愈对佛教的真实态度，实为在政治、经济、伦理上辟佛，而在心境与艺术上容佛。韩愈身处佛学兴盛的时代，其辟佛出于对儒家传统文化的恪守，其容佛是对外来文化的吸收。从韩愈的诗作中可以看出韩愈对中印文化会同的反思，这一反思对当代中国中、西、马哲学的融通有启发意义。马亚青《试论韩愈书法观》（《艺术品鉴》2016 年第 3 期）认为韩愈对书法有长足的认识，第一次明确提出书法文物的保护观念，他极力推荐张旭草书，并对中晚期唐朝时禅僧书法给予了强烈的批判，这也体现了其尊儒排佛的思想观念。郭英侠《浅析韩愈的人际关系问题对当代大学生人际关系的启示》（《山西青年》2016 年 10 期）分析了韩愈对人际关系的看法。首先，韩愈认为，在现实社会的人与人关系中，充满了各种虚伪、欺骗和卑鄙的行为。其次，韩愈调查分析了在现实社会中普遍存在的有关待人待己的态度问题。最后，韩愈还揭示说，现实社会中人们对于别人的评价都是以评价者的切身利害为尺度的。进而引出了韩愈的人际关系问题对当代大学生塑造良好的人际关系的启示以及做法和意义。

刘宁《从国学经历看韩愈提倡师道的现实用心与历史意义》(《河南社会科学》2016 年 05 期)分析了韩愈一生多次担任国学学官的独特人生经历,认为韩愈提倡师道,一方面反对门第对才德的压制,另一方面也期望士人摆脱庸俗与功利,以道自尊。中唐士人面对士风不振,也有人提出弘扬师道,但韩愈对师道既有深入的思考,亦能加以实践,体现出卓越的识见与勇气。刘真伦《传道、授业、解惑:韩愈的教育思想》(《西华师范大学学报(哲学社会科学版)》2016 年 02 期)分析了韩愈的教育思想,指出在韩愈看来:教育的立足点是"为己"而不是"为人",教育的目的不是知识的灌输、技能的培训而是人格的培养:反身而诚,立身为本;存养正性,本乎斯文;化性起伪,知所措履。通过"反身而诚",体认"万物皆备于我",认识自己的"正性""至德",唤醒自我,建立自信;化性起伪,认清自我的本来面貌,明确自己的社会责任,改造自我、完善自我。完成了自我实现,才能具备独立之人格、自由之思想,才谈得上履行社会责任与义务。为己与为人,才能辩证统一。以此为基础,才能传修己治人之道,授古文六艺之业,才能明确师生的职责、义务,正确地应对师生关系。黄霞、徐晖《韩愈学官与文人角色对其文学观的影响》(《内蒙古大学学报(哲学社会科学版)》2016 年 02 期)认为韩愈是唐代文人多重角色的代表,学官角色属于规定性角色,韩愈任职学官,要在权利和义务的明确规定中做事;而文人则属于开放性角色,有自由驰骋的余地。在处理"文"与"道"的关系上,他的文学观显示出多样性。学官角色要求他把振兴儒家道统看作根本,倡导"文以明道"的儒家实用主义文学观。作为文学家,他强调不因袭古人,提出"自树立"的文学观。梁姗姗《韩愈〈师说〉教育思想解析及其对当代大学师道精神重塑》(《现代商贸工业》2016 年 13 期)分析了韩愈《师说》的教育思想,认为他所提倡的"传道、授业、解惑"的教师职责观、"从师问道"的学习观、"师与弟子平等"的师生观对我国当代大学师道精神的重塑仍具有重要的借鉴意义。张新征、张亚《韩愈教育思想及其对现代教育的启示》(《科教文汇（下旬刊）》2016 年 06 期）分析了韩愈在《师说》《马说》《进学解》等作品中对教育的目的、教育内容、人性的深刻见解，指出其教师观、学习观和教学观等教育思想对我国现代教育仍有很重要的启示。胡朝阳、刘旭《教师是一种资格："以何为师"与"何以为师"——韩愈"师说"的教学论阐释》（《湖北科技学院学报》2016 年 08 期）从教学论的视角，结合韩愈《师说》的主要观点，对老师是一种资格，而不是一种身份进行了解读。"传道、授业、解惑"仍是当今教师资格的必要条件，"传道"是要传授自然、社会与思维的一般规律、为人之道和为学之道；"授业"是要传授知识、技能和培养职业品质；"解惑"是要解决学生在成长过程中所遇到的方方面面的问题和困惑；"圣人无常师"是指学生的发展要善于择师，择师是教师资格得以生成的现实起点；现代教师"术业有专攻"要"专"在"教育"，解决好"以何为师"和"何以为师"的问题，才能获得真正的教师资格。郑亚轩《勇：韩愈的"吾师道"精神——人教版课文〈师说〉的背后》（《语文知识》2016 年 11 期）认为"勇"是韩愈在《师说》所及的"吾师道"运动中的精神品质。

二、诗文研究

莫砺锋《嬉笑胜于怒骂的〈华山女〉》（《古典文学知识》2016 年 04 期）认为韩愈《华山女》当作于元和六年（811）他入朝以后，分析了《华山女》对道教的讥讽，深刻地揭露了唐代佛道二教繁荣的社会原因。崔璨、丁放《论韩愈奇险中见雅正的诗风》（《江苏师范大学学报（哲学社会科学版）》2016 第 1 期）主要研究了韩愈风格险怪的诗歌，从正统的思想、雍雅的艺术风格以及沉稳的气势意境三个方面论述阐释形成这种诗歌风貌的具体原因。韩善滨《论韩愈诗歌的问句艺术》（《周口师范学院学报》2016 年 04 期）将韩愈诗歌的问句分为自问自答的设问、奇崛生新的疑问和反问、故绕一笔的借问等几类，这些问句的作用有内容上的点醒与暗示作用、结构上的起承转合作用，以及情调语势上的突起波动作用。韩诗中的问句呈现"碎金"形态，这些包括"天问"

在内的问句一起构成了韩愈坎壈不平、上下求索而偏爱发问的诗人形象。陆双祖《影响的焦虑与韩愈的陌生化诗学》(《甘肃社会科学》2016 第 1 期)认为韩愈的诗学新变是通过对“李杜”为代表的盛唐诗歌传统的突围和超越来完成的。韩愈诗学精神的要旨在于对既定艺术规范的消解和重构。韩愈“险怪”诗学的建构,从现代诗学的视角审视,其根本策略在于“陌生化”。主要体现为语言上“戛戛独造”“务去陈言”,题材、意象和意境上“以丑为美”,体裁方面“以文为诗”。黄海蓉《韩愈诗歌“时”之美学意蕴》(《山西大同大学学报(社会科学版)》2016 年 04 期)认为韩愈诗歌具有丰富的审美意蕴,既有“合时”的平淡清新之美,又具“随时”的奇绝险怪之丽,更兼“高于时”的以己为美之势。胡宪丽《论韩愈诗歌的“有”字句》(《河北师范大学学报(哲学社会科学版)》2016 年 02 期)认为“有”字句是韩愈诗歌中出现频率较高的句式,考察了其构式类型、语义结构和表达功能,分析了“有”字句在韩诗中的存在、变化方式,揭示该句式如何在诗句中突破既有句法规则以引发句式演变,并论证这些演变与诗歌形式、功能间的互动模式。经芳《试论韩愈和他的春天诗》(《佳木斯职业学院学报》2016 年 04 期)从解读角度、审美价值、诗的解析等几个视角分析了韩愈的“春天诗”。郭春林《韩愈标榜式批评的诗史意义》(《文艺评论》2016 年第 1 期)认为韩愈的标榜式批评是通过揄扬的方式来品评诗歌,倡导自己的诗歌主张。有意识地通过诗歌标榜的批评方式,自觉树立李白、杜甫为诗歌典范,作为自己诗歌学习的榜样;着力标榜诗人孟郊,建立诗坛核心盟友,从而提升其诗坛地位,增强韩孟诗派的影响力;以韩孟为核心,标榜张籍、贾岛等其他后辈诗人,激励后进,广树羽翼,壮大诗派阵容。

王基伦《承继与新变:韩愈柳宗元传状文研究》(《励耘学刊(文学卷)》2016 年 02 期)认为韩愈、柳宗元二人的传状文,可分为两类:一是真实的人物传,二是小生物或无生命之物的传。无论何种题材,韩柳二人都能学习史书人物传的书写方式,包括学习《春秋》“隐恶扬善”的精神;选取有道德且身份卑微者为写作题材,目的是为了补史事之不足,同时提供当政者借鉴。韩柳二人除了继承,更有许多创新体制之处。首先,他们秉持儒家襟怀,关心民生疾苦,常常借传立意,讽谏时政。其次,他们将多篇人物传写成寄托之传,且充分加强其议论成分,大幅提高了说理效果。再次,以文为戏,游戏之传扩大了古文的运用范围,促成后人竞相学习。何寄澎《韩愈古文的古典意义与现代意义》(《苏州大学学报(哲学社会科学版)》2016 年第 1 期)从家言传统的复兴与抒情的拓展两个方面分析了韩愈古文的"古典意义",从以诗为文、务去陈言、以文为戏等极具特色的书写模式分析了韩文的"现代意义"。孙微《韩愈〈祭十二郎文〉中"有知无知"渊源考》(《古典文学知识》2016 年 04 期)通过分析《战国策·秦册》《说苑·奉使》《说苑·辨物》《汉书·元后传》《后汉书·任末传》等文献,考证了韩愈《祭十二郎文》中"有知无知"的渊源,弥补了韩文注释中的一个空白。石祥《韩愈诗文中的泰山意象研究》(《语文学刊(外语教育教学)》2016 年 08 期)分析了韩愈诗文中的"泰山"意象,认为韩愈泰山诗文中蕴含着忠君爱国的思想,一心为民的家国情怀。韩愈践行儒家思想道义,将泰山作为儒家思想的象征。莫琼《韩愈〈原道〉篇写作时间新证》(《孔子研究》2016 年 04 期)通过梳理韩愈道统论形成的过程,考订《原道》篇当作于韩愈早期,具体时间可限定在韩愈于德宗贞元十七年(801)秋冬至十九年(803)秋冬任四门博士期间。韩蕾蕾《韩愈实用文的写作理论研究》(《成都师范学院学报》2016 年 04 期)从实用文的语言、内容、形式以及作家修养等方面分析了韩愈的实用文理论。叶炜《元和七年议与唐德宗至武宗时期的货币政策——从韩愈、元稹两篇文章的系年问题谈起》(《中华文史论丛》2016 年 03 期)从议状格式着眼,重新探讨了韩愈、元稹两篇文章的系年问题,论证这两篇文章为元和七年议之议状,以丰富对元和七年议的认识,并进而探讨元和七年议与唐代货币政策的调整,提出元和七年议是唐后期货币政策调整中的重要一环,此后三十余年的货币政策,都与元和七年议存在着相当密切的关系。刘天利《中唐狂士韩愈的精神个性与文学形态》(《辽宁师范大学学报(社会科学版)》2016 年 02 期)通过分析韩愈困苦的家庭环境和坎坷的人生际遇,认为个人和社会两方面的因素造就了韩愈执着进取的个性，他是中唐“礼崩乐坏”、混乱衰败、亟待振兴的时代背景下和特殊的家庭环境中涌现出来的狂士。他有宏伟的抱负、高度的历史使命感、非凡的勇气、强烈的正义感、进取意志和好奇反俗的趣味。他的作品形成了与之大致相应的文学形态：散文多用对比夸张的手法和排比手法，骈散相间、长短错综、跌宕起伏，句类频繁转换，形成了汪洋浩瀚的局面和奔放不羁的气势，兼有奇伟的特点。他的诗歌惯用体积庞大、腾跃震激的意象，惯用夸张语和狠重有力的动词，也兼有奇伟的特点，而奇的特点尤为突出：他追求奇异到了荒诞不经的程度，不少诗作以可怕和丑恶的事物入诗，有违“不语怪力乱神”的儒家原则。熊礼汇《韩愈“上书”及骈散朝廷文字刍议》（《周口师范学院学报》2016 年第 1 期）认为韩愈所作朝廷文字或骈或散，其上书（启）的书写策略，可概括为“自占地步”。其骈体朝廷文字受陆贽文风影响，最突出的新变之处是以散行之气运偶对之文，变潜气内转为辞气浑浩流转而有动荡之势。其散行朝廷文字分为专体奏疏和经济奏疏两类，前者行文真气坌涌，古致淋漓，古文艺术特色显著；后者讲究实用，多用浅近通俗语言径遂直陈，或条陈其事，或随条分析，指事尽意，不为波澜，不向字句上争奇。黄海蓉《浅阅读时代大学生批判性阅读探究——以韩愈〈论佛骨表〉为例》（《贵州师范学院学报》2016 年 01 期）以韩愈的《论佛骨表》为例，探究了新媒体时代在校大学生如何提升自己的阅读能力、反控能力，培养批判性阅读思维。

三、比较研究

莫砺锋《中唐诗坛上的韩潮柳江》（《文学遗产》2016 年 01 期）认为就诗歌题材而言，韩愈开拓了诗歌的题材范围，柳宗元则进行了深度开掘。就诗歌艺术而论，韩、柳两家诗风各有千秋：韩诗气势雄伟，炫人眼目；柳诗思虑精切，耐人咀嚼。韩诗波澜壮阔，层出不穷；柳诗波澜不惊，意蕴深厚。韩诗以鸿篇巨制见长，尤擅七言古风；柳诗以短小精悍为长，尤擅短古和律诗。韩诗意象多瑰怪奇特，柳诗意象多清丽雅洁。韩诗善用赋体来叙事或作铺陈排比的描写，柳诗善用比兴来抒写内心的幽约情思。因此，“韩潮”“柳江”既可用来形容韩、柳二人的古文风格，也可说明两家诗风的特征。刘宁《“师其人”与“明其理”：韩柳古文取法前代艺术的方式》（《杭州师范大学学报（社会科学版）》2016 年第 4 期）认为韩愈和柳宗元的古文创作，都善于取法前代艺术，但二人取法方式多有不同。韩愈善于“师其人”，在深得前代作者之家法的过程中，入而能出，自成面目；柳宗元则善于把握前代文章长期形成的艺术传统，究明文理，在此基础上，发挥个人创造。这两种不同的师古之道，与韩柳二人儒道思考方式的差异有密切联系，为韩柳文章带来极为不同的风貌，对于深入认识中国文章学的师古思想，很有启发意义。

喻晓玲、万慧倩《潘岳〈杨仲武诔〉与韩愈〈祭十二郎文〉比较研究》（《淮海工学院学报（人文社会科学版）》2016 年 08 期）从思想内容和写作手法两方面对潘岳的《杨仲武诔》和韩愈的《祭十二郎文》两篇文章进行比较研究，认为在思想内容上，韩文述哀内容比潘文更有层次，且思想性更加深刻；在写作手法上，潘文风格清绮浅净，结构清朗有序，语言以绮丽典雅的四言韵语为主；韩文风格气壮而质朴，全文采用第一、第二人称的对话形式，语气词、问句、感叹句反复出现，情感抒发较为强烈。黎文凤《以气为主，以文为笔——韩愈与王安石诗歌对比研究》（《湖北科技学院学报》2016 年 11 期）认为韩愈与王安石的诗歌，诗歌风格皆内以气格为胜，雄健笔力为外在特征，究其根本，在于时代“风”情对诗人的影响。在个人才情及时代“风”情的作用下，两位诗人在诗歌上既有着前后的关联性也有着个性特征的表现。赵蕊蕊《论韩愈、苏轼的“以食为戏”》（《新国学》2016 第 1 期）认为韩愈及苏轼在“以文为诗”甚至是“以文为戏”的创作方式上一脉相承。他们喜欢创新求奇、谈笑戏谑，但是在书写饮食、面对困境时却展现了不同的处世态度。韩愈的“戏”多是表达愤世嫉俗的不平，或是蕴含忧戚哀怜的人生感慨；而苏轼的“戏”多是坎坷境遇里磨炼出的安贫乐道、性命自得及不计穷达的乐观与坚强。在梅尧臣、欧阳修及苏轼的影响下，宋代出现颇多“以食为戏”的作品。宋代的“以食为戏”体现了宋人创新求变的诗学精神，彰显了宋诗“戏谑”特质，又拓展了“以文为戏”的创作空间。贾文霞《从苏轼贬谪时期的作品探究其心路历程——兼与韩愈谪阳山、潮州对比》（《名作欣赏》2016 年 33 期）比较了苏轼、韩愈二人在贬谪期间的作品，探究了二人贬谪时期的心路历程和巨大差异的原因。郝亮《韩愈与苏轼体育思想比较研究》（《体育文化导刊》2016 年 09 期）从体育思想主张、养生思想观念、体育思想结果三个角度比较研究了韩愈和苏轼的体育思想，认为家庭环境、价值追求和人生理想、性格类型等是两者体育思想产生差异的重要原因，两种体育思想形成了截然不同的社会影响。赵彩娟《墓铭悼女情，至文相与析——韩愈〈女挐圹铭〉与元好问〈孝女阿秀墓铭〉比较》（《语文建设》2016 年 29 期）认为韩愈《女挐圹铭》与元好问《孝女阿秀墓铭》共同点为“情主于痛伤，而辞穷乎爱惜”，“夫属碑之体，资乎史才”。然二文规矩具备，却又自具面目，此为二文之不同处。樊丽敏《韩愈与巴格莱文化传递论思想政治教育观比较研究》（《西江文艺》2016 第 18 期）分析比较了韩愈和巴格莱文化传递论思想政治教育观的异同点。

四、接受与影响研究

张炜《韩愈〈元和圣德诗〉规模〈诗三百〉辨》（《衡阳师范学院学报》2016 年 02 期）认为韩愈《元和圣德诗》依古而不拟古，务去陈言，用《史记》的精神结撰史诗，继承了《大雅》的史诗传统并有新的发展。廖同真《正性命之纪　立天下之中——韩愈“气盛言宜”文论的渊源与意蕴》（《名作欣赏》2016 年 21 期）认为“气盛言宜”说发端于孟子“浩然之气”论，滥觞于中唐韩愈各种文体的辞章创作，是孟子“养气”说，曹丕、梁肃“文气”说的有机统合。“气盛言宜”，高扬儒家的德性修养，旨在“正性命之纪”；同时凸显了对先秦儒家“道统”的恢复，旨在匡扶君权将崩的时代危难和矫正六朝以来空洞无实的时代文风，从而“立天下之中”。“气盛言宜”的形成，既在儒家经典的不断研习中，又在“行乎仁义”的社会生活实践与创作中。安然《从语言艺术的视角论韩愈散文对〈法言〉的继承》（《牡丹江大学学报》2016 年 03 期）从炼字、炼句两方面入手，分析了韩文句式的骈散相间、长短不一、错综复杂等手法，以及在字词上新颖奇绝、精炼准确、词约义丰的特点，认为从这些方面都可以看出韩愈在散文创作中对《法言》的继承。

翟景运《起八代之衰与集八代之成——论韩愈与骈文的关系》（《东方论坛》2016 年第 3 期）认为韩愈在批评骈文的同时，更把骈文作为古文创新的起点和资源，分吸收和彰显骈文的艺术优长，大大丰富了古文的表现手段和艺术含量。韩愈的文体创新实践表明：古文创作艺术成就的高下，以及唐代古文运动的成败，与借鉴和吸收骈文艺术营养的态度和水平直接相关。韩愈文起八代之衰，因为他不仅具有破旧立新的创新意识，还有化旧为新的创新手段；他把骈文精髓融入古文艺术的创新，开辟出中国古典散文的新境界。韩蕾蕾《文起八代之衰实集八代之成——论韩愈实用文的影响》（《兰州教育学院学报》2016 年 06 期）从实用文文风的改革、形式上的多样化以及写作技巧的丰富三个方面，论述了韩愈在实用文发展史上的影响。朱庆林《论韩愈"文气说"对王鏊八股文的影响》（《读天下》2016 年第 10 期）论述了明代八股文大家王鏊古文创作致力于学习韩愈，他不仅实践了韩愈创作前的养气方法，汲取了韩愈气盛言宜的文章风格，还借以古文入时文的写作手法，将韩愈的文气理论灵活运用到自己的时文创作之中，因而他的八股文理实气足、其文气盛。纵观王鏊八股文，其思想和文化艺术修养达到了韩愈所倡导的最高境界，即"气醇"和"气盛"。

刘毓庆、唐婷《韩愈颠覆"子夏作〈序〉"与宋代〈诗〉学格局的确立》（《南京师大学报（社会科学版）》2016 年 01 期）认为韩愈提出"子夏不序《诗》"，挑战汉唐以来《诗序》研究的权威，其目的在于重建儒学，构建新的经典文化承传系统。这一创举不仅是《诗序》研究的大转折，也启发了宋代《诗》学，对于宋代《诗》学"尊序"和"反序"两大格局的确立有着决定性的影响，是汉、宋诗学过渡不容忽视的关键。由韩愈所引发的关于《诗序》的争辩，其实是意识形态领域的革故鼎新。杨碧海《论王安石对韩愈诗歌艺术的继承与创变》（《中州学刊》2016 年 08 期）认为王安石虽对韩愈的思想学术有所不满，但其诗歌创作却受韩愈多方面影响，无论在内容、意象、体式、诗句等多个方面都有不同的呈现。王安石对韩愈诗歌的继承却是以其特定的时代文化为背景的，带有鲜明的时代特色。通过对王安石与韩愈诗歌关系的考察，既可以深入地了解王安石诗风的特点，也可以具体而微地把握宋诗特色的形成过程。概言之，王安石一方面对韩愈的整体思想学术持较严格的批判态度，另一方面在自己的许多具有代表性诗作中继承和发扬了韩愈“以文为诗”的传统。高玮、邓莹辉《论宋学背景下王安石对韩愈的承与变》(《东南学术》2016 年 02 期)认为王安石对韩愈思想观念和文学创作从崇拜、模仿到批判、超越，逐渐摆脱韩愈的影响，最终建立起完整的思想体系——新学和独具特色的诗文风格——荆公体。其犀利洞彻而又不失理性客观的批评和自成一体、个性特色鲜明的创作，不仅相当程度地改变了韩愈在宋代文人心中一代儒宗和文宗的神圣地位，同时也刺激了宋代哲学的繁荣发展和文学的变革创新。俞志容《从“非韩”思潮看苏轼对韩愈的褒贬》(《安徽职业技术学院学报》2016 第 3 期)从宋代的儒学思潮入手，分析了苏轼对韩愈前后矛盾的这种评价，认为这种矛盾实际上是建立在北宋儒学自我发展的基础上的。谷曙光《论季宋学者黄震的韩愈研究——以黄震〈黄氏日抄〉之〈读韩文〉为中心》(《河南社会科学》2016 年 05 期)研究了黄震读韩愈文集的二百余条读书札记，认为黄震的韩愈研究既富于理学意味与学术色彩，又显示出敏锐的文艺感受力和独到的艺术鉴赏力。他的韩愈研究，集宋代诗话、笔记论韩之大成，显示出弥纶群言、独出机杼的新特点。

刘燕《〈诗比兴笺〉韩愈诗选评研究》(《江苏第二师范学院学报》2016 年 05 期)通过对魏源《诗比兴笺》选录的大量韩愈古体诗进行分析，对作者选录诗歌时秉持的“比兴”原则、《诗比兴笺》韩诗部分所涉及的韩愈思想、《诗比兴笺》韩诗选评与清代韩诗编选等方面的进行了探讨。莫琼《论秀野草堂诗人群的注韩成果——以〈昌黎先生诗集注〉为中心考察》(《周口师范学院学报》2016 年第 6 期)分析了清初顾嗣立《昌黎先生诗集注》一书中采用的多条秀野草堂诗人群的注韩成果，指出其中俞玚、刘石龄、胡渭等人的注释成果各有特色，俞玚重韩诗诗风的阐发，刘石龄重在以经传注韩诗，胡渭则以考据家的科学精神注韩诗，使得顾注本有了朴学的成分。丁俊丽《论方世举的韩愈诗歌批评观》（《周口师范学院学报》2016 年 06 期）通过分析清代方世举《韩昌黎诗集编年笺注》，认为方世举用"诗要有理""师古不泥古"的诗学思想，注重诗歌体格、音韵、宗派的诗评观批评韩诗，深入揭示韩诗意旨，并解决了韩诗评论中的许多纷争。

马腾飞《论清人集韩文的文本特征及其文化意蕴》（《西华大学学报（哲学社会科学版）》2016 年第 6 期）分析了清代集韩文作品，指出集韩文之所以能够成为集句文学体裁的一种，正是源于韩愈古文的道统性及其语汇的独创性，同时也可看到清人开拓文学体裁时所做的尝试与努力。从集韩文出发，可以发现清人的知识之广、文学兴味之浓、文学才思之捷，亦可以由侧面考虑清人对韩文的接受方式。丁俊丽《论清初文人对韩愈古文理论的传承》（《衡阳师范学院学报》2016 年 04 期）认为韩愈古文理论契合清初社会现实，上至统治者下到文人学士，从江浙中心地带到闽粤偏远地区，都颇为推崇韩愈文论观：倡导文须宗经载道、济世致用；重视文气，提倡醇厚雅正的文风；强调文须推陈出新，词必己出，灵活多变。辛明应《〈左传〉文学历程与中唐古文中兴之交关——以韩愈与吴汝纶〈左传〉论为中心》（《安徽大学学报（哲学社会科学版）》2016 年 06 期）认为韩愈"左氏浮夸"之评以其特有的敏锐醒辟而构成重大命题。韩愈此评有着对前代经典资源的省察与汲取，更有着当下创作实践的展拓，从而如桐城吴汝纶所评，能会通于"左氏之神境"，也给后世文章学留下证悟的理论空间，足以代表中唐时期《左传》文学化与古文中兴风潮的交扇。黄颖《试论刘大櫆对韩愈文论思想的继承与弘扬》（《宿州学院学报》2016 年 07 期）运用文本细读、比较研究等方法，从文道观、文气观、风格论、语言论等方面，就刘大櫆对韩愈文论的继承与弘扬进行了探析。认为二人文论思想有一脉相承的关系，诠释了刘大櫆对韩愈文论观点的继承和弘扬。牛廷顺《论曾国藩诗文的学韩倾向》（《商丘师范学院学报》2016 年 02 期）认为曾国藩在诗歌上心仪韩诗的兀傲不群，对韩诗的技法多有借鉴;在古文上,倾慕韩文的阳刚之气与雄奇之风,对韩文用功颇深,并取得了不俗的成就。张弘韬《别具特色的"韩学"研究——林纾及其〈韩文研究法〉与〈春觉斋论文〉》(《周口师范学院学报》2016年第4期)认为林纾是晚清近代研究"韩学"成绩最突出的学者之一,其《韩文研究法》和《春觉斋论文》从义法与文法、心性与文风等方面对韩文进行分析评价,教人学习昌黎长技,并从流别论与两应知、六忌、三用笔和拼字法等方面论述了古文的具体写法。刘城、马丽君《林纾〈韩柳文研究法〉的学术史意义》(《中国石油大学学报(社会科学版)》2016年03期)则认为《韩柳文研究法》虽残留有传统古文评点的痕迹,却深受近代学术思想的影响。该书以韩柳文并重,是对自宋迄清争论不休的韩柳优劣论的反驳,同时也标志着林纾对桐城派古文理论的修正,更是其毕生"力延古文之一线"主张的具体实践之一。更重要的是,它是第一部独以韩柳文为整体加以研究的理论著作,其研究视角与命名方式的独创,在韩柳文研究史上具有道夫先路的学术史意义。

李宏新、翁夏《〈潮汕方言历时研究〉读后——兼谈韩愈对潮汕方言发展的影响》(《韩山师范学院学报》2016年02期)指出《潮汕方言历时研究》称,韩愈入潮"此时或之后一段时间"是文读系统的"奠定时期"而不是"形成时期",这个定位描述十分精当。这部书体现了韩愈在潮汕方言特点形成和发展过程中的关键作用。胡阿祥、武黎嵩《法律与情理视阈中的台湾"诽韩案"分析》(《社会科学战线》2016年04期)介绍了20世纪70年代,由韩思道诉郭寿华毁损韩愈人格品德、而台北地方法院与台湾高等法院判决郭寿华犯"诽谤死人罪"所导致的"诽韩案"是一场引发台湾社会各界高度关注的文字官司。检讨这场争论激烈、聚讼纷纭的文字官司,牵涉了法学理论、司法实践、言论自由、文献考证、道统文化、人心善恶诸多方面,而其间之法律与情理的各自考虑、历史传统与社会思潮的矛盾冲突,亦颇引人深思。洪本健《韩国李钟汉教授和他的韩愈研究》(《周口师范学院学报》2016年第1期)详细介绍了韩国李钟汉教授汉文化并最终走上韩愈研究之路的过程,介绍了他在韩愈研究方面取得的优秀成果。

五、其他

查屏球《生存压力、家学传统与移民环境——韩愈寓居宣城修业考论》(《学术界》2016 年 05 期)认为韩愈修业备考是在宣城完成的,居家地点很可能是在宣州之当涂县。山东士族文化南移及寄庄户生存压力,是唐代古文运动乃至中唐文化发展的一个重要背景。通过分析韩愈寓居宣州期间独特的生活方式以及以宣州为中心的江南文化环境,指出韩愈崇儒复古理念既是来自家族文化传统的影响,又应与他在宣州修业备考的经历相关。汤江浩《论韩柳之交及其文学、思想互动》(《福州大学学报(哲学社会科学版)》2016 年 05 期)认为韩柳之交虽有世交的基础,但二人近距离的交往仅在同僚数月间,时间很短。他们精神层面交往的完全展开在柳宗元贬官永州以后。柳宗元贬谪以后的文学与思想,是在针对韩愈文学与思想的积极回应中展开的。从文学地位与影响来看,韩、柳文正因为各具面目,而能相得益彰,不至为对方所遮蔽;从文学家的现实人生来看,也正是这种和而不同的文学追求与各臻其妙的文学造诣,使他们能超越现实政治处境,超越地位、地域的悬隔,而得以保持精神上的相互关注与沟通。姜云鹏《明代韩集版本考述》(《中国文学研究》2016 年 01 期)将明代刊刻的韩集分为翻宋本、白文本、评点本三大类分作考述。

2016 年度共有 9 篇硕士论文:张丽《韩愈读写观研究》(天津师范大学 2016 年硕士学位论文)、兰岚《韩愈与李翱人性论思想比较研究》(兰州大学 2016 年硕士学位论文)、李娟《韩愈书启文研究》(山西师范大学 2016 年硕士学位论文)、薛茜严《韩国诗话中的韩愈研究》(北京外国语大学 2016 年硕士学位论文)、束振文《韩愈的〈史记〉接受研究》(扬州大学 2016 年硕士学位论文)、李隆海《韩愈碑志文与王安石碑志文之比较研究》(华中师范大学 2016 年硕士学位论文)、肖佩蕊《韩愈李翱并称研究》(华中师范大学 2016 年硕士学位论文)、强晓倩《王元启〈读韩记疑〉

研究》(西藏民族大学 2016 年硕士学位论文)、徐丽娟《韩愈应用文写作研究》(长春理工大学 2016 年硕士学位论文)。这表明,越来越多的青年学者进入到了韩愈研究领域,而韩愈研究也更加深入细致。

2016 年,在宣城举办了"韩愈国际学术研讨会",编辑出版了《韩愈研究》一书,收入约 50 篇论文,与各专刊上发表的论文合计,当是发表韩愈研究论文最丰富的一年。总观这年的韩愈研究:呈现出韩愈思想研究的深化,诗文研究的细化,比较研究的拓展,接受文献的开掘有了新的进展的特点。标志着广大学者,特别是青年学者对韩愈研究的重视,增强了韩愈研究的后劲。

柳宗元研究

□ 李 乔

2016年是柳宗元研究相对沉寂的一年。年内共出版柳宗元研究著作4部，研究论文数量有所减少，通过中国知网、万方数据知识服务平台、维普中文科技期刊数据库等数据库共检索出期刊、会议论文89篇，硕士学位论文7篇。

四部著作分别是：翟满桂《柳宗元永州事迹与诗文考论》（上海三联书店2016年）分“柳宗元永州重要事迹考辨”和“柳宗元永州诗文考论”两部分，内容包括柳宗元生活的唐代永州人文地理与人文条件、柳宗元至永州的路线，在永州的寓所、随行的家眷及生活境况，柳宗元在永州的交往、柳宗元的永州诗文论、柳宗元永州诗文系年等。郭绍明《吏为民之役：柳宗元论集》（广西师范大学出版社2016年）分为六章，分别是“民论研究”“天论研究”“佛论研究”“政论研究”“文论研究”，运用马克思主义的科学方法去分析，从多个角度对柳宗元提出的许多重要的哲学、政治、法律、社会和文学思想进行了详细的阐述，尤其突出论述了柳宗元思想中对我们今天社会特别有意义的关于“吏”和“民”的关系。金性尧《夜阑话韩柳》（北京出版社2016年）以韩、柳诗作为主，以简短的篇幅，对韩、柳的生平事迹、升沉起落做了叙述。内容包括：政见与友情、韩欧渊源、王文公与韩文公、韩张交谊、国王茅屋与公主山庄、浓淡相交的《山石》、谢自然的疑案等。蓝天强主编《柳宗元文化研究（第二辑）》（广西人民出版社2016年）汇集柳州市柳宗元文化研究会组织的课题报告和有关柳宗元文化研究论文，涉及柳宗元文化旅游产品开发、柳宗元相关文物调查研究、苏轼与韩柳庙碑等内容。

研究论文涉及内容比较广泛，在柳宗元的生平与思想、诗文研究、柳宗元与其他作家的比较、柳宗元思想渊源与接受等方面均有论文发表，下面择要分类予以介绍。

一、生平思想研究

在柳宗元的交往方面，汤江浩《论韩柳之交及其文学、思想互动》(《福州大学学报(哲学社会科学版)》2016 年第 5 期)认为韩愈与柳宗元曾有比较密切的私交关系，也曾有过“误会”；韩、柳各有一个逐渐发展形成并相对稳定的“交往圈”。韩柳之交，虽有世交的基础，但二人近距离的交往期甚短，仅在同僚数月间；他们精神层面交往的完全展开，乃在柳宗元贬官永州以后。与韩愈在中原、朝廷的影响相比，柳宗元的影响毕竟是地方性、边缘性的；与韩愈以师道自任的积极态度相比，柳宗元的态度是内敛而低调的。柳宗元贬谪以后的文学与思想，从某种意义上说，是在针对韩愈文学与思想的积极回应中展开的。

在柳宗元的施政方面，杨智雄《论柳宗元“因俗而治”的施政理念及影响》(《广西科技师范学院学报》2016 年第 6 期)指出柳宗元在执政期间正确看待岭南少数民族文化，保护当地人民的习俗和利益，赢得人们的敬仰，其“因俗而治”的思想对岭南少数民族地区产生了深远影响。

在柳宗元心理心态方面，刘伟安《论柳宗元自命“愚者”的复杂情感内涵》(《运城学院学报》2016 年第 1 期)认为柳宗元的愚者意识包含了悔恨、执著、怨怼、自戕等多重内涵，其中悔恨、执著、怨怼是相对显性的情感内涵，而自戕则可以说是较为隐性的情感内涵。在柳宗元无尽的悔恨与怨怼中无可避免地包含了自戕这一情感内涵，而且导致了自戕这一最终结果。这多重内涵是紧密交融在一起难解难分的，很难确切地说在柳宗元诗文中的哪一处愚者自命专指哪一种情感内涵。不过可以肯定的是随着贬谪生涯的推移，绝望感日增的柳宗元的愚者自命中怨怼和自戕的成分必然越来越重。张健旺《唐代大文学家柳宗元的寂寞与风流》(《新余学院学报》2016 年第 5 期)认为柳宗元性情的核心是“风流”,其绽放的是审美“风流”精神。柳宗元遭遇“万事瓦裂,身残家破”的痛击,内在的失衡表现为他的精神危机、心理危机和生理损害。他并没有意志消沉,而是展现出“鼓勇以超泥途”的自我拯救的魄力与英雄气,绽放出绝美的“风流”风格。成松柳、彭丹《四季人生——四季诗与柳宗元的贬谪心态》(《云梦学刊》2016 年第 2 期)认为柳宗元创作的与季节有关的四季诗与其内心息息相关,或以物动情,或以情观物,都反映着作者复杂的贬谪心态。四季循环更替是自然规律,但柳宗元的人生从春风得意到失意难捱,从返京到再贬,诗人的人生更迭并不是单纯的循环,而是充满着对自我和人生的进一步思考。高建新《“无限居人送独醒”——略说柳宗元饮酒》(《古典文学知识》2016 年第 3 期)指出作为不能忘情的“独醒”之人,柳宗元笔下的酒如其笔下的山水一样,清静、自省、内敛,自成格调,自有情志和趣味,可咀嚼可回味,与作者自己的性情、人生际遇甚至是健康情况紧密关联。

在柳宗元的哲学思想方面,陈清华《柳宗元人生哲学研究》(江西师范大学 2016 年硕士学位论文)认为柳宗元的生命观方面,以其“天人相分”理念为基础,通过对“元气自动”的认识,得出了“功者自功,祸者自祸”的思想;生死观方面,柳宗元对待死亡的态度很坦然,以君子之道处之,从不回避,在死亡到来之前已将自己的能量发挥干净;修养观方面,其“利安元元”的志向至死不变。范洪杰《柳宗元〈乘桴说〉与〈天爵论〉述义——兼论柳宗元“统合儒释”的复杂性》(《三峡大学学报(人文社会科学版)》2016 年第 4 期)认为柳宗元《乘桴说》体现了重视心性的倾向和新颖的儒学阐释之风;《天爵论》重视智识和意志的思想是受到佛教影响的同时对儒学传统的重新发掘和塑造。二文不同程度地体现了“援佛入儒”的特点,也体现出“统合儒释”的创新性和深度,在中唐具有重要的学术和思想意义。孙君恒、温斌《柳宗元的儒家君子观》(《常州大学学报(社会科学版)》2016 年第 3 期)认为柳宗元对“君子之本”“君子之德”“君子之教”有完整的认识。其君子思想以儒家为本,吸收了佛教、道家的成分,形成了反对迷信的“天”、人本主义、平等主义的一系列观点，讲究经世致用，具有高度的现实情怀。关永利《柳宗元笔下的圣人形象》(《运城学院学报》2016 年第 1 期)认为柳宗元笔下的圣人分为两类，一类是伊尹、箕子、苌弘等人，他们更多的是柳宗元的情感寄托；另一类是尧、舜、禹、文王、武王、周公、孔子等，他们给予柳宗元更多的是理想信念的支撑。

在柳宗元的宗教思想方面，王玉姝《柳宗元诗文与佛禅的现实关照研究》(吉林大学 2016 年博士学位论文)认为柳宗元文学作品与佛禅之间的种种关联。柳宗元的诗歌中屡次提及慧远、支遁等得道高僧并表钦慕之意，冀望自己能有高僧们的自由境界，说明他对佛界超脱生活的向往；柳宗元的寓言对佛经中的譬喻有所借鉴，在训诫意义、题材和形式上二者都有相同之处；柳宗元的议论体文章同样传习了佛经中论证方法的缜密性。柳宗元的普度众生之愿、对时政的关心、统合儒释的思想，都是在佛禅影响下对现世人生的超越。范洪杰《柳宗元山水文学中的天台宗意蕴》(《湖南科技学院学报》2016 年第 8 期)认为柳宗元的山水文学，尤其是山水散文中的佛教意蕴主要是以天台宗教理为主的。从与天台宗思想的关系来看，柳宗元那些艺术成就高的山水文字可划分成两种类型，一种是《愚溪诗序》等与天台宗“圆顿止观”有直接体现关系的；另一种类型是与天台宗“圆顿止观”的关系虽然不能确切指实，但可以认定是在与之一致的朴素禅观上有精神上的相通之处的。崔海东《友佛而欲会通：柳宗元的佛教观》(《河南科技大学学报(社会科学版)》2015 年第 6 期)指出柳宗元初因个人际遇之不幸寻求精神解脱而亲近佛教，尚能持客观、友好的态度，交其徒、学其理、宣其教。后以儒家义理为主而会通之，以善说禅、以孝解空、以礼会律、以“神道设教”容纳“佛教”信仰、以“儒家祖先”提醒出家释子等，期望和平地吸收消化佛教。

在柳宗元的美学思想方面，马草《论柳宗元以道为本的美学思想》(《沈阳大学学报(社会科学版)》2016 年第 1 期)从道为本体、道与审美、道与文的三个层面论述了柳宗元以道为本的美学思想及其相互间的关联。柳宗元认为道为士人之本，在士人的一切行为与活动中居于本体地位，并对道的内涵进行了独特的阐释；道本身便包含审美的成分，审美也以道为本源；道为文之本，提出了文者以明道的观点。由道而至审美，再至于文，层层深入，逻辑严密，形成了缜密细致而又系统完整的美学思想体系。柳宗元以道为本的美学思想内涵丰富，特色鲜明，可以说是中唐美学思想史上的一个非常具有代表性的重要观点。陈望衡《园林与政治——柳宗元的园林美学思想》(《鄱阳湖学刊》2016年第5期)认为柳宗元的园林美学思想具有鲜明的政治意识，表现在：在地方行政中，相较于国计民生的大事，园林建设毕竟处于次要地位，只有在政治经济等重大问题取得一定成绩、社会安定的情况下才可以从事园林建设；要将园林作为民生事业来做，作为爱民的事业来做；造园之道与为政之道的基本思想均是立真善美、除假恶丑；风景胜地与欣赏风景的人具有一种内在的相通性，美不自美，因人而彰，人在园林建设中是最重要的，人在政治活动也是最为重要的，要善于识物，更要善于识人；欣赏山水园林能愉悦心情、开阔视界，有助于为政。

二、诗文研究

在柳宗元诗文研究方面，俞兆良《中国文学叙事传统探究——以柳宗元作品为例》(《湖南科技学院学报》2016年第3期)认为柳宗元叙事作品的特征表现在戏剧式叙事视角、隐含作者的运用、叙述时间和叙述空间的灵活性等方面。董郁青、彭二珂《读柳文随笔》(《湖南科技学院学报》2016年第2期)是1937年董郁青在《天津益世报》的一篇涉及柳宗元文法、笔法的篇幅最长的一篇专论。全文前后连载79期，共计25000余字，以随笔的形式探讨了柳宗元散文、传记文、政论文等多个方面。

在柳宗元散文研究方面，许明欣《柳宗元论说杂文中散文文体理论的创新实践》(《文化学刊》2016年第9期)认为柳宗元论说杂文在文体理论的创新主要有“文有二道”说、“感激愤悱”论、文道并重论、反对“荣古陋今”“奇味”说等散文文体理论。徐文翔《柳宗元对山水的典范书写》(《古典文学知识》2016年第5

期)认为元和四年到元和九年间的《愚溪诗序》和“永州八记”改变了山水游记的写法,形成了一种新的典范。在这一系列文章中,他醉心于人与山水之间的同感共应,展现了自然美与人格美的相融共生、内蕴美与形式美的和谐统一,同时也体现了山水审美的历史转折。梁美亚《柳宗元山水游记艺术特点鉴析》(《长春教育学院学报》2016 年第 5 期)认为柳宗元的山水游记描摹山水详尽、真实、自然,而且倾注了自身浓烈的情感。其文简洁流畅、传神生动、骈散结合、恰到好处,开启了山水游记的新局面。贾晓梅《柳宗元游记散文风格探微》(《名作欣赏》2016 年第 8 期)认为柳宗元散文的典型风格首先表现为审美客体的“怪特”,特别钟情于那些具有奇异色彩的景物,作品中多幽景与冷境的描写。此外,其笔下的景物往往趋于精致化、袖珍化,对景物的审美过程也往往别具一格。孙车龙《论柳宗元哀祭文中的诗文交融》(《名作欣赏》2016 年第 26 期)认为柳宗元的哀祭文不矫揉造作,情感力量充沛,有诗的语言、情境和风格,艺术感染力远超一般哀悼诗文,为宋明清哀祭文写作起到了良好的示范作用。

在柳宗元传奇小说方面,李腾飞《柳宗元传奇小说的艺术特色》(《运城学院学报》2016 年第 4 期)认为柳宗元的传奇小说的艺术特色主要表现在题材的传奇性、成功的细节描写、叙事视角的精心安排等方面。

在诗歌研究方面,刘卫华《柳宗元诗歌的无色枯淡》(《太原城市职业技术学院学报》2016 年第 10 期)认为以色彩为切入点概括出柳宗元诗歌在色相呈现、光照书写、空间建构等方面呈现出的淡美特色,对柳诗无色枯淡风格形成的背景,以及柳诗意象中色彩缺失的弥补措施做了分析。赵旭冉《柳宗元酬赠诗的社会文化功用探究》(《齐齐哈尔大学学报(哲学社会科学版)》2016 年第 9 期)认为柳宗元酬赠诗具有抒情与言志、政治与教化、社交与娱乐等社会文化功用。其酬赠诗的创作不仅是满足自己社交的需要,更是一种情感的宣泄、志向的表达,诗人以酬赠诗的形式与亲人、好友、高僧等人甚至是自己对话,渴求寻找知己产生情感的共鸣。此外,柳宗元酬赠诗中还表达出他的思想倾向与政治主张以及生活中的嘲戏之乐。凌丽《柳宗元山水诗歌的人文情怀》(《赤峰学院学报(汉文哲学社会科学版)》2016 年第 9 期)认为柳宗元在贬谪永州、柳州期间写下的山水诗展示了其遭遇贬谪的苦闷心境,也突出表现了其深沉的思想情感,以及郁郁不得志的入世孤愤,诗中人与山水的相互关照,表现了其浓厚的人文情怀。何蕾《"知者乐水"与"上善若水"——论柳诗"枯澹"之美》(《北京社会科学》2016 年第 6 期)认为柳宗元诗歌的"枯澹"之美与儒家倡导的"中和之美"、道家倡导的"法天贵真"本质相同。元和五年至元和十年间,柳宗元深受儒、道两家"知者乐水""上善若水"等观点的影响,力求改变"躁进"心态,愤懑之意减淡,内心日趋平和,诗歌创作讲求自然,故这一时期的作品呈现"枯澹"之貌。此外,移居愚溪也是造成柳宗元诗歌风格变化的原因之一,而苏轼的个人处境和遭遇,也使他格外看重柳诗的平淡自然之作。

三、比较研究

在柳宗元与韩愈比较方面,刘宁《"师其人"与"明其理":韩柳古文取法前代艺术的方式》(《杭州师范大学学报(社会科学版)》2016 年第 4 期)认为韩愈和柳宗元的古文创作都善于取法前代艺术,但二人取法方式多有不同。韩愈善于"师其人",在深得前代作者之家法的过程中,入而能出,自成面目;柳宗元则善于把握前代文章长期形成的艺术传统,究明文理,在此基础上,发挥个人创造。这两种不同的师古之道,与韩柳二人儒道思考方式的差异有密切联系,为韩柳文章带来极为不同的风貌,对于深入认识中国文章学的师古思想,很有启发意义。

在柳宗元与李翱比较方面,白天宇《柳宗元和李翱古文理论异同辨》(《运城学院学报》2016 年第 1 期)从思想主旨、创作主张、作文修养三方面,对柳宗元和李翱古文理论的异同做了比较。二人的古文理论同中有异,柳宗元的古文理论更为具体,更贴近现实,对文章的形式有更高的要求。李翱的古文理论以儒家义理为统摄,无论是内容还是形式皆不出此,这也是造成二人古文理论不同的最重要原因之一。二人的古文理论都以"明道"

为支撑，增加了文章的社会功用。在艺术形式方面，两人都提倡创新，柳宗元更是做到了兼收并蓄，使古文在审美艺术方面超过骈文，获得了长久的生命力。

在柳宗元与明代中期政治家、古文家王鏊比较方面，朱庆林《心态之异：王鏊与柳宗元山水游记不同之处原因探析》（《和田师范专科学校学报》2016 年第 4 期）认为王鏊山水游记虽师法柳宗元，但又表现出与柳文明显的不同之处，究其原因，则与王柳二人的创作心态有关。柳宗元一生官运不佳加之执着敏感的性格，使得他的创作心态极其复杂，他的山水诸记多以景物来联系自身遭遇，显得渊深峻洁、意长情绵；王鏊一生仕途顺畅、性格豁达开朗，因而他以十分平和的心态游山玩水，他的山水游记多是对景物的客观描述、有时也会抒发哲学性的思考，表现得清丽闲适、自然流利。总而言之，柳宗元山水游记是敏感失意人最孤独的告白，而王鏊山水游记则是豁达游玩者最放松的姿态。

四、影响与接受

在柳宗元影响接受方面，张悦欢《两唐书《柳宗元传》载文差异之文史辨析》（《绥化学院学报》2016 年第 2 期）指出两唐书《柳宗元传》除字数之外，最主要的区别有：是否将柳宗元的政治选择与文学成就视为一个整体；有无采摭柳宗元本人的文学作品；《新唐书·柳宗元传》的结尾处，相较《旧唐书》增加了一段韩愈对柳宗元其人的总体评价，这与《唐书》编撰的历史环境、社会背景、文化思潮之异，以及唐宋时期史书编撰者的文史取向有关。王玉姝、董艳玲《宋人之柳宗元研究文献辑录》（《图书馆学研究》2016 年第 17 期）在对宋代关于柳宗元文学评述、柳宗元政治品格与人性评价、柳宗元佛禅思想评论等文献爬梳与整理的基础上，认为宋代对柳宗元文学、政治活动和思想等诸多方面的接受虽然不免有狭隘和偏颇之处，但随着时间的推移和宋代经济的繁荣，逐步认识到柳宗元对文学、政治和思想方面的积极作用，为明清时期对柳宗元的接受奠定了基础。赵俊波《论柳宗元辞赋在海东文坛的传播与接受》（《运城学院学报》2016 年第 1

期)指出,除受中土宋代诗文革新运动、明代唐宋派等方面的影响外,情感上的共鸣、屈骚的流行、《楚辞后语》在科举中的重要地位等,也是柳宗元的辞赋在海东被广泛刊刻、笺注、引证、评论、拟作的原因。林志坚《柳宗元诗文在英语世界的翻译与传播》(《天津中德职业技术学院学报》2016 年第 6 期)在对 1867 年到 1949 年间柳宗元诗文在英国、美国等英语世界的译介情况梳理的基础上指出,翟理思、丁韪良、巴德等译者对柳宗元其人其作的翻译与介绍,使得柳宗元在英语世界乃至整个西方的影响越来越大,其作品也越来越受到人们的关注,但被译为英语的柳宗元作品还非常有限,仍需加强翻译工作,尽可能多地将其他具有重大文学价值的柳宗元诗文译为英文,让海外读者能够更加方便地接触柳宗元诗文。

五、其他

在柳宗元诗歌考证方面,郭殿忱《柳宗元咏柳州诗异文校释》(《广西科技师范学院学报》2016 年第 3 期)从名物制度、史地因革、文字演变、声律发展诸多方面对《全唐诗·柳宗元卷》题含"柳州"的七首诗与《万首唐人绝句》《唐诗品汇》《唐诗别裁集》《唐诗三百首》等著述中不同文字的是非优劣做了比较分析。肖献军《柳宗元湖湘诗歌系年考辨》(《湖湘论坛》2016 年第 2 期)认为《龟背戏》《浑鸿胪宅闻歌效白纻》和《李西川荐琴石》不是创作于湖湘地区的作品。并在综合各家说法的基础上,结合有关史料,依据诗歌在《柳集》中的编次及与《柳集》中其他诗文的关系,对系年存在分歧的作品逐一进行辨正并重新系年。

在后人对柳宗元研究的研究方面,王苑《从〈东坡志林〉看苏轼的柳宗元观》(《沈阳大学学报(社会科学版)》2016 年第 5 期)认为从《东坡志林》中苏轼对柳宗元其人、其诗、其文的评价看,苏轼既因袭历代文士学者的成论,在对柳宗元持身处世上的大节有亏表示憾恨痛惜的同时,对柳氏文章的高才绝学予以推崇。古家臻《浅析方苞对柳文的评点——以〈柳文约选〉为中心》(《黑河学院学报》2016 年第 3 期)认为方苞在《柳文约选》中认为柳文用语庞杂，文辞未能雅驯，但同时也看到柳文有过人的胆识，读书有特识之处，是值得学习的地方，这样的评价实质上是方苞与柳宗元为文思想不同，多求雅洁、义理的原因。刘城、马丽君《林纾〈韩柳文研究法〉的学术史意义》（《中国石油大学学报（社会科学版）》2016 年第 3 期）认为《韩柳文研究法》虽残留有传统古文评点的痕迹，却深受近代学术思想的影响。其以韩柳文并重，是对自宋迄清争论不休的韩柳优劣论的反驳，同时也标志着林纾对桐城派古文理论的修正，更是其毕生“力延古文之一线”主张的具体实践之一。更重要的是，它是第一部独以韩柳文为整体加以研究的理论著作，其研究视角与命名方式的独创，在韩柳文研究史上具有道夫先路的学术史意义。

其他还有，张莹《唐代柳宗元“罗池神”形象与神话述论》（《广西地方志》2016 年第 4 期）认为柳宗元在柳州四年，为官一任，造福一方，不幸病逝在柳州刺史任上，受到民众的崇敬和同情，在“冤灵崇拜”心理因素的催化下，成为建庙祭祀柳宗元的原动力。加上柳州当时仍保留着较为浓厚的巫术鬼神文化，立庙前后又多次发生与柳宗元相关的各种奇异事件，于是在罗池边为柳宗元立庙，以地为名，尊为“罗池神”。这些尊神行为没有触及儒家的礼制，得到了地方官员的默许。但柳宗元贬官的身份以及唐代严苛的地方祠祀政策，使其只能以“民间之神”的身份存世。同时唐后期政局动荡，中央对地方的文化控制力大为减弱，也使得柳州的“罗池神”信仰得以保存延续。

白居易、元稹研究

□ 陈才智

2016年国内大陆关于元白的研究成果，综合中国知网、万方数据知识服务平台、国家哲学社会科学学术期刊等网络数据库，及散见于《唐代文学研究》第16辑等集刊者，大约有120余篇学术论文。另有学位论文19篇，论著及相关书籍7部。以下承沿惯例，分为元白综论、元稹研究和白居易研究三部分加以综述。

一、元白综论

"元白"连缀并用，始于公元815年。白居易与元稹二人博搜精掇，想要编一部《元白往还诗集》，虽然此集未能最终问世，但在中国文学并称史却有开先河的意义。与初盛唐王孟、高岑、李杜之并称不同，在中唐诗歌发展的历史背景之下，元白并称已不只是一般意义上的并称，而是更多带有诗歌创作倾向和艺术风格相似相近的性质。正如尚永亮《"元白"并称与多面元白》（《文学遗产》2016年第2期）所云，与唐代诗人并称多见于身后不同，元稹、白居易在世时，"元白"这一并称即已出现，而其始作俑者极有可能便是被称谓者自身。考察此一并称之内涵，除了直接指称元、白，表征二人远超常人的情谊及其以唱和诗为主要代表的创作方式，还涵纳了元白诗歌的轻俗特点与元白作为诗人的才子特征，由此形成既相互关联、彼此生发，又各自独立、指向不同的多元义项，简言之，即"胶漆元白""唱和元白""轻俗元白”“才子元白”。这些义项，一方面使元白并称获得了符号学意义上的丰富性和典范性，映射出一个多面的元白；另一方面，也因历时性原因或认识标准之差异，形成“能指”与“所指”不能对应的情况。综观历代对“元白”并称的批评，主要集中在道德和艺文两大层面，其中颇有夸大其辞、不合实际者；至于元先白后的称谓，固然有平先仄后、“顺乎声音之自然”的原因，但也从侧面反映了时人对元稹的看重。事实上，在元白唱和诗创作中，元稹更具主动性和开拓性，并在千字律诗“皆次用本韵酬和”方面率先实践，使得“后来遂以成风”。而从部分唐人的相关评价看，唐代历史上的“元白”与后人乃至今人眼中的元、白，原是很有些不同的。

其他综论元白者，臧淼辛《白居易、元稹唐诗异同分析》(《吉林工程技术师范学院学报》2016 年第 5 期)认为从文学贡献角度，元白二人不分伯仲，而后人对元稹的重视程度远远不及白居易，这是文学研究中应及时修正之处。文章通过对二人文学创作主题、题材、表现手法及后世评价等的比较分析，希望还原真实的“元白”，抛开对元稹固有的评价和主观臆断，从二人对文学所做的贡献提出更为公正客观的评价。足以补充臧文元白异同分析者，俞芝悦《论中唐诗人自注其诗体现的读者意识——以白居易、元稹等诗人为中心》(《文艺理论研究》2016 年第 1 期)认为元白二人频繁地在诗作中运用自注，这一衍伸性的创作行为是辅助其诗歌传达情志的重要手段，体现出强烈的读者意识。他们在编辑诗文集时自注过去的作品，使得其诗歌在传播后能够更恰切地被未知的无名读者理解。其中，白居易预设的读者知识储备较为浅薄，因此自注的熟典极多。传统的“立言”观念可能是元白具有强烈读者意识的原因，他们的自注行为使诗歌更易被理解，却也对读者的创造性阅读造成妨碍，压缩了诗歌的阐释空间。

此外，张忠纲《杜甫与元白诗派》(《杜甫研究学刊》2016 年第 3 期)探讨元白诗派对杜甫的学习。“百年歌自苦，未见有知音”，在杜甫感慨“海内知名士，云端各异方”时，他的知音有限，元白的出现，使得杜甫不再寂寞，杜诗的诗史地位得以彻底改观。白居易出生的公元772年,正是杜子美驾鹤而去的隔一年。在培养和奠定诗学趣味的时期,已经流行江东的杜诗,是成长于此的青少年白居易的重要诗学营养;在确立诗坛地位的时期,尤其是新乐府和讽喻诗的展开阶段,杜甫的新题乐府,是壮年白居易赏爱的对象,学习的榜样;在影响波及海外之际,杜甫的排律和《客至》等代表的浅切诗风,是白居易中年"元和体"和晚年闲适诗的主要取径对象,其影响已经潜移默化。以元白为首的元白诗派,不仅师杜甫其人,而且承杜甫其法,可谓承继杜诗面貌而得其神味者。相关论文还有何昶熠《从中唐服饰风尚看韩孟诗派与元白诗派》(《西昌学院学报》2016年第3期)等。

二、元稹研究

承前两年高发之势,继其去年出版《新编元稹集》之后,元稹研究专家吴伟斌教授在2016年发表论文7篇。其中《世人对元稹生平的误解》(《江苏第二师范学院学报》2016年第1期)认为世人对元稹的诗文及其生平,解读常常十分随意,因此也存在诸多误读与误解,如伪造白居易的《论请不用奸臣表》、认为白居易与元稹"隙终"云云。另外,白居易《哭诸故人因寄元九》中的"元九"应该是"元八"之误,白居易《松树(和元微之)》的题注为后人妄加,白居易《元稹可太子左谕德依前入蕃使制》中的"元稹"并非元九稹,白居易唱酬元稹的《戏和微之答窦七行军之作依本韵》与白居易的《微之见寄与窦七酬唱之什本韵外勇加两韵》其实只是同一首诗而已,并非是诗篇内容不同的两首诗歌。《元稹诗文编年正误三例》(《厦门广播电视大学学报》2016年第2期)认为《元稹年谱》《元稹集编年笺注》《元稹年谱新编》对《智度师二首》《夜坐》《送岭南崔侍御》的编年有误。《智度师二首》约作于贞元十二年(796)初春,地点在洛阳。《夜坐》作于元和五年(810)秋天即将来临之际,时元稹初贬江陵士曹参军。《送岭南崔侍御》应作于元和六年(811)的二月中旬春分之时。《元稹〈连昌宫词〉新解》(《厦门广播电视大学学报》2016年第3期)认为元稹的重要诗篇《连昌宫词》,作于元和十三年四月暮春初夏之交的时节，写作动因是期待执政当局能够“努力庙谋休用兵”，为李唐复兴，为百姓生活做出自己的努力与贡献。它不是元稹“闭门伏案依题悬拟之作”，而是元稹追忆往日“经过行宫感时抚事之作”。《元稹〈琵琶歌〉等诗文误读纠缪》（《南京师范大学文学院学报》2016 年第 2 期）认为元稹《顺宗挽歌词》应作于元和元年七月十一日前数天内，元稹《琵琶歌》诗中的“管儿”并非男性也不一定姓李，裴度营救裴寰在元和九年不在元和六年，元稹出贬江陵不在元和六年而在元和五年，元稹爱女元樊夭折于四岁而不是八岁，元稹文中“常山作沴”不是指“王承宗之叛”而是“王廷凑之乱”，元稹《观兵部马射赋》应该成于长庆元年九月九日，元稹《告赠皇考皇妣文》中的“彭城”不是地名而是其祖先之封爵，元稹与王起均有和酬广宣《贺王侍郎典贡发榜》之篇，元稹《奉和浙西大夫述梦四十韵》“闻有池塘什，还因梦寐遭。攀禾工类蔡，咏豆敏过曹。庄蝶玄言秘，罗禽藻思高”所引非“罗禽吞乌”，而是“罗含吞鸟”。此外，《世人对元稹诗文的曲解》（《南京晓庄学院学报》2016 年第 1 期）《元稹散佚诗篇举例》（《宁夏师范学院学报》2016 年第 2 期）《后人对元稹〈归田〉等诗歌的错读》（《宁夏社会科学》2016 年第 2 期）三篇论文，亦各有其见，值得元稹诗研究者加以参考。

元稹《连昌宫词》有句云：“尔后相传六皇帝，不到离宫门久闭。”陈寅恪、周相录先生先后对“六皇帝”的“六”这一数字提出质疑。陈寅恪《元白诗笺证稿》推断：“自玄宗不到离宫之后，顺数至‘今皇’即宪宗，只有五帝……颇疑微之于本朝君主传代之数，似不应伪误至此，而诿为野老记忆不真之言。”周相录《元稹生平与作品考索》《元稹〈连昌宫词〉“尔后相传六皇帝”辨正》提出不同看法，认为“六”为“三”之讹误，并通过考证元稹《沂国公魏博德政碑》中“五纪四宗，容受隐忍”之“四宗”具体所指，结合《连昌宫词》前后语境，提出元稹诗中“尔后相传”的“六皇帝”实际上应该是代德顺“三皇帝”。至于“三皇帝”何以在流传过程中成为“六”，周相录从书籍流传历史解释为其“以抄本流传，抄写之时，草体之‘三’本已近‘六’，再益以年久漫漶，如末笔中缺，更与‘六’真假难辨”。究竟“尔后相传”几“皇帝”？路薇《元稹〈连昌宫词〉"尔后相传六皇帝"之再解读》(《古典文学知识》2016 年第 3 期)则认为"六皇帝"之"六",并非是"五"或"三"的讹误,"六"字本身并无误,有误的是《全唐诗》中此诗的小注"肃代德顺宪穆",从而带来后世读者不必要的歧解和误读。其实,"尔后"的"六皇帝"指天宝十三载之后依然在位的玄宗和其后的肃宗、代宗、德宗、顺宗、宪宗六人。与之相关者,还有对"相传"的理解有偏差(应为传闻而非传代),以及此诗运用了省略的修辞手法。

元稹的传奇名作《莺莺传》以其极具艺术魅力的叙事手法影响深远,在小说史上独放光彩。唐榕骏《〈莺莺传〉叙事研究》(《华中师范大学研究生学报》2016 年第 4 期)从叙事学角度对《莺莺传》创作技巧加以分析阐述,认为《莺莺传》具有动态流转中的叙事视角,亲则缓、疏则急的叙事时间,曲折缜密的叙事情节,可做"心媒"的叙事语言,可发展的叙事留白。温瑜《论元稹哀悼诗及文学史意义》(《北方论丛》2016 年第 6 期)认为元稹的哀悼诗除了对死者述哀之外,还有两点感人至深:一是强调人与人之间真诚相待、心意相通、互相支持、投桃报李的真挚情感。二是对世情、人情的真理性深刻体悟。其诗众体齐备,在艺术上达到了较高的水准:一为虚实并用,开拓了佛教、道教、醉、梦、魂等多种审美空间,把它们和死亡哀悼之诗联系起来,将虚实结合的手法运用得出神入化;二是以第二人称与死者对话,显得亲切自然;三是运用高度凝练、充满想象力和富有韵味的语言。元稹哀悼诗以其众体之齐备、情感内涵之深广和艺术手法之精湛而成为中国哀悼诗史上的一流作家。

相较于此前的诗歌创作,元稹被贬江陵的五年里,创作了数百首诗,表现出不同的艺术风貌,诗歌创作走向成熟,流传至今者有 290 首,是其诗歌总量的三分之一。继张旋《元稹江陵诗研究》(华中师范大学 2015 年硕士学位论文),周建军、王丹《论元稹江陵诗中的荆楚地域文化特色》(《中央民族大学学报》2006 年第 3 期),张晓红《江陵—通州:元稹心态研究》(河北师范大学 2013 年硕士学位论文),张波《元稹白居易江陵时期唱和诗刍论》(《科技信息》2013 年第 6 期),刘世华《元稹荆楚文学创作研究》(长江大学 2015 年硕士学位论文)之后,程楠《元稹被贬江陵时期诗歌研究》(内蒙古师范大学 2016 年硕士学位论文)认为仕途受阻、发妻离世、多病之身,使元稹政治心态、婚恋心态、人生态度发生变化,此外,荆楚文化、求佛修禅,以及与白居易等人的交游唱和,也触发其创作新变。作者将其江陵诗歌分为感伤诗、叙事诗、咏物诗、风俗诗、艳诗、悼亡诗六种,认为江陵诗歌的感情基调以沉郁哀婉为主,题材、格律、艺术手法都与前期诗歌有所区别。其章法风貌逐渐成熟,并改变了唱和诗的体制,促使了元和体的形成,推动了新乐府运动的发展。同时比兴寄托的写作手法,凄清冷落的诗歌意境,浅切质朴的语言特色,也值得留意。

三、白居易研究

2016 年出版的白居易方面的书籍有七部。其中,文艳蓉《白居易生平与创作实证研究》(上海古籍出版社 2016 年)是其博士论文之修订成果。该著运用实证的研究方法,结合域外文献、出土文献与传世文献,对于白居易的生平和创作进行全面且富有创新的探索和研究。首先,利用新出土文献对于学术界长期争议的白居易家世问题进行再探讨,以厘清其远祖世系与子嗣延续;对于前人涉猎较少的白居易家族婚姻状况详加研讨,通过白氏家族与杨氏、皇甫氏以及张氏家族婚姻的考证,展示白氏家族的婚姻特点;在白居易的交游方面,侧重于梳理他与牛、李党争人物之间的关系,并对其党争属性与表现进行新的审视。其次,利用域外文献,尤其是日本所藏文献,分大集本、单行本和各类选本,对其源流进行全面的考述,以拓展白居易著作的版本研究。同时对白居易诗文的石本与墨本,进行钩稽,以探讨清理流传过程中产生的问题。再次,通过制度等视角,对白居易重点诗作进行探索,重点定位于两个方面:一是《长恨歌》《琵琶行》的专题研究。日本保存的《长恨歌序》,是白居易的原序,由此可证实《长恨歌》与《长恨歌传》并非一体的关系;《长恨歌》主题虽众说纷纭,但由文献疏证入手而重新阐释,爱情说也可得到证实。《琵琶行》与唐代教坊制度有着密切的关系,通过史料实证和内涵挖掘,可以证实唐代教坊第一部为胡部,教坊四部为胡部、龟兹部、鼓架部和清乐部,唐代教坊入籍年限为十三岁,中唐教坊已趋向民间化。二是白居易诗分类原论。白居易元和十年编集时分为讽喻、闲适、感伤、杂律四类诗,通过现有资料还原其作品的原生状态,是该著致力的重要方面。诗歌四分类对古律之分和情志之辨有重要作用,但也存在有始无终、体格混杂的阙失。最后,探讨白居易诗在日本的受容研究。作者认为,平安时代,白居易在日本的受容异常深广,呈现全面展开的态势;五山时代,日本汉文学侧重于对闲适诗和闲适精神的受容;江户时代,由于受中国明代文学思潮影响,白诗受容主要表现为对“白俗”的贬低,但主流之外也有欣赏热爱白诗之人。此外,诗媒意识、佳句情结和选本受容,是各个时期日本对白居易诗受容的共同特点和主要方式。

总体看来,《白居易生平与创作实证研究》是近年来取得多方面进展的一部力著。当然,个别问题尚有进一步探讨的空间。例如,近年出土的题为白居易所撰之《楚王白胜迁神碑》、题为白邦翰所撰之《白邦彦墓志》(白邦彦为居易之弟行简之孙)等的发现,为这一问题的解决,提供了新的线索和证据。尽管谢思炜《洛阳所见白公胜碑真伪辨疑》(《文献》2009 年第 3 期)从碑的体制、流传、内容等诸方面疑其非为唐碑,然亦云:“尚未完全排除碑文出自白居易之手的可能性。”根据这些新出土文献,文著认为,白居易远祖为楚公族芈姓较为可信;《楚王白胜迁神碑》《白邦彦墓志》关于白居易远祖的记载,多与《故巩县令白府君事状》《太原白公墓碑铭》《白敏中墓志》《皇甫炜夫人白氏墓志》相符,为白居易远祖出自楚芈姓说提供了证据。但笔者认为,白居易远祖是否出自楚芈姓,恐怕不能全然相信白居易及其家族墓志。李商隐撰《太原白公墓碑铭》在涉及白氏先祖及世系这一问题时,就并未因同白居易交往颇深而滥用曲笔,妄加讳饰。他只用了寥寥不到四十字:“白氏由楚入秦,秦自不直杜邮事,封子仲太原,以有其后。祖某,巩县令;考季庚,襄州别驾,赠太保。”与白居易自撰《家状》相比,可谓惜墨如金。恐怕李商隐根本就不相信白居易《家状》煞费苦心地为其种姓和家世杜撰的虚妄不实之词。所以《太原白公墓碑铭》一开始就说:“公之先世,用谈说闻”,对墓主的先祖及世系明确表示怀疑。又如,关于白居易江州编集的本意,滕汉洋《白居易江州编集的动机考察——兼论江州之贬与白居易诗学观念的变化》(《牡丹江大学学报》2016 年第 11 期)认为白居易元和十年贬江州时自编诗集十五卷,明显受到“不遇立言”观念的影响,同时也有为自己含冤被贬作辩解的现实动机。白居易编集时推崇讽喻诗而贬斥杂律诗的理论宣示,与其编集的实际操作并不一致,表明其诗学观念存在矛盾。江州编集预示着白居易诗学理念开始发生较大变化。这一见解亦可与文著相关部分互补。

其余六部白居易方面的书籍,白高来、曹社松、胡红光《香山居士白居易事佛故事》(中州古籍出版社 2016 年)将白居易人生的事佛历程分为早、中、晚三个时期,收录事佛故事二十五则。郑京鹏《大唐贤刺史》(中国财富出版社 2016 年)描写白居易任忠州刺史修建白桥,兴办书院,劝农均赋租,省事宽刑书等政绩和故事。另外,陈香《白居易新乐府注解》(国家出版社 2016 年)当为该社 1982 年版《白居易的新乐府》之修订本,谭留根有《白居易:电视剧剧本》(三秦出版社 2016 年)。日本则出版有赤尾荣庆、神鹰德治解题之《京都国立博物馆所藏重要文化财:神田本〈白氏文集〉》,白居易研究会编《白居易研究年报》第 16 号特集“佛教与文学”(东京勉诚社 2016 年)。

2016 年国内发表的白居易研究论文大约有 100 篇。涉及白居易的政治思想、文艺思想、音乐思想、养生之道、终极关怀、结集传播、藏书研究、诗迹研究等各个领域,及《长恨歌》《琵琶行》《新乐府》等诗文作品。其中接受与影响研究,占据各类选题的主要方面。胡遂、谭立《论白居易对〈周易〉“易简”“乐天”思想的接受》(《湖南社会科学》2016 年第 2 期)分析说,白居易和胞弟白行简、从弟白敏中名字均源自《周易》,见出其宗族对《周易》的高度认同。《周易》的“易简”“乐天”思想对白居易政治理念和生活实践影响极大。白居易领会大道至简、以简御繁是为天德。“易简”囊括万物、兼容并包,多拓展创造空间。唯有“易简”,方可执其纲要、握其枢纽,掌握治国行政的重要原则。白居易于生活实践中简易行止，随遇而安，淡漠外物，纯粹精神，其“乐天”思想体现在人生历程和精神世界之中，在诸多仕宦因穷达进退而辗转反侧之际，白居易深谙天道盈缩、祸福相倚之道，以平常心处之，乐天安命，成为明达天道、洞悉社会、通脱人事的典范。

陈才智《白居易其人其诗的当代价值》(《河南科技大学学报(社会科学版)》2016 年第 1 期)认为白居易是有世界影响的伟大作家，不仅在当时文坛的地位就很高，对后代影响也很大，称为“广大教化主”恰如其分。其人格范式的价值，包括正确对待自己，正确对待他人，及正确对待进退得失。其安分知足之乐的思想和态度，涵盖“心事一言知”“何况不失家”的至友挚亲之乐，“除却须衣食，平生百事休”的衣食起居之乐，及“门前少宾客，阶下多松竹”的闲情雅趣之乐。当今社会对闲适安宁的渴望与追求十分强烈，白居易其人其诗所独具的知足保和的人生观念、闲静适世的志趣选择、和光同尘的哲学思想，正显现出夺目的当代价值。

在宋诗对唐诗的继承中，白体占有重要的地位，主要以语言的通俗、流畅，内容的闲适、快乐为宋人所接受。白居易晚年定居和集中创作闲适诗的洛阳，成为北宋白体接受的重镇。庞明启《白体接受视域下邵雍与司马光诗歌比较论析》(《湖北社会科学》2016 年第 2 期)认为邵雍与司马光长期居洛，所作大量诗歌反映了安闲逸乐的主题、知足保和的心态，语言浅白易懂，具有明显的白体倾向。他们的诗歌形式变化多端，受到白体求新求变精神的影响。然而，在白体接受上，邵雍更为彻底，司马光则有一定限度，一是因为邵雍居洛更久，心情更为闲适，在白体接受上能够一以贯之，司马光诗风多变，加上政治包袱沉重，故而在白体接受上有所局限。二是因为邵雍把闲、乐看成一种功业，诗歌则是促成这种功业的重要途径，司马光轻视诗歌的作用，仅仅看作一般意义上的娱乐、休闲手段。

白居易家族据称源自西域，至元代又反过来影响西域诗人和诗风，成为西域文明华化之风的重要推助。陈才智《白居易对元代西域诗人的影响》(《民族文学研究》2016 年第 2 期)认为元代西域诗人对白居易的受容，绝非个别现象，可谓蔚然成风。从发展来看，历经两个阶段，第一阶段以耶律楚材、耶律铸家族为代表，以摹拟唱和为主，第二阶段以廼贤、马祖常和萨都剌等为翘楚，既融汇前贤，更自出新境。众多元代西域诗人不约而同选择白居易作为学习对象，也绝非偶然。在第一阶段，主要缘于白诗相对通俗易懂，更为契合文化相对落后、汉语运用能力相对薄弱的西域民族。第二阶段，则源自时代对白居易《新乐府》精神和讽喻诗关注民生传统的呼唤。西域诗人兼诗论家（以元初辛文房为代表）对白居易的正面评价与推尊，也有推波助澜之功。吴玉军《元杂剧对白居易诗歌的接受与超越》（《戏剧之家》2016年第1期）认为元杂剧接受与超越白居易诗歌的剧作表现为：将诗歌内容照搬或化用到剧作中；借前代事抒发内心的郁闷或表现自身的社会价值观念；对女性的塑造更合乎元人的审美要求；对大团圆的结局运用不一。这些超越也适合于其他由诗而剧的剧作，在文学史的发展上占据重要地位。

代亮《遗民群体与清初白居易诗的流行》（《烟台大学学报（哲学社会科学版）》2016年第3期）认为清初诗坛对白居易诗不乏批评，但推崇之论亦不时可见，其中，遗民诗人的论调尤堪注意。他们倾慕白氏闲适恬淡的人生境界，注目于白诗面向现实的写作旨趣与自然淡朴的诗风，对其创新精神以及以苦吟为诗的创作态度，也时有好评和效仿；在此基础上，他们树立白诗为师法典范。遗民诗人对白诗的推举，建立在彼此嘤鸣的基础上，其中的佼佼者如方文，复以自身的创作实绩以及请人作《四壬子图》等方式，影响到若干诗人尤其是新朝官员，从而形成力量的叠加，进一步推动白诗的流行。考察相关论说，不仅可以窥见白诗在清初传播的全貌，亦有助于认识遗民群体心态的演变以及清初诗学思想的多元趋向。

山东人王渔洋最早以《秋柳》诗蜚声诗坛，山西人白香山最早以“春草”诗享誉诗坛；王渔洋以提倡“神韵说”著称，白香山以主张“诗须有为而作”知名。一般认为，王渔洋鄙薄白诗，是白香山接受史上的“负能量”。陈才智《王渔洋之于白香山——取舍避就之道》则认为，若揆以其诗学渊源和发展变化，则王渔洋诗歌创作和诗学理论里，前代诗豪白香山并非毫无存在空间。名高位尊的王渔洋对白香山的取舍避就之道，需要从其诗话、诗论、诗选、诗作、笔记、序跋、信札等文献中，仔细钩沉和爬梳。考量王渔洋于白香山的取舍避就之道，探察其用行舍藏之端，辨析王渔洋诗与诗学如何安置诗史中的白香山，不仅关涉王渔洋名家与大家、清才与英才的定位，也是理解白香山在清代诗坛地位阶段性变化的关键。其相关论文还有《苏东坡对白香山的受容与超越——咏梅诗的视角》(《中国苏轼研究》(第五辑)学苑出版社 2016 年)等。

白居易诗歌的海外传播和接受，是 2016 年白居易研究的一个亮点。其中，亚瑟·韦利在其耳顺之年出版的《白居易的生活与时代》，是西方第一部以诗人诗歌作品为史料的人物传记，选择白居易为传主，并非仅仅是出于其"浅近易解"，更多是出于性格经历和文学观念的认同。陈才智《一部有影响力的西方汉学经典——评亚瑟·韦利〈白居易的生活与时代〉》(《海外中国古典文学研究》社会科学文献出版社 2016 年)从这一角度来评骘其《白居易的生活与时代》的得与失，认为《白居易的生活与时代》的成绩与优长是主要的，不愧为其众多汉学作品中影响最大者。评以精彩绝伦，评以引人入胜，绝非过誉。五十多年的历史已经证明，这部传记，不仅是西方最著名的白居易研究著作，也堪称是一部有影响力的西方汉学研究经典著作。葛文峰《"诗魔"远游:英国汉学家阿瑟·韦利的白居易诗歌译介及影响》(《华文文学》2016 年第 6 期)认为"诗魔"白居易诗歌的世界之旅正因英国翻译家阿瑟·韦利的译介而得以成行。近似的人生哲学与趋同的诗学审美使白居易与韦利成为异国知己。韦利达意传情翻译思想指导下的白居易诗歌译文是优美的诗篇，成为美国诗人创作的源泉、仿拟的典范，对美国现当代英诗产生深远影响。借此，白居易及其诗歌成功进入英诗体系，实现了汉英诗歌之间的交流与融合，推动了世界文学的发展，缔结了一段中外文学关系史上令人瞩目的诗歌因缘。陈梅《白居易诗歌英译及研究述评》(《外语教育研究》2016 年第 1 期)回顾国内外白居易诗歌英译及其研究的历史，重点介绍几位主要的白诗英译者及白诗英译研究现状。文章认为，白诗英译以几个主要的西方译者为主，至今还未出现白诗英译的全译本；国外有唐诗研究的传统，但缺乏白诗英译专门性研究；国内研究主要集中在《长恨歌》和《琵琶行》的英译对比研究，及许渊冲和阿瑟·韦利的翻译风格研究上，缺少对其他白诗及其译者的研究。相关论文还有刘妍《浅论日本平安时期的“白居易现象”》(《湖北函授大学学报》2016 年第 23 期)、黄周《日本平安文学对白居易诗作的选择》(《淮北师范大学学报(哲学社会科学版)》2016 年第 6 期)等。

谢思炜《白居易的政治经历与选择》(《光明日报》2016 年 3 月 24 日 11 版)认为白居易的从政态度可以用“悉心政务，关怀民生”来概括。除所接受教育外，其出身和家庭状况也对他的政治态度有重要影响。白居易最初授官校书郎，比较清闲，后迁转为县尉，担任司户尉，兼管功、户、仓曹，负责管理官吏考课、学校、租赋、户籍等，政务相当繁杂。其讽喻诗创作，就是从这一时期开始。其中对朝政的批评，惹恼很多权豪贵近。后来因守母丧离职，白居易不再担任翰林学士、左拾遗，也不再能坚持这种激烈的政治态度。在此过程中，儒家仁政理想和修身原则对他产生积极影响。但白居易并不是一个只尚空谈、不通世事的懵懂书生；勇于任事、不惧权贵的政治态度，是他自己的一种选择。随着官位升迁，年齿渐长，白居易早年的锐气大多消磨，这时，其精神追求就转向“行在独善”，远离官场险恶处境，获得一种人身的和精神的自由。

陈才智《白居易与藏书》(《人民政协报》2016 年 10 月 10 日 12 版)认为白居易能有今日之声名，除了水平高、数量多、寿命长等原因外，与其善于藏书颇有关系。连一向鄙薄乐天诗风的一代之宗王渔洋，都记得白居易的池北书库，并且不仅径袭其名，还郑重其事地把自己的《池北偶谈》“取乐天池北书库之名名之”。“一编长庆集，三复池上篇。”清代颐道堂主人陈文述是白居易的粉丝，他倾心之处，即其“随遇皆欣然”的人生态度，《画屏怀古诗》其二十八的这句，正点出《池上篇》是白居易思想要义之体现，在《白氏长庆集》里十分重要。张再林《白居易的“池上”境界及文学史意义》(《求索》2016 年第 9 期)认为白居易的“池上”境界是唐宋文化转型过程中时代精神和士人心态发生深刻变化的一种反映，因其丰富的时代内涵和丰厚的文化意蕴而引起宋人的纷纷仿慕，由此使得宋代文坛产生一大批以描摹池上之境为主题的作品。或描述小池优美风光，意境宁静悠闲，或以小寓大，表现赏池乐境，为宋代文坛增添了一份特有的闲适面貌，具有重要的文学史意义。透过唐宋之际"池"文学的演变历程，可以由小及大地看到唐宋文人人生态度、审美旨趣以及创作风尚的发展趋势，从而更好地理解和把握唐宋文学发展嬗变的历史文化底蕴。

《琵琶行》是白居易叙事与抒情兼美的佳作，子弟书是清代中晚期北方零琼碎玉式的民间曲艺。陈洪、杨恂骅《论子弟书对〈琵琶行〉艺术的接受与重构》(《中央民族大学学报(哲学社会科学版)》2016 年第 2 期)认为子弟书作者以自己的期待视野，将《琵琶行》环境、心理，叙事、情感的空白进行填充，并在局部描绘上更趋集中、细腻，创造出一种别样的光辉。陈才智《古典诗歌的阅读与理解——以〈琵琶行〉为例》(《杜甫研究学刊》2016 年第 2 期)认为阅读和理解古典诗歌，除了知人论世，掌握背景，了解本事，细读文本，疏通诗意，披文入情，因声寻意之外，还须进一步推源溯流，把握后世批评、议论和接受的情形，探究其经典化由萌芽、发展及确立的演变历史。在这一问题上，以《琵琶行》为例，至少需要留意：以文集文献整理为主体的文本演变史，以历代诗歌选本与评点为主体的选本沉浮史，以文学批评家为主体的作品阐释史，以作品为主体的作品模仿史，以琵琶亭为主要地点的诗迹流传史，以及题材流播史、书画题写史、文本翻译史。这八个方面，大致涵盖了《琵琶行》阅读和理解的涉及范围。

2016 年以白居易研究为选题的学位论文至少有 18 篇。包括李雪静《白居易讽喻诗之议论化研究》(内蒙古师范大学 2016 年硕士学位论文)、杜雪婷《论白居易闲适诗中的生命意识》(新疆师范大学 2016 年硕士学位论文)、陈雨舟《白居易杂律诗研究》(陕西理工学院 2016 年硕士学位论文)、孙小青《白居易与佛道交往诗研究》(安徽大学 2016 年硕士学位论文)、罗荫《白居易述老诗研究》(湖南大学 2016 年硕士学位论文)、黄薇《白居易艳诗研究》(哈尔滨师范大学 2016 年硕士学位论文)、夏云秋《白居易节令诗研究》(广西师范大学2016年硕士学位论文)、孟思远《王维和白居易隐逸诗的比较》(上海师范大学2016年硕士学位论文)、乔玉凤《论白居易的“底层”关怀》(上海师范大学2016年硕士学位论文)、郭悦琦《白居易诗文之夷夏音乐考论》(西南大学2016年硕士学位论文)、徐晓玲《宋文学中白居易形象研究》(青海师范大学2016年硕士学位论文)、王晶《〈白居易拱谒·鸟窠指说图〉研究》(浙江师范大学2016年硕士学位论文)、曹亮《白居易〈琵琶行〉文本解读与教学设计》(内蒙古师范大学2016年硕士学位论文)、吴俊奕《白居易诗歌的海外传播——以日本、韩国为例》(西南大学2016年硕士学位论文)、常婷婷《大江千里的〈句题和歌〉对白居易诗歌的传承与变容》(吉林大学2016年硕士学位论文),还有三篇探讨《长恨歌》许渊冲、弗莱彻(W. J. B. Fletcher)、宾纳(Witter Bynner)三种英译本,龙艺红《概念转喻视角下〈长恨歌〉三个英译本的功能对等分析》(贵州师范大学2016年硕士学位论文)、但清波《文化图式理论下的〈长恨歌〉三个英译本比较与分析》(华北电力大学2016年硕士学位论文)、沙珊珊《英译诗歌韵律的定量对比分析——以〈长恨歌〉三个英译本为例》(浙江大学2016年硕士学位论文)。这些选题涉及的学科范围之广,显然是唐代其他作家所难以企及的,也可从一个侧面看出“广大教化主”白乐天的影响力之大。

上面曾提及日本2016年出版的白居易研究书籍,而在期刊论文方面,2016年日本也发表有很多研究成果。例如《白居易の墓誌銘からみた表現方法》久田麻実子《教養・外国語教育センター紀要.外国語編》7:1,2016年1月;《白居易の流水対について》中元雅昭《国際文化表現研究》12,2016年1月;《白居易「自誨」詩制作の時空:元和十年、江州左遷の旅》諸田龍美《日本中國學會報》68,2016年1月;《白居易の茶詩に登場する茶と酒》馮艶《中国学志》31,2016年1月;《劉長卿「聽笛歌」について一白居易「琵琶引」の先行作品として一》市川清史《學苑》903,2016年11月;《在原業平における白居易詩の受容:『古今集』における『雨中の藤花』の詠》久保瑞代《言語表現研究》32,2016年1月;《アーサー・ウェイリー(Arthur Waley)の白居易英訳:Chinese PoemsからMore Translations from the Chineseまで》林悠子《東京大学国文学論集》11,2016 年 3 月;《死者を悼む:白居易の青春(続)》橘英範《中国文史論叢》12,2016 年 3 月;《白居易の用語「新蟬」について》谷本玲大《國學院雜誌》117:11(特集　中国学の眺望),2016 年 11 月;《橘曙覧の和歌と漢詩文との関係について:詩経、漢書、韓非子、李白、杜甫、韓愈、白居易の詩文を踏まえるとされる短歌十八首を中心として》前川幸雄《國學院雜誌》117:11(特集 中国学の眺望),2016 年 11 月;《「正治初度百首」の定家の藤花詠における白詩「三月三十日題慈恩寺」摂取:『源氏物語』・『伊勢物語』を介して》村中 菜摘《解釈》62:9/10(特集 中世・近世),2016 年 9 月;《元白詩中「盧子蒙」考》文艶蓉《中國中世文學研究》68,2016 年 9 月;《源氏物語と長恨歌 其六　天の夕顔》上野英二《成城國文學論集》38,2016 年 3 月;《長恨歌の民話的原型:羽衣・浦島・七夕説話》上野 英二《语言文化学刊》3,2016 年 5 月;《文学》17:4,2016 年 7 月;《「長恨歌」における道教と佛教:『佛所行讚』『佛本行集經』の影囗を中心として》石井公成《東方宗教》127,2016 年 5 月。可见,对于日本文化产生深刻影响的白居易,一直是受到关注的研究对象。

而西文方面,管见所及有吕福克(Volker Klöpsch)撰写的书评,刊载于《华裔学志》(Monumenta Serica)2016 年 5 月号,书评对象是施可婷(Kerstin Storm)所著《白居易作品中的童年》(Kindheit in der Dichtung des Bai Juyi, 772 - 846, Gossenberg: Ostasien Verlag, 2014. Deutsche Ostasienstudien, 14)。由此可见,白居易研究已随着汉语文化的传播,随着乐天其人其诗的独特魅力,走出东亚,扩及全球矣。万古流云,惟经典常新;世界渐小,而诗道正宽。我们有理由相信,站在更为广大的文化视野之下,元白研究将迎来前所未有的突破之机。

李商隐、杜牧研究

□ 吴振华　崔　浩

同往年相比，2016 年李商隐研究呈现增长态势，各类学术期刊发表论文 70 余篇，一些论文立意独特，开拓了李商隐研究的视域。以下为本年研究概况综述：

一、李商隐研究

（一）生平与思想研究

杜松梅《李商隐交游诗研究——以心迹觅寻为中心》（山东大学 2016 年硕士学位论文）通过对李商隐全部近 200 首交游诗的梳理分析，以诗、文、史互证等方法，探究李商隐的交游及诗歌创作，还原了一个较为真实的诗人形象。文章着力分析李商隐交游诗中流露出的复杂而深刻的情感内容与生命体验，即躁进心态与兀傲峭拔之气、浓重的知音寥落感与情感挣扎、流逝之感、归隐之念、孤寂之感与对孤寂的品味。段永升《李商隐接受道教思想的特点》（《渭南师范学院学报》2016 年第 11 期）指出李商隐一生入玉阳山学道的时间总共不超过三年，然而他却与道教结下不解之缘，从身世和人生遭际来看，李商隐对道教思想的接受呈现出了三个特点：一是仕进的功利性，二是痛苦的消解性，三是现实的逼迫性。作者认为，李商隐在入仕前接受道教思想是为了“振兴家道，冀立门构”，并增加自己及第的可能性，而入仕之后接受道教思想则是为了逃避现实，安慰自己受伤的灵魂，因而李商隐接受道教思想完全是出于家庭生活和人生理想的胁迫，而非自己的本心。王玉姝、王树海《冲突与超脱——试论李商隐诗歌佛理禅意的多元性》(《东疆学刊》2016 年第 2 期)认为李商隐生活在佛禅大炽的背景下，自身亦有亲近佛禅之意，其诗歌作品自然满蕴着佛理禅意。他以佛家“不二分别”“众生平等”思想抒发对女性的真挚情感，但理想与现实的冲突让他在求之不得的爱情中体会离别之苦。同时其作品中也展现出为官之路坎坷多变、升沉不定，这恰恰与佛家“无常”观相契合。难能可贵的是李商隐能在困境中转身回向，超脱一己私利和现实困境；他在政治诗中对人民的苦难寄予了深切的同情，在展现佛家慈悲之心的同时，亦体证了佛理禅意的多元性。易思平《道教女性崇拜与李商隐诗歌的女性化特色》(《社科纵横》2016 年第 6 期)指出，中国道教自古便宣扬尚阴贵柔的观念，推崇女性特征和女性崇拜思想，而李商隐是一位道教信仰者，尤其与女冠关系密切，对女冠充满爱慕向往之情。因此，他的诗歌创作受到了道教女性崇拜思想的深刻影响，从而表现出明显的女性化特色，包括抒情方式的女性化、语言形式的女性化以及诗歌意境的女性化等。易思平《道教语言视角下李商隐诗歌的朦胧美解析》(《现代语文》2016 第 11 期)认为中国道教宣扬语言文字的神秘性和神圣性，道书中的语言古奥怪谲、隐秘晦涩。作为道教的信仰者，李商隐的诗歌创作深受道教语言的影响，其诗歌大量运用道教的隐语、典故以及故实名词，从而呈现出别具一格的朦胧美、诗歌意境的迷幻美和诗歌主旨的隐晦美。李莉《李商隐诗歌中的末日气象》(《安顺学院学报》2016 年第 4 期)从情感状态、处世态度、表现手法三个角度来探讨义山诗中的末日气息。晚唐诗歌普遍表现出哀婉消沉、晦涩朦胧的审美倾向，而李商隐的诗歌无疑是这一时期最好的代表，对盛唐辉煌的追慕，对现实的厌弃，对美好事物最终都将消亡的认识，正是时代给文人的心里折射，从而使他们唱出充满末世气息的华丽悲歌。

(二)诗歌艺术研究

1.诗歌艺术特征与艺术技巧

王红军《李商隐诗复叠辞格之美》(《辽东学院学报(社会科学版)》2016 年第 4 期)主要从李商隐诗复辞之幽情美、李商隐诗叠字的情味美两方面对义山诗中的复辞叠字特征作详细论述。文章指出，古代诗人常在诗文创作中使用复叠辞格，用以表达细腻深沉、含蓄蕴藉的感情，并使诗歌达到回环往复、音声纡徐的效果。而李商隐正是中国古代运用复叠辞格创作较多的诗人，他运用这种辞格的诗，主要在五、七言律、绝，而尤以七律和七绝为最多。在这些诗篇中，李商隐以复辞、叠字表达了丰厚婉转、深情绵邈的诗歌意蕴，使诗意伏彩潜发、脉络婉曲，具有独特的审美韵味。李静文《李商隐诗歌中的颜色词的语言学特征》（《湖北职业技术学院学报》2016 年第 2 期）则从语言学的视角出发，研究了李商隐诗歌中颜色词的语音、语义及句法、虚实结合等方面，论证了颜色词对渲染诗人情感的作用。文章还借李商隐的诗歌分析了古代诗歌颜色词的修辞特点、认知隐喻和转喻特征，并探究其文化成因。认为在文化制度、风俗习惯、朝代特点、宗教哲学等的影响下，李商隐的诗歌运用颜色词语音、语法、词汇修辞，突出其色彩美，给人以视觉冲击力。通过认知隐喻及转喻凸显诗人情感及意象特征，诗人在进行诗歌创作的整个过程中，隐喻不仅仅是一种文学修辞，更是一种思维表达的认知方式。程鑫《朦胧的典范悲壮的情怀——谈李商隐诗歌的艺术特色》（《中学语文》2016 年第 3 期）结合具体作品，从“隐晦主题下的多元阐释”“凄艳浑融外衣下的悲壮情怀”“比喻，用典象征，朦胧多义的源泉”三方面来研究义山诗的艺术特色，对义山诗情思绵邈的特质作了具体分析。沈楠《浅析李商隐用典的艺术特征》（《知音励志》2016 年第 4 期）则从用典的角度来观照李商隐的诗歌，文章指出，用典是李商隐诗歌中的重要手段，是其诗含蓄曲折、意境邈远的重要成因，诗中的典故既是诗歌比附象征的载体，同时也是营造玄幻意境的重要方式。丰富的典故运用，奠定了其精于用典的诗歌特征；丰富了其比兴象征的表现手法；同时也为其诗风增添了玄美色彩。

2.诗歌意象研究

白晓雪《李商隐诗歌对柳意象内涵的继承与发展》（《青年文学家》2016 年第 21 期）详细论证李商隐“恋柳情结”的成因，一方面与其早年的情感经历和仕途不畅有着千丝万缕的联系，另一方面，人生际遇和仕途不通达也是他咏柳并进一步丰富柳的意象内涵的重要原因。指出李商隐继承柳的传统的意象内涵，并有重大拓展：第一，借咏柳抒发对他人的思念；第二，借柳来反映社会现实，表达对时局的看法，具有象征意义；第三，借助柳来进行自喻，以反映其仕途失意、才不得施的愤懑和一生困顿不得志的感伤。黄欣卉《李商隐诗歌时空审美意象解读》(《城市学刊》2016 年第 3 期)以时空诗学理论为依据，分别从时间意象、空间意象和时空交织意境三个角度，对李商隐诗歌作品中的时空审美意象及其特色进行了分析。认为，坎坷流离的身世、漂泊的政治生命与内敛纤敏的性格使得李商隐产生了战胜时间的愿望和对时光的无尽恐惧与悲哀。这种哀愁绵邈的时间意识表现在诗歌作品中，便构成了李商隐诗歌朦胧秾丽的审美意味以及消极忧郁的崇高感。在空间意识上，李商隐则擅于利用双层或多层的空间意象累加，展现广阔高远的空间，营造出凄凉缠绵的意境，使诗歌在空间的回环递进中具有荡气回肠的艺术力量。赵鹤涵《浅析李商隐爱情诗的意象特征》(《中国校外教育》2016 年第 10 期)将李商隐爱情诗中的意象归纳为三类，即“凄迷感伤”“斑斓多姿”以及“迷茫朦胧”，并指出李商隐善于运用这些缤纷多彩、朦胧梦幻的感伤意象，表达那种凄迷伤痛的无奈情怀，因此，李诗的内涵已远远超出具体情事，达到一种更高境界，意象的交融重叠，现实和环境的投影对照，使得诗歌的情思和意象更深邃，更有魅力。石金凤《唐代诗歌中灯烛意象的多重涵义——以李商隐诗歌中的灯烛意象为例》(《课外语文》2016 年第 9 期)指出，灯烛意象在晚唐诗人李商隐笔下频频出现，体现了诗人的特定心态、特定的情感模式和审美模式。灯烛意象映射出诗人丰富而复杂的内心世界，是诗人现实世界里苦痛怅惘的象征，是诗人虚幻世界里希望的象征。灯烛意象在李商隐笔下有多种涵义：雨夜的烛光是渴望团圆的梦想；泣血的烛泪是无限思念的延长；暖艳的红烛是对良辰美景的追忆；恍惚的烛影是心事难圆的象征。张婧《以典为象：〈锦瑟〉中成为意象的典故及其对审美意境的贡献》(《牡丹》2016 年第 12 期)认为李商隐《锦瑟》诗中的“庄生晓梦”“望帝杜鹃”“鲛人泣泪”“良玉生烟”四个典故，在诗中起到了意象的作用，并且为全文带来了“以典为象，自成意境”“以典为象，诗境辽阔”的审美效果，同时“以典为象”作为一种特殊意象，会形成一个多层次的开阔意境，在一个个情境中让读者浮想联翩，流连忘返。曹渊《烛光里的二重隐喻：李商隐〈灯〉诗“半焰”意象分析》（《美与时代》2016 年第 7 期）认为李商隐的《灯》诗体物精深，结构精整。其中的“半焰”意象对该诗的理解至关重要。该诗正是通过把灯一剖为二，解析出“半焰”意象而构思出来的。不论是开头的两句对灯的二重解析，还是中间的十二句六对对具体情境的描述，无不是以“半焰”为中心构建的，“半焰”是这首诗的内核，也是它的能量集聚的“诗眼”。认为在诗人的精心策划下，“灯”分裂成了两个“半焰”、两个相互对立的世界：一个是在皎洁的灯光下怡然自得的世界，一个是在煎熬的折磨下默默自明的世界。此时的“灯”已经超出了灯的固有内涵，它甚至成了两种社会、社会上的两种人的象征与隐喻。柯莉《穿越千年的蝴蝶——李商隐诗歌“蝴蝶”意象对“庄周梦蝶”的继承与发展》（《北方文学》2016 年第 5 期）指出，从“庄周梦蝶”到“义山咏蝶”，义山诗歌对蝴蝶的歌咏，是继庄子之后文人写蝶的高峰，其笔下的蝴蝶意象既有对“庄周梦蝶”的继承，也有对其的发展。义山诗中的“蝶”之意象构成难解的诗谜，“蝶”喻困顿的自我、渺远的人生和心仪的恋人于一体，一切如迷梦却更甚于迷梦，在悲慨人生和情爱间，写透了人世间普遍的苍凉恐惧感和悲慨意识。

3.无题诗研究

李娜《李商隐〈无题〉诗的情感表达》（《山西煤炭管理干部学院学报》2016 年第 3 期）主要从诗人的遭际、性格、所受影响以及诗歌的外在特点来说明“无题”诗情感表达的独特性以及产生解读困难的原因所在，即诗歌的多重意象、诗歌的跳跃性、诗歌主体的空缺、诗歌的非写实性、客观叙述中的主观色彩、否定和疑问句式的多次使用。闫达慰《〈锦瑟〉与李商隐的无题诗》（《语文天地》2016 年第 16 期）将《锦瑟》与李商隐其他六首无题的七言律诗放在一起加以解读，认为《锦瑟》和这些无题诗所描述的意境和表达的感情似乎是一脉相承的，但在词语和结构上又上升了一个层次，引领无题诗走上巅峰。田金霞、李欣蔚《佳人锦瑟怨年华——李商隐〈锦瑟〉赏析》（《名作欣赏》2016 年第 33 期）认为《锦瑟》是李商隐的压卷之作。诗歌抒发了诗人因听瑟曲而感念生平、感怀身世的怅惘之情，真挚感人的情感内涵、含蓄朦胧的审美风味和谨严灵动的诗歌结构，是此诗值得称道的地方。邢沛《〈诗艺〉创作视野下的李商隐的〈无题〉诗》（《读书文摘》2016 年第 10 期）则运用《诗艺》中的创作原则来解析李商隐的无题诗并得出以下结论：无题诗之所以难懂，就是他选择的意象不常规，而这恰是李商隐与其他诗人迥异的内心世界的真实反映。李最欣《〈锦瑟〉主旨新解》（《重庆师范大学学报（哲学社会科学版）》2016 年第 5 期）认为《锦瑟》是李商隐献给心上人的一首赞歌。冯现冬《凡俗人世间一抹生命的亮色——李商隐〈无题·昨夜星辰昨夜风〉赏析》（《名作欣赏》第 32 期）指出此诗所描述的是一段不期而遇的爱情，但这美丽的相逢如今已然成为追忆，甜蜜中有着淡淡的哀愁。诚然，茫茫人海中，两人蓦然邂逅，共享一份无需言语阐述的温馨与真情，从而在彼此颠沛黯淡的凡俗岁月中增添一抹生命的亮色。字里行间，诗人的珍重之情感人至深。孙新运《李商隐无题诗中婉转之美》（《辽东学院学报（社会科学版）》2016 年第 4 期）认为婉转修辞格的运用可以使文学语言变得委婉含蓄、蕴藉深沉，而李商隐的诗基本上都具有含蓄深沉的特点，特别是无题诗，究其原因，和婉转修辞格的运用有很大的关系。通过婉转修辞格的运用，透过表层的符号，表达出深层的含义，很大程度上提高了诗歌的审美意蕴。曹渊《论〈锦瑟〉的渊源及旨归》（《阴山学刊》2016 年第 2 期）对《锦瑟》诗中的内在逻辑关系作了以下总结：锦瑟这个乐器是进入“思年华”状态的必要准备。通过它的哀伤的曲调，我们得以打破现实的束缚，进入“思年华”的神游状态。中间的四个象征性图景，是追忆聚焦的地方，也是作者一生无法解开的心结。这个心结就集中体现在珠与泪、玉与烟之间难言的关系上。曹彬《论李商隐无题诗及文学史意义》（《名作欣赏》2016 年第 15 期）指出，在晚唐乃至整个唐代，李商隐是为数不多的刻意追求诗美的作者，其在文学史上最大的贡献在于创作了一批不同于以往的无题诗，拓宽了古代诗歌的命题，对后世影响颇深。公衍楠《浅析李商隐〈锦瑟〉的艺术手法》（《青年文学家》2016 年第 20 期）就《锦瑟》诗中李商隐为什么要用“锦瑟”来起兴提出了他的见解：一、锦瑟本身虽然是精美的，可弹出的乐曲却是悲苦的，可以象征诗人美好的梦想寄托，梦想虽然是美好的，但是遭遇却是非常不幸的。二、五十弦的锦瑟在唐代时已经极为少见，是过时古瑟，不合时宜。可以象征诗人自身的遭遇不能为当时的社会所容纳和接受，自己本身也不合时宜。三、古瑟五十弦，能奏出最为繁复的音节，诗人认为只有最繁复的音节才能奏出他繁复的过往，诗人本身的人生道路相当曲折，充满辛酸苦闷，锦瑟的乐音是对他人生最好的诠释。四、琴瑟可弹乐歌哀曲，用来演奏出诗人悲欢交集的一生也是最合适的了。肖菲《诗无题，人有情——解读李商隐的无题诗作》（《芒种》2016 年第 4 期）指出，在中国诗歌领域中，无题诗是一个创举，有意识地创作“无题”诗歌，是从李商隐开始的。几千年来，李商隐的无题诗脍炙人口，而其中内在的涵义却被诸家解释不一，为后人留下了许多想象空间。贾铖虎《有题却是无题——诗析〈锦瑟〉中李商隐的创伤心态》（《中学语文教学》2016 年第 16 期）认为《锦瑟》中的情感是赤子之心最本真最温柔的依恋，是生命之灵最深沉最执着的痴守，是借以抚慰灵魂的休歇之所，是不为人知的隐伤涤荡成的动人乐章。

4.其他题材诗歌研究

曾光《道是寻常最奇崛——论李商隐〈贾生〉的结构艺术》（《语文月刊》2016 年第 2 期）认为《贾生》不同于商隐的那些无题诗注重意象的刻画、意境的营造，也不同于其他诗人的咏古诗注重抒情、议论，它似乎更偏向于一部叙事作品：最佳的叙事顺序、巧妙的反差设计、明确的布局意识以及适当的评论干预。这些丰富的结构手段能够在短短的 28 个字中得到很好的展现。温瑜《李商隐哀悼诗简论》（《宁夏师范学院学报》2016 年第 4 期）指出，家世、时世、身世的不幸使含蓄内向的李商隐心中更加脆弱伤感而又不得诉之于外，以人世间最大的生死之悲为特征的哀悼诗就成为这种情感抒发的最佳载体。这主要体现在两方面：一是以其哀悼对象直言其命运坎坷、平生不得志的身世之悲；二是运用含蓄多义的语言，抒写其命运坎坷。孙景鹏《论李商隐〈夜雨寄北〉的“朦胧美”》(《长江师范学院学报》2016年第1期)从情感主旨和意境营造两个角度探讨了《夜雨寄北》的朦胧美。袁铭阳《试论李商隐的爱情诗》(《语文学刊》2016年第12期)从思想内容和艺术特色两个视角来解读李商隐的爱情题材诗歌，并分为三类：纯爱诗，夫妻诗，无题诗。认为李商隐的爱情诗注重抒写主人公的心理感受，具有复杂多样的表现手法。

(三)文章艺术研究

1.散文研究

李红胶《李商隐散文研究》(河北大学2016年硕士学位论文)将李商隐散文作为研究对象，在晚唐文学创作背景下，重点分析了李商隐的散文思想观、内容及艺术特色，分为四个部分：第一，李商隐散文的渊源，中唐时期韩柳领导的古文运动和李商隐崇尚儒学的堂叔父都对他进行散文创作产生重要影响，骈文创作经历对其散文创作也产生很大影响。第二，李商隐散文的基本情况，李商隐散文自清代至今的搜集、整理情况和现存散文的基本分类。第三，李商隐的散文思想观。第四，李商隐散文的艺术特色。总的来说，李商隐散文具有强烈的个性特点和个人色彩，同时对社会的种种黑暗和不公也有所揭露，文中所展现的精神世界在当时也具有典型性。

2.骈文研究

于开阳《李商隐启文研究》(辽宁大学2016年硕士学位论文)则以李商隐的启文为研究对象，对其现存的七十六篇启文进行内容上的分类，并从对偶、用典、声律、藻饰等方面探究李商隐启文的艺术成就和特色。认为，李商隐一生辗转幕府二十余载，留下了大量的自拟启和代拟启，从这些启文的内容中可以看到李商隐整个沉沦下僚的苦闷仕途，更可以通过其字里行间所表达的想法探察到李商隐陷于牛李党争之时对社会政治的深刻思考及倾向。同时，在对偶、用典、声律、藻饰四个方面对前代启文有着继承与创新：启文句式长短多变，骈散兼行；对偶精工，用典精切；讲求平仄，韵律和谐；善于语言润色，且篇章结构严谨、极富层次感。指出，在宋代和清代，李商隐的启文成为当时启文创作的典范，被不断借鉴学习。

（四）比较和译介

1.比较研究

与同时代诗人相比较。黄桂凤《杜甫李商隐咏物诗之比较》（《古籍整理研究学刊》2016 年第 4 期）分别从内容、意象与风格三个方面探讨杜甫与李商隐咏物诗的差异。就内容上而言，杜甫咏物诗有“民胞物与”精神，李诗则没有，李商隐有咏物的艳体诗，杜甫则没有；意象上，杜甫咏物多用雄壮、俊美而有义气的意象，而李商隐咏物则偏向于纤细之物；风格上，杜甫更多的是为国家时事而忧患，李商隐则更多的是为个人的怀才不遇、飘零不偶而哀叹。张巍《咏物诗：从杜甫到李商隐》（《古典文学知识》2016 年第 3 期）认为从杜甫到李商隐，唐代咏物诗的发展历程正好从一个侧面体现出从盛唐诗歌到晚唐诗歌审美思潮的变迁。叶颖《李商隐与杜牧咏史诗思想内容之比较》（《新西部》2016 年第 11 期）比较李商隐与杜牧咏史诗的差异，指出李商隐的咏史诗感伤哀怨，反映了唐亡以前士人中较普遍的低沉情绪，而杜牧的咏史诗却尚存俊爽气概，反映了唐亡前某些有志之士企图挽回国运的幻想和努力，在晚唐诗坛留下一道回光返照的理想光辉。

与宋代词人相比较。李东宾《诗词文体递变中创作模式的转移——以李商隐、温庭筠和韦庄的诗词创作为例》（《河南大学学报（社会科学版）》2016 年第 6 期）认为诗词文体递变是词史上的一个重要课题。在唐五代社会形态转型俗化的历史背景下，汉民族的思维和言说方式发生了深刻的变化，由此推动了诗词文体递变中创作模式的转移，呈现出由传统的意象手法向“散文化”抒写演进的轨迹。三位代表性的作家——李商隐、温庭筠和韦庄以其各具特色的经典作品，体现了一个古典意象原则的恪守、意象手法的横向转移以及“散文化”，抒写展开的创作模式合乎逻辑的变迁历程。赵娟娟《和而不同，异曲同工——谈“词家之有吴文英，如诗家之有李商隐”》（《新西部》2016 年第 7 期）对李商隐、吴文英二人作品的艺术风格进行全面综合性的比较，深刻探讨了李义山诗与吴文英词艺术上的异中相通之处。首先，李诗与吴词都具有情思感伤美的特点，作品中化景为情，抒发着对人生遭遇、国势衰亡的悲痛感慨，以及对爱情的忠贞不渝和痴望执着，但鉴于二人的人生理想和追求有所不同，其作品在情思内涵上亦有差别，李诗中尽管充满了哀伤情绪，但仍处处闪耀着超凡脱俗的精神力量和理想光芒，而吴词则更加倾向于个人的情感世界，多写往日的欢情与豪兴，充满委曲细腻、含蓄深挚的意蕴；其次，李诗与吴词都具有含蓄朦胧美的特点，但吴词因个人的感性情绪居多，创造了以自然烟云为主要意象的空蒙辽远境界，而李诗则在个人感情情绪之下，进一步思悟人情世态，更趋向真理，比吴词境界更为辽远，且多用仙境神仙传说，比吴词之空蒙更显虚幻缥缈；最后，李诗和吴词藻饰华丽、用典博洽，将众多意象密集在一起，形成了语言绮丽绵密的特点。

与外国诗人相比较。朱海博、张凌《庞德〈A Girl〉与李商隐〈杂歌徭役·李夫人歌〉的对比研究》(《西安文理学院学报(社会科学版)》2016 年第 3 期)指出，埃兹拉·庞德热爱中国传统文化，善于吸收中国古典诗歌的创作方法来创新美国现代主义诗歌。他的《少女》与李商隐的《李夫人》在创作方法上有许多相似之处。就意象角度来说，二者相同之处在于，都运用大量意象刻画少女形象，庞德将少女的形象化作树，将对少女的青春活力的赞扬，表现在对“树”的意象描写上，李商隐也用一个个具体的意象，表现了李夫人之美，不同之处在于，庞德对于意象描写较为细致，而李商隐意象中蕴含比喻、用典的手法，将诗人情感融入意象中；从情感角度而言，虽然二者描述的内容都是女子，但李商隐的诗歌通过李夫人来表达诗人的丧妻之痛和政治失意后的哀伤，庞德诗歌则借以树，表达对少女的赞美，还有对自己初恋的怀念。谢眉青《试论诗歌的速度感——以彼得·黑尔特林的〈四季流转〉和李商隐的〈落花〉为例》(《安徽文学》2016 年第 2 期)则以彼得·黑尔特林的《四季流转》和李商隐的《落花》为例，从速度感与时空变换、速度感与自我显现、速度感与意象的呈现三个方面来探讨诗歌的速度感。孙谨《约翰·邓恩与李商隐比较述评》(《芒种》2016 年第 10 期)评述了中西方学界有关约翰·邓恩与李商隐比较研究的历史沿革，并简介了该研究的主要研究成果以及可继续研究的方向。

此外，王慧萍《李商隐与林黛玉感伤情调之比较》（《安阳工学院学报》2016年第1期）从三个视角对李商隐与林黛玉进行比较：渊源上，二人都有着不幸的时世、家世与身世背景，这也促成了他们伤感的性格、气质、心态和命运；表现上，李商隐的诗歌情调幽美、朦胧、亲切可感，风格凄艳浑融，悲叹危如累卵的社会，吟叹自身凄凉的身世，而林黛玉的诗作则较为悲凉感伤，画面暗淡凄清，情调浓烈而哀怨；影响上，李商隐人生的种种不幸遭遇，激发了他满腔的愤慨，培育了他的诗篇立意高、境界深、寄托远，为我国的诗歌创作提供了许多新的因素，而曹雪芹笔下的林黛玉是一个性格鲜明、率真任性的女子形象，她泪逝而尽，命运多舛，令人生出无限爱怜和同情，为她的不幸而深感遗憾，为她的多愁善感而心生凄然。钱得运《郑亚、李商隐〈会昌一品（制）集序〉比较论》（《兰州文理学院学报（社会科学版）》2016年第5期）则通过解读郑亚《会昌一品制集序》，并与李商隐《会昌一品制集序》进行比较，探讨了郑亚对李《序》的改造以及二《序》之间的异同，以此审视了唐人对集序的重视程度、撰写集序的过程以及集序所具有的文体特质。伊凤迪《中韩诗家关于李商隐讽喻诗的批评》（《青年文学家》2016年第32期）认为中韩诗家在对义山讽喻诗的批评上，都继承了中国古代传统的诗教观点，以温柔敦厚、思无邪为诗歌的评价标准，其中朝鲜诗家虽然认为义山某些诗歌存在着“强探隐微”，小符君子忠厚本分的问题，但是却肯定了义山讽喻诗微而隐的特点。可见在对于义山的讽喻诗批评的观点上，中朝诗家对其评价大体上是一致的，都认为他对孔子所说的“兴观群怨”中的“怨”有所继承，敢于发挥诗歌对于社会现实的批判作用。

2.译介

王文渊和谷玮洁《〈锦瑟〉中互文性意象的俄译对比——以阿赫玛托娃和马特维耶夫译本为例》（《译苑新谭》2016年第10期）认为中国古典诗歌中蕴含丰富的互文性意象，在翻译中，由于社会文化背景不同，往往会造成不同程度的翻译和阅读障碍，并通过分析《锦瑟》中所蕴含的互文性意象，对阿赫玛托娃和马特维耶夫的两个俄译本进行了对比分析。作者认为，在翻译方法上，马特维耶夫全篇均采用直译加注方式，这种方式可以在不破坏译文工整的基础上，为译语读者提供背景知识，能充分传达原诗丰富的互文性联想，并且可以保留文字符号的意向性，但缺点在于，会造成阅读的大量停顿，影响文本的可读性；阿赫玛托娃则更多运用释义法，通过适当加词和意译，在保留原诗简洁流畅的特点下，尽量传达原文意象，但“庄周梦蝶”和“望帝托鹃”两个典故没有进行说明，对没有中国文化背景的译语读者难免会造成互文意境的亏损。

（五）艺术传承与接受史研究

闵丰《〈唐音统签〉与李商隐诗学之推演》（《云南大学学报（社会科学版）》2016 年第 3 期）指出，李商隐诗歌的价值经由清代学者笺释而得到全面开掘，这种现象并不是孤立产生的。在明清诗学史上，晚明胡震亨编纂的大型唐诗总集《唐音统签》对清代李商隐诗学的深入推演具有先导作用。《唐音统签》的出版规划、笺释理论与笺释，为清人重估李商隐诗歌留下契机、开示门径，与清代李商隐诗学构成多方面的内在呼应，体现出承前启后之功。李海燕《多变的态度与多元的诗评——闻一多对李商隐认识转变之原因解析》（《江汉论坛》2016 年第 7 期）认为闻一多对李商隐的评价经历了“指责—推崇—批评”的数次转变，这与其文化心态、艺术观念及诗歌批评标准的变化关系密切。早年闻一多怀抱儒家治世精神，重视艺术的实用功能，以人格批评法评价李商隐及其诗歌。留美后的闻一多对西方现代启蒙文化和唯美文化兴趣日增，倡导艺术至上，从唯美角度品评义山诗歌。晚年闻一多在李商隐评价上更为理性客观，他的诗评兼顾时代、人格、艺术、社会等多种元素，从而显现出时代性、人格化及多元化特色。唐臻娜《论李商隐诗歌在中西方的现代价值》（《人文杂志》2016 年第 8 期）主要探讨了李商隐在中西方的现代意义，指出在中国，李商隐诗歌的现代意义有两个路向：一是滋养、启迪着中国现代诗人们的创作思维，在诗歌意象、创作技巧、诗境界等层面与中国现代派新诗存在着应和；二是对普通读者而言，李商隐的人生历程鼓舞人在逆境中不甘沉沦、顽强抗争，李商隐的爱情诗能使人精神上获得安慰、产生共鸣。在西方，由于李商隐诗蕴含与西方文化相仿的某些质素，经过翻译转换成外语受到西方读者与汉学家的注意，李诗的海外译介，为如何进一步推动唐诗"走出去"积累了宝贵经验。

（六）作品考辨

宋颖芳《李商隐集乐府诗留存情况考》（《乐府学》2016 年第 1 期）集中考察了李商隐乐府诗的文献留存，辨析了《乐府诗集》与《李义山诗集注》收录乐府诗差异问题，并从著录差异中探寻别集编辑者的乐府观念。马瑞、张燕《李商隐撰并书〈王诩元夫妇墓志〉研究中的几个问题》（《人文杂志》2016 年第 6 期）指出，近年新见的唐《王诩元夫妇墓志》是目前唯一能够见到的李商隐的书作，亦是除其所撰《白居易墓碑铭》之外仅见的墓志铭文，弥足珍贵。文章主要根据拓片，结合传世和出土文献，从录文校订、历史钩稽、书迹刻工、文学成就等方面对墓志铭所涉相关问题进行了深入考论。

二、杜牧研究

本年度杜牧研究仍未有太多起色，论文仅 20 余篇。现将研究情况综述如下：

（一）文学思想研究

闵晓琼、赵睿才《杜牧"文以意为主"思想的诗学实践》（《华夏文化论坛》2016 年第 1 期）指出，杜牧是晚唐杰出的诗人，他提出"文以意为主"的文艺思想，强调诗重在立意，以意取胜，对于纠正晚唐时期的颓靡诗风、肃清文学道路起到了强有力的作用，形成了有利于构建当下文章意旨的文风。文章对杜牧"文以意为主"思想出现的历史渊源和实际背景作了简单梳理，并就这一思想的具体内涵展开论述，认为杜牧所说的"意"即是指诗之思想、文之主旨，它是创作的核心与关键，失去了"意"，作品将失去它的社会价值，成为徒有其表却没有内涵的空壳。还将杜牧与李贺、李商隐、刘禹锡诗歌创作手法进行比较，论证了杜牧"文以意为主”的文学思想并非泛泛而谈，而是融入他具体的诗文之中，成为其诗歌的重要特征之一。总之，杜牧这一文学思想，不仅成为杜牧诗赋论文的重要标准，而且对于矫正文风、消除颓靡之势、重整晚唐诗风具有重要意义，并对诗文写作中如何处理言意关系与艺术技巧这一问题做出了巨大贡献。

（二）诗文研究

1.艺术特色研究

邝龚子《“多少楼台烟雨中”——从杜牧诗看自然之道中的历史感》（《南开学报（哲学社会科学版）》2016 年第 5 期）认为唐代喜欢咏史怀古诗的诗人很多，杜牧可以算是佼佼者，诗中涉及咏史怀古主题的篇什，呈现出不同层次的历史感；对国计民生的关心及希望以古训今的情思，是他和历代怀着社会理想的诗人相通之处。然杜牧诗中的历史感更深刻之处，在于他能领悟历史过程偶然和不测的一面，进而神思方外，从历史范围外观照历史，显示出它在自然宇宙中短暂、微小和渺茫的性质。诗人转念于人间兴衰和自然运化之际，往复于入世、出世与关切、淡泊之间，体会到置身于无涯无尽时空里的人间历史，其轮廓和意义都不再清晰确定。张薇《杜牧诗歌中的人物评论研究》（湘潭大学 2016 年硕士学位论文）就杜牧诗歌中的人物评论展开论述：首先，对杜牧诗歌中的人物评论的分析，结合杜牧诗歌创作，依照人物的身份以及诗人的思想理念，通过归纳分析，将人物总体分为君主、官吏、女性以及文学家四大类；其次，文中探讨了杜牧诗中人物评论的艺术手法与思维，指出杜牧诗中人物评论的艺术手法主要有“融叙事、议论、抒情于一体”“曲折、含蓄的讽刺手法”“借助细节凸显人物”“巧妙的用典”四类，其艺术思维包括“提倡现实主义，重视人物评论的现实意义”“客观、全面的审美，达到情与理的统一”“独树一帜的构思”“逆向思维”；第三，作者论述了杜牧人物评论对后世文学创作的影响。沈平《浅析杜牧诗中的女性观及其原因》（《读书文摘》2016 年第 11 期）对杜牧的女性题材诗进行分类，并逐一分析其中所透露出的杜牧的女性观：1、宫怨诗，在杜牧的诗歌中，宫怨诗占有很大的比例，杜牧在这类诗歌中从不同角度与侧面描述了宫女悲凄苦楚的生活情景，并将自己的心理状态和对社会的思考融入了宫女的悲惨生活中；2、思妇诗，杜牧的思妇闺怨诗多是悲凉的色彩，他既在诗中刻画出苦苦思念丈夫郁郁难安的思妇形象，一方面又将自己的怀才不遇的隐愤融进诗中，借思妇的不幸遭遇来暗比自身，抒发对政治的强烈不满；3、妓女生活诗，这类诗既反映出杜牧对妓女生活所给予的深切同情，也抒发了诗人怀才不遇的悲伤心情和满腔的愤懑，是诗人不幸生活的曲折反映。张志《晚唐钟声里的青衫背影——杜牧诗歌形象赏析》（《课外语文》2016 年第 1 期）将杜牧分为“骄傲的杜牧”“沉醉的杜牧”以及“日暮钟声时的杜牧”三个形象，指出杜牧在暮霭沉沉的晚唐诗坛上投下了最后一道理想的光辉，他的豪壮气概反映出了唐亡前夕回光返照阶段某些有志之士企图挽回国运的幻想和努力。

2.咏史题材诗文研究

陈可《论杜牧咏史诗中的翻案诗及其创作动因》（《青年文学家》2016 年第 33 期）指出杜牧的咏史诗常使用翻案法，视角独特，立意高绝，往往推翻前人对历史事件的盖棺定论，这使得他的咏史诗别具一格。作者还详细分析了杜牧“翻案诗”的创作动因，一是内因，即杜牧的自身性格与见地，杜牧出生于高门望族，从小便积淀了厚实的政治军事素养，养成颇具政治家的眼光，这使他在看待历史问题的时候想得比一般人深刻，他会把当下自己的想法融入诗中，用一种连接过去与现在的思辨的眼光解析问题；二是外因，唐末险恶的时代背景使杜牧转变了表达政见的方法，把自己的看法观点寄托于对历史事件的解析，含而不露，不落人话柄，既委婉表达了自己的观点，又能增加诗歌的底蕴与厚度。郭芷殷《以“论”“谏”为赋——论杜杜牧〈阿房宫赋〉》（《牡丹》2016 年第 2 期）主要从文本及创作的背景两方面对杜牧《阿房宫赋》的以论为赋、以赋为谏的现象做出分析与解读。认为《阿房宫赋》并非单纯的一篇咏史赋，它的“破体”亦并非偶然。就文本而言，杜牧使文章中议论部分增加至占全文五分之二，便可见他“以议论为赋”的特色，而故意因敬宗欲幸骊山之事，而以始皇于骊山兴建阿房宫的史实作讽谏，亦足见杜牧“以谏为赋”的深意。再加上作者深受当时朝廷上谏诤文化传统濡染、古文运动、家庭环境、先辈的影响，拥有强烈的谏诤意识，故而创作出这篇破体之作。刘伟生《杜牧〈阿房宫赋〉的文体文化意义》(《名作欣赏》2016 年第 34 期)重点讨论了《阿房宫赋》的文体文化意义，认为《阿房宫赋》采用人们熟知的历史事件与相关物象讽喻现实，关涉宏大的政治问题，具有永恒的文化意义，但若仅就题材内容而言，《阿房宫赋》是无法超越《过秦论》，它的地位与影响在很大程度上是因为它在写作技法尤其是文体运用上的新变。这种新变从赋体这一面来看是促成了新文赋的成熟，因而在文体演变史上具有重要地位。

3.其他题材诗文研究

杨青《杜牧七言送别诗的特点》(《青年时代》2016 年第 22 期)选取杜牧《樊川文集》中的七言送别诗，对其特点进行了分析。认为杜牧的七言送别诗大都进行了场景的描绘，既包括现实中的场景，也包括诗人想象出来的场景；诗中往往充满诗人对被送者的赞美；诗人在送别诗中经常用典。王佃印《论杜牧湖州诗》(《江苏经贸职业技术学院学报》2016 年第 2 期)指出，杜牧在湖州的时间并不长，但他与湖州结下很深的渊源。湖州的山水形胜、风土人情、诗文唱和、动人恋情都深融在其晚年寄情山水、外放出守的经历中，丰富了杜牧的诗歌内涵。文征《再论杜牧之〈叹花〉诗本事》(《长江学术》2016 年第 4 期)指出，《湖州故事》——杜牧之《叹花》诗本事，是三个广为流传的杜牧轶事之一，主要从杜牧本人在湖州及其前后时期的作品和相关史料出发，着眼于其中所表现的杜牧形象与《湖州故事》中的杜牧形象的反差，认为《湖州故事》既不能正确反映杜牧当时的心态，也不契合杜牧当时的处境，因此《湖州故事》并非历史事实的再现，在杜牧研究中应避免将此类材料作为杜牧生平史料，这是客观还原古人的重要前提。李倍蕾《书法作品〈张好好诗帖〉中隐匿的杜牧与豫章名妓的情怀》(《书画艺术》2016 年第 2 期)通过介绍杜牧写给豫章名妓张好好的书帖《张好好诗》，既让我们目睹了风流才子杜牧的情感世界，也使我们看到了杜牧的书法艺术。

(三)比较与接受史研究

许晓晴《从表达方式比较刘禹锡和杜牧的怀古咏史诗》(《青

春岁月》2016 年第 14 期）主要从表达方式的角度探讨刘禹锡和杜牧二人怀古咏史诗的主要区别。认为在记叙和描写方面，刘诗多主观，杜诗偏客观；在抒情和议论方面，刘诗多抒情，而杜诗喜议论。石婷《化杜牧诗句续写“黍离之悲”——姜夔〈扬州慢〉的悲剧审美》（《常州工学院学报（社科版）》2016 年第 5 期）指出，自古繁华的扬州在杜牧的笔下经常呈现出歌舞升平、声色犬马的极乐气象，杜牧不仅浓墨重彩地描绘出了一座享乐之城，更给后人尤其是姜夔心中留下了难以磨灭的文学记忆。姜夔尤为喜爱化用杜牧诗句，化用之处往往在原诗之外更增自身悲剧性感悟，其《扬州慢》实乃借杜牧诗句续发自身“黍离之悲”的产物，此词不仅具有“清空”的特性，还包含了姜夔身世之悲与他对生存意义的拷问，在化用杜牧诗句的基础上，产生了虚实相生的审美效果。叶颖《李商隐与杜牧咏史诗思想内容之比较》（《新西部》2016 年第 11 期）比较了李商隐和杜牧代表诗作的思想内容。二人的咏史诗都描写了帝王政治兴衰，表现忧国忧民的情怀，并借前人前事抒发个人情志，表现自己的见解。但李商隐的咏史诗风格大多感伤哀怨，反映的是唐亡前士人中较普遍的低沉情绪；而杜牧诗中却尚存俊爽气概，反映出唐亡前某些有志之士企图挽回国运的幻想和努力，在晚唐诗坛上留下了一道回光返照的理想光辉。张书惠、刘红强《概念功能视角下的诗歌英译对比研究——以杜牧的〈秋夕〉为例》（《黑龙江生态工程职业学院学报》2016 年第 5 期）通过对杜牧《秋夕》原文和四种英译文的及物性过程进行对比分析，证实了功能语法的概念功能在原诗和英译诗中的实用性，不同的译者可以将同一诗句翻译成不同的过程。

（四）作品考辨

余迎《杜牧〈过华清宫〉诗中的错误》（《兰台世界》2016 年第 17 期）指出，“一骑红尘妃子笑，无人知是荔枝来”是晚唐诗人杜牧脍炙人口的名句，而此中所包含的唐玄宗为杨贵妃快马送荔枝、杨贵妃在华清宫里品尝鲜荔枝的传说，也是知名度极高的古代典故之一，一直被公众深信不疑。但作者在阅读了大量正史材料之后，却得出完全相反的结论：在杨贵妃生活的年代，鲜荔枝根本没有送入华清宫里去，杨贵妃根本没有可能在华清宫里品尝新鲜的荔枝，这完全是诗人杜牧一厢情愿的杜撰。

综观本年度李商隐、杜牧研究，可以发现：一、与李商隐研究相比，对杜牧的研究略显冷清，“重李轻杜”的局面仍没有明显改观；二、对李商隐与杜牧的研究仍着重于诗歌艺术特色上的研究，在研究方向上未能有重大突破；三、选题的重复性或相似性比较严重，很多论文有粗制滥造的嫌疑。我们期待高水平的学者在“小李杜”研究方面推出厚重扎实的论著。

新书选评

《汉唐小说与传记论考》

□ 孙大海 李鹏飞

（罗宁、武丽霞著 巴蜀书社 2016年1月）

文献清理与理论建构可谓当下中国古代小说、传记研究的两项重要课题。中国古代小说的概念、范围，及其与传记的关系等问题，学界向来存在诸多不同看法。这一古代小说研究中的基本问题，成了长期悬而未决的难题。从基本文献来看，中国古代大量类书、丛书及其他史料中尚存诸多亟待整理的小说与传记材料。而目前，这些文献的辨源、辑考工作，推进仍较为缓慢。罗宁教授可谓近年来对以上两项课题潜心求索，并颇具贡献的代表学者之一。他自十七年前撰写硕士论文《唐前小说观念简论》（2009年增订成专著《汉唐小说观念论稿》出版）时，即奠定了他对小说观念等理论问题的研究基础。其博士论文《唐五代轶事小说研究》，则借助扎实的文献清理工作和个案分析，深化了对古小说面貌的理解与认识。近几年来，罗宁教授又陆续发表了《制异名新说应文房之用——论伪典小说的性质与成因》《古小说之名义、界限及其文类特征——兼谈中国古代小说研究中存在的问题》等极具学术价值的论文。2016年，巴蜀书社出版的罗宁、武丽霞合著之《汉唐小说与传记论考》，堪称罗宁教授十数年研究成果的集大成之作。该书共收入论文二十三篇，分为小说与传记的总论、小说文献研究、传记研究三个部分。其中，第三部分传记研究的内容大多为罗宁教授与武丽霞女士共同撰写而成的。

《汉唐小说与传记论考》第一部分集中体现了罗宁教授对小说观念、概念以及范围界定等问题的思考，可谓新见迭出，颇具理论价值。罗宁教授擅长于回到历史现场来思考问题，主张以古人的小说观来认识古小说。这使他对于历代公私书目子部小说家的著录情况极为重视，并认为可以以这种著录情况为主要标准，提出狭义的小说“文类”概念。与之相对应，自《庄子·外物》篇以来，那些意指浅薄不经之说的“小说”提法，则可归为一种广义的小说概念范畴。广义的小说概念可以包罗诸种“小说”观念与形态；狭义的小说概念因为具备历代公私目录子部小说家著录这一外在规定性，则显得指称清晰，可以使古代小说的研究范围趋于明确。学界似乎不必再只是按照现当代或西方的小说观念，在古代文献中去挑拣甄辨符合这一观念的小说材料，进行支离破碎的研究了。正如罗宁教授所言：“完全抛弃现代小说概念，回归古代小说概念，是古代小说研究，尤其是汉唐小说研究的前提和路径。在明确了这一点后，古小说在内容和范围上的界限就比较容易确定了。简而言之，古小说的范围，应该以历代目录书中小说家或小说家类的著录为主要依据，参考书籍（作品）的内容、体制、体式、风格等方面的因素，以及作者自述和他人（同时代或稍后时代）论述来划定。”在谈及古小说范围界限时，罗宁教授特别注意澄清了传奇的文体问题。他强调，今天所谓传奇作品的来源、性质，和传记关系极大，在唐宋人那里一般称为传记和杂传记，多置于书目的史部传记类（或杂传记类、杂传类），与小说的著录形态并不相同。这表明古人并未将小说和传奇视作一类。事实上，传奇可以理解为中唐兴起的一种美学风格和写作方法。传记、小说、文章、诗序，都出现了传奇化的作品。比如，《李娃传》《霍小玉传》等单篇“传奇名作”，实质是传奇化的传记，应该归属于传记研究。《玄怪录》中的“杜子春”、《续玄怪录》中的“薛伟”等，则体现了小说的传奇化。而在小说的分类中，将表征风格、写法的传奇，与体现内容特点的志怪、轶事并列，也显得并不恰当。罗宁教授在对唐代文言小说的分类中，即取消了传奇小说这一类别，仅分志怪与轶事两类。但也应注意，罗宁教授并非不重视传奇这种文学现象，他更倾向于传奇研究的独立性：从六朝别传、杂传到用传奇法写志怪的《聊斋志异》，重新建立自己的谱系，而无需使用“传奇小说”之名，以避免概念本来就不易界定的“传奇”和“小说”之间的相互纠缠。

基于上述基本认识，罗宁教授的学术工作，也形成了小说研究与传记研究并重的格局。从《汉唐小说与传记论考》的第一部分来看，罗宁教授在古代小说和传记研究两个分支的理论细部层面，都做出了可贵的贡献。比如，古代小说方面，“伪典小说”这一概念的提出，即深受学界认可。晚唐诗坛追逐精巧典故、好用僻典风气下产生的《云仙散录》《清异录》等小说，集中体现了编造杜撰故事、典故、代名的特点。这种现象超出了我们对一般“伪书”的认识。罗宁教授“伪典小说”的提法，是十分必要而准确的。传记研究方面，罗宁教授突出的贡献在于对文传、家传的发生、演变状况进行了细致梳理。事实上，文传、家传在其发展过程中，都存在与史传、文集时疏时近的动态联系，欲梳理其演变脉络，实属繁难。可喜的是，罗宁教授对文传、家传各个时期的演变节点都有着准确的把握。他的研究对我们深入了解文传、家传这两种传记形式的发展演变，都有重要意义。

《汉唐小说与传记论考》的第二部分与第三部分，分别围绕古代小说研究与传记研究的若干个案展开，内容多集中于文献考论。这两部分也最见作者的学术功力。

小说研究方面，《〈黄帝说〉及其他〈汉志〉小说》与《论〈殷芸小说〉及其反映的六朝小说观念》两篇文章，都是试图从特定时代的代表性文献入手，揭示当时的小说面貌与小说观念。前者的亮点在于联系汉武帝时公孙卿等方士之谈，考索《黄帝说》等《汉志》小说的内容。后者则充分利用《隋志》与《史通》的著录信息，详细阐明了《殷芸小说》所反映的六朝小说观念，其结论与研究方法都颇值得肯定。

罗宁教授对张询古《五代新说》、陆长源及其著述的考论，对段成式《庐陵官下记》、潘远《纪闻谭》、处常子《续本事诗》三书的辑考，则在对相关作品的作者考察、素材辨源、版本清理等方面做出了重要贡献。其文献研究的价值已毋庸赘言，更为重要的是，罗宁教授此类文章，几乎每篇都能通过扎实严谨的文献整理，使读者对小说史形成某些新的认识。比如，在对陆长源《辨疑志》的考论中，罗宁教授指出，此书专门辩驳妖妄怪诞之事和批判迷信现象。其中，萧颖士一则十分具有代表性：萧颖士路上遇一胡姓女子，疑其为狐精，遂唾斥之。后萧颖士入一旅店，发现女子乃店主人之女，不禁十分惭愧。其实，这种疑神疑鬼，冒认他人为狐精，以致造成误会的故事，在《辨疑志》之前就已经存在了。牛肃的《纪闻》中即有两则涉及此类情节：一则写一老竖与妇人途中相遇，互疑为狐，致有误击之事；一则记李回岳父因进错府门骂错人，被人误认为狐，遭受殴打之事。当此类故事混杂在《纪闻》这种内容丰富的小说集中时，我们往往只觉得它新鲜有趣。而到了《辨疑志》里，则可发现，陆长源以一种反对迷信的态度，对此类故事进行了编纂。这至少体现了此类故事传播过程中，一种独特的阐释与接受状况。而且，陆长源的编撰态度，与中唐时期韩愈、李翱、柳宗元等人反对妖异、命定等迷信思想的潮流是一致的。这又表明，小说的创作、传播与演变，在唐代的重要文化思潮中，并没有缺位。如果没有罗宁教授对《辨疑志》内容的辑考，以及对全书编撰主旨的提炼，我们对这些问题便不可能有直观清晰的认识。此外，诸如《五代新说》在"世说体"小说演变过程中的意义，《续本事诗》对于唐五代诗话体小说向宋代诗话丛编转变的作用等问题，罗宁教授的相关研究也能为我们带来有益的启示。

罗宁教授丰富的文献辑考经验，也使他对一些重要文献的价值，形成了新的认识。比如，宋初钱易编撰的《南部新书》，学界以往多关注其史料价值。罗宁教授通过调查发现，此书是在采撷唐代小说、传记、杂史以及正史、会要等书的基础之上编撰而成的，对于搜集唐代小说佚本之残文，补充唐代小说传本辑本之阙疑，校正唐代小说传本之讹谬等方面，都具有重要价值。重编《说郛》是《说郛》传播史上的一个重要版本系列，保存了大量的古代小说文献，往往为小说研究者所重视。但罗宁教授对重编《说郛》中《开城录》等四书进行了证伪，并指出了重编《说郛》所包含的各式各样的作伪方法。如此一来，小说研究者对重编《说郛》的利用，便需十分审慎了。另外，罗宁教授此类论文对小说研究界也能形成一定的呼吁作用，因为重编《说郛》等丛书的研究及其所收书籍的辨伪工作任重道远，还需要得到更多学者的重视与参与。

《汉唐小说与传记论考》第三部分传记研究的内容，包含了《〈南岳夫人内传〉〈南岳夫人传〉考》《〈南岳十八高僧传〉考》《〈邺侯家传〉与〈邺侯外传〉考》《唐代〈八仙传〉考》《〈贞陵遗事〉〈续贞陵遗事〉辑考》五篇文章。由于当下的传记研究并不充分，本部分在关注文献内容演变，对佚文进行辑考的同时，也加大了对传记作者等基本信息的考证。比如，关于《南岳夫人内传》的作者，罗宁教授即澄清了《旧唐书》等文献所记“范邈撰”的不实之处，并提出此书当为杨羲所造的说法。其结合《真诰》等相关记载的论证过程，还能够加深我们对道教经传造作细节的了解。尽管其中尚有推测成分，但结论应足以令人信服。由于传记是一种记人文体，传记研究中，有关传主的考察也显得十分必要。罗宁教授对《南岳十八高僧传》《八仙传》的人物考证，即体现出这方面的努力。相比于唐宣宗、李泌等正史中频繁涉及的政治人物，宗教人物的考证其实存在很大难度。一方面是文献不足、记载匮乏，很容易出现如僧人昙楷、义本之类无考的现象。另一方面，宗教类文献的概念、称谓较易含混，这在论证过程中需要仔细甄别。比如，罗宁教授怀疑《八仙传》即为《八真传》，其关于《八仙传》人物的考证最终也是围绕“八真”中可能的“六真”展开。虽然因为文献材料不足等客观条件的限制，罗宁教授的某些结论难以做到确凿无疑，但也足以成为重要的一家之言。

传记研究中的一个重要问题是传记与正史、小说的关系。在罗宁教授的文章中，我们也能看到传记素材与正史、小说的交叉、渗透。比如李繁的《邺侯家传》全面记载了李泌的功业与事迹，《新唐书·李泌传》《资治通鉴》不少内容即取自此篇传记。《太平广记》中的《邺侯外传》，同样据《邺侯家传》改写，但却增加了大量神化李泌的内容，明显偏离史实。严格来看，《邺侯外传》仍属于传记，但其中的神异元素，与小说实有相通之处。比如，《邺侯外传》几乎从《剧谈录》中原文照搬了葫芦生预言的故事。《剧谈录》隶属于《新唐书·艺文志》小说家类，是标准的小说集。

而且，与《隋书·经籍志》小说家类不收志怪小说不同，《新唐书·艺文志》小说家类收录了《搜神记》以及唐代以来大量的志怪小说。这应该可以说明，在与《邺侯外传》成书年代十分接近的唐宋转关时期，志怪、神异元素已经被充分容纳进当时的小说观念了。从这个角度来看，《邺侯外传》相对于《邺侯家传》的变化，也可以说是融进了小说化的特点。

其实，在晚唐时期，传记与小说的关系一度十分复杂。比如，罗宁教授从小说文类中清理的传记作品，主要集中在《莺莺传》《霍小玉传》等单篇传记，而在晚唐裴铏的《传奇》中，却出现了多篇传记结集的现象。且《传奇》多传奇异、神异、怪异之事，后来也被《新唐书·艺文志》收入小说家类。如此看来，传记、传奇、小说的关系，还有进一步梳理的必要。罗宁教授主张为传记和传奇化文学现象建立相对独立的研究体系，这种设想甚至延伸到用传奇法志怪的《聊斋志异》。其目前的工作主要围绕基本理论与文献整理展开，那么，他将来的研究如何阐明传记演变过程中与小说的复杂关系，是很值得期待的。

综观《汉唐小说与传记论考》的全书内容，可以发现，罗宁教授关于小说、传记文献清理方面的工作是领先，并且最具发言权的。本文最后仅就书中理论建构的部分发表两点浅见。

罗宁教授将历代公私书目著录的小说称为一种文类，主要是因为这些小说有明确的外在形式（以文字书写的书籍为载体），有明确的类属（隶属于四部分类法中的子部小说家类），并且在内容方面与经艺大道相背或无关，符合广义小说的要求。可以说，这种文类概念体现的是外部规定性。而随着中国古代小说的发展演变，外部形态明确的小说，已经不限于公私书目的著录了。最明显的就是宋元以后，白话小说的大量出现。鉴于这种现象，罗宁教授也认为，狭义的文类小说概念需要扩大。但随着小说史的发展，这种扩大化的趋势甚至有涵盖清末民初弹词、戏曲的风险，以致最终不得不借助广义小说的概念来补救。如此看来，文类小说的概念因为强调外在形态的规定性，较少涉及小说观念、本质的揭示，其于小说的表征，很易流于表面、被动。此外，在小说概念狭义、广义的二元划分中，小说观念演变中的复杂性，也很容易被庞大的广义概念遮蔽掉。因此，我们在确立小说文类这一概念时，不妨从外在形态与观念演变两个层面进行综合的考量。

事实上，在罗宁教授的研究中，我们也看到了他通过《隋书·经籍志》《史通》的著录情况来探讨六朝小说观念的成功经验。这种由外而内的阐述，也更能加深我们对特定时期小说文类概念的理解。前文谈到晚唐至宋初小说观念对志怪元素的接纳，也可视为小说观念演变本质层面的特点。今后的研究，我们可以沿着小说史的发展脉络，将这种研究方法一直贯彻下去。比如，宋代话本小说的出现，是小说史上的重要一环，对传统的小说文类也形成了极大挑战。那么，小说语体的外部突变，是否存在某些观念上的内在延续性呢？考虑到早期话本小说很多内容都是根据《太平广记》《夷坚志》中的故事改编的，其中的故事与情节类型其实很可能成为时人小说观念中，一种超越语体的更为本质的标准。这种观念中的同质因素可进而促成小说概念从文言形式向说话艺术和白话小说的渗透。当然，要把这样的问题梳理清楚，还需要大量的考察与论证。但将小说文类概念与小说观念演变的思考同步进行，对于认识古代小说的本质无疑会有重大帮助。也许耐心完成这项工作后，我们会发现，中国古代的小说文类其实是自有一套演变体系的。其特定时期的某些要素，甚至可以和近现代乃至西方的小说观念有相通之处。这样看来，如罗宁教授所言，对晋唐小说的研究完全摒弃当代及西方的小说观念应该没有任何问题。而到了明清小说，由于评点家们对于小说的人物、情节、结构、章法、主题等层面都有了较为自觉的认识，此类研究适当参考当代或西方小说观念，或许并非全无益处。即使回到公私书目著录的狭义小说文类内部，有关小说观念演变的思考也能加深我们对这一类小说的理解。因为在古代公私书目对小说的著录中，存在归类驳杂与惯性承袭两个问题，这会导致著录的小说作品本身，在内容、性质上存在很大差异。比如，有的著作可能并不完全符合书目编撰时代的小说观念，只是由于无法找到更准确的分类，便姑且置于小说类中了；还有一些著作归于小说家类只是沿袭前代的分类习惯，事实上其内容已经与当时最主流的小说观念存在偏差了。如果我们仅仅以著录形态为依据,而忽视对小说观念演变的梳理,小说类书目著录本身存在的"小说性"程度之差异,便可能被忽略了。

此外,本文也就罗宁教授谈到的唐代小说分类问题做一点延伸。在《论唐代文言小说分类》一文中,罗宁先生取消了传奇小说的一级分类,主张志怪与轶事的二分法。结合前文有关传奇性质的讨论,我们可以看到这种分类方法的合理性。但是,在志怪与轶事的二级分类中,似乎还存在一些问题,有进一步讨论的必要。罗宁教授《论唐代文言小说分类》一文最初发表于2003年,其时,他的二级类名借鉴了李剑国先生的分类方法:志怪类下分杂记、杂史杂传、地理博物三类;轶事类下分逸事、琐言、辨订、箴规四类。在《汉唐小说与传记论考》一书的按语中,罗宁教授表示:这样的二级类名,现在看来并不恰当。但是,他尚未就此问题作进一步阐述。

在笔者看来,之前的分类其实涉及分类标准与类名准确性两个问题。不难发现,一级分类的志怪与轶事两类是按描写内容划分的,二级分类中轶事类的四个子类也是按内容划分的,但志怪类的三个子类分类标准则较为混乱。地理博物与杂记、杂史杂传的不同在于内容,而杂史杂传与杂记、地理博物的区别则更近风格。在《古小说之名义、界限及其文类特征》一文中,罗宁教授即指出,志怪类小说中有《独异志》《宣室志》《杜阳杂编》等未传奇化的作品,同时也有《玄怪录》《续玄怪录》等传奇化比较明显的作品。这些作品如果对应到志怪类的三个子类,可以发现:《玄怪录》《续玄怪录》属杂史杂传,《独异志》《宣室志》属杂记,《杜阳杂编》属地理博物。就此来看,志怪类小说设计一个三级分类或许更为清晰,即先按是否传奇化划分,未传奇化部分再分为杂记与地理博物;或者先按内容分为地理博物与偏于记事的两类,后者再按是否传奇化划分。接下来的一个问题是类名的准确性。志怪类小说中,传奇化比较明显的那部分称为"杂史杂传"确实不太恰当。因为在罗宁教授的理论体系中,杂史杂传的概念是偏于传记研究的,不应与小说分类再作纠缠。那么,如何为此类作品命名呢?罗宁教授在《古小说之名义、界限及其文类特征》一文中，提到了一个“传奇体小说”的概念，指那些篇幅大多数较长且明显呈现出传奇风格的小说，如《玄怪录》《纂异记》《异闻集》等。相比于今人一般所说的传奇或传奇小说，“传奇体小说”的概念外延较小，不包括《霍小玉传》《莺莺传》等单篇（卷）传记在内。如果再将轶事类小说中少数传奇化的作品排除一下，用“传奇体小说”的概念指称志怪小说分类下传奇化特征比较明显的那一部分，或许就比较符合罗宁教授建构的理论体系了。

总体而言，《汉唐小说与传记论考》是一部体例精严、新见迭出、考证扎实的学术著作。罗宁教授从理论建构到文献清理的学术工作，支撑起一个小说与传记并重的研究体系，并带来了诸多的学术生长点。其中体现的治学格局、器识、态度，均足令人赞叹。尤其值得一提的是，罗宁教授对小说、传记的个案考论，能起到很好的研究示范作用。这部著作的学术影响力也必定会随着时间的推移，更充分地体现出来。

《杨炯集笺注》

□ 马 婧

（祝尚书笺注 中华书局 2016年3月）

杨炯出生于军将之家，幼即聪敏博学，善属文，以其雄奇雅健之作品，成为“初唐四杰”之一。留存至今的《盈川集》十卷，凡诗赋各一卷，骈文八卷，整肃雄浑，格局廓大，用典繁密，在六朝至唐代诗文体制演化中有着重要的影响。但阅读障碍不小，引书既杂且偏，造语奇特，形同谜语，笺注困难重重。四杰中王勃、骆宾王，早有清人为之作注，卢集也有新整理本行世，惟杨集以其笺注之难，长期以来未见有疏解文典、便于阅读的整理本，仅20世纪80年代，有徐敏霞先生点校本，以及傅璇琮先生《杨炯考》《杨炯简谱》，张志烈先生《初唐四杰年谱》等少数几种成果。今祝尚书先生历数年之力，继笺注卢照邻集之后，撰成《杨炯集笺注》，注释详密、征引丰富，对杨炯诗文所用典故深加考索，多有发明。又搜集杨炯残文断句、传记逸事、著录序跋，并新编年谱，附载于后。

《杨炯集笺注》经祝先生整理注释，近由中华书局正式出版。其优点，首先体现在校勘精审上。现存杨集乃明人重辑本。由于时代久远，屡经散聚，文字错讹甚多，聊胜于无，实难称善。当年杨炯身故，文稿由宋之问保存编集，《旧唐书》著录为三十卷。经唐末五代战乱，至南宋初晁公武撰《郡斋读书志》时，已佚为二十卷。元代修《宋史·艺文志》，所见二十卷之外，尚有《拾遗》四卷，此后也完全散佚。直到明代约弘治、正德间，有题名《杨炯集》的上下两卷传世，仅载诗赋。万历间，童佩重辑为《盈川集》十卷、附录一卷，即后日《四库全书》《四部丛刊初编》所收之本。此次整理，虽仍以童佩本为底本，没有采用打乱编次重辑的方式，但实际上所做工作同于重辑，不仅对校了明代张燮《初唐四子集》本、张逊业辑《唐十二家诗》本、铜活字《唐五十家诗集》本、清项家达本等，而且参校《文苑英华》《唐文粹》、宋人类书等等，充分利用《英华》所保留的宋人校勘成果，参综各书，熔校勘与考证于一炉，尽力追索底本的原始出处。如卷三《登秘书省阁诗序》"陶阴寡务，细素多闲"句，"阴"原作"泓"，祝先生考曰："《英华》卷七一五于'泓'下校：'集作阴。'今按：'陶泓'一词，首出韩愈《毛颖传》，谓砚也，初唐前无其语。《北堂书钞》卷一百一《艺文部·刊校谬误》'以陶为阴'条引刘歆《七略》云：'古文或误，以'典'为'与'，以'陶'为'阴'，如此类多。'则'阴'为'陶'之错字（今按：繁体"阴"与"陶"形近），作'泓'乃后人妄改。《英华》所校集本是，兹据改。'陶阴'即以'陶'为'阴'，此用如动词，指校勘辨正文字。陶阴寡务，谓校勘书籍，其事不多。"如果没有祝先生的考证和疏解，读者直读作"陶泓"，真不知所云。又如卷七《唐恒州刺史建昌公王公神道碑》，述墓主王义童长子王师本曾为韩王府祭酒，安喜县令，其下有"朝游楚泽，暮宿燕宫"二句与之对应，各本文字同。祝先生从李元嘉晋封韩王事入手，引《旧唐书·高祖二十二子传》，知李元嘉于贞观十年(638)改封韩王，授潞州都督。但潞州何以有"楚泽"？这很可疑。祝先生于是考《元和郡县志》卷一五《泽潞节度使·泽州》道："汉为上党郡高都县之地也。后魏道武帝置建兴郡，孝庄帝改置建州，周改建州为泽州，盖取濩泽为名也。"又引上书《泽州·阳城县》曰："本汉濩泽县。……濩泽，在县西北十二里，《墨子》曰'舜渔于濩泽中'。"则"楚泽"乃"濩泽"之误，解决了"楚泽"的疑点。于是，下句"燕宫"也就迎刃而解了。《元和郡县志》卷一八《定州·安喜县》："本汉卢奴县，属中山国。"再考《晋书·载记·慕容垂传》，慕容垂于建兴元年(386)建后燕，都中山。则所谓"燕宫"，即代指安喜县，实指王师本为安喜县令事。安喜县在定州郭下，故云"暮宿燕宫"。上引两句，如果不能破解楚泽之"楚"乃"濩"之误，碑文中的几句话就不可能读懂，当然也不可能正确地作注，可见文字校勘是古籍笺注的基础，极为重要。杨集底本文字错讹太多，全书诸如此类的考索俯拾皆是。祝先生考证文字有如侦探办案，抓住线索，多方探求，收获丰厚。

《杨炯集笺注》的另一优胜之处，是笺注详密、征引丰富。杨集的阅读障碍，除来自文字错讹外，尚有大量用典。杨炯六岁便考中童子科，也就是俗所称的"神童"。至十一岁待制弘文馆之前，朝夕于太史局，随天文生读书（见祝撰《年谱》），反映在知识结构上，便是以儒家学术为主流，融会谶纬之学，对于星历、遁甲、兵家之学极为熟悉。在创作中，他除了多引儒家典籍之外，也常涉猎术数，征引兵书，往往生僻难为人知，加之行文受制于偶俪骈体，难免牵率，因此一直以来，号称难读，故《盈川集》乏人作注，读者每以为憾。祝先生自20世纪80年代起，即有志于斯役，但因工作关系，至2012年始专力为之，从此日日孜孜，广搜细考，一一疏解，在引证考求之外，又每每以简明的语言点明文意，摆脱了此类注释的常见之弊。如卷二《奉和上元酺宴应诏》诗首句"甲乙遇灾年"，祝先生笺云："'甲'指甲子岁，即隋文帝仁寿四年（604）；'乙'指乙丑岁，即隋炀帝大业元年（605）。《隋书·天文志》下《五代灾变应》：'仁寿四年六月庚午，有星入于月中。占曰：'有大丧，有大兵，有亡国，有破军杀将。'七月乙未，日青无光，八日乃复。占曰：'主势夺。'又曰：'日无光，有死王。'甲辰，上疾甚，丁未，宫车晏驾（隋文帝死）。汉王（杨）谅反，杨素讨平之。皆兵丧亡国死王之应。'又曰：'炀帝大业元年六月甲子，荧惑入太微。占曰：'荧惑为贼，为乱入宫，宫中不安。''按上引《隋书·天文志》下所记之隋代灾变，自甲子、乙丑始，以下尚有大业三年、十一年、十二年、十三年等。句谓隋自甲子、乙丑隋文帝死、炀帝杨广继位起，即灾变不断，国运转衰。"诸如此类，若非笺注，今人实在难以明其就里。应当指出，像这种难以解读的句子或词语，在杨集中比比皆是。又如同上卷《和旻上人伤果禅师》诗的首句"净业初中日"，"净业"也许易懂，即指佛教之清静善业，但要指明出处已不容易，而"初中日"又是什么？看似文字浅显，但要弄明文意，却如坠五里云雾。祝先生据《法苑珠林》卷二三《敬佛篇·业因》引《观经》云:“令未来一切凡夫,生极乐国,当修三业:一、孝养父母,事师不煞,修十善业。二、受三归具足众戒,不犯威仪。三、发菩提心,深信因果,读诵《大乘》,劝进行者。如是三事,是名净业。”则所谓“初中”,指初善、中善,也包括“后善”。于是再引《大方广宝箧经》卷下:“所说真正,初、中、后善。云何初善?谓身善行,口、意善行。云何中善?学行胜戒,学胜定、胜慧。云何后善?谓空三昧解脱法门,无相三昧解脱法门,无愿三昧解脱法门。复次,初善者,信欲不放逸;中善者,定念一处;后善者,善妙智慧。复次,初善者,信佛不坏;中善者,信法不坏;后善者,信于圣僧得果不坏。复次,初善者,从他闻法;中善者,正念修行;后善者,得圣正见。复次,初善者,知苦断集;中善者,修行正道;后善者,证于尽灭。是名声闻初、中、后善。”这句诗的意思是,果禅师修行已臻中善,惜乎未臻后善就圆寂了。又,前人注书有“注古典易,注今典难”的说法,意思是查找所用古书中的典故相对容易,而准确解读诗文中所涉当时的人与事(即“今典”)则很难。杨炯是初唐作家,其诗文涉及大量唐初高宗、武后两朝的政治、军事,以及职官、地理等方面的知识,对此,祝先生皆一一精心稽考,准确地予以笺释,大大缩短了今人与杨炯之间长达一千三百多年的时空距离。

据估算,《杨炯集笺注》所注典故近万条,限于篇幅,以上所举例证真所谓挂一漏万。要之,为古书作注貌似容易,实则不仅要求对各篇作品及相关时事谙熟于心,还要建立起与原作者相当的知识背景;不仅对其人其作了如指掌,还要以恰当的方式,准确地传达给隔膜日深的当今读者,其间所费心力,盖倍于新撰研究性议论性文字。祝尚书先生积多年之力,日日尽心于此,终成这部一百二十余万字的巨著,对文献整理和保存,对读者研究者,皆善莫大焉。

《李太白全集校注》

□ 陈尚君

（郁贤皓著　凤凰出版社　2016年4月）

还记得2000年在武汉召开的唐代文学年会上，郁贤皓先生针对刚出版不久的詹锳先生主编的《李白全集校注汇释集评》一书提交论文，就学术规范问题有所批评，并表示自己会另外新做李白全集的校注。那年郁先生已经过了六十五岁，我对他的豪情顿生敬佩，对在如此高龄有如此之决心，更感难得。经过近二十年的努力，这部大书不久前终于由凤凰出版社出版，厚厚八大册，真为他献身学术的热情和毫耋不休的精神所感动。祝贺这部大书的出版，也敬祝郁先生健康长寿，学术日新！

如果我没有记错的话，本书是最近四十年第四部李白全集校注。前三部是瞿蜕园、朱金城《李白集校注》（上海古籍出版社1980年）、安旗主编《李白全集编年注释》（巴蜀书社1990年）、詹锳主编《李白全集校注汇释集评》（百花文艺出版社1996年），本书的成就，当然应该在与前三部的比较中得出。最近特别忙，全面比读只能留待来日，初步翻阅，则有以下感受。

郁贤皓先生研究李白，始于20世纪70年代后期，他后来汇集为《李白丛考》的诸论文在各重要学术期刊发表，利用当时还很难阅读的北京图书馆藏大批唐代墓志拓本，对李白生平的一系列问题，如李白待诏翰林不是出于吴筠推荐，李白诗中崔侍御是崔成甫而不是崔宗之，李白初入长安走的是卫尉张卿即宰相张说子张垍的门路，李白与元丹丘交往三十年曾多次会晤，等等，无不举证坚确，结论可信。用孙望先生为该书所作序说，是以一个个细节的研究，“为李白生平勾勒了一个新的轮廓”。此后，他又编著《李白选集》，对李白主要代表诗文作了详尽的释读，主编《李白大辞典》，对与李白有关的词语、人物、地理、事件、著作以及前人研究，作了具有集大成意义的总结。在此基础上为“李白全集”作注，确实驾轻就熟，愉快胜任，且足悬出较高的学术目标。

就全书披览，最直接的感觉是体例周善，新义纷呈。就体例来说，每一篇诗文下都有题解、本文、校记、注释、评笺、按语各部分组成。题解解释诗题中所涉之人事地名，并就该篇之写作时间及前人意见做出说明，从而揭出该篇主旨。本文是录李白的作品，并对校记和注释之相对文句用不同注记加以标记。校记工作做得较细致，大约以宋蜀本《李太白文集》为底本，以宋元以降各本参校。此项工作因前人也已经做得很完备了，本书符合规范，并没有大的突破。注释是用力甚勤的部分，下文还要说到。评笺则为宋元以来评点赏鉴意见的汇录，内容较前此各书以及《中华大典》《唐诗汇评》各书皆更为丰备。最后的按语则一为对全书章节和内容的概述和分析，并就各诗之历代争议问题展开讨论。所谓新义纷呈，除前述《李白丛考》发明各项外，又补充了一些近年新发表墓志，如用何昌浩墓志对其生平的记载，重新确定《赠何七判官昌浩》《泾溪南蓝山下有落星潭可以卜筑余泊舟石上寄何判官昌浩》二诗所作之年份与寄意。

本书最重要的成就，还是重在对李白作品之释读。集部书笺注之两难，在唐人注《文选》时就显露无疑。李善尽最大努力将诗文中语词和典实的来源揭示出来，但提供了这些来源，原文表达的文意如何，则读者之理解偏差很大。五臣强作解人，已属不易，但要让多歧的文意用明白的话说清楚，也实在难燮和众口。最近几十年出了大量新注本，水平相差很大，在旧注新解的融合方面，较难令人满意。“李白集”从宋元以来，注释和讨论之深入丰富，虽然不如杜甫，但也堪称丰富。郁先生在专治李白和唐代文史以前，曾长期从事汉语语词研究，是《辞海》“语词”分册的副主编。本书之注解与考按，最大限度地发挥了作者的所长。

旧注明语源，宋元以来大多已经得到落实，可补充者有限，新注则要准确解读句意章旨，进而明确全篇文意脉络，似易实难。举一篇为例，《答王十二寒夜独酌有怀》，元萧士赟曰："按此篇造语叙事，错乱颠倒，绝无伦次。董龙一事尤为可笑，决非太白之作，乃先儒所谓五季间学太白者所为耳，具眼者自能别之，今厘而置诸卷末。"（《分类补注李太白诗》卷一九）《唐音统签》卷一七一附集末伪作。郁认为此诗作于天宝八载（749）冬，将全诗分为四段，一写"王十二寒夜独酌"；二写王"不以斗鸡取宠，以军功邀赏，只会吟诗作赋，因此久不得志"；三写"己曲高和寡，被谗而仕途困踬"；四"抒发对不合理现实的愤慨"。全诗后再有总按，对全诗文脉加以概括，认为"仔细品味，可知意脉一贯，一气呵成，浑然一体"，澄清了古人的误读。对董龙一句，也有合理解释。对一首三百字的诗，以六千字篇幅，作了详尽而无剩义的解读，虽不与萧氏讨论，但所疑尽释。全书对李白一千多篇诗文的解读，都达到这样的水平，令人叹服。说句闲话，郁先生身形魁岸，做事细心，无论手稿或书信，皆细密娟丽，常让人联想到北宋末的词人与学者贺铸，虽侠气盖一座，饮酒如长鲸，"然遇空无有时，俯首北窗下，作牛毛小楷，雌黄不去手"（程俱《贺方回诗序》）。惟饮酒不合，其他皆能移作写照。

再则全书成于一手，故能前后照应，坚持始终。前此三部李集注，瞿、朱是合作，且主体完成于"文革"前，优点是旧学根柢好，诗旨体会妥当，较清王琦注确有很大推进。安、詹主编的两部，都有自己的特色。安旗是著名女作家，对诗意有卓越的体悟。詹锳则受西学影响甚深，早年所作《李白诗论丛》《李白诗文系年》则坚守传统，多有创获。他于书末将全部参与者之分工逐卷说明。合作完成的著作，好处是集思广益，能从多角度审视问题，缺憾是体例难统一，偶或全书缺乏照应。郁著也曾得到他的友人和门生的帮助，在前言中有鸣谢，只是没有说明哪些友人和门生参与，各自承担了怎样的责任，但就全书来看，体例划一，文风统一，全书之主体工作由郁先生一人完成，从而最大限度地保证了全书的学术质量。

对李白疑伪和补遗诗作，能仔细考订、认真分析后，截断众流，明确取舍。李白名震天下，其作品在他生前就广泛流传，文集历几度聚散，前人更多指出其中多有伪作，而后世传说、补遗更不衷一是。前人编集，以多为胜，即有疑伪，多未深究。本书对前人疑伪所见，能折衷独断，务求客观。在存真去伪方面，能不为前说所囿，体现了截断众流、务求必是的胸襟气魄。具体来说，对前人虽曾怀疑，但无确证者，仍认可为李白所作。如《姑熟十咏》，苏轼、陆游、刘克庄等都认为是李赤之诗，其实证据只是"其语浅陋不类太白"，郁先生认为柳宗元《李赤传》未提及李赤作此组诗，《文苑英华》在不同卷次收此诗八首，皆作李白诗，从而判断"苏轼伪作之说无据"。对《笑歌行》《悲歌行》之宋人怀疑也认为"并无实据"。《猛虎行》，王琦曾疑伪，瞿、朱、詹皆辨非伪作，郁断为天宝十五载三月由宣城赴剡中途经溧阳时作。以上这些，我以为都是稳妥的认识。对后出据说为李白之作品，凡无确凿内证者，一律改入存目。附录存目诗包括两个部分，一是《宋本集内存目诗文》，凡删十篇，多有较确切证据为他人如高适、李翰、王昌龄、唐玄宗所作，另三诗题存诗亡，仅在《上安州李长史书》中述及。惟一我有所保留的是《留别贾舍人至二首》，由于二人行迹错互而疑为伪作，但今人吕华明《李白留别贾舍人至二首辨伪》(刊《古籍研究》2000 年 4 期)认为其二作于乾元二年秋，非伪诗。似尚可再酌。二为《宋本集外存目诗文》，凡 106 则，由于充分利用九十年代前期苏州大学为《全唐五代诗》普查的资料，加上学界多年的发掘考订，所涉较前代大为丰富。其中包括传误诗、依托诗及后世附会诗等，品目极杂，考订不易。目前所附诸诗辨正，都有较有力的证据，足令人信服。可补充者，如宋初《该闻录》所载李白见崔颢《黄鹤楼》后作"眼前有景道不得，崔颢题诗在上头"二句，也仅属传说。另同样出于宋人《彰明遗事》录李白微时所作几则诗，分别处理，未及统一。将世传李白词而为《尊前集》所收者，除《菩萨蛮》《忆秦娥》二篇外皆列入存目，大体可以赞同，但细节仍多可讨论。如《清平乐》"禁庭春昼"一首，收入《尊前集》《唐宋诸贤绝妙词选》卷一，后者题作《清平乐令》，且注"翰林应制"四字，前人或推测当出吕鹏《遏云集》，不能排除为李白供奉翰林期间之试作。

此书出版后，微信圈内有朋友感叹，这可能是李白集的终极版了。但我觉得本书确较前几家注本有很大推进，是李白研究近年最重要的收获，它会带动今后很长一段时间李白研究的深入，不是终极，而是新的起点。就我所知，至少还有以下工作值得进行：一是李白诗歌的会校集释。本书校勘认真，值得肯定，但由于没有就每首诗的文本来源作详尽记录，李白诗歌在唐宋时代的流布演变史仍有继续展开的空间。二是郁先生早年利用当时还很难见到的出土墓志考订李白诗歌，取得重大突破。最近三十年新出墓志数量数倍于郁先生当年可见者，个别显而易见者有所揭出，但似乎至今还没有人像郁先生当年那样全面利用后出墓志补订李白诗歌。三是李白诗歌多别本异文，在全部唐诗中显得很突出。以往一般认为是在流传过程中所造成，我年初有机会向薛天纬教授请教，比较倾向认为其中很大一部分为李白本人所改，即有可能几种不同文本都出李白本人手笔。郁先生坚持传统，解释主要为别集所收者，但如送贺知章归越诗，已经认识到敦煌本《阴盘驿送贺监归越》应该是李白原题，但未能改题，对阴盘驿也仅简注今方位，未展开讨论。敦煌本第一句："镜湖流水春始波。"宋米芾《书史》和邵博《邵氏闻见后录》文本相同，而李白集宋以后各本皆作"镜湖流水漾清波"，正可见到宋人所见李集古本之可贵，也足以证明李诗他校之重要。类似情况大约有几十例。如《叙旧赠江阳宰陆调》所存两本，宋本所注别本中如"骖驔红阳燕，玉剑明珠袍。一诺许他人，千金双错刀。满堂青云士，望美期丹霄""此耻竟未刷，且食绥山桃。非天雨文章，所祖记风骚。苍蓬老壮发，长策未逢遭。别君几何时，君无相思否。鸣琴坐高楼，渌水净窗牖。政成闻雅颂，人吏皆拱手。投刃有余地，回车摄江阳。错杂非易理，先威挫豪强"等句为正文所无，"我昔北门厄，摧如一枝蒿。有虎挟鸡徒，连延五陵豪。邀遮来组织。呵吓相煎熬。君披万人丛，脱我如貔牢"等句也与正文有很大不同。仔细琢磨，应该认可这些别本仍是出于李白本人手笔，至少可以看到他写诗从初稿到定稿的变化。适当加以分析和解读，还不能认为全无必要。

此外，我对全书大量引用的严羽评点《李太白诗集》的可靠与否表示困惑。一般认为评点始于宋末刘辰翁，严羽大约要早几十年，其时未必有此事。若真从南宋以来流传有自，则至少亦源出宋代，又未见该本文字入校。因全书没有引用书目，困惑难解，以后或有便向方家请教。另外，该书在排版时，多将李白各长诗分段，虽目的在读者阅读方便，但似不免引起诗体方面的困扰，如《东武吟》"声价凌烟虹"下在逗号后换行，更显不当。

近年因为一些说不清道不明的原因，与郁先生书问稍疏，但敬畏之忱，始终未变。出版社寄下大书，邀请参加研讨，适有台中之行，不克预盛，略书所见，稍补愆失，唐突难免，高明谅诸。

《贞石诠唐》

□ 陈冠明

（陈尚君著　复旦大学出版社　2016年4月）

陈尚君教授是当代唐五代研究的第一人，是当代唐五代文献辑录、整理、研究第一人。通观纵览其个人学术历史、学术兴趣、学术论著、学术方法，可以抽绎出两个公约词：穷竭式、全覆盖——唐五代文学、历史、文献研究的穷竭式、全覆盖。归结到学术成就，则是独一无二，无人企及。

尚君教授成果的高标，首先是唐、五代散佚诗文的辑录《全唐诗补编》《全唐文补编》，此外，关涉唐五代诗人、文人内容极为丰富；又有二十四史中《旧唐书》《旧五代史》《新五代史》的修订本与《旧五代史新辑会证》，厥功綦伟。这些成果所包涵的研究的重要方面，就是石刻文献。其新近出版的《贞石诠唐》是以石刻文献作为考察对象，诠释唐五代诗、唐五代文、唐五代史的一个新的集结，是唐五代诗、唐五代文、唐五代史研究的延续。

个人以为，前辈学者，岑仲勉先生以金石（主体为贞石）治唐史，进而唐诗、唐文，成就巨大，令人景之仰之。尚君教授全面接受岑先生的治学方法，本书《自序》说："早年读岑仲勉先生《元和姓纂四校记》《唐史余渖》《唐人行第录》诸书，深佩其广引石刻以纠订遗史阙文，搜罗既博，考订尤密，私心颇向往之。"（卷首2页）初为取则，后乃越轶。学术源流，前浪后浪；譬如积薪，后来居上。《贞石诠唐》仅仅是其中的一个集结，一个样本。

一

论著的价值大小，一定程度上与作者所付出的时间、精力成正比，与学识腹笥成正比，更与作者对于学术的眼孔大小高远成正比，所谓“浩瀚胸怀宽似海，周旋眼孔大如天”。眼孔高远、敏锐，就能发现纷杂史料中的潜力价值，就能自成体系，形成同一主题的洪流。

举例来说，本书有三篇论文值得特别关注：《石刻所见玄宗朝的政治与文学》《石刻所见唐人著述辑考》《石刻所见唐代诗人资料零札》。“石刻所见”既是定量，又是一个不定量。定量是指客观存在，是指尚君教授所见；不定量是指我辈所见。眼孔大小，如此不同。这三篇论文的目标，首先是辑录同一主题的资料、史料，然后考证。考察一下尚君教授的个人学术史，个人学术风格，我们发现，其治学方式通常也是穷竭式、全覆盖地获取资料，穷竭式、全覆盖深入研究。就大者而言，无论《全唐诗补编》，无论《全唐文补编》，莫不如此；就小者而言，某一篇论文，如《唐诗人占籍考》《唐代闽集诗人考》《唐人编选诗歌总集叙录》，皆是如此。

正是寄予如此殷殷的学术牵忧，尚君教授对于石刻文献中的唐人世系，倾注了极大的关注。从论文标题来看，似乎只有《〈新唐书·宰相世系表〉订补二则》《新出高慈夫妇墓志与唐女书家房嶙妻高氏之家世》《〈本事诗〉作者孟启家世生平考》《〈才调集〉编选者韦縠家世考》等数篇，以及《贞石偶得》《郑嵎家世》一篇涉及，而通观全书，唐人世系标示，触目皆是。读者稍稍翻阅即能见到，无须赘举。

二

能够明显感觉得到，尚君教授高屋建瓴，和盘掌握几乎所有的石刻文献。在运用石刻文献之时，如数家珍，娓娓道来，挥洒自如。既有宏观论断，又有微观分析。总结学术得失，指明学术走向。如《新出石刻与唐代文学研究》(1—25 页)《新出石刻与唐代文史研究》(26—37 页)二文,历数石刻文献的汇录,其多,其全,无出其右。总体上看,是对新出石刻的宏观研究,然亦不乏微观分析。尚君教授认为,二十世纪的中国唐代文学研究,"新文献""首屈一指"的是敦煌文献,"其次就是石刻文献"。认为"尚未充分发掘的唐代石刻文献"的"丰富资讯","正可与传世典籍互为参证,有资历史真相的了解"。他赞同"可望(能)成为唐研究的新热点"的说法。(1 页、34 页)对于二十世纪上半叶唐代石刻的汇录,认为"四十年代到七十年代末,相对来说缺乏有规模的建树"。(2 页)分析论证,能够抉幽阐微,从茫茫海滩之中,慧眼辨珠。如《书法丛刊》2003 年第 3 期载香港中文大学文物馆藏唐马克麾撰《唐正议大夫试大著作上柱国太原王府君(洛客)墓志铭》,内有一段王勃的逸事:"时有同郡王子安者,文场之宗匠也,力拔今古,气覃诗学。吮其润者,浮天而涸流;闻其风者,抟扶而飙起。君常与其朋游焉,不应州郡宾命,乃同隐于黄颊山谷。"本书说:"两位年轻才俊的同游经过,在史籍中没有留下任何记载,无疑是很有意义的。"(3 页)"大家小书",即使像《石刻文献述要》(327—334 页)这样的综述性论文,依旧亹亹不倦。尽管是驾轻就熟,仍然用解牛之刀。

新出墓志中,另有一大批民间流通的石本、拓本。由于职能部门监管失控,盗挖古墓极度疯狂,深藏民间,公开流通。尚君教授有不少零散墓志来自民间。如《唐代翰林学士文献拾零》说:"窦华墓志已经出土,承仇鹿鸣博士见示拓本,题作《唐故朝议大夫中书舍人翰林院学士窦府君墓志铭》。"(92 页)《新出高慈夫妇墓志与唐女书家房嶙妻高氏之家世》说:"承齐运通先生见示近年洛阳出土的高慈及其夫人卢氏墓志,仔细阅读,发现二人居然是高氏的父母。"(201 页)又如《〈殷亮墓志〉考镜》说:"笔者因为偶然的原因,承洛阳友人李知建先生赠示洛阳近年新出殷亮墓志拓本,对殷亮和颜真卿研究都极其重要。"(233 页)又说:"近代以来出土唐墓志,仅《全唐文补遗·千唐志斋新藏专辑》第 253 页收殷亮大历四年十月撰《唐故摄福昌县令蒋君(伦)墓铭》,已见前引。另北京大学史睿先生偶自琉璃厂在线网站下

载一方墓志，录示仇鹿鸣博士，鹿鸣再示我，堪称难得，谨校录于下。”(253 页)

这类墓志流通不广，知情面窄，一旦论述成文，往往成为独家发布。从某一角度来说，学术意义更为重大。明锐的眼光，敏锐的嗅觉，能够超前判断原始贞石的价值所在。如《〈殷亮墓志〉考镜》(233—258 页)，从二级标题《殷亮之先世》《严氏姑子与殷、颜世婚》《殷亮之早年经历》《殷亮之仕宦经历》《殷亮之著作》《〈殷亮墓志〉撰文者殷永及其对丧葬习俗之批评》《余论：殷、颜二族之家学与门风》等可以看出，穷竭式的发掘研究，使《殷亮墓志》的史料价值升华到了极致。

三

古人说“观天下书未遍，不得妄下雌黄”。此说针对浅薄之士。对于饱学之士，应该勤下雌黄——此在学术为“断”——顶端学者“独断”的可贵之处有六，一为识断，二为推断，三为按断，四为判断，五为论断，六为评断。清章学诚说：“非识无以断其义，非才无以善其文，非学无以练其事。”

此书最大的出色，在于评断。这些评断，如同荣新江教授所说，是“站在学术史的高度，从方法论上加以评述”，“写真正意义上的书评”，有的商榷性的书评，可以称为“书评论文”。

从数量来看，本书的书评最多，计十二篇，自《石刻文献述要》至《长沙窑唐诗书后》等。另，《贞石偶得》中，《述〈篆云楼金石文编〉》亦是评断。在此举《评张沛〈昭陵碑石〉》的评断，以概其余：“《昭陵碑石》最突出的学术优长是以昭陵博物馆所存碑志原石为依据，充分展示了几十年来昭陵文物考古工作的成绩，在许多方面都较前人有很大拓展。首先是收存石刻数量，大大增加……其次，清人已见碑刻，获得许多珍贵的补充……再次，《碑石》录文审慎严谨，校正了许多前人的误录……《碑录》无而《碑石》新揭出的诸碑志，其史料价值绝不低于《碑录》已见诸碑……《碑石》汇聚了昭陵博物馆和陕西省文物考古工作者数十年发掘研究的成果，又加上编著者张沛先生的认真录校，仔细推考，足

可代表当代唐代石刻研究的水平。此书所保存的丰富文献，也将受到唐代文史研究工作者长期的重视。”(348—351 页)

对于《昭陵碑石》的不足，尚君教授以资深使用者、研究者的“近乎苛责的要求”，提出评断：一，昭陵诸碑均极高大，加上碑石漫漶严重，而拓本缩印很小，碑上文字完全无从辨读，图版失去存在的意义；二，近代尚有石刻或拓本留存、原石湮失不存者，皆视作佚碑，不予收录，是一个遗憾；三，昭陵诸碑早期存字较多，以后逐渐残损，《碑石》拘泥于以原石为据，未能充分利用存世善拓和前人录文，而录文又不说明所据原石、拓本及相关文献的情况，以致录文留下了不少缺憾。此文最令人感荷之处是高明与严谨的“缺憾”揭示，尚君教授用一整页篇幅，逐一列举录文校勘的错误。这就是传说中的商榷性书评。清段玉裁说：“校书之难，非照本改字不讹不漏之难，定其是非之难。”“定其是非”就是“断”。

四

自获《贞石诠唐》大作，通读两过，骤涨收获。点圈胜义，触处至多。兹品骘平议，条析缕覼。数易其稿，犹不能无怍。

从内容来看，本书每有自我修正、修订之处；亦有对以往著作的修订。然万虑一失，所在或有。如《贞石证五代史·史匡翰》：“匡翰与父建瑭，两《五代史》皆有传。其碑在太原，陶谷撰文，顾炎武、朱彝尊、叶奕苞、钱大昕皆有跋，《金石萃编》卷一二〇、《山右石刻丛编》卷一〇皆全录碑文，后者附考尤详……传云子彦容历宫苑使及濮、单、宿三州刺史，碑云彦容为宫苑使、溱州刺史。濮，旧史影库本作湊，显为溱之误。校点本据殿本、刘本改，误甚。”(179—180 页)

作为“唐研究”的领军人物，必须结合个人的学术背景、学术擅长，全面把握“唐研究”的学术，高屋建瓴，高瞻远瞩，把脉肯綮。逆向探寻尚君教授的成功之路，可以发现，精熟史学文献，与中国古代文学研究相结合，是其成为大家、唐研究第一人的必要条件。早先聆听先师文献目录学家张涤华教授教诲，最熟悉的一句话是“文史不分家”。语言与文学，文学与历史，统以文献目录，消除此疆彼界。此与清章学诚所说“古人之于经史，何尝有彼此疆界”不谋而合。

尚君教授兼通文学、历史、文献（文学文献、历史文献），各个方面，皆卓有成就，成果十分卓越，为学界所公认。其学术可信度亦为最高。清章学诚说：“高明者多独断之学，沉潜者尚考索之功，天下之学术，不能不具此二途。”我以为，尚君教授“具此二途”；梁启超评章学诚曰：“实斋之于史，盖有天才，而学识又足以副之……随处表现其创造精神。以视刘子玄、郑渔仲，成绩则既过之矣。”我谓尚君教授亦然。

《唐代文学与思想文化论集》

□ 杨理论

（刘明华著　人民出版社　2016年4月）

“出版自选集，有回顾学术经历，总结学术思想的意义”，这是刘明华先生《唐代文学与思想文化论集·自序》（以下简称自选集）开篇的第一句话。诚如其言，读者诸君只需稍稍留心一下这本自选集的目录——依次为杜甫研究、文化文体研究、思想研究成果——就不难发现，这确乎是先生三十年治学生涯的回顾，也是其学术思想精华的呈现。

一、杜甫研究

20世纪80年代初，先生师从著名学者、杜诗研究名家曹慕樊先生攻读硕士研究生，从而开启了自己的学术之旅。治杜是先生步入学术殿堂的肇基所在。先生当年的硕士学位论文即是《杜诗修辞论稿》，从修辞艺术的角度全面系统地切入杜诗研究，先生为第一人。此文修订后，易名《杜甫修辞艺术》，于1991年由中州古籍出版社出版。此书被学界誉为“把方法论和认识论、传统方法和现代方法结合起来，特别借鉴接受美学、心理学等手段，深入分析杜诗修辞艺术，提出了许多新颖独到的见解，不失为一部有特色的研究专著”。此次自选集所选《论杜诗的对仗》《杜诗用典所体现的诗人自我形象》《论杜诗的句法》《杜诗拟人与诗人心态》等文，都是属于《杜诗修辞艺术》的精彩篇章。这是先生非同凡响的学术起点。

此后，先生继续研究杜诗修辞艺术的同时，开始关注杜甫的思想研究，1990年，先生在《江汉论坛》发表《社会良心——杜甫魅力新探》，并在此后几年间，将杜甫思想研究作为自己新的学术增长点，持续以社会良知的角度关注杜甫思想，在1994年写成专著《社会良知——杜甫：士人的风格》，由山西教育出版社出版。此书被学界称为“是一部视角新立意也新的杜诗学研究新著，读来颇能新人耳目”。自选集中《论杜甫的“民胞物与”情怀》《杜甫的“忠君”类型及恋阙心态》《论杜甫的悲剧命运》等，都是此书的代表章节。

二书出版后，先生持续关注杜诗修辞与杜甫思想，自选集中《完善与破弃——对杜诗“拗体”的思考》可为前者代表，《刻苦与创造——论苦吟》《试论移情与拟人的分野》《互文三论》等亦可纳入；《现代学术视野下的杜甫研究——杜甫研究百年回顾与前瞻》《杜甫与佛教的关系及晚年心境》《杜甫的“德义观”及现代意义》《芬芳悱恻解杜，转益多师学杜——袁枚对杜诗学的贡献》《杜甫“以汉喻唐”的结构及内涵》等，则是后者的继续深入。2002年，因《杜诗修辞艺术》和《社会良知》出版时间久远且印数不多，较难寻觅，先生又应读者需求出版《杜甫研究论集》（重庆出版社），将上述二书以及多年关注杜甫研究的成果汇集一书，较为全面地展示了先生关注杜甫的重心所在。此书甫出，即被誉为“运用新方法重读经典，具有极强的时代意识和文化批判精神。论集论述翔实而不流于迂腐呆板，作者广阔的学术视野，也使本书具有较为深刻的历史文化底蕴和哲理意味，确是近年来杜诗学研究领域的一本着力甚深，颇多创见的学术著作”。“当代杜诗研究领域文本解读的范本”。

以下，我们从自选集中择二例子，管中窥豹。

先生的杜诗修辞研究，注重探讨修辞艺术与诗人心态及文学形象间的内在关联。试以《杜诗用典所体现的诗人自我形象》为例。文章首谈杜诗语典，讨论杜诗用字与情景的融合，通过具体事例讨论杜甫把书语和现实景象巧妙融合的高超技艺；再论杜诗用典的断章取义之法；层层铺垫，最后进入重点，讨论杜诗用典与自我形象的塑造问题。其间又重点拈出渊明酒，谢公游——杜甫的风度与情怀；孔明志，庞公隐——兼济与独善的趣尚；原宪贫，长卿病——怀才不遇之悲；王粲悲，贾谊哀——漂泊沦落之苦等四个方面。确实，典故的使用，最能洞悉诗人的内心隐情，亦最能通达诗人内心的隐秘之处，入以用典修辞，出以诗人思想的揭示，通过用典的分析，归结提炼，先生将杜甫自我形象揭示无遗。

杜甫思想研究以《论杜甫的“民胞物与”情怀》为例。此文指出，作为社会良知，杜甫的“民胞物与”的人道主义思想在中国古代诗人中最为突出。先生认为，杜甫的民胞情怀主要体现在对同胞生命的关怀、对生活苦难的关切、对无助弱者的同情和对上层人士的悲剧性处境表示宽恕和同情等四个方面；杜甫的物与思想主要体现为其对自然界的歌咏，具体体现在歌咏自然美，对自然界中的被损伤、践踏和遗弃的“弱者”的同情以及由仁民爱物思想而产生的人与物的对比，进而产生的对自然界的向往之情等三个方面。文章将数百年来评价杜甫的民胞物与精神加以系统地疏理并补充完善这一命题，是目前论杜甫民胞物与最为完善深刻的文字。

二、思想研究

研究对象会潜移默化地影响研究者，使得研究者与研究对象越来越趋于同化。特别是杜甫研究，此点更为显著。终日涵泳澡雪社会良知杜甫的忧国忧民、民胞物与、心系天下等精神，刘先生也不知不觉间具有了相似的气质与品格。他开始梳理中国政治史、哲学史、文学史中的大同理想，其研究从社会良知逐步延展到了社会理想的思考。自选集中汇集了先生这方面的思考的精华：从1994年发表《桃源望断无寻处——论“桃花源”及其变体》伊始，到《水中月，镜中花——〈镜花缘〉的社会理想》《理想性·神秘性·历史真实——对〈桃花源记并诗〉的多重解读》，着力点在文学世界中的社会理想；再到《大同理想对毛泽东政治理想的影响——兼论“人民公社”的悲壮实践》《大同思想对中国社会进程的影响》，对当代社会理想的反思，着力点已然是在当下。关怀当下，学以致用，此之谓也。

姑举一例。《理想性·神秘性·历史真实——对〈桃花源记并诗〉的多重解读》是先生的得意之作。此文从政治学、民族学、地理学、神话学等角度对陶渊明《桃花源记并诗》进行多角度的阐释。从政治学的角度看，桃花源是一个典型的乌托邦。从民族学的角度考察，瑶族人民对原始居地千家峒的“寻根”其本质是“寻梦”。从神话学的角度思考，汉代至魏晋时期流行的志怪小说以及游仙文学常常描写普通人误（幸）入仙境，又得而复失（出）的故事，曲折地表现了人们对神仙世界或理想世界的一些模糊认识。这些对陶渊明创作“桃花源”无疑产生了很大的影响。本文既是先生思想研究的代表作品，也是文化阐释的典范之作。

1999 年，先生将自己多年的社会理想关怀形诸专著，是为《大同梦》，由上海文艺出版社出版。此书纵论古今中外的大同理想和乌托邦，在文学、哲学、政治学、社会学的学科交叉视角中深刻阐释了大同梦境，“具有以往研究所不具备的开阔的视野和鲜明独特的风貌”。

三、文体研究

《大同梦》出版的次年即 2000 年，刘明华先生又推出已完稿多年的专著《丛生的文体：唐宋文学五大文体的繁荣》（江苏教育出版社），这是先生文体学研究的代表作。自选集中《文学的政治化与公文的艺术化》《试论唐诗中的“比兴体”——兼论诗歌多义性的可解与不可确解》《唐人比兴艺术与诗化人生》《古代文人酬唱诗歌论略——以联句为中心》《文体选择与文体自觉——白居易〈新乐府〉创作之再认识》等等精彩篇章，都是先生文体学研究的力作。值得注意的是，自选集中所选的文体学论文，多发表于《丛生的文体》问世之后。专著是宏观切入，全面阐释多种文体，难免不够深入。而自选集所选，多为先生宏观审视之后的沉潜之作，自然新见迭出。

窃以为，先生文体学研究的亮点之一，是对比兴体的持续研究。比兴体在《丛生的文体》中，涉笔不多；在《试论唐诗中的“比兴体”——兼论诗歌多义性的可解与不可确解》中，得到了深入的探掘。先生首先梳理了比兴体与比兴、寄托手法的渊源关系，然后从“比兴体：可解之多义”与“兴寄与象征：不可解之多义”两个维度，勾勒了诗歌比兴一法从局部表达到整体表达的演进历程。《唐人比兴艺术与诗化人生》一文，以轻松的语调，较为深入地阐释了比兴艺术带给唐人的诗化的人生乃至诗化的政治生活。随着研究的深入，先生也不断反思，展开更为细致地考索。《〈节妇吟〉本事及异文与张籍辞聘考》，就是先生对比兴体诗歌代表作《节妇吟》持续研究的成果，由宏入细，亦展示出先生在擅长义理的同时，还有深厚的考据之功。

最后，值得一提的是，自选集中还收录了先生仰慕的先贤时修的纪念文章。吴宓是先生供职大学的先贤，集中有《吴宓文化担当的两种方式——学术论坛与大学讲坛》《吴宓教育年谱》纪念这位国学大师。曹慕樊和傅璇琮二先生，为先生师辈尊长，《博学·刚毅·睿智——曹慕樊先生印象记》《乐为仁者寿——傅璇琮先生八十寿辰纪念》二文，感念师长，文笔灵动，情意殷殷。此外，如《假如项羽过江东》《锦江春色来天地——〈杜甫研究学刊〉创刊三十五周年有感》等有感而发的性情文字，文采斐然。此即为辞章乎？如是，自选集堪称义理、考据、辞章兼具的不可多得的学术名作。

《元和姓纂新校证》

□ 李德辉

（陶敏著，李德辉整理　辽海出版社　2016 年 5 月）

《元和姓纂新校证》是已故湖南科技大学人文学院陶敏教授的遗著，动手于 2011 年 6 月，初成于 2012 年 12 月。这年冬天，因为湖南天寒，陶先生肺癌已到晚期，时时剧痛，无法继续工作，未能全部完成，随即于 2013 年元月 17 日病故，未竟之事，托付给其助手湖南科技大学人文学院李德辉教授继续完成。全书 10 卷，80 万字，16 开，精装 1 册。陶先生之所以要撰写此书，主要是因为他 90 年代曾和南京师范大学教授郁贤皓先生合作整理了岑仲勉先生的名著《元和姓纂四校记》，加上长期研究唐五代人名，熟知唐五代人物事迹，熟谙《姓纂》本书及岑氏《四校记》存在的问题，知道二者在文字和校勘考证等方面还存在诸多的缺憾，因而有本书之撰。例如《姓纂》虽屡经名家整理，但是仍有很多误夺衍倒之文未能辨明，更有不少他书窜入之伪文未加指正，误植姓望之误文未能移正。如《姓纂》卷五“越氏”，实为“越椒氏”之文误入。该卷“椒”下原有文云：“楚大夫越椒之后。”按《通志·氏族略三》“椒氏”：“楚伍参之后也，或为伍氏，或为椒氏。”同书氏族略四“越椒氏”：“芈姓，楚大夫鬬越椒之后也。”知此实为“越椒氏”之文误入，改正之后，当移于卷一〇“十月·越椒”之下，此处当删。椒氏之文已佚。又，《姓纂》与《新表》所叙之历官往往互异，何以如此，亦未得确解。这些疑难问题，陶先生长期记挂在心。2004 年 7 月以后退休在家，颇有余暇，想把历年的学术积累做一次全面系统的表达，故撰本书。

唐林宝《元和姓纂》是唐代最著名的缙绅录之一，又是现存最早的保存较为完整的一部姓氏谱牒书，对于研究唐代人物史事特别是考证正史所无的小人物事迹极为有用，多数内容为他书所无。因为资料丰富，记载可靠，一直得到学人的重视。自清代四库馆臣将其辑复、校定，收入《四库全书》以后，又经孙星衍、洪莹校补刊刻。至于校勘的专门之作，则有罗振玉《校勘记》二卷。至20世纪中叶，国学大师岑仲勉著为《元和姓纂四校记》十卷，对《姓纂》作了全面整理。他不仅综合前人成果，广泛利用传世文献及新出石刻史料，校正了《姓纂》的许多伪误，还证明了《新唐书·宰相世系表》其实是在《姓纂》的基础上修成，使我们能够很好地利用此书研文治史，其功至伟。但由于客观条件的限制，书中仍然留有一些问题未能解决。近三十年来，河南、陕西等地新出土了多方唐代墓志，对进一步校勘《姓纂》大有裨益，都为岑氏所未见，因此，陶先生著成此书，根据新出土石刻，辅以传统文献，校正《姓纂》的多处误文，辨明他书窜入的多处伪文。工作对象主要是岑仲勉当年作《四校记》时限于闻见和资料而未能考出和指正的诸多文字误失。简括之，伐伪、正本、拾遗、芟误，对《姓纂》作更为全面的整理，补岑氏所未及，进一步提高《姓纂》的学术价值。

此事是陶敏先生临终前对我最重要的学术交代之一。2012年12月31日凌晨，家里的座机突然响起。拿起话筒，电话那边传来的是陶老师那苍老无力的声音，是他从家中打来紧急电话，说他已经不行了，叫我赶快过去听他交代后事，主要是讲一些未完事宜。一共讲了四件事，最先讲的是要我来续完他的未完稿《元和姓纂新校证》，并要我代撰《前言》一篇，说明此次作《新校证》之原委。另要我撰论文一篇，建议发表于《古籍整理出版情况简报》，向学界说明我们对林宝《元和姓纂》及岑仲勉《元和姓纂四校记》的系统看法，和此次做《新校证》的必要性、可能性。陶老师的计算机中已经有了这个《新校证》书稿的大部，做到了第十卷，打开给我看了，连版都排好了，各卷都只剩下少部分未做完。其中多数要我继续考证和核实的部分，都用红色标示出来了。另外，全部书名号和专名号未加，很多标点符号漏打，引文全部未核，还有不少文字漏省和笔误，不少地方失校、失考。这都是由于他因病在身，时间仓促，书稿未能细致加工的缘故，因此嘱咐我将稿子从头到尾再仔细修订两遍。他交代说，我续完以后，作者署名他列第一，我排第二。书稿的电子版他要我过一段时间再到他家里去拷贝回来，但是我还没有来得及去他家拷贝，他就去世了，太突然。此后一年多，我一直在忙别的事。直到 2014 年 10 月底我完成了手中的所有课题，空闲下来，才决定把这个未完稿做完，了却一桩心愿。经过四个多月加工，书稿基本整理完毕。

由于《姓纂》原编失传，流传曲折，传本文字的纷乱复杂程度，典籍罕见，虽有岑氏《四校记》和郁、陶二公 80 年代的整理本，订正了书中的多数错讹，但《姓纂》清辑本流传至今已有二百多年，岑氏《四校记》发表也已近七十年，期间新出文献为数巨大，单唐人碑志就有万余方，其中较为大宗的就有周绍良、赵超主编的《唐代墓志汇编》《唐代墓志汇编续集》、吴钢主编的《全唐文补遗》十册，可用的材料极其丰富。其中不少墓志，不仅岑氏《四校记》未能利用，郁、陶二位当年整理岑氏《四校记》之时，也未及见。这样一来，石刻文献可据以订补《姓纂》者就仍有不少。郁、陶整理之时，因为工作对象是岑氏《四校记》，不是林宝原书，为此目的和原著体例所限，仅利用了其中很少的一部分，未能针对《姓纂》原书，续作五校。当时的想法是留待以后。谁知陶老师 2008 年下半年体检发现肺癌，郁先生也年事已高，加上陶先生最后那几年，手中等待完成的项目还有很多，留给他去整理《姓纂》的时间，也就相当有限了。所以，直到他最后一年多，才集中精力去做《元和姓纂新校证》。但这时候的他已是抱病之身、弥留之年。以这样的身体状况，还要去从事如此艰巨繁难的文史考证，可以想见是多么的艰难。情形如此，书中的仓促疏漏之处，也是完全可以理解的。这些不能尽如人意之处，都只能靠我来补完了。

我们此次所做工作，可以“正、补、考、辨”四字括之。

“正”即改正底本文字的讹、脱、衍、倒。包括岑仲勉在内的四次校勘，都是严守清人校书之成法，只指出底本的文字错误，并不轻改原文，谨守古人慎之又慎之义，其法不无可取之处。但就文献整理而言，这么做的不足也是明显的，最起码就没有改正错字，妨碍读者阅读利用。虽然也记录了他本和他书的异文，但底本文字误夺、错简的问题依然没有解决，对研究同样不利。时至今日，我们不能再学古人，对待古书奉若神明，一个字也不敢动。为此，我们学习和运用清人王引之提出的校书"三勇改和三不改"原则，凡书中因抄写、刻印和后人妄改而造成的错误，有确凿理由和版本依据的，勇于改正；那些义可两通的字、假借字、明知为误却没有版本依据的字，则不改。这种客观审慎的态度，代表了我国古籍校勘工作的优良传统，必须继承发扬。

由于《姓纂》传本的文字错误五花八门，而它本身就是辑本，非原编，除了文渊阁、文澜阁两个《四库全书》本以外，没有多少传本，这样一来，要是单纯使用版本对校，所获就将十分有限。要想使校勘取得成效，研究工作突过前人，就必须高度重视他校法，广泛取校传统文献，纸书之外还有石刻，尤当充分利用。同时摸清《姓纂》的行文体例，理清上下文的关系，注意其内在联系，适当结合本校法和理校法去发现问题，寻找证据，改正错误，唯有这样，才有可能有较大的收获。为此，我们在不忽视本校法和理校法的同时，广泛取校他书，包括《永乐大典》和《新编古今姓氏遥华韵》中的佚文，都加利用。至于《四库全书》《国学宝典》《四部丛刊》之文，征引、称述尤多。书中一共征引墓志 2144 篇次、碑文 878 篇次、题名 190 条，还有各种杂刻、杂著，因为太过零散而未能计入，从中可见著者的用力之深、搜讨之勤、创获之多。

"补"即通过校勘，发现夺文，补入相应位置。同时补录新的佚文，力求使整理出来的《姓纂》，文意更加完整，文气更为通畅，文字更为可读。包括岑仲勉在内的四次校勘所补佚文，凡经考察确出《姓纂》者，一律照录，置于相应的韵部和姓望之下；凡误辑及重复辑录者，一律删除，并做相应说明。由于陶先生著此书的主要目的是校勘考证，不是辑佚，故此次之补，主要是校补《姓纂》的脱漏文字，偶尔也辑录散见佚文。校补夺文、辑补佚文两种情况，连同照录前人补文，共得730多条，也是很有收获的。尽管我们此次整理《姓纂》，限于条件，并不以文献辑佚为重点，因为不能完全确定《姓纂》原编各个姓氏的编排体例，此次整理，也不想做文献复原，只依清辑本的原编顺序，将所辑文字置于相应位置，但这些佚文的编录，仍将有助于研文治史。

"考"即补考书中各姓人物事迹，为人们提供更多的研究线索。《姓纂》中的每个姓氏，都是条述家世，周秦汉唐，历数而下。各姓人物累计，多达1.9万以上。其中多数并非闻人，有的不仅正史无传，他书也无考。多数情况是正史无传而他书有载，但是十分零散，资料难寻。不仅需要有心，更要有这方面的能力。在这方面，陶敏老师最有心得。书中这方面的考证，最能见出他的学识之高、考证之精。全靠他多年的辛勤积累，搜集到各种资料，考出其生平事迹、大致时代，书中人物才各有归依，事实清楚。而从文献整理的角度来说，也只有这样，今人才能更好地理解和利用书中材料，此书也才能发挥更大的作用。经过努力，此次新考出的人物估计亦有数千之众，部分还在岑校之外，岑校考证过的人物，此次也有相当多的部分用到了新材料，做了补考，是对岑校的有力补充。

"辨"指辨析、指正那些被《姓纂》清辑本放错了位置的误文，非出《姓纂》的他书伪文、前后重复出现的重文、后人羼入的记中晚唐人事的续文，以及其他难以尽述的疑难问题。今传清辑本《姓纂》很多姓氏之下，都有数量不等的他姓之文，实出该姓的文字却未能找到，这都是因为馆臣编录之时用心未细、考察不精或学识未到而造成的错误。对于这些羼入的他姓文字，必须互易移正，还其旧貌。凡经移改者，仍在原编处存其姓氏标目，以便读者检寻，其叙姓源的正文则据相关文献改正，移入相应位置。对于那些岑校、罗校、洪校和库校弄错了的问题，包括林宝当年撰《姓纂》时就搞错了的问题，以及其他种种可疑问题，也尽量指正。证据充分的，直接做出案断；有一定理由但缺乏充分证据支撑的，写出倾向性意见；疑莫能明的存阙存疑，留待将来。其法至为慎重，富含求真务实精神，非常可取。经过这样整理的《元和姓纂》，相信应该比清辑本更科学，较岑校本更可读。

总之，陶氏此著，主要是根据近百年来新出土的石刻史料，辅以传统文献所载，校正《姓纂》的误夺衍倒之文，列出和《姓纂》意义差异较大的异文，辨明他书窜人的伪文，移正来自他处的误文，考证人物事迹。其中创造性的劳动居多，并没有大面积地重复岑仲勉、罗振玉、洪莹和四库馆臣的工作。工作对象主要是岑仲勉当年作《四校记》时限于闻见和资料而未能考正的底本误文，虽经指出但未改正的文字误失，以及陶敏先生 80 年代和郁贤皓先生合作整理此书时的未及之处，对《姓纂》作更为全面的整理，补前人所未及，进一步提高《姓纂》的学术价值，使其能够更好地为今人所用，为唐代文学研究添砖加瓦。

此稿陶先生完成了五分之四，剩下的五分之一由我来完成。我所做工作，一是续写作者因病未能写完的部分，特别是后面五卷因为作者病重而做得粗疏的地方，补考失校、失考、失引之处。二是校对《姓纂》正文，务使录文准确；复核全部校勘记中的引文，凡漏略过多的，都予补齐；引文书名、卷数、篇名不对的，逐一改正。三是改正校勘记中文字标点的错误。四是给书稿做古籍标点，凡书名、篇名，都加上波浪线式书名号；人名、地名、朝代、年号名，则分别加上专名号，给各条校勘记逐一编码，务必使之能和正文对应。五是撰写整理前言，编制扉页、目录、凡例。六是联系出版社，谋求出版，做好其他善后工作。做这些事尽管很辛苦，但我甘心情愿，也算是不负陶先生对我多年的栽培、厚爱与厚望。

本书出自当今最擅长唐五代人物史事考证的著名学者之手，它的社会效益，主要取决于《姓纂》本身所具有的较高的学术品位和陶氏此稿上乘的学术品质。可以预计，此书出版以后将深获学界信重。具体说，书中所记的周秦汉唐人物，多达一万九千余位，其中多数无闻，仅有少数知名，正史有传。这些中小人物，曾长期活跃在汉唐社会的各个阶层。对他们的生平事迹的考述，可以为唐代文史研究提供了大量可供利用的成果。我们有充足的理由相信，此书将是继岑仲勉先生的《元和姓纂四校记》之后，以《元和姓纂》为中心的又一汉唐五代人物考证的力作。本书所取得的具体研究成果，主要表现在以下方面：第一，将《姓纂》中为数近二万的周秦汉唐人物未知事迹考证明白，补叙出来，收获较大。第二，本书订正了《姓纂》原文中人名、地名、官名、郡望、籍贯、世系、历官等方面的诸多疏漏和讹误，包括林宝撰写此书时，对于前人和唐人姓氏族望、家世生平的误载，清理了他书窜入的伪文、被误置的误文，可使人们可对《姓纂》全书的内容有更全面、深入、准确的理解，在很大程度上还《姓纂》以本来面目。因为对《姓纂》正文做了大量的正误、补脱、删衍、移倒、辑佚的工作，故整理出来的文字，更为完整、通顺、可读，今人的阅读理解和摘录将更为方便。第三，本书对前人的误考、他书的误载，也适当指正。最后，由于《姓纂》人名和《全唐文》《全唐诗》的作者有很大部分是重复互见的，故本书的考补还将增进人们对《全唐诗》《全唐文》作者生平的了解和诗文的理解，有助于唐五代文史研究。

据了解，复旦大学陈尚君教授近十年也在整理《元和姓纂》。陈、陶二公为好友，陈氏亦知陶氏在做《姓纂》正补。但是二人的学术重点和整理方法不同。陈氏所做工作主要是搜集《姓纂》佚文，重新确定原书体例，对《姓纂》作文献复原；陶氏则重在考证人物，校勘误文，辨明伪文，两家成果一重补遗辑复，一个重校文正误，一主外证，一主内证，互不相重，相得益彰，不存在重复装车，两家各攻一路，于学术反而有益，特别书此以为说明。

《唐诗艺谭》

□ 钟书林

（尚永亮著　高等教育出版社　2016 年 6 月）

最近，武汉大学文学院尚永亮先生以数十年之功而凝运于一书，向学界推出了他的新作《唐诗艺谭》（高等教育出版社 2016 年，以下简称《艺谭》）。甫一面世，深受好评。它深入浅出，匠心别具，读来如沐春风，给人以启迪良多。

一、深谋篇熟立意开启谈艺之新风

《唐诗艺谭》根据中国大学视频公开课“唐诗艺术”课程整理而成，旨在通过对情景、比兴、语言、立意、结构、剪裁、方法、意象、时空、声律、对偶等关目的梳理和解析，细化并深化读者对唐诗艺术的认知，了解唐诗作为“一代之文学”的一些特点。谈艺之作，始乎明代徐祯卿之《谈艺录》，颇负盛名者公推钱锺书先生之《谈艺录》。而这部《唐诗艺谭》另辟蹊径，书中既有作品的鉴赏，也有创作脉理的探寻，既有感性的把握，也有理论的概括，无论谋篇立意，还是阐释品评，皆有许多发前人所未发的胜义。从这个意义上看，这种开拓性的唐诗谈艺读本，以前无人系统做过，是书开此新风，颇值得倾心。

正如王兆鹏先生《序》中所说：“20 世纪以来，讲诗法诗艺的著作不少，如钱锺书先生的《谈艺录》、袁行霈先生的《中国诗歌艺术研究》、周振甫先生的《诗词例话》、林东海先生的《诗法举隅》等，都是名著。但《谈艺录》和《中国诗歌艺术研究》是学术性的，对普通读者来说，显得高深；《诗词例话》和《诗法举隅》则是普及性的，力求简要。这本《唐诗艺谭》，则正介乎二者之间，既有很高的学术性，又有很强的可读性。”

《艺谭》全书结构严整，包罗宏富，而又重点突出，整体感强。对比作者此前的另一本书《唐诗艺术讲演录》，“虽然主题相同，但这本书的面目却大不一样。此书知识点更集中，条理更分明，对诗作内涵的阐释更深入，对诗歌艺术方法的总结更到位”（王兆鹏《唐诗艺谭·序》）。《艺谭》全书十二个专题，从易到难，涉及唐诗艺术的各个领域与侧面。第一个专题“‘一代文学’话唐诗”，从四个维度（数量与质量、作家与作品、受众的助力、唐诗与宋诗）入手，深入浅出地把握唐诗总体特征，从宏观上凸显出唐诗的独特魅力。紧接着从“情景合一”“比兴互用”“语言经营”，直接切入唐诗的本质，让人对唐诗产生直观感性的认识；然后从“立意构思”“结构安排”“剪裁取舍”“方法巧施”“意象熔铸”“时空表现”，逐层深入解剖唐诗肌理，探寻其脉络结构；最后是落脚于“声律特质”“对偶妙用”，深入难度较大的唐诗声律运用、创作理念。总体由浅入深，层层推进，既凸显唐诗的艺术形式，又直击唐诗的创作脉理，由此形成各专题间的内在关系和逻辑走向。

同时，《艺谭》作为一部成功的谈艺读本，善于去繁就简，将唐诗艺术风格与技巧讲授得贴切入理，易于接受。如唐诗特别讲求对偶，但今天的读者，不少人对诗歌对偶很有畏难心理，尤其是在他们自己作诗的时候。《艺谭》却平易地指出，诗歌讲求对偶技巧，其实很贴近我们的现实生活，如“婚丧嫁娶、逢年过节写副对联，也都要遵循对偶的规则”，“中国文化强调取法于天，取法于自然，通过观察，人们发现自然界存在大量阴阳、天地、男女之类的两极对应现象，包括人自身的肢体，也是左右对称的，于是就自然而然地形成了一种深厚的均衡美的意识”。既然对偶来源于日常生活，那么诗歌对偶的奥秘自然也就不是难事了。如此谈艺，自然容易激发出读者读诗、写诗的兴趣来。

二、深语唐诗创作脉理，还原唐人创作实态

王兆鹏先生《序》中称，《唐诗艺谭》既不同于《诗词例话》《诗法举隅》，也不同于一般唐诗鉴赏辞典，“此书以艺术欣赏为支撑，以艺术方法为旨归，艺术欣赏讲到得意之处，尽情挥洒，或横向比较，或纵向挖掘，诗艺诗法在具体语境中得到圆融有机的呈现。读完此书，不仅能让我们理解诗人的艺术匠心、作品的艺术魅力，也能让我们了解种种创作方法的来龙去脉及其艺术效应”。

《艺谭》谈及唐诗“剪裁取舍”时，同时列举了两位山西诗人（初唐王绩、盛唐王维）诗歌，他们都写过一首内容相近的诗，表达对久别家乡的怀念，但写法却大不相同。王维诗篇幅很小，只有四句二十个字，问得也很简单：“君自故乡来，应知故乡事。来日绮窗前，寒梅著花未？”而王绩诗却长达十二句，急切之下，问的事情非常多，“从内容来看，可以说巨细无遗，朋旧、弟侄的情况，旧园树木的栽种及其疏密程度，渠水石苔和果木林花的情形，都一一打听，不厌其详”。那么，究竟那首诗好呢？

过去一般都认为王维诗好，但《艺谭》认为“王绩这首诗也写得不错，非常的委曲，非常的周详”。于是，《艺谭》从深入剖析这两首诗的创作脉理入手，得出与以往不同的结论，认为二者“实际上是分不出特别的高下的”。但紧接着《艺谭》又从剪裁的角度，着重探寻“王维为什么要问‘寒梅著花未’”，其原因就在于王维对这株寒梅印象最深。《艺谭》指出，对王维来说，“这株寒梅某种意义上已成了故乡的一种象征，成了他思乡之情的一种寄托”；进而指出，王维“既然连寒梅都问了，那么询问他的父母、故旧、朋友自然是题中应有之意，只是他没有写出来而已”，王维诗的写法是“妙用剪裁，突出主线”，由此《艺谭》又得出结论：就此而言，王维诗似乎要略高于王绩诗。但此时《艺谭》笔锋又一转说：“当然，事情不是绝对的，评价这两首诗，还要注意二者所用的诗体。王绩写的是一首五言古诗，很长，如果只问一句，就会显得很单薄。王维写的是一首五言绝句，不可能像五古那样面

面俱到。”由此《艺谭》再次得出结论说：“从这个角度看，两首诗又是各有千秋的。”

如此缜密曲折，客观深入地探寻王维、王绩两诗的创作脉理及其艺术高下，让人叹为观止。纵使王绩、王维复生，立于眼前，为我们叙述其创作的来龙去脉，也未必能一一尽道得其中之妙。

因此，王兆鹏先生在《唐诗艺谭·序》中不无感慨地说：“此书欣赏唐诗作品新颖深透，倒也罢了，作者还把诗人的创作用心、立意运思、结构布局说得头头是道。比如罗隐的《西施》和《偶题》、杨巨源的《城东早春》、陈陶的《陇西行》、柳宗元的《江雪》和《与浩初上人同看山寄京华亲故》诸诗的立意构思，他哪能知晓？可就像是这些诗人曾托梦告诉过他似的，把那方法技巧、剪裁安排说得个原原本本、真真切切。其实呢，即使起罗隐们于地下而问之，他们也未必说得这么透彻明白。”笔者对于王先生这些评论，也深有同感。上文所述该书对王维、王绩两诗之创作比较，也仅是管中窥豹，只见一斑。凡此种种，胜义丰富，足见《艺谭》深谙唐诗创作脉理，还原唐人创作实态，成为该书的又一大特色。

三、普及性与学理性的有机统一

《唐诗艺谭》作为一部颇富开拓性的唐诗谈艺读本，也很注重普及性与学理性的有机统一。唐诗气象广大，渊如深海，而此书多在寥寥数语之间，精准地把握住唐诗神韵，提萃唐诗精髓，指点迷津。

我们常讲，杜甫诗歌“沉郁顿挫”，但如何“顿挫”，却难以描述得清。而读了《艺谭》之后，此种疑问自然冰释。书中以杜甫《蜀相》诗为例，告诉我们说：杜诗在颈联突然转折开去，“这一转转得幅度非常大，一下就转到了‘三顾频烦天下计，两朝开济老臣心’”，这种转折，由祠到人，既是由现实到历史，也是由景色描写到文化情怀的大转折；杜甫这首诗歌的妙处，就在于他“在转不得的地方硬转，在收不住的地方硬收”，由此“产生一种大的张力，使读者获得一种出乎意料的惊奇”，自然生成“顿挫”之妙。

在谈及结构和诗意的关系时，书中再次阐发说：“所谓顿挫，就是在流走的过程中应该有横断，该打住的地方要打住，不让它再往下走，把它截流一下，有如盘马弯弓，惜而不发，这样才能增加读者的想象力，耐人品味咀嚼。”诸番解读，兼顾普及性与学理性，三言两语，给人以直观真切的感受。

众所周知，唐诗繁荣，但叙及具体繁荣之状时，多语焉不详。而《艺谭》却用计量分析的方法，向我们叙述唐诗的具体繁荣盛况。作者说：“据我建立的唐诗数据库的统计，现存的唐五代诗歌的作者数是 3200 多人，现存的唐诗作品量是 50400 余首。”相较于从东汉一直到隋的八个朝代（简称八代），“唐代的作者数是八代的五倍，而作品量几乎已是八代的十倍”，因此，他指出“唐诗的繁荣首先得力于数量上的支撑”。同时，在质量与数量上也存在着一种正比例关系。他通过统计说，“唐代写诗最多的作家是中唐的白居易，现存两千八百余首诗。第二位是大诗人杜甫，现存一千四百五十余首诗。第三位是诗仙李太白，写了一千零五十余首诗”，“唐代诗人中古今公认的前三甲，在创作量上也名列前三位”，由此他得出结论：“某种意义上，是数量与质量的结合，推动了唐诗创作持久的繁荣。”这样的计量分析，生动直观，通俗易懂，而又有学理性的有力支撑，深得谈艺之妙。

《艺谭》在深入谈及唐诗创作脉理、立意构思的同时，不乏唐诗创作理念、艺术理论的纵深探讨。如唐诗繁荣的原因，作者认为深契生产与消费的关系之理，他指出，“某种意义上，创作和阅读的关系，类同于生产和消费的关系。作者好比生产者，读者好比消费者，作品犹如产品”，“既然要让作品流播于世并传之久远，就不能不考虑受众的审美心理”，而唐诗的繁荣，“正是由于存在广大的受众群体”。又比如，作者从接受美学的角度，阐释唐诗“空白与缺省美”的艺术魅力。他说：“从接受学角度看，空白一般有两层含义，一是表现在文本层面，二是表现在阅读层面。”换言之，“文本中的空白点不是搁那儿就完了，而是要召唤读者进入文本进行索解”，“读者进入文本，在阅读的时候产生出若干意义上的不确定性、理解上的模糊性、判断上的多义性。而这样一种多义性、模糊性和不确定性，必然会扩大诗歌的意义空间，这也正是诗歌所要造成的效果”。

这些艺术理论、方法的揭示，让我们在普及认知唐诗繁荣及艺术创作的同时，也深受相关艺术理论阐释的沾溉和熏陶。二者相得益彰，为我们洞开另一片天地，进一步丰富了对唐诗艺术风貌的认识。

总而言之，《唐诗艺谭》作为一部简而有益的具有开拓性的唐诗谈艺读本，嘉惠学林，有目共睹。是书“谈艺”，力求“接近唐诗的审美本质”，力求“还原唐人的创作实态”，“让文学回归生命情怀，让经典滋养现代心灵”，为学界开启“谈艺”的新范式，功不可没。

《唐诗与唐史论集》

□ 卢多果

（谢思炜著　中华书局　2016年6月）

《唐诗与唐史论集》收入清华大学谢思炜教授近十余年来与唐代文学与唐代史事相关的论文，如标题所示，本集乍看似乎仍属诗史互证的传统路数，但实质内容与方法已有显著的差异。作者多年来从事集部校注的工作，先后撰成《白居易诗集校注》《白居易文集校注》《杜甫集校注》三部著作，本书的核心篇章也以白居易、杜甫两位诗人的作品为讨论对象，正如作者在序言中自承，这批论文实际上是其“校注工作的延伸和拓展”。

作者曾在相关论著中多次提及，校注是最为有效的文本细读方式。对某一文本的校勘与注释，不可能只是一般的语辞释义，语辞和文本的背后往往是唐代社会某一现象的细节反映。因此，校注工作实难拘束于文学或是史学的知识范畴，需要对唐代文献材料进行多方位的掌握与考索，这正是大多数明清旧注的欠缺所在。

本书中最为精彩的篇章亦正是自语辞释义入手的考辨，围绕语辞和文本考论唐代社会的某一专题问题，往往能补正前辈学者的立论。出于校注者的敏锐，作者格外关注某些语辞背后可能蕴藏的具体图景。《“杂种”与“杂种胡人”——兼论安禄山的出身问题》一文的出发点本为解决杜诗中三次使用的“杂种”一词的释义，由此旁及两唐书中所涉及的“杂种胡人”一词。作者指出前人的讨论对“杂种”一词的语源并无清楚解说，对其词义亦有误解；因此文中对“杂种”这一概念的相关材料进行了全面梳理，指出“杂种”与“别种”含义近似，有时统指众多部落，而非某一部族的特定称谓。《旧唐书》中称安史为所谓“杂种胡人”，实际上不过是别种、别部胡人之意。与此相类，《白居易诗中的麽些史料》重点考察白居易《蛮子朝》诗中“摩挲俗羽双隈伽”的释义，首先借助日藏白集钞本确认“摩挲”实指唐代史料中所称的麽些族；然后自语音史、民族语、民族舞蹈等多个视角进行推理，指出该句可能是对麽些族作为导从仪仗时歌舞场面的反映，由此为这句向称难解的白诗给出了新的解决思路。对这些语汇的阐释，在最终的校注成书中可能只反映为短短数行，其背后却是对某一专题问题全面而艰难的考索。

校注工作往往会牵涉某些前人未能明悉而暧昧言之的知识领域，文本中的疑难问题往往也聚焦于此。《杜甫诗文中的历法问题》《唐代葬法与杜审言夫妻合葬问题》两篇解决的正是前代学者视为畏途而回避的细节，分别就杜甫两篇文中涉及的历法、葬法问题进行了繁难而精确的演算。这些并非杜甫文本中的细枝末节，作者根据杜甫对《大衍历》的精确掌握与记述，指出这恰好反映出杜甫对开元盛世的怀念，由此也为我们研究作家心态和自我意识提供了一处新颖的例证。

校注中的另一项重要工作则是文本的厘定与辨伪，《拟制考》在平冈武夫等学者的研究成果之外，全面考察了唐代拟制的写作情况和文本样态，有力地质疑了岑仲勉先生关于白集拟制为伪文的旧说。《〈千载佳句〉所载白居易佚诗考辨》《〈淳熙秘阁续帖〉白居易书真伪续考辨》《洛阳所见白公胜碑真伪辨疑》等文则就白集之外的部分佚文佚诗给出了翔实的考辨，由此在校注工作中厘定出可靠的文本范围。

本书亦收录了部分校注工作之外的专题论文，多为对中唐作家相关史事、诗人心态和诗歌语言的考察。《元稹母系家族考》《崔郑家族婚姻与〈莺莺传〉睽离结局》二文引用多种唐代墓志材料，基本复原了元稹母系家族郑氏的世系，以及元稹亲属中崔郑二族通婚的关系确非虚构。作者由此回应了陈寅恪先生《读〈莺莺传〉》中崔莺莺必为寒门的旧说，并对《莺莺传》中男女主人公必然暌离的结局提出了更为圆融的解释。《李杜优劣论争的背后》讨论中唐时期李杜优劣论的发生，从韩愈白居易关系的视角进行考论，不仅是对诗人相关历史事件的调查，同样揭示出中唐诗学观念变迁的关键线索。《白居易讽喻诗的诗体和言说方式》和《白居易讽喻诗的语言分析》二文则从诗歌语言的角度入手，重点梳理了白居易讽喻诗的叙述方式和语汇使用情况，对传统诗学批评中有关白诗“浅切近俗”的笼统观感给出了回应。

本书中所涉及的少数细节似有商榷的空间，以下谨就其中的问题提出讨论。《杜诗与〈文选〉注》的新颖之处在于，作者并非只从传统文本接受的角度来阐释杜诗与《文选》之间的联系，而是另辟蹊径地揭示出《文选》一书被唐人阅读时的整体文本状态，即正文与注释在习学时不可分离，极具启发性。作者由此考察了杜诗与《文选》注之间可能存在的联系，但遗憾的是，文中并未就这一问题给出数量足够且具说服力的论据。如第一节论杜诗用善注所举的例证中，作者谓杜诗“泓下亦龙吟”用善注“《说文》曰：泓，下深也”，因而判断杜诗是以“泓下”为词，出自《文选》，仇注释为“水深处”未当。但“泓”在唐代文献中已有“水潭、水深处”的引申义，“泓下”亦非仅见于杜诗，如元稹《说剑》：“留斩泓下蛟，莫试水中狗”，与此句杜诗词意相同，亦指水潭，故未必是用善注。作者针对仇兆鳌等旧注妄改原文以牵合杜诗的弊病，指出对杜诗某些语意的解释须尊重《文选》正文和注释的释义，这无疑是平允之论；《文选》注中保留的大量训诂材料，确属研究中古语言的重要文献，也理应在注释中重点参考。但据此而证明杜诗与《文选》注之间必然存在一定程度上的文本联系，材料似尚不足够。该文所列出的材料反倒表明杜诗与现存两种《文选》注间并不存在稳定的联系，大多数时候杜诗并不一定是在用《文选》注，注释杜诗时也未必要刻意牵合以遵从《文选》注的释义。如第三节中对杜诗“当时历块误一蹶”的解释，作者因五臣注“蹶，疾也，言过都国疾如行历一小块之间”的释义显然与杜诗原意不合，而怀疑杜甫另有所据，否则便属误用或有意变化；其实杜诗此句中“历块”虽用《文选》，而“一蹶”与五臣注并无干系，自然不必与之吻合，当引《说苑·谈丛》："一蹶之故，却足不行。"又杜诗"左绵公馆清江濆"，"左绵"在此指代绵州，取左思《蜀都赋》"左绵巴州"之字面，显然亦与五臣注"绵，历也"不合；然据《元和郡县图志》卷三三，隋开皇五年始立绵州，此后才引申出借代之义，五臣自然不会将左思赋的用例释为地名。若认定杜诗与《文选》注之间必然存在某种稳定的内在联系，反倒会多出一些不必要的说明。自然，对于杜诗的注释理应重点参考《文选》注中的训诂材料与留存文献，但仍需具体问题具体分析；对杜诗与《文选》注的联系，仍需进行更为全面的考察。

又《白居易诗中的麽些史料》认为白居易《蛮子朝》中有关寻阁劝入朝的记载可能为附会传闻之误。诗中有"异牟寻男寻阁劝，特敕召对延英殿"之句，作者谓"召对延英殿"的表述乃白居易想当然之辞；但唐代文献中实有不少于延英殿召见少数民族和外国使臣的记载，如《旧唐书》卷一九五《回纥传》："（乾元）十一月庚辰，回纥使延支伽罗等十人于延英殿谒见，赐物有差。"又《册府元龟》卷九七二《朝贡》："（大历）八年四月……新罗遣使贺正，见于延英殿。"寻阁劝入朝之事虽未见史载，白居易所述即使仅据传闻，但恐怕亦不至过分偏离事实，不必遽然否定。

由上所述不难发现，本书的研究方法绝非止于诗史互证的传统路数，本书的题中之义也非要牵连唐诗与唐史的联系。集部文献与史部文献被同等地作为研究的基础材料，在某些疑难话题的研究中自觉地旁及其他学科和领域的文献和研究成果，不为所谓文史之学所拘。对文本的全面注释无疑需要对某一时段史实、社会生活、语言全面把握，这要求注释者不仅是要利用各种校勘材料，同时也要求注释者对这一时段的各类文献兼收并蓄，并充分留意前人在各学科领域的研究成果。电子检索及数据库的普及大大便利了我们对一手文献的把握与认知，但只有建立在文献基础上的注释与考察，才能产生可靠的新文本。

与作者的几种校注成果相同，这部论文集同样贯彻了这一思路，书中探讨的问题大多属于注释中前人所回避或忽视的繁难所在，正如作者在《杜甫集校注》的前言中指出，"注书是细读原著的最好方式，当研究进展到一定程度，势必要回到这项工作上来。很多被忽视的问题,在注释工作中得以发现。一些问题看似已有成说,但在注释中发现还有待推敲。”这无疑为唐代文献的阅读与研究提供了一条可靠的路径。

事实上,本集的许多观点早在作者此前的校注文本中已有简明的表述,读者不妨参观每篇论文各自所对应的篇章,便会发觉许多看似得来轻易的注释,其实都是在大量文献材料的基础上精心撰结而成。这些过程在注释中并不显现,却往往能决定注释的厚度。在大多数校注实则倚赖检索而堆砌的时代,校注之学很容易被视作“辞达而已矣”的工作,事实上,“辞莫贵乎达,亦莫难乎达”,真正做到“辞达”的总是少数。本书的特别意义正是对这一艰难过程的见证,而只有这背后的众多辛劳与积淀,才是一名校注者所应有的暗功夫。

《杜甫与地域文化》

□ 杨 波

（葛景春、胡永杰、隋秀玲著社会科学文献出版社 2016 年 10 月）

杜甫研究是中国自古至今久盛不衰的一门显学，其与地域文化关系的研究也早就受到重视。尤其是 20 世纪 80 年代以来，与杜甫关系密切的河南省、四川省、重庆市（奉节县）、陕西省、甘肃省（天水市、成县）、湖南省等地都有众多学者致力于这方面的研究，并产生了不少重要的学术成果。但是从整体上、系统地进行考察研究的成果，却一直付之阙如。究其原因，应该与这一问题涉及面太广、内容太多、把握起来具有相当的难度有一定关系。2016 年 10 月，河南省社会科学院葛景春研究员与胡永杰、隋秀玲二位博士合著的《杜甫与地域文化》一书在社会科学文献出版社正式出版。全书共 58.8 万字，系葛先生主持的国家社科基金项目《地域文化视域下的杜甫研究》成果，这是一部视野有高度、内容有广度、理论有深度的优秀之作。该著作采用专题式研究，全面梳理了杜甫与九种地域文化的相互关系，深入分析了相关地域文化对杜甫思想创作的哺育以及杜甫对相关地域文化文学的影响等内容，开辟了杜甫研究的新视域，拓展了杜甫及其作品研究的新空间，丰富了杜甫思想研究的新内涵，升华了唐诗研究的新价值，对于杜甫研究和唐诗研究朝着纵深方向发展起到重要的推动作用。归纳起来，该著作的学术成就主要表现在以下几个方面。

一、采用专题研究：全面考察了杜甫与相关各地域文化的相互关系

专题研究是这部著作最突出的特点。《杜甫与地域文化》一书最主要的内容，就是对杜甫与相关各地域文化关系的考察、分析和论述。著中以杜甫不同时期的作品为主要文献依据，通过11个专题研究，较为全面地梳理了杜甫与其所经历各地域文化的诸多关系，即“杜甫与洛阳京城文化”“杜甫与黄河中下游地域的中原文化”“杜甫与唐代中原作家群体”“杜甫与关中文化”“杜甫与长安京城文化”“杜甫与陇右文化”“杜甫与蜀中文化”“杜甫与夔州文化”“杜甫与荆湘楚文化”“杜甫与吴越南朝文化”“杜甫与地域文化的关系”，指出“杜甫不但是一位‘地负海涵’、集大成式的伟大诗人，也是一位在文化方面集各地域文化之大成的文化巨人”，其诗歌成就“得益于他思想和文化内涵的丰富性和深刻性”。

其中既有各地域文化对杜甫的影响，也论及杜甫对当地文学文化的影响。地域上涵盖大半个中国，时间上纵历先秦至清末，确实可称得上丰富而深入。值得注意的是，著者把洛阳京城文化、长安京城文化从中原文化、关中文化中区分出来，分别做专章研究，标识出洛阳、长安文化虽然总的属于中原文化，但也有自己京城文化的特点。二者虽同属于京城文化，但它们之间也有相对独立性。关中文化虽也属于中原文化范围，但由于山东（华山或崤山以东的中原地区）与关中是相对独立的不同的地区，二者的差别，也是较为明显的，各自成章分别研究，是对中原文化的细化研究。它们对杜甫有不同的影响。这种看法颇具匠心，令人耳目一新。可以这样说，该著作不仅填补了杜甫与地域文化关系研究方面未有一部综合性研究成果的缺憾，而且将杜甫与地域文化的相关研究引向深入，开辟了杜甫研究的新视域。

二、进行纵横比较:创造性地提出了一系列新颖的学术观点

善于进行纵向和横向比较研究,同中求异,异中求同,是该著的又一大特点。著中从地域文化这一特定的视野去深入地考察审视杜甫及其作品,使作者看到了一些以往研究中不易发现的问题,提出了不少新颖的见解。如东都洛阳和京城长安不同的政治文化环境对杜甫思想影响的异同问题,论述得就比较精彩。著中指出,东都洛阳和京城长安在唐代虽然不属于一个地域,但其文化都属于中原文化系统,只是表现出的地域和地位特点略有不同,其时代精神表现也有所不同。洛阳是河洛文化的中心,求本务实,重视现实是它的文化核心。但洛阳在唐代又长期不处于政治中心地位,相对长安来说,生活状态比较安逸休闲,人们的心态比较和平中庸,有尚文轻武的倾向。这利于杜甫安下心来学习传统文化知识和提高艺术水平。长安是华戎交汇之地,是西北少数民族文化和汉民族文化交汇融合的中心,颇有尚武精神,故上有扩边黩武之志,下有任侠之风;又是全国的政治中心,人们多奔竞之心和浮躁之气;这些与杜甫在洛阳养成的思想性格是格格不入的。但杜甫经过长期的历练和痛苦的挣扎,没有被困难击倒,磨炼出一双敏锐的观察社会生活的眼睛和一身批判的胆量,走出了一条直面现实和注目民生的诗歌之路。(第177页)这样的见解颇具新意,也是相当精彩的。

再如论杜甫的陇右诗、蜀中诗、夔州诗等相关章节,指出这些地区的自然风光、风俗民情,以前虽也偶有文学作品描述过,但主要是以笼统模糊面貌出现。到了杜甫,由于他有在当地长期生活的经历,又有敏锐的审美眼光和杰出的艺术才华,才使其真正以真切细致、丰富多彩、具有个性的面目呈现出来。著中还通过大量的数量统计分析,令人信服地得出这样一个结论:杜甫诗歌在这些地区文学中,无论是数量、题材,还是艺术成就和影响力,都具有开创性地位和意义。

而在杜甫对待普通人民的情感问题方面,传统观点认为他在长安写"三吏""三别"等作时,是这一思想及情感的高峰期和

成熟期，但作者指出，杜甫思想感情有一个发展渐变的过程，天宝末至乾元时期、成都时期、夔州时期是三个最重要的阶段。他在洛阳、长安时期，真正接触下层人民的机会并不多，关注其生活状况和悲惨遭遇主要是出于一个正直儒学之士的社会责任感和悲悯情怀；他真正走进普通人民中间，和他们长期接触交往并建立起深厚感情，是在成都时期；（第321—322页）夔州时期是他与普通百姓长期深入接触的又一个重要时期，而且当地的风俗人情颇有些让他不适应、不认同的地方，但他经受住了考验，在不太和谐的人际关系中，依旧保持着对劳动人民的关注和热爱，使其这方面思想感情达到了理性成熟和执着深沉的境地。（第393页）章学诚先生在《上辛楣宫詹钱大昕》信中说过："世俗风尚，必有所偏，达人显贵之主持，聪明才俊之所奔赴，其中流弊必不在小。载笔之士不思救挽，无为贵著述矣。苟欲有所救挽，则必逆于时趋。"这段话正是对杜甫所表现出上述思想情感的最好注解。

三、重视理论构建：系统总结地域文化与杜甫思想之间的互动影响

学术研究的终极目标和最高境界就是理论构建。如果说专题研究和纵横比较是该著的外部特点，那么重视理论构建则是该著最重要的价值所在。作者除了在每个专题中相对独立地进行论述之外，还在绪论和第十一章从不同角度探索了杜甫与地域文化的整体关系，包括影响杜甫的本土文化与异地文化之间的关系问题、各地域文化在不同时期的相互交流问题、地域文化与时代精神影响的关系问题等内容。

作者对全书的结构进行了宏观概括，指出该著作的研究重点分三大板块：一是以两京文化为中心的黄河中下游地区的中原文化对杜甫影响的研究。作者认为，杜甫忧国忧民的思想基调和关注现实人生的现实主义诗歌道路，成为他一生思想和诗歌的主调。异地文化则对杜甫诗歌内容的丰富性、艺术风格的多样性，起到了重要作用，增添了其地域文化的绚丽色彩。若没

有这些异地文化促成的丰富和多样性，就不能成就杜甫之大。本乡土的中原文化是杜甫思想和诗歌的主调和底色，异乡的地域文化是他的辅调和异彩，二者相辅相成，才形成了“地负海涵”集大成式的杜甫。

二是关于杜甫与他乡地域文化的关系研究。作者认为，文化是流动的、动态的，文化的流动性通常是由作家的流动而造成的，每一位作家都在文化交流中发挥着使者作用。杜甫是中原文化的杰出传承人，但又绝不居囿于本乡土的地域文化，也吸收了所到之处地方文化的营养。本土文化和异地文化对一个诗人或作家来说，实际上存在着主要影响和次要影响的不同，即本土文化影响基本上决定了诗人的主导思想倾向和诗歌主体风格，即为主调；而异地文化影响，则通常占据次要地位，即为兼调。主调和兼调的关系是相互配合，相辅相成的关系，这样才构成了一个诗人既有家乡地域文化色彩鲜明的主导思想和主体风格，又有他乡地域文化的丰富内容和风格多样化的异彩。但一般来说，其他区域文化的影响相对于本土文化来说，只能是次要的，是兼调而非主调，是异彩而非本色。

三是关于杜甫与中原文化及其他地域文化的关系研究。作者指出，时代精神的变化，既有朝廷的喜好的因素，又有时代潮流变化的因素。盛唐的理想主义浪漫思潮是由盛唐时期国势强盛而引起的，转折时期的现实主义忧患意识是安史之乱后大唐由盛转衰的国势引起的。但现实主义的忧患意识，又是中原儒学固有的基本思想之一，只是在盛世时代似乎被人们淡忘了，到了国家社稷的危难时刻，它才又抬头。地域文化只有与时代精神相结合，才能超越地域成为全国性、主导性的思想和文化潮流。杜甫是盛唐向中唐转变期文化精神的代表，他的现实主义诗风和具有实践品格的儒学复兴运动的先驱者地位，可以说是中原地域文化精神和时代转折精神双重孕育的结果。这一结论是在对杜甫与各地域文化的关系方面进行全面考察、深入分析基础之上构建的，所以显得更加切实、可信，更加精彩、深刻。

这部著作用一种新的理论视域来重新考察杜甫的思想和诗歌，开辟和扩展了杜甫研究的领域，为研究杜甫与地域文化的各个方面建立一个新的研究框架，具有研究的系统性、整体性和深刻性，是一部有丰富内容、有新颖见解、有理论高度的优秀之作，堪称杜甫研究领域的一大重要创获。这将为唐代作家与地域文化关系的进一步研究，奠定了良好的基础。

当然，杜甫与地域文化关系是一个相当复杂而丰富的大课题，并不是一两部著作就能穷尽。该著虽然已经可称翔实，但是距离全面详备把握众多地域文化的丰富内涵，把这些文化内涵与诗人的关系尽可能详尽而深入地挖掘揭示出来的长远目标，应该说还有很长一段路程。“诗无达诂”，书中对杜甫与地域文化关系的理论总结虽然相当精彩，但这一课题应该还有继续探索的空间。比如说，杜甫是具有世界性、全国性的文化名人，是优秀传统文化中最耀眼的明珠之一，也是多个省市所拥有的地方文化资源。在全国上下都在呼吁传承和弘扬优秀传统文化的今天，研究杜甫思想，传播杜甫文化，对于推进当前的文化建设、弘扬传统文化精神、提升文化软实力都具有独特的现实意义。因此，《杜甫与地域文化》的问世，既是一个重要的收获，也是一个重要的契机，必将推动杜甫研究和唐代文学研究朝着纵深方向发展。

《王维诗歌艺术论》

□　梁瑜霞

（师长泰著　上海三联书店　2016 年 11 月）

我的案前，是由上海三联书店 2016 年 11 月出版的《王维诗歌艺术论》，墨泽尚新，书香犹浓。然令人扼腕的是，著者——中国王维研究会的创会会长——师长泰教授，未能看到自己的这部新著面世，已经于 2016 年 10 月 13 日，永远地离开了这个世界……

20 世纪 80 年代末，笔者研究生毕业，供职于师先生所在的西安师范专科学校（西安文理学院前身之一），成为该校学报《唐都学刊》的一名编辑，有幸参与了师先生创建中国王维研究会的前期筹备工作，并作为《唐都学刊》的随会记者和编辑，荣幸地参加了首届王维诗歌研讨会，撰写了本次会议的论文综述，刊发于《唐都学刊》；2006 年 10 月，在先生退休 6 年之后，笔者又有幸成为先生担任 18 年系主任的院系——文学院的一名继任者；2009 年 5 月作为中国王维研究会的挂靠单位，笔者所在的西安文理学院文学院承办了"王维 · 辋川国际学术研讨会暨中国王维研究会第五届年会"，并与先生一道主编了《王维研究》第五辑。种种机缘，让我与先生及中国王维研究会，结下了深厚的缘分。该书出版后，遵我的同事——中国王维研究会副会长兼秘书长高萍教授嘱托，责无旁贷地为先生该书写下一些自己的读后感，以纪念先生并就教于方家。

在西安文理学院中国古代文学省级重点学科的建设进程中，学科组同仁有感于先生在王维研究方面的杰出贡献，决定资助先生整理出版自己的王维研究成果。2016年，先生以其抱病之身，将自己1991年中国王维研究会成立以来，先后发表于《文学遗产》《人文杂志》《唐代文学研究》《王维研究》《唐都学刊》等学术刊物上关于王维研究的文章，结集为《王维诗歌艺术论》，在北京某医院住院期间，先生于病榻之上，几经校对修改、设计策划，2016年10月12日，先生为自己的新著选定了封面之后，竟然就此撒手人寰，令我等晚辈后学不胜感叹唏嘘！

《王维诗歌艺术论》中的一些文章，曾刊发于《唐都学刊》，当年的笔者曾有幸担当先生文章的责任编辑，对于这一部分，应该算是故文重读。今天的笔者，从一名编辑到接过先生的教鞭、为本科生讲授唐代文学17年之后，再来拜读先生王维诗歌研究的文章，立场和角度都发生了极大的变化，对先生和王维都有了全新的认知：一方面对先生多了一份再晤故人、再沐春风的怀旧之情，倍觉亲切，亦有深深的遗憾和感喟；另一方面，通过该书的文字，愈发体会到先生在王维研究方面所达到的高度和深度。同时，愈发理解王维诗歌作为经典的价值和意义，这与当年作为编辑的阅读感受和体认大不相同。反复拜读《王维诗歌艺术论》一书，笔者认为该书是师长泰先生王维研究的集成之作，体现了先生王维研究的四个特点：一是重视文本细读的基本功夫；二是重视诗艺诗法的探赜抉微；三是重视文献和田野调查相结合的研究方法；四是该书具有王维研究学术史的价值和意义，也奠定了先生在王维研究学术史上的崇高地位。

一、以文本为中心的精妙解读

文学研究就是对作品本身的描述和评价，作者的真实意图，我们只能以作品为依据。王维既是一位多栖的艺术家，又是一个把诗歌和佛教作为自己诗意栖居、解脱痛苦的精神归宿的佛教徒，其诗歌融诗艺、画技、禅境、乐理于一体，具有极高的艺术造诣，是盛唐文化的集中代表。正复如此，王维诗歌文本的准确解读，是所有王维研究者面临的首要问题。可能因师先生是在教学的基础上进行研究的关系，其王维研究最大的特点，在于他对王维诗歌文本的重视及其以文本为中心的精妙解读。打开该书，拜读师先生的每一篇文章，读者一定会看到大量的王维诗歌被征引，先生的每一个观点，都是基于对王维诗歌的深细解读而得出，绝不空言结撰。如开卷第一篇《王维诗歌意象的审美特征》，全文约15000字，整诗或部分征引王维诗歌文本达89首之多；再如《王维七言古诗的章法结构》，据清人赵殿成《王右丞集笺注》王维七言古诗共计27首，几乎全部的27首七言古诗都进入到先生该文的研究视野，整首引用就有7首，故得出王维七古具有运律入古、章法严谨，意随韵转、脉络清晰，经营位置、变化多姿等三个特点时，给人以水到渠成，意惬理惬，极能服人。先生之重视文本，于此可见一斑。更重要的是先生对王维诗歌文本的精彩解读，如对王维诗歌中"空山""白云""落日""柴门"等意象的把握、对意境的体悟、对语义的分析尤其是对文本中的某个词、句或段与上下文之间的联系之解读，极见功夫。如对王维《山居秋暝》"明月松间照，清泉石上流"一联诗与整首诗之间意象对接的分析：即使"清泉"也与"新雨""明月"有联系。以"清"状"泉"，本属平常，而此处却可耐寻味。山泉本来就"清"，"新雨后"的山泉"更清"，又处在"明月"照临之下，则此泉尤为"清"了。先生就一个"清泉"意象，来解读该意象与全诗在意象上的承接关系，真是精妙入微、别具慧眼。先生至于文本之重视和他那种细读的功夫，精妙的解读，让我们讲授和研究唐代文学的读者来拜读此书，真如行走于山阴道上，应接不暇，从中获益良多乃至感受到震撼。

二、重诗艺诗法的探赜抉微

如上所述，先生重视文本，对文本有着极为精深的细读功夫。这种功夫，其实是中国传统的感悟式诗歌评论的一个基本功夫。先生的文本细读，既是对传统的诗评方式的继承，更注重运用现代的批评方式，从艺术构思、人物形象、表现手法、审美特征等理论层面来观照王维诗歌。在王维研究欣欣向荣、各种方法和角度的研究渐次铺开的时代，需要特别加以指出的是，先生作为当代王维研究的一个大家，他几十年来的王维的研究，特别重视诗艺诗法的探赜抉微，先生的文本细读是一种文学批评语境下的文本细读。

该书收录先生与王维研究相关的文章 43 篇，有 22 篇论文在探讨王维的审美特征、艺术特征、章法结构、移情作用、艺术构思等诗艺、诗法问题。这是因为师先生认识到“就当前王维研究现状而言，对于王维诗歌艺术的研究，相对较为薄弱，所论主要集中在诗中有画方面，广度与深度均嫌不够。”先生期望自己能够对王维的诗法、诗艺进行更全面、更深入的探讨。平心而论，先生以其 25 年的不懈努力和探索，达成了自己的预期。

先生在诗艺和诗法的研究上，首先是全面而宽广的：就诗歌形式而言，正如我们从目录中看到的，亦复如先生在本书《自序》所言：本书的论域“涉及王维五律、七律、七古，以及五、六、七言绝句等诗歌体式”；就艺术创作的具体法则而言“则围绕着情与景、情与物、正与奇、动与静、简与繁、显与隐，以及虚实相映之法、含蓄蕴藉之法、渲染烘托之法、对比照应之法、篇章结构之法、修辞造句之法”等；就诗歌审美而言，涉及王维诗歌意象的审美特征、王维诗歌的动态美、王维诗歌创作中的移情作用等，先生从不同角度和不同侧面，去努力揭示王维诗歌的艺术特征，全面翔实，寻幽抉微，无所不到。

其次，若从深度上而言：一方面先生特别强调王维诗歌文本的内部组织结构的起承转合——从具体的一首小诗的分析，到王维某一类诗歌的分析，师先生都坚持对内部结构进行寻幽探微式的扫描和分析，为学界同行的王维研究和高校的王维教学，提供了多方面的借鉴。另一方面，先生尤能够在王维诗歌的内部结构、篇章布局的起承转合之中，看出王维在诗歌表现手法上的神妙之处。该书中有一组文章——《王维五、七言绝句谈艺录》,从“对面落笔”“借物见意”“化美为媚”“以动衬静”“以简御繁”“叠字传情”“以景结情”等七个方面来探赜、总结王维诗歌的艺术表现方法,新见迭出,见人未见,颖异可喜,鞭辟入里。故而,先生这22篇文章虽是单独成篇、一题一议,但由本书我们可以纵观先生25年来王维研究的轨迹,先生王维研究之论域在不断向纵深拓展,通读全书,可帮助读者从中获得其对王维诗歌艺术的全面认识。以此观之,该书实乃先生自己一生王维研究的总结和集成之作。

三、重视文献和田野调查相结合

先生之所以用后半生的心血来致力于推动王维研究,乃是有感于20世纪的唐代大诗人的研究中,王维研究是一个薄弱环节。先生一再慨叹“长期以来对待王维很不公允:一是评价偏低;二是研究方法不当;三是待遇冷落。唐代大诗人中,四川江油、安徽马鞍山有李白纪念馆;成都有杜甫草堂,河南巩县有杜甫纪念馆;洛阳则有以白居易为名的白园;陈子昂、韩愈、柳宗元等,也都相继成立了纪念馆所;唯独王维至今没有纪念地。”所以,自先生成立王维研究会之始,对学术界存在的偏差,他尽一己之力,努力呼吁矫正和弥补。

关于评价偏低的问题,在历次王维诗歌研讨会上,先生不断的呼吁“要以历史唯物主义与辩证唯物主义为指导,全面地、科学地、实事求是地看待研究王维”。25年后的今天,对王维在中国文学史、文化史上应有的地位,已经取得了共识,还原了王维的本来面目。先生认为“王维是我国盛唐时期的杰出诗人,是盛唐山水田园诗派的卓越代表。他的诗歌与李白、杜甫的诗歌一起,共同显示出盛唐诗歌的恢弘气度与辉煌成就。在李白未到长安、杜甫未成名时,王维已名噪京师,长期居于诗歌创作的中心,实际上是这个时期诗坛的领袖人物,当时尝有天下文宗之称。……可以说王维是盛唐文化的代表人物。”对先生的这一评价,陈贻焮先生也曾做了准确而凝练的认同和呼应:“盛唐独步诗琴画，文苑三分李杜王。”王维是一个和李白杜甫一样，享誉世界的杰出诗人，这一结论，已为学界普遍接受并达成共识。

关于研究方法问题，已如上所述，先生以自己25年的文本细读、探赜抉微、寻幽探胜，给王维研究学术史交了一份深刻而丰富的答卷。那么，对于王维的备受冷落，先生给予了高度的关心、关爱和关注——致力于呼吁地方政府修复辋川别业风景区，期待王维纪念馆屹立终南山下、辋水之滨。

捧读先生遗作，我们还可以看到，基于先生对恢复王维辋川别业的高度关注和殷切期待，先生的王维研究特别重视文献资料与田野调查相结合的研究方法。几十年寒来暑往，先生对一些地方方志材料如唐代李泰的《括地志》、李吉甫的《元和郡县图志》、北宋宋敏求的《长安志》、南宋程大昌的《雍录》、清代胡元煐《重修辋川志》(其中有《蓝田县志》《辋川志》等资料)及当代蓝田县人民政府的《陕西省蓝田县地名志》等古今志书资料，广为搜求，反复研究。同时，为获取一手资料，先生身体力行，无数次深入一线调查，奔赴蓝田辋川、蓝田文史馆，走访县文管部门的专家和当地群众，在当地文史专家樊维岳等王维研究专家的支持帮助下，踏遍了蓝田的山山水水，进行田野调查，其成果就是该书中一组关于王维“辋川别业”的考证力作：如《王维辋川别业的园林特征》一文以16000字的篇幅，考证、考察了王维辋川别业二十景中主要景点的位置和辋川别业的园林特征，是一篇极具史料价值和田野调查价值的珍贵文献。此外，他还结合历史文献典籍、古今地志和他自己多年的实地考察，对辋水与辋川、辋口与辋川别业、蓝田山与辋川等问题，还有感化寺、细柳营等地名，进行斟酌考稽，检验勘正，对长期以来学界的一些错误的“定论”和注释，进行了梳理和辨析，对以往的王维研究做出了有益的矫正和补充，功莫大焉！

为修复辋川遗址，先生不仅自己注重文献资料和田野考察相结合的研究方法，同时把这种方法推广于学界同行：他曾多次接待和组织国内国外的王维研究专家学者赴实地考察王维蓝田辋川别业遗址。王维研究会还提交了《关于修复王维蓝田辋川别业给西安市人民政府的建议书》，并在《光明日报》《陕西日报》《西安晚报》等报刊上，发表专文呼吁社会关注。先生多次与蓝田县政府领导研究、讨论有关修筑王维纪念馆和修复辋川二十景的构想和实施方案，以期矫正王维待遇冷落的历史尴尬，也是为开发旅游事业、振兴地方经济尽一个学者的责任。然而，时至今日，先生已矣，王维纪念馆及辋川别业重建的愿景，仍在子虚乌有之中。悲夫！

四、王维研究的学术史意义

据不完全统计：在20世纪改革开放之前的1958—1978年20年间，发表于期刊的王维研究论文仅有11篇，学界对于王维的研究，相较于李白、杜甫研究，显得非常冷落寂寥；改革开放后的1979—1991年13年间，王维研究论文计有178篇，呈现出增长的趋势；1991年5月，在师先生的呼吁奔走之下，中国王维研究会成立于古都西安，有力地推动了学界的王维研究向纵深发展。1992—2002年10年中，每年都有几十篇王维研究论文面世；而2003年以来，每年就有100多篇研究论文面世。就数量而言，每十年都是成十倍在增长，如今，王维研究，蔚成气象，毫无疑问的是，中国王维研究会与有功焉！

本书在王维诗歌艺术的探究之外，收入了先生任职中国王维研究会会长25年间，所写的关于王维学术研讨会的综述、总结、致辞及其主编《王维研究》所写的前言、后记等文章若干篇，这似乎与王维诗歌艺术论无关，却清晰准确地展示了中国王维研究会的成立、成长与发展的历史进程及其取得的成就，记录了王维研究会的挂靠单位——西安文理学院历届领导如胥超、王学民、门忠民等校长书记对研究会的创建之功和倾力支持之情，也彰显了陈贻焮、傅璇琮、霍松林、周祖譔、陈允吉等学界大家对学会成立的指导、指点之功，同时突出了陈铁民、张清华、王丽娜、毕宝魁、王志清、袁晓薇及入谷仙介等国内外学者在王维研究方面取得的丰硕成果，具有极高的王维研究学术史价值。同时，作为中国王维研究会的创会会长，先生主持研究会的工作长达 25 年，在经费极为紧缺的情况下，先生筚路蓝缕、黾勉求之，举办了七届王维诗歌学术研讨会、编辑出版七辑《王维研究》学术论文集，收入王维研究论文 200 余篇，有力地拓展了王维研究的领域，及时地反映了王维研究的新成果、新水平，有力地团结和吸引了海内外的王维研究者，也奠定了先生在王维研究学术史上的崇高地位。

如今，师先生已驾鹤西行，但蓝田的山山水水记得：为寻王维旧踪迹，他铁鞋踏破辋川谷。祈愿世人瞩右丞，他深情永驻辋川水！

《王维诗传》

□ 傅昕悦

（王志清著　河北人民出版社　2016年12月）

王志清教授乃著名的王维研究专家，《王维诗传》（河北人民出版社2016年）是王教授在王维研究领域的崭新成果，也是其对二十余年来孜孜探知王维的自我更新与超越。

《王维诗传》无论在解读文本的方式、思路，还是价值取向，抑或是语言风格上，都呈现出具有个人独特印记的艺术魅力。作者始终秉持诗歌本位、从文本出发的原则，综合运用美学、心理学、文献学以及佛学、生态学等等诸方面的丰厚学识，极力贴近王维，客观解读，还原本真，正如陈铁民先生在序中所言"志清基本上靠王维的诗来说话，靠王维的经历来发言"，故而能够透过此著向读者呈现出一个立体而又多面的诗佛形象。

一、细腻新颖的体悟解读

白居易说过"感人心者，莫先乎情"。王志清教授对于王维之研究，自偶然的开启便执着至今，相继发表王维相关论文40余篇，出版诸本专著，故而对王维知之甚深，诚如此著前言中自述："我沉浸在从未有过的愉悦中，活在盛唐，与王维同行，在王维的精神里行走"；而其后记中亦有"我与王维耳鬓相磨已20余年"之言。可见，著者与王维已然精神相通，情感与共，从而于论说中将心比心，感同身受，包括达到气节品性上的共识，人生境界的通达等，故能使得《王维诗传》呈现出一种自然亲近而真切客观的体贴感，还予读者最为真实可感的王摩诘。

《王维诗传》最突出的特点就是文本细读，且于细读中别开生面。著者读王维的诗，常从妙词佳字等处细腻着眼，如《山居秋暝》一诗，“空山”一词从艺术手法到情感境界，再到自然生态，著者将“空山”之境解读得淋漓透彻。在《被出济州》中，最后一句“各愁年鬓侵”的“各”字存有争议，多版作“多”，著者以此细究，从情理分析，整合诗意，得出“各”字为佳的结论，进而使得此诗所传达的被贬之怨更加真切，伤感悲观溢于言表。著者的诗文解读并非停留于事件的还原与情感的传递，而是以专业视角上升艺术空间，如《田园乐》一诗，对于王维意象的排列运用，著者视其为“类似蒙太奇的排列组合”，以艺术而现代的视野包裹王维的诗意，使得“诗中有画”的情貌流动可感。

解读方式的多样化呈现，还表现在“比较法”的广泛运用。著者于书中多处用及此法，此著中始终将王维与李白、杜甫二人作比，意在更能够展现王维的才情智慧，还原王维应有高度。从第一章王维其名的谶验，便较之以李白“长庚入梦”的传说，李白之名可见仙，王维取名缘随佛，无论巧合真伪，都以此浪漫神秘色彩附着王维，引出其与佛禅的天生之缘。作者将王维与李杜放在安史之乱中以作比较考察，三诗人行为各异而结局也不同，这与三者的素质品性、人生态度息息相关。这种比较引人深思。再如，就王维和李林甫《和仆射晋公扈从温汤》一诗细读，王先生以高适中第后主动献诗奸相陈希烈与李林甫一事作比较，驳斥了有人据此而对王维巴结奸相、阿谀追随的诟病，进而就诗论诗，逐句究析，道出王维奉命作诗，违心称颂，而非欲攀李相的实情，呈现出王维人格中的退让与圆通，可谓言辞中肯，史实是非于比较中一目了然。当然，还有通过诗歌的对比来比较王维与孟浩然的个性气质；以陶潜的躬耕与静默对比王维之休闲与潇洒；甚至在展现王维的绘画天才时借苏轼语与吴道子相较等。还有非常值得一提的是，作者不仅将王维的品行与当时人比，还与当下人比，不再局限于王维的时代，由古而今，以古论今，发出“我们沉浸于关于人生根本意义与终极关怀的追寻与思考中”的感叹，非常值得读者深省。王维也在这多层面的对比中，展现其一个真实的高度，而让读者自己去思考，去感受，去进行灵魂的对话，最终在人文情怀、道德关怀、社会责任感等方面获得感同身受的精神体悟。

二、深刻精到的诠解论说

纵观《王维诗传》，著者落实文本，凡说以诗论事，以实记人，可谓一思一语皆由王维出而又由王维入，而达到王教授所追求的“历史的真实，艺术的真实和文化心理的真实”。对于古今些许恶意贬低王维，作不实言论者，王先生表现出“求真求实”之性而直批不讳，如南宋葛立方据史载资料恶意曲解王维，颠覆原意，甚至借题发挥，对此，王先生拒绝虚构，细析史料，指出史载故事的子虚乌有，使得葛言不攻自破，从而驳除臆测，为王维正言。叙说中，著者亦秉持客观公正之心，实事求是，并不一味褒奖，在肯定王维诗意才华、正直清尚等人格亮点的同时，也据实指出其存在的性格懦弱等缺陷。可以说，著者于书中展现的求真之心，求实之性，始终紧扣还原王维应有历史地位的初衷，以严谨求实的态度，让我们眼前诗性的王维形象饱满而深透。

《王维诗传》中有不少“颠覆性”的解读，关于这一点，陈铁民先生在书序中指出：“在《王维诗传》中，志清提出了不少新见，也颠覆了不少旧说。非常值得赞赏的是，他严肃的研究态度与扎实的考辨功力。”如第四章“行止不明”中，《送邢桂州》一诗写作时年有疑，对此，著者先将时间与史实一一对照，否定赵殿臣与陈铁民二说，又以假设陈谱说为真反推证其不可成立，条理清晰，理足据明，继而再度着眼诗歌本身，解读出其仁政理想的思想所现，提出新见，将之归于行止不明时期，否决误说，着实令人信服。在“出使河西”一章中，对于王维出使缘由，众多解说者定其为“被排挤出朝廷”，故多以伤感哀怨之词解读其诗，而著者目光独具，体悟到王维诗中遍布的极乐观的情绪，字里行间具有大义大爱的人性怜悯，使得我们对王维出使边塞及其边塞诗作有了新鲜而深入的理解。

此著中还就王维出塞一事，首次提出“情结说”，从心理学上对其整体把握，以诗、史为据，以证此说。在描述王维辋川别业的造园艺术时，著者更是以诗意的美学目光，评鉴其为生态和谐与艺术灵动的绚美糅合。著者对王维的解读多透过其诗歌作品，如从技巧娴熟的应制诗切入，展现王维的地位、内涵，与帝京的宏伟气象，又有从情真意挚的交游诗着眼，辐射出王维的交际网络等等。此外，著者的目光并非局限于诗歌，而亦涉及王维碑文、序文、山水散文甚至画作，透过多样化的深入解读，倾注情感体验，加以史料求考，诗、实互证，还原出王维的人生影像。可以说，著者对王维全貌的解读，技艺高超，品鉴细腻，尽显大家之笔。此外，著者还体现出目光透彻，寓理深刻等特色，亦皆令人钦佩。

三、典丽精妙的语言艺术

中国王维研究会会长吴相洲教授热情洋溢地赞曰：“志清教授堪称王维解人，带着‘审美激情’解读王诗，试图透过诗语探察王维内心世界，破解王维言说独特密码，又以诗一样的语言将其胜解转达出来，使我们看到了是怎样的一个时代孕育出这样一个诗人，诗人又给这个时代增添了怎样的色彩。”《王维诗传》的艺术魅力之所在，离不开作者驾轻就熟的文字功力。或者说，作者的文学性语言，为此著的可读性更添绚烂色彩。

纵览全书，著者散文诗般的优美言词俯拾皆是。《王维诗传》共十三章，每一章的开篇均在二百字左右，如第六章“出使河西”的开篇写道：

王维一生三次出使，而出使河西，是意义最重大的一次，也是其一生中的一大事件。然而，这却为古来研究者所轻描淡写。

王维出使河西，史上没有多少翔实记录，然在其诗中却能够读出比较丰富的内容。这些诗中所反映出来的王维，是一个英雄情怀极其饱满的王维，是一个生命精神非常充沛的王维。

王维几乎是全身心地融入边塞，深受一次机缘难得的精神大洗礼。

走出了书斋，走离了都市，走进了边塞，也走进了将士之中，王维的气质风貌大变，其边塞诗风也大变。

王维在河西，是大有作为的，也是大有长进的。

这些文字均写得既流利而生动，又凝练而概括。在评鉴《晓行巴峡》时，著者对王维途间所见所闻的描绘："江色晴明，浣女成群；旭日初升，群鸡竞鸣。水国集市，生意在船上进行；山间桥横，行人似在树梢上走动……"随着画卷一般徐徐展开的叙写，诗意潺潺流淌而出。著者还常常运用生动绝妙的比喻来解读，堪称神来之"比"。如王维入主辋川别业，于此间写作了极多的高质量山水诗作，故著者将辋川比做"一张偌大的画布"，其间山水为王维的素材，写诗与经营便似构图作画，激活了王维全身的艺术细胞。在称赞王维送别诗作的诚挚与深情时，著者更是发出"读后有一种灵魂被熨帖过了的温煦感"之叹，这般精妙的比喻，令人不禁由衷叫好。此外，著者的语言可谓宜古宜今，不脱新潮。说到孟浩然归田，而王维却被嫁祸时，著者直言"王维真个是'躺着也中枪'"；王维在知南选毕后不久却辞官隐居，著者不由用了"惊天大逆转"这般新潮俏皮语，以体现此举之惊人，进而引出后叙。就语言而言，《王维诗传》中的解读，文辞整饬凝练，如诗如画，典雅而不失新潮，读来令人沉浸其间而心悦诚服。

法国文艺理论家泰纳曾说过："文学真正的使命就是使感情成为可见的东西。"王志清教授融情于笔，对王维精神世界做出最贴近历史真实的详尽而形象的解读，让我们不仅饱览了立体而鲜活的传主王维，也看到了王志清教授之其人其情性其境界。

问题研究综述

域外汉籍与唐诗学研究

□ 张伯伟

十多年前，我曾经发表过一篇《域外汉籍与中国文学研究》(《文学遗产》2003 年第 3 期)，本文将范围缩小到“唐诗学研究”，但思考的问题与前者已有所不同，有兴趣的读者，可以参看。

一、新材料与唐诗学研究

陈伯海先生在《唐诗学史稿》的余论“走向更新之路”中，特别举出了二十世纪前半叶的两位学者的功绩，即陈寅恪与闻一多，代表了两种“较为成熟的学术范型”，前者称之为“诗史互证”，后者则取名为“诗思融会”。这无疑是一个精准的概括。然而对于一位成就突出的学者来说，任何概括都可能会有所遗漏。以闻一多而言，尽管他给学术界留下深刻印象的是其论文中诗情与哲思的高度融合，然而成就其这一方面高度的基础，却是他在文献上的坚实功夫。十二卷本《闻一多全集》(湖北人民出版社 1993 年)中有《唐诗编》三卷，涉及唐诗文献的辑佚、辨伪、去重、校勘、注释等一系列工作，而在辑佚和校勘部分，他使用的材料就包括域外汉籍，主要出自日本，有回流的汉籍如《翰林学士集》《庐山记》，也有日本人的著述如《文镜秘府论》《千载佳句》等，还有英藏、法藏的敦煌资料。在二十世纪二三十年代，这些都是当时的新材料。我们几乎可以把闻一多看成是用现代学术手段整理《全唐诗》的第一人，而从他开始，就已经注意到了域外汉籍。学术研究的进步，有赖于新材料的发现，这在二十世纪的学术发展中，已经得到了证明，并且为当代学者所接受。陶敏、李一飞教授合著的《隋唐五代文学史料学》(中华书局 2001 年)，也包含了“域外汉籍”一节，其文出自陈尚君教授之手，可见他们对新材料的敏感。

域外汉籍研究的兴盛，是 21 世纪以来的学术新貌之一，所以与唐诗学研究相关的很多文献，尚有待进一步发现和利用。兹以 2014 年在韩国影印出版的《唐贤诗范》三卷为例，此书乃北宋熙宁元年(1068)编成，以“天文”“时节”“花木”等分二十门，收录唐人五言绝句 163 首。在南宋时已佚，见录于《宋秘书省续编到四库阙书目》。此书册板现存韩国海印寺，属于佛教典籍以外的“杂板本”，是高丽朝高宗丙午年(1246)刊刻。纯粹就诗学文献学角度言，据编者郑容秀统计，此书所选 163 首诗中有 15 首不见于《全唐诗》。即便有存者，也可以校对异文。同时影印合为一册的还有朝鲜时代孙肇瑞的《格斋赓韵唐贤诗》，是对《唐贤诗范》的逐一赓韵之作，乃朝鲜成宗十年(1479)刻本，体现了这一选本的影响。这是中国选本之流传域外者。也有域外人士的唐诗选本，如日本蓬左文库所藏朝鲜时代匪懈堂李瑢在世宗二十七年(1445)编选的《香山三体诗》，为嘉靖乙丑(朝鲜明宗二十年，1565)刊本，李瑢根据“元本”编选了白居易的五律、七律和七绝共 159 题 185 首，亦颇多校勘价值。

二、新问题与唐诗学研究

好多年前有一位前辈学者听说我关注域外汉籍，曾经有此一问：“还能找到一本像《文镜秘府论》那样的书吗?”言外之意是，如果能找到类似性质的书，域外汉籍还有点意思，否则恐怕是浪掷精力。《文镜秘府论》是日本平安时代的空海大师自唐归国后，应学习汉诗的后生辈之请，根据他在唐代收罗的诗学文献(主要是诗格)编纂成书。由于其中的很多材料在中国已经亡佚，所以在文献上有特殊的价值。多年前我编撰《全唐五代诗格汇考》，就曾经充分利用了这本书的材料。在这位前辈学者的心目中，域外汉籍的意义主要属于“新材料”，这也是直到今天很多人仍然秉持的看法。但我不能不说，这样的认识是片面的。陈寅恪“一时代之学术，必有其新材料与新问题”云云，是学界耳熟能详的一段话，但人们往往将注意力集中在“新材料”而忽略了“新问题”。我可以大胆地说：如果没有新问题，即便有无穷的新材料，也形成不了“时代学术之新潮流”。甚至可以说，如果问题意识照旧，思维模式照旧，仅仅用新材料重建了一个旧建筑，实际上也是糟蹋了新材料。梅曾亮在《答朱丹木书》中说：“文章之事莫大于因时……使为文于唐贞元、元和时，读者不知为贞元、元和人，不可也；为文于宋嘉祐、元祐时，读者不知为嘉祐、元祐人，不可也。”（《柏枧山房诗文集》卷二）文学创作如此，学术研究也是如此。如果今天的杜诗研究，在问题的提出、资料的采撷、切入的角度以及最终的结论，与二十年前、五十年前没有多大差别的话，这种研究的价值如何就很有疑问了。由于域外汉籍是以往学者较少注意者，因此，其中就蕴含了大量值得提炼、挖掘的新问题。问题的提出也有契机，可以从不同文献的比较而来，也可以由西洋学术的刺激而来。

以后者为例，文学经典问题，自 20 世纪 70 年代以来，在欧美理论界成为讨论的热点。从九十年代开始，这一问题也受到中国学术界的广泛关注。对于经典问题的热议，引起了对文学经典的修正，其背景就是二十世纪后期对多元文化的关注和评价。对西方文学史上的经典发出挑战的最强音主要来自两方面：性别和族群。他们纷纷发表了众多火药味十足的宣言和挑战性强劲的论著，并且在一定范围内和一定程度上取得了胜利。文学经典是文学史上存在的普遍现象，那么，在东亚汉文化圈中，其形成途径和方式是否也如同西方的剑拔弩张式吗？这是东西文化的比较。再进一步，汉文化圈诸国中，同一个文学经典的形成是否遵循同一条准则呢？这是东亚文化圈内部的比较。如果我们就此考察一下杜甫作为一个文学经典，其在中国、日本、朝鲜半岛的形成过程，就会发现，不仅这一过程存在很大差别，而且经典本身也有了一些令人惊叹的“变异”。这些“变异”提示了我们要注意东亚汉文化圈内部的丰富性和多样性，同时我们也应注意到，尽管在东亚各国存在其自身的物质特征和文化特色，但仍然是一个文化整体。这样的问题，就是利用域外汉籍的新材料提出的新问题，同时，面对西洋学术的挑战，也从自身材料出发做出了回应。

三、新方法与唐诗学研究

问题的大小各异，“拈大题目，出大意义”（谢章铤《赌棋山庄词话》卷八“江藩论词”）不仅在创作上而且在学术上也同样重要。面对今日学术界，什么是我们的“大题目”呢？阮元曾在《十驾斋养新录序》里说：“学术盛衰，当于百年前后论升降焉。”回顾百年来东亚学术的发展变迁，现今的最大问题，就是如何反省西方学术对于东亚学术的影响和改造，它集中在方法的问题上。百年前，东亚学术由传统向现代转型期间，在“方法”的问题上，几乎是众口一词地向欧美学习。真正独立不迁，在研究方法的探讨和实践上有所贡献的，只有陈寅恪堪为典范。他在 1932 年说：“以往研究文化史有二失：旧派失之滞……新派失之诬。”（蒋天枢《陈寅恪先生编年事辑》增订本附录二）1936 年又说：“今日中国，旧人有学无术；新人有术无学，识见很好而论断错误，即因所根据之材料不足。”（卞僧慧《陈寅恪先生欧阳修课笔记初稿》，载《中国学术》第二十八辑）这里的“学”指材料，“术”指方法。在陈寅恪看来，“今世治学以世界为范围，重在知彼，绝非闭户造车之比”（《吾国学术之现状及清华之职责》，《金明馆丛稿二编》）。综观陈寅恪在研究方法上的探索，他实践了“一方面吸收输入外来之学说，一方面不忘本来民族之地位”的历史经验，既开掘新史料，又提出新问题；既不固守中国传统，又不被西洋学说左右。在吸收中批判，在批判中改造，终于完成其“不古不今之学”（《冯友兰中国哲学史下册审查报告》《金明馆丛稿二编》）。

域外汉籍当然不限于唐代诗学研究，但在唐代诗学研究中，同样应该继承陈寅恪的学术精神，同样可以贯彻对于研究方法的追求。我曾经以李白的“三五七言体”为例，探索这一诗体的形成与佛教汉译偈颂的关系，又进而通过这一诗体在朝鲜半岛的流衍，发现其中的种种“变异”，揭示其与朝鲜时代的歌谣以及女性创作的关系。使用的方法，就是以汉文化圈整体视野处理问题，即所谓“作为方法的汉文化圈”。用这样的方法来研究文体的变迁，似为前人所未有。在该文的探讨中，从西域到中土，跨越了两种不同的文化；从中国到东国，则是在同一个汉文化圈中。面对两种异质文化，我们常常易见其异而不见其同；反之，在考察两种同质文化时，又往往易见其同而不见其异。就文体的发展来说，其流变有实际发生的轨迹，也有蕴含在内的各种变化的潜能，后者体现的往往是一种未能充分实现的文体变化的新姿态。“三五七言体”在朝鲜半岛的“变体”，恰恰表现出这一点。为方便说明起见，这里援引了自己的研究实例。但是就方法的探索而言，实际上是无止境的。重要的是，我们应该拥有这样的自觉。在今天的人文学理论和方法的探求中，套用西方固不可为，无视西方更不可为。我们的观念和方法应该自立于而不自外于、独立于而不孤立于西方的学术研究。陈伯海先生在《唐诗学史稿》的余论中，也对最近二十年的唐诗研究做了回顾，其中提及“理论方法的更新”趋向，但总体看来，仍然未能完全摆脱对于西方汉学的亦步亦趋。所以在对今后的研究展望中，他也特别提出“走出历史学的视野，使唐诗研究朝向理论科学升华”的期待。我在这里所说的，也就权当对于陈先生的倡导的一番回应吧！

（原载《学术月刊》2016 年第 10 期）

新世纪以来唐代骈文研究综述

□ 莫道才 尹华君

一、唐代骈文之整体研究

近20年来，唐代骈文研究逐渐升温，取得了较为丰硕的研究成果，这得益于整个骈文研究的渐入佳境。这期间，有一部专著（翟景运的《晚唐骈文史》）和三部也重点论及唐代骈文（沙红兵的《唐宋八大家骈文研究》、莫山洪的《骈散的对立与互融》、奚彤云的《中国古代骈文批评史稿》）著作出版，有50余篇论文讨论了唐代骈文。

《新唐书·文艺上》概述唐代文风之三变，暗合唐代骈文之变："唐有天下三百年，文章无虑三变。高祖、太宗，大难始夷，沿江左余风，絺句绘章，揣合低卬，故王、杨为之伯。玄宗好经术，群臣稍厌雕琢，索理致，崇雅黜浮，气益雄浑，则燕、许擅其宗。是时，唐兴已百年，诸儒争自名家。大历、正元间，美才辈出，擩哜道真，涵泳圣涯，于是韩愈倡之，柳宗元、李翱、皇甫湜等和之，排逐百家，法度森严，抵轹晋、魏，上轧汉、周，唐之文完然为一王法，此其极也。若侍从酬奉则李峤、宋之问、沈佺期、王维，制册则常衮、杨炎、陆贽、权德舆、王仲舒、李德裕，言诗则杜甫、李白、元稹、白居易、刘禹锡，谲怪则李贺、杜牧、李商隐，皆卓然以所长为一世冠，其可尚已。"

欧阳修等认为，唐代文风经历了三次巨变，一是初唐重浮艳尚雕琢，多沿袭齐梁之气，以初唐四杰为代表；二是盛唐渐去雕琢、淡然儒雅、气势雄浑，以燕许大手笔为代表；三是中唐韩柳倡导古文运动，以古文革时文，崇尚秦汉而排斥六朝。其实，欧公所言唐风三变，确之唐代骈文也并无不妥。初唐骈文华美，六朝余味较浓；盛唐燕许大手笔的骈文文辞优美，风格雅健；中唐陆贽自觉采用运单成复、散行成转、少用典故的方法，使骈文继续散文化，古文运动后较长一段时间内骈散兼行。王运熙先生认为唐代骈文至少有三个特点：一是唐代骈文一直处于优势地位，即使是韩柳古文运动时，古文未能取代骈文的优势，整个中晚唐时代，骈文仍占主导地位；二是唐代骈文渐向通俗化，三是唐代小说多用散体，骈体小说很少，因为骈文长于议论与抒情而短于叙事。王先生还认为韩柳等多写句式长短错落的文章，破坏骈文句式整齐、多四六句的传统，当时即遭到裴度等人的批评——磔裂章句，隳废声韵，即批评他们破坏了骈文的句式匀称、声韵和谐之美。从实际创作影响来看，中晚唐的文章代表是擅长骈文的白居易、元稹而非韩愈。《旧唐书》推崇元白，“臣观元之制策，白之奏议，极文章之堂奥，尽治乱之根荄”，《旧唐书》认为，元白诗文标志唐代文学最高成就，可与建安是的曹、刘，永明时的沈、谢比美；而《新唐书》推崇韩愈为唐代文学的最高成就。新旧唐书之所以有这么大的差别，原因就在于新旧唐书的修纂者对骈文的取舍差异，很明显，刘昫是崇尚骈文的，而欧阳修是古文家。

关于唐代骈文的流与变，莫道才在 20 世纪 90 年代初即有详论。新世纪以来于景祥、毛水清等人继续完善唐代骈文的流变。

正确评价唐代骈文在文学史上的地位，为唐代骈文正名一直是学界为之努力的方向。意识到唐代骈文的重要性是在学界反思六朝骈文的价值之后。1980 年王运熙、胡国瑞、曹道衡三位有影响的学者相继就六朝骈文发表文章，以汉魏六朝骈文为突破口，开始反思骈文的价值。1984 年孙昌武开始提出唐代骈文不可忽视，就是“古文运动”蓬勃发展之后，骈文仍相延不绝，并占有一定的地位。1990 年，莫道才提出骈文在唐代文学上占有不可忽略的一席之地。2004 年王运熙先生提出唐代骈文一直处于优势地位，即使是韩柳古文运动时，古文未能取代骈文的优势，整个中晚唐时代，骈文仍占主导地位。2006 年程美华再提骈文一直是唐代文章中处于主导地位的文章形式。2007 年朱丽霞认为骈文在唐代有文体霸权地位，韩愈的古文运动是对骈文文体霸权地位的挑战，虽然暂时失败但影响深远，自唐后文章进入了骈散此消彼长的时代。

晚唐骈文复兴是研究者关注较多的一个话题。翟景运的《晚唐骈文史》对此有详论。该书第一章论晚唐骈文复兴的原因：一是骈文的社会文化基础(有骈文发展的必然性、科举制度对于骈文普及的促进、中晚唐文体观念和写作习惯)，这是晚唐骈文复兴的先决条件；二是政局的变化和晚唐反功利主义文学思想的兴起(有政治革新与儒学复古、古文运动的衰落、晚唐时代明道思想的淡化和艺术审美的高涨)。第二章分析了晚唐骈文体裁之别：中晚唐时代，藩镇势力逐渐增长，文人奔走藩镇幕府现象有所增加。骈文也是这些文人士子的“敲门砖”。因为方镇幕佐的重要职责就是起草章、表、笺、启、檄、牒、露布以及各种公私文书，这些公牍文的绝大部分都要用严整的骈文来写。因此，骈文写作关系到文人的仕途。幕府公文的变化对骈文的创作影响有：高度程式化、通过典故组合表达意义。第三章分析了晚唐骈文与晚唐诗。晚唐诗文的同一个特征就是格律化加深。中唐骈文作家陆贽、元稹、白居易等人有意识地削减骈文中除字句对偶以外其他形式方面的修饰，就是骈文去格律化；但时至晚唐，骈文的发展又回到了六朝的传统，格律化逐渐加深。律赋之外的骈文一般不用韵，不过晚唐骈文较之前代骈文在声律方面最突出的特点就是粘接原则贯彻彻底。以李商隐为例，太和年间的骈文尚有少许不粘，而开成之后的作品一般通篇皆粘。晚唐骈文与诗的互融以李商隐最著，其“以骈文为诗”和“以诗为骈文”均得心应手。正如周振甫先生所言，李商隐无论在骈文还是诗歌中，都善于将议论、叙事、抒情和典故相结合，实际上就是善于通过典故的组合来议论、叙事和抒情。关于晚唐骈文复兴，韩雪晴、杨洁、王秀红等人与翟景运的观点相同。

（一）关于骈文与其他文体的关系

1.骈文文体定位。骈文作为一种从修辞学角度划分的文体，与其他文体多有交错。罗书华《散文概念流源论：从词体、语体到文体》（《文学遗产》2012 年第 1 期）认为与散文相对之骈文不是严格的文体概念，而是一种语体概念，只是有一些文体的意味，并没有真正发展也很难发展成为独立意义的文体，准确地说，只能称之为语用体。而从词体角度来看，骈文的前身是“对文”。何为对文？“对文”本来就是“骈文”，“骈文”只不过是“对文”的扩大而已；“对文”聚焦于近义（近距离）的对，而“骈文”则扩大到反义（远距离）的对；在一对句子中，“对文”一般只指一对词语相对，而骈文则扩大到多数相同位置的词语相对。“对文”例子如：“定之方中，作于楚宫；揆之以日，作于楚室”“于时言言，于时语语”，宽松一些说，当然也就是“骈文”。

唐代尤其是中唐是我国封建社会由盛转衰的转捩点，也是骈文走向衰落的变异期。经过古文运动，骈文的社会地位一直走低。翟景运、牟艳红《论唐代骈文文体观的变化》（《东方论坛》2012 年第 2 期）从文体观角度分析了唐代骈文贬值的历程。初盛唐，骈偶为正宗，各类体裁均使用骈体；中唐，挑战骈文文体地位正宗的调子出现，骈文的地位受到质疑甚至否定；晚唐，骈文向专门性应用文体转变。所以说，在唐代骈文、古文盛衰消长的表象之下，骈偶文体的地位客观上在一路走低。

2.骈文与散文。骈文与散文的关系，于景祥《骈文论稿》（中华书 2012 年）认为由于骈散美学形态不同，因此各有所宜，无关优劣，具体语用上则骈散相辅相成。从大处看古文运动，其实是骈文革新与散文复古的关系。骈文革新主要体现在陆贽为首的骈文家对骈文的改革，而散文复古则以韩柳古文运动为主。在此冲激过程中，有三个特征：一是二者理论主张和改革目的有共同点，二是创作上骈散相互补充与吸收，三是运动中相互配合与相互影响。

骈散互融既是中唐古文运动后骈文的特征，也是韩柳等古文家创作古文的特征。谷曙光《韩柳骈文写作与中唐骈散互融之新趋势》（《文学评论》2015 年第 3 期）对韩柳骈散互融作了深入探讨。他认为韩柳对骈文的态度有三：一是韩柳虽是古文泰斗，但兼擅骈偶之作；二是韩柳对骈文的态度是扬弃，而非抛弃；三是韩柳是唐代骈体文的改革者，而非反对者。再者，他认为韩柳骈文的特色有二：一是运散入骈、援古文技法入骈；二是韩柳的骈文与古文的参体互融现象显著，其文奇偶相间、单复并用，树立了瑰伟奇丽、卓荦精致的文章新风貌。这种骈散互融的手法对唐宋文学均有影响：一是骈散融合成为推动中唐文学新变的重要趋势，二是韩柳骈文为中唐骈文之新变，且对宋四六有一定影响。赞同骈散互融的，还有许和亚《唐宋古文运动革新文风的艺术契机》（《兰州文理学院学报（社会科学版）》2014 年第 4 期）认为唐宋古文运动的逻辑起点并非针对骈文，革新文风才是其关注的焦点。唐宋古文家古文创作成就的取得基于其不拘骈散、融骈入散的艺术追求。

与骈散互融相对的是骈散之争和骈古之争。但骈散之争不等同于文笔之争，清人汪中有论曰："文之衰，自昌黎始。"持这种观点并非汪中一人，扬州学派多衷其是。周兴陆《"文笔论"之重释与近现代纯杂文学论》（《文学评论》2015 年第 5 期）则批判了阮元将文笔之辨曲解为骈散之争，前者主要特征在于声韵，而后者在于骈偶。温志拔《宋四六话：骈散之争格局中的骈文理论》（《太原理工大学学报（社会科学版）》2013 年第 1 期）则分析了唐宋骈散之争的历程，认为古文运动前，文章学领域并不存在骈散之争，文论重心是文笔之辨，而后来谓之的骈文多在"笔"的范畴之中而不被人重视。古文运动后，骈散之争起，但争论的结果是走向骈散互融。

当然，不同的声音总是存在的，尤其是国家多事之秋。在骈散互融成为趋势，无论是骈文创作还是古文创作，互相吸收对方优长，以求创新与发展，这已经成为中唐后大多数文人的选择，但也不乏例外，元结就明确反骈。安史之乱后，国家破败，民不聊生，行文作诗都讲究明白高效，因此，绕着说的骈文当然大受其冲。彭小乐《元结的古文革新与唐代的古文运动》（《中华文化论坛》2015 年第 9 期）认为元结倡导儒家诗教观，提出复古宗经的文学理念，主张文学为政治服务，力主扫除骈文遗风，批判盛行于初唐的浮靡华丽骈文，创作揭露时弊、反映现实的朴质古文。

3.骈文与诗歌。诗文的交结与互融，有其内在的原因，那就是形式上的相近。诚如程千帆所言："就形式论，古诗近于古文，而律绝诗近于骈文。因此，以文为诗，古诗接收古文的影响易，而律绝接收古文的影响即使不是不可能的，也很困难。"翟景运《晚唐骈文史》(商务印书馆 2010 年)概括了李商隐的诗文观为"以骈文为诗"和"以诗为骈文"。基于程千帆所指出的原因，李商隐的骈文同他的古体诗之间很难产生互动，其以骈文为近体诗则填补了韩愈之后"以文为诗"的一个空白。

关于骈文与诗歌文体互融，莫道才《〈滕王阁序〉与〈滕王阁诗〉——异文体文本的互文性对读》(《古典文学知识》2014 年第 5 期)从《滕王阁序》与《滕王阁诗》出发，得出诗文互融的些许规律：作为骈文文体的《滕王阁序》与作为诗体文本的《滕王阁诗》属于两种不同文本，骈文具有"以诗为文"的文体特征，骈文的句式节奏具有诗歌的要素，骈文与诗歌在文体方面具有互通性，骈文具有诗话的特征。

骈文是诗化的散文。张国风《诗歌的文体强势地位》(《中国人民大学学报》2014 年第 3 期)认为诗歌的文体强势，建立在民族语言的基础之上，各种文体之中，独有诗歌将汉字形、义、音的美发挥到了极致。诗歌以其语言美的优势侵入到散文，酝酿出赋和骈文两种半诗半文的文体，其实质是文学对语言美的追求。

(二)关于骈文的应用

骈文的应用研究主要集中在运骈入史、判词等方面。

首先看运骈入史。骈文长于议论与抒情而短于叙事，那么以骈文写史书合不合适？答案当然是肯定的，文无固体，只要修史者以高超之笔，融骈入史，何尝不可？史家刘知几的观点最具代表性。于景祥《刘知几关于史书用骈用散问题的几点主张》(《历史教学》2009 年第 12 期)对此有论。他归纳了刘知几的三种宜散不宜骈：一是总结史书中论赞的写作经验，二是推崇"尚简"与"用晦"的方法之史文叙事，三是从实录原则出发作史。但是，刘知几反对史书中使用骈语，并不等于他本人彻底否定骈体,如他本人的史学理论著作《史通》则使用了大量骈文。王荣林《唐修〈晋书〉使用骈语是非辨》(《历史教学》2015 年第 5 期)则讨论了房玄龄等纂修《晋书》时部分内容用骈文写成的是与非。刘知几对史文用骈持否定态度,其论曰:“大唐修《晋书》,作者皆当代词人,远弃史、班,近宗徐、庾。夫以饰彼轻薄之句,而编为史籍之文,无异加粉黛于壮夫,服绮纨于高士。”刘知几之论不足怪,因为他一向轻贬骈文;而在《旧唐书》中褒赞骈文的刘昫对史文用骈的非议就更具有代表性了。其在《房玄龄传》中批评道:“然史官多是文咏之士,好采诡缪碎事,以广异闻;又所评论,竞为绮艳,不求笃实,由是颇为学者所讥。”史书讲究以事实为依据,真实是其生命,刘昫担心的是“不求笃实”,这才是史文用骈的要害。那么房玄龄等修纂的《晋书》真实行文如何?王荣林分析了《晋书》成书背景,初唐文风上承六朝,正如魏征《隋书·文学列传》中所言:“江左宫商发越,贵于清绮;河朔词义贞刚,重乎气质……若能掇彼清音,简兹累句,各去所短,合其两长,则文质彬彬,尽善尽美矣。”已经逐渐“各去所短,合其两长”,也就是骈散兼行已经初见端倪。《晋书》部分内容用骈体,整体上还是康健清爽的,这种史文用骈既是初唐文风在史书中的体现,也是对前代修史惯例的一种继承。正如清人李慈铭所论:“《晋书》世多诋之,以其芜而尚排偶也。然骈骊行文,自六朝至五代,诏策诰诫,无不出此。是当时所尚,即为史体矣,安见论赞之必为散文乎?”

再看判词。唐代的判词多是用骈文写成,对此有褒有贬。陈锐《唐代判词中的法意、逻辑与修辞——以〈文苑英华·刑狱门〉为中心的考察》(《现代法学》2013 年第 4 期)从法学角度探讨了判词的优劣。他认为,唐代判词是中国古代法律智慧的结晶,优秀判词华丽外表之下有着丰富义理。观点正确、合乎法律、合乎逻辑、言辞优美,这四者比例协调,才能形成好的判词。李世进《浅析唐代经史类判词及其作法》(《传播与版权》2015 年第 12 期)分析了元稹、白居易、哥舒恒、崔元亮等人所写的判词,认为元白判词胜出,以其善于用典有关。

二、唐代骈文之作家作品文本研究

(一)唐代骈文作品研究

王勃作品。《滕王阁序》是传诵千古的骈文名篇,味之千万仍食之不餍。常人对《滕王阁序》耳熟能详,而对与序相辅相成的《滕王阁诗》却有点陌生。莫道才《〈滕王阁序〉与〈滕王阁诗〉——异文体文本的互文性对读》(《古典文学知识》2014 年第 5 期)从异文本互文性结构角度阐释《滕王阁序》与《滕王阁诗》,颇有新意。首先论证了诗、序同源。其次,探析了文本结构互文同构性:一是景与情的双层结构对应,铺排与简约的对应;二是主题的同构性,自然的永恒与生命的伤逝;三是意象构思的互文性。诗、序都是在写景抒情方面融合无间的优秀之作,对其文本的简单分析,即可看出其具有的互文性特征,这对于研究古代同类同题异文体作品具有借鉴意义。

同样是《滕王阁序》,道坂昭广《〈滕王阁序〉"勃三尺微命,一介书生"新解——以正仓院藏王勃诗序为线索》(《古典文学知识》2012 年第 6 期)以日藏抄本正仓院藏本为据,给出了耳目一新的诠释。序中"三尺微命",正仓院本作"五尺微命"似乎更合乎情理。五尺代指少年身高,语出《荀子·仲尼篇》的"仲尼之门人,五尺之竖子,言羞称乎五伯,是何也。"

元结与贾至的表文。表的文体义《昭明文选》释之曰:"表者,明也,标也,如物之标表。言标著事序,使之明白,以晓主上,得尽其忠,曰表。"李乃龙《文选文研究》(广西师范大学出版社 2013 年)概之曰:"表是臣下对君上有所陈请的文体,是上行公文中等级最高的品类。"赵殷尚《"表文"的形成与定位——兼论元结、贾至的革新》(《唐都学刊》2010 年第 5 期)则分析了唐前表文的发展及元结、贾至对其的革新。表虽为臣子向君王陈情的上行公文,然文字简洁流畅、感情饱满丰富的表文也不绝如缕,孔明之《出师表》、陈思王之《求自试表》。然经六朝后,表风趋靡,句式对仗、辞藻华丽,在过分追求艺术价值的同时,陈情言事的表情达意功能有所削弱,此风一直延至初盛唐。元结、贾至尝试不假雕琢、有真实感情的表文创作，贾至的《论王去荣打杀本部县令表》用的是自由活泼的散体文，元结的《乞免官归养表》颇似晋李密的《陈情表》《谢上表》和《再谢上表》借谢恩而言民苦吏恶，对恢复表文陈情言事功能进行了努力探索，推动了表文的文体革新。

王维与李商隐碑铭文。王维与李商隐都是文学史上的关键人物，都以诗歌著名，而他们包括碑铭文在内的骈文，同样超群拔萃。潘鸣《王维、李商隐碑铭文比较刍议》（《上海大学学报（社会科学版）》2013 年第 5 期）比较了二人碑铭文之异同：相近之处是入世儒宦之碑铭雅韵古朴，出世僧道之碑铭华辞流荡；而不同之处是王维臻于雅而商隐偏于华，是唐代碑铭文的两种范式。莫山洪《从王维的序论其骈文的特色》（《柳州师专学报》2006 年第 4 期）则认为王维的序，用典精准，词语鲜艳，富于气势，达到了比较高的艺术境界，都是唐代骈文中的优秀之作。

唐代行状和墓碑文。行状是对死者一生事迹的记载，吴夏平《从行状和墓碑文看唐代骈文的演进》（《文学遗产》2007 年第 4 期）分析了唐代行状发展特点：初唐行状，骈散不定；而开元之后，行状普遍使用散体文；但细分之，则是叙事用散体，论赞取骈偶。墓碑文有官修和私撰之别，都有叙生平、褒美德之内容，风格上官修堂皇、私撰足情。在文体上，由于官修者属于庙堂文学，需求雅正，故多用骈体，讲究偶对、声律、藻饰和用典；而私撰者属于民间文学，多含“俗”的成分，约束减少，行文自由，可骈可散。因此，行状、墓碑文与骈文的关系，不仅受创作大环境的影响，而且与其本身的传记性质紧密相关。

唐代祭文。于俊利、傅绍良《从唐代祭文看骈文的演进》（《东方丛刊》2009 年第 2 期）梳理了唐代祭文的发展历程：初盛唐祭文，传统四言韵文与骈体文同存，而骈体文尤胜；自天宝后期始，祭文之撰写开始较多地运用散体文；时至中唐，祭文出现以散体文为主，骈文、韵文并存的局面；晚唐祭文骈散结合，而以更加格式化的骈文为主。他们认为唐代祭文与骈文的关系有三：一是在唐代祭文文体发展中，骈体贯穿其中，但其盛衰时有不同，与骈文总体发展趋势一致；二是祭文在骈体与散体的应用上，官方应酬与私撰祭文有所不同，前者多骈体而后者多散体；三是从祭文在唐代的发展演变，证实了古文运动并没有将一切骈体文予以否定，而是区别对待，有很强的针对性。

（二）唐代骈文作家研究

张九龄与骈文。学界历来认为张九龄散文大多是文学性不强的公文，所以占《曲江集》四分之三的张九龄散文常被人忽视。戴红梅《骈散相间，典雅自然——论张九龄散文的审美特征》（《惠州学院学报》2012 年第 2 期）认为张九龄的各类散文都有着较高的文学价值，就体制方面考察，其文章顺应时代文风，把散文引入骈文，使其文章含有散文的精神气势，具有骈散相间、典雅自然的审美特征，大大加速了唐代开元年间文章骈散结合的趋势。

李白与骈文。诗仙李白的骈文创作也不俗。陶绍清《李白骈文论略》（《柳州师专学报》2003 年第 4 期）认为李白骈文特点有三：一是具有“以气驭文”的美学风貌；二是对传统骈文体裁内容和思想性的开拓，三是在典事、偶对、音律、语辞方面散体化取向明显。李白骈文在吸收和继承六朝骈文实绩基础上，又对六朝及初唐骈文进行了大力改造，以气驭文、散体化革新和题材的开拓上对唐代骈文发展做出了重大贡献，和李诗一样从另一个侧面充分体现了壮大雄浑的盛唐气象。

杜甫与骈文。李杜诗，韩柳文。杜甫向以诗歌名动天下，诗圣之名、沉郁顿挫之风都是对杜甫诗歌的概括，但这些都不妨碍杜甫也有喜好骈文的一面。其好骈之实多被人们忽视，也是因为被其诗歌的光芒所遮蔽。张思齐《论杜甫好骈的内驱力》（《江苏科技大学学报（社会科学版）》2016 年第 4 期）认为杜甫一生好骈，既有丰富的骈文创作实践——杜甫有用骈体文写的赋、碑文、墓志铭存世可证，又有好骈的内在动力，那就是声律是诗歌和骈文的共同追求，骈文创作有助于诗歌写作。

陆贽与骈文。莫道才《骈文研究与历代四六话》（中华书局2005 年）认为，读陆贽的骈文往往使人忘记它是骈体，因为这些骈文平实、质朴而不是习见的华贵气象。他的公牍骈文常篇制巨大，但不繁琐，而是条理分明，情理俱在，灵动自然。陆贽在应用文中使用骈体已驾轻就熟，得心应手，达到了真意笃挚，反复曲畅，不复见排偶之迹”的境界，使得例不收骈文的《新唐书》，独取了陆贽的十多篇骈体应用文。这说明他的骈文已与古文快合二为一了。张思齐《陆贽的骈文与唐宋古文运动》(《西南民族大学学报(人文社科版)》2014 年第 2 期)则认为陆贽的奏议是略具古文因素的骈文，亦代表其文章成就。

韩愈与骈文。韩愈、柳宗元倡导古文运动，实质上是倡导文章要骈散兼行、文道合一、褒贬现实、不平则鸣，要务去陈言、文从字顺。其旗帜是革除只讲形式的骈文。然而很多人都片面地认为，韩柳古文运动就是要革除骈文恢复古文，其实韩柳二人不仅散体文见长，而且也是骈体文的创作高手，他们均有不少骈文存世。翟景运《起八代之衰与集八代之成——韩愈与骈文的关系》(《东方论坛》2016 年第 3 期)认为，韩愈批评骈文，不是铲除而是吸收，更是把骈文作为古文创新的起点和资源。韩愈对骈文的借鉴与吸收主要体现在四个方面：一是对偶上，改用骚体，既有遵循旧轨之名，又有突破传统之实；二是用典上，能删繁就简，于大处着手，将典故作为背景来布景，众人一读便能明晓，改变了传统骈文堆砌典故之弊，使得古文的叙事、抒情与议论变得生动形象，大大丰富了古文的艺术含量；三是声韵上，能出其不意但又反常合道；四是语词上，既有推陈出新，又有自铸伟词。对于古文运动的先驱，有人把他追溯到了唐玄奘。郭绍林《玄奘法师与唐代古文运动》(《寻根》2012 年第 1 期)认为初唐玄奘西游回来后所翻译的佛经，除了序言和跋语是用骈文所写之外，基本上都是用古文写的，其数量之多是韩柳等人的数十倍，可见玄奘已经熟练使用古文进行创作了，因此，玄奘才是唐代古文运动的先驱者。

李商隐与骈文。李商隐是唐代骈文研究的焦点人物，尤其是李商隐的“以骈文为诗”和“以诗为骈文”更是新世纪以来的研究热点。上世纪末董乃斌先生在其著《李商隐的心灵世界》中指出，“李商隐少年时代从学古文入手的，后来因为仕途需要，他改学今体奏章，结果成绩十分出色，他的诗歌创作也受到骈文笔法的影响。如果说以散文入诗是昌黎诗风的一大特色，那么，以骈文入诗大约就是玉谿诗风的一大特色了。”董先生是开了李商隐“以骈文入诗”研究的先河。紧接其后者有余恕诚《樊南文与玉谿诗——论李商隐四六文对其诗歌的影响》(《文学遗产》2003年第4期)从对偶、用典、虚字、句法以及绮丽委婉、富于象征暗示、富于情韵等多方面分析了李商隐诗文之间的深刻联系。他进一步指出以骈文为诗之文学史意义:唐诗吸纳其他文体之长,不断出现大的发展变化。李白、杜甫代表初盛唐诗歌,对自汉魏至六朝以来赋体成分予以融化吸收;韩愈代表中唐,把散文成分带入诗歌,促成中唐诗坛新变;李商隐则代表晚唐,以骈文入诗,开辟了又一片新天地。

李商隐骈文的特点也是研究热点。用典繁密是李文的最著特征,这一点是文坛共识。但芦春艳、吕双伟《“文思清丽”与“獭祭鱼”——李商隐骈文与唐代骈文文风的关系》(《中国文学研究》,2011年第2期)探索了李文文思清丽的一面。李商隐骈文用典繁密,这与晚唐华丽繁缛的文风相适应;但其骈文并不像其无题诗般难解,相反,其骈文用典在表情达意上相当清晰,并有诗一般的意境。因此,可以说李商隐的骈文在“獭祭鱼”中有“文思清丽”之色。

(三)唐代骈文批评理论研究

骈文在六朝已经高度繁荣,成为一代之文学,但骈文理论滞后明显,张伯伟《唐代文章论略说》(《漳州师范学院学报(哲学社会科学版)》2000年第2期)发现了几部唐人骈文理论著作(上官仪的《笔札华梁》、佚名的《文笔式》、杜正伦的《文笔要诀》、佚名的《帝德录》),可惜流传不广;直到宋代王铚的《四六话》和谢伋的《四六谈麈》问世才初具规模。古人如此,今人亦然,对唐代骈文的理论研究少之又少。细察之,仅有几部专著的某个章节和数篇论文论及。

新出的《朱自清中国文学批评研究讲义》专列章节讨论骈文。其第一章丁部第二部分“沉思翰藻”篇,讲“事类”“比体”“丽辞”与“声律”,大多与骈文有关,如“引成辞而不加以说明,这在骈文中多”,即言骈文之典事。第三章文笔篇丁部第三部分专论骈散。其论唐代骈文者有:(骈散)唐以后即有此分别;骈文重表情;用骈文则不能明白表现细微之感情,也就不能明白表现事实,这是骈文的基本缺点;表情叙事骈文不行,而说理又有限;韩柳及宋古文家亦作骈文,不过宋之骈文已散文化;自唐以来,国家正式文件都用骈文,(因为)骈文读起来堂皇,可表尊严,故流行;我们以为骈散无关优劣。

新近出版的李春青的《中国文学批评史》吸收了当代学者关于唐代骈文的研究成果,较为客观地评价了唐代骈文。一是肯定了骈文在唐代的地位,“而到了唐代,骈文之所以仍然流行,也是因为它能满足封建社会政治的需要,骈文作得好,可以进入政治高层。”二是肯定了唐代骈文的散体化和实用性,“自六朝到唐代,骈文也有变化,但这种变化主要表现为适用性的增强。”三是正视了晚唐骈文的复兴,“晚唐五代文学发展的一种现象是功利主义文学思想的升温,这首先表现在骈文的再度兴盛……骈文虽然艺术价值不高,却有实用价值。”

奚彤云是对唐代骈文批评理论研究用力较多的学者,她在《中国古代文学批评史稿》第四章专论唐代骈文。她认为,出于总结前代文化遗产的现实需要,在文学领域,无论初盛唐的骈文家还是中唐古文运动的先驱,都能从政教作用出发反思前代创作经验。但他们的批评性质有别,骈文家只限于指责其内容缺乏政教意义,对它的形式技巧仍予以肯定;而古文家却彻底批判其文风,并以推崇先秦两汉文章为基础逐渐创立与骈文相异的表达艺术。随着古文的形成,骈文从普遍的文章形态逐渐转变为一种特殊的文章体制,在此过程中,古文家及其先驱又对作为一般文章形态的骈偶体制加以批判。这两种批评潮流都促进了骈文批评从一般文章学向专门文体学的转型。而唐人对本朝骈文的批评因具有重视政教文体的倾向,与宋代作为专门文体学的四六批评已有相通之处,因此唐代骈文批判呈现出破中有立的态势。

莫山洪在其著《骈散的对立与互融》对骈散互融理论进行了详细的探讨。其著第四章为“隋唐五代骈散对立与互融的深化”,主要讨论了两个方面:一是骈散在有唐一代的发展历程,从初唐之骈散对立的正式形成,到中唐以后骈散共存与互融,骈散相争带有强烈的复兴儒学的色彩；二是唐代骈文代表作家的骈散特色，陆贽是骈中求散，韩愈是破骈为散，柳宗元是化骈为散，而李商隐则是骈中运散。

关于唐代文学（骈文）的评价标准，王运熙《唐代文人认为作品最重要的艺术特征是什么》（《广东外语外贸大学学报》2006年第3期）认为唐代文学的批评，反映了以骈文为主的情况。唐代骈文仍然昌盛，虽有一部分文人提倡古文，但势力、影响均不及骈文，因而魏晋南北朝时期占主导地位的评价标准并没有大的变化。唐代大多数文人仍然认为作品最重要的艺术特征是骈体文学的语言美，即骈偶、声律、辞藻、用典之美。

骈文的骈偶理论，长期被人忽视。莫道才《古代骈文与骈偶理论的文学史价值》（《广西师范大学学报（哲学社会科学版）》2009年第2期）认为骈偶理论长期被遗忘的原因有二：一是骈文被忽视，文学的偏见必然导致对该文体理论的漠视；二是古代文学中的理论多数是文章学理论而非现代意义上的文学理论，骈文的理论基本上是以句法为主的，所以，近代以来对古代散文理论的评价不高，甚至予以否定。骈偶理论是古代文章学的重要内容，它关注的是文章的偶对、辞句、典事问题。骈偶理论的来源是对中国文学创作实践的总结，是成熟而系统的形式理论，反映了中国文化审美意识的成熟。六朝到唐是骈偶理论的形成期，其中，古文运动对于骈文的批评事实上促进了骈文的骈散兼容，古文巨擘韩柳也是巧用骈散。韩柳对骈偶理论的实践，对后世具有范式意义。

四六是骈文的别称，对此概念的形成与接受莫道才有专论。“四六”之名指骈文是在中晚唐自然形成的，从柳宗元合成“骈四俪六”到李商隐提炼为“四六”是一个创造性的飞跃。而这种提炼的基础应该是在中晚唐“四六”指骈文逐渐成为文坛的共识。晚唐以后，“四六”概念迅速流行，结集益多，日渐成为专指应用性骈文的专有名词。

三、小结

纵观近20年来的唐代骈文研究,有“三多三少”之特点:一是就整体而言,阐述现象的多,理论概括的少;二是就骈文作品分析而言,头尾多(初唐王勃、晚唐李商隐),中间少;三是骈文作者而言,名家(李杜、韩柳、元白、四杰)研究得多,凡家研究得少。唐代骈文研究虽然取得了一定的成绩,但尚待开拓领域还很多,如从文体角度而言,诏、令、七、教、笺、符命类骈文很有研究空间;从骈文对其他文体的影响而言,唐传奇、敦煌变文、宋话本、元杂剧、明清小说都受骈文影响,都值得进一步研究。

近十年唐赋研究综述(2008—2017)

□ 程　维

1987年,马积高《赋史》提出"唐赋发展高峰"说,遥接王芑孙"赋莫盛于唐"的观点,一反李梦阳"唐无赋"之说,开启了唐赋研究的兴盛期。刘伟生的《唐赋研究三十年述评(1978—2008)》(《湖南工业大学学报(社会科学版)》2010年第1期》)对这一阶段唐赋研究的长足发展做出了详细评述。2008年至今,国内外的唐赋研究又有了新的进展,本文拟从文献整理与文献学研究、作家作品研究、文体特征研究、制度文化层面研究、赋论研究、海外研究状况等六个方面对此进行概述。

一、唐赋文献整理与文献学研究

文献整理是一件费时费力的工作。马积高先生从20世纪80年代末便开始着手《历代辞赋总汇》的编纂工作,经过二十多年的不懈努力,该书终于在2014年于湖南文艺出版社得以付梓。《总汇》收集先秦至清代辞赋三万多篇,是辞赋这一体裁空前的总集,共26巨册,其中第二、第三册为"唐代卷",共搜集唐赋作品1711首,作家579人,按年代顺序编排,作者皆配小传,部分篇目有校记。《总汇》最后还附有"详目卷"和"索引卷",为研究者提供检索的方便。综观《总汇》"唐代卷",其在赋篇搜集、编排和考异上耗功巨大,而在文字校勘上则不免有少量疏失之处。但其收录之全,审析之精,在中国大陆的唐赋整理领域可谓无出其右者。赵逵夫主编《历代赋评注》(唐五代卷)(巴蜀书社

2010 年)选择了重要的唐代辞赋先注后评,对于唐赋的普及和推广功劳极大,同时是一部具有文献资料和学术价值的著作。

唐赋的校雠学研究也有不少的成果。彭红卫《唐代律赋考》(社会科学文献出版社 2009 年)的第五章"唐代律赋作品考论"以及该书的"附录"部分,详细考察了唐代律赋的数量、题材、作家作品存录等情况。王京华《〈历代赋汇〉唐赋文献研究》(河北师范大学 2008 年硕士学位论文)对于《历代赋汇》中唐赋文献的来源、著录和流传情况进行了考论,并详细比较了《历代赋汇》和《文苑英华》中的唐赋在类目、篇目和文字上的异同。杨欣华《〈文苑英华〉赋卷研究》(南京师范大学 2014 年硕士学位论文)力图考察《文苑英华》的编纂情况,并通过和《文选》《历代赋汇》等赋集的比较,分析该总集的编纂特色。相关的论文则有刘辰《〈全唐文〉宋璟〈梅花赋〉为伪说补证》(《文学遗产》2008 年第 4 期)、杨晓斌《颜之推〈稽圣赋〉的流传、辑佚与文体辨析》(《南京师范大学文学院学报》2012 年第 3 期)以及林平、何易展《〈全唐文〉中〈庆云抱日赋〉误录辨疑》(《中华文化论坛》2014 年第 5 期)等。刘文通过考证,进一步证明了托名宋璟的《梅花赋》为南宋以后人剿袭李纲《梅花赋》所伪造。杨文则考察了颜之推《稽圣赋》的文献著录与流传,认为此赋当在宋以后亡轶;而宋以后的《稽圣赋》都是从前代著录中辗转抄录而来的;该文还对《稽圣赋》的异文进行了考辨,对其轶文进行了辑补。林、何的《〈全唐文〉中〈庆云抱日赋〉误录辨疑》揭示了《全唐文》重复收录《庆云抱日赋》之谬,并通过考证,认为《全唐文》分录在滕迈及杨发名下的《庆云抱日赋》应当是滕迈所作;且《全唐文》卷九百六十"阙名一"下所录同题赋及卷七五九杨发《太阳合朔不亏赋》亦应归入滕迈名下。

敦煌俗赋的文献学研究也有了一定的进展。伏俊琏《俗赋研究》(中华书局 2008 年)介绍了敦煌遗书中的俗赋及学界对其整理研究的情况;书中"敦煌俗赋写卷叙录"一文对敦煌遗书中 65 个俗赋写卷分别进行叙录,并对其抄写时代进行了考证;"敦煌故事俗赋考述""敦煌论辩俗赋考述""敦煌咏物俗赋考述"诸文则考察了《韩朋赋》《燕子赋》《晏子赋》《子灵赋》等 16 篇俗赋的作时、流传、版本、主题等等。王惠《敦煌赋七篇校录》(兰州大学 2014 年硕士学位论文)将《敦煌赋汇》未收录的《鹰赋》《鹘赋》《吴都赋》《茶酒论》《祭驴文》《齖魺新妇文》《孔子项讬相问书》七篇作品集结起来,分篇整理。赵家栋《〈燕子赋(一)〉"密箄相髎"试解》(《古汉语研究》2010 年第 4 期)《〈燕子赋(二)〉中"诸问"考辨》(《中国语文》2010 年第 1 期)《敦煌俗赋〈丑妇赋〉字词校读》(《古籍整理研究学刊》2016 年第 6 期)等文章则从训诂和校勘学的角度对敦煌俗赋的重要语词进行了精严的考察。

二、唐赋作品研究

近十年的唐赋的作品研究,主要四种取向,即作家作品研究、作品分类研究、地域作品研究和敦煌赋研究。

首先,唐赋作家作品研究较之前有了很大的推进,唐代不少重要文人的辞赋都得到了关注和探讨。钱志熙《李杜赋合论》(《北京大学学报(哲学社会科学)》2014 年第 1 期)分别从创作思想、创作定位、赋风与赋艺等方面对李白、杜甫的赋体创作进行了系统的讨论。钱氏认为在创作思想上,李、杜继承汉代而有所发展,引诗学入赋学;在创作定位上,李赋试图通过复古而全面突破赋史,杜赋创作属于唐人献赋求仕的创作行为;在赋风赋艺上,李赋以讽喻、抒情为主,杜赋以雅颂为主,而皆能内容纯正。讨论李白辞赋的还有徐小洁《李白〈大鹏赋〉的道家渊源初论》(《河北学刊》2011 年第 3 期)、何易展《李白辞赋的哲理内蕴与庄骚情结》(《云梦学刊》2013 年第 3 期)和何易展《李白辞赋篇目及分类》(《四川文理学院学报》2013 年第 3 期)等论文。徐文试图通过《大鹏赋》考察李白其人、其赋的道家渊源;何易展的两篇文章则对李白赋篇之分体、归类、篇目以及李白辞赋的儒道思想观等给予了辨析。对于初唐四杰辞赋的研究,则有何易展《初唐四杰赋篇目及分类探讨》(《重庆师范大学学报(社会科学版)》2009 年第 5 期),李丹、何易展《初唐"四杰"新文体赋之新变综论》(《宁夏大学学报(人文社会科学版)》2009 年第 6 期),杜松柏、何易展《初唐四杰赋中的松韵意象及原型批评》(《广西社会科学》2009年第12期),何易展《论初唐四杰赋之“祖骚”》(《四川师范大学学报(社会科学版)》2011年第3期)等。这四篇文章分别讨论了初唐四杰赋的篇目归类、文体因子、作家个性、拟骚的创作倾向以及四杰赋中“松”这一原型意象。研究柳宗元辞赋的论文有李小华《古文运动影响下的柳宗元辞赋创作》(《绥化学院学报》2011年第2期)和翟满桂《柳宗元骚赋文刍论》(《湖南社会科学》2013年第3期),前文探讨了古文运动对于柳宗元辞赋创作的影响,后文从骚赋文特征、艺术风貌两方面论述了柳宗元的骚赋文。郭自虎《以古赋为律赋——论元稹对律赋的革新》(《安徽师范大学学报(人文社会科学版)》2010年第4期)认为元稹以其积极的文体革新精神,以古赋为律赋,为唐代律赋创作开辟了一个崭新的境界。此类研究的论文还有段祖青《吴筠辞赋略论》(《湖南科技大学学报(社会科学版)》2012年第2期)、秦金《浩虚舟赋研究》(《河南广播电视大学学报》2013年第1期)等。

这段时期也出现了不少研究唐赋作家作品的学位论文,知网上所能查询到的便有9篇:何易展《初唐四杰赋研究》(四川师范大学2008年硕士学位论文)、李小华《柳宗元辞赋研究》(曲阜师范大学2008年硕士学位论文)、宫玉婷《李白辞赋研究》(中国海洋大学2011年硕士学位论文)、王修杰《中唐古文作家辞赋研究》(广西师范大学2011年硕士学位论文)、孙荆辉《刘禹锡赋作研究》(延边大学2011年硕士学位论文)、高萍萍《白居易的赋及其赋论研究》(中国海洋大学2012年硕士学位论文)、周哲涵《刘禹锡辞赋研究》(东北师范大学2012年硕士学位论文)、车永玲《柳赋,唐之冠——柳宗元辞赋研究》(中国海洋大学2012年硕士学位论文)、张永美《韩愈辞赋论析》(中国海洋大学2014年硕士学位论文)。

其次,唐赋的分类研究出现了爆发式的增长。仅2008年以后的学位论文中,涉此研究的便有14篇之多,研究对象有京都赋、音乐赋、器用赋、咏史怀古赋、咏物赋、治道赋、天象赋、典礼赋、游艺赋等等。这14篇分别是:朱国伟《唐代器用赋研究》(南京师范大2008年硕士学位论文)、佟博《中晚唐咏史怀古赋研究》(广西师范大学 2008 年硕士学位论文)、袁虹《唐代音乐赋研究》(广西师范大学 2008 年硕士学位论文)、刘子芳《唐代寓言赋的艺术特色及地位研究》(广西师范大学 2008 年硕士学位论文)、段静晗《唐代咏物赋研究》(哈尔滨师范大学 2012 年硕士学位论文)、蔚鹏芹《晚唐咏物赋研究》(陕西师范大学 2013 年硕士学位论文)、党青青《唐代植物赋研究》(广西师范大学 2014 年硕士学位论文)、张婷《唐代游艺赋研究》(江西师范大学 2014 年硕士学位论文)、王贱琴《唐代典礼赋研究》(江西师范大学 2014 年硕士学位论文)、韦晓兰《唐代典礼赋研究》(广西师范大学 2014 年硕士学位论文)、苏珍暖《唐代水赋研究》(广西师范大学 2014 年硕士学位论文)、陈成《唐代天象赋研究》(广西师范大学 2014 年硕士学位论文)、郑真先《唐代治道赋研究》(广西师范大学 2015 年硕士学位论文)、廖明凤《唐代宫殿赋研究》(江西师范大学 2015 年硕士学位论文)。

期刊论文中,王树森的《论唐代都邑赋及其创作启示》(《湘潭师范学院学报(社会科学版)》2009 年第 3 期)探讨了唐代作为盛世然而都邑赋创作却未显昌盛的原因,并由此归纳出几条值得注意的创作启示。武怀军、刘培《唐代度量衡赋与唐前咏物赋"移德"笔法初探》(《山东师范大学学报(人文社会科学版)》2013 年第 4 期)探讨了作为唐代辞赋独有题材的度量衡赋的兴盛原因、创作取向和发展趋向。于浴贤《论唐代咏史怀古赋》(《泉州师范学院学报》2014 年第 3 期)则从唐代的文化精神和唐赋的文学传统角度考察了唐代咏史赋的艺术风貌。周兴泰的《论唐代京都赋的文化意涵》(《江西社会科学》2014 年第 9 期)归纳出唐代京都赋的重要内涵,即展现京都的社会风貌、宣扬京都的王道理念和崇尚京都的礼仪制度。这类研究的文章还有彭庭松《唐代咏竹赋述论》(《农业考古》2013 年第 1 期)、张勇《花性·仕途·国运——唐宋〈牡丹赋〉的"赋家之迹"与"赋家之心"》(《辽东学院学报(社会科学版)》2014 年第 4 期)、朱国伟《论唐代的"工具赋"》(《辽东学院学报(社会科学版)》2011 年第 6 期)等,

再次,敦煌俗赋的研究也有所推进。伏俊琏《俗赋的发现及

其文学史意义》（《复旦学报（社会科学版）》2009 年第 6 期）介绍了俗赋的传播方式、题材类型及其特点，并通过对比先秦时期的文献，对赋的起源问题做出重新的思考。钟书林《论“上梁文”与辞赋之关系》（《西北大学学报（哲学社会科学版）》2010 年第 6 期）认为敦煌写本《上梁文》与辞赋有着千丝万缕联系。上梁文作为辞赋发展的一种变体，从唐代敦煌民间走向宋代的士大夫案头创作，正折射出辞赋由民间走向文人化的发展进程。张鸿勋《探寻俗赋的流变遗踪——简论敦煌俗赋与后世文学》（《南京师大学报（社会科学版）》2010 年第 2 期）试图通过考察俗赋对变文说唱、话本小说、杂剧戏曲等方面的影响，来探寻和揭示俗赋与后世文学的关系。严宇乐《〈秦将赋〉惨象描写的历史文化背景》（《敦煌研究》2010 年第 1 期）探讨了《秦将赋》对杀降的惨象描写与唐代文治武功的矛盾、禁止杀降的法律、中晚唐战事的加剧等政治文化因素之间的关系。赵耀锋《论敦煌俗赋的戏剧性》（《天水师范学院学报》2013 年第 3 期）认为敦煌俗赋与正统文人赋的最大差别在于其戏剧性因素，包括音乐性、仪式性、场景装饰性、冲突性、语言动作性等。王启涛《敦煌变文〈燕子赋〉再研究》（《西南民族大学学报（人文社科版）》2014 年第 3 期）试图将吐鲁番文献与敦煌变文相互对照，从而对《燕子赋》进行更精确的解释。马晨曦《论敦煌古抄〈百鸟名〉文体属性》（《天水师范学院学报》2015 年第 6 期）认为敦煌抄卷《百鸟名》应为非正式的文人仿作俗赋而写。学位论文方面，有马丽京《敦煌俗赋与古代小说关系研究》（中国海洋大学 2012 年硕士学位论文）和姜竹萍《敦煌文献〈韩朋赋〉研究》（青海师范大学 2013 年硕士学位论文）两文将视角投向敦煌俗赋的研究。

又次，唐代地域赋研究。这是新出现的研究取向，相对于前三种研究成果较少。刘宁《唐代渭水四赋赏析》（《唐都学刊》2013 年第 1 期）分别考察了白居易的《泛渭赋》、卫次公的《渭水贯都赋》、刘珣的《渭水象天河赋》、独孤授的《径渭合流赋》这四篇有关渭水的赋作。张虹《磨洗晴空分外蓝——唐代“咏洛赋”特点管窥》（《洛阳理工学院学报（社会科学版）》2013 年第 3 期）则从整体上考察了唐代“咏洛赋”的地域特征，认为唐代“咏洛赋”的变化轨迹呈现出一个由实体描绘到抽象象征、文化象征意味逐渐加强的变化过程。张美娟《唐代西域赋的主旨与创作模式》(《海南师范大学学报(社会科学版)》2015 年第 3 期)归纳了唐代西域赋的主旨、分类、创作模式等,探讨了其独特的艺术风貌。李慧琳《〈文苑英华〉中“长安赋”概论》(《贵阳学院学报(社会科学版)》2016 年第 1 期)则讨论了《文苑英华》所收的 240 篇的长安赋在文学史上的地位和价值。

三、唐赋文体特征研究

唐赋文体特征方面的研究专著主要有赵成林《唐赋分体叙论》(湖南大学出版社 2009 年)、彭红卫《唐代律赋考》(社会科学文献出版社 2009 年)和曹明纲《赋学论稿》(上海古籍出版社 2012 年)。赵著将唐赋分为骈赋、律赋、文赋、骚赋、诗赋和俗赋六种体式进行分别考察,从而对唐代辞赋的思想内容和艺术风貌进行了较为详尽的介绍和论述,使读者对于唐赋的存在与发展有一个较为全面而具体的感受。彭著对唐代律赋的演进和文体性进行了多维度的描述。其中第四章探讨律赋的“律”及其特征,认为律赋的根本特征是限韵,第二特征是隔句对,而从“格”来看,律赋的本质特征是文意的意识形态化。曹著探讨了赋的内在规律及创作特点以及与各种文学体裁之间的关系,其中唐赋研究的篇章有《唐代律赋的创作和演变》《唐代律赋的形成、发展和程式特点》《论唐宋赋的尚理倾向》等。

论文方面,则研究面向更广一些。大致可以分为三个面向:

第一,体式特征研究。许结《论赋韵批评与写作规范》(《社会科学研究》2014 年第 2 期)考查了唐代律赋“赋韵”由宽松到严紧、声律从“方音”到“官韵”、由重“节奏”向重“韵脚”的转移过程,并探讨了其与赋史变迁、科举尊禁等的关系,标举了赋韵的辞赋章句学意义。杨遗旗、唐文《推动唐代律赋形成的两股内生力量:“诗化”与“文化”》(《社会科学家》2009 年第 10 期)则考察了推动唐代律赋形成和发展的两股力量,即“诗化”(整齐化、格律化)和“文化”(散文化)。他认为律赋的规范,正是两种力量暂时平衡的表现形式。赵俊波的两篇文章《再论唐代律赋的体式标准》(《辽东学院学报(社会科学版)》2010 年第 2 期)和《唐代律赋的声律遵从与避忌——兼与清代律赋相对比》(《辽东学院学报(社会科学版)》2015 年第 2 期)则探讨了律赋的限韵和声律要求。他认为限韵是律赋的根本特征,而唐代律赋的声律遵从和禁忌与清代差异颇大。

第二,风格特征研究。姜子龙的三篇文章《论唐代律赋之"雅"》(《理论界》2008 年第 8 期)《论唐代律赋之"丽"——关于"雅正"之外的另一宗》(《理论导刊》2008 年第 10 期)《唐代律赋的"雅"与"丽"——关于唐代律赋批评的两个关键词》(《暨南学报》2009 年第 1 期)将唐赋的风格范畴概括为"雅"和"丽"二字。他认为"雅"是唐代律赋的首要风格,而"丽"则是"以雅正为宗"外的另一范畴,但要符合"丽不伤雅"的创作原则。

第三,叙事特征研究。这方面的研究以周兴泰为代表。《唐赋叙事特征研究》(上海大学 2009 年博士学位论文)从叙事视角考察唐代辞赋,对于赋的叙事成分的演变、唐赋创作宏大叙事与私人叙事的不同叙事动因、唐赋新的、独特的叙事特性,以及与其他文学形式在叙事特性上的异同、叙事能力上的强弱的比较等方面,都做出了细致的讨论。周兴泰《论唐赋设辞问答的叙事因子》(《贵州师范大学学报(社会科学版)》2009 年第 1 期)《唐赋叙事特征论》(《北方论丛》2011 年第 5 期)以及周兴泰、刘涛《唐赋叙事与修辞》(《江西社会科学》2012 年第 9 期)等也从不同角度对唐赋进行叙事学的研究。他认为唐赋在继承"遂客主以首引"的主客问答因子的基础上,创造出问答双方的三个类别:即主客双方一为自己一为虚拟,或是双方均为虚拟的人物,或是双方均为历史人物。赋的叙事学特性对整个中国文学叙事传统的形成与发展起过重要的作用。而唐赋的叙事和修辞之间有着重要而密切的关联。

四、唐赋与制度文化关系研究

文学与文学制度的关系是近十年来古代文学研究的热点问

题，在唐代辞赋研究中也是如此。而辞赋又因其体量和属性，向来就是时代文化和风俗的绝佳载体。

第一，唐赋与科举制度的关系研究。这是近年来学界用力最深、成果最多的研究领域，产生了很多重量级的文章和专著。专著有詹杭伦《唐代科举与试赋》（武汉大学出版社 2015 年）、王士祥《唐代试赋研究》（上海古籍出版社 2012 年）、王士祥《唐代应试诗赋论稿》（商务印书馆 2016 年）等。詹氏《唐代科举与试赋》对于唐代的试赋制度进行了极其细致的考察，探讨了唐代科举试赋的来源、层次、逐年的试题和作品，并对初唐、盛唐、中唐、晚唐以至于五代十国的科举试赋情况都做出了精密的调查。其所运用的“丝牵绳贯”“以史定赋”“天象印证”“域外参照”等研究方法对我们的研究也有启发性意义。王士祥《唐代试赋研究》也细密地考察了唐代试赋的科目、层次、停复、形式特征、内容特征、文化精神等。其《唐代应试诗赋论稿》则主要偏重从文化层面研究唐赋与科举的关系，例如对于进士科试赋题目出处的考述，对唐代省试赋的宗经特征、重史表现的讨论等。书中讨论的命题还包括唐代试赋中的道家文化功能、唐代应试诗赋对《文选》的接受、唐代状元赋的文体意义、帝都文化背景下的唐代试赋、中原文化在唐代科场诗赋中的体现、唐代科场符瑞类试赋的现实观照、唐代进士科诗赋试停复的文化内涵等。

许结《科举与辞赋：经典的树立与偏离》（《南京大学学报（哲学·人文科学·社会科学）》2008 年第 6 期）认为试赋所代表的王权话语，一方面秉承前科举时代所树立的辞赋经典，一方面又形成了对辞赋经典的重构与偏离。“自唐宋以后，科举赋的创造，制约着赋体的变迁；而科举赋的僵化，也决定了辞赋创作的衰危。”胡燕《盛唐律赋与进士科考试》（《南都学坛》2009 年第 2 期）考察了唐代进士科考试的具体变革与律赋的形成和发展之间的关系。何易展《试赋取士肇始新辨》（《西南大学学报（社会科学版）》2009 年第 4 期）则通过考证，认为唐代试赋取士是沿袭隋制而非唐代的新创。赵俊波《唐代试赋的命题研究——以试赋题目与九经的关系为中心》（《四川师范大学学报（社会科学版）》2011 年第 1 期）调查分析了唐代试赋命题的习惯，从而得出儒家经典在唐代冷热不均的观察。此类文章还有周兴泰、王萍《科举试赋制度与唐代辞赋的文化景观》(《文艺评论》2013 年第 10 期)、付兴林《白居易的科考及科举观》(《陕西师范大学学报(哲学社会科学版)》2014 年第 5 期)、高晓成《略论开元以前取士制度与诗赋之关系》(《社会科学战线》2014 年第 9 期)等。

第二,唐赋与政治关系的研究。赋这种文体,从一开始出现,就带着显明的政治意涵。到了唐代,依然如此。孙福轩《科举试赋:由才性之辨到朋党之争——以唐宋两代为中心的考察》(《浙江大学学报(人文社会科学版)》2008 年第 3 期)认为从唐代中期至两宋,辞赋取士与经义取士由文学之争逐渐衍变为政治之争,使得试赋具有了浓厚的意气与党争色彩。韩成武、韩梦泽《杜甫献赋出身而未能立即得官之原因考》(《杜甫研究学刊》2008 年第 3 期)则一反过去对于杜甫献赋未能获官的政治性解读,而认为该状况是符合当时铨选制度的规定的。赵成林、刘磊《骚赋复兴与中唐政治——以贬谪文化为中心》(《甘肃社会科学》2009 年第 3 期)认为中唐复杂的政治环境和屈贾的骚赋传统共同促进了骚赋在中唐的复兴。刘青海《论初盛唐献赋活动的兴盛及其原因》(《文学遗产》2013 年第 5 期)考察了初唐文人献赋活动活跃的政治动因和功能,并反思其文学史价值之所在。这类讨论还有葛弘扬《论初唐赋的"纬俗经邦"功用》(《合肥师范学院学报》2015 年第 4 期)、侯雷《从"升高能赋"到科举试赋——先秦到唐代赋的地位变迁与文人辞赋心态变化研究》(河南师范大学 2015 年硕士学位论文)等。

第三,唐赋与唐代风俗关系的研究。刘伟生《唐赋:多元多貌,广纳万有》(光明日报《文学遗产》2016 年 2 月 29 日)认为唐赋是"多元多貌,广纳万有"的,也包含很多值得研究的文化和风俗的要素。侯立兵《胡乐新声:汉唐赋中的西域乐舞》(《长春工业大学学报》2014 年第 6 期)考察了唐赋中留存的胡乐胡舞的文化。杨晓霭《从〈拔河赋〉〈温汤御毬赋〉看盛唐体育之精神》(《青海师范大学学报(哲学社会科学版)》2015 年 9 月第 5 期)考察了唐赋中体现的盛唐体育精神。龚世学《赋体"用瑞"与汉唐赋体观念的演变》(《南京师范大学文学院学报》2016 年第 3

期)探讨了汉唐的辞赋的援引符瑞或描写符瑞的观念。徐胜男《〈天地阴阳交欢大乐赋〉:古代房中文化的文学解读》(《中国性科学》2016 年第 6 期)则通过白行简的《天地阴阳交欢大乐赋》解读了唐代的两性文化。

五、唐代赋论研究

赋论研究是近十年赋学研究的又一个重点所在。唐代赋论虽然材料相对较少,研究困难度相对较高,但在学人的不懈努力下,仍然出现了不少重要的研究成果。

孙福轩、韩泉欣《历代赋论汇编》(人民文学出版社 2014 年)汇辑了历代重要的赋论,其中唐代的赋论有佚名《赋谱》、李峤《楚望赋序》、李白《大猎赋序》、李华《含元殿赋序》、皮日休《九讽系述序》、白居易《赋赋》、令狐德棻《周书》(节选)、刘知几《史通》(节选)、王勃《上吏部裴侍郎启》、柳冕《与徐给事论文书》《与滑州卢大夫论文书》、韩愈《与冯宿论文书》、柳宗元《西汉文类序》《答韦珩示韩愈相推以文墨事书》等,较之前的赋论汇编资料收集更为全面。

何新文、苏瑞隆、彭安湘《中国赋论史》(人民出版社 2012 年)在《中国赋论史稿》的基础上增加了唐代佚名《赋谱》、郑起潜《声律关键》等唐赋研究的关键赋论的叙介,并对 20 世纪 90 年代后新出的赋学研究包括唐赋研究的状况做出了评介。

许结《中国辞赋理论通史》(凤凰出版社 2016 年)是近出的最为厚重的辞赋理论著作。全书分为三篇,上篇"中国辞赋理论总述",中篇"中国辞赋理论流变",下篇"中国辞赋理论范畴",体大思深,厚积广征。其中"总述"部分对于唐代赋论的文献、批评形态、生态构建等问题都有所涉及;"流变"部分第八章"以'古赋''律赋'为中心的批评"专述隋唐赋论;"范畴"部分的经义论、体类论、风格论等都涉及唐代赋论,尤其章句论、技法论更是以唐代的律赋批评作为研讨的核心。

近期的唐代赋论也出现了不少重要的论文。徐志啸《唐宋元赋学论》(《北京大学学报(哲学社会科学版)》2011 年第 4 期)

分别解析了唐宋元的赋学论著及其赋学史上的重要意义。许结《从“曲终奏雅”到“发端警策”——论献、考制度对赋体嬗变之影响》(《湖北大学学报(哲学社会科学版)》2012年第6期)从创作论角度探讨“曲终奏雅”和“发端警策”的文体学意义,举出了汉代献赋与唐代考赋在采取经义上“取辞”与“取题”之不同,“融织经义”与“点破经题”之不同,以及“隐用寄讽”与“直用称颂”的差异。张巍《〈赋谱〉释要》(《南京大学学报(哲学·人文科学·社会科学)》2016年第1期)认为《赋谱》中最有特色的内容和最重要的成就是对律赋赋句种类的划分和分析,对赋句组合规则的说明和探讨。《赋谱》的这种规定从根本上讲是出于科举考试的要求,同时也与中晚唐律赋的创作风习密切相关。程维《从律赋格到文章学》(《中国韵文学刊》2017年第1期)考察了唐代赋格与宋代文章学在范畴上的连接性,认为唐代的赋格在认题与立意论、章法间架论、破题论、体式论、句法论、用事论等等很多层面上为宋代的文章学建立了轨范。许结《从“礼法”到“技法”——赋体创作论的考述与省思》(《中国社会科学》2016年第10期)认为赋学的创作论经历了由“礼法”到“技法”的批评线路。而从唐代开始由文人赋作到科场考赋的衍化,使赋体技法得到了制度性的规范。而唐宋以后的赋论,又有融会古、律,归技法于礼法的理论构建。许结《论唐代帝国图式中的赋学思想》(《南京大学学报(哲学·人文科学·社会科学)》2017年第1期)认为唐代赋论中呈示出的有关古赋与律赋的讨论,体现了唐帝国图式中兼臻赋用与赋法的理论思想。这种赋学思想是以“美刺”为中心,涵括统一经学与《诗》之“六义”的经典化、对《文选》的崇尚及唐代类书与赋学的关联,超越魏晋而上承两汉。涉此研究的还有高萍萍《白居易的赋及其赋论研究》(中国海洋大学2012年硕士学位论文)、朱林霞《两汉至宋代赋论研究——以〈诗〉六义之“赋”为中心》(中央民族大学2012年硕士学位论文)等。

六、海外唐赋研究

大陆以外的唐赋研究在近十年也有相当大的进展,其中以台湾最为重镇,日韩的研究也较之前有较大幅度的成长。

台湾的唐赋研究成果最为显著。2011 年,简宗梧、李时铭主编的《全唐赋》在台北里仁书局出版,这是第一步全面校点的唐赋总集,在唐赋的文献整理史上有着划时代的意义。该集以《全唐文》为底本,参校《历代赋汇》《文苑英华》《初学记》等,列出异文,考辨作者,为阅读者和研究者提供了很大的方便。有关唐赋研究的专著则有吴仪凤《赋写帝国:唐赋创作的文化情境与书写意涵》(万卷楼图书公司 2012 年),该书对唐代的赋作进行专题式的研究,比如第二章"体国经野与汉唐赋的帝国书写特质"考察了唐赋对于汉大赋礼制精神的继承与开创;第三章"唐代自然物象赋作的书写特质"主要探讨唐赋如何描写自然物象,从哪些角度呈现自然物象;第四章"唐赋的经艺书写"对唐赋中涉关经艺的作品进行了考察,分析了其经艺书写的内在层次和外在层次;第五章"唐代典礼赋创作的文化情境"分析了唐代典礼赋的关键符码、创作文化情境以及当时文人的崇礼心态。这些研究内容有着不同的取向,也有这内在的关联,同时具有研究的细密性和思维的发散性。

台湾政治大学的许东海和中国文化大学的黄水云是近期台湾唐赋研究成果最丰硕的学者。许东海《山岳·帝国·士臣:唐杜甫、杨敬之西岳赋的封禅书写及其正、变意蕴》(《文与哲》2008 年第 6 期)认为唐代赋家借由西岳华山观照及其封禅论述,展开以山岳、帝国、士臣为主轴的西岳辞赋论述;文章通过盛唐迄中唐杜甫与杨敬之等人西岳赋的前后对照,考察唐代西岳赋的书写变创及帝国世变下的士臣省思。许东海《山岳·经典·世变——唐华山赋之山岳书写变创及其帝国文化观照》(《汉学研究》2010 年第 2 期)通过对唐代山岳赋的考察,寻绎其新变脉络,并借此展现李唐帝国盛衰嬗变的当代脉动,辉映出唐代帝国山岳书写的文化意蕴。许东海《宰相·困境·家园:李德裕辞赋之罢相书写及其陶潜巡礼》(《中正大学中文学术年刊》2010 年第 2 期)考察李德裕罢相期间的归园书写及其陶潜对话,探讨唐代赋学与史学互涉的深层文化意蕴。许东海《宦游风景与家族地图——李德裕辞赋之花木书写及其文化解读》(《唐代文学研究》(第十四辑)2010 年)认为李罢相后的花木书写开启了唐代辞赋与屈《骚》"香草美人"隐喻的文类传统对话机制。许东海《赋家·美人·诤臣——吕向《美人赋》的"美人与诤臣"论述》(《励耘学刊》2015 年第 1 期)则通过吕向《美人赋》与《新唐书·吕向传》《唐鉴》等相关文献的对读,考察辞赋在唐代政治生态中对帝王的政教讽喻的历史使命。黄水云《唐代诗赋中之球戏书写》(《东华人文学报》2011 年第 1 期)归纳了唐代诗赋中的球戏题材,分析了其内容与艺术架构,揭示了唐代诗赋中球戏活动之特殊内涵,并借由相关文学史料考察唐代球戏发展衍变之状貌。黄水云《唐赋节日游艺书写——以千秋节为主的考察》(《国文学报》2012 年第 12 期)认为唐赋中的节日游艺书写具有深层的政治与文化心理意涵和特殊的审美风貌。黄水云《唐赋节日活动书写——以〈中和节百辟献农书赋〉为主的考察》(《南京大学学报(哲学·人文科学·社会科学)》2013 年第 4 期)考察了中和节的创制及其政治和文化心理意涵,并对于中和节的辞赋书写给予了审美风貌和价值意义的探讨。

陈成文《从"唐无赋"到"赋莫盛于唐"——唐赋评价变迁之考察》(《台北教育大学语文集刊》2008 年第 7 期)对于明清以来"唐无赋"与"赋莫盛于唐"两极评价的历史变迁进行详细的考察,并对于重新审视唐赋价值与内涵提出了自己的见解。梁淑媛《唐赋叙事对话主角类型研究》(《师大学报》2010 年第 9 期)一文认为赋的假设对问,建构起中国叙事文学的基础框架。作者将唐赋的叙事问答对话中的主角分为五类:作者现身在文本中的隐含作者与虚拟人物、双方或多方均为虚拟的人物、双方均为逼真性历史人物、人与鬼神为主角、物与物为主角,并考察了这五类类型的承传和独创之处。陈铃美《谢庄〈月赋〉与欧阳詹〈秋月赋〉形制之比较》(《北京化工大学学报(社会科学版)》2012 年第 1 期)用个案分析的方法,从形制上比较分析六朝骈赋与唐律赋在结构、句法、用韵、对偶、平仄等方面的异同，从而揭示六朝赋与唐赋之关系。

日本近期的唐赋研究相对韩国来说要稍微热络一些。韩国的唐赋研究方向主要还是白承锡教授的初唐赋研究为代表。而日本的研究取向则更为多样，研究唐赋的作家作品的有後藤秋正《劉禹錫「傷往賦」について》(《立命館文學》2007 年 2 月)、有馬 みち《王勃の春 ：「春思賦」を手がかりとして》(《筑波中国文化論叢》2007 年 2 月)，研究敦煌俗赋的有西川幸宏《「韓朋賦」の性格をめぐって》(《待兼山論叢》2007 年 2 月)、三瓶 はるみ《敦煌故事賦「燕子賦」(乙本)について》(《お茶の水女子大学中国文学会報》2008 年 4 月)，研究唐赋与政治文化关系的则有中尾健一郎《唐代における洛陽の壊滅と復興——李庾「東都賦」を中心に》(《梅光学院大学論集》2010 年)，研究辞赋的叙事因素的则有下定雅弘《表現の力学としての逸脱と規範——「閑情賦」「長恨歌」「鶯鶯伝」「河間伝」を素材として》(《揺らぎの中の日本文化——原像・怪異・日本美術》2009 年 3 月)除此之外，还有大野修作《述書賦全譯註》(勉誠出版 2008 年)对于书法赋的译介等。

欧美的辞赋研究还是以康达维和他的弟子为主要研究力量。近期的唐赋研究著作主要是康达维的弟子 Dakin, Christopher J 的 *Xie Yan: Master of the Early Tang Fu*(《谢偃:初唐赋坛盟主》)(Proquest, Umi Dissertation Publishing; annotated edition, 2011)该书考察了初唐被称为"李诗谢赋"中的谢偃的辞赋创作，探讨了辞赋何以在唐代能再次影响帝国政治的原因以及赋这一文体对于谢偃和初唐文人的文化意义。2014 年，康达维自己在《东方学》(Journal of Oriental Studies; 2014, Vol. 47)杂志上发表了《〈文选〉辞赋与唐代科举考试之关系》(*Wenxuan Rhapsody and the Imperial Examination in the Tang Dynasty*)的论文，从《文选》的文体编排、选录标准，以及"赋"文体的主题与排列顺序等角度，探讨《文选》在唐代被提升到科举应试教科书地位的原因。

整体说来，近年的海外的唐赋研究趋于繁荣和多元化。如果我们查阅最近三届的国际辞赋学会的论文集,海外的唐赋研究的比例有着整体上升的趋势。2012 年第十届国际辞赋学会论文集中,海外唐赋研究的论文有三篇:何祥荣(中国香港)《唐代辞赋的兵学思想考论》、陈金现(中国台湾)《白居易江州、忠州赋的主要思想》、山内良太(日本)《韩愈〈送穷文〉与扬雄〈逐贫赋〉的特点》;2014 年第十一届国际辞赋学会论文集中有四篇:许东海(中国台湾)《倾城·谏诤·长恨——吕向〈美人赋〉与白居易诗、陈鸿传奇的玄宗情色论述》、郑色幸(中国台湾)《京都的人文风景——唐赋中的后妃书写及其意涵》、杨明璋(中国台湾)《〈韩朋赋〉禽鸟叙事之承衍与民俗象征》、王欣慧(中国台湾)《在东在西可也?李庾〈两都赋〉重探》;2016 年第十二届国际辞赋学会论文集中有五篇:许东海(中国台湾)《辞赋—谱录—言路:张九龄〈荔枝赋〉、蔡襄〈荔枝谱〉的书写谱系及其谪迁地图》、黄水云(中国台湾)《唐代藉田赋叹息》、郑色幸(中国台湾)《省思与关照——论晚唐闽地文人辞赋创作》、龚又丽(中国台湾)《唐咏物赋中花草树木赋之探析》、詹杭伦(马来西亚)《中日韩的科举与辞赋》。

总结近十年以来的唐赋研究,我们发现有以下几个特点:第一,经过多年的努力,唐赋的文献整理工作有了相当大的成果:大陆的《历代辞赋汇编》和台湾的《全唐赋》是其代表。第二,唐代的赋学批评研究更加深化,特别是对于唐代的赋韵、赋格等技术论的探讨是之前的赋论研究所缺乏的。第三,唐代科举与辞赋关系的研究更为系统化,出现了相当多的专著和论文对此进行细致、深入的探讨。第四,对于唐赋的作家作品的研究具有集中化和计划性的特点。台湾的逢甲大学、政治大学、文化大学,大陆的中国海洋大学、广西师范大学、江西师范大学,指导了相当数量的唐赋研究的学位论文,并显示出了长久投入的企图心。有了如此多年轻学者的加入,唐赋研究的繁荣是值得期待的。

新世纪唐诗选本研究综述

□ 贺　严

新世纪以来，唐诗选本研究成果极为丰富，百度学术统计数据显示，有关唐诗选本的研究著作、期刊论文、会议论文、硕博士论文等，共一千多条。

从总体研究状况看，自唐至宋，除了辽金元时期，各个朝代的唐诗选本都已经有系统研究的专著出版，如关于清代的唐诗选本研究，先后有贺严和韩胜的同题著作《清代唐诗选本研究》出版（贺严《清代唐诗选本研究》，人民出版社 2007 年；韩胜《清代唐诗选本研究》，中国社会科学出版社 2010 年）；唐选的研究则有孙桂平的《唐人选唐诗研究》（中国社会科学出版社 2012 年）；宋代唐诗选本研究著作有陈斐的《南宋唐诗选本与诗学考论》（大象出版社 2013 年）；明代唐诗选本研究有金生奎的《明代唐诗选本研究》（合肥工业大学出版社 2007 年）。这些著作的研究虽然侧重点有所不同，但对各朝代唐诗选本的研究大多是从文献考订出发，用功于探讨选本的诗学思想和影响，并兼及社会、政治、蒙学、科考等各方面的因素，因此，讨论比较全面，内容非常丰富，这些著作的具体研究特点将在下面的各部分中展开介绍，兹不赘述。

文献研究方面，河南大学先后几届的硕士学位论文，分别对自唐至清各朝的唐诗文献进行了细致的梳理，有曲静《唐代唐诗文献学研究》（河南大学 2013 年硕士学位论文）、张梦《宋代唐诗文献学研究》（河南大学 2014 年硕士学位论文）、贠晓娜《辽金元唐诗文献学研究》（河南大学 2015 年硕士学位论文）、郭沫含《明代唐诗文献学研究》(河南大学2013年硕士学位论文)、王文杰《清代唐诗文献学研究》(河南大学2015年硕士学位论文)。这些唐诗文献学研究有着大致相似的结构:从唐诗文献学的背景、承继、辑佚、校勘、刊刻、编纂、选编、资料来源等各个方面的细致梳理。几篇论文合在一起,比较系统地清理出了唐诗文献的基本框架。

对唐诗选本进行总体研究的论文数量不多,现有论文偏重于对某一个或一群诗人在各代选本中的接受情况进行分析,如尚永亮、洪迎华《名篇与选本——以元和十大诗人被选诗为中心的定量分析》(《学术论坛》2010年第9期)统计古今有代表性的46种唐诗选本所选元和十大诗人诗作,厘定入选10次以上的91首诗作为名篇,用定量分析等方法进行考察。申东城《从历代著名唐诗选本看李白杜甫诗歌的接受》(《中华文化论坛》2012年第2期)通过历代唐诗选本对李白、杜甫诗歌选录的梳理探讨,总结历朝历代对李、杜诗的接受情况。王世立《唐诗选本与唐诗经典建构》(《语文学刊》2013年第5期)探讨了选本对唐诗经典化过程的促进作用,同时也指出其对一些经典的遮蔽之憾。此类文章还有吴雪伶《从历代唐诗选本看唐代宫怨诗的传播》(《作家》2010年第16期)、刘磊《从历代选本看韩孟诗派之传播与接受》(《东南大学学报(哲学社会科学版)》2005第2期)、范新阳《选本视阈中的孟郊诗——从历代唐诗选本看孟郊诗歌的后世接受》(《淮阴师范学院学报(哲学社会科学版)》2014年第5期)等。

大量的研究还是以每一个朝代的唐诗选本,或者单个的唐诗选本为研究对象,尤其是论文。对于各个朝代、每一部唐诗选本,研究的状况有着很大的差异,下面按时代顺序分别观之。

一、唐人选唐诗研究

唐人选唐诗是唐诗选本研究中的热点,笔者所见,研究和辑录著作有4部:孙桂平《唐人选唐诗研究》(中国社会科学出版社2012年),郭殿忱、刘靖雯、郭树伟《唐人选唐诗考异(初辑)》(郑州大学出版社 2015 年);刘浏《〈才调集〉研究》(对外经济贸易出版社 2009 年);令狐楚《唐人选唐诗:唐诗阅读的新视点》(昆仑出版社 2006 年)。硕博士论文 14 篇。期刊论文 20 多篇。这些研究成果中,有对唐人选唐诗的整体研究,也有对个别选本的研究。

不同角度的研究之作中,值得注意的是四篇同题学位论文《唐人选唐诗研究》:孙桂平《唐人选唐诗研究》(南京大学 2007 年博士学位论文)有对选本编纂动机、宗旨、体例等问题的研究,也有对选本诗史意义的分析,还有对思想文化背景的考察;石树芳《唐人选唐诗研究》(浙江大学 2013 年博士学位论文)从史学、选学、类书、科举等的启发和影响方面,探讨了唐人选唐诗这种诗选行为产生的原因,具体探讨了《翰林学士集》《才调集》《珠英学士集》《丹阳集》《荆扬挺秀集》《河岳英灵集》《箧中集》的编选模式、文献价值及文学意义;赵立新《唐人选唐诗研究》(上海师范大学 2001 年博士学位论文)把唐人选唐诗作为一个有机的整体加以系统考察,通过对唐前选诗的演进及其特点、唐代社会文化环境的考察,总结唐人选唐诗兴盛的根本原因,并探讨唐人选唐诗范式形成及其演变,分析了唐人选唐诗的类型及其功能。还有王秋红《唐人选唐诗研究》(鲁东大学 2008 年硕士学位论文)。

四篇同题学位论文的研究对象相同,选本依据大体相似,但研究理路反映出唐人选唐诗研究经过几年的积累和拓展,思路更其开阔,由诗学扩展到了传播学、史学、选学、类学等更为广阔的学术背景。

此外,还有几篇硕士论文都以《唐人选唐诗(十种)》为研究对象,探讨唐人的诗学观念、审美趣味等问题。

已发表的研究论文涉及范围也较为广泛。这些论文中出现了一个新的研究点——从接受与传播角度的研究。如张红《唐人选唐诗所见:晚唐选家对许浑诗歌的审美接受》(《文艺评论》2015 年第 4 期)通过对《又玄集》与《才调集》选诗标准、审美倾向、选录许诗情况的比较,分析了五代文学思潮的嬗变以及当时士人对许浑诗歌的审美接受态度。(**案:**此类论文还有傅璇琮、卢燕新合撰《从〈玉台后集〉到〈瑶池新咏〉——论唐总集编纂对女性诗什的接受》,《文学评论》2009年第3期;房本文《唐人选唐诗中的李白诗歌异文刍议》,《文学遗产》2012年第3期;卢新燕《唐人编纂诗文总集的域外传播——以朝鲜半岛、日本为中心考察》,《中国文学研究》第十八辑,复旦大学中国古代文学研究中心编,2011年;吴河清《从唐人选唐诗看唐代著名诗人诗作》,《汉语言文学研究》2014等。)

此外还有文献考辑之作,有对诗学观念、审美风尚进行分析的文章等。

在唐人选唐诗的个案研究中,殷璠及其《河岳英灵集》的研究成果比重最大,有学位论文5篇,占唐选研究总量的1/3,期刊论文12篇,占唐人选唐诗研究论文总篇数的1/2。

蔡琳《殷璠〈河岳英灵集〉研究》(山东师范大学2008年硕士学位论文)、檀辉《〈河岳英灵集〉与〈国秀集〉选诗研究》(河北师范大学2011年硕士学位论文)、谢芹芹《殷璠〈河岳英灵集〉唐诗选评研究》(长沙理工大学2011年硕士学位论文)、尹一兵《〈河岳英灵集〉诗学观研究》(湖南师范大学2009年硕士学位论文)等主要是对《河岳英灵集》的风骨论、兴象说等诗歌理论进行探讨。

已发表的论文中,戴伟华的两篇论文颇有启发意义:《论〈河岳英灵集〉的成书过程》(《文学遗产》2013年第4期)对《河岳英灵集》从初选至第三次修改的四次编纂的诗人数和诗篇数进行了统计、对比;《〈河岳英灵集〉初选及其诗史意义》(《文学评论》2011年第2期)指出了《河岳英灵集》在诗史上的四个方面意义:新兴的进士群体出现,要求在诗坛上的话语权,并想发出群体的声音;编纂的公平公正,承担着诗歌指向的责任;诗作初选的时间制约,有助于认识开元、天宝间诗歌演进时间层次;编纂过程对研究诗歌传播具有认识价值。

其他还有对《河岳英灵集》文学史、诗学史意义的讨论,有对其文学思想、诗歌批评的探讨,有对选诗标准的研究,还有从编辑学角度的研究等。

其他选家、选本的个案研究相对比较零散。有两篇同题硕士学位论文:《〈御览诗〉研究》,杨传庆文(东北师范大学2007年硕士学位论文)对《御览诗》未选元和五大家的原因、选诗独重近体以及所选诗的题材等问题进行了探讨;夏娱文(西南大学2008年硕士学位论文)则主要关注《御览诗》的编选者和入选诗人等问题。

其他个案研究比较有创获的尚有:王志清《从〈中兴间气集〉看盛、中唐过渡期的王维接受》(《文学遗产》2008年第6期),卢燕新《高仲武〈中兴间气集〉与唐人选本批评风尚的嬗变》(《中国文化研究》2010年第2期),邓芳《从〈箧中集〉诗人到孟郊——天宝后期到建中贞元年间诗歌的复古与革新》(北京大学2007年博士学位论文),孙振涛《论五代后蜀文人韦縠〈才调集〉的诗学思想》(《牡丹江大学学报》2015年第8期)等。

二、宋元时期唐诗选本研究

宋元时期唐诗选本研究成果相对较少。

陈斐《南宋唐诗选本与诗学考论》在对南宋诗学流变与唐诗编选的整体观照中,又选择了存世《唐诗绝句》《众妙集》《二妙集》《唐诗三体家法》《唐僧弘秀集》的五种南宋唐诗选本进行个案研究。

赵鸿飞《宋代唐诗选本研究》(复旦大学2005年硕士学位论文)把宋代唐诗选本放在宋代文学发展的广阔背景下,考察唐诗选本与宋代这一时期的学术背景、学术潮流和文学风会的联系,特别是诗歌流派的交融互动关系,探索宋代唐诗选本的流变及其规律。

这一时期的个案研究多集中于王安石及其《唐百家诗选》。《唐百家诗选》成书于北宋中期,因其编选宗旨不明确、又不选大家,历来存在很多争议。因此对《唐百家诗选》的研究都不可避免地要先对此一问题进行探讨,因此,对《唐百家诗选》的研究几乎都涉及这部诗选的编选、刊刻、流传等问题的辨析。

查屏球《名家选本的初始化效应——王安石〈唐百家诗选〉在宋代的流传与接受》(《安徽大学学报(哲学社会科学版)》2012

年第1期)认为该选应是宋敏求、王安石合作编纂而成的,王安石的追随者温州太守杨蟠初次刊刻。该书的传播与当时新党新造王氏著作的风气相关,伴随王学影响,该选自北宋后期至南宋高宗朝,一直是诗家与诗话讨论的话题。南宋中后期,王学虽失势,但《唐百家诗选》仍广泛流传。吕祖谦《宋文鉴》收诗选的王序,丽泽书院又以此为教材,书院与塾学教材的角色进一步强化了该选的权威地位,使之成为初学者必读之书。

童岳敏的《〈唐百家诗选〉刍议——兼论王安石早期唐诗观》(《中国典籍与文化》2006年第4期)论证《唐百家诗选》应是诗文革新与科考取士的产物。认为这部诗选揭橥着荆公熙宁前夕经世致用的诗学观,虽然后世贬褒不一,但其影响极为深远,其诗选范式则为《三体唐诗》《唐诗鼓吹》等选本所继承。

张培《论〈唐百家诗选〉的选诗旨趣》(《语文建设》2013年第32期)将《唐百家诗选》的选诗旨趣总结为两点:一是用经世致用的诗学思想矫西昆之失;二是力避熟烂、但求变化的创新。

徐兵《〈唐百家诗选〉不选李白等八大家及多选王建原因探析》(《湖北工业职业技术学院学报》2016年第5期)也对《唐百家诗选》的编选宗旨进行了探讨,认为王安石不选李白等八大家,却多选王建诗,这既与王安石个人对诗家、诗风的好恶品评有关,也是特定时代诗坛风潮和王安石实用主义诗学观共同作用的结果。

还有几篇硕士论文的专题研究,如杨艳红《王安石〈唐百家诗选〉研究》(西北大学2008年硕士学位论文)、王靓《〈唐百家诗选〉研究》(上海师范大学2008年硕士学位论文)、王洁《〈唐百家诗选〉与王安石诗学思想研究》(首都师范大学2011年硕士学位论文)等。

个案研究之作,除了对《唐百家诗选》的研究,还有论文关注《三体唐诗》《文苑英华》《万首唐人绝句》等选本。

元代唐诗选本研究有两个热点,一为元好问的《唐诗鼓吹》,二为方回的《瀛奎律髓》。

关于元好问的《唐诗鼓吹》,张立荣《元好问〈唐诗鼓吹〉研究》(山西大学2003年硕士学位论文)对《唐诗鼓吹》选者、版本体系、不选唐六家的原因、选诗特色、诗学思想等进行了探讨，并有多篇论文发表。

方回的《瀛奎律髓》是一部融选、注、评于一体的著名唐宋律诗总集，在文学史、文学批评史上极为重要，一直以来就是研究热点，新世纪的关注度仍持续增长，涉及的领域非常广泛。研究论文一百多篇。就唐选、唐诗观等方面的内容而言，最主要的研究关注在两个方面：一是对其所体现的唐诗观的讨论；二是对诗人的评点研究。

此外，查屏球发表了两篇研究《赘笺唐诗绝句选》的论文：《和刻本胡次焱〈赘笺唐诗绝句选〉之渊源与文献价值》（《中国典籍与文化》2007 年第 3 期）注力于文献研究，《元初私塾诗学教育与唐诗评点本的文化传承功能——〈赘笺唐诗绝句选〉评点中的遗民之恨与理学之思》（《河南师范大学学报（哲学社会科学版）》2011 年第 6 期）则对其遗民之思和文化思想进行探讨。

三、明代唐诗选本研究

明代唐诗选本是研究的热点，有总体的研究，也有个案的研究；有关注辨体思想的，还有关注诗学论争的；有诗学角度的契入，还有诗人接受史方面的考察等。

金生奎《明代唐诗选本研究》在考察了《唐诗品汇》、李攀龙唐诗选本、《唐诗归》几种重要唐诗选本的刊刻与传播之后，又以时代演变为线索考察唐诗选本与明代社会的关系：以杨慎唐诗选本及批评为例，论述明代中期的士风、学风与唐诗选本的编刻；以《唐诗画谱》为例研究商业因素对明后期唐诗选本编刻的推动；以周堤《唐诗选脉会通评林》为例探讨晚明社会文化背景地唐诗选本编刻的影响。该书还论述了明代唐诗选本中的宏观诗学流变、诗学辨体意识等诗学批评问题。

孙欣欣《明代唐诗选本与明代诗歌批评研究》（河北大学 2011 年博士学位论文）总结了明代唐诗选本的几个诗学批评问题，并通过具体选本集中探讨了明代一些具有时代特色的诗歌批评问题。

岳进的几篇论文则分别讨论了明代唐诗选本对一些诗学评价的论争,如《明代唐诗选本与"唐无五言古诗"之争》(《云南师范大学学报(哲学社会科学版)》2014 年第 2 期)《明代唐诗选本中的李、杜之争》(《江西社会科学》2013 年第 9 期)《明代唐诗选本与"唐人七律第一"之争》(《北方论丛》2013 年第 3 期)《明代唐诗选本与五言古律之辨》(《江西社会科学》2015 年第 4 期)。

有的论文集中讨论了明人选唐的思想文化内涵及其价值取向问题。如查清华《明人选唐的价值取向及其文化蕴涵》(《文学评论》2006 年第 4 期)通过考察明代几部唐诗选本的序跋凡例、圈点批注以及选诗的相对范围、数量比例、风格面貌等,展现不同阶段明人选唐的价值取向。并在此基础上进一步挖掘其深层历史动因,揭示其间蕴藏的文化内涵,探索明代文学与文化思想的嬗变。宋荟彧《"诗"道人心:晚明心学家的唐诗选本》(《内江师范学院学报》,2015 年第 3 期)则对鲜有论及的周汝登的《唐诗助道》(哈佛燕京图书馆藏本)从材料来源、类目设置及周汝登心学三方面进行了梳理。

还有论文讨论唐诗选本与唐代诗人的接受问题,如孙武军、张进《明代前中期唐诗选评中的王维接受》(《宁夏大学学报(人文社会科学版)》2011 年第 5 期)讨论了明代前中期唐诗选评中对王维的接受问题。

个案研究中,最热门的是对高棅《唐诗品汇》的研究。据笔者所见,目前国内研究专著 1 部,硕博士论文 6 篇,期刊论文 20 多篇。研究焦点是尊盛唐、四唐分期、正变观等诗学问题。申东城的《〈唐诗品汇〉研究》(黄山书社 2009 年)分上中下三编:上编"《唐诗品汇》的编纂背景、成书渊源及版本"对高棅的生平交游及文学活动、《唐诗品汇》编纂背景、成书渊源及版本进行了梳理。中编是中体部分,研究了《唐诗品汇》的编选宗旨、诗学思想及选诗评语,对"四唐"分期的定型、标举盛唐的复古思想、诗体音律正变观等诗学问题进行探析。下编论述其对后世选本和诗学思想的影响。

涉及一些诗学问题的论文有十多篇。

关于唐诗分期,王顺贵《〈唐诗品汇〉何以成为典范的唐诗选本——论元代三种唐诗选本与〈唐诗品汇〉的关系》(《文学遗产》2013年第2期)认为高棅是在李存选辑《唐人五言排律选》和戴表元选辑《唐诗含弘》和《唐音》的基础上,将《唐诗品汇》发展成为一个最为完备的架构,"九品"评诗成为一个完整的体系。王宏林《论"四唐分期"的演进及其双重内涵》(《文学遗产》2013年第2期)认为《唐诗品汇》把传统作为价值标准将"四唐"说改造成一个表示时代先后的概念,有利于对"四唐"更加精细地把握,使严羽以来"诗必盛唐"的观念落实到具体的诗人诗作上。但缺点也很明显,从其分期和创作实际来看,均存在着矛盾。

关于正变观,孙春青《论高棅的"正变"观》(《内蒙古大学学报(人文社会科学版)》2005年第3期)认为高棅总结并超越了时贤的"世变"观念,形成在时代影响和文学自身发展规律双重作用下的唐诗"正变"观念。此外,还有申东城《论〈唐诗品汇〉的诗体正变观》(《安徽农业大学学报(社会科学版)》2009第4期)、刘巧娜《以盛唐为"正"——论〈唐诗品汇〉对盛唐诗的推重》(《贵阳学院学报(社会科学版)》2010第4期)等对此一问题进行探讨。

还有关于唐代诗人接受问题的研究,《唐诗品汇》诗学思想渊源与承传的研究,《唐诗品汇》的版本研究(周兴陆和申东城还对版本问题展开过学术讨论),《唐诗品汇》美学范式的研究,等等。

四、清代唐诗选本研究

清代唐诗选本研究不论是总体研究还是个案研究,成果都非常丰富。

总体研究方面,主要有两部同题专著《清代唐诗选本研究》出版。贺严的《清代唐诗选本研究》重点研究了唐诗选本的历史发展、唐诗选本与清代文治、唐人试帖诗选与清代科考、唐诗选本与蒙学、唐诗选本与诗学思潮的关系。重点选取了金圣叹的唐诗"分解"、王夫之的唐诗评点、王渔洋的《唐贤三昧集》、沈归愚的《唐诗别裁集》为个案,探讨清代编选家的纂集特点,诗选中所展现的诗学思想发展脉络和文学史观等。还对清代普及性唐诗选本，如《唐诗三百首》进行了细致的研究。书末附清代唐诗选本经眼录。韩胜的《清代唐诗选本研究》也探讨了普及性的唐诗选本、唐诗选本与清代的诗学。该书先综述清代唐诗选本成就，然后以时间分期，探讨清前期诗论家、中后期诗论家的唐诗选评，书末附清代唐诗选本编年简表。

个案研究比较广泛，相对而言，金圣叹、王士禛、沈德潜等选家，《唐贤三昧集》《唐诗别裁集》《唐诗三百首》等受到比较多的关注。

对金圣叹的研究集中在唐律的分解法评点及徐增与其诗学关系的承继方面。例如：蒋寅《徐增对金圣叹诗学的继承和修正》（《北京师范大学学报（社会科学版）》2006 年第 4 期）依据湖北省图书馆所藏稀见钞本《九诰堂集》，从梳理徐、金两人的交往始末入手，比较两家的诗学论说，澄清历来相沿的先入为主之见。张毅《关于唐诗的分解与选评——金圣叹、王夫之唐诗接受方式刍议》（《南开学报（哲学社会科学版）》2012 年第 3 期）对金圣叹和王夫之的不同接受方式作了比较。

关于王渔洋唐诗选的研究，蒋寅《〈唐贤三昧集〉与王渔洋诗学》（《唐代文学研究》2002 年）深入地论证了《唐贤三昧集》对王渔洋诗学的充分表达；张寅彭《〈唐贤三昧集〉与诗、禅的分合关系》（《文学遗产》2001 年第 2 期）分析了其宗旨既有“诗禅相通”的一面，同时亦有显示诗、禅扞格难通的一面。其他尚有王志清《盛世选本的盛世形态——〈河岳英灵集〉〈唐贤三昧集〉二选本之共性研究》（《山东师范大学学报（人文社会科学版）》2006 年第 3 期）等近 10 篇期刊论文。

沈德潜唐诗编选的研究成果也极为丰富，有对其儒家文学观、“诗教”观的研究，有对其诗史定位的研究，也有对其编选体例、宗旨的研究，等等。例如：贺严《沈德潜在“诗教”原则下对唐诗的历史定位》（《文史哲》2007 年第 4 期）详细论证了沈德潜以“诗教”观为原则对唐诗的历史定位，文章认为，沈德潜从对诗歌流变史的把握和“诗教”原则的掌握两个维度确立了唐诗在诗史中的崇高定位。贺严《〈唐诗别裁集〉立足儒家文学观的持守和突破》(《山东大学学报(哲学社会科学版)》2009年第3期)论述了沈德潜《唐诗别裁集》对唐诗的选择是从宗旨、体裁、音节三个层次进行的,沈德潜在自身所处的学术背景中,从宗旨和审美特征两方面对唐诗进行"别裁",将"鲸鱼碧海""巨刃摩天"的高格壮响确认为唐诗的主流美学特征,并对以李、杜为宗的唐诗艺术个性给予了充分的肯定。这一主题的研究论文还有王炜《沈德潜选诗:选本的定位及其价值生成》(《武汉大学学报人文科学版》2011年第3期)、闵定庆《选本与文学权力意志的外化——试论沈德潜诗歌选本批评的"正典"意识》(《江西财经大学学报》2007年第2期)等。

此外还有论文研究沈德潜通过编选唐诗推出的诗歌典范,《唐诗别裁集》对唐五律编选的得失,以及对沈德潜唐诗选本的文献考辨等。

除了对一些大家、有重要影响的选本的研究以外,诸如乾隆御选《唐宋诗醇》(莫砺锋《论〈唐宋诗醇〉的编选宗旨与诗学思想》,《南京大学学报(哲学·人文科学·社会科学)》2002年第3期)、管世铭的《读雪山房唐诗选》(何诗海《总集凡例与文学批评——以〈读雪山房唐诗选〉凡例为中心》,《上海大学学报(社会科学版)》2014第4期;汪最中《论〈读雪山房唐诗钞〉在唐诗学史上的理论贡献》,《克拉玛依学刊》2005第6期)、黄生的《唐诗摘抄》(王繁《黄生〈唐诗摘抄〉研究》,安徽大学2010年硕士学位论文)等以前不太为人注意的选家和选本也进入了研究视野。

值得关注的是新世纪出现了大量对《唐诗三百首》的研究之作,体现出当代学术对通俗选本的重视。

新世纪伊始,莫砺锋《〈唐诗三百首〉中有宋诗吗?》(《文学遗产》2001年第5期)论证《唐诗三百首》中张旭诗《桃花溪》实乃宋朝人蔡襄所做的《度南涧》。李定广《〈唐诗三百首〉中有宋诗吗?——与莫砺锋先生商榷》(《学术界》2007年第5期)则持不同观点,认为《度南涧》实为张旭所作。杨鉴生、吴留营《例谈〈唐诗三百首〉中的经典偏失》(《长沙大学学报》2011年第4期)又进而谈到《唐诗三百道》中所选经典的偏失。王水照《永远的〈唐诗三百首〉》(《中国韵文学刊》2005年第1期)则充分肯定了《唐诗三百首》的价值。

贺严《〈唐诗三百首〉的“诗教”内涵》(《北方论丛》2010 年第 5 期)从所选诗歌的意蕴上揭示出《唐诗三百首》的“诗教”宗旨和内涵;渠红岩《〈唐诗三百首〉广泛传播的当代编辑学启示》(《中国矿业大学学报(社会科学版)》2015 年第 5 期)从诗歌编辑史或文化传播的角度看《唐诗三百首》的选诗标准;张淑君《〈唐诗三百首〉为何选入孟郊〈列女操〉》(《学林漫录》2015 年第 4 期)分析认为《列女操》之入选《唐诗三百首》,主要是基于该诗所倡导的儒家贞洁观;牛苗苗《浅析〈唐诗三百首〉的经典性》(《长治学院学报》2015 年第 6 期)则对《唐诗三百首》之所以成为经典的内在和外在原因进行了分析,还有许多篇论文对《唐诗三百首》展开各种问题的研究和争辩,如袁庆述《从〈唐诗三百首〉看格律诗的“拗救”问题》(《中国文学研究》2007 年第 2 期)、杨冰郁《〈唐诗三百首〉五言律“出格”在哪里——与李树喜先生商榷》(《学术界》2008 年第 5 期)等。

除对清前期、中期唐诗选本的重视以外,学界也开始关注晚清的唐诗选本研究。突出的是对王闿运唐诗选本的考察。程彦霞《王闿运选批唐诗研究》(上海师范大学 2009 年博士学位论文)对王闿运选批唐诗进行考述,并研究其对唐诗的评论,还相继发表了多篇论文。王顺贵《王闿运唐诗研究系统考察》(《南京师范大学文学院学报》2011 年第 3 期)也对王闿运选批唐诗进行了系统的考察。

五、民国以后唐诗选本研究

新世纪出现了民国时期的唐诗选本研究成果。宗瑞冰《民国时期唐诗选本考述》(河南文艺出版社 2016 年)既宏观描述民国以来唐诗选本的产生原因、体貌特征、发展变化轨迹以及历史文化意义,又通过具体个案分析每部唐诗选产生的时代背景、选本特色、时代影响,解析诗选在时代思潮、诗学观念、接受群体等影响之下的发展变化规律。

当代选本也开始受到关注,如王宏林《社科院〈唐诗选〉与古典唐诗观念的流变》(《中国文学研究》2015 年第 1 期)。

以上所述研究状况可以看出,新世纪唐诗选本研究成果丰富,无论在涉及问题的广度和理论研究的深度上都有了很大的进展,出现的新趋势是对晚清及民国乃至现当代唐诗选本的关注。

在喜见丰硕的研究成果的同时,我们也看到研究还存在着许多问题,例如:现有的研究成果扎堆的现象比较严重,重复研究较多;文献整理和研究力量相对于海量的文献来说,仍属冰山一角;研究的主体集中在硕博士群体,并且这一群体的后发之力尚不明显;域外唐人诗选研究不足,只有卞东波《稀见汉集〈唐宋千家连珠诗格〉的文献价值及其疏误》(《清华大学学报(哲学社会科学版)》2008 年第 6 期)、吴雨平《唐诗选本的日本化阐释及其对中晚期日本汉诗创作的影响》(《江苏社会科学》2009 年第 5 期)等少量的研究论文发表;唐诗选本与诗体、诗学、经典的形成、诗人地位的确立等诸多问题还远远没有穷尽。

因此,下一步的研究期待年轻学者的后续研究和深掘,在文献整理和域外选本的研究上也还有很大的空间。选本与社会思潮、时代风尚、教育、人才选拔、选本的诗学批评功用等等问题的研究都有待于更深更广的开拓。

二十世纪白居易研究回顾与反思

□ 陈才智

唐代诗人生素享名之盛，白居易首当其选，且对后代影响亦大；不仅对中国文学有突出贡献，在世界文坛上也享有很高声誉，所以20世纪以来一直是研究热点，单是相关研究综述即有谢佩芬《近四十年来台湾地区白居易研究概况》(《中国唐代学会会刊》1992年第3期)、蹇长春《八十年来中国白居易研究述略》(《西北师大学报(社会科学版)》1993年第3期)、谢思炜、郭勉愈《近年来中国白居易研究概况》(日本《白居易研究年报》创刊号2000年)；王永波《当代元稹白居易研究著作叙录》(《唐代文学研究年鉴2005》，广西师范大学出版社2005年)。其中《50年白居易研究著作述评》(《周口师范学院学报》2005年第3期)、尚永亮《白居易百年研究述论》(《中州学刊》2006年第3期)和《中唐元和诗歌传播接受史的文化学考察》(武汉大学出版社2010年)。本文重点就以上未备之处加以论述，篇幅所限，先限定在汉语文献。

一

以期刊而论，20世纪初叶最早发表的白居易相关文字，多是一些仿用白居易诗体诗韵的诗歌，如署名曲水山房《拟白乐天新乐府》(《之罘报》1905年第6期)，署名一旅《拟白乐天乐府囚归狱(美虞令之德政也)》(《振华五日大事记》1907年第4期)，杨梦梅《紫毫笔(诫失职也)》和《涧底松(哀寒隽也)》(《庄谐杂志:附刊》1909年第2卷第1—10期),康毓英《菊花(仿白居易六言律体)》(《通问报:耶稣教家庭新闻》1912年第531期),也有像陈栩《戏拟检察厅公诉白居易文》(《游戏杂志》1914年第3期)这样的滑稽文,还有像江纫兰《斥白居易立言之谬》(《妇女时报》1912年第8期)这样驳斥《长恨歌》"不重生男重生女"者,虽可称妇女解放之先驱,然只是政论性札记,并非真正的研究论文;唯一可以称道的是,因为发表在《妇女时报》上,它开启了现代白居易研究在题材上的一个别致的类别,即白居易的妇女文学和妇女观问题研究,引发了此后胡寄尘的札记《白居易之妇女观》(《俭德储蓄会会刊》1923年第4卷第3期),和张友鹤《白香山诗中的妇女问题》(《妇女杂志(上海)》1927年第13卷第8期)、徐景贤《白乐天的妇女文学:从白乐天谈到唐代妇女问题》(《妇女杂志》1930年第16卷第3期)、杨荣国《与妇女共鸣的白居易》(《青春周刊》1934年第3卷第3期)、李蕴华《白乐天的妇女文学》(《青年文化》1935年第1卷第5—6期合刊)、彭兆良《白乐天诗中反映的妇女思想》(《玲珑》1935年第5卷第35期)、秦桂祥《白香山诗中关于非战思想及妇女问题之探讨》(无锡国专《国专月刊》1935年第1卷第5期)、星子《白乐天的妇女思想》(《黄钟》1936年第9卷第6期)、齐公远《白居易的妇女观》(《甘肃妇女》1943年第2期)、曼云《白居易与妇女问题》(《妇女世界》1944年第50期)、芝熏《白居易诗中妇女问题的研究》(《妇女世界》1945年第56期)等文章。值得一提的是,1917年2月1日,陈独秀在《新青年》第2卷第6号发表《文学革命论》,将"革命"引进文学,否定桐城谬种、选学妖孽,对中国文学史重要流派、作家进行评判,其中提到元白,称元白应运而出,是南北朝贵族古典文学向宋元国民通俗文学过渡的中枢。这可以视为后来胡适《白话文学史》对白居易"高大上"定位的先声。

关于白居易的真正现代意义上的研究性论文,以期刊而论,开风气之先的第一篇,是1921年署名"四郎"所发表的《白居易底"新乐府"》(《晨星》1921年创刊号)。尽管发表在偏于文艺性质上的报刊《晨星》,但已经明确置于"研究"一栏,以别于"叙述""诗歌""杂感"等其他栏目,应该说已经颇具现代论文的样貌。

此前，梁启超1920年撰有《晚清两大家诗钞题辞》，认为白香山与杜工部是中国旧诗“专描写社会实状”一派的代表（另一派是陶渊明、王摩诘、李太白、孟襄阳等，专玩味天然之美），“白香山诗，不是说‘老妪能解’吗？天下古今的老妪，个个能解，天下古今的诗人，却没有几个能做，说是他的理想有特别高超处吗？其实并不见得。只是字句之间，说不出来的精严调协，令人读起来，自然得一种愉快的感受。”（《饮冰室文集》卷四十三，上海中华书局1936年）但并非专论白居易之文。四郎当即潘漠华（1902—1934），原名潘恺尧，学名潘训，化名潘模和，别名潘言川，笔名四郎、漠华、田言、老潘、尧、华天、企、企明、许华天、何炳奇、言川、言训、若迦（与别人合集署名）、季、季训、季民、季明、炳奇、洵、悔也、模和、潘四、潘洵等。宣平（今浙江武义）人，诗人，曾任中共天津市委宣传部长，后被捕牺牲。著有《漠华的诗》等。小学毕业考入县师范讲习所，在小学任教后复入浙江省立第一师范，与柔石、魏金枝、冯雪峰等参加朱自清、叶圣陶指导的青年文学团体晨光社。后又与冯雪峰、应修人、汪静之结成湖畔诗社，先后出版《湖畔》《春的歌集》，两书收入其新诗68首。又创作农村题材短篇小说，有9篇收入《雨点集》。1924年考入北京大学文科，1926年在校加入中国共产党。同年南下参加北伐军。1927年7月，离开军队至杭州，在中共浙江省委工作。9月被捕，得老师许宝驹营救出狱，回宣平。次年赴上海。后赴开封、沧州、北平等地以教书为掩护，从事党的秘密工作。1930年至上海参加中国左翼作家联盟成立大会，并代表中国自由大同盟致辞。1932年冬，任中共天津市委宣传部长。1933年12月被捕，屡受酷刑而不屈，三次发动绝食斗争。1934年12月24日被折磨逝于狱中。1958年，人民文学出版社出版《应修人潘漠华选集》。其《白居易底“新乐府”》一文篇幅不长，首先点出白居易是中国屈指可数的真正的几位诗人之一，然后评述《新乐府》，重点分析《新丰折臂翁》《缚戎人》《卖炭翁》《红线毯》《上阳白发人》《李夫人》《井底引银瓶》这几首诗。结尾总结说，白居易用热烈的仁爱之心，对于人间所现出的罪恶，很微细的攒入他们每一个底细胞里，用普通的辞句——既没有什么神秘的气味，也没有什么虚伪的态度——恳挚地写出他们的悲哀来。这是很恰切的评论。

两年后，1923 年 1 月 1 日至 23 日，甘蛰仙撰写了《白香山的文艺》（《晨报副刊·第 4 册·1923 年 1—6 月》，人民出版社 1981 年），于 1923 年 2 月 12 日至 3 月 23 日，连载于《晨报副刊》，分 31 次，平均每次至少一个版面，全部大约 15 万字，不仅篇幅大大增加，俨然一部专著的规制，学术性也更强了。甘蛰仙，又名甘大文（一说字蛰仙），大竹人（今属四川达州）。甘蛰仙是民国学界的奇才，著有《庄子研究历程考略》《鲍明远的纯文艺》《人生观与知识论》《文学与人生》《最近四年中国思想界之倾向与今后革新之机运》等文。林纾《答甘大文书》充分肯定其古文造诣。据周作人《知堂回想录》，甘蛰仙本来在中国大学读书，因听了胡适的讲演，乃转到北大哲学系，成为胡适的嫡系弟子。章衣萍谈到整理国故，曾经将甘蛰仙与梁启超、胡适并提。1922 年至 1924 年前后，他与梁启超、胡适、李大钊等，以《晨报副刊》为主要平台，发表数十篇学术论文。代表作有《江文通的文艺》《周秦女子文学思潮》《章实斋的文学概论》《郑渔仲之史学》《董仲舒之名学》《戴东原之名学史观》《宋明哲学家的人格活动》《冯少墟之哲学》《唯美的人格主义》《康德在唯心论史上之地位》等。其学术研究视阈宽阔，融汇中西、贯通古今。《晨报副刊》1922 年 8 月 1 日至 11 日（8 日未刊）就曾连续刊载甘蛰仙的《中国之托尔斯泰》，共十二章，约 33000 字，从哲学、美学、诗学、宗教、史学、政治学、文化学、社会学等各个角度对陶渊明和托尔斯泰予以比较研究，篇幅宏大，堪称巨制，是现代陶渊明研究史上的重要论著，因连载时间较长，周作人《知堂回想录》称为"读者看了都又头痛又佩服"。

朱羲胄《林氏弟子表》云："（甘蛰仙）少先生四十余岁。"（《民国丛书》第 94 册，上海书店 1989 年）先生指林纾（1852—1924），甘蛰仙当生于 1892 年之前。其《白香山的文艺》共计四章，第一章"白香山在文艺史上的位置"，作者认为，白居易在他那个时代，是代表时代的文艺作家，白居易文艺的表现形式有两个特点，一是诗体的活用，二是诗句语料的通俗。第二章"对于白氏文艺见解的批评”,一方面绍述白香山诗文中有关文艺上的见解,另一方面对这些见解给予批评。第三章“对于白氏文艺作品的考证”,首先从纵的角度,考察白香山的人生经历,然后从横的角度,即他与元稹等同代诗友的交往唱和,加以评述。同时结合政治、社会、家庭、地理等外缘因素,探讨形成白香山文艺作品风格的原因。第四章“对于白氏文艺作品的赏会”,分为九个小节,前八节是具体的析观,分别析观白香山描写社会、自然等各类诗歌作品,最后一节“人生观念的根本回照”为综观,其中总结说,在艺术独立派和耽美派文学的角度看,白香山的文艺被评价得稍低,但在人生派文学中,白香山确为有唐之绝代英物。以上这些评论,可以与后来胡适的《元稹白居易的文学主张》相互参看,很有可能受到其老师胡适的影响。该文在发表的第二年,1924年,即与梁启超《情圣杜甫》并列,成为中学语文诗歌评论教学的参考讲义。其影响可见一斑。

1926 年 1 月,佘贤勋发表在《金陵光》杂志第 15 卷第 1 期的《白香山诗研究》,也是值得一提的论文。文中指出,香山诗可谓今日白话诗之鼻祖,盖其诗在各家中最称浅易,且其取材与社会现实,故益觉动人。此后,诏年《诗人白居易的两个特征》论述白居易诗的两个特征,一是纯自然的描写,二是社会问题的取材。陶愚川《诗人白居易析论》分析并评论白居易的性格和思想,云:“白居易不是一个普通的诗人,他有伟大的抱负和热烈的心肠。他作诗的目的是很纯正的,他要在诗中充分地暴露出当时政治的黑暗和人民的苦痛”,指出,“惟有人们所不爱的讽喻诗,却正是他的‘诗的灵魂’。”作者希望有人出来像白居易一样对二三十年代诗坛上的那些“吟风月”之诗进行总攻击。近代《琵琶行》研究的第一篇专文,是 1931 年戴仁文在《澄衷半年刊》发表的《读白居易〈琵琶行〉》,从“苍茫万古的事实”和“作者如神的文笔”两个方面谈论读白居易《琵琶行》的感想和心得,对《琵琶行》处理景、情、声的高超艺术大加赞叹。张正夫《读了白居易的〈新丰折臂翁〉〈杜陵叟〉以后》、吴绍泰《读白居易〈新丰折臂翁〉诗》、王槐林《读〈长恨歌〉后》等,也是读后感性质的文章,评论多于分析,今天看来影响都不是很大。

二

影响较大的白居易研究，始于胡适。1927 年，胡适在北京文化学社出版《国语文学史》，称“白居易是有意做白话诗的”，“是一个平民诗人”。更为系统的论述是《元稹白居易的文学主张》，初刊载于《新月》第一卷第二期（1928 年 4 月 10 日），后收入其《白话文学史》，成为第十六章的内容。后人的研究，对胡适的观点或有所参考，或有所深入，或有所扩展。胡适在开创新一代中国文学史写作风格的同时，也开创了元白研究的新思路。尤其值得一提的是，在中国文学批评史上，胡适是较早借鉴现代西方文艺思想来研究中国古代文学的，也是最早将元白这一派诗人的创作称为“文学革新运动”的。后来众多中国文学史著作中所谓“新乐府运动”的名称，乃是直接地受到了胡适的影响。

20 世纪 30 年代末到 50 年代初，岑仲勉、陈寅恪两位学者的卓越成果，代表了白居易实证研究方面的高水准。1947 年，岑仲勉发表《论白氏长庆集源流并评东洋本白集》等七篇有关白居易文集的考证文章，共十八万多字，对白集流传的版本、白居易诗文的真伪进行了详细、精博、系统的研究和考证，解决了白居易研究在文本方面的不少关键性问题。而陈寅恪的《元白诗笺证稿》，因为论及具体作品，所以在文学研究界的影响更大更广更深。该著结合中唐时代的社会政治、科举制度、佛道文化、生活习俗、民间歌谣和古文运动等各种因素，来研究元白的诗歌创作，将元白对照并举，逐一加以详细的考释、分析、笺证，发覆其典故本事、写作背景，在字词语句背后寻绎其文化内涵；先考并世材料之异，复合古今情意之同；对白居易作品与事实不符之处多有辨正。尽管在个别细节、个别结论上，或有时而可商，或后出乃转精，但其用思之绵密、学识之博深、见解之独到，却堪称超拔，罕有其匹；而且无论在“诗史互证”的文化分析方法上，还是在“比较分析”的发覆与论证上，其思路都具有典范意义，沾溉至今。

除实证研究外，学界在白居易研究的文学评论方面亦颇有进益，尽管它们大都并非白居易研究专论之著。例如闻一多在《贾岛》一文开篇中，论及元和、长庆间诗坛动态中三个较有力的新趋势：韩孟、姚贾之外，“那边元稹、张籍、王建等，在白居易的改良社会的大纛下，用律动的乐府调子，对社会泣诉着他们那各阶层中病态的小悲剧。”文章还说，“白居易等为讲故事而做乐府”；白居易是带着“那样悲伤”的眼光在观察时代。这些出自诗人的对诗的评价，自然别有会心。

1948年，钱锺书的《谈艺录》出版。其中论及元稹、白居易的笔墨很多，剖断精当而富有启迪。像第五十则，论述白居易一派之形成，第五十九则，批评白诗才情之外的弊病，第二十五则，分析张籍与韩、白两派之离合。在近现代古典文学研究方式方法的新旧递嬗中，文学史著作这样崭新的形式也多有关于白居易的研究成果。例如郑宾于《中国文学流变史》、曾毅《中国文学史》、胡云翼《中国文学史》、顾实《中国文学史纲》、赵景深《中国文学小史》、郑振铎《插图本中国文学史》、刘大杰《中国文学发展史》、林庚《中国文学史》、陈钟凡《中国韵文通论》、李维《诗史》、胡朴安和胡怀琛《唐代文学》、陆侃如和冯沅君《中国诗史》、费有容《唐诗研究》、胡云翼《唐诗研究》、吴经熊《唐诗四季》、苏雪林《唐诗概论》、杨启高《唐代诗学》、陈子展《唐代文学史》等，不少是与专题研究结合在一起，其中论及元稹、白居易，多能各有所得，不乏精彩之见，并非像二十世纪八十年代前后许多陈陈相因、教材性质的文学史著那样乏善可陈。如曾毅《中国文学史》(上海泰东图书局1915年)说，“白之诗尚坦夷”“白务言人所欲言”“白之诗能沁人心脾，耐人咀嚼”，“如水之荡荡，亦觉有平浅之陋，然其抗垒前贤，特开生面，皆于文学上可大书特书者也”，“论者以其清空如话，绝少豪放高古之趣，而嗤为浅俗，亦非无故，然与李白之飘逸、杜甫之沉郁、韩愈之奇险外，卓然以流丽伍于三家之间，为百代之仪型，亦不可谓非人杰者矣”。顾实《中国文学史大纲》(上海商务印书馆1926年)指出：“盖当时之诗，竞拟魏汉，甚者至肖《诗》之雅颂，强自鸣高，而自炫学博。白居易独以入耳为主宰；显为一种反动。洵具有慧眼卓见也。今观《长恨歌》《琵琶行》，皆无注脚即可明白。宜乎彼诗在当时大行于世，上自王公，下至野老村妪，莫不玩诵之。故白居易者，纯粹平民诗人也。”赵景深《中国文学小史》（上海大光书局 1937 年）亦云：“因为他反对‘艺术的艺术’，所以他以白话作诗；因为他主张‘人生的艺术’，所以他有许多诗为社会鸣不平。”相对于专论而言，这些文学史著作，与前引闻一多、钱锺书等文学批评者的论评，虽然往往只言片语，但因为更有广阔的诗学及文学史背景作参照，所以多有不容忽视的慧眼卓识。

1949 年以前，在白居易集的文本整理方面，诗文全集有《四部丛刊》初编中所收《白氏长庆集》，系日本元和四年（1618）那波道圆翻刻朝鲜刻本《白氏文集》之影印本，《万有文库·国学基本丛书》中所收《白香山集》，乃《四部丛刊》本《白氏长庆集》之铅印本；诗歌全集有《四部备要》中所收《白香山诗集》，乃清代汪立名（西亭）编订《白香山诗集》之排印本。诗歌选集有沈伯经选注的《音注白乐天诗》、傅东华选注的《白居易诗》、高剑华选注的《白居易诗选》、杜芝泉标点的《（新式标点）白香山诗后集》、中华书局据沈德潜（归愚）选本音注的《白乐天·柳柳州·韦苏州诗》和王学正编选的《白居易诗选》。

生平事迹研究方面，有周庆熙《白乐天评传及其年表》、郭虚中《白居易评传》、戴传安《白发诗人白乐天》、施学习（鸠堂）《白香山关系年谱》。周庆熙的《白乐天评传及其年表》是 20 世纪最早的白居易评传，但此文对白居易一生行事、思想和诗文创作的评述还显得粗浅，文后所附年表极为简略，对乐天生平事迹亦无甚发明。稍后出版的郭虚中《白居易评传》，是作者用不到四个月时间写就的一部介绍性质的小册子，也比较简略，只有 87 页。除“导言”外，分为“白居易的一家”“白居易的生平”“白居易的思想及人物性格”“白居易的作品”四个部分。尽管作者自己也感到“浅薄”“浅陋”，但毕竟是近代以来第一部略具框架的白居易评传。

三

20 世纪 50 年代以后，白居易在中国被推为伟大的现实主义诗人，成为与李白、杜甫齐名的、唐代最为著名的三大诗人之一，真正应验了白氏“身后文章合有名”的预言，白居易研究也随之一度形成热潮。

在白居易集的文本方面，有文学古籍刊行社1955年据宋绍兴刊本影印的《白氏长庆集》，附敦煌卷子本白氏诗集残一卷（用北京图书馆所摄唐钞本影印），书末据日本翻宋本（当即那波道圆本）补了不少阙字；中华书局1958年据光绪十九年（1893）武进费念慈（1855—1905）影刻宋本《新雕校正大字白氏讽谏》影印的《白氏讽谏》。整理本先后有顾学颉（1913—1999）校点的《白居易集》、朱金城（1921—2011）的《白居易集笺校》、喻岳衡点校的《古典名著普及文库·白居易集》、刘明杰点校的《白居易全集》、丁如明和聂世英校点的《白居易全集》及《增订注释全唐诗》中的白居易诗。其中，顾学颉校点的《白居易集》，以宋绍兴刻七十一卷本《白氏长庆集》为底本，参校宋、明、清的一些主要刊本，改正了原本明显的错误和脱漏，并将前人已经拾补的连同新发现的佚诗佚文编为外集两卷。虽远非各本之汇校汇勘，却是1949年以后第一个经过整理的白居易全集，给当时的研究者带来了极大的方便。而朱金城1955年开始撰写的《白居易集笺校》，以明万历三十四年（1606）马元调刊本《白氏长庆集》为底本，参校宋绍兴本、日本那波道圆本、清汪立名一隅草堂本等各种白集刊本11种，及唐、宋两代重要总集和选本7种，罗列异同，近乎集校，同时尽力吸收已有的学术成果，因而具有较高的学术价值。笺证部分以笺释人名为主，兼及历史事件、人物交游、地理名物、典章制度、词语典故；在广泛吸收陈寅恪、岑仲勉等前辈学者相关成果的基础上，努力发掘新材料，纠正了不少前人和时人的失误。总之，《白居易集笺校》在笺证和校勘两方面均有丰硕的成果，堪称是20世纪白集整理的集大成之作。

谢思炜《白居易诗集校注》和《白居易文集校注》以上述1955年文学古籍刊行社影印宋绍兴刻本《白氏文集》七十一卷为底本，是白居易集的全新整理本，广泛吸收海内外研究成果，以国内近20种珍、善本及日本16种珍稀刻、写本参校，同时对照以相关总集，是国内迄今文字校勘上参照最为广泛、权威的校本。于史实、典事、语源、词义均有揭橥，对理解、研究白诗白文及相关语言现象很有帮助。对作品所涉及的各种问题，诸如地理、人事、制度朝章、官职服饰、农桑商贸、日用百工、房舍建筑、四时习俗、婚丧礼仪、歌舞伎艺乃至象戏博弈之类，都通过钩稽史料，提供尽可能翔实的说明，或对前人考释成果有所补充修正。无论文字校订，还是文本注释，皆后来居上，代表着国内白居易文本研究的最高水准，是近年来白居易集校勘与注释的集大成之作。

诗文选集方面，20 世纪五六十年代三部各有特色的白诗选集先后问世。其中苏仲翔《元白诗选》是较早的一部，比较简略。霍松林《白居易诗选译》的特色主要在白居易诗的今译上，作者选择白诗 100 多篇，用现代汉语做了诗体翻译。其中不少篇什能保持原作的诗意，重视文词的藻饰，在古诗今译方面做了有益的探索。列入“中国古典文学读本丛书”的顾肇仓和周汝昌的《白居易诗选》则在注释和编年上都做了不少扎实的工作，学术性较强，书后还附有《白居易年谱》，是当时影响较大的选注本。

20 世纪 80 年代以来，又陆续出版不少白居易诗文选注本。如王汝弼《白居易选集》、李希南和郭炳兴《白居易诗译释》、龚克昌和彭重光《白居易诗文选注》、梁鉴江《白居易诗选》、朱金城和朱易安《白居易诗集导读》、郑永晓《白居易诗歌赏析》、褚斌杰主编《白居易诗歌赏析集》、吴大奎和马秀娟《元稹白居易诗选译》、徐子宏《白居易诗精华》、王一娟和傅绍良《白居易元稹韩愈柳宗元诗歌精选 200 首》、邹言《白居易诗词：插图本》、时宜之《白居易诗歌精选》、施蓉和苏建科《白居易诗精选精注》、王培源等《中国诗苑英华・白居易卷》、姚大勇等《唐名家诗选赏・白居易卷》、谢思炜《中国古代十大诗人精品全集・白居易卷》和《白居易诗选》、赵立和马连湘《白居易诗选注》、郭杰《元白诗传》、汪启明《唐宋名家选集・白居易诗选》、姜洪伟《中国古典文学精品屋・白居易》、张少康主编《古诗名家诵读本・白居易》、周勋初和严杰《白居易选集》、萧瑞峰和彭万隆《刘禹锡白居易作品选评》、孙安邦和孙蓓《中国家庭基本藏书・名家选集卷・白居易集》、孙明君《唐诗名家诵读・白居易诗》、陈才智《中国古典诗词精品赏读·白居易》、霍松林编选《历代名家精选集·白居易集》等。台湾地区则出版有许凯如《白居易诗选译》、李瑞腾《一曲琵琶说到今:白居易诗赏析》、陈香《白居易的新乐府》、张健《大唐诗魔白居易诗选》等。

年谱及生平事迹考证方面,有王拾遗《白居易生平事迹考略》和《白居易生活系年》、苏仲翔《元白简谱》、顾肇仓《白居易年谱(简编)》、朱金城《白居易年谱》、白书斋续谱和顾学颉编注《白居易家谱》,台湾地区则有罗联添《白香山年谱考辨》和《白乐天年谱》。其中,王拾遗《白居易生活系年》是问世较早的著作。该书以系年的形式考订了白居易生平、行事、思想、交游等各个方面的情况,每年白居易事迹下均列出论据若干,但因资料来源不广,故发明不多。书后附《白居易简要年表》,分"纪年""时事""出处""主要诗文"等 4 个栏目,使人对白居易一生行事和诗文创作一目了然。朱金城《白居易年谱》是作者多年笺校白居易集积累的成果,征引广博,论证缜密,对白居易的生平事迹、作品系年、人事交游及相关史实进行考订,有不少自己的新见解,是目前公认最为完备翔实的白居易年谱。《白居易家谱》原名《乐天后裔白氏家谱》,是 1980 年 7 月在河南洛阳白家发现的,记载了从白居易到现代共五十余代的情况。谱中记载各代的婚配、子嗣、昭穆次序,井然不乱,为研究白居易的后裔情况提供了宝贵的资料。但其中有关白居易卒日(八月十四日)的记载,未见于他书,不知何据。书中还编入顾学颉撰写的《白居易行实系年》。

传记方面,先后出版了王进珊《人民诗人白居易》、苏仲翔《白居易传论》、范宁《白居易》、万曼《白居易传》、王拾遗《白居易》和《白居易传》、张炯《白居易诗传》、褚斌杰《白居易评传》和《白居易》、陈友琴《白居易》、刘维崇《白居易评传》、丘燮友《白居易》、刘太楝《白居易》、陈翔《大诗人白居易》、子谔、一飞和吉庠《白居易的故事》、汪褆义《白居易传》、王遂今《白居易与杭州》、胡济涛和施星火《江州司马传奇》、黄绵珠《白居易:平易旷达的社会诗人》、陈敏杰和羊达之《白居易》、梁容若《文学二十家传·白居易》、花房英树《白居易》、王能杰《白香山之性情与生活》、肖文苑《白居易》、潘秦泉《白居易传》、居新宇和王宪章《白居易》、李芍《白居易》、刘剑锋《白居易风雨之旅》、刘维治和焦淑清《白居易传》、吴伟斌《文章已满行人耳：白居易全传》、杨志贤《白居易：中唐·现实主义诗人》、蹇长春《白居易评传》、张先德《白居易》等。其中，学术性较强的是蹇长春《白居易评传》。

研究著作和论文集方面，先后有王拾遗《白居易研究》和《老妪都解白居易》、施鸠堂《白居易研究》、张静晔《白居易新乐府研究》、陈立伟《白居易研究》、刘兰《白居易与音乐》、杨宗莹《白居易研究》、丸山清子《〈源氏物语〉与〈白氏文集〉》、廖美云《白居易新乐府研究》和《元白新乐府研究》、朱金城《白居易研究》、梁厚建《白乐天陆放翁两家较析》、彭安湘《白居易研究新探》、左忠诚主编《白居易研究》、金文男《诗情与友情：元稹、白居易》、原四川省忠县政协委员会编印《白居易与忠州》、秦泥《唐代三大诗人：李白、杜甫、白居易的诗歌与生平》、马宝莲《白居易律赋研究》、马歌东编译《日本白居易研究论文选》、李中编著《白居易在渭南故里》、谢思炜《白居易集综论》、刘维治《元白研究》、马铭浩《唐代社会与元白文学集团关系之研究》、王元明《白居易新论》、陈焕祥编著《论说白居易》、张弘《迷路心回因向佛：白居易与佛禅》、杨树民、刘百宽、姜继业、陈西军《白居易与下邽故里》、中西进《〈源氏物语〉与白乐天》、王相民《白居易研究》、张荣庆和张海娜《贤达诗人白居易与〈白氏长庆集〉七二个慧知》、张再林《唐宋士风与词风研究：以白居易、苏轼为中心》、蹇长春《白居易论稿》、白高来和白振修《白居易与洛阳》、莫砺锋《莫砺锋评说白居易：品味一代文豪白居易的别样人生》、肖伟韬《白居易研究的反思与批判》《白居易生存哲学本体研究》和《白居易诗歌创作考论》、隽雪艳《文化的重写：日本古典中的白居易形象》、靳亚洲编著《白居易与新乐府》等。

其中，谢思炜《白居易集综论》是最为出色、值得推重的一部研究专著。针对专篇的单行本则有杨国娟《白居易长恨歌与琵琶行的研究》、周天《长恨歌笺说稿》、贾恩洪《破绎〈长恨歌〉之谜》、靳极苍《〈长恨歌〉及同题材诗详解》、周相录《〈长恨歌〉研究》、张中宇《白居易〈长恨歌〉研究》、王万岭《〈长恨歌〉考论》、付兴林与倪超《〈长恨歌〉及李杨题材唐诗研究》等。

而大陆、港台和新加坡有关的博士和硕士学位论文至少已有254篇。此外，陈友琴《温故集》和《长短集》、顾学颉《顾学颉文学论集》、罗联添《唐代文学论集》、裴斐《看不透的人生：裴斐学术论文集》亦收有各自在白居易研究领域的系列论文。值得参考的相关著作还有张修蓉《中唐乐府诗研究》、黄浴沂《唐代新乐府诗人及其代表作品》、尚永亮《元和五大诗人与贬谪文学考论》、曾广开《元和诗论》、钟优民《新乐府诗派研究》、孟二冬《中唐诗歌的开拓与新变》、查屏球《唐学与唐诗：中晚唐诗风的一种文化考察》、胡可先《中唐政治与文学：以永贞革新为研究中心》、唐晓敏《中唐文学思想研究》、贾晋华《唐代集会总集与诗人群研究》、刘宁《唐宋之际诗歌演变研究：以元白之元和体的创作影响为中心》、刘航《中唐诗歌嬗变的民俗观照》、马自力《中唐文人之社会角色与文学活动》等。

资料整理方面，有陈友琴《白居易诗评述汇编》，尽管远未收罗无遗，但筚路蓝缕，不仅为当时白居易研究的进一步深入提供了必要的资料，而且方便后学之功也未可埋没。此外还有台湾地区朱传誉主编的《白居易传记资料》，将各种白居易传记资料复印汇订为21册；栾贵明、田奕、陈抗、林沧编著的《全唐诗索引·白居易卷》，以中华书局排印本《全唐诗》1960年4月第1版、《全唐诗外编》1982年7月第1版为底本，逐字立目，标明所在诗句（或异文、标题、序言、注文）的册、卷、页、行。其他书目类文献有北京图书馆1953年编印的《白居易作品及有关参考书目》，北京图书馆群众工作组1957年编印的《谈谈白居易和他的〈长恨歌〉：馆藏白居易作品及其有关参考书目》，张基美和马真冰编《解放后关于白居易研究的资料索引》，苏仲翔《白居易诗文集版本目录》（《白居易传论》附）。

据蹇长春《八十年来中国白居易研究述略》，从20世纪20年代初到1991年底，"国内已发表的白居易研究著作（包括对其诗文作校释的全集和选本）40余部"。据尚永亮《白居易百年研究述论》，1900—2000年间，中国大陆地区共产生专著52部。而据拙编《白居易研究书目·汉文》统计，1900—2000年，国内出版的各类有关白居易的书籍有207部。

至于研究论文方面，据蹇长春《八十年来中国白居易研究述略》，从20世纪20年代初到1991年底，国内已发表白居易研究方面的论文900余篇；据尚永亮《白居易百年研究述论》，1900—2002年间，中国大陆地区共产生研究论文1334篇。而据笔者统计，1900—2002年间，国内发表的各类白居易评论性文章2193篇。通过这些文章的撰写和发表，学术界在白居易的先祖世系、家族家世、生平交游、人生观及思想转变、政治倾向、与佛道之关系、新乐府的理论与实践、《长恨歌》的主题等方面进行了相当深入的研究。就新乐府运动是否存在、《长恨歌》的主题等问题还产生过广泛的争鸣，至今未能达成共识。为此，笔者撰有《白居易研究档案》，意在总结20世纪白居易研究的成绩，就上述存在争议的论题加以综述和评骘。全书分为两个部分：专书和论文评介、论著目录。前者求精，依照出版或发表时间为序；后者求全，在论著性质、语种国别分类的基础上依时间为序，并附列文献资料的来源，希望可以帮助大家拓宽和加深对20世纪白居易研究状况的了解和认识。

可以说，在唐代文学研究领域中，白居易研究一向占有举足轻重的地位。各种成果的发表数量，近年以来保持着高速增长的惯性，虽有碔砆混玉之虞，但无可争议的是，研究范围确实进一步得到拓宽，论述对象确实更加细致入微，不少论著确实有突破性进展，资料整理为进一步拓展打下基础。由此而论，或将目光上溯以寻渊源，或将视野下延后世以探流变，接受与传播研究渐次铺开，从空间角度出发的诗迹研究方兴未艾。作家作品、文体流派等传统纯文学意义上的白居易研究固然日渐深入，新兴的角度也在逐渐拓宽，不少选题拓展至文化学、思想史、历史学、社会学、考古学、文物学、地理学、建筑学、园林学、养生学、心理学等，学科界限日渐模糊，但问题认识则愈发清晰。

四

尽管学术界在白居易研究方面已取得相当可观的实绩，成果业已涵盖白居易的生平研究，如世系、家族、交游、恋情、婚姻、贬谪等；白居易思想研究，如儒释道思想、人生观、政治观等；白居易文论研究，包括文学观、美学观等；白居易诗歌创作研究，如诗歌成就总评和风格总论、艺术渊源和影响、分类和题材研究等；白居易散文创作研究；白居易词作研究；白居易作品集的整理和版本研究。但毋庸讳言，在这一领域中仍有不少空白点和有待深入之处。如白居易研究方面，主要集中在《长恨歌》《琵琶行》《新乐府》等作品，和《与元九书》等所体现的诗歌理论方面，而占更大比例的其他内容的诗作，以及新乐府诗论之外的其他文学思想尚未受到足够的重视。此外，大陆学者的研究受 1949 年以后主流文艺思潮的影响，更侧重于诸如人民性、思想性等研究角度，方法和理论不免单一，范围和领域还不够广阔；缺乏对白居易诗歌创作全面系统的梳理、分析和挖掘；在艺术研究方面，概括性描述较多，具体化剖析尚少。

总结 20 世纪白居易研究的历史，介绍白居易研究的现状，目的无疑是为了前瞻今后前进的方向。未来的研究，我认为需要留意以下两个方面。第一，白居易的接受和影响研究，因笔者有《白居易接受史研究论略》(《苏州大学学报(哲学社会科学版)》2017 年第 1 期)，此不赘。第二个值得留意的，我认为应该是白居易诗迹研究。诗迹指诗人留下的历史遗迹，这一词汇至晚在唐代已经出现。孔颖达(574—648)《毛诗正义序》云："诗理之先，同夫开辟；诗迹所用，随运而移。上皇道质，故讽喻之情寡；中古政繁，亦讴歌之理切。"言古今《诗》迹之所用，或讽喻或讴歌，应当根据不同的时运政情变化而随时转移。宋庆历中，罗道成游岳题诗云："白骡代步若奔云，闲人所至留诗迹。欲知名姓问源流，请看郴阳山下石。"(宋陈葆光《三洞群仙录》卷四)元人赵孟頫有《题温雪峰诗迹》(《松雪斋文集》卷五)，"诗迹"之涵义已随时转移为诗歌之遗迹。不少宋代地志方志更开设有独立部类收录各地之诗迹。如范成大《吴郡志》、张津等《乾道四明图经》、孙应时、鲍廉《[宝祐]重修琴川志》、施宿等《嘉泰会稽志》、高似孙《[嘉定]剡录》、梅应发等《开庆四明续志》周应合、《景定建康志》、潜说友《咸淳临安志》、史能之《[咸淳]重修毗陵志》等，总志如《舆地纪胜》专列有"诗"一栏，大量收录咏诵各地的诗歌，并注重与诗歌鉴赏创作相关的舆地胜迹，“江南西路·江州”部分录有琵琶亭诗七篇；《方舆胜览》则专列有“题咏”一栏。地不自美，借诗而显；迹难自胜，因诗而彰。山川名胜，因为诗歌吟咏而魅力倍增。假设在中国广大的风土中没有形成各种各样的此类诗迹，那么，对于古今中外爱好中国诗歌的读者来说，其风土的魅力也许会减少一半。正因为有名诗对历史或风土抒发情感，地名才具有诗歌的强烈唤起力并永远闪耀。

宋元明清以降，关于各地山川名胜、文人遗迹诗歌吟咏的记载和品评，一向不绝于缕。在各种山志、县志、府志、镇志等方志中比较集中。北宋陈舜俞(1026—1076)《庐山记》已经关注作诗地点，其中卷二详录白公草堂之迁变及周围环境、胜迹等。至南宋陆游《入蜀记》、范成大《吴船录》等游记，寻访诗迹已成旅行重要主题，其中也述及白公草堂。《入蜀记》并引白诗“白狗到黄牛，滩如竹节稠”写峡州，引“浔阳欲到思无穷，庾亮楼南湓口东”，论庾楼附会承误之久；《吴船录》则述及与白居易相关的忠州四贤阁、荔枝楼，江州琵琶亭、思白堂，及江州吕胜己隶书《琵琶行》刻石。据拙编《白居易资料新编》，以琵琶亭为题之诗词，共计 203 题 234 首，还有许多未在题目出现但主题亦为咏琵琶亭者，合计 232 题 266 首，涉及作者 166 人。可见，除仿拟扩续与唱和之外，《琵琶行》主题沿承主要体现在蔚为大宗的琵琶亭诗。

而所谓诗迹研究则兴起于 20 世纪 80 年代末的日本。松浦友久教授及其学生寺尾刚、松尾幸忠均有相关论作。2010 年，植木久行主持编纂《中国诗迹大辞典》，影响反至国内，相关研究也日渐增多。随着地域文学研究的兴起，白居易诗迹研究逐渐成为关注的热点，民间学者的成果日益凸显，尽管在水准上可能和学院派无法相提并论，但其作用和特色毋庸置疑。与某些职业性乃至作业性的论文作者相比，那些因为地域和家族因缘而投入白居易研究的民间学者，拥有一份做事业乃至是志业的心怀。发上等志，寻平处论，向宽处展，姑以此与同道者共勉。

当今社会，经济迅猛发展，信息化速度飞快，但生态失衡，环境污染，资源破坏，个体的孤独、焦虑、困顿等负情绪，日益蔓延；

人与人之间的隔膜、疏离、对立的张力，日益加大。因此，对闲适安宁的渴望与追求，相应更为强烈。在白居易经历了人生的宦海浮沉之后，还能以超然之志来淡然相对，其人正如其名其表字，乐天知命，安闲顺世，其处变不惊的人生态度，善于自我调节的处世之道，其中所独具的诗性智慧富于启迪，令人深思；其人其诗所含蕴的知足保和的人生观念、闲静适世的志趣选择、和光同尘的哲学思想，正愈来愈显现出夺目的当代价值。我相信，白居易研究的未来，也会随之走向新的高度。正所谓“野火烧不尽，春风吹又生”！

港台及海外研究动态

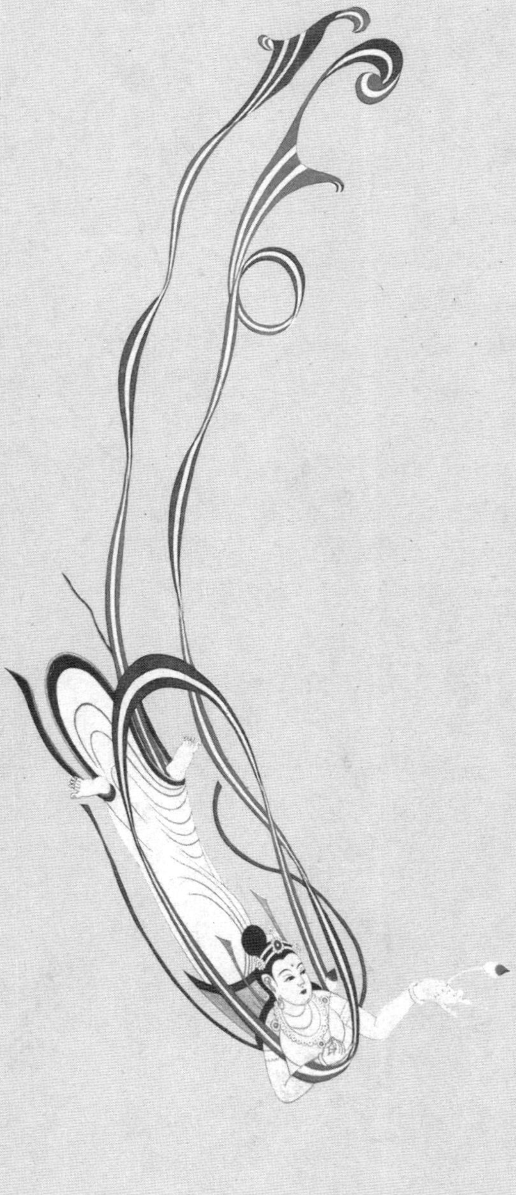

2016年台湾唐代文学研究概况

□ 杨明璋

2016年台湾学界有关唐代文学研究，与过去三年(2013—2015)相较，最大的不同，是会议论文占全部研究的比例较往年为高，其中缘由是在这一年中有一场台湾唐代研究的盛会——"第十一届通俗文学与雅正文学暨第十二届唐代文化国际学术研讨会"于2016年4月22—23日在台中中兴大学隆重举办，加上其他各主题的研讨会也有不少的发表人以唐代文学为研究对象，又海峡对岸于2016年9月9—11日在成都西南交通大学举办的唐代文学研究盛会——"中国唐代文学学会第十八届年会暨唐代文学国际学术研讨会"也有多位台湾的学界先进与会发表论文。而会议论文的全文，一般取得较不易，笔者只能透过不同管道尽力索取，但于脱稿前仍有不少论著未能取得，这部分只好罗列撰者及篇目，无法为海峡对岸的学界朋友做较为详细的介绍，不无遗憾。

值得一提的，还有《中国唐代学会会刊》第22期也于2016年年底出版，收录的篇章属唐代文学研究的，有康韵梅《另类的师生情缘——纪念我的老师罗联添先生》，洪国恩《台湾地区唐代文学研究概况》，吴俐雯《唐代笑话研究综述》，黄端阳《近五十年台湾之唐代诗论研究》，黄舜彬《2008—2016年台湾李白研究概况》，李奇鸿、陈安琪《杜甫研究综述》，黄培青《台湾地区近五十年孟郊研究综述》，林泓任《唐代齐梁体研究概述》，周诚明《唐人生命思想研究之目的与内涵概述》，叶国良等《唐人选唐诗读书会提要》，林淑贞、柯惠馨《台湾中国唐代学会"第十一届通俗与雅正文学暨第十二届唐代国际学术研讨会”论文综述》，柯惠馨、顾芳羽、沈奕君、蔡佳谕《大陆中国唐代学会“第十八届年会暨唐代文学国际学术研讨会”论文纪要》，林仁昱《〈敦煌学〉第32辑论文叙要》。这些都为唐代文学研究者提供重要的讯息，并为后续研究带来极大的便利性。

本文所概述的2016年台湾唐代文学研究成果，一如往年，先依各论著的研究对象属传统的主要文类或主题，分为诗歌、辞赋、文、小说、敦煌文学等，各类项再就发表媒介——专书、学报期刊、学术研讨会及硕博士学位论文等依序介绍。

一、唐代诗歌

（一）唐诗综论

2016年台湾唐诗综论的论著，专书有二册：一为邱燮友《唐代民间歌谣》（台北五南图书公司2016年），邱先生为台湾学界研究古典诗歌重要的前辈学者，早年投入相当多心力于古籍注译、古典诗词吟唱工作，如《新译唐诗三百首》《新译千家诗》《唐诗朗诵》等，此一论著共分八章，为邱先生将各史籍、诗文集、《乐府诗集》所收录的唐代民歌一一撷取出来，与1900年于敦煌莫高窟出土的曲子词，以及20世纪50年代后陆续发现的长沙窑瓷器题诗，相互比较，藉以了解唐代民间歌谣生成的社会背景、反映的唐人生活和心声、表现的结构与意象特色，以及理清词的起源与唐代民间歌谣之关系。二为林淑贞《对跖与融摄：唐人生命情调与审美风尚》（台湾学生书局2016年），林淑贞为台湾中国唐代学会理事长，长期投注于唐代文学的研究，著作等身，此一论著是先生又一力作，全书计有二十章，主要是藉各诗人的诗歌作品，探究唐人生命情调与审美风尚，尤有特色的是将中国古典诗论与西方文学理论做一融贯，藉以对唐人诸诗作进行梳理，全书分上下二卷，上卷为统合性论述，包括王梵志的寓言诗、王维辋川诗歌、李白游仙诗、李贺马诗、唐诗以女为喻的情境连类，下卷则针对诸诗人单一诗作进行理析，有魏徵、张若虚、陈子昂、王维、孟浩然、李白、杜甫、李义山等人。

唐诗综论的期刊论文则有：李心铭《殷璠〈河岳英灵集〉"兴象"探析》(《东华中国文学研究》2016 年第 14 期)首先爬梳殷璠前后的重要文论家关于"兴象"之论述，再分析《河岳英灵集》所录孟浩然《九日怀襄阳》《夜归鹿门歌》，以及陶翰《早过临淮》《宿天竺寺》，得出殷氏的"兴象"为结合内心感发的大自然景象。陈俊伟《六朝、唐代"咏荆轲"诗之创造思维辨析》(《奇莱论衡：东华文哲研究集刊》2016 年第 1 期)以诗人之创造思维为重心，探究六朝至唐代咏荆轲诗的发展，尤着力于东晋陶潜、柳宗元的《咏荆轲》。朱锦雄《初唐文学集团与诗歌创作动机"游戏化"》(《彰化师大国文学志》2016 年第 33 期)以太宗文学集团和武后文学集团为讨论对象，以理解初唐诗如何延续六朝文学集团于诗的创作动机上游戏化倾向。陈茂仁《〈唐诗三百首〉所收仄韵近体五绝之平仄及其于吟诗之特色》(《东吴中文学报》2016 年第 31 期)以《唐诗三百首》所收九首仄韵五言绝句(占五绝 31%)为对象，归纳出其平仄谱式，并进而分析其配置之情状及吟诗时所呈现之特色。张韶祁《近体诗拗救种类补充——论救无可救的丁种拗》(《淡江中文学报》2016 年第 34 期)透过清人论著与唐人近体诗诗例，并参考王力《汉语诗律学》分类拗救的原则，指出王氏所谓丁种拗确实存在之外，同时也说明其成因、细部类别及救法。

至于唐诗综论的会议论文，则包括有于"第十一届通俗文学与雅正文学暨唐代文化国际学术研讨会"发表的五篇论文：林淑贞《虚与实的承接与转化——唐诗中的昆仑意象》指出唐诗中的昆仑书写有地理昆仑、神话昆仑、宗教昆仑等三个向度，以及圣山崇拜、心灵桃源、众河之源崇拜、众神居所、体现人类向死而生的悲哀等五大特征。李尧涓《唐代乐府诗中的寒士形象与自我观照》旨在透过乐府诗的文本爬梳，呈现唐代的寒士形象，以及寒士对于自我观照的书写特色。孙淑芳《隐逸的高雅传统——以唐代〈艺文类聚〉为文化场域的观察》透过唐代所编撰的类书——《艺文类聚》，探析隐逸文学的高雅传统如何进入唐代的文化场域，以为唐代山水田园诗派，不仅深受《文选》影响，《艺文类聚》也具古今传承与融摄之功。王颂梅《律诗与唐代礼乐之关系》指出从律诗结构与长安城、宫廷雅乐之美学特征来看，它们均呈现出礼仪化的现象，而其生成应与礼仪性的时代环境息息相关。李宝玲《谈唐代诗人的阅读清单——以经学、史学为主的观察》指出唐代诗人的作品透显出来的阅读清单是对经学与史学的热衷，特别是《汉书》等史籍的阅读，表达以史鉴今及治国之道的反思。于"中国唐代文学学会第十八届年会暨唐代文学国际学术研讨会"发表的则有两篇：廖美玉《感春之意——从"诗人在场"谈唐代物候诗学的建构》春天在先秦典藉阐发的是长养之意，到文人创作建构的则是抒情之思，入唐后，则有经学与文学的视域会通，由体物、缘情而标举立意，李白、杜甫、韩愈等人之诗作是论述的重点。李尧涓《唐代京城书写中浮现的"寒士"境遇》考察唐代士人在京城书写中的显影与处境，探析寒士由"周边"向"中央"迈进历程及进出京城展现之自我存在、价值。

学位论文如下：吴品萶《诗中"诗"：〈全唐诗〉中论诗词汇之考察》（台湾大学2016年博士学位论文）采"词汇"的视野，针对唐诗中指称诗歌创作行为或过程的许多隐喻词汇，探讨诗歌作为观看行为的可能性机制，以及审视唐代对于诗人的集体想象与塑造。杨静芬《盛唐咏春诗研究》（高雄师范大学2016年博士学位论文）旨在探讨盛唐咏春诗，包括对前此咏春诗的继承、发展，伤春、喜春等各种情感，咏春意象的构成方式及美感表现等等。陈建锡《晚唐诗登临书写研究》（东海大学2016年硕士学位论文）探讨晚唐登临诗的发展流变、文化意义、主题内涵、语言艺术等。张家绫《唐代宫殿诗研究——以京兆地区为限》（台南大学2016年硕士学位论文）旨在探讨唐代京兆地区的宫殿诗之创作渊源及背景、题材、审美内涵、艺术特色。刘家瑜《承袭与新变——唐代咏班婕妤诗之研究》（台南大学2016年硕士学位论文）主要论述唐前班婕妤的形象、唐代咏班婕妤诗对前此班氏形象的承袭与新变，以及其艺术表现。吴咏雯《唐代咏历史人物诗歌研究——以汉代男性人物为例》（台南大学2016年硕士学位论文）旨在分析唐代歌咏汉代男性历史人物的形象承继与转化，以及诗人借以表露的个人情感、建构的艺术特质。

（二）专家诗

2016年台湾有关唐代专家诗的研究于期刊发表的论文，按诗人活动的先后，依序陈述如下：温照缙《论王维山水诗的空灵禅境——〈鹿柴〉和〈山居秋暝〉赏析》（《奇莱论衡：东华文哲研究集刊》2016年第2期）深入分析王维山水诗作《鹿柴》《山居秋暝》中所流露的空灵禅境。刘希珍《论王昌龄〈诗格〉的三境——对中国学界两大诠释取向的检讨》（《中国学术年刊》2016年第38期）借用高友工的理论框架对学界的"类型取向"和"层次取向"两大诠释取向，进行检讨与修正，以为"类型取向"无法成立，"层次取向"则应该修正为相反的次序，"物境"才是最高的品第，"形似"是创作的最高要求。

吴荣富《论李白诗的格律意识》（《成大中文学报》2016年第52期）指出李白对诗律的各种规律与变化均了然于胸，尤大醉后，格律更见峻整细密，足见其存有深厚格律意识，称其不事文律、不中法度、不受格律约束是不精确的。陈宣谕《李白诗中"龙"字地名意涵探析》（《高应科大人文社会科学学报》2016年第11卷第1期）指出李白诗往往藉由地名的记录与投射，赋予诗歌更丰富的情意，或彰显对功名仕途的向往，或流露对社会政治的关怀，以超越自我精神的呈现。

孙慧琦《试论杜甫夔州七律的崇高美》（《鹅湖月刊》2016年第41卷第8期）以康德《判断力之批判》中对崇高美的分析为参照，析论杜甫夔州七律所展现的崇高感与力量之美。廖美玉《江山有待：建构物候诗学的思考路径之一》（《安徽师范大学学报（人文社会科学版）》2016年02期）结合时序与山水，藉杜甫"江山如有待，花柳更无私"与"寂寂春将晚，欣欣物自私"所开启的问题意识，爬梳"江山"与"山水"相关词群，探讨"江山"的南方属性与时序特质，以及杜甫所形塑的"山水"新典范，同时，寻绎建构物候诗学的可能路径。简锦松《杜甫同谷诗现地研究》（《台大文史哲学报》2016年第84期）借重唐诗现地研究法，对杜甫于同谷县所做的《凤凰台》《万丈潭》进行标记，另也对《同谷七歌》进行详细的辨证，指出其非杜甫之作。无独有偶的，曹淑娟《演绎创伤——〈同谷七歌〉及其拟作的经验再演与转化》（《台大文史哲学报》2016年第85期)也是以《同谷七歌》为对象,指出杜甫《同谷七歌》的特殊形构展示其创伤经验,同时也梳理出后代仿拟者所开出的遗民、哀悼、政教三个系列的书写,让人见证文本典范形成与建构新意的过程。蔡慧昆《杜甫之隐逸意识析论》(《东海大学图书馆馆刊》2016年第10期)指出杜甫仰慕真隐,不将隐逸当作仕进的手段,或用以附和“朝隐”“吏隐”之风,希冀在幽居生活中学习自我宽解,深化为具体而理性的生命思维。林宜陵《古典价值的现代功用——杜甫诗歌个别需要与社会实践创新教学实务报告》(《双溪教育论坛》2016年第5期)是以杜甫诗歌作为创新教学教法的对象,藉学生自主发现自己对于杜甫诗歌的需要及所受到的启发,达到个体需求的满足,进一步了解杜甫诗歌在社会实践的意义。

侯乃慧《防卫与疗愈——从城市实践论白居易两京诗的心理意涵》(《台北大学中文学报》2016年第19期)首先以城市实践现象的差异比较为基础,探讨白居易长安诗的疏离陌异与洛阳诗的居游成瘾,再透过心理学的防卫机转理论,分析白居易在两京诗中寓含的不安与焦虑,以及其最终的自我疗愈。陈英杰《论白居易诗歌的“自我批评”》(《淡江中文学报》2016年第35期)发现白居易“自我批评”的记述甚为多元,遍及以诗论诗、诗题、诗序、诗中自注、自撰墓志铭、与友人之书信、自编文集之序,而其“自我批评”涉及的观念,则有关注读者反映的“知音”观,阶段性、编年式的文集编排所流露出的自传意味,乃至“以诗立名”“穷工辩证”等观念。又有杨明璋《文人入圣域——白居易及其诗文的神圣化想象与中、日寺院》(《敦煌学》2016年第32辑)指出唐宋时期,寺院不但是白居易诗文书面传播、诠释的重要场所,同时也是口头传播、诠释的重要场所,而后代有关白居易的传说故事,则有神圣化的倾向。

蔡慧昆《论卢仝茶诗的文化意涵》(《慈惠学报》2016年第12期)指出卢仝茶诗反映唐代饮茶风尚普及,茶叶采制、煎煮过程均十分讲究,茶饮已从感官舒适,升华至精神自由,也体现其淡泊俭朴的性情与悲天悯人的襟怀。谢旻琪《论韦庄诗中“遇酒且呵呵,人生能几何”的忧伤情调——兼论以诗证词之可能性》

(《东亚汉学研究》2016 年第 6 期)展示、归纳韦庄诗中呈现的压抑、故作旷达的愁苦,并与《菩萨蛮》第四首进行比较。林燕玲《烟浓草远望不尽,千古汉阳闲夕阳——浅谈咸通十哲诗作中的夕阳意象》(《艺见学刊》2016 年第 11 期)以《全唐诗》中咸通十哲运用夕阳、黄昏等意象的 89 首作品对象,探讨作品意象之性质及意义,同时,藉以了解晚唐下层文人普遍的创作思维。

而会议论文则有:吕正惠《从李白诗歌的两大特质谈李白的出身问题》(2016 年成都“中国唐代文学学会第十八届年会暨唐代文学国际学术研讨会”)指出李白诗歌有两项非常明显的特质——文字简明、意象简单、相当口语化;现存作品有五分之一左右属拟古诗及拟古乐府,承袭前代传统至为明显,这两项特质可能跟李白家族不熟悉汉语、李白本人须花费极大心力学习汉语有关,进而可从此一角度思考李白出身。黄雅莉《杜甫长安时期的干谒诗探究》(2016 年台中“第十一届通俗文学与雅正文学暨第十二届唐代文化国际学术研讨会”)指出杜甫的干谒诗有一变化趋向,大抵从“事干谒”到“悔干谒”,又从“耻干谒”到“绝意干谒”,最终升华为对现实的关怀。张锦瑶《唐诗中学陶与慕陶风气——以元次山与韦苏州诗为论》(2016 年台中“第十一届通俗文学与雅正文学暨第十二届唐代文化国际学术研讨会”)指出元结、韦应物二人对陶渊明诗风的接受之异同,大抵而言,元结学陶乃无意识,韦应物则是有意识,并论及二人在陶渊明接受史上的地位与影响。

另有八篇会议论文,笔者仅知其撰者及篇名,今罗列如下:周晓莲《由白居易〈琵琶行〉谈唐代的教坊》(2016 年台北“2016 国语文创新教学研讨会”),陈燕玲《李白的乌托邦——李白游仙诗之仙界的乐园探究》(2016 年台南“第 10 届思维与创作暨第 5 届台湾南区大学中文系联合学术会议”),同一场研讨会另有陈茂仁《由闽南语吟诗角度探杜甫江畔独步寻花(其六)声韵之美》。苏怡如《芮挺章〈国秀集〉所呈现的诗世界》(2016 年台北“第九届两岸韵文学学术研讨会”)。王欣慧《李白〈蜀道难〉新解》(2016 年新北“王静芝教授百岁诞辰纪念国际学术研讨会”),同一场研讨会另有黄培青《零落雪文字,分明镜精神——

论唐人视域中的孟郊形象》。曾金承《以韩愈七言古诗的叙事时间探讨其"以文为诗"》(2016年北京"2016海峡两岸大学中国语言文学教学比较研讨会"),同一场研讨会另有陈茂仁《由吟诗角度探论王之涣凉州词之声韵教学》。

至于学位论文则有黄舜彬《李白清丽诗风的呈现:李白诗与南朝"清商曲辞""相和歌辞"〈玉台新咏〉诗歌互文研究》(台湾师范大学2016年博士学位论文)借用西方"互文性"与"误读"理论,探讨李白诗歌与同题的南朝民间乐府、文人宫体诗之互文关系,藉以了解南朝诗歌对于李白诗的意义,进而理清李白诗的新义。许玉婷《刘禹锡、柳宗元寓言诗的隐喻研究》(明道大学2016年硕士学位论文)透过对刘禹锡、柳宗元寓言诗的研究,窥探二人贬谪时的复杂心态,对人生理想的追求,以及其诗歌艺术的成就。张富翔《李商隐诗的季节意象研究》(铭传大学2016年硕士学位论文)探讨李商隐诗作中的四季意象及其意涵。

二、唐代辞赋

2016年台湾的唐代辞赋研究,专书部分有许东海《放逐与追逐:唐代宰相辞赋的谪迁论述及其困境问对》(文津出版社2016年),许先生是台湾辞赋学研究的专家,相关论著甚夥,此书共收录六篇论著,前两篇讨论的是张九龄的辞赋,后四篇则为李德裕的辞赋,大抵均以遇合与谪迁为主轴,结合相关的史书文献及君臣治道、谏诤论述,依次勾勒唐代辞赋与史书二者间可能蕴藏的互涉与对话,发现二人的辞赋既是唐代宰相对"学而优则仕"传统的文化见证与告白,同时也可见古典文学不同文体类别间及其抒情传统的相互涵摄。

期刊论文则有林颖欣《柳宗元谪永的恐惧与期待:以〈囚山赋〉与〈梦归赋〉为中心》(《东吴中文研究集刊》2016年第22期)聚焦于柳宗元《囚山赋》与《梦归赋》,并参酌其谪居期间的书信来往及其他文学表现,探讨柳宗元贬谪永州期间感受到的被弃与拘束经验。至于学位论文则有孙慧绮《六朝到初唐骈赋文律发展研究——以庾信骈赋的影响为中心的考察》(辅仁大学

2016年博士学位论文）以骈赋的声律作为主要研究对象，全面分析、统计六朝到初唐代表性作家的骈赋作品之句式和声律，藉以看出初唐作家对以庾信为代表的六朝骈赋文律的继承和发展。

另外，尚有四篇会议论文，唯仅知撰者及篇目，今罗列如下：黄水云《论唐代〈花萼楼赋〉之文化意蕴与艺术风格》（2016年台南"2016赋学国际学术研讨会"），同一场研讨会尚有龚又丽《晚唐咏物赋探析》一文。许东海《辞赋·谱录·言路：张九龄〈荔枝赋〉，蔡襄〈荔枝谱〉的书写系谱及其谪迁地图》（2016年武汉"第十二届国际辞赋学学术研讨会"）、《辞赋·谱录·体物——唐宋荔枝书写系谱中的李纲辞赋与蔡襄谱录》（2016年上海"复旦大学第四届中国文论国际学术研讨会"）。

三、唐代文

2016年台湾的唐代文研究，专书部分有柯庆明《古典中国实用文类美学》（台湾大学出版中心2016年），柯先生为台湾现当代文学、美学及古文的研究大家，本书虽非以唐代古文为唯一研究对象，但全书九章无一未论及唐代古文，尤以韩、柳的古文为论述举证的重要素材，指出古典的"论""说""序""跋""书""笺""表""奏""吊""祭""碑""铭""传""状""记"等实用文类，在实用目的外，仍具特殊的美感潜能与性情表现，往往深具生命观照、反映命运情境等特质，柯先生参酌传统与现代文类理论，对各文类进行细致的剖析、诠释，且以韩、柳等人名作为例证，可谓融会古今的古文研究力作。

期刊论文则有庄舒卉《析论韩愈〈送温处士赴河阳军序〉》（《崇仁学报》2016年第9期），此文韩愈传世赠序文章共有32篇，占其全部散文作品的一成五左右，而从《送温处士赴河阳军序》一文，可见其运文能力高超，即便同一体裁、同一主题，表现手法都不尽相同。陈慧萍《从〈伯夷颂〉观韩愈特立独行之处》（《问学》2016年第20期）从《伯夷颂》出发，论韩愈特立独行之事迹。施秀春《由"囚"至"得"——由王国维"境界说"探论柳宗元贬谪后之心境转折》(《问学》2016 年第 20 期)则藉王国维境界说,探讨柳宗元贬永州后,心境由囚至得的转折过程与文学美感。又陈玉蕾《论李华赠序文及其评价》(《问学》2016 年第 20 期)针对李华九篇赠序进行思想内容、文学理论及艺术技巧上的梳理,发现其对古文运动具积极意义。

会议论文则有黄馨霈《韩愈古文人物书写的抒情性质》(2016 年台中“第十一届通俗文学与雅正文学暨第十二届唐代文化国际学术研讨会”)指出韩愈古文写人的特征有多有破体变体之作、以文体互见笔法书写、擅长体贴人情之创作思维、以抒情取代人物形象等四点。

至于学位论文则有廖本铭《韩愈、柳宗元、刘禹锡文本互动研究》(台湾师范大学 2016 年硕士学位论文)从“赠答性互动”的历时考察,重新探究韩、柳、刘三人交谊关系,同时以热奈特五种跨文本关系,考察韩、柳、刘文本互动。陈英木《韩愈文道观研究》(高雄师范大学 2016 年硕士学位论文)参酌文学原理与鉴赏批评论,从韩愈文道观的阐释出发,分析在文艺创作中所需的学养与修为,同时观察写作的生发过程。倪煜喻《柳宗元永州八记研究》(佛光大学 2016 年硕士学位论文)旨在通过研究柳宗元的永州八记,剖析其创作思想、审美特征及对此后山水散文的影响等。

四、唐代小说

2016 年台湾的唐代小说研究,见于期刊的有:廖佩芸《唐传奇女子复仇故事研究:从“时空体”及生命型态的角度探讨》(《中央大学人文学报》2016 年第 61 期)参照正史,论述唐传奇好复雠故事的时空体结构,以为死亡、杀戮、弃世,不仅是时空结构,也是生存的隐喻。黄东阳《〈纂异记〉所表述“自我实现”中之文人意识》(《兴大中文学报》2016 年第 39 期)以李玫《纂异记》为研究对象,藉以梳理唐代文人实现自我的历程中,是如何看待及面对社会所施加的要求与期望。

会议论文则有黄东阳《段成式〈金刚经鸠异〉所开展文人信

仰之自我净辩》(2016年台中“第十一届通俗文学与雅正文学暨第十二届唐代文化国际学术研讨会”)主要在辩证段成式以信赖父亲的信仰为前提,纂集、辨分有关父亲持守、信奉最深的《金刚经》之持经灵验,以为此书是一位儒生观察、理解佛教对于个人的生命意义和价值之反映。同一场研讨会有关唐代小说的论文,尚有郑幸雅《别史到小说——论〈大唐新语〉的文体性质》及陈家煌《论唐人小说、笔记中呈现的诗人形象》二文,前者指出《大唐新语》在建构与解构之间,结构与《世说新语》形似,又神承陆贾《新语》,对《世说新语》才性品赏的文体内核进行转化,为后世世说体的编撰,指出垂文以行教的实用性;后者以为唐人小说、笔记呈现的诗人形象有长于诗才者则弱于吏才、虽有诗才却不护细行、拥有文才却得不到相应的名位等类型,最末更指出不拘细行的形象,在宋代较少出现。

至于学位论文则有蔡雅萍《〈杜阳杂编〉研究》(台湾大学2016年硕士学位论文)藉地理博物小说的传统、奇宝异物与远国异人的构设、政治书写与历史讽喻等三个层次,辨析《杜阳杂俎》的写作意涵。苏怡静《唐代小说女侠人物研究》(屏东大学2016年硕士学位论文)探讨唐代小说女侠人物的形成背景、诸类型及其意涵、表现手法与艺术特色。

五、敦煌文学

2016年台湾的敦煌文学研究,发表于期刊的有:李幸玲《敦煌文献中的燃灯佛授记析论》(《东亚汉学研究》2016年特别号)针对敦煌遗书中有关燃灯佛授记进行全面的搜罗,并将之与汉译佛典进行比对,以求其于佛教发展史的意义,另将敦煌文献中的燃灯佛授记分为佛经类与佛教文学创作(变文、诗、押座文)等二类。蔡翊鑫《〈叶净能〉诗研究》(《艺见学刊》2016年第11期)先论叶净能于历史上的形象,接着论说书人将叶净能从人格转化为神格,并探究诸情节于后世的繁衍与意义。林雪铃《敦煌讲唱文辞〈秋吟一本〉之文学意象与说服叙事》(《敦煌学》2016年第32辑)藉由《秋吟》中诸意象的使用,分析其渊源与发展脉络,又借用说服传播理论，阐述其在角色定位、情境烘托、意义认同等方面展现的高超说服叙事。张家豪《敦煌佛传文学之特色析论》(《敦煌学》2016 年第 32 辑)指出敦煌佛传文学有“篇幅精简，以利宣教”“取材八相，少述涅槃”“剪裁诸经，渲染世情”“叙事通俗，简化佛理”等特色。刘惠萍《敦煌写本所见“孙元觉”故事考——兼论中国“弃老”故事的来源与分类》(《敦煌学》2016年第 32 辑)指出东汉中晚期墓葬出土的故事画像，已出现有“原谷”故事、“孝孙”的榜题，足见《孝子传》的原谷或敦煌本《搜神记》的孙元觉，未必是据佛典改写，又佛典、中土典籍虽皆以“换位触动”的方式提醒父或子，但二者的核心母题并不相同。王三庆《敦煌文献斋愿文体的源流与结构》(《成大中文学报》2016 年第 53 期)参考众多敦煌斋愿文献和传统载籍，以及日本 10 世纪末的“真如藏本《玉泽不渴钞》”“序体愿文十番目录”及其文例，认为斋愿文除了“叹德”“斋意”“道场”“庄严”等四段，还必须加上头尾及斋主部分，又指出 10 世纪中叶以后，从斋愿文中分出部分内容，先向神佛表白，读诵铺排物件的简短疏文，如日本”讽诵体愿文”的结构样式，乃至明清以来的斋疏文体，均无太大的变异，也和目前越南、台湾的法会疏文结构样式类似。

会议论文则有，林仁昱《敦煌佛教歌曲的“世俗记忆”探究》(2016 年台中“第十一届通俗文学与雅正文学暨第十二届唐代文化国际学术研讨会”)指出敦煌佛教歌曲所唱述的“世俗记忆”，有“劝化出离世俗”“关照世俗人情”“显现世俗行迹”等不同目的，更为重要的，是“引导省思”与“设境想象”，而这些“世俗记忆”也可以作为探索当时社会状况、伦理与信仰观念的媒介。同一场研讨会尚有三篇，郑阿财、廖秀芬《敦煌俗文学的特色及传播方式》指出敦煌俗文学具体裁多样化、题材大众化、语言通俗化等特色，传播上则是口头、书面传播并行，传播者有民间艺人、歌妓，受众阶层则从佛教信徒扩及一般民众；刘惠萍《图文之间的历史：以敦煌写本〈汉将王陵变〉为例》则指出《汉将王陵变》在人物形象、情节选取与《史记》《汉书》等正史的记载有不少出入，题旨、事件的理解上亦有所不同，可见其或未必是在《史记》《汉书》的基础上增衍、附会，极可能是承袭自汉代以来广泛流传于民间的各种列女图故事，且汉代墓室画像从它总体的组合构图及榜题等来看，也可能对敦煌早期“变相”产生一定的影响；杨明璋《泗州僧伽和尚神异传说研究——以敦煌文献为中心的讨论》考究敦煌文献中诸泗州僧伽和尚神异传说之源流，并探求诸种神异事迹与神圣崇拜的关系，以及其崇拜仪式、思想渊源，又指出 S.1624、P.3727 二本将万回、宝志与僧伽合述，当是中唐至北宋三圣僧信仰的一种反映。杨明璋《唐宋志公神异传说与中日十一面、十二面观音信仰》（2016 年广岛“仏教の東漸と西漸國際研究集會”）指出，综观各式典籍文献有关宝志和尚剺面示现观音相令僧繇无以作画的传说，存在着“层累地造成”的现象，十二面观音一开始或附属于十一面观音，发展到十世纪，它应已有独立的信仰体系，且刻意与宝志剺面化现的故事结合。林桂如《从敦煌本〈文明判集〉论宋朝判例集编纂》（2016 年台北“2016 出土文献研究视野与方法国际研讨会”）从“孝悌”着眼，探究 P.3813《文明判集残卷》中所呈现的孝悌观，并与《文苑英华》所收相同主题之判文进行比较。

另外，尚有二篇会议论文，唯仅知撰者及篇目，今罗列如下：郑阿财《敦煌写本〈隋净影寺沙门惠远和尚因缘记〉研究》（2016 年敦煌“2016 敦煌论坛：交融与创新——纪念莫高窟创建 1650 周年国际学术研讨会侧记”），同一场研讨会尚有林仁昱《敦煌观音歌曲的应用与表现意义探究》。

至于学位论文则有：廖秀芬《唐宋俗文学发展及传播之研究》（中正大学 2016 年博士学位论文）对俗文学及其相关概念进行细致的剖析，并以之勾勒唐宋俗文学的样貌及其发展，同时，也从表演、传播的视角，探讨从唐到宋俗文学之发展与传播的情形。

日本唐代文学研究概况(2015—2016)

□ 佐藤浩一

笔者在《唐代文学研究年鉴 2015》介绍的内容是到 2015 年 1 月为止的,所以本期也包括 2015 年的主要研究成果。

一、王勃研究

《王勃集》原本已经失传了,但是早期的残卷却保存在日本。第 28 卷是上野尚一先生收藏的,第 29 卷是神田喜一郎先生收藏的,第 30 卷是富冈铁斋先生收藏的,现在全部收藏于东京国立图书馆。另外,《王勃集·诗序》是奈良的正仓院收藏的。正仓院是奈良平安时代的国宝仓库,收藏的书籍都是善本。2014 年,日中文化交流史研究会刊行《正仓院本王勃诗序译注》,对这部善本进行了精密的分析。

道坂昭广《关于日本传来的〈王勃集〉——其书写形式与"华"字欠笔意味着什么》(《东方学》130)是很值得一读的。道坂先生作为日本王勃研究的最高权威,撰写了多篇关于王勃的论文。关于这本《王勃集》,内藤湖南先生断定上野本与富冈本是同一帙的僚卷,由于"华"字欠笔而没有则天文字,其抄写时期比正仓院本早一些。则天文字专家藏中进先生却否定了这个论断,推定为:(1)正仓院本跟上野、富冈本一样,是从同一抄本抄写出来的日本抄本;(2)其原本是武则天在位时抄写的;(3)上野、富冈本把则天文字换为常体字,正仓院本有的部分照抄原来的则天文字,有的部分换为常体字。道坂先生赞成内藤的观点而否定藏中的观点。藏中先生根据正仓院本也欠笔“华”字，认为是武则天在位时期跟上野、富冈本同时抄写的。不过，“华”是武后制定则天文字的载初元年（689末）之前，武后掌握实权的垂拱（685）期间已经避讳了，所以“华”字欠笔比则天文字还早。道坂先生考证：(1)上野、富冈本是从垂拱至永昌年间在中国抄写的《王勃集》的部分；(2)只要有则天文字，就知道是在698—704年间抄写的，之后又在日本抄写的。2016年12月，刊行了包括上述论文在内的《王勃集和王勃文学研究》（研文出版）。

二、杜甫研究

从2012年（杜甫1300周年诞辰）以来，中日两国涌现了大量关于杜甫的研究成果。

兴膳宏先生继承吉川幸次郎先生的《杜甫诗注》（岩波书店），2014年和2015年出版了两册，先后发行了20册中的9册。据说吉川先生的遗稿已经不存在了，因此有些学者担心会影响以后发行的速度。但事实上这种担心是不必要的，2016年8月末又顺利地发行了第10册。

这部《杜甫诗注》是由岩波书店发行的。岩波书店可能有两种杜甫全译注本。下定雅弘先生咨询岩波书店能否出版杜甫全译注时，岩波书店已经着手准备出版兴膳宏先生的译注了。下定先生又咨询了讲谈社，得到了出版的许诺。2016年《杜甫全诗译注》卷1—4终于发行了。过去大家都认为下定先生是研究白居易和柳宗元的专家，自从他出版了《杜甫全诗译注》，被读者认可之后，也应该列入研究杜甫的专家了。在日本，研究白居易的专家下定先生出版了杜甫的译注版本；在大陆，研究白居易的专家谢思炜先生也出版了《杜甫集校注》（上海古籍出版社）。

岩波书店《杜甫诗注》和讲谈社《杜甫全诗译注》各有侧重。《杜甫诗注》中有高度的分析，读者主要是知识分子；而《杜甫全诗译注》是面向一般读者的，高中生也能够理解。相传白居易每次作完诗都先让老妇人来读，若读不懂，就重作一首易懂的。下定先生作为研究白居易的专家，在这点上是有其共性的。

讲谈社《杜甫全诗译注》还有其他的不同之处。日本杜甫注释本从来都是依据既成的学说来撰写，却未采用陈尚君先生有关杜甫晚年的学说。而《杜甫全诗译注》则赞同陈尚君先生的观点。陈尚君先生的学说今后在日本学术界可能成为定论。

下定先生出版了《杜甫全诗译注》以后，为了进一步开展对杜甫的研究，还组织成立了“日本杜甫学会”，目前正在编辑《杜甫研究年报》。

《杜甫全诗译注》第四卷卷末附有古川末喜《杜甫年谱》。这篇附录最初出自《杜甫年表(稿)——教学用》(《佐贺大学文化教育学部研究论文集》19，2015 年)，是古川先生上课时，因没有日语的杜甫年谱感到不便而编辑的。古川先生对杜甫的研究，尤其是在杜甫漂泊期间度过的农耕生活方面，很有独到的见解。2008 年已经出版了《杜甫农业诗研究》(知泉书馆)。前面所述的讲谈社学术文库出版的《杜甫全诗译注》，本来是下定先生向古川先生提议合著的，但是古川先生喜欢自由地发表个人意见，谢绝了合著，同时推荐了松原朗先生。

这篇《杜甫年谱》虽是日语，但其精密而丰富的内容很值得参考，中国研究者靠汉字就能读懂。网址如下：

http://portal.dl.saga－u.ac.jp/handle/123456789/122738

三、韩愈研究

在日本，韩愈有古文大家一说，作为诗人的形象没有古文作家那样鲜明。可是，韩愈无疑也是个诗人，从“李杜韩白”这一评述中就很清楚，韩愈是跟李白、杜甫、白居易并驾齐驱的。川合康三、绿川英树、好川聪《韩愈诗译注》第一册(研文出版 2015 年)是有关韩愈研究的力作。久保天随《韩退之全诗集》(续国译汉文大成 1928 年)，清水茂《韩愈》(《世界古典文学全集》130 卷 A・B、筑摩书房 1986 年)等有后续出版物，揭示了诗人韩愈的真实形象，应该是日本人全面认识韩愈的一个契机。

川合康三《文学的动机》(《国学院大学杂志》2016 年 117 卷)考察了文学产生于个人内心世界的现象。以司马迁、孟子、白居易、杜甫、欧阳修、曹丕等人为例，也特意把韩愈列为一章进行研究。

四、白居易研究

日本有白居易研究会，自 2000 年起每年发行《白居易研究年报》（勉诚出版）。在《年报》卷末，下定雅弘《日本的白居易研究》很有参考价值。《白居易研究年报》每期都有一个主题，2015 年是“先踪与继承”，刊登的许多论文值得参考。诸田龙美《白乐天的〈归去来兮〉辞——〈自诲〉诗与向卢山草堂归乡》论述《自诲》诗，相当于陶渊明的《归去来兮辞》。葛继勇《白居易的子孙与〈白氏文集〉家藏本的流传》、泽崎久和《晁迥〈法藏碎金录〉与白居易诗文初探》、保刈佳昭《关于苏轼词中的白居易受容》等都是考察宋代如何“继承”白居易的优秀论文。另外，金泽典子《〈全唐诗〉的校订——以白氏新乐府为中心》认为《全唐诗》的编辑虽然有些杜撰，但是白氏《新乐府五十首》还是值得信赖的。

2016 年的主题是“佛教与文学”。陈翀《奉献于佛教信仰的绝唱——七十卷本白氏文集的成立经纬》、新间一美《源氏物语“浮舟”与白居易“浮生”——从庄子到佛教》、泽崎久和《白居易“以诗为佛事”与〈维摩经〉——以到宋代的继承为视野》等 20 篇论文。

2017 年的主题是“迹与绘画”。以文人的理想“诗书画三绝”中的书和画为视角考察白居易，如后藤昭雄《尚齿会与书、绘》、查屏球《从西域的佛到东土隐士——宋代维摩诘图题诗的变迁》、衣若芬《无学祖元赞〈白乐天像〉的文图学研究》、池泽一郎《田能村竹田与白居易——近世日本文人的诗书画三绝》等。

下定雅弘《白居易与柳宗元——给混迷之世献生之赞歌》（岩波现代全书 2015 年）是下定先生将两位诗人同时论述。他的《白居易》和《柳宗元》在 2000 年已经出版。

中木爱《白居易的幸福世界》（勉诚出版 2015 年）从“自然之诗”“衣服之诗”“酒之诗”“音乐之诗”等不同角度考察白居易是如何咏幸福的。中木先生是下定先生的高足，该书和下定先生

《精选汉诗集——赞美生活之歌》(筑摩新书 2014 年)的观点比较接近。下定先生设定了这一论题,一直单独进行研究,有着独到见解。

冈村繁《白氏文集》第十二下卷是 2016 年 11 月发行的。2014 年末,冈村先生去世以后,他的同事和学生整理草稿继续发行,现在十七本中只剩下两本,即将完成。

五、唐传奇研究

冈本不二明《李娃传与鞭——唐宋文学研究余滴》(汲古书院 2015 年)是继其《唐宋的小说与社会》(2003 年)《唐宋传伝奇戏剧考》(2011 年)后的第三部著作。冈本先生的魅力在于绵密的考证和大胆的想象。在《李娃传与鞭》里,他推测《李娃传》的作者不是白行简就是元稹,提出了富有挑战性的观点。

日本唐代文学研究十家之一的赤井益久先生,除了诗歌以外,在唐代小说方面也发表过许多卓论。《关于在〈莺莺传〉里的作者的自照性》(《国学院大学杂志》2016 年 117 卷)阐明《莺莺传》的主人公张生是元稹的投影,《莺莺传》是《会真诗》的自注作品。

六、其他研究

日本学者对古典诗里的名胜古迹很感兴趣。2015 年,植木久行《中国诗迹事典——汉诗的歌枕》(东京研文出版社)终于出版了。"歌枕(Utamakuraうたまくら)"是一个文学修辞,指和歌中咏的名胜古迹。特定的地名可以给人特定的印象。唐诗中也有类似的文学修辞。比如,"灞桥"意味着分别,"金陵"寓意荣华与没落,而"巫山"则是性爱的象征等。中国古典诗中的确找不到对应"歌枕"的用语,所以松浦先生提倡"诗迹"这一用语。

郁贤皓先生和松浦先生的高足寺尾刚先生,发表过数篇关于金陵作为诗迹的文章,2015 年就有两篇,一是《唐代金陵关系文学史年表》,二是《全唐诗"金陵"关系地名一览》。十分遗憾的是，寺尾先生2016年6月病故了。虽然他已经不在了，但是他的文章一定会为金陵研究锦上添花的。

东京大学斋藤希史教授也很关注这方面，2012至2015年在杂志上连载相关论文，并出版了《诗的TOPOS》(平凡社2016年)。TOPOS指场所的修辞学用语，位相空间论。该书提到古典诗里的洛阳、长安、西湖、金陵等名胜古迹。

永田知之《唐代的文学理论——"复古"与"创新"》(京都大学学术出版会2015年)是一部视点非常宽阔的学术成果。前四章考察唐代的"复古"主张是如何展开的，特别是针对初唐诗人陈子昂进行了论述。后三章考察反"复古"的诗论，针对诗僧皎然《诗式》，阐明"创新"的文学主张是如何展开的，探讨"复古"和"创新"这两个相反的观念，是如何左右唐代诗人创作的立足点的。

前野直彬《汉文入门》(筑摩学艺文库2015年)是1968年出版(讲谈社现代新书)的复刊。"汉文"是"中国古典文学"的意思。在读汉文的时候，日本人是以"汉文训读"的翻译方法来读解的。该书是一本如何使用"汉文训读"的入门书。由此可见，中国人要想真正了解日本人是如何理解中国古典文学的，从"汉文训读"中可以找到答案。所以该书对中国人来讲也是很有帮助的。

《汉文入门》最后一篇解说文的作者是斋藤希史先生。东京大学中文系户仓英美教授退休以后，曾经几年没有接班人，斋藤先生是2015年5月就任的。今后，斋藤先生将是引导日本中国古典文学研究的领军人物。

2016年出版了两本专著，一是波户冈旭《奈良、平安朝汉诗文和中国文学》，二是胡志昂《古代日本汉诗文和中国文学》(二者皆由笠间书院出版)。

波户冈先生是国学院大学的中文系教授，该书是他退休时出版的，由五篇文章构成：第一篇是"《怀风藻》与《万叶集》"，第二篇是"嵯峨天皇与空海"，第三篇是"岛田忠臣、菅原道真"，第四篇是"白居易"，第五篇是"杜甫与松尾芭蕉"。

胡志昂《古代日本汉诗文和中国文学》，开头有《总论·古代汉诗文的思想理念与其展开》,接下来第一部分是《诗人论》,第二部分是《主题论》,第三部分是《国际学会论文》。

在中日比较文学方面,勉诚出版是日本学术出版界的代表。尤其是勉诚出版的学术丛书《亚细亚游学》,已经刊行了 200 多册,是有规划的一套文化教养系列丛书。2016 年也出版了与唐代相关联的专著,如李铭敬、小峰和明主编《日本文学里的〈中国〉》,河野贵美子、王勇主编《冲突与融合的东亚文化史》等,都是中日比较文学的研究成果。

在日本与中国文学相关联的出版社中,创文社的知名度是很高的。尤其是从 1996 年开始刊行的《中国学艺丛书》,为一般读者学习中国的文学艺术提供了极大的方便。如村上哲见《中国文学和日本十二讲》是最值得一读的,有助于了解日本人怎样接受中国文学的。

遗憾的是,创文社已经宣布将于 2020 年解散,新刊发行 2017 年截止。建议尚未目睹《中国学艺丛书》的同仁及早订购。

水谷诚《诗声朴学——中国古典诗用韵的研究》(研文出版 2015 年)是值得参考的学术成果。他阐明了杜甫用什么韵书来咏诗。一般来说,我们要了解唐诗的押韵,基本上依靠《广韵》。可是《广韵》是宋代的韵书,杜甫已经不在世了。水谷先生调查杜甫近体诗的韵字,确认了杜甫至少是用《刊谬补缺切韵》以前的韵书来咏诗。这篇论文也被翻译成中文,请参考《杜甫、白居易近体诗韵字考》(香港浸会大学《人文中国学报》第 16 期,上海古籍出版社 2010 年)。

平山久雄《唐诗的韵律——汉文训读的方法》(《东京大学中国语中国文学研究室纪要》2016 年 19 号)是根据演讲稿补充整理的论文。平山先生原是东京大学中文系教授,退休以后又任早稻田大学教授。现在虽已完全退休,但仍是现役的研究学者。他不仅是一位著名的语言学家,也是杜甫研究专家。

兴膳宏《中国诗文的美学》(创文社 2016 年)着眼于声律和对句的表现形式,并分析其在诗文中创作的过程。

韩国唐代文学研究概况(2014—2015)

□ 金昌庆

一、引言

唐代文学及相关专题研究,历来为韩国学界所重,数量多、题材广,成果丰富,成为韩国东洋研究和中国学研究的"显学",在韩国文学学科乃至人文社科里独树一帜。

2014—2015年间,韩国唐代文学及相关专题研究,亦表现出较为活跃的研究态势。题材上,既有诗歌主题及其作家作品研究,也有词、散文、唐传奇、戏曲等其他体例及敦煌学专题的唐代文学研究;视角上,既重视对文本的纵深研究,也看重历史视野下的韩中比较研究;方法上,恪守严谨的治学态度,遵循"义理、考据、辞章"的路径,互为左右,相得益彰。对这些相关文献进行综述,可以管窥韩国在此领域的最新研究态势,以此促进唐代文学研究更上一层楼。

二、研究综述

将韩国相关研究文献进行分类,大致情况如下:诗歌类,对唐代诗歌的主题性研究,共15篇;作家作品类,以时间为序,对唐代诗人作品的专题研究,共31篇;韩中比较类,主要涉及唐代诗歌体裁的韩中两国比较研究,共11篇;其他文体类,对词、散文、唐传奇、戏曲等其他唐代文学体例的研究,分别有3篇、15

篇、7篇、1篇,共26篇;敦煌学专题类,对敦煌学的专题研究,共5篇。相关研究多以韩文发表或刊载,将其翻译、校对后进行综述,具体情况如下:

(一)诗歌类

以唐代诗歌为研究对象,对"唐诗"进行主题性研究,是韩国唐代文学研究的热点。在研究内容"唐代文学"和研究题材"唐诗"基本固化的情况下,2014—2015年间,韩国学者对"读诗诗""梦幻诗""示儿诗"等进行了专题研究,而对唐诗名篇"正典化过程"的批判性考察、对唐代诗赋取士形成与意义的探究、对"新乐府运动"存在性的思考等,一定程度上体现了研究的延展和深化。这一类文献,主要分为三方面:对唐诗中语言与词汇的考察、对唐诗背景下整体性话题的探讨、对唐诗中独特现象和事体的专题研究。

第一,对唐诗中语言与词汇的考察。徐圣、赵成千《唐诗中动词"知""觉"的省略与翻译》(《中国语文论丛》, Vol.66, 2014)以王维《山居秋暝》为例,提出了该诗"竹喧归浣女,莲动下渔舟"的韩语翻译和解释问题,探讨了五言诗句中的现象:即两个述语的出现所形成的两个意味段落,并由一个动词在中间联结着两个意味段落。他指出,这种格式从东汉末期开始出现,以"知""觉""识"等动词为媒介,到唐代王维等诗人尝试了多样句法,从中可以推测到王维的"A+知/觉+B"格式的省略媒介动词诗句的由来。金卿东《"停车坐爱枫林晚"——"坐"的含义》(《中国学报》, Vol.74,2015)以杜牧《山行》为例,指出韩国在"停车坐爱枫林晚"的解释方面,众说纷纭。韩国翻译《山行》中的"坐"字,有三种说法:"动词说",即"坐下"的意思;"介词说",即"因"的意思;"副词说",即"自"(无故)的意思。根据研究,《山行》中的"坐"字并非动词或介词,而是副词"自"(无故),以修饰动词"爱",表示沉醉于枫叶美景的无我之境。

第二,对唐诗背景下整体性话题的探讨。徐镇熙《对中唐文学的思想背景及其美学意识的研究》(韩国首尔大学2014年博士学位论文)考察了中唐文学思想以及在文学中显露的美学意识的变化,通过对中唐时期美学意识变化的社会背景和禅宗、道教、儒学思想的变化，以及文学创作上美学意识变化的研究，提出中唐时期美学变化带有世俗化、个人化、主观化的倾向。黄呈旲《考察〈唐诗三百首〉中显露出的中国山水》（韩国交通大学2014年硕士学位论文）对《唐诗三百首》中描写山、江的诗进行了分类，考察作家的自然观，从而研究唐代诗人的审美观，指出在唐诗中诗人受政治局势左右写出了各种思想的山水田园诗。此外，送别诗、赠答诗、闺怨诗等其他体裁的诗中，自然的山、江、湖水等也是作诗题材。

郑镇杰《“新乐府运动”确实有吗？》（《中国文学》，Vol.79，2014）提及关于“新乐府运动”的争论问题，提及罗宗强等人对“新乐府运动”的虚构说，并通过研究白居易新乐府的创作情况、考察唐代文书与史籍、中唐与晚唐时期的社会战乱之势，认为“新乐府运动”不存在，并无实体机构。崔宇锡《晚唐诗歌中的隐逸特色考察》（《东方文化研究》，Vol.19，2014）认为就诗歌中的隐逸形象而言，晚唐隐逸诗与初盛中唐时期大致相同，可谓集隐逸形象之大成，晚唐隐逸诗蕴含着浓厚的陶渊明之隐，并普遍追求淡泊之境。另外，晚唐隐逸诗还隐含着怀才不遇之苦闷、以及因苦闷而无法宣泄之伤感。金俊渊《批判性考察唐诗名篇的正典化过程》（《中国文学》，Vol.85，2015）把唐诗名篇的正典化过程区分为第一次和第二次，指出第一次正典化是指根据选集的编者、文坛的领袖和说书人等“发现者”以某些唐诗作品作为名篇的方式介绍给读者的过程，而第二次正典化是指在社会制度和文化习惯之间的密切关联中，发现者让唐诗名篇作为正典并巩固正典地位的阶段。研究中举例的113首唐诗名篇，都是以上两次正典化过程的结果。李揆一《唐代诗赋取士的形成背景和文化意义》（《中国学论丛》，Vol.46，2015）谈到在唐代科举制度中进士科的改革情况及诗赋取士的形成过程，指出武则天执政后，为了压制关陇集团，对科举的选人方式进行改革，是“诗赋取士”出现的政治背景；且不能忽视唐代作为诗国的特殊文化环境与诗歌本身具有的功能，诗人主导大众文化，其社会性和思想共识是诗赋取士由来的文化因素。

第三，对唐诗中独特现象和事体的专题研究。南宗镇《唐诗中出现宫中宴乐十部伎的形式》(《中国学报》, Vol.69, 2014)对以十部伎的乐曲为素材创作的唐诗作品进行分析,重点考察了《西凉伎》(2篇)、《高丽伎》(1篇)、《扶南伎》(1篇)、《庆善乐》(1篇)、《破阵乐》(3篇),指出必须摒弃依据诗题就推断为乐舞诗、演行诗、观舞诗的方法;诗歌包含的音乐形态、乐舞背景、诗人乐舞认知等,可作为该乐舞的补充资料。金美英《关于唐诗中舞蹈动作文学的形象化Ⅱ》(《舞蹈历史档案学》, Vol.35, 2014)在儒家乐舞论的思想性和效用论上,对唐诗中舞蹈动作文学的形象化进行提炼,认为文学的形象化是艺术语言发展的要素,进而引导乐舞美学的讨论。李珠海《唐宋"读诗诗"的社会性机能和文人心理》(《中文文学杂志》第47卷,2014)以晚唐开始流行的"读后感"或者"书评"的文章形式为研究对象,探讨了"读"的行为连接到创作的两个前提,通过对"跨越时空的默契"内在含义的研究,探索中国传统知识分子的共同感性;通过对欧阳修、梅尧臣、黄庭坚等人读亲友作品后写的"读诗诗"研究,尤其宋人对李杜、韩柳、陶白等的崇拜和发扬,探寻"正典化"的形成过程,有助于理解唐宋文坛的总体面貌以及唐宋文人的共同感性。朱基平《唐宋示儿诗中出现的中国诗人们的子女教育》(《中国语文学》, Vol.70, 2015)考察了唐代"示儿诗",指出其教育目的有别于魏晋时期,与单纯以个人的富贵荣华、功名意识和立身扬名相比,更强调基于位阶秩序的劝告和训诫方式;进而又考察了宋代"示儿诗"中强调德性、品行和家风的继承、发扬,由此减弱了唐代的影响,再次延续了魏晋"示儿诗"的传统;以杜甫诗为例,论证了中国"示儿诗"传统演变过程中唐宋时期的各自特点和传承功能。

关于此点,朴惠敬做了较多相关研究。《唐诗中西王母形象的起源和引用》(《东洋学》, Vol.61, 2015)考察了"西王母"形象的起源及其发展情况,在梳理了唐代以前西王母"初期混沌形态—不死—帝王的接触"的形象特点后,着重分析了《全唐诗》中西王母"美—长生—讽刺"的形象特点,阐释其比喻功能和象征意义。《唐诗中汉武帝形象反映出对皇帝的批判态度》(《中国语言文化论集》, Vol.— No.95, 2015)研究了唐诗中汉武帝的形象，并由此推论唐代知识分子对其统治者的方式和态度，认为一部分唐代诗人讽刺汉武帝沉迷于道教和神仙方术，意在委婉批评唐玄宗，而另一部分唐代诗人则借汉武帝"英雄帝王"的形象，赞扬唐代的帝王。《唐代梦幻诗所表现出的形象化特征及其意义》(《东洋学》，Vol.58，2015)分析"梦幻诗"里"梦"的类型及其主题，探究"梦"的形象化及其意义，认为唐代"梦幻诗"继承了前代幻想文学的传统，同时通过"梦"的幻想世界反映唐代现实，并给唐传奇及以后"词"的发展产生一定程度的影响。

(二)作家作品类

以时间为序对作家作品的关注，也是韩国学界对唐代文学，尤其是唐代诗歌作品研究的常见维度和常见范式。2014—2015年间，韩国相关文献共30篇，涉及从初唐到晚唐共十六位诗人及其诗作，其中王维研究5篇，李白研究3篇，杜甫研究6篇，白居易研究4篇，共计18篇，占到此类研究中的多数。从研究涉及的选题、立意、视角、内容、方法等看，作为中国域外唐诗研究群体，体现出一定的思想性和学术价值，也体现出韩国学界对唐代文学研究在本土人文研究领域中的传统特点。关于其他十二位诗人的研究共计12篇，每位诗人的研究数量不多，但对岑参自然诗的研究、柳宗元永州时期诗歌的研究、刘禹锡寓言诗的研究、贾岛和张籍交游诗的研究等，亦呈现出了韩国学者的研究视角和一定的学术独创性。

第一，以时间为序，依次考察王维、李白、杜甫、白居易四位诗人，共有18篇论文。

首先，关于王维研究，共有5篇。林知宣《王维诗的主题意识研究：以诗中表现出来的得意和失意的人生为主》(韩国釜山大学2014年博士学位论文)分析王维诗中得意、失意及克服失意的过程，研究其中通过意识变化而体现出来的王维诗的成就和特点，指出王维受到了儒家、道家、佛家的影响，由此论证了王维诗呈现出的三个方面的主题意识，即出仕得意的主题意识、失意挫折的主题意识、克服失意的主题意识，作为内在志向的得意失意，共同形成了王维诗独特的境界。申懿先《关于唐宋禅诗的心象活用的研究：以王维和苏轼的禅诗为中心》(韩国延世大学

2015年博士学位论文)对唐宋文人禅诗代表作家王维和苏轼的作品中所体现的心象进行分析,以案例方式研究了禅诗鉴赏活动的实际效果,指出在禅诗鉴赏及其心象内化的过程中,鉴赏者的内心发生了积极变化,对唐诗作品的文学实用性进行了较为深入的研究。金研珠、朴明仙《王维绘画的文本批评研究》(《中国学论丛》, Vol.42,2014)以"画迹""法之一变""诗画"及"境界"为关键词,通过分类考察王维绘画的评论文本,利用具有时代特征的绘画评论观点及艺术创作标准,观察王维获得绘画史地位的过程;通过考察王维现存的"画迹"文本可知,王维的绘画不仅具备文人画应有的含蓄性,也丰富了文人画的精神境界,同时唐代发达的南宗禅成为王维人生的实践性宗教,使其艺术境界充满禅理与禅趣,实现了艺术体裁与思想之间的灵活交换;王维的绘画史成就与其说是根据其流传下来的绘画真迹完成的,倒不如说是随着时代变迁而赋予王维人生及其艺术的一系列的重新解释中完成的。赵仁熙《通过王维诗意图看朝鲜文人们的理想》(《东岳美术史学》, Vol.17, 2015)研究了王维诗《桃源行》《辋川集》等,指出"桃源"是观念性的地点,"辋川"是寄托乌托邦的中国实景,朝鲜文人尹斗绪的《坐看云起时》、郑敾的《坐看云起》、金弘道的《高士观水图》《山居闲谈》等均以王维的诗句为话题,表达朝鲜儒者追求的隐居诗意图,对隐逸生活的向往。李泰衡《唐代王维和朝鲜申纬隐逸诗中表现的内心意识》(《东方文化研究》, Vol.17, 2014)以王维《辋川诗》和申纬《象山四十咏》为中心,比较分析他们的隐逸诗所表现出的内心意识,指出两位诗人之间没有直接影响,但是各自诗作在创作时间上有关联,两位诗人分别在辋川和象山处于半隐居状态下开始创作,作品中表现出的共同性是对仕途生活的悔恨、对现实的超越意识、对山水自然的憧憬和向往的内心意识。

其次,关于李白研究,共有3篇。金延娥《陶渊明和李白饮酒诗比较研究》(韩国蔚山大学2014年硕士学位论文)对陶渊明和李白的饮酒诗进行比较分析,认为两人创作饮酒诗时的背景差别不大,两位诗人的饮酒倾向影响到了他们的诗作风格,陶渊明以田园生活表现闲情逸致,李白则以大量的动态感表现出豪放的性格。金大渊《李白诗的长安形象研究》(韩国高丽大学2015年硕士学位论文)对李白诗中“长安”形象及其艺术特征进行探究,认为李白诗中长安形象首先是天子生活的帝都和权力中心,其次是实现自身梦想之地,再次是忧虑的根源和朋友相识的地方,最后是寄托胜似故乡的乡愁,进而指出李白诗中对长安的刻画,善于托用典故和空间对比,使诗中体现长安形象的效果最大化。金永德《松江郑澈的将进酒辞研究——以李白的将进酒辞比较为中心》(《温知论丛》, Vol.39, 2014)将郑澈的将进酒辞与李白的将进酒辞进行对比分析,指出郑澈在持病和贫寒的痛苦中呻吟,在不允许饮酒的情况下创作《已断酒》和《未断酒》,通过将进酒辞寄托未来克服政治逆境出仕的可能,而李白的将进酒辞,则是作家的内心倾诉,他喝酒并羡慕神仙,通过将敬酒辞寄托未来克服有限人生的可能。

再次,关于杜甫研究,共有6篇。刘志峰《李穑和杜甫的诗文学比较研究》(韩国庆熙大学2014年博士学位论文)在李穑和杜甫两位诗人的生平、思想基础上,用传播研究法、影响分析研究法等,对李穑汉诗的杜诗接受情况和内容进行分析,并比较研究了李穑汉诗和杜诗的各自特征等。严贵德《杜甫律诗语法的生疏化》(《人文学研究》, Vol.97, 2014)将杜甫诗作中的诗味与诗语陌生化的关系作为研究对象,考察杜甫律诗中经常出现的陌生化诗语,认为“炼字炼句”的结果就是句法的陌生化,杜甫律诗中出现的语顺倒置,就是其诗语陌生化的特点,促成了平凡语句的特色化,引领读者对感情世界的体验,这与杜甫安史之乱带来的仕途不济等原因有关,认为诗语的陌生化极大促进了中国古代诗歌的发展。长谷部刚《唐抄本杜甫的文集在日本流传情况略论》(《韩国汉文学研究》, Vol.56, 2014)研究了唐抄本杜甫文集在日本流传情况,指出60卷唐代杜甫全集广泛流传的可能性很小,各种小板本、杜甫文集抄本都是独自流通,这种小规模的杜甫文集抄本在日本流传始于平安时代。姜旼昊《杜甫类似连作诗的考察》(《中国文学》, Vol.85, 2015)选取杜甫诗中诗题相同或相似的组诗进行研究,认为杜甫组诗的特征不仅是单首诗各具独立性,整体上也具有浑然一体的严密章法;对双题组诗的相同字词、多题组诗的对比组合、杜甫追求对偶的赋诗心理，一一进行了论述，从相互关联的角度进行考察，发现杜甫诗另具特色、富有深意安排的可能性和必要性。金星坤《杜甫草堂时期闲适诗研究》(《中国文学》, Vol.82 ,2015)对杜甫在成都草堂时期所作闲适诗“懒惰情绪”和“陶渊明气息”加以分析，认为成都草堂是杜甫从秦州同谷时期一直寻觅的理想空间，杜甫描写成都草堂时常用“水竹”诗语便是佐证，认为杜甫在成都草堂频繁提起“疏懒意何长”中之“遂疏懒”行为有两种，即饮酒和散步，而通过杜甫闲适诗所发现的陶渊明气息，可推测其在日常生活上欲效法陶渊明的生活态度和精神方式。申斗焕《石北申光洙〈关山戎马〉和“杜诗受容”的美学研究》(《汉文学论集》, Vol.40 , 2015)对出自石北申光洙《关山戎马》里的景象和杜诗的审美意识进行研究，认为杜甫诗中字里行间透露出追求典故的诗史特点，忧国之情与乡愁是其诗歌的主体意识，并指出作为重要研究材料的科诗体具有的文学史意义。

最后，关于白居易研究，共有 4 篇。林姝《白居易讽喻诗的教化性研究》(韩国全北大学 2014 年硕士学位论文)从教育效用性视角选取白居易讽喻诗进行研究，依次对白居易的生平、讽喻诗创作背景、讽喻诗内容、讽喻诗在现代政治和社会的应用、讽喻诗在教育现场的活用性等方面做了较为细致和全面的论述。吴圣德《白居易饮酒诗与茶诗小考》(韩国群山大学 2014 年硕士学位论文)以白居易的饮酒诗和茶诗为中心，通过“兼济”和“独善”,“闲适”和“隐逸”,考察其在现实世界中安分知足的生活转变过程，探讨其思维方式和生活智慧，认为白居易的相关作品是“超脱”意识与人类烦恼现实中的一种妥协。郑镇杰《关于白居易〈琵琶行〉的三大疑问》(《中国文学》, Vol.81 , 2014)提出应重新思考白居易《琵琶行》的创作背景、创作原因、文学价值，认为从《琵琶行》的附记中，可考察其内容皆虚构而不可信；白居易无罪而获贬谪、希求归还朝廷而不可得，后见元稹完成《琵琶歌》,指出白居易决心创作以琵琶为题之诗源于申冤与竞争心；认为白居易将《夜闻歌者》与《五弦弹》改造成《琵琶行》,学者们应更多探求此诗旋律巧妙的真正原因，才能体悟《琵琶行》真正价值。金卿东《白居易〈劝酒十四首〉在韩国的接受与变化》(《中语中文学》, Vol.59, 2014)探讨了白居易及白诗在韩国的接受与变化等问题,指出除《长恨歌》与《琵琶行》外,白诗当中有些不太为人所知的作品,如《劝酒十四首》,亦受到朝鲜文人的爱好,并广泛流传。于此,就以《韩国文集丛刊(正编 350 册)》为研究对象,对《劝酒十四首》在韩国的接受情形及其意义等进行探讨,其中《何处难忘酒七首》对韩国文坛的影响给予了很高评价。

第二,以时间为序,依次考察其他十二位诗人,共有 12 篇研究论文。

关于王绩的研究,1 篇。安炳国《初唐王绩园林山庄诗研究》(《中国语言文化论集》, Vol.－No.90, 2015)以王绩 61 首与山水田园相关的作品为研究对象,对王绩园林山庄诗的特征进行论述,指出诗人在园林或山庄内居住时描写园林景观过程中介绍自然物的内容很多,诗人的园林山庄诗着重表现建造的过程及其生活的情感,诗人的园林山庄诗以对大自然的热爱和倾诉怀念知音的处境为主题内容,并多创作于在人造园林和自然环境中徘徊或闲游时。

关于綦毋潜的研究,1 篇。裴丹叶《綦毋潜诗歌的主题分析》(《中国语文文学志》, Vol.49, 2014)以盛唐重要的清淡诗派诗人綦毋潜的诗歌为研究对象,对其二十六首诗进行分析,论述和总结其诗歌的特点和意义,认为綦毋潜在自然诗方面创造了闲雅清淡的风格,其凭借少量的诗歌跻身于盛唐山水田园诗派中,并与王维、储光羲等知名诗人相知相交,突显出诗人不凡的诗歌魅力与成就;綦毋潜十二首吟咏寺庙和道观的诗歌,蕴含诗人对自然的热爱和归隐寺庙之志;綦毋潜九首送别赠答诗,可见其重视与文人交游,字里行间充满离情别意,感人至深。

关于岑参的研究,1 篇。裴丹叶《岑参自然诗的描写特征考察》(《中国学报》, Vol.74 ,2015)以盛唐重要的边塞诗派诗人岑参的自然诗为研究对象,对其创作数量较多的自然诗进行分析,论述和总结其诗歌的特点和意义。从岑参自然诗的篇数来看,多于盛唐山水田园诗派诗人祖咏、丘为、裴迪、卢象等人,其含有闲雅意境和隐逸抒情的自然诗,以描摹山水风景为主要内容.,

也有许多赠答、送别、写景之作；岑参以绝妙构思和意境创作出了新鲜奇妙的情景描写，其“尚奇”的性格气质，造成其诗歌艺术表现的理想化、奇特化倾向；岑参自然诗的最大特征是发挥秀丽清新的修辞技巧，丰富了盛唐自然诗的语言和风格。

关于韩愈的研究，2 篇。金智英《朝鲜李睟光和清代赵翼关于韩愈诗观的比较研究》（《中国语文学志》Vol.48，2014）以朝鲜李睟光《芝峰类说》和清代赵翼《瓯北诗话》为原典，对韩中学者关于韩愈诗的评价进行了比较研究，考察了《芝峰类说》和《瓯北诗话》中的数据，分别对韩愈诗的诗体变化、作诗特征、韵字使用、作品论、风格论等方面进行梳理，认为在韩愈改革唐诗、用独特句法作诗、善用通韵和险韵、具有雄姿和奇险风格等方面，韩中两位学者的意见一致，而对韩愈个别作品的理解却完全不同。金智英《诸家关于韩愈诗文的评价考察》（《中国散文研究集刊》，Vol.6，2016）主要考察了诸家关于韩愈诗的评价及对其诗文的争论，认为韩愈不仅在古文诗中出类拔萃，而且还具有活用诗文的特征，其在“以文为诗”和“以诗为文”方面的运用虽脱离了诗文的本色，且受到了指责，但此“诗文相通”的境界也成就了韩愈诗的特点。

关于薛涛的研究，2 篇。王子璇《李梅窗与薛涛的人生经历和汉诗的比较研究》（韩国庆熙大学 2014 年硕士学位论文）对生活在朝鲜时期的李梅窗和唐朝时期的薛涛两人的生平和作品进行了比较研究，阐述了两人作品里情绪的异同之处，结合他们的成长历程、时代背景、人生经历、交友关系等多方面要素，探讨两人作品不同特点的原因。许茹馨《黄真伊与薛涛的汉诗比较研究》（韩国中央大学 2015 年硕士学位论文）对黄真伊和薛涛的汉诗进行比较研究，通过考察黄真伊和薛涛的生平和教育经历，进而考究各自所处时代的政治、经济、文化环境等，并对两位女诗人的诗作内容、表现方法、修辞手段等逐个分析，探讨关联性和继承性的问题。

关于刘禹锡的研究，1 篇。尹蕙智《刘禹锡寓言诗作浅析》（《世界文学比较研究》，Vol.53，2015）在说明刘禹锡借用寓言诗反映当时的政治情况和自己的人生经历的同时，其寓言诗并不是全部反映当时的政治生活，认为其作品背景与永贞革新或当时的党派斗争分不开，诗人在每首寓言诗里通过“引”的方式来说明现实，更可看出刘禹锡寓言诗的社会性。

关于柳宗元的研究，1 篇。李玟炯《柳宗元的永州时期诗歌研究》（韩国全北大学 2015 年硕士学位论文）以柳宗元在永州时期创作的 99 首作品为研究对象，对柳宗元的生平、思想以及文论等做了介绍，通过其山水田园、咏史、讽刺、赠酬、花木、咏禅、生活、望乡等八种主题内涵，以及对偶、比喻、意象等形式手法的研究，就孤峭幽寒、冲淡简古、高雅清丽、雄浑刚健等四种内容，着重分析永州诗的艺术美感风格及相互关系，总结了永州诗的艺术成就和文学价值。

关于贾岛和张籍的研究，1 篇。蔡心妍《贾岛与张籍的交游诗研究》（《中国学研究》，Vol.74，2015）以贾岛和张籍的交游诗为研究对象，依次分析贾岛写给张籍的诗，如《携新文诣张籍韩愈途中成》《投张太祝》《题张博士新居》及《延康吟》等，又依次分析张籍写给贾岛的诗歌，如《逢贾岛》《赠贾岛》《过贾岛野居》及《与贾岛闲游》等，再依次分析他们的其他交游诗，如《题杨秘书新居》《送李余及第归蜀》及《送朱庆余及第归越》等，总结了两位诗人的具体交游情况及其各自诗风诗品。

关于杜牧的研究，1 篇。全明顺《杜牧的思想研究》（韩国全北大学 2015 年硕士学位论文）以晚唐杰出诗人杜牧为研究对象，以反映其儒家思想的诗文为中心进行考察，以冯集梧《樊川诗集注》、吴在庆《杜牧集系年校注》和陈允吉《樊川文集》为研究范围，对杜牧豪放而富独创性的诗文及其思想进行研究，在论述其生平和时代背景后，分别对其文学思想、政治思想、军事思想、宗教思想进行研究：文学思想，以散文部分为例，杜牧的文章追求“为文以意为主”，以极富号召性的强有力的独创性文笔，为国家和百姓书写；政治思想，杜牧熟知儒家思想，“忧国为民”；军事思想，对军政运用表现出了极大的关心；宗教思想，儒家是杜牧的基本思想，但杜牧的思想也表现出儒释道的混用，一方面批判佛教的危害，一方面表现出寺刹的悠闲，以及通过与佛教僧侣的圆满交流而获得的启悟。文章对杜牧的思想研究，做了较全面深入的研究。

关于皮日休和陆龟蒙的研究，1 篇。金大永《唐代皮日休、陆龟蒙的茶诗研究》(韩国圆光大学 2014 年硕士学位论文)选取两位晚唐写实主义诗人皮日休和陆龟蒙，通过对皮、陆二人的连作茶诗，考察茶诗“往来和唱”的特征，进而探讨“茶圣”陆羽死后唐代茶生活的实际变化和文人的茶道观，试图从茶诗的研究中理解唐代茶文化。

(三)韩中比较类

对中国唐代文学相关议题的研究，韩国学者的视角往往离不开比较的方法。韩中比较，常见于韩国唐代文学的相关研究中，2014—2015 年间，亦是如此。这其中，河政承四篇论文就韩国著名诗人诗作里出现的唐代诗风倾向和美学特质为主题的比较研究；金智英两篇论文就韩中文本中出现的唐诗评价为主题的比较研究；金昌庆、张景昆分别就李晬光乐府诗、朝鲜王朝“三唐”诗人所受的“唐代诗风影响”为主题的比较研究，是这一时期韩国唐代文学研究领域里韩中比较研究的关注热点和代表成果。

第一，河政承之研究。他以韩国著名诗人诗作里出现的唐代诗风倾向和美学特质为主题，进行了比较研究。《李崇仁诗受到的唐诗风影响和美学特质》(《汉文学论集》，Vol.39，2014)研究了高丽后期诗人们展开唐风要素创作的方法和途径，探讨了其文学性特征，并通过高丽时期代表性诗人李崇仁的诗文来考察当时诗风面貌的形成，特别考察了李崇仁诗的感性形象以及运用关联性的表现技巧。《郑梦周诗里出现的唐诗风倾向和美学特质》(《圃隐学研究》，Vol.14，2014)以郑梦周诗为例，研究了圃隐诗中出现的唐风要素，即抒发人生绝望的哀愁诗，表达诗人细腻情感的抒情诗；表现战场孤寂冷清的边塞诗；以佳人为题材的艳情诗；乐府诗。《惕若斋、金九容的诗里出现的唐诗风倾向与美学特质》(《韩国文学研究》，Vol.46，2015)重点考察了惕若斋、金九容两位诗人的诗作，指出大多学者评价惕若斋诗“清新、雅丽、清赡”的诗品，实则是唐代诗风；而在 14 世纪高丽后期的汉诗史中，金九容是和洪侃、郑誧、郑梦周、李崇仁一样进行唐诗风汉诗创作的人物，但其诗作已具有区分于郑誧、李崇仁的浪漫独特的诗风。《学谷郑誧的诗里出现的唐诗风倾向与美学特质》(《圃隐学研究》, Vol.15, 2015)通过高丽后期唐诗风汉诗创作的代表诗人郑誧的诗，考察其诗里表现的唐风要素，探究其唐风诗创作在文学史上的意义，指出在郑誧唐诗风的写诗特征中，继承了“清字系诗品”金九容和李崇仁的传统，可窥见朝鲜中叶以“三唐诗人”为首的唐诗风格创作的特质。

第二，金智英之研究。她对韩中文本中出现的唐诗评价进行了比较研究。《朝鲜李瀷的〈星湖僿说〉里出现的唐诗评价研究》(《中国语文论译丛刊》, Vol.37, 2015)考察了朝鲜诗人李瀷《星湖僿说》的唐诗评价，对《星湖僿说》30卷收录的378个条目言及中国文人及其诗作的内容进行了梳理，尤其是对《星湖僿说》中关于唐朝代表诗人李白、杜甫、韩愈的评价进行了筛选，从诗歌创作、作品、风格、诗语鉴别、考证等方面研究唐诗，从朝鲜古人的角度去重新审视和评价唐诗。《李睟光〈芝峰类说〉和赵翼〈瓯北诗话〉的唐诗评价比较分析(1)》(《中国语文学论集》, Vol.一 No.91, 2015)将李睟光《芝峰类说》和赵翼《瓯北诗话》中唐诗的评价进行比较研究，从作诗论、风格论、乐府诗论、考证方式四个方面对李白诗进行考察，认为李睟光主要是从作品和诗句对李白诗进行考证分析，而赵翼则主要是从诗史性的潮流对李白诗的宏观探索；比较研究还发现，李睟光对李白诗给予肯定，但对其人品却另当别论，而赵翼不仅对李白相关的诗给予肯定，而且对他的名声、人品方面也给予了较高评价。另外，《朝鲜李睟光和清代赵翼关于韩愈诗观的比较研究》(《中国语文学志》Vol.48, 2014)已在上文有关“韩愈研究”中述及。

第三，金昌庆和张景昆之研究。他们分别以李睟光乐府诗、朝鲜王朝“三唐”诗人所受的“唐代诗风影响”为内容，进行了比较研究。金昌庆《唐诗风对李睟光乐府诗的影响研究》(《东北亚文化研究》, Vol.44, 2015)通过对李睟光乐府诗的研究，考察朝鲜时代乐府诗的特征，指出包含有李睟光等作家作品的《乐府新声》摒弃了宋诗风，追求唐诗风，内容多为悲怨的女性情感、忧民精神、边塞风貌等，李睟光的乐府诗表达了多样的意识和对朝鲜社会现实的关注,并以七言绝句作为乐府诗创作的主要形式,为朝鲜后期乐府诗的创作奠定了基础。张景昆《朝鲜王朝"三唐"诗人的中唐诗风与元明诗学》(《洌上古典研究》, Vol.46, 2015)阐述了中国元明两朝诗学对"三唐"诗人唐诗风及其创作风貌的形成有重要影响,指出"三唐"诗人接受杨士弘《唐音》、李东阳等重视声韵的诗学主张,而《唐音》等唐诗选本和唐代诗人别集多选中晚唐诗,也直接影响了"三唐"诗风的中晚唐倾向,且认为"三唐"诗人采取便捷有效的学唐方式,呈现出不同的创作风貌。

第四,其他学者之比较研究。李圣炯《青莲李后白的唐诗风"受容样相"考察——以绝句的诗语和素材分析为中心》(《汉文古典研究》, Vol.29, 2014)以韩国诗人青莲李后白绝句中活用的诗语和素材分析为中心,考察唐诗风来韩后的"受容样相",通过对其17首绝句中对偶的运用,发现"清"字的活用度很高,进而论述青莲李后白诗风体现的抒情意境,但同时也指出其对偶的运用和对唐诗的模仿还不尽然。琴知雅《朝鲜时代唐诗选集的编纂样相研究》(《中国语文学论集》, Vol.— No.84, 2014)以朝鲜时代刊行的诸多唐诗选集为研究内容,特别关注到其文献价值,概述了当时的18种唐诗选集的编撰样相,并以韩国延世大学中央图书馆的4种收藏本为中心,叙述了其编撰动机、选集类型、特征及意义。李高银《〈南熏太平歌〉所记载的唐诗"受容样相"与意义》(《洌上古典研究》, Vol.46, 2015)研究了韩国面向大众出版的诗集《南熏太平歌》收录的中国唐诗,对其在韩的"受容样相"和刊行意义进行分析和考察,并进一步论证书中所刊之诗与当时大众审美取向的关系。

(四)其他文体类

在唐代文学的体例中,除诗外,常见的还有词、散文、唐传奇、戏曲等。在韩国有关唐代文学的研究中,必然涉及这些文体的研究论文。对这些文体的相关研究情况,既可看出唐代文学研究范畴的广度,也可看出研究内容的全面。2014—2015年间,对上述四类文体的研究,韩国学界都有涉及,词研究论文3篇,散文研究论文13篇,唐传奇研究论文7篇,戏曲研究论文1篇,共有25篇论文。

第一，词研究，共有3篇论文。张益敏《李贺、李商隐诗歌对〈花间集〉的影响》（韩国江原大学2014年硕士学位论文）以中晚唐诗人李贺、李商隐诗作为考察内容，分别分析了“二李”诗歌的题材、艺术技巧以及主题意象，并由各自诗歌的特点进而分析“花间派”词人词作的风格特点，探寻花间词人词作与“二李”诗人诗作的关系，从整体上分析“二李”诗异同点对《花间集》乃至词体的重要影响。柳己洙《朝鲜诗词里出现的白居易〈忆江南〉的“受容样相”》（中国研究，Vol.61，2014）分析了白居易词传入韩国的时间段，指出朝鲜词人对白居易《忆江南》联章体写景词特征的领悟，继而呈现本土化特色，即大部分以三组一首的《忆江南》为模板，歌唱朝鲜景致，并成为朝鲜词版《巫山一段云》联章体写景词开创的关键。李沃夏《温庭筠词里所活用的花意象的特质考察——韦庄、李煜词比较浅析》（《中国语文学志》，Vol.47，2014）选取中国诗歌与花间词中常见的自然意象——花意象作为研究视角，分析温词中花意象的运用特质，通过对温词47首有关花意象的词做了梳理和解释，与韦庄词、李煜词进行比较，指出各自特色，并有温词为花意象运用之大宗的论述。

第二，散文研究，共有13篇论文。以唐代时间为序，以散文作家作品为列，考察相关研究情况。

关于萧颖士的研究，赵殷尚《萧颖士与他的徒弟们》（《中国语言论译丛刊》，Vol.35，2014）介绍了萧颖士及其学派弟子的形成、培育途径及萧门关系网，述及萧颖士学派的学术取向和学术特征，以及对于诗歌和散文的贡献。

关于陆贽的研究，洪承直《陆贽所著的诏令文件——以〈奉天改元大赦制〉为中心》（《中国文学研究》，Vol.60，2015）以中唐时期朝廷重臣陆贽所作之《奉天改元大赦制》为例，考察其文的内容，是以骈体写就的既重视时务、又感情丰富的公文名篇，指出陆贽能把握骈体和散体的特色，“骈散兼美”的佳作成为其后古文大家的师表。

关于韩愈的研究，共有4篇论文。南宗镇《后代文人对韩愈碑志文的论评》（《中国文学研究》，Vol.55，2014）考察了后代人对韩愈碑志文的评论，历数从宋至民国初期文人们对韩愈碑志文撰写的评论后,指出这些评论是一些读书后记或是一些短评,进而论述了两种评论形式、三类评论内容,由于时代不同而出现很大差异,其中赞扬比批评更多一些。朴文铉《韩愈和郑道传的排佛论》(《退溪学论丛》, Vol.23,2014)分析了韩愈排佛的始末、韩国确立儒教的哲学由来,从中华思想和道统论的观点将佛教定为异端并排斥的韩愈排佛论,对高丽末、朝鲜初的儒学家有着巨大影响,尤其对韩国著名政治家、儒学家郑道传的影响极大。在韩愈基础上,郑道传提出了韩国对待佛教态度上伦理性的哲学批判,使儒教替代佛教成为韩国国家支配理念。黄理喜《韩愈〈马说〉的互文性——以〈战国策〉为中心》(《中国学报》, Vol.73, 2015)运用互文分析理论,对韩愈作品中《马说》与《战国策》之《楚策四·汗明见春申君章》《燕策一·燕昭王收破燕后即位章》《燕策二·苏代为燕说齐章》之间存在的互文进行了研究,探求其关联性的存在与否,得出伯乐、千里马、骥、骏马以及奴隶之手均为同位素的结论,也得出重用人才这一恒数结论;并认为《马说》比《战国策》更能表现出对伯乐不在之悲愤,通过对伯乐与千里马之遭遇的相关分析,将有助于对韩愈创作意图及文本作更丰富、更宽泛理解。郑载喆《韩愈文的典范形成与认识》(《韩国汉文学研究》, Vol.60, 2015)对韩愈文章典范做了论述,对韩国区分中国新旧文学典范进行了探究,指出韩愈诗文和中国宋代多样的伦理内容共同形成了韩国民族情感和思想,由此试图探析韩中不同文学环境下的韩国文学独特性格的意义。

关于柳宗元的研究,共有4篇论文。李玹疌《关于柳宗元论体散文的新修辞学研究》(韩国高丽大学2014年硕士学位论文)对柳宗元散文中的新修辞学进行了研究,对其散文作品的选题、论述、行文方式、表现手法等一一论证,并阐述了20世纪50年代由西方兴起的新修辞学与唐代柳宗元散文写作间的关系。韩至婴《柳宗元寓言研究》(韩国蔚山大学2015年硕士学位论文)对柳宗元的寓言文体进行了研究,通过当时政治、经济、生活等相关的创作背景,剖析柳宗元的文言文特点,指出柳宗元的文言文承载了个人理想、暗讽了现实社会、表现了其对社会矛盾的抨击和对美好生活的向往。吴洙亨《〈八家手圈〉里出现的正祖对柳宗元散文的"受容样相"》(《中国语文学志》, Vol.49,2014)通过被誉为"朝鲜最后一位明君"朝鲜正祖所抄录的柳宗元散文,分析正祖留意接受的文章内容、文体、修辞技巧等,从而探究其特征和意义。内容上,正祖看重对巩固王权有利的内容;文体上,对人际关系非常有用的书牍是其抄录最多的文体;修辞技巧上,正祖接受了柳宗元文学效用性的观点,肯定了文学的娱乐功能,相比内容,更看重柳宗元散文的修辞技法。金宗敏《韩国汉文散文里柳宗元的受容与变奏》(《大东汉文学》, Vol.42, 2015)考察了柳宗元《段太尉逸事状》的创作意识和文采表现手法,并指出李睟光、朴齐家、奇正镇、正祖等认为韩愈《张中丞传后叙》里有柳宗元《段太尉逸事状》的笔迹,认为柳宗元在文采上的差异性,主要出现在其传状碑志类散文里。

关于韩愈和柳宗的比较研究,共有 3 篇论文。高光敏、朴俊秀《柳宗元〈乞巧文〉和韩愈〈送穷文〉之优劣论》(《中国文化研究》, Vol.28, 2015)比较了柳宗元《乞巧文》和韩愈《送穷文》在章法结构运用上、文章渲染气势上的诸多不同之处,并指出在创新方面,前者采用《逐贫赋》一问一答的结构和正反的文法,而后者改为二问二答的结构,运用多种章法表达矛盾,优于前者,更高一筹。卢炫里《韩愈〈后十九日复上书〉和柳宗元〈上门下李夷简相公盛陈情书〉的比较研究》(《中国散文研究集刊》, Vol.5 , 2015)对韩愈《后十九日复上书》和柳宗元《上门下李夷简相公陈情书》的内容和形式进行了比较分析。内容上,相似的是对现实生活、理想政治、外部权利者的认识,不同的是对比喻的结局、自我和社会、自我和权力的态度;形式上,更突出的是不同之处,韩愈文章强调"理论性说服",柳宗元文章强调"情感上的呼吁"。李纪勋《大家文章的渊源说初探》(《东方汉文学》, Vol.59, 2014)收集和整理了唐宋八大家和汉代之前文章的"渊源关系说",涉及的关联研究有韩愈和《孟子》、柳宗元和《国语》、欧阳修和《史记》、王安石和法家、苏洵和战国纵横家、苏轼和《战国策》、苏辙和《春秋》、曾巩和刘向,意在探究包括韩愈、柳宗元在内的唐宋八大家文章的历史渊源。

第三,关于唐传奇研究,共有 7 篇论文。崔丁允《〈酉阳杂组〉的国内流入和“受容”关联研究》(韩国庆熙大学2014年硕士学位论文)以韩国现存《酉阳杂俎》版本状况为依据,对其流入韩国并广受欢迎的原因进行考察,在《韩国所藏中国文言小说的版本目录及解题》目录整理工作基础上,进一步用表格整理了《酉阳杂俎》在朝鲜各时期的文献,推断其最初传入高丽,后在朝鲜时代刊行,并继而在韩刊行《唐段少卿酉阳杂俎》的事实,认为韩国《五洲衍文长笺散稿》《芝峰类说》《青庄馆全书》《与犹堂全书》等亦有《酉阳杂俎》的痕迹。金恩真《唐代传奇〈谢小娥传〉和清代〈儿女英雄传〉比较研究》(韩国庆熙大学2015年硕士学位论文)阐述了清代侠义小说《儿女英雄传》和唐代传奇小说《谢小娥传》的关系,通过对两个作品文体、人物、主题思想的分类研究,认为其间的渊源关系说明清代不少小说保留着唐代传奇的母体形式和特征。

俞炳甲《薛调〈无双传〉研究》(《人文科学论集》,Vol.48,2014)对晚唐传奇《无双传》进行了研究,分析其特征、描写手法,并通过分析人物性格和思想价值,阐述作品的内在艺术性和社会意义,指出悬疑写法和前后呼应的结构效果是唐传奇小说的重要表征。俞炳甲《皇甫枚〈飞烟传〉研究——以悲剧要素为中心》(《中国文学研究》,Vol.54,2014)分析研究了晚唐《飞烟传》所用的叙事方法,指出其描写手法、主题表现及文章结构严密等特征,通过分析作品中的悲剧因素,阐明其悲剧意义和价值,进而论证唐代小说在中国小说史上的地位。

金洛喆《唐传奇和圣经里出现“龙”的意义考察:以〈柳毅传〉和〈约伯记〉为中心》(《中国小说论丛》,Vol.43,2014)通过对《柳毅传》和圣经《约伯记》里“龙”的比较研究,考察各自龙的性格与其文化生活的关系,认为两个文本里关于龙形象和超现实性的理解不同,唐传奇作品里的龙具有趣味性,而圣经里的龙则体现神灵信奉的宗教性,地域和宗教的不同不影响“龙”作为材料使用的价值。金洛喆《唐传奇里登场的奴婢角色及其意义考察》(《中国小说论丛》,Vol.45,2015)考察了唐传奇里奴婢角色及其意义,对唐传奇作家的构思意图做了四个方面的研究,认为奴婢故事在唐传奇里的出现,反映了唐代社会特权阶层的文人观，是唐代统治阶级惯有的叙事手段。

安仁《浅析唐代小说里出现的文人园林的“志怪描写”》(《中国语文学论集》，Vol.一 No.87，2014)通过唐代小说文人园林里发生的怪异故事，考察“志怪性的描写”及意义，认为这种描写虽有单纯的趣味，但是当时无法逃离世俗的文人们自我觉醒、有意追求的意图。

第四，关于戏曲研究，吕承焕、金甫暻《唐代唐戏概况及其特征(二)——任半塘〈唐戏弄〉之〈总说〉“盛唐”部分译注》(《中国语文论译丛刊》，Vol.34，2014)对任半塘《唐戏弄・总说》中的“盛唐”部分进行了译注，这也是《唐代唐戏概况及其特征(一)——任半塘〈唐戏弄〉之〈总说〉“初唐”部分译注》的后续工作。在这一部分中，任先生首先列举了有关盛唐戏剧的21条历史记录，并概括论述了盛唐戏剧的实际情况，进而提出了六种观点，丰富了中国戏剧研究的内容，扩大了有关领域的学术视野，韩文译者希望本次译注能给韩国有关专业的研究者提供若干参照。

(五)敦煌学专题研究

敦煌学研究，一直是中国域外汉学研究的热点领域。近年来，韩国关注敦煌学研究的学者逐渐增多，虽文献数量不及诗歌等唐代文学传统体例的研究，但也有一定研究力度和专业性，主要体现在对敦煌学的文字、文学、文化研究领域。2014—2015年间，共有5篇相关专题研究论文。

李泰炯《汉代乐府民歌和敦煌民间曲词里出现的爱情表达“样相”考察》(《国际地域学论丛》，Vol.7 No.1，2014)考察了现代乐府民歌和敦煌民间曲词里的爱情表达形式，指出两者均出自文人之手，肯定了文人对民间诗歌词曲的转移所具备的材料价值，而对汉代乐府民歌和唐宋词爱情表达的研究，对后续相关研究具有重要的参考意义。

郑广薰《论敦煌变文的韩文翻译》(《中国小说论丛》，Vol.42，2014)论述了敦煌变文韩文翻译的若干问题，提到在翻译中遇到不同的语气、叙事性、用途等元素，指出敬语体是最值得关注的问题，应在翻译讲经文时，用韩文敬语体来翻译，认为译者先要把握敦煌变文原文的氛围，然后利用韩文特点来翻译；还指出要关注变文的口头性，可将其作为选择翻译文体的依据，即如口头性明显，就可考虑说故事形式或者韩国板声式语体。

郑广薰《敦煌变文里商人形象及其文学作用》(《中国小说论丛》，Vol.46，2015)分析了敦煌变文里的商业要素与商人形象，通过《捉季布传文》和《董永变文》考察人口贩卖的商业要素，论述变文作品里有关商人形象的作品，如《舜子变》《庐山远公话》《大目乾连冥间救母变文》等，推测对“生意”一词的认知，进而探讨商业要素、商人形象、文学作用及其相互间的关系。

金金南《敦煌写本〈下女夫词〉译注与其文化涵义》(《中国文学研究，Vol.60，2015)对敦煌写本《下女夫词》进行批注解释，然后分析其文体性质与以婚俗为主的民俗性质，认为《下女夫词》应称为原始的戏曲剧本，其中掺杂着许多胡俗成分，展示了唐代敦煌一带婚俗实为中原婚俗与胡俗相掺杂的结果，认为胡汉习俗的相互作用昭示了民族间的融合。

曾少林、肖瑜《唐代敦煌俗字考略》(《汉字研究》，Vol.12，2015)对唐代敦煌俗字字形进行了考察，梳理疑难字形，使学者能更简洁使用相关字书查找和辨识俗字字形，在对这一时期敦煌俗字进行宏观和微观考察后，阐述了其历时演变发展规律和共时存续特点，并将它们与同一时期的正字进行比较，意在进一步推动汉字发展史的研究。

三、结语

通过对2014—2015年间韩国唐代文学及敦煌学研究的分类、梳理、综述，可以看出韩国唐代文学及敦煌学研究成绩可嘉。

研究范畴较广。涉及包括唐代诗歌在内的几乎所有文学体裁，其中还有关于唐代文学的韩中比较研究、同时期敦煌学专题研究。

研究内容较多。从分类综述情况看，对唐代文学的相关研究既有学界持续关注的学术热点，也有近期学者关注的新问题，有些是专题性研究，带有一定的延展性和纵深度。

研究视角较独特。有些文献基于学者自身的学科背景和研究优势，在立论和视域的选取上，格外重视独创性，体现出一定的韩国视角。

研究态势较活跃。除诗歌、作家作品等唐代文学传统研究领域呈现出数量较多的研究成果外，其他领域的研究也较为活跃，呈现出一些新气象，如河政承在唐代文学的韩中比较方面，对朝鲜著名诗人诗作中唐代诗风与美学特质的系列研究；俞炳甲在唐传奇研究方面，对代表性唐传奇读本描写手法、主题表现、文章结构、社会意义等的专门研究；郑广薰在敦煌学专题研究方面，对唐代敦煌变文文字文学上的相关研究等。

研究载体较为丰富多样。考察学者们发表和刊载的学术刊物，包括《中国文学》《中国学报》《中国语文论丛》《中国学论丛》《中国语言文化论集》《东洋学》《东方文化研究》《东北亚文化研究》等在内的众多学术期刊，成为韩国唐代文学相关研究一贯而专业的研究载体；部分接收中文文章的期刊，出现了部分韩国学者使用中文撰写的研究文本。

2014—2015 年间，韩国对唐代文学及相关领域的研究现况和学术热情，从上述诸方面皆可体现。希望作为中国域外唐代文学研究重要阵营的韩国学界，一如既往，更加精进。

盛德清风

由傅先生指导我完成第一篇论文习作谈起

□ 卢燕新

我的博士论文获得全国百篇优秀博士论文时，就不断有人邀我谈论文写作经验，我至今没有就这一问题写过文章。因为，没有恩师傅璇琮先生手把手教我，我恐怕连劣质的论文也写不出来。我终生难忘，傅先生是怎样细致耐心指导我的。先生仙逝时，我想写相关文章，但一直没有动手，其因有三：一是恩师仙逝后一段相当长的时期里，每当我思忆和先生在一起的往事时，常常心痛而不忍回首。二是师从恩师的日子，感人事件太多，先生指导我、帮助我写作论文的事迹，难以数计。三是担心难以把握好尺度，因为，写傅先生，也要说到我自己，担心有自夸之嫌。感谢《唐代文学研究年鉴》赐我良机！我很高兴，藉此平台，与学仁分享傅先生指导我的经验。只是，傅先生学术思想博大精深，我所领悟的，只不过皮毛而已。即使是我自以为领悟了的，恐怕与先生的思想境界还有很大的差距。故，进亦难，退亦难。犹豫徘徊之后，我想，还是从傅先生指导我完成第一篇论文习作谈起吧。

我 2006 年 9 月师从傅先生读博士，是恩师正式从教后指导的第一位学生。刚入学不久，傅先生去南京开会。离开北京时，先生告诉我，他要去外地开会，嘱我认真读书，有事随时联系。到了南京，先生担心我读书遇到问题，又给我打来电话，告诉我他的联系电话以及作息时间。先生不用手机，平时只用座机联系。我遵先生指导，认真阅读他编撰的《唐人选唐诗新编》。读完《翰林学士集》后，我隐约发现，该集诗人职官题名与诗人写作诗歌时的实际生平状况不完全吻合。其时，是先生到南京的第四天中午。等到晚上，我给先生打电话，略述了我的发现。先生听完，很高兴。他说，学术界一般把《翰林学士集》的职官题名当历史材料，来研究该集中的诗人，你的怀疑若能成立，这一定有价值。于是，先生告诉我，首先要细心查阅资料。为了让我更好地研读必查的资料，先生在电话里给我列了《旧唐书》《新唐书》《贞观政要》《唐六典》《通典》《唐会要》《资治通鉴》《册府元龟》《太平御览》《文献通考》等四十余种书籍，希望我真正下好材料功夫。

材料功夫，对于学力浅薄如我者，这是何等的困难。其中最为困难的是，如何找到强有说服力的论证材料。这一点，我想，许多学者和我一样有同感。然而，我很幸运。原因是，我有傅先生为我指引路径——先生如黑暗大海上的导航灯！在电话里，他详细问我读书的心得，细心指导我做好读书笔记。凡我所有的困惑，先生旁征博引，如数家珍。从南京回来，他当天就审阅了我的论文草稿。第二天，先生即约见我。他告诉我，除了古人的成果，今人的成果，一样也要重视。看到我困惑的样子，先生似乎明白我的心思：古人的成果，今天有门类众多的检索系统，加之先生为我列了主要书目，这一问题，基本得到解决。今人的成果，除非知网检索、长期积累，或者偶然发现者，很难做到竭泽而渔式的材料搜集工作。于是，先生当即告诉我，应当先阅读《中国诗学史·隋唐五代卷》《唐代逸诗辑存》《唐五代文学编年史》《唐代集会总集与诗人群研究》等。当天晚上，先生又给我打来电话，补充了二十余种书籍。正是先生的指导，使我在最短时间里，搜集了大量的研究资料。通过这次材料梳理，我不仅初步了解这一领域必读资料的门类，也学会了查询资料的方法路径。

这篇文章定名《〈翰林学士集〉题名职官考辨》。然而，具体到写作开始时，我却很为难：材料一大堆，该从何处着手？傅先生听了我的问题，告诉我说："考辨文章，要有构思功夫。"他给我讲，考辨文章，最讲求逻辑性，也就是要把自己的思考、发现、研究心得、思考过程，简要而且条理清晰地告诉读者。换句话说，就是，你发现了什么，如何发现的，通过什么材料证明、如何证明。为了让我更好地掌握考辨方法，他希望我认真阅读他的《唐代诗人丛考》。每次与先生谈话，我都准备好小本子，先是笼统地记下，然后再慢慢地思考消化。送走先生后，我一方面努力思考先生所说的“构思功夫”，一方面立即重新阅读《唐代诗人丛考》。《唐代诗人丛考》，我此前读过，这次蒙先生亲炙，读起来感受尤深。当我读到书序曰：“如《唐才子传》，它集中记载唐代诗人的事迹，其中的登第年确可参据，但其谬误之多是很使人吃惊的。而这些错误，却一直为一些文学史著作和唐诗选本所沿袭。又如闻一多先生的《唐诗大系》，这是新中国成立前较早的一个有特色的唐诗选本。闻一多先生有很高的艺术鉴赏力，《唐诗大系》所选的诗，在艺术方面是很可以作唐诗选的借鉴的，但书中有关作家生卒年的记载却往往很不可靠。经过比较核对，我发现现在的不少文学史著作和唐诗选本，有关生卒年的记载，却大都本《唐诗大系》。”我茅塞顿开，先生说的，不正是我目前阅读所遇到的问题吗？当我读完《唐代诗人丛考》中的《杨炯考》《杜审言考》《王翰考》等二十七位诗人生平考述，再反复思考先生诸多详尽的指导意见，我渐渐有了文章的逻辑结构。最后，我把论文主体框架定为“成诗年代可考诸组诗的诗人职官题名”、“唱和年代不可具体考定诸组诗的诗人职官题名”两部分。先生听了，很高兴。在先生看来，这样的构思，或可以达到让读者容易看明白的目的。

在恩师悉心指导下，这篇习作，只用了近四个月的时间就大体写好了。定稿后，我把文章交给傅先生时，心想，这篇文章下了大功夫，先生一定高兴。没想到，四天后，先生给我打来电话，问寒问暖之后，先生说：“你明天上午有事吗，就你的文章，八点左右，我们谈谈，好不好？”“明天”，也就是礼拜天，据天气预报，北京会下雪。我听见傅先生的安排，赶忙说：“傅先生，明天下雪。”傅先生说：“这没关系啦。早一天定稿，你好安心干其他事。”先生的决定，我感激之余，也惴惴不安。除天气因素外，“我们谈谈”，似乎不是好兆头。第二天早晨，约七点半，我就到944公交车站接先生。凭前几次经验，我知道，先生一定会在八点以前到车站。我到车站不久，先生就到了，手上提了一个大包。我们师徒俩踏着薄雪、迎着寒风，小心翼翼地边走边谈。沿途，先生问我吃了没，冷不冷，还笑呵呵地告诉我，包里除了我的论文、资料，还给我带了甜点、大石榴(这两个大石榴，当天晚上，我和室友文学院博士沈杰一人一个，分着吃了。吃石榴的时候，沈杰兄十分羡慕傅先生对我关爱。2016 年成都唐代文学年会期间，我和沈杰兄餐叙时，还一起回忆当时吃石榴的情景，有美国西华盛顿俞宁教授等可以作证)。傅先生是人民大学特聘教授，没有办公室。彼时，又恰逢礼拜天，国学院办公室也不开门。于是，傅先生建议，我俩到人民大学西门里贤进楼大厅谈工作。大厅里，人来人往。但这些，对我俩，似乎毫无影响。先生没有让我立即看他批阅的手稿，而是告诉我，习作在构思、材料搜集等地方取得的成就。谈了半个多小时以后，先生强调了两个问题：一是文章前面应当补入学术界研究现状。他说，这样做，一方面是对学术史的回顾，了解学术界的动态；一方面也是对前人学术成果应有的尊重。二是尽可能在文章末尾能补充一些旁证，这样，能使考辨文章更有说服力。我很惊诧，整个谈话过程中，先生除了最后指出的这两点外，其余，都是教我如何记住习作中的优点。把先生送上公交车，我迫不及待地回宿舍。当我打开先生批阅的手稿，我惊诧了：稿纸上，密密麻麻一片红！上面写满了先生的审阅意见。这些稿纸，我至今珍藏着。

第一篇习作，总计修改了六次，定稿后，先生很高兴。他说，我把你的稿子推荐给编辑部了。打印费、邮寄费全由先生支付。而且，邮寄工作，也是先生亲自送到邮局去办理的！拙文发表后，旋被人民大学复印资料全文转载。这是我正式发表的第一篇文章。细思之，成果归我，然而，这里面凝聚了恩师多少心血汗水！这些，惟我心知肚明——永远算不清，永远说不完。

有了一篇习作经验，一般情况，第二篇习作的进展或许好一些。然而，我那时的表现却差强人意。2006 年春节前后，我认真阅读了《河岳英灵集》，发现殷璠选诗，四品以上文士，如张说、张九龄、贺知章等，一首也未选，所选职位最高者为王维，其在天宝十一载官至文部郎中，从五品上。我把这一发现汇报给傅先生。他很高兴，当即指导我，看能不能发现该集其他一些特征，如内容、体裁等。有了先生指导，我的思路渐渐明晰。我采用数据法统计，其结果显示，在诗歌体裁上，殷璠偏爱古体。在思想内容上，殷璠选诗，多选向往出世、因为壮志难酬而感到苦闷一类诗歌。大约三个月时间，我把第二篇习作《〈河岳英灵集〉的选诗心态》交给傅先生。这次，我想，第一篇习作应注意的问题，我全注意到了。千万没想到，四天后，傅先生打来电话说："你明天有时间没有，就你的文章，我们谈谈。"听到"我们谈谈"四个字，我几乎一夜没睡好。我知道，对傅先生而言，这应当是批评学生的言辞。第二天，傅先生除了带我一沓资料、我的论文底稿，还带我一些小吃。这几样，几乎是每次约见我的惯例。交谈中，先生还是乐呵呵指出了我文章的成绩，并希望我继续做好。凭经验，我知道，论文中问题一定不少。果然，回到宿舍，稿纸上又是密密麻麻、红红的一片。

我细心阅读先生批阅意见，渐渐醒悟，初入学问之道，不仅仅是注意三两个问题这么简单。不切实际的自信、粗心、心急，是研究者的天敌；思考的深度、广度、逻辑的严密性、表述的方法等，也是刚起步的研究者可能出现问题的地方。实际上，这些问题，入学之初，恩师就反复告诉我。然而，实践中，要彻底克服这些弊端，谈何容易。看到先生批注，我明白，一般学者，"功夫"是练出来的。愚钝如我者，"功夫"则是恩师教出来的。我的每一次小小的进步，里面都渗透了先生无限多的心血和汗水。先生给我的意见，细致到参考文献的表述方式、引文的格式、资料的顺序、准确表述的文字以及标点符号等多方面。几经修改，这篇习作，发表在《山西大学学报》上。稍后，亦被人民大学复印资料全文转载。和前一篇文章一样，我的习作，傅先生亲自打印、邮寄推荐，连信封都是先生买的。

师从傅先生的日子里，先生指导我撰写并在《文学评论》《文学遗产》《文史》等期刊上发表了《〈翰林学士集〉题名职官考辨》《〈河岳英灵集〉的选诗心态》《〈新唐书·艺文志〉重出唐人编纂诗文总集考》《唐人编选诗歌总集补考》《〈极玄集〉、〈诗例〉与〈极玄律诗例〉考辨》《〈河岳英灵集〉选评李白诗刍议》《唐人编选唐文总集辑考》《盛唐编纂的诗歌总集考论》《〈续诗苑英华〉考论》

《从〈玉台后集〉到〈瑶池新咏〉——论唐总集编纂对女性诗什的接受》十篇文章。这里面，除上文所述，尚有不胜枚举的感人且让我深受教益的事迹。如，在撰写《〈续诗苑英华〉考论》时，我据《续高僧传》卷三所载“及贞观十九年，更崇翻译，所司简约，又无联类。下召追赴，谢病乃止。今春秋六十有八，声问转高，心疾时动。或停法雨，暂有登临……”以及两《唐书》于志宁传等，发现慧净永徽初尚未辞世，然，这一结果，我不敢告诉先生。因为，先生在《〈河岳英灵集〉研究》中指出，慧净享年六十七岁。2007年9月开学一个多月后，傅先生见我没有习作给他，也没有提问问题。于是，就到人民大学约见我，和往常一样，他给我带了书籍资料，还有一大包小吃。谈了一些生活上的事以后，先生问我：“你最近有论文，或者是有问题没有？”我迟迟不能回答。可能是猜想我没有新发现，先生安慰说：“这没关系，没关系。”“没关系”，是先生喜欢用的日常口语。我听后，鼓足勇气说：“傅先生，我发现慧净贞观十九年没死。”先生说：“什么？什么？没有死？这个发现，太好了，你有材料，或者有论证文字没有？最好能写成一篇小文章。”听到先生这样说，我大胆地把写好的习作交给傅先生。第二天晚上，先生打来电话说：“我那个时候，材料欠缺，对慧净评价不高，卒年的研究，也是有问题的。你做得很好。”我听后，除了感激，心中满怀钦佩之情。先生对我，总是积极鼓励劝勉，对自己却是如此严格。他谨慎对待学问、从不忽略一丝缺失。难怪陶敏等先生赞叹：傅先生不仅学问精深广博，他还有常人难以想象的宽阔胸怀！后来，这篇文章几经修改，我师徒二人合作发表在《文学遗产》上。

在十篇习作的基础上，我完成了我的博士论文。其时，是在傅先生生日前一天晚上。先生有个习惯，他不希望我分心去想学问以外的事。所以，往年过生日前，他都会告诉我，不要去看他，打个电话就可以了。前两年，我打电话，仅仅是祝恩师生日快乐。2008年的生日前，我如愿献上我特殊的生日礼物。电话里，傅先生非常高兴。第二天，先生破例约见我。我们师徒、师母徐先生，三人在先生家附近的青年餐厅欢聚。这家餐厅，也是傅先生经常宴请我的地方。他说，他喜欢“青年”二字。至今，我还记得那一天欢畅的场景。

毕业后，我到南开大学工作。期间，我常常和傅先生电话或者信件联系——在电话和信件中，我仍然享受着傅先生的关爱。我所写的习作，用快件邮寄给先生，先生会在电话里指导我修改。定稿后，再邮寄给先生，先生写好推荐信，又亲自到邮局邮寄给期刊编辑部。和往常一样，复印、邮寄，费用全是傅先生支付。这样的事，自我读博士始，从未改变。记得读博期间，有一次，我窃思，让先生推荐稿件尚可，起码邮费应有我支付。于是，在给傅先生的信中，我夹了一百元钱。谁知，先生收到后，很生气，不仅把钱还给了我，而且，很久时间没有给我打电话。此后，直到他辞世，我再未提起邮资的事。这些，除非来世，我永远没有机会了！

傅先生关爱我，曾让很多人深受感动。除前文提到的沈杰兄，我想再举一例。我的博士论文出版，先生不仅赐我美序，而且用自己的钱买了一百本，嘱我呈送学界师友。那个时候，先生的腿已经很不方便，加上先生不会用网银，我又在天津，于是，便拜托人民大学出版社杨宗元老师亲自到傅先生家取购书款。杨老师拿到书款以后，给我短信说："卢老师，您太幸运了。真的为前辈学者的精神所感动。"我明白，何至于此！先生关心我，超乎常人的想象。不仅我的学业，就连我毕业答辩餐饮费用、到天津联系工作的交通费等等，都是先生替我支付的。师从傅先生以后，我几乎每天都被先生感动着！

我出国前夕，先生身体欠安，前后两次住院。在住院期间，先生除了关心学术界他正在做的一些工作，也非常关心我的学业。他希望我将研究范围拓展到五代、两宋，又希望我整理研究他新世纪以来的学术资料，还希望我跳出唐人诗文总集，目光远大一些、思路宽阔一些，等等。每次拜访先生，我都会收获很多页笔记。最让我感动的是，他在病床上，替我修改了两篇论文，并给编辑部写了推荐信。那段时间，傅先生已经不能握笔写字。于是，他就口述，请护工小王记录。先生的话，护工小王似懂非懂，而且，记录的字迹也模糊难认。于是，先生就请师母徐先生整理抄录，连同拙文一起寄给编辑部。

傅先生在拙书《唐人编选诗文总集研究》序中说："孔子《论语·季氏》曾云'益者三友'：'友直，友谅，友多闻，益矣。'我想，只要能有益于燕新同志的学术发展，我愿足矣。"我从恩师处获益，非常人能想象。我浅陋的语言文字，也无法详尽叙述。人们常说，师徒如父子。先生于我，远甚父子。

而今，虽然先生远我而去，他永远活在我心中。

我所认识的彭庆生先生

□ 吴相洲

彭庆生先生，湖南安化人，生于1938年，北京语言大学教授。1956年考入北京大学中文系，1961年7月毕业后随林庚先生读研究生。1965—1973年任人民文学出版社古典文学编辑部编辑。1973年8月调入北京语言大学任教，1983年晋升副教授，1988年晋升教授。曾任校学术委员会委员、中华文化研究所所长、《中华文化论丛》主编、中国屈原学会名誉理事、国务院古籍整理领导小组成员。1992年始享受国务院特殊津贴，2000年退休。因病于2016年5月9日23时逝世。

彭庆生先生是唐代文学研究和古籍整理专家，主要著作有《陈子昂诗注》(1981)、《唐代乐舞书画诗选》(1988)、《诗词典故辞典》(1991)、《唐诗精品》(1992)、《增订注释全唐诗》(常务副主编，1999)、《初唐诗歌系年考》(2012)、《陈子昂集校注》(2014)。主要论文有《武德诗歌系年考》《贞观诗歌系年考》《唐高宗朝诗歌系年考》《武则天朝诗歌系年考》《唐中宗朝诗歌系年考》《陈子昂生卒年考》《唐诗革新的先驱者陈子昂》《陈子昂的政治思想》《唐诗与唐代艺术的美学特征》《"帝高阳之苗裔"解——兼论屈原的爱国思想》《"发愤抒情"解——试论屈原对中国诗学的贡献与影响》《林庚先生著作系年稿》(与方铭合作)《林庚先生的生平与著作》(与方铭合作)等五十余篇。

《增订注释全唐诗》，是第一部一代诗歌总集注释著作，陈贻焮师任主编，彭先生和陈铁民先生任常务副主编。该书因部头太大，近百人参与完成，统稿任务十分繁剧。但这项费时费力工作却难以讨好。由于篇幅有限,难以展现注者个人创见。加之很多名家诗集已有注本,有的甚至有多种注本,读者若不仔细阅读,难以分清书中有何创新。其实虽然传世唐人别集不乏注本,但多数诗人一直没有注本,因此该书是第一次给这些诗集作注,其创新价值不言而喻。该书给唐诗研究者提供了极大便利,作者却难以因此成就名声。彭先生和陈铁民先生根本不管这些,在20世纪90年代年代七八年间,全身心投入了这项工作,才使得这部巨著得以面世。

对《初唐诗歌系年考》,陈冠明有书评,发表在年鉴2013辑上,称该著充分肯定了初唐诗歌成绩,颠覆了长期以来人们对初唐诗歌的评价,"体现了重要的文学史价值"。有云:"彭庆生教授……从1996年起,十余年时间,又专注于初唐作品系年,然后有《武德诗歌系年考》《贞观诗歌系年考》《唐高宗朝诗歌系年考》《武则天朝诗歌系年考》《唐中宗朝诗歌系年考》等陆续问世;……集腋成裘,撰成《初唐诗歌系年考》。……本书的一个十分明显的特点,就是占有翔实的史证,这是作者的坚实功底分不开的,也是本书系年能够做到精准的前提与保证。"

《陈子昂集校注》陈冠明也有书评,发表在年鉴2016辑上,有云:"彭庆生教授第一部研究初唐文学的专著是《陈子昂诗注》,1981年出版。此后便将专攻对象定位于陈子昂,孜孜不二,矻矻不倦。之后而有《陈子昂生卒年考》,又有《陈子昂年谱》等。1993年,彭先生担任《增订注释全唐诗》副主编;近年来,又与陈铁民先生共同主编修订本《增订注释全唐诗》,其中包括对陈子昂诗的注释。长袖善舞,如此几经淬砺,反复磨炼,至《陈子昂集校注》,已经是驾轻就熟,炉火纯青,而集陈子昂研究之大成。此'集大成',有两个层面:一是集自身个人研究之大成,二是集历来学者研究之大成。"

彭庆生先生学术贡献主要是普及唐诗、考证初唐诗歌活动、整理陈子昂集以及注释《全唐诗》几方面。但彭先生很少参加唐代文学学会活动,很多会员对彭先生了解不多,而我恰和彭先生有一份特别的学术情缘,想谈谈我所认识的彭庆生先生,以便学界同仁对彭先生有更多了解,看看彭先生如何为人,如何对待学问以及在怎样情况下从事唐代文学研究的。

第一次见到彭庆生先生是我博士论文答辩。那是1995年夏天，我把我毕业论文和同行评议书送到彭先生家里，过了些天我又去取论文评议书，并约定参加答辩会时间。看得出彭先生很高兴，对我的论文予以充分肯定。他说："你的语言很好，当我读到'皎公发大慈悲，欲为众生开方便之门，自己却先入魔道'时，激动地站起来走了三圈。你放心，答辩时我一定替你说好话！"那是我论文中谈到皎然在《诗式》中虽然推崇"风流"，认为诗的最高境界是有"文外之旨"，"但见性情，不睹文字"，但还是列出了一系列作诗方法，以此说明中唐前期诗人虽然追求兴象玲珑风格，但在实际创作上并没有取得相应成就，并不合于严羽所说禅家"第一义"。文中原话是："《诗式》对诗的各个方面都做了具体的要求和规定，意在树立一个理想的艺术范式，'使无天机者坐致天机'，其实是一厢情愿。皎公发大慈悲，欲为众生开方便之门，自己却先入魔道。悟道全在个人体验，循他人之规矩，为某种有形的东西所束缚，永无出头之日。尽管人们按照从盛唐诗中总结出来的规矩去创作，却也只能写出一些玲珑光滑的'工艺品'，不可能写出醇美浑厚的有生命力的盛唐诗。从这个意义上讲，盛唐诗是一去永不再复了。"作为博士生，送交论文最担心的就是论文能否入得了专家法眼，不求得到夸奖，但求能过关，对彭先生尤其有些恐惧。因为早就听说彭先生学问好，文中问题难逃其火眼金睛，参加答辩历来以严厉著称。所以彭先生竟然这样说我的论文，我心中当然十分高兴。答辩会上彭先生果然对我的论文赞赏有加，并把跟我说的话在会上又说了一遍。从此我和彭先生好像有了一种特殊缘分，每年春节都要去他家里拜年。

等到我自己开始指导博士研究生以后，博士毕业答辩会、博士后出站报告会，我都请彭先生来主持。彭先生每本论文都认真阅读，认真写评语，答辩时指点妍媸，精准到位。那是首都师范大学文学院答辩时的一道风景，不仅学生印象深刻，其他答辩委员也深受鼓舞，为能参加这样高水平答辩会而感到高兴。我曾对答辩学生说，不管你们论文得到怎样评价，在这个答辩会上得到的是公正严肃的评价，你们应该为参加这样高水平答辩会而感到荣幸。一次我的一个博士后中期检查，实际上做开题报告，研究清代一个不怎么知名的作家，我第一次听到这个作家，提不出什么像样意见，而彭先生仍然给予了详细指导。就这样，我对彭先生产生了依赖，遇到项目成果鉴定、书稿审读等事情，都找彭先生帮忙。其实彭先生虽然退休，但自己研究任务十分繁重，而他总是有求必应。

最令我感到惭愧的是为我审读《中国诗歌通史·唐五代卷》书稿。通史是赵敏俐、吴思敬两位教授主持的国家社科基金重点项目。我虽然在毕业论文中对盛唐到中唐诗歌发展变化有所描述，但为整个唐代诗歌作史，还是颇感力不从心。写完书稿后，应课题组要求，把60万字书稿拆成两半，一半请彭先生审读，一半请陶敏先生审读。谁知陶敏先生刚刚检查肺癌，正准备做手术，最终彭先生审读了全部书稿。惭愧的是我给彭先生的稿子没有经过任何打磨，是真正意义上的“粗稿”，把这样稿子给彭先生，显然是不够恭敬的。彭先生不以为意，认真阅读，提出了几十处修改意见，并给我很多资料，有些话还替我直接写上。

这是对学术的一种责任感。记得到了2011年我去给他拜年，他说现在身体不好，糖尿病使他体重已经不到一百斤，一阵风都能把自己吹倒了，很担心无法完成《陈子昂集校注》。因为自己曾经在陈子昂会上说了要把这项工作做完。以后彭先生有时会给我打电话，让我在古籍数据库中帮他查一些典故。因为陈子昂集中经常出现“古人云”，不说具体名字，难以查到出处。我为他检索，有点儿收获，但很有限，这是我为彭先生唯一做的一点儿事情。我还派一个学生帮他到国家图书馆核对一个版本，他对这个学生一直念念不忘。2012年春节我去给彭先生拜年。他说身体好多了，年前住院来的，开始打胰岛素，体重有所增加，精神也好了，《陈子昂集校注》已经交给出版社，正计划着修订《增订注释全唐诗》，因为该书已经纳入国家2011—2020年重点出版规划。

十多年来我研究乐府学，彭先生大力支持。他参加过我主持的北京市社科规划项目和北京市教委重点项目“乐府诗分类研究”的中期检查和结项会议。2009 年夏天，傅璇琮先生让我组织人整理《乐府诗集》，申请国家 2011—2020 年重点出版规划。彭先生是国家古籍整理委员会委员，知道我的《乐府诗集校笺》纳入了规划。2013 年“《乐府诗集》整理与补编”获得了国家社科基金重大项目立项。彭先生很关心这个项目。我没有做过古籍整理工作，而彭先生是古籍整理专家，心里总是想着有问题可以向彭先生请教。但是由于各种原因，项目进展不快，想请彭先生、陈铁民先生开个专家咨询会，一直没有开成。2015 年春节，我去给彭先生拜年，彭先生对我：“相洲啊，咨询会要抓紧时间开呀！我们这些人日渐凋零。……”这句话我以为是老年人经常说的，没有特别在意，只知道要抓紧时间开会。可是从春天到夏天、从夏天到秋天，会一直没有准备好。直到深秋了准备好了要开会，一打电话师母说彭先生住院了。我到北医三院去看彭先生，他精神状态还不错，说等出院以后，一个月之内一定要开会，我已经做好了准备。当时我不知道彭先生确切病情，只知道是因为心脏问题住的院，也没有多想，只是想很多人心脏都有问题，调理调理就好了。大概过了二十多天，彭先生说可以开会了，于是开会。会上彭先生对工作方案和几篇样稿看得非常细致，会上一一点评。但彭先生说着说着声音越来越低，最后声音甚至听不清内容了。我赶紧让休会，请彭先生到宾馆房间休息。正好快到中午了，派学生把饭送到了房间，彭先生吃了饭，休息了一下，下午恢复了精神，会议照常进行。晚饭时彭先生有说有笑，会议就这样圆满结束了。会上这一情况还是没有引起我的注意，只是以为彭先生长期患糖尿病，又不能起早，所以才会出现临时低血糖。直到 2016 年除夕，我才从陈铁民先生那里得知彭先生已经确诊患上了胰头癌。彭先生是把参加这次会当成一个心愿在了结。

第二天我去看彭先生，他精神不错，说昨天晚上到现在一直没有疼。还说中华书局要他修订《诗词典故辞典》，他说看来修订是作不了，只能通读一遍，看看有没有错字了。我们都知道，胰是很娇贵的脏器，别说长了肿瘤，就是急性胰腺炎都可能要命的。在胰头上长癌更凶险，因为藏在腹腔里面难以发现，一旦发现就是晚期。我这次再也没有以前那样乐观了，但心理仍然希望奇迹发生。我不敢面对彭先生离去，入春以来很长时间我不敢去看他。春天彭先生写了有关陈子昂的文章，北京语言大学“文学遗产研究院”方铭教授给让我作为栏目主持，写个编者按，文章发表了。陈铁民先生想看这篇文章，我 2016 年 5 月 10 日晚上给陈先生发邮件，说文章已经发表在《光明日报》2016 年 3 月 26 日了，如果找不到报纸，我就把电子版发给他。并在邮件中说：“也不知道彭先生病情怎样了，想去探问，又不想听到坏消息，真有点‘近乡情更怯，不敢问来人’的感觉。”11 日早上我忽然接到方铭教授发来的短信：“沉痛哀悼彭庆生先生！彭先生遗体告别仪式将于 2016 年 5 月 11 日早晨 9 点在 306 医院举行。”唉！彭先生到底是走了！

从彭先生遗像平静而坚毅的眼神中我看到一个真正知识分子的精神境界。先生早年由湘西考入北大中文系，五年后又随林庚先生读研究生，一生勤苦好学，只想着在学术上做出成绩。但命途多舛，生逢左年，叠经运动，饱受冲击，伤病留在身上，学术延宕许久。虽然这是那一代知识分子的宿命，但他热爱学术，遇事敢言给他招来了更多不幸。热爱学术是学者本分，正直敢言是知识分子应有品格，彭先生这两条都做到了。彭先生对得起学问二字。《初唐诗歌系年考证》《陈子昂集校注》都是在退休后完成的。彭先生记性好，读书勤，用力苦，学问好，他的去世，确实是唐代文学研究一大损失。联合国前秘书长安南曾经引用非洲谚语说：“每一个老人的故去，都等于毁掉了一座图书馆。”彭先生一生致力于唐代文学研究，上苍怎么就不能多给他一些时日呢？上苍难道就要看着他们在唐代学术事业上开出最鲜艳花朵时让他们生命瞬间凋谢吗？2012 年 11 月陶敏先生走了，2016 年 1 月傅璇琮先生走了，5 月彭庆生先生又走了。这就是热爱学术者的宿命吗？每次面对他们的离去，我心里都感到一种强烈刺激。

“老者安之，朋友信之，少者怀之”是孔子志向。在彭先生身上我仿佛也看到这些。记得 1996 年春节我去给林庚先生拜年，正好遇见彭先生给林先生拜年。他帮助林先生做这做那，感觉仍是弟子见到师傅那种恭谨和幸福。在北大中文系举办纪念林先生一百周年诞辰大会，彭先生准备了一个长篇发言，详细叙述了他随林先生读书经历，其中谈到了对陈贻焮先生、袁行霈先生这两位同门师兄的尊敬和友谊。我能感觉到他和陈铁民先生是一新师关系要好的两个兄弟，我一直把他当作我的师叔看待。我也曾向他表示："《增订注释全唐诗》主编工作主要是您和陈(铁民)先生做的，家师当时已经生病，没有做具体工作，您和陈(铁民)先生仍然把主编让给家师……"彭先生很严肃地说："陈(贻焮)先生是我们老师，这件事情全凭陈先生号召力干起来的。"投入十年精力完成一项巨大工程而又丝毫不计较名位，难道说这不就是孔子所说的"朋友信之"吗？彭先生不仅对我好，我从北京语言大学青年同事回忆对彭先生主持文化研究所时对青年学者细心关注可知，彭先生对后生晚辈一直是热情奖掖的。这就是孔子所说"少者怀之"吧！

高人王右丞，异代有知音
——纪念师长泰先生

□ 高萍

2016 年 10 月 13 日，清秋的秦岭，银杏泛黄，层林渐染。我思忖着周末可以邀上师长泰老师一起去看看辋川秋色。傍晚时分，突然接到师老师女儿的电话，告知先生因病在北京去世。这突如其来的噩耗，犹如晴天霹雳让我震惊……我无法相信，两天前还曾通话，还在讨论即将出版的专著的封面设计，书稿尚未面世，他怎就转瞬仙去了呢？第二天一早我便赶到北京，第三天与中国王维研究会会长、首都师范大学吴相洲教授，北京师范大学康震教授一起送了老师最后一程。几天来悲痛难已，扼腕叹息。悲哉，学界失去了一位唐诗研究专家！叹哉，辋川王维失去了一位知音！痛哉，我们失去了一位敬爱的师长！

师长泰先生，山西临猗人，1938 年出生。20 世纪 50 年代后期求学于陕西师范大学，师从著名的古典文学专家、文艺理论家霍松林先生。他在学业上用力尤勤，多得霍先生嘉许。毕业后在中学从教 10 余年，70 年代末任教于西安师范专科学校（西安文理学院前身），并任中文系主任。此外还担任了陕西师范大学古代文学专业研究生兼职指导教师。他执教讲坛五十年，知识渊博，治学严谨，教法精湛，为教师之楷模，为学生之典范。1994 他走上了曾宪梓教育基金奖的领奖台，这是对师者长泰先生的最高褒誉。

我与师先生相识是在 1991 年，那时他已过知命之年。他个子不高，精神健爽，讲授《唐宋文学》。析文讲诗时总是神采奕奕，声如洪钟。一首绝句、一阙宋词，往往旁征博引，妙语连珠，有声有色，情味盎然。讲到精彩处，他总是微微昂着头，眼睛凝望着远方，泛着光芒，仿佛重返他魂牵梦绕的唐宋时光。学生们随着先生的讲析一起沉醉在诗情和词美之中。唐的海上明月，金戈铁马；宋的晓风残月，赤壁惊涛，情真意切，皆动人心魄。先生尤重诗歌的审美性，往往在比照分析中揭示诗句中的奇正、虚实、动静、显隐、浓淡等艺术法则。或是作家群体比较，或是作家不同阶段比较，或是同类诗文联类比较，视野开阔，启迪思路。印象极深的是先生讲析王维《观猎》，其诗首联为后人称赏，先生先举沈德潜、施补华、张谦宜所论，然后从听觉、视觉、触觉所营造的环境氛围分析两句诗的妙处，最后与张祜《观徐州李司空猎》中“万人齐指处，一雁落寒空”比较，张诗气度局促，境界狭窄，出语浅露，王诗气韵雄浑，构思奇巧，意出侧面，两诗境界差别立见，王诗的声势气魄自显。多少年来，众多弟子正是在他春风化雨的教诲下陆续走上了古代文学的研究道路。先生教学尤注重学生的背诵功夫。开学伊始，他就划出背诵篇目，期末抽签检查，人人需要通关。学生们对老师是又怕又爱，个个虽叫苦不迭，但还是三更灯火五更鸡地背得不亦乐乎。这方法简单实用，践行后苦尽甘来，让人受益一生。先生的这种教学传统一直被西安文理学院古代文学的教师们沿用至今。

师先生在 20 世纪 80 年代开始致力于古典诗歌艺术研究。他从古代传统诗评家零散的感悟式评点出发，将传统诗论与现代的哲学、心理学、美学等科学理论相结合，探寻诗歌的艺术规律和审美本质。他的唐诗艺术研究强化文本，注重诗艺诗法，建立了艺术技巧辩证体系，颇具特色。80 年代初他在《西安晚报》开辟《诗词名句赏析》专栏，每周一篇，历时两年，深受读者喜爱，曾受邀到诸多大学作讲座，皆是座无虚席。后将专栏文章补充，结集为《古代诗词名句艺术探胜》（陕西人民出版社，1986 年）。选析了历代诗词名句一百三十条，先疏通名句句意，再选录历代诗话、词话评论，最后探析艺术之美。评笺宏富丰赡、浅析或言内容意蕴，或指艺术特色，或类比短长，信笔挥洒，征引庞博，颇见功力。

其后，师老师撰写出版的《唐诗艺术技巧》(陕西人民出版社，1991 年)亦是沿着诗歌艺术的研究思路，征引 600 余首唐诗，60 多部诗话，围绕着抒情方式、表现角度、描写手法、锤炼字句等方面，探求唐人诗歌创作的艺术法则。他借助美学、心理学等多学科的思维方法，对唐诗的创作规律和审美法则进行综合性的分析与研究，建构了属于中国气派的诗歌艺术体系。将唐诗中偶然的零碎的诗歌表现手法，上升为审美或诗学的构思原理，揭示诗歌创作的艺术规律，使唐诗的艺术阐释焕发出新的生机。如以李端的《拜新月》为例，师先生提出诗歌创作中的"离托之法"，即在艺术构思上打破思维活动的常规，离开抒情逻辑发展轨迹，另辟蹊径，选择新的表现角度，似断实续。师先生在《感物兴怀，物我情融》篇中提出了诗歌的审美移情问题，将德国心理学家、美学家里普斯的"移情说"与中国诗论中的"感物兴怀""心物交感"相结合，分析了唐诗中移情之心境、移情之方法、移情之艺术功能，被学界认为是"第一篇系统而深入地研究唐诗移情现象的理论文章。"

其后，师先生又出版了《唐人律诗精品评赏》(太白文艺出版社，1997 年)，融注释、赏析和集评为一体，分析了 48 位诗人 90 余首律诗精品起承转合之法和诗情诗美，为唐诗的普及和唐诗的教学提供了范本。他选编注释的《历代诗人咏兴庆宫诗选注》(西安出版社，1998 年出版)成为西安兴庆宫文化建设的重要参考文献。师先生在唐代文学的研究上，关注艺术技巧的传达，为唐诗艺术经验的传承做出贡献。

师先生在唐代文学的研究中尤为关注王维。先生祖籍山西省临猗县，出生并生活于西安，岳丈家在蓝田，与王维的生存空间几乎重叠，这种机缘巧合似乎冥冥之中将他和王维永远地牵系在一起。王维是盛唐诗坛的杰出代表，当时即有"天下文宗"之誉，后世又有诗佛之称，堪与李白、杜甫鼎足而三，与李杜共同显示了盛唐诗歌的恢宏气度与辉煌成就。王维集诗歌、绘画、音乐于一身，是盛唐文化的典范。但因其在安史之乱中陷贼受官，致使后世学界对王维研究往往是艺术上肯定，思想上否定，褒贬不一,未能给予足够的重视。

师先生因地域之利和兴趣所趋,自觉地肩负起了推动王维研究,提高王维地位的重任。他在资金短缺,学校无名等困难下,筚路蓝缕,数年筹划王维研讨会。先后得到中国唐代文学学会副会长霍松林先生、傅璇琮先生,唐代文学学会理事周祖撰先生、陈贻焮先生的鼓励与支持。经多次与蓝田县人民政府筹措,终于 1991 年 5 月在西安召开了全国首届王维诗歌学术讨论会,并遵照著名王维研究专家陈贻焮先生的倡议,成立了全国性的专业学术组织——中国王维研究会,名誉会长陈贻焮先生,会长陈铁民先生、陈允吉先生、师长泰先生。这是王维研究史上的第一次盛大集会,为海内外王维研究学者搭建了交流的平台,文人雅集,论议王维,推动了王维研究向纵深发展。会后论文结集,编辑出版了《王维研究》第一辑,代表了当时王维研究的最高成就。

作为王维研究会的创会会长,在随后的二十年里,他殚精竭虑,多方筹措,与陈铁民先生、陈允吉先生积极组织学会工作。先后在西安、鞍山、北京、南通顺利召开了六届王维研讨会,共出版了六辑《王维研究》,收录论文 230 余篇。不仅云集了国内王维研究的著名学者,还先后邀请了日本学者入谷仙介、内田诚一;新加坡学者萧驰;韩国学者朴三洙,柳晟俊、金世焕、金昌庆;中国台湾学者侯雅文,中国香港学者董就雄等,极大地扩大了王维研究影响力,提高了王维在中国研究史上的学术地位,推动了海内外王维研究的深入与发展,使王维研究真正与李白、杜甫、韩愈和李商隐等唐代大家研究相埒,成为唐代文学研究中的重镇。师先生为王维研究发展做出了开拓性和原创性的贡献。正如首都师大吴相洲教授挽联所言:"用真心创王维学会同侪感仪范,谭诗艺传唐代精神后辈沐德音"。

自研究会成立之后,师先生的学术研究也聚力在王维上。先后在《文学遗产》《人文杂志》《唐代文学研究》《王维研究》上发表论文十五篇。所论就题材而言,涉及王维的送别诗、山水田园诗、应制诗、边塞诗、咏史诗;就诗体而言涉及王维五律、七律、七古、以及五、六、七言绝句;就艺术而言,涉及诗歌意象和艺术法则。2016年他集以前成果，又补充新作，出版了《王维诗歌艺术论》（上海三联书店，2016年11月），这是师先生王维研究的全面总结。细致分析了王维诗歌的艺术之美和结构之法，揭示了王维诗歌中的正奇、动静、繁简、虚实等艺术辩证法则。比如论王维的送别诗，师先生认为在艺术上最突出的特色是虚实生发。唐前送别诗多侧重实境描绘，情深但味儿短。王维“打破了这种传统的写法，把送别诗的境界拓展到别后的山程水驿之中，造成了送别实境与别后虚境的变换”，情意深挚，意蕴悠长，提高了送别诗的审美境界。

因地域形便，师先生在王维研究中，现地研究独具特色。他多次赴辋川实地考察，对王维生活和创作地点展开典籍调查和田野调查，先后发表了《论〈辋川集〉及蓝田辋川风景区的建设》（《唐代文学研究》第五辑）、《论〈辋川集〉及蓝田辋川风景区的特色》（《人文杂志》1993年第5期）、《是感配寺，不是感化寺——王维〈山中与裴秀才迪书〉别解》（《名作欣赏》2011(31)）、《唐“细柳营”考释——兼及王维〈观猎诗〉地名辨误》（《王维研究》第七辑），对地名进行了考稽勘证，审慎择取，辨误纠错，得出一些较为权威的结论。

先生参照王维《辋川集》和宋初郭忠恕摹本《辋川图》，实地考察，走访当地群众，比照辋川山形水势，对王维辋川别业的几个主要景观位置予以确定。他认为辋川别业并非大板块结构，而是绵延近二十里，错落分布在辋川川道及附近的山坡上。大体以北垞、孟城坳和文杏馆为中心。根据《蓝田县志》《重修辋川志》《陕西通志》描述，结合地形考察，得出北垞位置在蓝田县城南约十五里过了“扁路”而境界“豁然开朗”的闫家村。由闫家村向东南前行六里，到官上村，此即别业中的“孟城坳”，地处辋川中心，是王维初居辋川时的新家所在地。根据《辋川志》记载，并结合蓝田水文资料，证实与官上村隔河相望的地处山脚下的新村，便是当年王维营建的“南垞”的遗址。官上村上行十余里，到飞云山麓的白家坪村，此为王维辋川庄园住第。师先生还对王维诗文中的地名进行了考证和辨误。关于感配寺，几乎所有的选本都注释为感化寺。因为王维《过感化寺昙兴上人山院》《游感化寺》两诗均提到。但感化寺在白鹿原北侧的灞陵附近，距王维辋川居所约90华里。据《山中与裴秀才迪书》一文所述，王维去感配寺是当日往返，因此不可能是百里之遥的感化寺而是邻近辋川别业的西北山岭中临灞河的一座佛寺。现地研究从空间维度上辨析了王维生活和创作之地，丰富了诗歌意象的地理内涵，增加了文学史对诗人描述的清晰度，对深入解读其人其诗有重要的理论价值。为今后王维研究、山水诗研究提供学理、地理上的研究基础。

此外，师先生还把古典文学研究与振兴地方文化结合起来。在考证的基础上，阐述了辋川别业的园林特征，明确了辋川等地的具体位置，为辋川的文化开发奠定了基础。陕西蓝田辋川为唐代诗人王维的隐居之地，亦是他的精神家园。王维长期生活于斯，创作于斯，死后又葬于斯。王维不仅营造了著名的辋川别业，而且写下了许多歌咏辋川山水的诗作，从而奠定了他在盛唐山水文学中的领军地位。从清末到20世纪80年代末，辋川一直处于沉寂之中，无人问津。先生多次到蓝田县王维辋川别业遗址实地考察，撰写了《论〈辋川集〉及蓝田辋川风景区的建设》论文，在第一、二、三、五届研讨会期间，组织代表们实地考察了王维蓝田辋川别业遗迹，使昔日辋川再现文人雅集盛况。尤其是以王维研究会名义向政府提交了《关于修复王维蓝田辋川别业给西安市人民政府的建议书》，呼吁社会关注遗址的保存。他多次与蓝田县政府领导研究，讨论有关修筑王维纪念馆和修复辋川二十景的构想和实施方案，以期使盛唐士人园林风姿再现于世。师先生多次提到唐代大诗人李白、杜甫、白居易、陈子昂、韩愈、柳宗元等皆有纪念馆所，唯独王维没有。先生期待王维纪念馆能够屹立在辋水之滨。清末民初理学家《蓝田县志》编者牛兆濂曾云“辋川名胜，李唐以来，骚人韵士，咸艳称之。顾辋川之在蓝田，以摩诘著，摩诘则以其诗画着跡，其名字归依维。”辋川因王维而天下知，王维乃辋川之知音也；师先生极力推进辋川的文化建设，亦王维之知音，辋川之伯乐也。辋川山水若有灵，必当怀德千古。

师先生不仅关注王维研究的前沿动态，蒐集学者们的最新研究成果，而且对后辈们奖掖提携。青年学者袁晓薇新著《王维诗歌接受史研究》出版后，师先生欣然为之作评，高度赞扬了这部书是“国内第一部研究王维诗歌接受史的学术专著”，“填补了王维研究领域内的学术空白”，“以史带论，史论结合，体现了接受史论的鲜明特色”。我也是在先生的带领和鞭策下开始王维研究。1995年召开第二届王维研讨会时，我还是助教，协助先生参与了一些会务工作。会后，撰写了《全国第二届王维诗歌讨论会综述》。之后我在陕西师范大学师从中国史记研究会副会长张新科教授研习《史记》，与王维渐行渐远。直到2009年第五届王维研讨会，我提交了论文《王维应制诗与盛唐帝都文化》，没想到一点浅见得到了老师的肯定。在2011年第六届研讨会上，又提交了《王维应制诗的因革及其模式意义》继续这一问题的研究。受先生之影响，2013年我开始关注王维辋川诗中的地名考证。先生不辞劳苦，带我两次赴辋川考察，并提供了很多有价值的文献资料。2011年理事会改选时，师先生竟推举我做了副会长、秘书长，让我诚惶诚恐，自愧难当。我资质驽钝，生性散漫，恐负先生厚望，唯有尽心尽力做好学会工作，以继先生之志业。

师先生从1984年开始担任中文系主任直至2000年退休。繁忙的行政管理工作，丝毫没有让他停止学术研究。退休后，他一直坚持不懈，追求自己的学术理想。2015年已是77岁高龄的他，不顾高血压和糖尿病的困扰，笔耕不辍，伏案写作《王维诗歌艺术论》。当看到他那厚厚的一叠手写书稿时，我内心充满了震撼与敬佩。先生一生心系王维，情定辋川，“春蚕到死丝方尽，蜡炬成灰泪始干”。这部书既是他研究王维的总结，也是他生命的结晶。《王维诗歌艺术论》于2016年11月正式出版，而先生却在半个月前离世，令人唏嘘不已。幸哉！先生在病榻前选择了心仪的封面，先睹风貌。痛哉！先生未能等到新著面世，就撒手人寰。呜呼哀哉，此恸何极！

“空山不见人，但闻人语响。返景入深林，复照青苔上。”蓝田丘壑，不见高人王右丞。长安辋川，不见先生师长泰。但王维的雅韵流风，师先生的道德文章，都如一抹温暖的阳光，与辋川共存！

索引目录

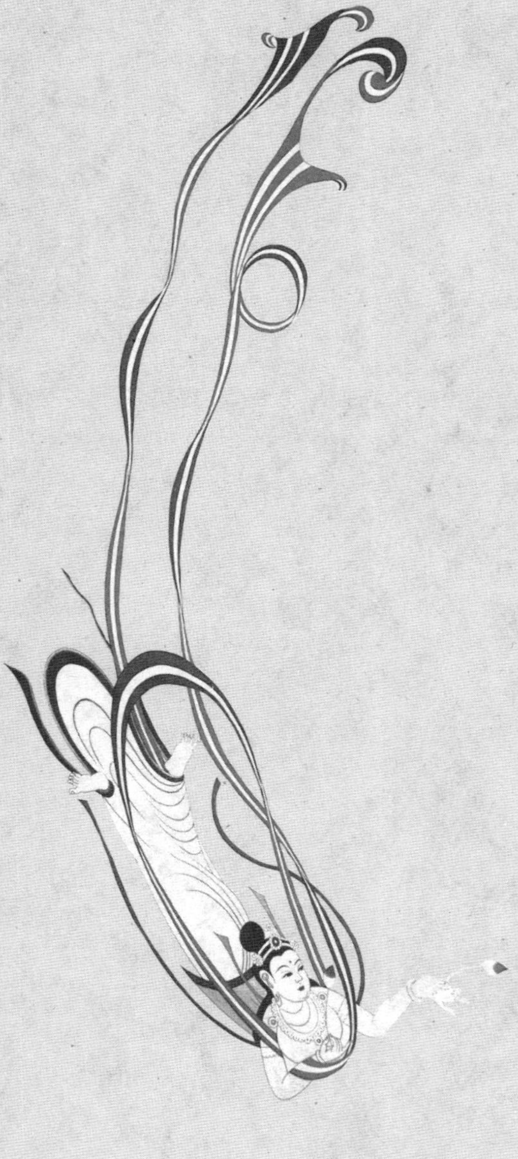

2016年唐代文学研究专著索引

□ 李青杉

唐代传奇研究　刘立云、张放、郭银华　编著　四川大学出版社　2016.1

汉唐小说与传记论考　罗宁、武丽霞　著　巴蜀书社　2016.1

欢娱的巅峰:唐代教坊考　[加拿大]王立　著　新星出版社　2016.1

历代茶诗集成唐代卷
钱时霖、姚国坤、高菊儿编　上海世纪出版股份有限公司　2016.1

唐诗的博物学解读　胡淼　著　上海书店出版社　2016.3

唐代诗人接受道家道教思想史论
段永升　著　中国社会科学出版社　2016.3

唐代文质论研究　陆双祖　著　新华出版社　2016.3

唐人绝句启蒙　李霁野　著　北京出版社　2016.3

《无题》诗本事:李商隐、王氏婚恋之谜
向思鑫、黄涛　著　湖北人民出版社　2016.3

杨炯集笺注　祝尚书　笺注　中华书局　2016.3

李太白全集校注　郁贤皓　校注　凤凰出版社　2016.4

唐代文学与思想文化论集　刘明华　著　人民出版社　2016.4

唐代音乐与文学　肖占鹏、邓婷　著　天津社会科学院出版社　2016.4

唐代小说仕宦题材研究　关四平　著　黑龙江大学出版社　2016.4

柳宗元评传　郭新庆　著　上海古籍出版社　2016.4

唐诗宋词中的体育　李金梅　著　甘肃教育出版社　2016.4

李商隐情诗解读　滕学钦编　著　中国海洋大学出版社　2016.4

唐宋诗序跋研究　任文京　著　人民出版社　2016.5

唐诗与中医　胡献国、岳志湘　编　湖北科学技术出版社　2016.5

唐诗艳逸品　[明]杨肇祉、[明]闵一栻　选编　上海古籍出版社　2016.5

唐代舞蹈诗研究　杨名　著　人民出版社　2016.5

唐人选唐诗研究　石树芳　著　中国社会科学出版社　2016.5
比较诗学视阈下的宇文所安唐诗研究
苏芹　著　中国文联出版社　2016.5
唐诗学史稿(增订本)　查清华、胡光波、许连军、王顺贵、胡建次、张红　撰　上海古籍出版社　2016.5
唐诗学文献集粹　查清华、胡光波、文师华、刘晓平、傅蓉蓉、许连军　编撰　上海古籍出版社　2016.5
李白集校注(典藏本)　瞿蜕园、朱金城　校注　上海古籍出版社　2016.6
唐诗与唐史论集　谢思炜　著　中华书局　2016.6
唐代四言诗研究　张炜　著　科学出版社　2016.6
唐贤三昧集汇评　周兴陆编　凤凰出版社　2016.6
中国李白研究(2015年集)　中国李白研究会　编　黄山书社　2016.6
敦煌歌辞文献语言研究　刘传启　著　中国社会科学出版社　2016.6
唐诗流韵润九州　郭殿忱　著　中州古籍出版社　2016.7
唐诗在法国的译介和研究　蒋向艳　著　学苑出版社　2016.7
唐代文学研究年鉴(2016)
唐代文学学会　编　广西师范大学出版社　2016.7
唐代女诗人薛涛在美国的译介　周彦　著　学苑出版社　2016.7
李白女性题材诗研究　伍宝娟　著　中央编译出版社　2016.7
唐代文学研究(第十六辑)
唐代文学学会　编　广西师范大学出版社　2016.8
唐镜与唐诗　王纲怀　著　上海人民出版社　2016.8
唐诗类型的文化阐释　高春燕　著　九州出版社　2016.8
唐代应试诗赋论稿　王士祥　著　商务印书馆　2016.9
宇文所安的翻译诗学　裔传萍　著　江苏人民出版社　2016.9
从语言学看文学:唐宋近体诗三论　曹逢甫　著　北京大学出版社　2016.9
歌唇一世衔雨看:九世纪诗歌与伎乐文化研究
王凌靓华　著　复旦大学出版社　2016.9
唐诗三百首格律透视　黄宏规　著　四川大学出版社　2016.9
丁卯集笺证　[唐]许浑　著　罗时进　笺证　中华书局　2016.10
唐诗中的胡姬形象及其文化意义
邹淑琴　著　国家图书馆出版社　2016.10
杜甫与地域文化
葛景春、胡永杰、隋秀玲　著　社会科学文献出版社　2016.10

唐诗总集纂要	陈伯海、李定广	著	上海古籍出版社	2016.11
杜诗考释	曾祥波	著	上海古籍出版社	2016.11
白居易生平与创作实证研究	文艳蓉	著	上海古籍出版社	2016.11
唐诗趣谈	王士祥	著	大象出版社	2016.12
王维诗歌艺术论	师长泰	著	上海三联书店	2016.12
王维诗传	王志清	著	河北人民出版社	2016.12

2016年唐代文学研究论文索引

□ 李青杉

总论

文本突转与不可靠叙事:圆仁书写唐武宗的策略
郭雪妮 理论月刊 2016.1

论干谒对初盛唐文人集团和文学流派的影响
邓锡斌 甘肃社会科学 2016.1

中原文化在唐代科场诗赋中的体现
王士祥 河南师范大学学报:哲学社会版 2016.1

唐代文人园林的政治文化意蕴 王书艳 北方论丛 2016.2

"白马驿之祸"与唐末幕府文人心理 贾发义、王洋 中州学刊 2016.2

唐朝时期音乐文化管理的时代特征与体制研究
王璐凡 北方文学 2016.2

从唐代诗文看唐代河东道的植被和生态状况
石润宏 太原理工大学学报:社会科学版 2016.2

茶味与禅意,语默此皆清:论唐代文人禅茶诗化的高远意境
舒曼 农业考古 2016.2

晚唐三十六体流变考
韩雪晴 广播电视大学学报:哲学社会科学版 2016.2

唐代文学与中医药文化的传播
高雨、韩静 南京中医药大学学报:社会科学版 2016.3

唐高宗与初唐宫廷文学关系新探
卢娇、谢模楷 安庆师范学院学报:社会科学版 2016.3

从卢藏用《景星寺碑铭》看唐代中原文化与骈体文风,在岭南地区的影响
莫道才、韦臻 广西师范大学学报:哲学社会科学版 2016.3

女性文学在唐宋时期的繁盛原因 王敏 黑龙江教育学院学报 2016.4

唐代谪宦与岭南文学启蒙
王新锋　齐齐哈尔大学学报:哲学社会科学版　2016.4
唐朝和亲公主的悲剧性研究　陈宁波　哈尔滨学院学报　2016.4
唐代列锦文本建构的审美倾向
谢元春、吴礼权　江苏师范大学学报:哲学社会科学版　2016.4
试论唐代咏茶文学　罗新芳　黑龙江教育学院学报　2016.4
论七、九、十部乐与隋唐政治、音乐之关系
李建栋、刘睿　吕梁学院学报　2016.4
汉唐和亲公主形象比较研究　陈宁波　四川职业技术学院学报　2016.4
唐代史官地方流动及其文学影响　吴夏平　杜甫研究学刊　2016.4
与晚唐五代十国文学思想研究相关的思考
李珺平　美与时代:BEAUTY　2016.4下
论地域文化视角下的五代巴蜀文学　孙振涛　民族论坛　2016.5
试论隋唐文学思想的变革及文论的价值取向
陈永标　广东社会科学　2016.5
唐五代的婚外两性关系和社会认同:以宋人笔记为核心的考察
张剑光　上海大学学报:社会科学版　2016.5
“咸通十哲”新探　赵敏　浙江理工大学学报:社会科学版　2016.5
中唐宦官专权及对文学的影响　徐海容　北方论丛　2016.5
唐前关中文化嬗替与本土文学创作之阶段性
王伟　新疆大学学报:哲学人文社会科学版　2016.5
文史分途与刘知畿的叙事理论
赵梅春　郑州大学学报:哲学社会科学版　2016.5
浅析科举制度对唐代文学的影响
王文君　甘肃广播电视大学学报　2016.6
论唐代诗文中上阳宫建筑意象
李小白　洛阳理工学院学报:社会科学版　2016.6
试论中唐“六经皆文”观念的生成　吴夏平　文学遗产:中文版　2016.6
马克思主义和唐代文学思想史的建构　刘宁　文学遗产　2016.6
米都知与米嘉荣相关三事考　李玫　文艺研究　2016.8
高校古代文学课程教学模式转换与地域空间文学元素植入:以唐代关中文学为例　王伟　文化学刊　2016.9
唐代岭南谪宦文学启蒙影响论　王新锋　长春师范大学学报　2016.9
“一回忆著一拈看,触目凄凉多少闷”:唐代文学中的中原灾荒记忆
杨艳花　名作欣赏　2016.9中

唐代留学生教育管理制度述论　　郭丽　北京社会科学　2016.10

诗　词

唐宋诗词以歌妓为描写中心的典型一例：燕子楼史迹与文化的考索及其赏析　　李晖　榆林学院学报　2016.1
《本事诗》风格源流　张曦　齐齐哈尔大学学报：哲学社会科学版　2016.1
《本事诗》文体考论　　殷学明　中国韵文学刊　2016.1
唐人的乐府诗观研究　　陈瑞娟　中国典籍与文化　2016.1
唐代应试诗咏春主题的审美观照　　王士祥　郑州大学学报：哲学社会科学版　2016.1
论唐代的咏蜀汉诗　唐海宏　重庆师范大学学报：哲学社会科学版　2016.1
唐人咏《陇头》乐府诗异文校释　　郭殿忱　天水师范学院学报　2016.1
唐宋诗歌中“临洮”意象发微　　连振波　天水师范学院学报　2016.1
论唐代昭君诗的兴起与嬗变　徐海容　山西师大学报：社会科学版　2016.1
“诗缘政作”的唐代诗学新命题　　刘毓庆、唐婷　山西大学学报：哲学社会科学版　2016.1
从用典角度看唐代诗人对管仲的接受　　于年湖　宁夏师范学院学报　2016.1
孔颖达“比兴”之释义与唐诗比兴生态世界审美　　李金坤　贵州工程应用技术学院学报：综合版　2016.1
盛唐三大家诗关键词论　　魏耕原　安康学院学报　2016.1
《全唐诗》慧宣、法宣诗辨正　　王继如　中华文史论丛　2016.1
携“境”入诗：浅谈唐代“诗境”论的“法”与“破法”　　李巍　吕梁学院学报　2016.1
故乡与他乡：关于二元对立定律及其在唐诗解读中的运用　　施议对　国学学刊　2016.1
唐诗中的羌笛及其所蕴含和平交融文化内涵　　徐希平　杜甫研究学刊　2016.1
论盛唐山水田园诗歌与庄园文化的和谐　　唐欢欢　新疆职业大学学报　2016.1
论唐宋诗人品茶场所选择之文化意蕴　　谭本龙　菏泽学院学报　2016.1
人的自证与唐诗宋词中的价值建构　　冷成全　浙江社会科学　2016.1
五言诗律化进程与唐诗体式研究的思考与探索　　杜晓勤　北京大学学报：哲学社会科学版　2016.1

论唐代妇女在唐诗中的呈现　陈辽　江苏社会科学　2016.1

中唐诗坛上的韩潮柳江　莫砺锋　文学遗产　2016.1

唐音缭绕在禅林:论唐诗名篇在丛林的传播与接受　李小荣　文学遗产　2016.1

歌行成熟于初唐之辨析:兼与松原朗先生商榷　陈洪、杨恂骅　青海师范大学学报:哲学社会科学版　2016.1

试论唐代诗人对汉水女神文化的开拓　梁中效　陕西理工学院学报:社会科学版　2016.1

论中唐边塞主题乐府诗的复变　沈笑颖　名作欣赏　2016.1中

论唐代送人赴任诗的风土书写　张兴茂　天中学刊　2016.2

论唐人的“诗中有笔,笔中有诗”　牛廷顺　河南教育学院学报:哲学社会科学版　2016.2

略谈“香奁体”　于东新　文史知识　2016.2

唐玄宗开元时期择吏尚“清”与盛唐诗坛　徐贺安　太原师范学院学报:社会科学版　2016.2

论唐代女性诗歌中的政治自觉　徐璐　黄冈师范学院学报　2016.2

唐诗选本《唐诗三百首》的局限性　刘丹丹　岳阳职业技术学院学报　2016.2

从正变到句法:唐代先后两种南北二宗论新探　付佳奥　中国韵文学刊　2016.2

论唐代的咏东吴诗　唐海宏　昭通学院学报　2016.2

论唐人岭南送别诗的情感倾向及模式　罗媛元　贺州学院学报　2016.2

公共性:唐代女性诗歌的别样视角　赵小华　华南师范大学学报:社会科学版　2016.2

初盛唐边塞诗的时空描写艺术再探　赵志强　华北电力大学学报:社会科学版　2016.2

唐人咏《白纻》乐府诗异文校释　郭殿忱　北京舞蹈学院学报　2016.2

《唐声诗》:声诗理论的创建与曲学畛域的开拓　李占鹏　浙江艺术职业学院学报　2016.2

唐宋边塞诗词比较研究　周艳波　山东农业工程学院学报　2016.2

论模糊思维和宇文所安唐诗译介　刘永亮　名作欣赏　2016.2中

试论盛唐山水田园诗派　张平　语文学刊　2016.2B

由周瑜的诗性塑造看唐诗中三国武将的形象书写　王凡　湖北文理学院学报　2016.3

清代科举应试视野下《唐诗三百首》选诗的结构与用韵　刘丹丹　濮阳职业技术学院学报　2016.3

唐诗作品中的“寺钟”意象考释　孙振涛　集宁师范学院学报　2016.3
略论老霄顶意象在唐宋诗文中的呈现
文冰露　乐山师范学院学报　2016.3
从用典角度看唐代诗人对孔子的接受
于年湖　咸阳师范学院学报　2016.3
从唐诗看唐代蜀道地区的植物景观与生态状况
石润宏　成都理工大学学报:社会科学版　2016.3
唐代诗人笔下的河西历史风貌　韩文奇　甘肃广播电视大学学报　2016.3
从《中兴间气集》的定量分析看中唐前期诗歌风貌
付秋玉　河池学院学报:哲学社会科学版　2016.3
从中唐服饰风尚看韩孟诗派与元白诗派
何昶熠　西昌学院学报:社会科学版　2016.3
“自然”与唐宋诗学的内在规范
张甲子　燕山大学学报:哲学社会科学版　2016.3
“丝绸之路”上的人物往来与唐诗境界的开拓
杨晓霭　中国高校社会科学　2016.3
响彻边关的心灵绝唱:唐代边塞诗人创作心理解读
赵友龙　青海师范大学学报:哲学社会科学版　2016.3
明代唐诗学对“诗变”外在因素的观照
方锡球　上海师范大学学报:哲学社会科学版　2016.3
从“盛唐之音”到盛世悲鸣:开天诗坛风貌的另一考察维度
杜晓勤　文学评论　2016.3
元和乐府诗坛的分野:从唐代史学“文、史关系”角度出发
李金欣　贵州师范大学学报:社会科学版　2016.3
唐代文人宦游视域下的岭南饮食题材诗歌文化表达
周斌　广西民族研究　2016.3
中晚唐书僧尚奇求变风气下的诗书互动
刘磊　济南大学学报:社会科学版　2016.3
论唐诗人的咏马情结　王歌　宁夏大学学报:人文社会科学版　2016.3
唐代驿路诗歌的艺术特质
吴淑玲　陕西理工学院学报:社会科学版　2016.3
鹤驾寻沧海,犀轩过赤城:唐诗动物骑乘意象的个人气质因素研究
余红芳　关东学刊　2016.3
唐初史臣文论的南朝批评及其对诗歌体式的要求
刘顺　中华文史论丛　2016.3

"自然"与唐宋诗学的内在规范
张甲子　燕山大学学报:哲学社会科学版　2016.3
唐诗中长安与边塞和域外的交通　石云涛　中国文化研究　2016.3
"唐诗无避隐"刍议　徐海容　中国文学研究　2016.3
唐代亲子诗呈现的社会意义　田玮莉　文学教育　2016.3 中
试析唐代宫怨诗中的君王形象　孙红　名作欣赏　2016.3 中
宇文所安唐诗英译的模糊表现形式及传译策略
刘永亮、刘泽青　名作欣赏　2016.3 中
文学地理学视域中的王孟山水田园诗的异趋
张晓怡　名作欣赏　2016.3 下
形式主义诗学与许渊冲英译唐诗中的节奏与声韵
孙雨竹　成都理工大学学报:社会科学版　2016.4
唐代咏洛阳诗中关于宗教文化方面的诗篇研究
杨艾明　漯河职业技术学院学报　2016.4
唐诗研究需要新思维
吴相洲　陕西师范大学学报:哲学社会科学版　2016.4
复古与"情艳":明代唐诗选本中的五绝建构
岳进　海南大学学报:人文社会科学版　2016.4
《倾杯乐》考论　徐文武　河北大学学报:哲学社会科学版　2016.4
唐诗"绝唱"刍议　谭新红　兰州大学学报:社会科学版　2016.4
论渤海国唱和诗与初唐应制诗的异同　徐洁、李成　名作欣赏　2016.4
论中唐乐府中风俗题材的兴起
吕家慧　北京大学学报:哲学社会科学版　2016.4
汉唐"乐府诗"辨证　解玉峰　文学遗产　2016.4
唐诗中的胡姬与西域酒文化在中原地区的传播
邹淑琴　中国韵文学刊　2016.4
《襄阳乐》与唐诗　张承宗　湖北文理学院学报　2016.4
论唐代军旅诗人的清廉气节　王合伦　西安政治学院学报　2016.4
唐诗中的"汾河文化"述论　任正、闫续瑞　宁波教育学院学报　2016.4
论唐诗的法语翻译　中英伦葩、沈双祺　法国研究　2016.4
宇文所安唐诗英译中留白手法的使用研究
刘泽青、刘永亮　名作欣赏　2016.4 中
爱与美:论唐代女性诗歌中的自觉意识
徐璐　美与时代:BEAUTY　2016.4 下
从唐诗看天宝战争及其历史教训　李国生　中国民族报　2016.4.15

论唐代诗僧的生活场域及其诗学意义　石润宏　唐山学院学报　2016.5
初唐的汉乐府接受　唐会霞、高春民　咸阳师范学院学报　2016.5
从辋川、柳州到半山：从山水诗的“雅丽”范式看唐宋诗学转轨
王苑　咸阳师范学院学报　2016.5
唐诗香意象文化美学论　段永升　咸阳师范学院学报　2016.5
论唐代姻娅诗群及其文学意义　梁尔涛　中州学刊　2016.5
《乐府杂录》著者段安节生平考略　亓娟莉　咸阳师范学院学报　2016.5
唐代李愿兄弟诗校释：兼及古人姓名今读今写
郭殿忱　咸阳师范学院学报　2016.5
唐诗悲剧意识审美类型论要　冷成金　山东社会科学　2016.5
《全唐诗》所载唐代鲜卑族诗人考论
朱仰东　西安建筑科技大学学报：社会科学版　2016.5
从题写到编集：论唐诗题注的形成与特征
咸晓婷　浙江大学学报：人文社会科学版　2016.5
唐代诗歌中的“陇山”意象
张乃良　宝鸡文理学院学报：社会科学版　2016.5
唐宋诗词中的黄鹤楼及鹦鹉洲　张承宗　阅江学刊　2016.5
论唐诗入乐的三种方式　向回、张璐　石家庄学院学报　2016.5
汉至唐五代哀悼诗与道教　温瑜　江西科技师范大学学报　2016.5
唐诗中儿童形象的文化阐释　刘佳　柳州职业技术学院学报　2016.5
天府之国，宜居之城：唐宋诗词中的成都形象
冯凌宇　中共成都市委党校学报　2016.5
论唐代诗人的扬州情结　郑佳琦　文学教育　2016.5上
诗体与国体：唐诗笔记之二　陈占敏　名作欣赏　2016.5上
亲切的唐诗：唐代诗歌的日常生活功能　刘明华　光明日报　2016.5.14
唐代音乐诗探析　郑蔚萍　长江大学学报：社会科学版　2016.6
唐代边塞民族乐府《凉州》考论　郭丽　民族文学研究　2016.6
诗歌题材的拓展：唐诗中的幼童形象　刘燕歌　名作欣赏　2016.6
唐诗中的隐逸传统与高士图的流变　戴一菲　学术研究　2016.6
先秦至唐五代五、七言古体哀悼诗
温瑜　宁波大学学报：人文科学版　2016.6
论盛唐边塞诗对“汉文本”的引用与改写
姜玉琴　上海大学学报：社会科学版　2016.6
论唐代文人禅诗莲意象的美学特色
张锦辉　烟台大学学报：哲学社会科学版　2016.6

论铜雀台意象在唐诗中的流变　孙京荣　甘肃广播电视大学学报　2016.6
唐诗桃花意象小议　王文君　兰州文理学院学报:社会科学版　2016.6
试论晚唐“物象比”理论及其在诗歌意象化过程中的意义
高晓成　文学评论　2016.6
中唐至宋代诗歌中的南食书写与士人心态　曹逸梅　文学遗产　2016.6
唐宋诗歌版图的空间分布与位移　王兆鹏　中国人民大学学报　2016.6
论南朝至唐五代绝句体哀悼诗的语言风格
温瑜　湖北经济学院学报　2016.6
论白描在唐宋诗中的发展　张金明　阅江学刊　2016.6
唐代陇右诗歌边塞情怀成因分析
徐芳　西安航空学院学报:综合版　2016.6
命脉相系的知音:唐诗笔记之三　陈占敏　名作欣赏　2016.6 上
“一勺争禁万顷陂”:唐诗中的园池意象论　王书艳　名作欣赏　2016.6 中
太湖石的审美发现:唐代咏太湖石诗篇赏论
王书艳　名作欣赏　2016.6 中
窗间的风景:唐诗中窗的间隔审美观照
王书艳　名作欣赏:中旬　2016.6 中
乐府诗史述略　郭丽　乐府学　第十三辑　2016.7
唐诗英译在美国的经典化建构及影响　唐臻娜　兰台世界　2016.7
唐代的七言排律　张一南　西南民族大学学报:人文社会科学版　2016.7
论唐代的端午竞渡诗　詹杭伦　长江大学学报:社会科学版　2016.7
论唐代女冠诗歌的豪情美　易思平　美与时代:BEAUTY　2016.7
禅宗思想与晚唐咏物诗创作　王见楠　学术交流　2016.8
“唐诗选学”论纲　李定广　学术界　2016.8
“玄武门之变”与贞观雅正诗风的兴起　李巍　哈尔滨学院学报　2016.8
别友人,向远方:唐诗笔记之五　陈占敏　名作欣赏　2016.8 上
论唐人人日诗的独特内涵及律化倾向　舒沂　名作欣赏　2016.8 中
唐代中原乡愁诗的价值体现和审美传承　杨黎丽　名作欣赏　2016.8 下
论唐诗对唐与吐蕃通使活动的书写　王树森　学术界　2016.9
唐代诗学“兴”范畴体系研究之一:关于“兴”范畴的溯源
王抒凡　广州大学学报:社会科学版　2016.9
日落黄昏意象在唐代诗歌中的情感内涵　张晓茹　文化学刊　2016.9
唐诗中的城市景观:襄阳汉水　陈燕妮　江汉论坛　2016.9
中国诗史中的“湘怨”情结:以唐诗宋词为中心
潘链钰　海南师范大学学报:社会科学版　2016.9

悲苦的根源:唐诗笔记之六　陈占敏　名作欣赏　2016.9上
《河中之水歌》的唐代变形　陆颖瑶　名作欣赏　2016.9中
“绕”字的意味:试析唐诗中的“柔”“杂”与“韧”
宋雪伟　名作欣赏　2016.9下
唐诗学:文献积累、学科建设与理论探求 1.作为诗与思的唐诗学研究
陈伯海　学术月刊　2016.10
唐诗学:文献积累、学科建设与理论探求 2.唐诗学研究的总结性著作
陈尚君　学术月刊　2016.10
唐诗学:文献积累、学科建设与理论探求 3.唐诗学研究的方向与路径
罗时进　学术月刊　2016.10
唐诗学:文献积累、学科建设与理论探求 4.关于唐诗学的一些浅见
钱志熙　学术月刊　2016.10
论唐诗中的“洛阳”意象　贾琪　学术月刊　2016.10
清幽雅韵道教与盛唐山水诗　荣小措　中国宗教　2016.10
高友工运用对等原则的唐诗分析　杨钰华　名作欣赏　2016.11
唐代丹阳客居诗人与丹阳文化　辛馨　学术交流　2016.11
唐代岭南贬谪诗歌的文化诠释　王新锋　长春师范大学学报　2016.11
唐代诗歌中的船舶意象　张晓茹　山东农业工程学院学报　2016.11
论唐代省试诗的传奇化　王士祥、王立　中州学刊　2016.12
唐诗中流寓和出入长安之外域人　石云涛　社会科学战线　2016.12
论晚唐咏雁诗　张梦颖　名作欣赏　2016.12中
唐代诗歌对“乌孙公主”的书写　颜晓晖　名作欣赏　2016.12中
论唐宋词的感官主义倾向　宋秋敏　中国韵文学刊　2016.1
《花间集》题材内容再认识　杨景龙　殷都学刊　2016.1
从词的起源看丝路上的文化交流　叶嘉莹　文学与文化　2016.1
《花间集》的地理意象　赵惠俊　中国韵文学刊　2016.2
从酒令之“令”到音律之“令”:论唐宋令词内涵之衍变
姚逸超　浙江学刊　2016.2
唐词:文、艺结合的文体辨识　张之为　中国韵文学刊　2016.3
唐宋词的场景叙事及其文体学意义　杜庆英　中国韵文学刊　2016.3
从《花间集》历代序跋看其经典化进程及意义
陈柏桥、李惠玲　燕山大学学报:哲学社会科学版　2016.3
唐代乐人“善唱某曲”与词之生成　王立增　中州学刊　2016.3
从乐府学范畴看词的叙事性　张仲谋　江海学刊　2016.3
《花间》词的文本解读问题　杨景龙　中国韵文学刊　2016.4

论五台山文化对唐宋词创作的影响　姚惠兰　学术界　2016.5
同源与分途:从词体的发生、发展看中国诗歌的古今演变
施议对　社会科学战线　2016.5
试论《花间集》之"香"意象的类型及作用
高玮、易帆　三峡大学学报:人文社会科学版　2016.6
安史之乱是词体兴起的重要机缘
焦宝　西南大学学报:社会科学版　2016.6
唐宋词本体特征的表现形式　孙艳红　中国社会科学报　2016.7.5
唐代民间词研究　冷铨清　文化学刊　2016.8
略论花间词男性形象　张雪梅　名作欣赏　2016.8
晚唐五代词传播研究:以社会背景为视角
周诗飘、李志勇　兰台世界　2016.14

传奇小说

唐人小说中冥官类型分析　程广昌　太原城市职业技术学院学报　2016.1
从"事实性虚构"的叙事策略看唐传奇叙事主体
李秋　北华大学学报:社会科学版　2016.1
论男权话语下唐代婚恋传奇文的叙事策略
陈妙丹　沈阳大学学报:社会科学版　2016.1
论唐人小说中的宴聚意象及其小说功能　熊明　蒲松龄研究　2016.1
近十年《离魂记》研究述评　王可锌　吕梁学院学报　2016.1
从小说看唐代士人对女性形体的审美
胡艳平　郑州航空工业管理学院学报:社会科学版　2016.1
唐代小说女性形象对明清文学之影响　孔敏　名作欣赏　2016.1中
唐人小说中冥官形象背后的思想文化意蕴　程广昌　职大学报　2016.2
《任氏传》主题新论
周承铭、高雪　盐城师范学院学报:人文社会科学版　2016.2
透过唐传奇中的女性形象看唐代文人的爱情婚姻观
胡燕　四川职业技术学院学报　2016.2
唐传奇中侠女形象"双性同体"性别特征分析
杜改俊　太原师范学院学报:社会科学版　2016.2
唐五代"长安小说"刍议　张同利　殷都学刊　2016.2
从性别批评视野看唐传奇中的女性形象
何欢、利红阳　文学教育　2016.2中

论道教文化在唐传奇中的文学体现
李娜　陕西学前师范学院学报:学前教育版　2016.3
重新评估《杨娼传》思想价值　周承铭　咸阳师范学院学报　2016.3
论《任氏传》中狐妖的姓氏寓意　席红霞　许昌学院学报　2016.3
《玄怪录》的环境描写刍议　江中云　蒲松龄研究　2016.3
唐代小说《窦义》的经营特征及现代意义
崔际银　贵州工程应用技术学院学报:综合版　2016.3
论唐传奇中期叙事的限知性及情节的曲折性　陈际斌　文艺评论　2016.4
论唐传奇对汉魏六朝志怪小说的改写
何亮　新疆大学学报:哲学人文社科版　2016.4
走向历史深处:唐传奇《无双传》的创作背景探析
岳俊丽　蒲松龄研究　2016.4
唐宋道教传奇之差异及原因
刘明哥、路燕霞　甘肃广播电视大学学报　2016.4
唐代小说列锦文本创造及其审美倾向　吴礼权　平顶山学院学报　2016.4
略论六朝志怪小说向唐传奇的演变
徐翠先　石河子大学学报:哲学社会科学版　2016.4
唐宋笔记中本朝君主形象建构之比较　申彗青　天津社会科学　2016.4
唐传奇中的"人鬼恋"新变现象研究　陈晓东　名作欣赏　2016.4中
唐代侠义小说中的竞技活动　尹丽丽　体育科研　2016.5
中韩传奇小说《莺莺传》与《李生窥墙传》之比较
王惟宇　齐齐哈尔大学学报:哲学社会科学版　2016.5
论唐传奇的梦境描写艺术　刘灿灿　牡丹江大学学报　2016.5
论公牍文对汉唐小说文体建构的意义　何亮　内蒙古社会科学　2016.5
流浪与回归:复线叙事与隐含作者:《柳毅传》的叙事维度
毛伟东　成都大学学报:社会科学版　2016.5
佛教与初唐小说探说大纲　吴玥瑶　文学教育　2016.5上
侠女聂隐娘的形象流变　王夏阳　濮阳职业技术学院学报　2016.6
略论唐人小说中的伦理之"义"　刘贝贝　现代语文　2016.7
汉魏六朝志人小说对唐小说创作的影响　何亮　文艺评论　2016.7
《大唐三藏取经诗话》成书年代再探讨
江亚丽　湖北科技学院学报　2016.8
唐传奇的文体与社会　张丽华　读书　2016.9
唐代传奇与诗歌的共生关系　孔敏　名作欣赏　2016.9中
唐传奇发轫期女性形象探析　陈丽荣　名作欣赏　2016.12中

唐传奇繁盛期爱情作品中叛逆女性形象探析
陈丽荣　名作欣赏　2016.12 中

散文、赋

《唐代墓志汇编》文献版本采择不精问题举隅：以《全唐文》所收墓志为例
马立军　新疆大学学报：哲学人文社会科学版 2016.1
爽洁老劲：《晋书》叙事风格脞论
张亚军　河南教育学院学报：哲学社会科学版　2016.2
唐代奉敕撰写墓志的制度化及其影响　杨向奎　中国文学研究　2016.2
隋唐序文发微　赵纪彬　哈尔滨工业大学学报：社会科学版　2016.4
《唐代墓志汇编》校释举正
柏亚东　洛阳理工学院学报：社会科学版　2016.5
唐宋散文在法国的翻译与研究
车琳　北京大学学报：哲学社会科学版　2016.5
唐代赠序文与诗歌之关系探析　杜文婕　河北学刊　2016.6

书　评

融源并流，蔚为大观：评李金坤《风骚诗脉与唐诗精神》
史文　镇江高专学报　2016.1
周勋初先生唐诗研究的特色　徐涛　古典文学知识　2016.1
唐诗接受史研究的新建构与拓展：沈文凡《唐诗接受史论稿》述评
王红霞、冉驰　阿坝师范学院学报　2016.1
地域文化与文学研究的创新：《李白与长江》述评
莫山洪、杨素萍　广西民族师范学院学报　2016.1
研探融通，情怀雅邃：李金坤教授《风骚诗脉与唐诗精神》简评
于永森　宁夏师范学院学报　2016.1
王辉斌先生“唐诗三书”述评　朱光立　宁夏师范学院学报　2016.1
谢思炜教授《杜甫集校注》简评　徐希平　杜甫研究学刊　2016.1
开辟唐诗研究之新境界：评李金坤《风骚诗脉与唐诗精神》
萧晓阳　辽东学院学报：社会科学版　2016.1
六朝隋唐诗歌格律、体式演进问题及其研究进展：兼评杜晓勤《六朝声律和唐诗体格》　葛晓音　安徽大学学报：哲学社会科学版　2016.1

独辟蹊径与纠谬补阙:论王辉斌教授对王维研究的贡献
李定广　重庆第二师范学院学报　2016.2
秋风独倚书斋立,遥想真晖对暮山:读汪泛舟《敦煌诗解读》有感
颜廷亮、巨虹　敦煌研究　2016.2
《过去与现在:对杜甫诗歌的个人解读》质疑 陶慧　古典文学知识　2016.3
将唐诗个案研究推向深入的创新力作:范新阳《孟郊诗研究》评介
许芳红　淮阴师范学院学报:哲学社会科学版　2016.3
皓首穷杜,一往情深:喜读张忠纲先生《诗圣杜甫研究》
董利伟　杜甫研究学刊　2016.3
宇文所安杜诗英文全译本"The Poetry of Du Fu"书后
曾祥波　杜甫研究学刊　2016.3
新见迭出的《敦煌文学总论》　傅璇琮　中华读书报　2016.3.16
多维视野下汉唐边塞诗的新阐释:阎福玲《汉唐边塞诗研究》评介
王昕　石家庄学院学报　2016.4
学术著作插图的创新与价值:以魏耕原《盛唐名家诗论》为中心
张二雄　天中学刊　2016.4
韩偓诗文研究的集成之作:评《韩偓集系年校注》
方翠、韩震军　中国韵文学刊　2016.4
从现实生活到小说意象:民俗如何在唐人小说中呈现:熊明新著《唐人小说与民俗意象研究》评介　李剑国　辽东学院学报:社会科学版　2016.4
宇文所安《杜甫诗》英译本述评　文军、岳祥云　杜甫研究学刊　2016.4
杜诗校注谱系中的新善本:谢思炜先生《杜甫集校注》评述
李成晴　杜甫研究学刊　2016.4
体大思精　勇于开拓:评赵睿才《百年杜甫研究的平议与反思》
赵海菱　杜甫研究学刊　2016.4
《唐人选唐诗新编(增订本)》的学术价值和当代启示
李德辉　清华大学学报:哲学社会科学版　2016.5
灵心直凑单微,巨眼见微知著:从《诗家三李论集》看余恕诚唐诗研究之特色
邓小军　安徽师范大学学报:人文社科版　2016.6
灵魂的探险:闻一多《唐诗杂论》的独创
潘吉英　福建论坛:人文社会科学版　2016.6
稽考见功力,辨证显品位:评张天健《唐诗答疑录》
何世进　中华文化论坛　2016.6
当代乐府学的构建与发展——读吴相洲《乐府学概论》
郭丽　人民政协报　2016.7

《唐诗接受史论稿》评介　李振中　长春师范大学学报　2016.7
陈伯海先生建立的“唐诗学”学科体系　董乃斌　学术界　2016.7
唐诗研究领域的一座高峰　杨明　学术界　2016.7
研究唐诗应有的思维　赵昌平　学术界　2016.7
读“唐诗学书系”的几点感想　尚永亮　学术界　2016.7
诗论·诗材·诗史:唐诗学体系的多维建构　胡可先　学术界　2016.7
“唐诗学书系”出版感言　孙逊　学术界　2016.7
恕诚为人,既恕而诚:评余恕诚著《唐诗风貌》
张棉棉　名作欣赏　2016.8中
李白诗歌研究新领域的拓展:评《李白女性题材诗研究》
邹建雄　绵阳师范学院学报　2016.10
《唐诗英韵》和蔡廷干的学术情怀　马士奎　中华读书报　2016.12.14

作家作品

李世民

唐太宗与齐梁诗风之关系
杜晓勤　陕西师范大学学报:哲学社会科学版　2016.4
文化认同与唐太宗《帝京篇》中有关意象的运用
邓秋华　韶关学院学报　2016.7

武则天

武则天的诗歌创作及对初唐诗坛的影响　李静　吕梁学院学报　2016.3

张九龄

张九龄、李林甫“党争”发微　丁涵　文学研究　2016.第2卷.1

姚　崇

论姚崇《扑满赋》　扈耕田　三门峡职业技术学院学报　2016.2

骆宾王

咏史怀古与送别抒情的浑然一体:骆宾王《于易水送人》新读
周欣展　文史知识　2016.1
《骆临海集笺注》的成书、刊刻与流传考证
贾军　重庆科技学院学报:社会科学版　2016.2
陈熙晋《骆临海集笺注》底本、校本辨正
贾军　安庆师范学院学报:社会科学版　2016.4
论骆宾王的入世历程及其启文创作
龙正华　广西科技师范学院学报　2016.5

张　鷟

重新评估《游仙窟》的思想价值
周承铭　河北北方学院学报:社会科学版　2016.1

陈子昂

《登幽州台歌》非陈子昂诗考论　李最欣　台州学院学报　2016.1
“湘水有清源”:陈子昂对屈原的接受　赵建明　中华文化论坛　2016.4
陈子昂《感遇》诗与阮籍《咏怀》诗的比较
周文静　淮海工学院学报:人文社会科学版　2016.12

张若虚

张若虚《春江花月夜》与琵雅芙《玫瑰人生》的比较阅读
董艾冰　名作欣赏　2016.2中
《春江花月夜》艺术探赏　杨春艳　文学教育　2016.5上

张　说

论张说碑志文创作的思想理念及时代精神　徐海容　文艺评论　2016.3

孟浩然

孟浩然的诗及其隐逸情怀　王梦　辽宁教育行政学院学报　2016.2
孟浩然诗歌英译本比较研究:评保罗·克罗尔的《孟浩然》与大卫·辛顿的《孟浩然山水诗歌》　卢颖　湖北文理学院学报　2016.3
一种诗话的环境美学:以孟浩然山水诗为例
雷礼锡　郑州大学学报:哲学社会科学版　2016.4
明清四卷本孟浩然集考论　王辉斌　山西师大学报:社会科学版　2016.5
浅谈孟浩然山水诗中的生态和谐　孙树山　湖北文理学院学报　2016.6
淡而有味,静而含动:孟浩然《春晓》赏析　唐榕骏　名作欣赏　2016.7下
孟浩然名句“江畔洲如月”考析　孙车龙　名作欣赏　2016.10中

贺知章

贺知章的口音及其他　周苇风　古典文学知识　2016.1
贺知章的价值:对《回乡偶书》的再思考
张东华　绍兴文理学院学报　2016.2

包　融

包融及包何、包佶诗歌考辨　于蕾　甘肃广播电视大学学报　2016.4

崔　颢

崔颢影响了李白,还是李白改变了崔诗:《黄鹤楼》异文的产生、演变及其原因　方胜　中国韵文学刊　2016.4

李　颀

论李颀、李贺涉乐诗捕捉角度的差异　张慧琴、徐婷　名作欣赏　2016.3中

由音乐文学史视角关照李颀音乐诗的因与革
李晶晶　河南师范大学学报：哲学社会科学版　2016.4

王昌龄

王昌龄"苦思"与"自然"说探索
曹明　重庆工商大学学报：社会科学版　2016.5
盛唐英灵交往之遗踪：由《刘复墓志》看以王昌龄为中心的天宝丹阳诗人群
查屏球　浙江大学学报：人文社会科学版　2016.5
王昌龄《诗格》"十七势"与韦应物诗　付佳奥　中国诗学　2016.第20辑

寒　山

寒山诗二首赏析　黄全彦　古典文学知识　2016.1
日本传播渠道与寒山诗误读的产生：以寒山诗《书判全非弱》为例
郑文全　国际汉学　2016.3
寒山诗日本古注本的阐释特色与学术价值
卞东波　南京大学学报：哲人社版　2016.3
试论加里·斯奈德英译寒山诗中的禅宗文化
乔莉萍、刘思佳　长春师范大学学报　2016.11

李　白

黄河长江的礼赞：说李白《西岳云台歌》《庐山谣》
葛晓音　文史知识　2016.1
李白脱狱之由及其对永王璘态度研究　王茜　周口师范学院学报　2016.1
论李杜对宋玉辞赋的接受　唐婷　湖北社会科学　2016.1
诗仙之问：论李白《古风五十九首》中的问句　刘曙初　华中学术　2016.1
李白读《易》初证：易解李白刍议（之一）
康怀远　重庆三峡学院学报　2016.1
诗仙远游：李白诗歌在俄国的译介与研究
李春蓉、托洛普采夫　俄罗斯文艺　2016.1
《蜀道难》系列诗歌的承继与发展任梦一
西昌学院学报：社会科学版　2016.1
李白与开元士风　陈翔　燕山大学学报：哲学社会科学版　2016.1
楚调雅怨与李白的乐府拟古　陶冉　名作欣赏　2016.1中
李白闺怨诗的主要内容　刘萍　语文学刊　2016.1B
从《古风》五十九首看李白"穿越"之"神思"
陈建森　吉林师范大学学报：人文社会科学版　2016.2
李白作品在朝鲜半岛的传播　苏岑　文史知识　2016.2

从《风雅翼》看宋元理学"新文统"影响下的李白诗接受
誉高槐、廖宏昌　广东社会科学　2016.2
李白诗歌结构论　魏耕原　吉林师范大学学报:人文社科版　2016.2
分歧与会通:李白《忆旧游寄谯郡元参军》阐释史
田恩铭　吉林师范大学学报:人文社科版　2016.2
小畑薰良英译《李白诗集》的历史价值与当代意义
石小梅　西安外国语大学学报　2016.2
从李白诗歌"玉"意象的统计与归类看其五种象征义:兼论其"玉"意象使用的系统和广泛性　尹林　九江学院学报:社会科学版　2016.2
"屈平词赋悬日月":论李白对屈原的接受
赵建明　阿坝师范学院学报　2016.2
李白《清平调词三首》析疑一则:"云想"还是"叶想"
王茜　名作欣赏　2016.2中
李白《清平调词三首》析论　王茜　名作欣赏　2016.2中
诗仙李白的性格特征　刘作芳　党政干部学刊　2016.3
李白诗歌"重出"现象研究
卢洁　山东理工大学学报:社会科学版　2016.3
漫游对李白诗歌创作的影响
韩括　兰州文理学院学报:社会科学版　2016.3
论李白女性题材诗歌中的弃妇形象
伍宝娟　西南科技大学学报:哲学社会科学版　2016.3
李白诗歌中模糊数字的英译
郑东方、张瑞娥　郑州航空工业管理学院学报:社会科学版　2016.3
许渊冲"意美"论在李白七言绝句英译中的实现
王学文　兰州文理学院学报:社会科学版　2016.3
李白与东晋名士风流及其诗性接受方式
仲瑶　安徽师范大学学报:人文社科版　2016.3
李白的易学人生观:易解李白刍议之四
康怀远　重庆第二师范学院学报　2016.4
"从璘入幕"罪案与李白暮年的冤愤
李芳民　陕西师范大学学报:哲学社会科学版　2016.4
论古诗英译如何再现其"意美":以许渊冲译李白七言绝句为例
王学文　青海师范大学学报:哲学社会科学版　2016.4
苏颋"李白论"新议:兼探李白早期文学道路
刘青海　文艺理论研究　2016.4

明代李杜比较述评 张寒 中国韵文学刊 2016.4
玉真公主、李白与盛唐道教关系考论
丁放 复旦学报:社会科学版 2016.4
认知语言学视阈下的李白诗歌颜色词研究
夏秀文 西安外国语大学学报 2016.4
景奇意悲 情景交融:浅议《蜀道难》的艺术特色和思想内容
豆萍 山东农业工程学院学报 2016.4
新解李白作品中的“沧海”意象 孙振涛 名作欣赏 2016.4 下
李白语言风格及其形成的几大因素 曹利华 语文学刊 2016.4A
宋代理学视域下的李白及其诗歌 张文利 求索 2016.5
论李白凤诗中的城市书写 司真真 社科纵横 2016.5
李白诗歌文本多歧状态之分析 陈尚君 学术月刊 2016.5
明代博学诗论视野下的李白接受进程及诗歌对话:以杨慎为中心
苏焘 天中学刊 2016.5
从李白到杜甫:中国诗歌抒情向叙事转换的开端
杨景龙 河北学刊 2016.5
从“效李白体四十七首”看李梦阳对李白的接受
郝润华 首都师范大学学报:社会科学版 2016.5
中国古诗歌英译的拟像性:以李白《送友人》为例
程静 合肥师范学院学报 2016.5
李白《公无渡河》诗新解 王茜 名作欣赏 2016.5 中
李白《登高丘而望远海》诗新解:兼论李白卒年
王茜 名作欣赏 2016.5 中
五代宋时李白序志之载事辨
杨栩生、沈曙东 绵阳师范学院学报 2016.6
李白唐寅思想比较研究 赵贤慧 哈尔滨学院学报 2016.6
李白诗歌月亮意象之文化心理探析 廖悰 绵阳师范学院学报 2016.6
“2015 李白文化高端论坛”综述 朱昌林 绵阳师范学院学报 2016.6
李白游仙诗对绘画题材的影响 李斯斌 绵阳师范学院学报 2016.6
李白诗中“海”素材使用情况分析 孙红 前沿 2016.6
七绝《望庐山瀑布》是李白作品吗? 孙尚勇 古典文学知识 2016.6
西译李白诗歌叙事“主体”的显隐问题辨析
李翠蓉 西南科技大学学报:哲学社会科学版 2016.6
音乐形态、写作方式与词体的定型:兼及李白《菩萨蛮》辨伪
张之为 云南大学学报:社会科学版 2016.6

论李白赠内诗中的妻子形象　伍宝娟　绵阳师范学院学报　2016.7
谪仙的归乡之旅：再读李白的《梦游天姥吟留别》
李林圃　名作欣赏　2016.7中
车天辂《五山说林》解李白诸条辨析
王红霞、任利荣　图书馆杂志　2016.10
战后日本李白诗歌的诗语研究
王晓燕、钱烨芳、林咏芳　名作欣赏　2016.10下
李白画赞中的金银泥画《西方净土变》非壁画考
杨学是　绵阳师范学院学报　2016.12
诗仙远游西语世界：李白诗歌西班牙语翻译综述
李翠蓉　绵阳师范学院学报　2016.12
李白及其诗歌在美国的传播与研究情况综述
商拓、潘子龙　绵阳师范学院学报　2016.12

王　维

天下文宗旨归处：浅谈长安文化区中的王维与李白
周莹、王雪凝　江淮论坛　2016.1
"诗中有画，画所难画"：王维诗中的画境研究
张永旺　湖州师范学院学报　2016.1
论王维诗歌中景物的"变化之美"
焦健　太原城市职业技术学院学报　2016.1
王维诗歌宋代接受与传播方式初探
聂妤敏、彭红卫　三峡论坛：三峡文学(理论版)　2016.1
王维《使至塞上》诗新考　杨松冀　文学遗产：中文版　2016.2
王维的《终南山》是讽刺诗吗？　莫砺锋　古典文学知识　2016.2
论王维诗中不遇感书写方式的新变
管琴　华南师范大学学报：社会科学版　2016.2
刘辰翁校评王维诗辑佚考论　侯雅文　国学学刊　2016.2
从"秋"到"春"的思念：谈王维《相思》的版本嬗变及其文化意义
方胜　南昌航空大学学报：社会科学版　2016.2
论鸠摩罗什译经对王维的影响
屈玉丽　青海师范大学学报：哲学社会科学版　2016.2
唐代军事文学中的王维表现　王志清　解放军艺术学院学报　2016.2
唯本色而为真，入空灵而有悟：运用"妙悟"说鉴赏王维的山水田园诗
李迎春　名作欣赏　2016.2下
空谷幽兰，不为无人而不芳：论王维《辛夷坞》旷放超逸与深情绵邈的美学

特质　张东艳　名作欣赏　2016.2下

再论王维与杜甫生平中的有关问题：就“辋川别墅”“山妻”“故妻”等答客疑　王辉斌　咸阳师范学院学报　2016.3

王维边塞诗的情感变化与环境影响　王巳龙、关茂、王雅婧　忻州师范学院学报　2016.3

论王维选择隐居辋川之缘由　荣小措、梁瑜霞　西北大学学报：哲学社会科学版　2016.4

论鸠摩罗什译经中的情节设置与王维涉佛诗文的构思　屈玉丽　北华大学学报：社会科学版　2016.4

鸠摩罗什偈颂翻译和创作对王维诗文的影响　屈玉丽　华南农业大学学报：社会科学版　2016.5

鸠摩罗什论“空观”遮诠双谴方式对王维诗文的影响：以《维摩诘所说经》为主要分析对象　屈玉丽　重庆师范大学学报：哲学社会科学版　2016.5

“千宫之宫”的艺术写照：王维诗中的大明宫　师长泰　唐都学刊　2016.5

禅趣的美学建构：王维《辋川集》意境论析　张自华　名作欣赏　2016.5下

基于图形背景理论的《使至塞上》两译本评析　王金林　名作欣赏　2016.6下

王维《使至塞上》诗探析　杨松冀　名作欣赏　2016.7中

文学史编写应从“细读”切入：以王维研究为例　王志清　中国社会科学报　2016.9.5

浅析王维山水田园诗对绝海中津汉诗创作的影响　虎文琮　丝绸之路　2016.12

王维山水诗歌中“空、静、闲”的禅宗意境　林静　名作欣赏　2016.12下

从零度偏离看王维诗歌中“诗中有画”的艺术特色　魏春梅　名作欣赏　2016.12下

高　适

唐诗《除夜作》及其英译本的概念功能　刘淑亚　文化学刊　2016.7

张　谓

被淡忘的盛唐诗人：张谓　魏耕原　天中学刊　2016.4

殷　璠

殷璠《河岳英灵集》的诗歌批评方法及其意义　卢燕新　文学评论　2016.5

杜　甫

杜诗“自”之殊义误解：《杜甫全集校注》的个案讨论　魏耕原　天中学刊　2016.1

从气象到情致：安史之乱期间杜诗风貌转变　唐萌　北方论丛　2016.1

论唐五代笔记小说中杜甫的形象　孙小青　许昌学院学报　2016.1
奚禄诒批点杜诗考辨　曾绍皇　文献　2016.1
论宋代以降杜集编次的谱系：以高崇兰编刘辰翁评点《集千家注杜工部诗集》为中心　曾祥波　国学学刊　2016.1
把酒宜深酌，重与细论文：杜甫诗歌中酒的文化解析
张小璐　焦作大学学报　2016.1
英美诗人笔下独特的“杜甫书写”
李特夫　湖北民族学院学报：哲学社会科学版　2016.1
杜甫歌行论　魏耕原　杜甫研究学刊　2016.1
满怀忧世情，意深贵妃诗：杜甫贵妃题材诗歌研究
罗骄　杜甫研究学刊　2016.1
李一氓与成都杜甫草堂　刘晓凤　杜甫研究学刊　2016.1
杜诗在东南亚的传播述要　张洁弘、周睿　杜甫研究学刊　2016.1
杜诗“人民性”之学术话语的传统资源：以萧涤非先生“义愤说”为中心
付振华　湖南社会科学　2016.1
从《文选》“序”看杜甫“熟精文选理”之“理”的涵义
王立国　杜甫研究学刊　2016.1
儒学价值观与王嗣奭的杜甫诠释　董利伟　杜甫研究学刊　2016.1
高丽、朝鲜王朝杜甫受容研究述评　张寒　杜甫研究学刊　2016.1
奥地利汉学家查赫的杜甫诗歌德译　何俊　杜甫研究学刊　2016.1
千载琵琶作胡语：对杜甫“昭君怨”诗的多角度解读
黄一玫　辽宁工业大学学报：社会科学版　2016.2
吴见思《杜诗论文》杜诗鉴赏特点评说
肖振宇　淮海工学院学报：人文社会科学版　2016.2
杜甫草堂诗歌的生活情趣及审美价值　王逸飞　文史杂志　2016.2
杜甫五律体制研究之一　吴淑玲、韩成武　南都学刊　2016.2
从北宋杜诗写本异同看学杜风尚与宋调成熟
王苑　淮阴师范学院学报：哲学社会科学版　2016.2
明末清初杜诗学的演进三形态　张家壮　中国文学研究　2016.2
论杜诗中的谐隐　般满堂　长江大学学报：社会科学版　2016.2
论“老杜”之“老”　罗芳芳　中国韵文学刊　2016.2
杜甫诗所隐藏的唐代商业图景与商业思想
徐静　韩山师范学院学报：社会科学版　2016.2
浅论杜甫五古中的“势”　王斐然、段晓华　杜甫研究学刊　2016.2
杜甫七律拗体诗的规律探究　牛睿　杜甫研究学刊　2016.2

《白帝城最高楼》“拗体”解　陈广忠　杜甫研究学刊　2016.2
杜甫外祖母“芳氏”“崔氏”考辨：张说《赠陈州刺史义阳王碑》中的一则校勘问题　孙微　杜甫研究学刊　2016.2
读蔡梦弼《杜工部草堂诗话》札记（一）　杨胜宽　杜甫研究学刊　2016.2
赋诗独流涕，乱世想贤才：浅议唐三代君王的失德失策与唐将来瑱、李光弼之死　黄慧娟　杜甫研究学刊　2016.2
黄生《杜诗说》之诠释方法探微　王永环　杜甫研究学刊　2016.2
杜甫《行次昭陵》“铁马汗常趋”典故考　冉驰　杜甫研究学刊　2016.2
从文化诗学的视角认知“诗史”　林继中　杜甫研究学刊　2016.2
简论陶、杜田园诗之异同　吴增辉　杜甫研究学刊　2016.2
李杜与异地文化的冲突与交融　葛景春　杜甫研究学刊　2016.2
杜甫“花门诗”小议　吴华峰　杜甫研究学刊　2016.2
老杜写“老”　钟志辉　杜甫研究学刊　2016.2
从郭子仪诗歌组看杜甫对《诗经》的继承和发展　张思齐　齐鲁学刊　2016.2
杜甫白话七律的变革与发展　魏耕原　安徽大学学报：哲学社会科学版　2016.2
从端午节看杜诗在韩国、越南和日本的传播　张思齐　广东社会科学　2016.2
从汉语文学经典到翻译文学经典：杜甫诗歌在英语世界的经典化　李特夫　外语教学　2016.2
从杜诗研究谈强制阐释　陈梦熊　重庆工商大学学报：社会科学版　2016.2
从许渊冲的“三美论”视角看“三吏”英译　车明明、高晓航　重庆交通大学学报：社会科学版　2016.2
黄生论杜诗句法　刘重喜　文学研究　2016.第2卷.2
杜诗中的“佳人”实有其人吗？　莫砺锋　古典文学知识　2016.3
咏物诗：从杜甫到李商隐　张巍　古典文学知识　2016.3
吴广霈手批《杜诗集评》及其文学批评史价值　曾绍皇　济南大学学报：社会科学版　2016.3
杜甫在日本江户诗坛的地位：兼与张伯伟先生商榷　祁晓明　玉溪师范学院学报　2016.3
杜甫组诗论　魏耕原　西安文理学院学报：社会科学版　2016.3
杜甫与黄庭坚的诗歌内容比较分析　卞萃平　广西教育学院学报　2016.3
从《四松》诗看杜甫的存在意识　张仲裁　西华大学学报：哲学社会科学版　2016.3

巴蜀文化与杜甫的诗意空间　张宗福　阿坝师范学院学报　2016.3
杜诗成说新辨　钟振振　社会科学战线　2016.3
杜甫五律体制研究之二　吴淑玲、韩成武　南都学坛　2016.3
明人对杜甫律诗的选编与批评
王永波　北京大学学报:哲学社会科学版　2016.3
杜甫与元白诗派　张忠纲　杜甫研究学刊　2016.3
论朱鹤龄、仇兆鳌、浦起龙、杨伦对杜集编年的贡献
陶成涛　杜甫研究学刊　2016.3
开元盛世与杜甫"致君尧舜"的政治理想　胡永杰　杜甫研究学刊　2016.3
再论道家和道教在杜诗中的不同作用:以《老子》及其相关典故为例
黄学义　杜甫研究学刊　2016.3
走出李杜优劣论的怪圈:李杜优劣之争研究评述
莫道才、张超　杜甫研究学刊　2016.3
杜甫草堂诗的绘画呈现:以"柴门送客"与"江深草阁"为中心
陈琳琳　杜甫研究学刊　2016.3
李杜赋及诗赋地位的变迁　刘伟生　杜甫研究学刊　2016.3
明前期台阁文人杜诗接受略探　汤志波　杜甫研究学刊　2016.3
《朱竹垞先生杜诗评本》辨伪　朱莉韵、李成晴　文献　2016.3
论元人散曲对杜诗的接受
黄桂凤　广播电视大学学报:哲学社会科学版　2016.3
论叶燮的杜诗学:以《原诗》为对象的考察　曾贤兆　北京社会科学　2016.4
明代杜诗学研究失误述评
王永波　安徽大学学报:哲学社会科学版　2016.4
论清代杜集序跋的学术价值　孙微　甘肃社会科学　2016.4
杜甫成都山水诗的生态美　江建高　湖南科技学院学报　2016.4
杜诗在明代的评点与集解
王永波　山西大学学报:哲学社会科学版　2016.4
转益多师:杜甫与汉魏六朝诗人　徐公持　文学遗产　2016.4
庙堂与江湖之间:杜甫同谷诗龙凤意象管窥
温虎林　兰州文理学院学报:社会科学版　2016.4
杜甫精神追求之现代启示　张志烈　阿坝师范学院学报　2016.4
杜甫游历诗价值论　张思齐　阿坝师范学院学报　2016.4
论杜甫好骈的内驱力　张思齐　江苏科技大学学报:社会科学版　2016.4
从两类文献看苏轼杜诗批评的成就与特色
张思齐　福州大学学报:哲学社会科学版　2016.4

论杜甫《秋兴八首》之孤独意识的四重内蕴
曹志芳　吕梁学院学报　2016.4
生涯与时代：杜甫长篇五排的结构主线及组织方式
毛若苓　中国文学研究　2016.4
论杜甫诗歌的生命厚度　沈文凡　杜甫研究学刊　2016.4
荔枝道与杜甫荔枝诗　王飞　杜甫研究学刊　2016.4
天宝六载：杜诗嬗变的关节点（上）　谷曙光、俞凡　杜甫研究学刊　2016.4
寓于风景的世界秩序：杜甫《绝句四首》其三再读札记
周欣展　杜甫研究学刊　2016.4
“同谷体”论略　温虎林　杜甫研究学刊　2016.4
从苏轼、郭沫若对杜甫评价的异同看其接受的差异性
杨胜宽　杜甫研究学刊　2016.4
杜诗词语接受史：以苏轼为中心的例说　杜华平　杜甫研究学刊　2016.4
再论浣花夫人、浣花祠与杜甫草堂　刘洪　杜甫研究学刊　2016.4
风流跌宕，触耳生情：杜甫《夜宴左氏庄》赏析兼青年杜甫形象论析
张正麒　名作欣赏　2016.4 中
翁方纲论杜诗“义理”　秦威、王则远　理论观察　2016.5
论杜诗题材主题对庾信的接受
曾君之　赤峰学院学报：哲学社会科学版　2016.5
杜甫大历五年夏卒葬耒阳考实　李定广　学术界　2016.5
宫商正变，各有所宗：论明人对《秋兴八首》的追摹与遴选
马腾飞　三峡大学学报：人文社会科学版　2016.5
朝鲜诗家李瀷论杜诗　王成　成都大学学报：社会科学版　2016.5
杜甫诗歌的“陌生化”表现手法
张东艳　宁夏大学学报：人文社科版　2016.5
杜甫《奉赠韦左丞丈二十二韵》英译情感再现研究
韩慈红　郑州航空工业管理学院学报：社会科学版　2016.5
杜甫：“集中无词”或“词曲之祖”：从杨慎的一个观点说起
夏志颖　江苏师范大学学报：哲学社会科学版　2016.5
杜甫对孟子民本思想的涵摄与发扬　芮元元　文学教育　2016.5 中
论杜甫的亲情题材诗　丁庆慧　名作欣赏　2016.5 下
多模态视域下杜甫诗画语篇的英译研究
龚晓斌、贾佳　名作欣赏　2016.5 下
杜甫《佳人》的审美解读　包敏杰　名作欣赏　2016.5 下
郭正域《批点杜工部七言律》研究
赵贤慧　齐齐哈尔大学学报：哲学社会科学版　2016.6

痛切的自觉：明末清初的杜诗学摭谈　　张家壮　古典文学知识　2016.6
浅谈儒家中庸美学对中国古代诗歌创作的影响：以杜甫的《登高》为例
韩义静、马金科　美与时代：BEAUTY　2016.6
近代以来日本的杜甫研究：兼及《杜甫全诗译注》
松原朗、张渭涛　西南交通大学学报　2016.6
杜甫陆浑庄即偃师尸乡土室（土娄庄）说质疑
胡永杰　新疆大学学报：哲学·人文社科版　2016.6
杜甫律诗"自"字论　　杨玉锋　成都师范学院学报　2016.7
论杜甫对张问陶诗歌创作的影响：以《诸将五首》、《宝鸡县题壁十八首》为例
谢安松　湖北科技学院学报　2016.8
杜甫文赋旧注纠谬　　孙微　学术界　2016.8
论金圣叹《杜诗解》之诗题解　　李晶晶　名作欣赏　2016.8中
杜甫眼中的李白　　侯可　名作欣赏　2016.8中
论杜甫对"大谢"山水诗的继承与发展　　张睿晓　语文学刊　2016.9B
现代杜诗学文献述要　　孔令环　中州学刊　2016.10
从杜甫的亲情诗看他对儒家"仁爱、孝悌"思想的实践
米志艳　语文学刊　2016.10B

岑　参

试论岑参两次出塞诗作的异同　　查小飞　名作欣赏　2016.1下
略论岑参诗作之奇　　徐燕凌　名作欣赏　2016.7中

元　结

论元结五言古诗对乐府民歌的艺术继承　　陈蕾　名作欣赏　2016.2

顾　况

论顾况诗歌"以小说为诗"的艺术创新
刘怀荣、徐盈　中南民族大学学报：人文社会科学版　2016.5

皎　然

论皎然与陈子昂的诗学分歧：兼论皎然批评陈子昂的原因
甘生统　求是学刊　2016.3
禅思与诗情的交汇：论中唐诗僧皎然的禅学思想与诗学观
于阿丽　中北大学学报：社会科学版　2016.3
皎然《诗式》中的风格论
于艳军、王则远　齐齐哈尔大学学报：哲学社会科学版　2016.5

韦应物

韦应物诗歌中的唐代江州城市许森　九江学院学报：社会科学版　2016.3
论韦应物在德宗时期的诗歌创作及时代归属刘丽华　学术交流　2016.11

韦应物悼亡诗探微　王柯茹　名作欣赏　2016.11 下

卢　纶

新出石刻与卢纶研究　黄清发　文学遗产：中文版　2016.1

刘　商

刘商诗歌题材综论　王增学　文化学刊　2016.10

于　鹄

试论于鹄及其诗　叶颖芝　黑龙江教育学院学报　2016.7

武元衡

盛唐之音的回响："瑰奇美丽主"武元衡诗歌探析
魏景波　中国诗学　2016.第 20 辑

权德舆

从策问看权德舆对中唐科举教育制度的评骘与主张
陈江英　甘肃高师学报　2016.4
论权德舆的诗序　吴振华　广东技术师范学院学报　2016.6

韩　愈

影响的焦虑与韩愈的陌生化诗学　陆双祖　甘肃社会科学　2016.1
韩愈对儒学复兴的贡献　刘宁　文史知识　2016.1
明代韩集版本考述　姜云鹏　中国文学研究　2016.1
韩愈古文的古典意义与现代意义
何寄澎　苏州大学学报：哲学社会科学版　2016.1
韩愈标榜式批评的诗史意义　郭春林　文艺评论　2016.1
韩愈"上书"及骈散朝廷文字刍议　熊礼汇　周口师范学院学报　2016.1
韩国李钟汉教授和他的韩愈研究　洪本健　周口师范学院学报　2016.1
论韩愈奇险中见雅正的诗风
崔璨、丁放　江苏师范大学学报：哲学社会科学版　2016.1
韩愈颠覆"子夏作《序》"与宋代《诗》学格局的确立
刘毓庆、唐婷　南京师大学报：社会科学版　2016.1
论宋学背景下王安石对韩愈的承与变　高玮、邓莹辉　东南学术　2016.2
论韩愈诗歌的"有"字句
胡宪丽　河北师范大学学报：哲学社会科学版　2016.2
韩愈学官与文人角色对其文学观的影响
黄霞、徐晖　内蒙古大学学报：哲学社会科学版　2016.2
中唐狂士韩愈的精神个性与文学形态
刘天利　辽宁师范大学学报：社会科学版　2016.2

韩愈《元和圣德诗》规模《诗三百》辨　张炜　衡阳师范学院学报　2016.2
韩愈前后儒家圣人统序与经书统序的嬗变及原因
李珺平　青海社会科学　2016.2
传道、授业、解惑:韩愈的教育思想
刘真伦　西华师范大学学报:哲学社会科学版　2016.2
性、道、教三位一体:论韩愈《原道》内圣外王的国家治理学说(上):兼与亚当·斯密《道德情操论》比较　刘真伦　周口师范学院学报　2016.3
从语言艺术的视角论韩愈散文对《法言》的继承
安然　牡丹江大学学报　2016.3
起八代之衰与集八代之成:论韩愈与骈文的关系
翟景运　东方论坛　2016.3
林纾《韩柳文研究法》的学术史意义
刘城、马丽君　中国石油大学学报:社科版　2016.3
鬼神、祭礼与文道观念:以韩愈《潮州祭城隍神文》等祭神文为中心
冯志弘　河北师范大学学报:哲学社会科学版　2016.4
韩愈实用文的写作理论研究　韩蕾蕾　成都师范学院学报　2016.4
韩愈《原道》篇写作时间新证　莫琼　孔子研究　2016.4
性、道、教三位一体:论韩愈《原道》内圣外王的国家治理学说(下):兼与亚当·斯密《道德情操论》比较　刘真伦　周口师范学院学报　2016.4
生存压力、家学传统与移民环境:韩愈寓居宣城修业考论
查屏球　学术界　2016.5
论季宋学者黄震的韩愈研究:以黄震《黄氏日抄》之《读韩文》为中心
谷曙光　河南社会科学　2016.5
从"修辞明道"看韩愈"善并美具"的古文观
张弘韬　河南社会科学　2016.5
《诗比兴笺》韩愈诗选评研究　刘燕　江苏第二师范学院学报　2016.5
论韩柳之交及其文学、思想互动
汤江浩　福州大学学报:哲学社会科学版　2016.5
论方世举的韩愈诗歌批评观　丁俊丽　周口师范学院学报　2016.6
正性命之纪,立天下之中:韩愈"气盛言宜"文论的渊源与意蕴
廖同真　名作欣赏　2016.7下
文体学视域下《师说》两个译本的比较　刘露　语文学刊　2016.7B
潘岳《杨仲武诔》与韩愈《祭十二郎文》比较研究
喻晓玲、万慧倩　淮海工学院学报:人文社会科学版　2016.8
韩愈诗文中的泰山意象研究　石祥　语文学刊　2016.8A

以气为主，以文为笔：韩愈与王安石诗歌对比研究
黎文凤 湖北科技学院学报 2016.11
险让韩愈丧了性命的上书：韩愈《论佛骨表》 阮忠 文史知识 2016.12

柳宗元

柳宗元笔下的圣人形象 关永利 运城学院学报 2016.1
柳宗元和李翱古文理论异同辨 白天宇 运城学院学报 2016.1
近三年柳宗元研究概述(2013—2015)
尹华君 湖南科技学院学报 2016.1
柳宗元寓言所见寄情特质及其成因探析
刘子珍 合肥学院学报：社会科学版 2016.2
柳宗元湖湘诗歌系年考辨 肖献军 湖湘论坛 2016.2
四季人生：四季诗与柳宗元的贬谪心态 成松柳、彭丹 云梦学刊 2016.2
读柳文随笔 董郁青著、彭二柯校 湖南科技学院学报 2016.2
《柳河东集》在宋代的编集与刊刻
王永波 青海师范大学学报：哲学社会科学版 2016.2
中国文学叙事传统探究：以柳宗元作品为例
俞兆良 湖南科技学院学报 2016.3
柳宗元咏柳州诗异文校释 郭殿忱 广西科技师范学院学报 2016.3
柳宗元游记散文风格探微 贾晓梅 名作欣赏 2016.3 中
柳宗元《乘桴说》与《天爵论》述义：兼论柳宗元“统合儒释”的复杂性
范洪杰 三峡大学学报：人文社会科学版 2016.4
唐代大文学家柳宗元的寂寞与风流 张健旺 新余学院学报 2016.5
柳宗元对山水的典范书写 徐文翔 古典文学知识 2016.5
“知者乐水”与“上善若水”：论柳诗“枯澹”之美
何蕾 北京社会科学 2016.6
柳宗元论说杂文中散文文体理论的创作实践 许明欣 文化学刊 2016.9
柳宗元酬赠诗的社会文化功用探究
赵旭冉 齐齐哈尔大学学报：哲学社会科学版 2016.9
论柳宗元哀祭文中的诗文交融 孙车龙 名作欣赏 2016.9 中
柳宗元诗歌的无色枯淡 刘卫华 太原城市职业技术学院学报 2016.10
佛道元素在渔父诗中的美学效果：以柳宗元的《江雪》和《渔翁》为例
汲翔 名作欣赏 2016.10 下
柳宗元奉诏北还到再贬柳州创作心态探微 冯凯 名作欣赏 2016.11 中
宋人之柳宗元研究文献辑录
王玉姝、董艳玲 图书馆学研究：理论版 2016.17

刘禹锡

从两篇拟作看朝鲜士人眼中的贬谪诗人刘禹锡
陈彝秋　兰州文理学院学报:社会科学版　2016.1
刘禹锡之子咸允府试事发微
徐乐军　兰州文理学院学报:社会科学版　2016.1
论刘禹锡乐府诗的地域特色及其成因　闫运利　邢台学院学报　2016.1
典范与校勘:再读《刘禹锡全集编年校注》
秦丽纱　兰州文理学院学报:社会科学版　2016.1
论刘禹锡接受屈赋之表现及其因缘
郑真先　兰州文理学院学报:社会科学版　2016.1
刘禹锡研究新进展:刘禹锡学术研讨会暨"中国刘禹锡研究会"成立大会综述　张兴茂　兰州文理学院学报:社会科学版　2016.1
贬谪失意境,坚守贤官志:刘禹锡《历阳书事七十韵》解读
李晖　韶关学院学报　2016.1
探寻刘禹锡研究的新视角
戴伟华　兰州文理学院学报:社会科学版　2016.1
刘禹锡诗的生命意识吴倩　盐城师范学院学报:人文社会科学版　2016.2
宋代对刘禹锡的政治评价及其文化背景　杨碧海　许昌学院学报　2016.3
千古赠答,诗坛惊殊:刘禹锡挑战李白、杜甫、白居易之一
张立华　解放日报　2016.3.22
刘禹锡诗歌生命意识对高校生命教育的启示
吴倩、覃素安　新余学院学报:社会科学版　2016.4
刘禹锡未列"唐宋八大家"缘由考论　钟业尉　泰山学院学报　2016.5
日本国会图书馆藏朝鲜刊《刘宾客诗集》考述:兼论刘禹锡诗集单行之事
查屏球　山东师范大学学报:人文社会科学版　2016.5
刘禹锡朗州时期对其诗歌创作的影响　张驰　成都师范学院学报　2016.9

吕　温

从吕温的仕宦人生看唐代士人交游
谢其泉　河南牧业经济学院学报　2016.2

李　翱

李翱任滑州幕职及其与白居易裴度交游考
李小山　甘肃社会科学　2016.2

李　贺

再论李贺诗的"苦吟"　魏静、沈会祥　天津大学学报:社会科学版　2016.5
南山鬼语:多角度浅谈李贺的《南山田中行》　赵根　语文学刊　2016.5B

李贺诗歌奇诡幽峭风格与其任奉礼郎的关系
吴振华　古典文学知识　2016.6
李贺:一位特立独行的诗人　韩敏　名作欣赏　2016.8 下
论李贺歌诗中的乐器运用及其对诗境的影响
吴振华、陈杨杨　广东技术师范学院学报　2016.10

元　稹

世人对元稹诗文的曲解　吴伟斌　南京晓庄学院学报　2016.1
后人对元稹《归田》等诗歌的错读　吴伟斌　宁夏社会科学　2016.2
从文学史发展格局看元稹兼善众体
陈元瑞　哈尔滨职业技术学院学报　2016.2
元稹《琵琶歌》等诗文误读纠谬
吴伟斌　南京师范大学文学院学报　2016.2
元稹诗文编年正误三例吴伟斌　厦门广播电视大学学报:综合版　2016.2
《莺莺传》三论董　灵超　广西科技师范学院学报　2016.2
元稹《连昌宫词》"尔后相传六皇帝"之再解读
路薇　古典文学知识　2016.3
元稹《连昌宫词》新解　吴伟斌　厦门广播电视大学学报:综合版　2016.3
论元稹哀悼诗及文学史意义　温瑜　北方论丛　2016.6
元稹的《行宫》如何以简驭繁?　莫砺锋　古典文学知识　2016.6

白居易

论中唐诗人自主其诗体现的读者意识:以白居易、元稹等诗人为中心
俞芝悦　文艺理论研究　2016.1
"补种甘棠绕屋新,后先循吏总诗人":白居易的苏州行踪与诗咏
杨旭辉　古典文学知识　2016.1
《长恨歌传》心理线索揭析　王军敏　韶关学院学报　2016.1
白居易以赋为诗　马言　南京师范大学文学院学报　2016.1
论白居易与韩愈复古文学观念之分野:从皇甫湜与白居易争名一事说起
滕汉洋　南京师范大学文学院学报　2016.1
简论白居易《秦中吟》的思想内容和表现手法
王文丹　新乡学院学报　2016.1
试论《长恨歌》悲剧色彩的消解　林巧云　新乡学院学报　2016.1
从叙事结构看白居易《长恨歌》的主题
王莹雪　广西科技师范学院学报　2016.1
论子弟书对《琵琶行》艺术的接受与重构
陈洪、杨惆华　中央民族大学学报:哲学社会科学版　2016.2

白居易治水动因及机缘考论
谢祥林 重庆邮电大学学报:社会科学版 2016.2
白居易对元代西域诗人的影响 陈才智 民族文学研究 2016.2
“元白”并称与多面元白 尚永亮 文学遗产:中文版 2016.2
古典诗歌的阅读与理解:以白居易的《琵琶行》为例
陈才智 杜甫研究学刊 2016.2
白居易音乐诗论析 平志军 山西师大学报:社会科学版 2016.2
论白居易的“拜相情结”邵明珍 苏州大学学报:哲学社会科学版 2016.2
未称为松主,时时一愧怀:从白居易的咏松诗看其思想的转变
蔡勇 钦州学院学报 2016.3
《长恨歌》若干诗句解读(上) 吴在庆 古典文学知识 2016.3
白居易诗歌自注的文献价值
滕汉洋 盐城工学院学报:社会科学版 2016.3
洛阳圣善寺对白居易的影响 焦尤杰 天水师范学院学报 2016.4
《长恨歌》若干诗句解读(下) 吴在庆 古典文学知识 2016.5
白居易诗歌中的女子形象 卞萃平 文史博览:理论 2016.5
语义翻译与交际翻译视角下的唐诗英译探析:以《长恨歌》的两英译本为例
彭亚情 文化学刊 2016.5
身适忘四支,心适忘是非:白居易对宋代休闲词的思想影响
张翠爱 东南大学学报:哲学社会科学版 2016.5
妓与中国古代文人的女性心态:从白居易《琵琶行》谈起
王红丽 宿州教育学院学报 2016.5
吴中好风景,风景无朝暮:白居易笔下的苏州诗咏
施伟萍 名作欣赏 2016.7中
白居易的终极关怀辨义 程文联 成都师范学院学报 2016.8
江山与风月,最忆是杭州:论白居易的杭州诗 涂谢权 理论界 2016.8
论《琵琶行》英译的美感再现 刘丽娜、杜金珂 语文学刊 2016.8A
白居易的“池上”境界及文学史意义 张再林 求索 2016.9
英韵歌长恨:《长恨歌》数种英译述评 江岚 中华读书报 2016.9.7
白诗“老妪能解”的传播“策略” 马燕鑫 中国社会科学报 2016.9.19
论白居易讽喻诗的思想内容和艺术特色
王敏 湖南科技学院学报 2016.11
白居易诗歌的图像化传播:对比中日画家对白诗画题的选择
郭薇、高长山 社会科学战线 2016.12

薛　涛

论唐代女诗人薛涛的“孔雀光晕”现象
谢天开　成都师范学院学报　2016.8

白行简

《李娃传》与《曲江池》的爱情对比　王艳歌　陇东学院学报　2016.4

蔡　京

唐代蔡京考　吕来好　湖北文理学院学报　2016.6

李德裕

李德裕《述梦诗》自注中的翰林抒写
赵元皓　大连理工大学学报：社会科学版　2016.3

李　绅

《全唐诗·李绅诗》考辨
严正道　西华师范大学学报：哲学社会科学版　2016.1

施肩吾

施肩吾的奇幻漂流：从“施真人”到“民间开发澎湖第一人”的形象建构
张遂新　台湾研究集刊　2016.1

蒋　防

情与智的思考：从霍小玉与李娃谈起
刘方园　新余学院学报：社会科学版　2016.2

近三十年《霍小玉传》研究综述
王可锌、王人恩　兰州文理学院学报：社会科学版　2016.6

张　祜

浅论张祜纪游诗中的用世之心　王环慈　名作欣赏　2016.5中

论张祜的送别诗　黄少娜　语文学刊　2016.6A

朱庆馀

朱庆馀诗歌刍议　侯娇娇、蔡德龙　语文学刊　2016.1B

试论《闺意》的双题叙事艺术　刘应全、程名科　名作欣赏　2016.8中

杜　牧

“多少楼台烟雨中”：从杜牧诗看自然之道中的历史感
邝龑子　南开学报：哲学社会科学版　2016.5

杜牧《过华清宫》诗中的错误　余迎　兰台世界　2016.17

许　浑

宇文所安研究视角下的晚唐诗人许浑再解读　夏菽　名作欣赏　2016.2中

论清代学人对许浑诗歌的接受与批评　张红、孙立　杜甫研究学刊　2016.4

许浑长安折桂与南海之行考　张红　内江师范学院学报　2016.7

李商隐

论李商隐《夜雨寄北》的“朦胧美”　孙景鹏　长江师范学院学报　2016.1
李商隐与林黛玉感伤情调之比较　王慧萍　安阳工学院学报　2016.1
冲突与超脱:试论李商隐诗歌佛理禅意的多元性
王玉姝、王树海　东疆学刊　2016.2
论《锦瑟》的渊源及旨归　曹渊　阴山学刊:社会科学版　2016.2
《唐音统签》与李商隐诗学之推演
闵丰　云南大学学报:社会科学版　2016.3
李商隐诗歌时空审美意象解读　黄欣卉　城市学刊　2016.3
李商隐《无题》诗的情感表达　李娜　山西煤炭管理干部学院学报　2016.3
钱谦益诗学批评中的义山诗
罗剑波、昂俞暄　东北师大学报:哲学社会科学版　2016.4
李商隐《无题四首》(之二)别解　外岑　天水师范学院学报　2016.4
李商隐无题诗中婉转之美　孙新运　辽东学院学报:社会科学版　2016.4
李商隐诗复叠辞格之美　王红军　辽东学院学报:社会科学版　2016.4
《锦瑟》主旨新解　李最欣　重庆师范大学学报:哲学社会科学版　2016.5
郑亚、李商隐《会昌一品(制)集序》比较论
钱得运　兰州文理学院学报:社会科学版　2016.5
论李商隐无题诗及文学史意义　曹彬　名作欣赏　2016.5下
李商隐撰并书《王翊元夫妇墓志》研究中的几个问题
马瑞、张燕　人文杂志　2016.6
道教女性崇拜与李商隐诗歌的女性化特色　易思平　社科纵横　2016.6
诗词文体递变中创作模式的转移:以李商隐、温庭筠和韦庄的诗词创作为例
李东宾　河南大学学报:社会科学版　2016.6
多变的态度与多元的诗评:闻一多对李商隐认识转变之原因解析
李海燕　江汉论坛　2016.7
论李商隐诗歌在中西方的现代价值　唐臻娜　人文杂志　2016.8
写蝉与自写:李商隐《蝉》诗里的心理故事　曹渊　文史知识　2016.9
简析韵脚字的表现功能:以义山律诗为例　宋雪伟　名作欣赏　2016.9下
李商隐接受道教思想的特点　段永升　渭南师范学院学报　2016.11
难以言说的生命况味与体验:李商隐《锦瑟》赏析
冯现冬　名作欣赏　2016.11中
凡俗人世间一抹生命的亮色:李商隐《无题·昨夜星辰昨夜风》赏析
冯现冬　名作欣赏　2016.11中

佳人锦瑟怨华年:李商隐《锦瑟》赏析
田金霞、李欣蔚　名作欣赏　2016.11下
论冯班“比兴”说在李商隐无题诗接受史上的影响
刘一　中国诗学　2016.第20辑

段成式

试论《酉阳杂俎》中的生态意识及其文化成因
李军锋　江西科技师范大学学报　2016.5

温庭筠

《观棋》作者、异文考　章琦　北京社会科学　2016.2
温庭筠和戴望舒诗歌中孤独者形象的比较　张燕翔　语文学刊　2016.2B
1980—2015年间温庭筠诗歌研究综述
莫亚容　南昌教育学院学报　2016.3
温庭筠的人格与诗格
张自华　河北师范大学学报:哲学社会科学版　2016.4
秾艳密丽与清新疏朗　陶文鹏　古典文学知识　2016.5

鱼玄机

重读鱼玄机　贾晋华　华文文学　2016.1
易求无价宝,难得有心郎:鱼玄机诗五首赏析　陈尚君　文史知识　2016.9

齐　己

晚唐五代诗僧齐己的诗学思想　胡玉兰　甘肃社会科学　2016.4
僧齐己《白莲集》版本考　周小艳　文献　2016.4

司空图

千古之秘:司空图《诗品》之秘初论
李贤臣　河南大学学报:社会科学版　2016.1
论司空图的赋文创作　刘敏　海南师范大学学报:社会科学版　2016.1
汉学界的五个《二十四诗品》英译本　闫月珍　人文杂志　2016.2
审美之“味”的民族性和问题性:从司空图的“辨味论诗”谈起
刘淮南　忻州师范学院学报　2016.3
《二十四诗品》作者之争的学术反思
李欣鑫　燕山大学学报:哲学社会科学版　2016.4
司空图对意境内涵的解释　普列文　河池学院学报　2016.4
美感体验中的三维透视:论《二十四诗品》朦胧美
吕甜　襄阳职业技术学院学报　2016.4
跨文化翻译中的视阈融合:以宇文所安对《二十四诗品》中“真”的诠释为例
周芳羽　成都大学学报:社会科学版　2016.4

论《二十四诗品》的休闲境界
孙敏明 徐州工程学院学报:社会科学版 2016.5
论司空图"韵味"说 周盼、胡焕 黑龙江教育学院学报 2016.5
论《二十四诗品》的衍生性文本
闫月珍 南京大学学报:哲学人文社会科学版 2016.6

韦庄

韦庄对杜甫以近体诗写时事传统的继承与发展
刘萍萍 江苏师范大学学报:哲学社会科学版 2016.3
韦庄家世小考 姜剑云、何卉 河北大学学报:哲学社会科学版 2016.3
试论《秦妇吟》的创作与自禁
李佳哲 宁夏大学学报:人文社会科学版 2016.4
论韦庄词中的梦意象 郧海洁、葛霖 名作欣赏 2016.10中

李珣

李珣词:回汉共融的先声 穆宏燕 回族研究 2016.4

李煜

从李煜后期词常用意象品其亡国之愁
刘菊华、张力丹 中华文化论坛 2016.1
无限江山,独自凭栏:解读李煜词中的"栏杆"意象
赵晓琳 林区教学 2016.3
李煜梦词简论 刘源 哈尔滨学院学报 2016.3
从环境决定论看李煜的"真" 李超 美与时代:BEAUTY 2016.4下
试论李煜的词风与悲剧意识 刘琦、高春燕 语文学刊 2016.6B
李煜哀悼诗简 论温瑜 绥化学院学报 2016.12

刘崇远

刘崇远《金华子杂编》及其史料价值 李如冰 东岳论丛 2016.6

孙元晏

孙元晏咏六朝诗史事钩沉 张承宗 南京晓庄学院学报 2016.1

王梵志

王梵志诗歌中的奇趣与真情:从《吾富有钱时》说起
李广欣 名作欣赏 2016.10中

敦煌文学

唐代中原儿童诗与敦煌学郎诗的异同及教育成因论析
郭丽 古籍整理研究学刊 2016.1

敦煌歌辞《五更转》研究综述
伏俊琏、徐会贞　乐山师范学院学报　2016.1
敦煌文学《儿郎伟》校勘释例　姬慧　敦煌学辑刊　2016.2
敦煌俗文学研究之路　张鸿勋　社会科学战线　2016.3
黄永武先生与敦煌学及其敦煌唐诗研究之成就
郑阿财　敦煌研究　2016.3
早期敦煌佛教歌辞研究史
郑骥、伏俊琏　西华师范大学学报：哲学社会科学版　2016.4
《伍子胥变文》的药名散文新校释　刘瑞明　敦煌研究　2016.4
从敦煌曲子词看中古民间祷祝活动　蒋勤俭、钱勇　文化遗产　2016.5
敦煌诗苑之奇葩：敦煌文献中的《送远还通达》初探
张新朋　敦煌研究　2016.5
敦煌变文域外影响研究综述　徐磊　文学教育　2016.5 上
李陵变文中的非正统英雄观：对明君圣主的期待
杨华　名作欣赏　2016.5 中
项楚先生与敦煌俗文学研究　王永波　文学评论　2016.6
早期敦煌变文序跋与现代俗文学研究范式的建立
王雅静、孙逊　文艺理论研究　2016.6
敦煌本《庐山远公话》摸象记
钱汝平、夏首磊　绍兴文理学院学报　2016.6
《星流发愿文》与归义军初期时势研究　赵玉平、李沁　中州学刊　2016.9
英藏敦煌 S.555 号文书档案叙录与系年
侯成成、于亚龙　兰台世界　2016.12